भगवतीचरण वर्मा

भगवतीचरण वर्मा का जन्म 30 अगस्त, 1903 को उत्तर प्रदेश, उन्नाव के शफीपुर गाँव में हुआ। उन्होंने इलाहाबाद से बी.ए., एल.एल. बी. किया।

प्रारम्भ में कविता-लेखन फिर उपन्यासकार के रूप में विख्यात हुए। फ़िल्म कॉर्पोरेशन, कलकत्ता में कार्य किया। कुछ समय 'विचार' नामक साप्ताहिक का प्रकाशन-सम्पादन किया। इसके बाद बम्बई में फ़िल्म-कथालेखन तथा दैनिक 'नवजीवन' का सम्पादन किया। आकाशवाणी के भी कई केन्द्रों में कार्य किया। 1957 से मृत्यु-पर्यन्त स्वतंत्र साहित्यकार के रूप में लेखन। 'चित्रलेखा' उपन्यास पर दो बार फ़िल्म-निर्माण।

उनकी प्रकाशित पुस्तकें हैं–'अपने खिलौने', 'पतन', 'तीन वर्ष', 'चित्रलेखा', 'भूले-बिसरे चित्र', 'टेढ़े-मेढ़े रास्ते', 'सीधी सच्ची बातें', 'सामर्थ्य और सीमा', 'रेखा', 'वह फिर नहीं आई', 'सबहिं नचावत राम गोसाईं', 'प्रश्न और मरीचिका', 'चाणक्य', 'थके पाँव', 'युवराज चूण्डा', 'धुप्पल' (उपन्यास); 'प्रतिनिधि कहानियाँ', 'मेरी कहानियाँ', 'मोर्चाबन्दी तथा सम्पूर्ण कहानियाँ' (कहानी-संग्रह); 'मेरी कविताएँ', 'सविनय और एक नाराज़ कविता' (कविता-संग्रह); 'मेरे नाटक', 'वसीयत' (नाटक); 'अतीत के गर्त में', 'कहि न जाय का कहिए' (संस्मरण); 'साहित्य के सिद्धान्त तथा रूप' (साहित्यालोचन); 'भगवतीचरण वर्मा रचनावली-14 खंड' (सम्पूर्ण रचनाएँ)। 'भूले बिसरे चित्र' के लिए 'साहित्य अकादेमी पुरस्कार' से पुरस्कृत। 'पद्मभूषण' से विभूषित और राज्यसभा की मानद सदस्यता प्राप्त।

निधन : 5 अक्टूबर, 1981

सामर्थ्य और सीमा

भगवतीचरण वर्मा

राजकमल पेपरबैक्स

इस उपन्यास के सब पात्र काल्पनिक हैं।

पहला पुस्तकालय संस्करण
राजकमल प्रकाशन प्राइवेट लिमिटेड द्वारा
1962 में प्रकाशित

राजकमल पेपरबैक्स में
पहला संस्करण : 1989
छठा संस्करण : 2025

राजकमल पेपरबैक्स : उत्कृष्ट साहित्य के जनसुलभ संस्करण

राजकमल प्रकाशन प्रा.लि.
1-बी, नेताजी सुभाष मार्ग, दरियागंज
नई दिल्ली-110 002
द्वारा प्रकाशित

शाखाएँ : अशोक राजपथ, साइंस कॉलेज के सामने, पटना-800 006
पहली मंजिल, दरबारी बिल्डिंग, महात्मा गांधी मार्ग, प्रयागराज-211 001
1, अनमोल सोराबजी सन्तुक लेन, धोबी तलाव, मरीन लाइंस, मुम्बई-400 002
वेबसाइट : www.rajkamalprakashan.com
ई-मेल : info@rajkamalprakashan.com

बी.के. ऑफसेट
नवीन शाहदरा, दिल्ली-110 032
द्वारा मुद्रित

मूल्य : ₹299

SAMARTHYA AUR SEEMA
Novel by Bhagwaticharan Verma

ISBN : 978-81-267-0058-5

सुमित्रानन्दन पन्त को–
समस्त स्नेह के साथ।

चन्द्रगुप्त विद्यालंकार के प्रति उनकी प्रेरणा के लिए
और बच्चन के प्रति उनके सुझावों के लिए
मेरा आभार!

वैसे तुम चेतन हो, तुम प्रबुद्ध ज्ञानी हो,
तुम समर्थ, तुम कर्ता, अतिशय अभिमानी हो,
लेकिन अचरज इतना तुम कितने भोले हो,
ऊपर से ठोस दिखो, अन्दर से पोले हो,
बनकर मिट जाने की एक तुम कहानी हो!

एक

मनुष्य का यह दावा है कि वह सक्षम है, समर्थ है। हिमालय की तराई में घने जंगलों के बीच में बना हुआ एक छोटा-सा स्टेशन, जो दोपहर के बादवाली ढलती धूप में भी बुरी तरह जल रहा था, मानो मनुष्य के इस दावे का प्रमाण था। प्रकृति इस मनुष्य के वश में है, वह इस प्रकृति को मनचाहा नवीन रूप देता है। वह इस प्रकृति के साथ न जाने कितने खिलवाड़ करता है। तराई का वह जंगल भी तो उसी प्रकृति का एक भाग था।

पता नहीं जंगल में भी प्राण होते हैं या नहीं। वैसे जन्म लेना, मरना, शैशव, युवावस्था और वृद्धावस्था, जीवन के सब चिह्न जंगल में होते हैं। न जाने कितने पशु-पक्षी इन जंगलों की गोद में आश्रय लिए हुए हैं। कभी भयानक रूप से क्रुद्ध और उबालते हुए और कभी निष्प्राण-से सूखे हुए नदी-नाले। ये सब जंगल के भाग हैं और जंगल के अन्दर इन अनगिनत प्राणियों में जीवन-मरण का संघर्ष चला करता है। रोज ही जन्म होते हैं, रोज ही मृत्यु के फेरे लगते हैं। जीवन-मरण की सीमाओं में बद्ध जो प्रकृति का क्रम है वह तो चलता ही रहता है।

लेकिन जैसे मनुष्य प्रकृति का भाग न होकर प्रकृति से भिन्न कोई स्वतन्त्र सत्ता है। प्रकृति के नियमों और प्रकृति के क्रम में बँधा हुआ होते हुए भी वह प्रकृति पर शासन करता है। अपनी उस विजय और अपने उस शासन के प्रतीक के रूप में उसने उस सुमना नाम के रेलवे स्टेशन का निर्माण किया है।

आज जहाँ सुमना स्टेशन है, पचास साल पहले वह स्थल मनुष्य के लिए अगम्य समझा जाता था। शेर, हाथी, रीछ, साँप, अजगर, विषैले कीड़े, मच्छर और इन सबके साथ एक-दूसरे से उलझे हुए छोटे-बड़े पेड़—यही सब कुछ था वहाँ पर। यह नहीं कि उस स्थान का पता आदमी को न रहा हो। हजारों-लाखों वर्ष पहले समस्त तराई को पार करके उसके दूसरी ओर ऊँचे-ऊँचे पर्वतों पर वह पहुँच चुका था। हजारों-लाखों वर्ष से वह इस समस्त प्रान्त से परिचित रहा है। शायद हजार-दो हजार वर्ष पहले वहाँ उस जंगल का नाम-निशान भी न रहा हो, वहाँ लोग रहते रहे हों। सभ्यता के कुछ अवशेष इधर-उधर भी मिल जाते हैं। पर उस सुदूर भूत का निश्चित रूप किसने देखा? दावे के साथ किसी बात को कह देना असम्भव है। जो निश्चय है, वह निकट भूत। किस तरह मनुष्य इन जंगलों में लड़ा, किस तरह उसने तिल-तिल करके इस जंगल पर विजय पाई और किन कारणों से उसने इस जंगल के एक बहुत बड़े भाग को सुरक्षित छोड़ दिया, इतना सबको ज्ञात है।

मनुष्य प्रकृति से अलग एक स्वतन्त्र सत्ता है, केवल अर्ध-सत्य है। अन्य प्राणियों की भाँति मनुष्य भी प्रकृति से ही उभरा है, उसका समस्त अस्तित्व इस प्रकृति का ही एक भाग है। हाड़, मांस, मज्जा—ये सब प्रकृति से ही बने हैं। मनुष्य भौतिक प्राणी रहा है; मनुष्य हमेशा भौतिक प्राणी रहेगा। अनादि काल से वह जन्म-मरण के संघर्षों से उलझा रहा है, अनन्त काल तक वह इन संघर्षों से उलझा रहेगा। आदि-मानव इन्हीं जंगलों का एक भाग था; वहीं उसने अपने अस्तित्व को सुरक्षित रखने के लिए प्रकृति पर विजय पाने की योजना बनाई; वहीं से उसने इन जंगलों को अपने से अलग मानकर, इनसे अपने अनन्तकालीन युद्ध का श्रीगणेश किया।

इस सुमना नाम के स्टेशन से उत्तर-पूर्व प्रायः चालीस मील की दूरी पर, जहाँ से हिमालय की पर्वत-श्रेणियाँ आरम्भ होती हैं, एक बड़ा-सा कस्बा है, जिसका नाम यशनगर है। उत्तर प्रदेश के मैदानों से इस बस्ती का पुराना सम्पर्क रहा है। इन जंगलों के बीच से होकर न जाने कब से मनुष्य हिंस्र पशुओं का मुकाबला करता हुआ यशनगर और उसके दक्षिण-पूर्व में बसे हुए नगर ज्ञानपुर से सम्पर्क स्थापित किए हुए था! रास्ते में बड़े-बड़े नद पड़ते हैं, भूमि ऊँची-नीची है और इसलिए साल में छह महीने ज्ञानपुर और यशनगर के बीच कोई रास्ता नहीं रहता। पर मनुष्य ने इसकी चिन्ता कब की? वह तो फैलता रहा है, वह फैलता रहेगा। यशनगर के आसपास पहाड़ों पर, घाटियों में, जहाँ भी मनुष्य को स्थान मिल गया वहाँ उसने अपनी बस्तियाँ बना डालीं और वहीं से उसने आगे फैलना आरम्भ कर दिया। लोगों ने खेती की, लोगों ने व्यवसाय किए और इसके साथ-साथ लोग शिकार करते रहे। इस सबके साथ लोगों ने आदान-प्रदान आरम्भ किया।

यह आदान-प्रदान ही मानव-सभ्यता का मूल स्रोत है; इस आदान-प्रदान के लिए ही मनुष्य ने पहाड़ों को लाँघकर और सागरों को पार करके दुनिया के हरेक कोने का पता लगाया। इन आदान-प्रदान की क्रिया-प्रतिक्रिया के रूप में न जाने कितने युद्ध लड़े गए, न जाने कितने देश बरबाद किए गए, न जाने कितनी सभ्यताएँ नष्ट की गईं और यह आदान-प्रदान चल रहा है—चल रहा है।

इस आदान-प्रदान की सुविधा के लिए ही प्रायः तीन साल पहले यशनगर को आधुनिक वैज्ञानिक रूप से उत्तर प्रदेश के मैदानों से जोड़ा गया। ज्ञानपुर से उत्तर प्रदेश का मार्ग कठिन था, अत्यधिक ऊँचा-नीचा, इसलिए यशनगर को मैदानों से जोड़ने के लिए ज्ञानपुर से पश्चिम की ओर स्थित औद्योगिक नगर लखनऊ को चुना गया। समर्थ और सक्षम मनुष्यों का एक दल आया, उसने जंगल काटे, उसने वहाँ रहनेवाले हिंस्र पशुओं का वध किया। लोहे की पटरियाँ बिछीं, धुआँ उगलनेवाले दानवाकार इंजनों से लगे हुए रेल के डिब्बे चले और इस प्रकार आदान-प्रदान में वृद्धि हुई।

सुमना स्टेशन अभी हाल में एक साल पहले बना था। लाल ईंटों की बनी दो कमरोंवाली स्टेशन की इमारत और इस इमारत के चारों ओर प्रायः दस-बारह एकड़ जमीन साफ की गई थी। और इस जमीन के आगे-पीछे, लम्बे-लम्बे पेड़ एक-दूसरे से

उलझे हुए खड़े थे और पेड़ों की छाँह का अन्धकार उस जंगल में भरा हुआ था। ऐसा लगता था कि घने जंगलों के बीच से होकर लोहे की पटरियों की एक नदी बह रही हो और उस नदी के किनारे एक छोटे-से घाट की भाँति वह सुमना स्टेशन खड़ा हो।

लाल ईंटों की वह इमारत जून के महीने की धूप में चमक रही थी और उस स्टेशन के आसपास दूर तक किसी प्रकार के जीवन की कोई झलक नहीं दिखती थी। खलासी, सिगनलमैन और कुली, उन तीनों कामों को अकेले सँभालनेवाला नवलसिंह स्टेशन के अन्दरवाले बरामदे में लेटा था और मक्खियों को हटाने **के लिए** अपनी पगड़ी के छोर से रह-रहकर अपने ऊपर पंखा झलता जाता था।

नवलसिंह मँझोले कद का गोरा-सा युवक था। उसकी अवस्था प्रायः पचीस वर्ष की रही होगी। स्टेशन से हटकर दक्षिण की ओर बारह मील की दूरी पर झबेर नामक ग्राम का वह रहनेवाला था। जब से सुमना स्टेशन बना था तब से वह वहाँ नौकरी कर रहा था, लेकिन सुमना को बने हुए भी तो कुल एक वर्ष हुआ था। उस स्टेशन का नाम सुमना क्यों पड़ा, इसकी भी एक कहानी है।

ठीक उस जगह से होकर, जहाँ सुमना स्टेशन बनाया गया था, जंगल की एक सड़क उत्तर की ओर जाती है और वह सड़क ठीक वहाँ समाप्त होती है जहाँ तराई से हिमालय की श्रेणियाँ मिलती हैं। जहाँ यह सड़क समाप्त होती है वहाँ सुमनपुर नाम का एक छोटा-सा गाँव था। सुमनपुर गाँव यशनगर के इलाके में था। सुमनपुर में कुछ थोड़े-से गरीब परिवार रहते थे और उन परिवारों को अनेक प्राकृतिक असुविधाओं का सामना करना पड़ता था। सुमनपुर के आसपास वाली भूमि अनुपजाऊ थी, यद्यपि सुमनपुर का क्षेत्र आकर्षक और सुन्दर था। कुछ वर्ष पहले सुमनपुर के पास अबरक और लाइमस्टोन की खानों का पता चला। यही नहीं, सुमनपुर के आसपास पहाड़ों में ताँबे की भी सम्भावना दीखी। धीरे-धीरे सुमनपुर का महत्त्व बढ़ा और ऐसा लगने लगा कि यदि सुमनपुर का विकास किया गया तो सुमनपुर स्वयं में एक बहुत बड़ा औद्योगिक केन्द्र बन सकता है। प्रदेश की सरकार ने सुमनपुर के विकास का कार्यक्रम अपने हाथ में ले लिया। सुमनपुर को रेल-मार्ग से निकट लाने के लिए लखनपुर—यशनगर लाइन पर एक स्टेशन बनाया गया, जहाँ से फारेस्ट रोड सुमनपुर को जाती थी और उस स्टेशन का नाम सुमना रख दिया गया।

नवलसिंह को नींद आ रही थी। पाँच बजे शामवाली पैसेंजर गाड़ी लखनऊ की ओर से आनेवाली थी। पाँच बजने में अभी एक घंटे की देर थी, लेकिन नवलसिंह का यह अनुभव था कि कच्ची नींद टूटने में कष्ट होता है। इसलिए नवलसिंह पड़ा-पड़ा इस गाड़ी की बाट जोह रहा था। इस गाड़ी के बाद सुबह तक फिर और कोई गाड़ी नहीं आएगी। शामवाली गाड़ी को विदा करके वह अपने गाँव चला जाएगा। उजली रात थी, नौ बजे तक वह अपने गाँव पहुँच जाएगा। एक महीने से वह अपने गाँव को जाना चाहता था, लेकिन उसे छुट्टी नहीं मिली। मास्टर बाबू को उसने राजी कर लिया था कि अपने गाँव में रात बिताकर वह सुबह नौ बजे तक वापस आ जाएगा, यशनगर

से आनेवाली दस बजे की गाड़ी के लिए। और वह अपने साथ अपनी पत्नी को भी लेता आएगा। स्टेशन मास्टर ने भी सोचा था कि उस स्टेशनवाली दो व्यक्तियों की आबादी में एक व्यक्ति और बढ़ जाएगा और इसके बाद उन्हें भी अपने परिवार को अपने साथ ले आने की सुविधा होगी। इस निर्जन स्टेशन पर एक साल से वे दोनों व्यक्ति अकेले एक साथ रहते-रहते अब ऊब गए थे। सुमना स्टेशन पर मुसाफिर भी बहुत कम उतरते थे। एक-दूसरे से कहाँ तक बात की जाए? दूसरों से बात करने को तरस गए थे वे लोग।

एकाएक नवलसिंह चौंक उठा—दूर, बहुत दूर से आता हुआ घरघराहट का एक स्वर सुनकर। रेल की घरघराहट की आवाज वह अच्छी तरह पहचानता था, वह आवाज यह थी नहीं, और अभी रेल आने का समय भी तो नहीं हुआ था। ध्यान से लेटा-लेटा वह उस घरघराहट की आवाज को सुनने लगा...वह कुछ परिचित-सी आवाज लगी उसे। वह आवाज उत्तर की ओर से आ रही थी, नवलसिंह इतना जान गया था। अकेले रहते-रहते उसमें आवाजों की दिशा का बोध हो गया था। घरघराहट की आवाज धीरे-धीरे स्पष्ट होती जा रही थी। एकाएक उसे याद हो आया कि पन्द्रह दिन पहले कुछ मोटरें उस जंगल के रास्ते से सुमनपुर गई थीं। वहीं से नवलसिंह ने आवाज लगाई, "मास्टर बाबू, सुमनपुर से शायद कोई मोटर आ रही है।"

स्टेशन मास्टर बाबू मिट्ठनलाल अपनी कुर्सी पर बैठे और सामने स्टूल पर पैर पसारे ऊँघ रहे थे। उनके सामने गीता खुली हुई रखी थी। लेकिन दोपहर की गर्मी ने उनके धर्म के प्रति प्रेम पर विजय पाई और वह अपना ध्यान कर्त्तव्य-मार्ग पर केन्द्रित न कर सके। उनका कमरा चारों ओर से बन्द होने के कारण स्टेशन के खुले बरामदे की अपेक्षा अधिक ठंडा था; खिड़कियों के शीशों पर नीले कागज चिपका दिए गए थे, जिससे धूप का प्रकाश कमरे में न आ सके। एक ताड़ का छोटा-सा पंखा उनके हाथ से छूटकर जमीन पर गिर पड़ा था।

बाबू मिट्ठनलाल का अपना कोई व्यक्तित्व न था और वह व्यक्तित्व का न होना उनके लिए सबसे बड़ा वरदान था। मध्यम वर्ग के अनगिनत बाबुओं में वह भी एक थे—न सुखी, न दुखी। बड़ी आसांनी से वह हँस देते थे, जरा-सी बात पर वह मुरझा जाते थे। यह हँसना-रोना, यह खिलना-मुरझाना उनके जीवन में नित्य का क्रम था और इसलिए उनकी कोई भी छाप उनके जीवन पर न थी। उनकी अवस्था प्रायः पैंतालीस वर्ष की थी, लेकिन शक्ल से वह पचास वर्ष से ऊपर के दिखते थे। नाटे-से आदमी, ढीला-सा दुहरा बदन, आँखों पर मोटा-सा चश्मा। इस सरकारी नौकरी में जहाँ हर दो-तीन साल में बदली होती रहती है, और विशेषतः उस कोटि के आदमी होने के कारण जिसमें छोटे-छोटे स्टेशनों पर ही घूमना पड़ता है, बाबू मिट्ठनलाल पारिवारिक जीवन के सुख-दुख ठीक तरह से नहीं भोग पाए। उनकी पत्नी और उनके बच्चे बुलन्दशहर में संयुक्त परिवार में रहते थे। बाबू मिठ्ठनलाल कुछ दिनों के लिए अपनी पत्नी और अपने बच्चों को अपने साथ बुला लेते थे। लेकिन शीघ्र ही उनके परिवारवाले उनके जीवन की अभावों

से भरी एकरसता से ऊब जाते थे और वह अपने परिवारवालों की शिकायतों और माँगों से ऊब जाते थे। इस व्यक्तित्वहीनता में भी तो एक प्रकार का व्यक्तित्व था उनका। उन्होंने अपने जीवन का एक लम्बा काल इन छोटे-छोटे स्टेशनों के एकाकीपन में बिता दिया था। यह एकाकीपन उनके जीवन का जैसे एक भाग बन गया था।

पर यह सब कब तक? यह सत्य था कि वह विवाहित थे। यह सत्य था कि उनके बच्चे थे। पर यह भी सत्य था कि उनकी उम्र ढलने लगी थी और उन्हें सहारे की आवश्यकता पड़ने लगी थी। एकाकीपन के प्रति उनका मोह टूटने लगा था। आखिर इस एकाकीपन के जीवन को उन्हें एक-न-एक दिन छोड़ना ही पड़ेगा। इधर पिछले दो-तीन वर्षों से वह यह अनुभव करने लगे थे कि अब अधिक दिन तक अकेले रहना उन्हें अखर जाता है और आगे चलकर अकेले रहना उनके लिए कठिन होगा। इसलिए उन्होंने यह निर्णय कर लिया कि नवलसिंह की घरवाली के आ जाने के बाद वह अपने परिवार को भी बुला लेंगे।

नवलसिंह की आवाज से बाबू मिट्ठनलाल की नींद खुल गई। आँखें मलते हुए उन्होंने एक जम्हाई ली, फिर उठकर सुराही से एक गिलास पानी पिया। नवलसिंह इस समय तक बरामदे से उठकर उनके कमरे में आ गया था। उसने फिर कहा "मास्टर बाबू, ऐसा लगता है कि सुमनपुर की तरफ से कोई मोटर आ रही है।"

कार की घरघराहट की आवाज अब तक स्पष्ट हो गई थी। मिट्ठनलाल ने सुव्यवस्थित होकर कहा, "हाँ, आवाज तो मोटर की ही है, लेकिन वह यहाँ क्यों आएगी? लखनपुर जा रही होगी वह। मील-भर पहले ही मुड़ जाएगी, लखनपुर की तरफ। भला सुमना में मोटर आकर क्या करेगी। यह सुमना स्टेशन भी बेकार बना। आएँ भी तो दो-चार आसपास के गाँववाले। जिसको सुमनपुर जाना होता है वह यशनगर से जाएगा, सुमना क्यों उतरेगा? देखो न, एक भी सवारी नहीं है यहाँ से कहीं जाने के लिए—इक्का; न ताँगा, न बैलगाड़ी, न मोटर।

नवलसिंह मुस्कराया, "सवारियाँ भी चलने लगेंगी, मास्टर बाबू! रामहरख ने ताँगा खरीदा है। शहर से लाया है ढाई सौ रुपये में। घोड़ी उसके पास है ही। तो परसों से वह यहाँ से ताँगा ले जाया करेगा आसपास के गाँवों को। मास्टर बाबू, रामहरख उस कुएँ के पास अपनी झोंपड़ी बनानेवाला है, कल से काम शुरू कर देगा। उसने कहा था कि मास्टर बाबू से पूछ लेना, उनको कोई आनाकानी तो नहीं है, सरकारी जमीन का मामला ठहरा।"

"अरे बनाए भी अपनी झोंपड़ी, रेलवे ज्यादा-से-ज्यादा जमीन का किराया ले लेगी रुपया-आठ आना महीना। लेकिन अभी पूछता कौन है!" प्रसन्न मुद्रा में बाबू मिट्ठनलाल ने कहा, "हाँ, तुम अपने बड़े भाई ज्ञानसिंह से आज कह देना कि वह भी यहाँ कुएँ के पास एक झोंपड़ी डाल ले। इधर-उधर वक्त बरबाद करने के बजाए यहाँ चना-चबेना, पान-बीड़ी-सिगरेट बेचा करे। रेल के मुसाफिरों से बैठे-ठाले अच्छी आमदनी हो जाया करेगी।"

नवलसिंह अब उमंग में आ गया था। आँखें मटकाते हुए उसने कहा, "मास्टर बाबू, सुना है इस टेसन के भाग खुलनेवाले हैं। मिनिस्टर साहब पन्द्रह दिन से सुमनपुर में पड़ाव डाले पड़े हैं। सुना है बड़े-बड़े सुधार होंगे वहाँ। सुमनपुर को बहुत बड़ा शहर बनाया जा रहा है। सुमनपुर से सुमना तक सरकार मोटर-लॉरी चलानेवाली है। जितनी सवारियाँ हैं, यहीं उतरा करेंगी। तो मास्टर बाबू, उधर सुमनपुर बढ़ेगा और इधर सुमना बढ़ेगा। कल बापू यशनगर से लौटे थे न, तो वही यह सब बतला गए हैं।"

कार की घरघराहट अब बहुत अधिक स्पष्ट हो गई थी। मिट्ठनलाल ने कहा, "यह मोटर कार तो ऐसा लगता है सुमना को ही आ रही है। जरा देखो तो कौन है, दो महीने बाद किसी मोटर के दर्शन होंगे हम लोगों को।"

नवलसिंह बाहर निकला। प्रायः एक मील दूर पर उसे एक मोटर कार स्टेशन की ओर आती हुई दिखलाई दी। इतनी दूर से वह कार को ठीक-ठीक तो नहीं देख पा रहा था, लेकिन उसे ऐसा लग रहा था, वह बहुत बड़ी कार है और उसके आगे शायद एक झंडा लगा है। जल्दी से उसने अपने सिर पर पगड़ी बाँधी और वहीं से उसने आवाज लगाई, "मास्टर बाबू, मालूम होता है मन्त्री जी खुद आ रहे हैं। मोटर पर आगे झंडा लहरा रहा है। आप भी जल्दी से बाहर आ जाइए, नहीं तो मन्त्री जी नाराज हो जाएँगे।"

नवलसिंह की सलाह पर इधर बाबू मिट्ठनलाल कार का स्वागत करने के लिए स्टेशन के सामनेवाले मैदान में निकले और उधर कार उनसे प्रायः दस गज की दूरी पर आकर रुक गई। उस कार में मोटर ड्राइवर था और डेवलपमेंट मिनिस्टर श्री जोखनलाल के प्राइवेट सेक्रेटरी श्री विश्वनाथसिंह थे। बाबू मिट्ठनलाल ने बढ़कर विश्वनाथसिंह को एक लम्बा सलाम किया, "कहिए हुजूर, कैसे कष्ट किया आपने इस स्टेशन पर?"

विश्वनाथसिंह इकहरे बदन के लम्बे-से आदमी थे। उनकी अवस्था लगभग पैंतीस वर्ष की रही होगी। असुन्दर न कहला सके, ऐसी आकृति। कुछ खुलता गेहुँआ रंग। मुख पर पद के अभिमान की कठोरता, आँखों में दर्प की कटुता। छोटी-छोटी नुकीली मूँछ जो काफी सँवारी होती थी, सारी मुद्रा में अधिकार, वैभव और अहम् का रोब। विश्वनाथसिंह के पिता अवध के छोटे-से ताल्लुकेदार थे और उन्होंने अपने पुत्र को शिक्षा प्राप्त करने के लिए विलायत भेजा था। विश्वनाथसिंह साधारण बुद्धि के आदमी थे। जब वह बार-एट-लॉ होकर भारत लौटे, उसी समय भारत स्वतन्त्र हो गया। स्वतन्त्रता-प्राप्ति के कुछ समय बाद ही जमींदारी समाप्त कर दी गई, ताल्लुकेदारी मिट गई। पर विश्वनाथसिंह के पिता की पहुँच काफी दूर तक थी; पिता के प्रभाव से विश्वनाथसिंह को अच्छी-सी सरकारी नौकरी मिल गई।

विश्वनाथसिंह ने कार से उतरकर पहले स्टेशन पर इधर-से-उधर तक दृष्टि डाली, फिर उन्होंने अपने सामने खड़े बाबू मिट्ठनलाल को देखा—"क्या तुम ही यहाँ के स्टेशन मास्टर हो? तो मालूम होता है कि गाड़ी अभी नहीं आई।"

"बस, पन्द्रह-बीस मिनट में आने ही वाली है, हुजूर!" मिट्ठनलाल ने उत्तर दिया। फिर कुछ रुककर उन्होंने पूछा, "क्या कोई मिनिस्टर या सरकारी अफसर आ रहे हैं इस गाड़ी से?"

"मिनिस्टर या सरकारी अफसर तो नहीं, कुछ इनमें भी बड़े लोग आ रहे हैं। कोई बम्बई से आ रहा है, कोई कलकत्ता से आ रहा है, कोई दिल्ली से आ रहा है। मिनिस्टर साहब ने बुलाया है इन लोगों को, तो उनके मेहमान होकर आ रहे हैं। सब लोग सुमनपुर जाएँगे यहाँ से। अरे हाँ, कुछ कुर्सियाँ हैं उन लोगों के बैठने के लिए?"

मिट्ठनलाल का चेहरा उतर गया, "हुजूर, कुर्सियाँ तो कुल जमा दो हैं और एक स्टूल है। फिर वे कुरसियाँ बड़े आदमियों के बैठने लायक भी नहीं है। हुजूर, मिनिस्टर साहब से रेलवे बोर्ड को लिखवा दें, यहाँ तो बड़े-बड़े लोग अब आया करेंगे। इस स्टेशन की तरफ कोई ध्यान ही नहीं देता। आप ही समझिए, हम लोग ठहरे छोटे आदमी, तो हमारी बात पर कोई ध्यान ही नहीं देता। उलटे हमें डाँट देते हैं।"

मिट्ठनलाल की इस लम्बी बात से विश्वनाथसिंह ऊब रहे थे, "हाँ-हाँ, सब कुछ ठीक हो जाएगा आगे चलकर। खैर, रेल से उतरकर वे लोग सीधे मोटरकार पर बैठ जाएँगे। लेकिन यहाँ कुछ शर्बत-चाय का इन्तजाम हो सकता है क्या? यहाँ तो कोई आदमी ही नहीं दिखता।"

उत्तर नवलसिंह ने दिया, "आदमियों के नाम पर तो हम दो लोग हैं हुजूर और दोनों-के-दोनों छुट्टैल।" फिर वह स्टेशन मास्टर की ओर घुमकर बोला, "शक्कर तो है मास्टर बाबू, कल ही तो मँगाई थी आपने लखनपुर से। आप देखते रहिएगा कहीं गाड़ी न आ जाए। मैं तब तक कुएँ से पानी खींचकर शर्बत बनाए देता हूँ।" और बिना किसी के उत्तर की प्रतीक्षा किए हुए नवलसिंह स्टेशन मास्टर के क्वार्टर की ओर चला गया। इसी समय एक पुरानी-सी स्टेशन वैगन सुमनपुर की ओर से आकर उस कार के पीछे खड़ी हो गई।

दूर से ट्रेन की आवाज सुनाई पड़ने लगी। मिट्ठनलाल ने कहा, "मालूम होता है कि गाड़ी पिछले स्टेशन से छूट गई। फ्लैग स्टेशन है न, यहाँ तार-वार की व्यवस्था भी तो नहीं है। कुछ खबर ही नहीं मिलती।" और वहीं से उन्होंने पुकारा, "नवलसिंह, जरा जल्दी करना। गाड़ी पाँच-छह मिनट में पहुँचने ही वाली है।"

मिट्ठनलाल की आवाज की नवलसिंह को कोई आवश्यकता नहीं थी, वह स्वयं ही हाथ में बाल्टी लिए हुए जल्दी-जल्दी चला आ रहा था। पास आकर उसने कहा, "शर्बत बना लिया है, हुजूर! लेकिन गिलास सिर्फ दो हैं और एक लोटा है। लेकिन चिन्ता करने की कोई बात नहीं है, मैं गिलास माँज दिया करूँगा। जरा गाड़ी रिसीव कर लूँ।"

और वहीं बाल्टी रखकर वह प्लेटफार्म की ओर दौड़ा। जल्दी से उसने सिगनल गिराया और फिर प्लेटफार्म पर आकर खड़ा हो गया। इस बीच बाबू मिट्ठनलाल भी कोट-पतलून चढ़ाकर हाथ में हरी-लाल झंडियाँ लिए हुए प्लेटफार्म पर आ गए थे। विश्वनाथसिंह भी कार और स्टेशन-वैगन के ड्राइवर के साथ प्लेटफार्म पर आकर खड़े

हो गए। गाड़ी आकर प्लेटफार्म पर खड़ी हो गई। फर्स्ट क्लास के विभिन्न डिब्बों से पाँच आदमी उस छोटे-से स्टेशन पर उतरे। ठाकुर विश्वनाथसिंह ने उन लोगों का स्वागत किया। दोनों ड्राइवर और नवलसिंह ने मिलकर उन लोगों का असबाब उतारा। सबके उतर जाने के बाद बाबू मिट्ठनलाल ने गाड़ी छोड़ दी।

दो

रतनचन्द्र मकोला दर्शनशास्त्र से उतना ही दूर थे, जितनी दूर आज का राजनीतिक नेता सत्य से है। फिर भी रतनचन्द्र मकोला शक्ल से ठीक उस तरह दार्शनिक दीखते थे जितना आज का राजनीतिक नेता सत्यवादी दीखता है। अन्तर केवल इतना था कि जहाँ आज का राजनीतिक नेता सत्यवादी दिखने का प्रयत्न करता है, वहाँ श्री रतनचन्द्र मकोला में दार्शनिक दिखने की न कोई अभिलाषा थी और न उस ओर उनका कोई प्रयत्न था। रतनचन्द्र मकोला वैसे कलकत्ता के रहनेवाले थे और उनका हेड ऑफिस कलकत्ता में ही था। लेकिन उधर कई वर्षों से वह कलकत्ता में महीने में दस-पाँच दिन ही रह पाते थे। बाकी दिनों में उन्हें देश-विदेश के विभिन्न नगरों में रहना पड़ता था। उनका कार्य-क्षेत्र हिन्दुस्तान में ही नहीं, दुनिया के प्रमुख औद्योगिक बाजारों में था। इकतालीस मिलें थीं उनकी, समस्त भारत में फैली हुईं। तेल की मशीन से लेकर बिजली के भारी समान बनाने की मिल तक—कपड़ा, सीमेंट, लोहा, चीनी, हर चीज की। ग्यारह खानें कोयला, लोहा, मैगनीशियम आदि की; दो बड़ी फर्में थीं जिनमें बाँध, पुल, भवन आदि के निर्माण का करोड़ों का ठेका लिया जाता था।

रतनचन्द्र मकोला की अवस्था प्रायः पचास वर्ष की थी, पर पहली दृष्टि में लोगों के उनके युवा होने का भ्रम होता था। हर कदम पर सफलता, हर स्थान पर आदर और सम्मान। दुनिया के अधिकांश देशों के उद्योगपति और व्यापारी भारत के उद्योगपति मकोला के नाम से परिचित थे। देश की सरकार को बनाने और बिगाड़ने की क्षमता समझी जाती थी उनमें। लम्बे-से, दोहरे बदने के आदमी, लेकिन शरीर गठा हुआ। अत्यन्त विनयी, सौम्य और सुसंस्कृत। रतनचन्द्र मकोला ने अपने भाग्य का निर्माण स्वयं अपने कौशल और अपनी बुद्धि की सहायता से किया था। वैसे उनके दिवंगत पिता अपने समय के कलकत्ता के बहुत बड़े व्यापारी थे। विलायती कपड़ों के थोक व्यापारी की हैसियत से उनका कारोबार सारे भारतवर्ष में फैला हुआ था। लेकिन विदेशी वस्तुओं की दलाली से ऊपर उठकर स्वयं उद्योगपति रतनचन्द्र मकोला बने थे। अथक परिश्रम और संयम था और उनमें; एकनिष्ठा जैसे उनके जीवन का सिद्धान्त बन गई थी।

मकोला अपने प्रति और दुनिया के प्रति बेहद ईमानदार थे। उनका सिद्धान्त था, 'स्वयं खाओ और दूसरों को खिलाओ।' रुपया शक्ति है, रुपया देवता है, रुपया सबकुछ

है। लेकिन इस रुपये के देवता की उपासना के कुछ विशेष नियम हैं। यह उपासना वैयक्तिक उपासना के रूप में इतनी अधिक सफल नहीं होगी जितनी सामाजिक उपासना के रूप में सफल होती है। रतनचन्द्र मकोला अपने लम्बे अनुभवों के बाद इस निर्णय पर पहुँचे थे कि रुपया वैयक्तिक उपासनावाला ईश्वर है ही नहीं। उनके क्षेत्र के बाहर के क्षेत्रवाला जो भी व्यक्ति उनके सम्पर्क में आया, चाहे वह राजनीतिक नेता रहा हो, चाहे वह सामाजिक कार्यकर्त्ता रहा हो, वह साहित्यकार रहा हो, वह धर्माचार्य रहा हो, वह सरकारी अफसर रहा हो, वह विधायक रहा हो, उससे उसकी हैसियत के अनुसार उन्होंने रुपये के देवता की पूजा कराई। इस रुपये के आभार से उन्होंने उस व्यक्ति के अन्य देवता को तोड़कर रख दिया। अपनी उदारता और अपने आतिथ्य-सत्कार के लिए रतनचन्द्र मकोला प्रसिद्ध थे। देश की राजधानी में, प्रदेशों की राजधानियों में और विदेश के कुछ नगरों में उनके भवन थे, जहाँ वह साल में एकाध बार स्वयं ठहरते थे। बाकी समय उनके प्रतिनिधिगण वहाँ रहते थे और वहाँ उनके अतिथियों के ठहरने की समुचित व्यवस्था की। जाति के वैश्य होने के कारण मकोला परम्परा से निरामिषभोजी थे, वैसे विदेशों में आवास तथा मित्रों के आग्रह के कारण वह कभी-कभी मांस खा लेते थे। अपनी परम्परा को निभाने के लिए मकोला शराब से भी सामाजिक भोजों में दूर रहते थे, यद्यपि आवश्यकता पड़ने पर साथ देने के लिए शराब से कोई विशेष वितृष्णा नहीं थी। इसलिए उनके इन भवनों में मांस और मदिरा की सम्पूर्ण व्यवस्था थी, चाहे वहाँ मद्यनिषेध ही क्यों न रहा हो। मकोला एक ऐसी शक्ति थे जिसके आगे अलग-अलग ढंग से सबको झुकना पड़ता था।

मकोला भाग्यवान थे, मकोला स्वयं भाग्यवाद पर विश्वास न रखने के कारण इस बात को न मानते थे, लेकिन दूसरे ऐसा ही समझते थे। उनके तीन पुत्र थे, तीनों परिश्रमी और कुशल। सबसे बड़ा पुत्र मकोला की अनुपस्थिति में उनके हेड ऑफिस को सँभालता था, दूसरा बम्बई के ऑफिस को सँभालता था और तीसरा दिल्ली में बैठा हुआ वहाँ के राजनीतिज्ञों, विदेशी दूतावासों एवं विदेशी उद्योगपतियों से सम्पर्क स्थापित करके उनके और अपने भाग्य के साथ खिलवाड़ किया करता था। मकोला की पत्नी प्राचीन संस्कारों की धर्मनिष्ठा स्त्री थी। मकोला से असहमत होते हुए भी अपनी असहमति उन्होंने कभी प्रकट नहीं की, चुपचाप वह अपनी गृहस्थी के क्षेत्र में अपना धर्म निबाहती रहीं। पिछले कई वर्षों से यह परिस्थिति भी बदल गई थी। लड़कों का अपना निजी जीवन हो गया था और मकोला का अस्तित्व अन्तर्राष्ट्रीयता के रंग से रँग गया था और इसलिए मकोला की पत्नी अपना अधिकांश समय काशी में बिताती थी। मकोला जब भारतवर्ष में अपने किसी लड़के के साथ कुछ समय के लिए ठहरते थे, तब वह वहाँ चली जाती थी और मकोला के वहाँ से जाते ही वह अपने निवास-स्थान काशी में पहुँचकर शान्ति और सन्तोष की साँस लेती थी।

मकोला अपने क्षेत्र में अत्यधिक प्रतिभावान व्यक्ति थे। व्यवसाय और उद्योग के सम्बन्ध में उनमें एक प्रकार की अन्तर्दृष्टि थी। बड़ी-से-बड़ी समस्याओं को वह आसानी

से हल कर लेते थे। उनमें एक प्रकार का अटूट आत्मविश्वास था; उनके जीवन की सफलताओं और अनुभवों ने उनके अहम् को सम्पूर्ण रूप से जाग्रत कर दिया था। उनकी समस्त विजय और उनकी सम्पूर्ण शिष्टता उनके अन्दरवाले दर्प और अहम् को ढँकने के लिए एक प्रकार के आवरण के रूप में ही थे। उनका जीवन कर्म का था, अनवरत संघर्ष का था। इस कर्म और संघर्ष के जीवन में और दर्शन के गम्भीर चिन्तन के बीच बहुत बड़ी खाई है।

फिर भी एक निर्लिप्त-सी दिखनेवाली मुद्रा, जो उनके व्यक्तित्व का भाग बन गई थी, वास्तविक सत्य के ऊपर एक झूठा आवरण भले ही मान ली जाए, पर वह मुद्रा उन्हें अनायास ही दार्शनिक के रूप में प्रकट करती थी। उनकी इस मुद्रा से उनका व्यक्तित्व बहुत अधिक निखर उठा था। लोग अपने-आप उनकी ओर आकर्षित हो जाते थे, अपने समस्त विश्वास के साथ। वह मुद्रा ऐसी थी जिसके भीतर से उनकी वास्तविकता को खोज निकालना बड़े-से-बड़े बुद्धिमान और अनुभवी आदमी के लिए भी असम्भव था।

रतनचन्द्र मकोला से विकास-मन्त्री श्री जोखनलाल का परिचय प्रथम बार कलकत्ता में हुआ था, जब जोखनलाल की आर्थिक अवस्था अच्छी नहीं थी और वह किसी कारोबार की तलाश में कलकत्ता गए हुए थे। व्यक्तिगत सत्याग्रह करके वह जेल से निकले थे। उनके किसी मित्र ने जोखनलाल का परिचय मकोला से करवाया और मकोला ने अपनी सीमेंट फैक्टरी की एक एजेन्सी जोखनलाल को दे दी। जोखनलाल के हाथ में इस सीमेंट फैक्टरी की एजेन्सी का आना-भर था कि उनका भाग्य चमक उठा। उसके बाद जब देश को स्वतन्त्रता प्राप्त हो गई और जोखनलाल प्रदेश की सरकार में सम्मिलित कर लिए गए। मकोला ने जोखनलाल से व्यक्तिगत मित्रता स्थापित कर ली, जिसके लिए जोखनलाल भी उत्सुक थे। इसके बाद मकोला को जोखनलाल से बराबर फायदा होने लगा। उत्तर प्रदेश में जोखनलाल मकोला के प्रतिनिधि के रूप में हो गए।

वैसे जोखनलाल स्वयं बड़े त्यागी और निष्ठावान आदमी थे। उनका अधिकांश जीवन जेलों में बीता था। किसी को जोखनलाल के खिलाफ अँगुली उठाने की हिम्मत नहीं थी, पर जीवन-निर्वाह के लिए पैसा चाहिए। यही नहीं, आदमी के पास अपने परिवार, अपने बच्चों का उत्तरदायित्व होता है और इस उत्तरदायित्व को निबाहने के लिए भी पैसा चाहिए। जब यह पैसा कई स्थानों से लिया जाता है तब उसे रिश्वत का नाम प्राप्त कर लेने का खतरा रहता है। एक जगह से मिलने पर उसे वेतन अथवा कमीशन या कोई ऐसा ही नाम दिया जा सकता है। जोखनलाल के पाँच लड़कों में दो मकोला की फर्मों में लगे हुए थे, आधे नौकर और आधे मालिक के रूप में।

उत्तर प्रदेश में सुमनपुर के विकास का कार्यक्रम जिस समय जोखनलाल की सरकार ने अपने हाथ में उठाया, उस समय मकोला का नाम ही जोखनलाल को सर्वप्रथम दिखा जो उनकी योजना को सफल बना सके। वैसे भारत के विकास में, राष्ट्र की देखभाल में बेतहाशा विदेशी पूँजी लग रही है और इन राष्ट्रीय उद्योगों से अनगिनत बेकार शिक्षित युवकों को रोजी मिल रही है तथा देश में समाजवादी व्यवस्था की स्थापना भी हो रही

है, और इसलिए इस प्रकार का काम व्यक्तिगत पूँजीपतियों को नहीं सौंपा जाना चाहिए, ऐसी व्यवस्था राष्ट्र ने बनाई है। पर देश के पूँजीपतियों ने अपनी पूँजी के बल पर अपने व्यक्ति शासन-व्यवस्था के महत्त्वपूर्ण स्थानों पर बिठा रखे हैं। जोखनलाल हर प्रकार से रतनचन्द्र मकोला के आदमी थे।

जोखनलाल के स्थान पर उनके प्राइवेट सेक्रेटरी विश्वनाथसिंह को अपना स्वागत करते देखकर मकोला को अच्छा नहीं लगा। पर अपने इर्द-गिर्द उसी गाड़ी से उतरे हुए चार आदमियों को देखकर मकोला की समझ में आ गया कि जोखनलाल ने स्वयं न आकर अच्छा ही किया। रतनचन्द्र मकोला का प्राइवेट सेक्रेटरी उनका असबाब सँभाल रहा था। मकोला ने अपनी स्वाभाविक मुस्कान के साथ विश्वनाथसिंह से पूछा, "जोखनलालजी तो अच्छी तरह हैं। उन्हें यहाँ एक एयरस्ट्रिप बनवा देनी चाहिए थी। लखनपुर से यह सुमना कुल बीस मील है, लेकिन दो घंटे से ऊपर लग गए यहाँ आते-आते। मुझे अपना हवाई जहाज लखनपुर में ही छोड़ देना पड़ा।"

विश्वनाथसिंह आठ महीने पहले ही जोखनलाल के प्राइवेट सेक्रेटरी नियुक्त हुए थे और इधर आठ महीनों के अन्दर जोखनलाल का मकोला से मिलना नहीं हुआ था, क्योंकि मकोला का अधिकांश समय विदेशों में बीता था। जोखनलाल से मकोला का कैसा सम्बन्ध है, इसका पता विश्वनाथसिंह को न था। मकोला का नाम विश्वनाथसिंह ने अवश्य सुना था। लेकिन जिस सन्दर्भ में उन्होंने मकोला का नाम सुना था वह बहुत अच्छा नहीं था। स्वभावतः मकोला के प्रति विश्वनाथसिंह में न किसी प्रकार को सौहार्द्र था, न किसी प्रकार के सम्मान की भावना थी। एक नितान्त उपेक्षा थी मकोला के प्रति उनमें। ऐसी हालत में मकोला ने जो कुछ कहा उसमें विश्वनाथसिंह को एक प्रकार का हिंसात्मक अहम् दीखा। उन्होंने भी मुस्कारने का प्रयत्न करते हुए कहा, "सरकार जितना कुछ कर सकती है, करती है, उसमें कोई कसर नहीं छोड़ी है उसने। स्वयं मन्त्री जी पैदल, बैलगाड़ियों पर, जीप पर घूमते हैं। इस गरीब देश का पुनर्निर्माण करने में व्यक्तिगत कष्ट भी उठाया जाना चाहिए।"

विश्वनाथसिंह की बात पर रतनचन्द्र मकोला जोर से हँस पड़े—स्वच्छन्द मुक्त हँसी, जो विश्वनाथसिंह को विष के समान लगी, "त्याग, बलिदान, कष्ट! बड़े प्यारे और खूबसूरत शब्द हैं, जिनके कोई मतलब नहीं होते। लेकिन इन शब्दों का बहुतायत के साथ प्रयोग किया जाता है, लोगों को मूर्ख बनाने के लिए। इन शब्दों से ही गाड़ी ढकेली जा रही है। शिक्षा सब देते हैं, अमल कोई नहीं करता। सामर्थ्य और विवशता...सत्य ये दो शब्द हैं। वैसे जोखनलाल को रतनचन्द्र मकोला तुमसे ज्यादा अच्छा जानते हैं।"

2

बासुदेव चिन्तामणि देवलंकर का जन्म नागपुर में हुआ था; पालन-पोषण उनका कुछ समय के लिए झाँसी में हुआ था; शिक्षा उन्होंने इन्दौर, बम्बई और जर्मनी में पाई; पिछले कई वर्षों से वह अमेरिका में रहे और इधर कुछ वर्षों से उन्होंने अपना प्रधान कार्यालय

दिल्ली में बना रखा था। देवलंकर की अवस्था प्रायः पैंतालीस वर्ष की थी; मँझोला कद, कसरती-सा दिखनेवाला गठा हुआ बदन, आँखों में आत्मविश्वास की चमक, स्वर में दृढ़ता और मुख पर भोलेपन और कठोरता का एक विचित्र सम्मिश्रण। देवलंकर विश्वख्याति के इंजीनियर थे। बड़े-से-बड़े विदेशी इंजीनियर बाँध-निर्माण के कार्य में देवलंकर का लोहा मानते थे। 1939-45 के विश्व-युद्ध के समय वह अमेरिका के बाँध-निर्माण की एक प्रसिद्ध इंजीनियरिंग फर्म में नौकरी कर रहे थे, बड़ी ऊँची तनख्वाह पर। उनके पास पद था, धन था, मान था, मर्यादा थी।

लेकिन एक अजीब तरह का भावनात्मक पागलपन भी था उनमें, जिसके फलस्वरूप सन् 1947 में जब भारतवर्ष स्वतन्त्र हुआ वह अपनी नौकरी छोड़कर हिन्दुस्तान चले आए। देवलंकर समझते थे कि स्वतन्त्र भारत को नव-निर्माण के लिए योग्य और कुशल विशेषज्ञों और इंजीनियरों की आवश्यकता होगी। लगन के साथ अपने देश के निर्माण में वह अपने को अर्पित कर देने के लिए कटिबद्ध हो गए थे। अपने देश वापस आकर उन्होंने सरकार को अपना सहयोग देने का प्रयत्न किया, पर न जाने कितनी समस्याएँ थीं देश के सामने! देवलंकर से यही कहा गया कि वह थोड़ा ठहरें। ब्रिटिश काल की अवशिष्ट नौकरशाही के चक्कर में देवलंकर को दर-दर की ठोकरें खानी पड़ीं और धीरे-धीरे उनके अन्दरवाला सारा उत्साह मर गया। कहीं भी वह प्रवेश नहीं पा सके; हर जगह उनकी उपेक्षा की गई। देवलंकर की समझ में नहीं आ रहा था कि यह सब क्यों और कैसे हो रहा है।

पर देवलंकर की प्रतिभा की तो उपेक्षा नहीं की जा सकती थी। दुनिया के अन्य देश अपने निर्माण-कार्य में उनकी सलाह लेने के लिए उन्हें बुलाया करते थे। इसकी देखा-देखी भारत के विकास-कार्यों में भी उनकी सलाह ली जाने लगी, यद्यपि उनकी सलाह पर अमल शायद ही कभी किया गया हो।

देवलंकर निर्भीक, निस्पृह और खरे आदमी थे। झुकना और खुशामद करना उन्होंने कभी जाना ही नहीं। राजनीतिक नेताओं और सरकारी अफसरों को वह बड़ी हिकारत की नजर से देखते थे। जीवन के अनुभवों की कटुता उनमें भर गई थी न! एकाध बार उनके मन में कुंठा भी जागी। अमेरिका की जिस इंजीनियरिंग फर्म में वह काम करते थे उसने कई बार उन्हें अमेरिका वापस आने का आग्रह भी किया और वह अमेरिका जाने को तैयार भी हुए, पर हर बार उनके अन्दरवाले अहम् से भरे हठ ने उन्हें रोका... वह संघर्ष करना चाहते थे।

देवलंकर की कुंठा, उनकी घुटन और इसके साथ हठी अहम् के योग से उनका व्यक्तित्व कुछ आवश्यकता से अधिक प्रखर बन गया था। अपनी भाषा पर उनका नियन्त्रण आरम्भ से ही शिथिल था। इधर कुछ दिनों से यह नियन्त्रण बिलकुल ही जाता रहा था।

देवलंकर अविवाहित थे, अपने व्यस्त जीवन में उन्हें विवाह करने की कभी आवश्यकता ही नहीं अनुभव हुई। उनके आगे-पीछे कोई उनका ऐसा सगा-सम्बन्धी भी

न था जो उन्हें विवाह-बन्धन में जकड़ देता। देवलंकर के पिता चिन्तामणि गणेश देवलंकर साधु प्रकृति के अध्यवसायी पुरुष थे—आस्थावान्, धर्मनिष्ठ; सन्तोषी आदमी। चिन्तामणि गणेश देवलंकर को अध्यापन में जो थोड़ा-बहुत मिलता था उसने अपने परिवार का भरण-पोषण करने के साथ गरीब विद्यार्थियों की सहायता भी किया करते थे। उन्हें भगवान पर असीम आस्था थी और इसलिए संचय को वह पाप समझते थे। देवलंकर अपने पिता की प्रथम और एकमात्र सन्तान थे। उनके जन्म के दो वर्ष बाद ही उनकी माता का देहान्त हो गया। पत्नी की मृत्यु के दो वर्ष बाद चिन्तामणि गणेश देवलंकर का भी देहान्त हो गया। उस समय बासुदेव चिन्तामणि देवलंकर की अवस्था चार वर्ष की थी।

पिता के कुल में कोई ऐसा था नहीं, जो बालक बासुदेव चिन्तामणि देवलंकर का भार सँभालता। देवलंकर के मामा बालकृष्ण विनायक तड़तड़े झाँसी के लोको-वर्कशाप में फिटर थे। तड़तड़े ऊपर से जितने रूखे थे, अन्दर से उतने ही सहृदय थे। उनके स्वयं चार बच्चे थे और अपनी पत्नी के विरोध के बावजूद तड़तड़े बालक देवलंकर को अपने साथ ले आए। बालक देवलंकर कुशाग्र बुद्धि का था। यद्यपि उसकी शिक्षा का कोई भी प्रबन्ध नहीं था, फिर भी अपने भाइयों के सम्पर्क में ही उसने उस अल्पकाल में वर्णमाला सीख ली थी; गणित के छोटे-मोटे हिसाब भी करने लग गया था। तीन वर्ष बालक देवलंकर तड़तड़े के साथ रहा। एक दिन तड़तड़े की पत्नी काशीबाई के छोटे भाई सखाराम गोविन्द आप्टे झाँसी आए। आप्टे ने इन्दौर में साइकिल-मरम्मत की एक दूकान खोली थी। देवलंकर की मशीनों के प्रति अभिरुचि देखकर वह बहुत प्रभावित हुआ। काशीबाई से कहकर वह देवलंकर को अपने साथ इन्दौर ले गया। वहाँ उसने देवलंकर को स्कूल में भर्ती करा दिया और सुबह-शाम दूकान का काम लेने लगा।

देवलंकर में असाधारण प्रतिभा थी। एक-एक साल में उसने दो-दो दरजे पास किए। अपनी कक्षा में वह प्रथम आता था। उसे छात्रवृत्तियाँ मिलती गईं। जब वह हाई स्कूल में प्रथम आया तब उसके स्कूल के हेडमास्टर ने उसे बम्बई भिजवा दिया। अपने अथक परिश्रम, अपनी अटूट निष्ठा और अडिग आत्म-विश्वास के साथ वह आगे बढ़ता गया। बम्बई से वह जर्मनी गया और जर्मनी में शिक्षा समाप्त करने के बाद उसे अमेरिका में नौकरी मिल गई।

देवलंकर देखने में सुन्दर था। बम्बई में ही नहीं, विदेशों में भी वह स्त्रियों के आकर्षण का लक्ष्य रहा। यह स्त्रियों के प्रति आकर्षण उसकी उन्नति में बाधक होगा, देवलंकर ने जो कुछ देखा-सुना था उससे वह इस निर्णय पर पहुँचा था। उसके मन में आप-ही-आप स्त्रियों से दूर रहने की प्रवृत्ति आ गई थी। अध्ययन के समय तथा अपने निर्माण-काल में सिद्धान्त के रूप में स्त्रियों से दूर रहने की प्रवृत्ति धीरे-धीरे उसके जीवन और प्रकृति का एक अंग बन गई थी। उसके जीवन में केवल अपने काम के प्रति ममता थी, केवल अपनी सामर्थ्य के प्रति उसमें मोह था। उसके शरीर में अपार बल था, उसकी आत्मा में अपार बल था। पर जैसे उसे अपने बल का ज्ञान था और उस ज्ञान ने उसमें अपने को आरोपित करने की प्रवृत्ति भर दी थी।

और इस आरोपित करने की प्रवृत्ति को बल मिला था उसके संघर्षमय जीवन से। जन्मकाल से ही देवलंकर को संघर्ष करना पड़ा था। हर जगह प्रतियोगिता। और कहीं उसे सुविधा नहीं, सहारा नहीं। अनाथ, भयानक गरीबी और अभाव में पला हुआ, गुलाम और अपमानित देश का नागरिक। केवल अपनी प्रतिभा का उसे सहारा, अपनी दृढ़ता और संकल्प का उसे सहारा। सम्पन्न तथा आन और शिक्षा में अग्रगण्य। विदेशों में हरेक कदम पर उसे भयानक संघर्ष करना पड़ा था। पर जैसे विजय उसके हाथ में थी, उसके व्यक्तित्व में थी, उसके ज्ञान में थी। देवलंकर को केवल अपने ऊपर आस्था थी—भौतिक संस्कृति में डूबा हुआ देवलंकर एक प्रकार से नास्तिक था।

सैद्धान्तिक और दार्शनिक नास्तिकता किसी अंश तक कोमल होती है—चिन्तन और मनन की करुणा से ओत-प्रोत। लेकिन मनुष्य की अपनी सफलता और अपने अहम्‌वाले आत्मविश्वास से जन्म लेनेवाली नास्तिकता बड़े भयानक रूप में कठोर हुआ करती है। देवलंकर की यह नास्तिकता इतनी कठोर हो गई थी कि वह एक प्रकार की विकृति-सी दिखने लगी थी दूसरे लोगों को। पर देवलंकर की यह कठोरता उसके ज्ञान और उसकी कुशलता से प्रतिपादित होने के कारण समाज को ग्राह्य हो गई थी। देवलंकर अपनी बदमिजाजी के लिए बदनाम-सा था।

सुमनपुर से प्रायः छह मील पूर्व की ओर रोहिणी नदी हिमालय से उतरकर उत्तर प्रदेश के मैदानों में प्रवेश करती है। वहाँ वह प्रायः तीस फुट की चौड़ी धारा में पचास फुट नीचे गिरती है। रोहिणी जल-प्रपात का नाम लोगों ने बहुत कम सुना था, अगम्य स्थान पर होने के कारण। पर जिसने उस जल-प्रपात को देखा वहीं उसकी सुन्दरता पर मुग्ध हो गया। जिस स्थान पर रोहिणी का जल-प्रपात था वहाँ से प्रायः बीस-पच्चीस मील हिमालय की पर्वतमालाओं के बीच रोहिणी एक घाटी के बीच में बहती थी। उत्तर प्रदेश के इंजीनियरों ने जब उस स्थान को देखा तो उनका मत हुआ कि उस स्थान पर एक बाँध बनाकर बहुत बड़ी मात्रा में जल-विद्युत प्राप्त की जा सकती है। यह जल-विद्युत आसपास के दस-बारह जिलों के औद्योगीकरण में सहायक हो सकती है। इस सम्बन्ध में विदेशी विशेषज्ञों से लिखा-पढ़ी हुई। इन विशेषज्ञों में फ्रांस के प्रसिद्ध इंजीनियर दूपाँ का भी नाम था।

इस बीच श्री जोखनलाल को एक डेलीगेशन में जेनेवा जाने का मौका मिला। जेनेवा जाकर जोखनलाल ने सोचा कि पेरिस चलकर दूपाँ से भी बात कर ली जाए। श्री जोखनलाल के साथ चीफ़ इंजीनियर भी थे। दूपाँ ने इन लोगों से मिलने पर अपनी सारी स्थिति स्पष्ट कर दी, "मैं हिन्दुस्तान आना चाहता था, लेकिन इस बीच ईजिप्ट का अलबहरा बाँध बनाने के लिए मेरी नियुक्ति हो गई है और मैं उसमें लग गया हूँ। ऐसी हालत में मैं हिन्दुस्तान आने में असमर्थ हूँ। लेकिन मेरी समझ में एक बात नहीं आती। आपके देश के प्रसिद्ध इंजीनियर देवलंकर ने अलबहरा बाँध की सारी योजना बनाई थी। जब उसे बाँध-निर्माण का काम हाथ में लेने को कहा गया तब उसने साफ इनकार कर दिया। दस हज़ार डालर प्रति मास देने को तैयार थी इजिप्शियन सरकार

उसे, लेकिन अजीब पागल आदमी है। हिन्दुस्तान छोड़कर कहीं बाहर नहीं जाना चाहता। मेरी समझ में नहीं आता कि आपकी सरकार इस देवलंकर का सहयोग क्यों नहीं लेती!''

जोखनलाल ने बाद में चीफ़ इंजीनियर को बहुत डाँटा। हिन्दुस्तान लौटकर जोखनलाल ने देवलंकर की तलाश करवाई। और फिर देवलंकर को सुमनपुर आमन्त्रित किया गया कि वह रोहिणी जल-प्रपात का निरीक्षण करके बतलाएँ कि वहाँ बाँध बँध सकता है या नहीं और अगर बाँध बँध सकता हो तो इस काम को वह अपने हाथों में ले लें।

देवलंकर रतनचन्द्र मकोला के पीछे खड़ा था। रतनचन्द्र मकोला ने जो बात विश्वनाथसिंह से कही उससे देवलंकर की तबीयत खुश हो गई। वैसे मकोला का नाम देवलंकर ने पहले सुन रखा था, पर मकोला से उसका कोई परिचय नहीं हुआ था। सबको उपेक्षा और हीन भावना से देखनेवाला हँस पड़ा : ''कितना बड़ा सत्य कह गए हैं आप, शायद आपको स्वयं इसका पता न होगा। मैंने कभी जोखनलाल मिनिस्टर को नहीं देखा, लेकिन सुनता हूँ कि बड़ा बना हुआ चलता-पुरजा आदमी है। एक-से-एक बढ़कर पाजियों को इकट्ठा कर रखा है उसने अपने इर्द-गिर्द!''

विश्वनाथसिंह की समझ में न आ रहा था कि यह क्यों और कैसे हो रहा है। उसे यह तो पता था कि जो लोग जोखनलाल के अतिथि के रूप में आ रहे हैं उनकी गणना भारतवर्ष की ही नहीं, विश्व की महान् विभूतियों में होती है। लेकिन इन महान् विभूतियों के पास शिष्टता, शालीनता, संयम का इतना अभाव होगा, यह उन्होंने कभी नहीं सोचा था। आश्चर्यचकित वह उन लोगों को देख रहा था।

इस बातचीत में देवलंकर का कूद पड़ना मकोला को अच्छा नहीं लगा। लेकिन मकोला अपनी शिष्टता और विनय की आदत से मजबूर थे। जिस समय देवलंकर ने अपनी बात कही थी मकोला अपने चाँदी के गिलौरीदान से पान खा रहे थे। उन्होंने गिलौरीदान देवलंकर की ओर बढ़ाते हुए कहा, ''आपसे मिलने का कभी अवसर नहीं मिला, वैसे आपकी शक्ल कुछ पहचानी-सी अवश्य लगती है। आपका परिचय! लीजिए, पान खाइए।''

''धन्यवाद! मैं पत्तियाँ नहीं चबाता।'' और देवलंकर ने अपनी जेब से एक सिगार निकाला, ''मैं देवलंकर हूँ, बासुदेव चिन्तामणि देवलंकर। और आप शायद भारत के प्रसिद्ध उद्योगपति मकोला हैं। गणासिया बाँध को बँधवाने का ठेका आपकी ही फर्म ने लिया था जो दूसरी बरसात में बह गया था। मन्त्री पूँजीपतियों को उपकृत करते हैं, सरकारी अफ़सर रिश्वत खाते हैं, ठेकेदार चोरबाज़ारी करता है और मज़दूर हरामखोरी करते हैं। किसी का कोई कसूर नहीं। बाँध बँधेंगे और टूटेंगे, कारखाने लगाएँ जाएँगे और ठप्प पड़े रहेंगे और जनता के लोग पैसे-पैसे पर जान देंगे और बेईमानियाँ करेंगे। इस तरह हमारे देश का निर्माण होता रहेगा।''

यह कहकर देवलंकर ने अपना सिगार सुलगाया और वहाँ खड़े हुए व्यक्तियों पर नज़र डाली। फिर उसने उन सबसे पूछा, ''आप लोगों में अगर किसी को शौक हो तो सिगार हाज़िर है। वैसे बड़ा सख्त सिगार है यह।''

3

"लाइए, आपका सिगार है तो होगा असली हवाना ही। आपका चित्र हमने अपने पत्र में छापा था जब आपने अलबहरा बाँध के निर्माण के लिए दस हज़ार डालर यानी करीब पैंतालीस हज़ार रुपये महीने की नौकरी अस्वीकृत कर दी थी। लेकिन दिल्ली में रहते हुए भी आपके दर्शनों का सौभाग्य प्राप्त नहीं हुआ।" ज्ञानेश्वर राव ने बढ़कर देवलंकर का सिगार लेते हुए कहा।

श्री ज्ञानेश्वर राव तैलंग ब्राह्मण थे और आन्ध्र के रहनेवाले थे। वह दिल्ली के सुप्रसिद्ध दैनिक पत्र 'रिपब्लिक' के प्रधान सम्पादक थे। 'रिपब्लिक' का हिन्दुस्तान में ही नहीं, विदशों में भी बहुत मान था। अन्तर्राष्ट्रीय प्रश्नों पर 'रिपब्लिक' के लेख दुनिया-भर में बड़े ध्यान से पढ़े जाते थे। वैसे 'रिपब्लिक' के मालिक हिन्दुस्तान के प्रमुख पूँजीपति श्री शिवलाल दागड़ा थे, लेकिन 'रिपब्लिक' की नीति पर ज्ञानेश्वर राव हावी थे। दागड़ा के व्यक्तिगत हितों की रक्षा करते हुए ज्ञानेश्वर राव 'रिपब्लिक' में अपनी मनचाही नीति चलाने के लिए स्वतन्त्र थे।

ज्ञानेश्वर राव की भाषा में ज़ोर होता था; उनकी शैली में ज़ोर होता था। कहा जाता है कि ज्ञानेश्वर राव भारतीय वैदेशिक नीति के सबसे बड़े समर्थक थे और भारत के प्रधानमन्त्री की नीति पर उनकी असीम आस्था थी। पर ज्ञानेश्वर राव स्पष्ट वक्ता थे; कड़ी और अप्रिय आलोचना के लिए 'रिपब्लिक' प्रसिद्ध था। ज्ञानेश्वर राव किसी की खुशामद कर ही नहीं सकते और उनके इस गुण से प्रधानमन्त्री बहुत अधिक प्रभावित थे। सम्भवतः इसीलिए ज्ञानेश्वर राव को प्रधानमन्त्री के विशिष्ट सलाहकार होने का पद प्राप्त था। सम्पादन में 'रिपब्लिक' से अधिक निष्पक्ष पत्र कोई समझा नहीं जाता था।

ज्ञानेश्वर राव ने पत्रकारिता की प्रारम्भिक शिक्षा इंग्लैंड में पाई थी। युद्धकाल में वह बहुत सफल रिपोर्टर माने जाते थे। वह ग्रीस में रहे, ईजिप्ट में रहे, फ्रांस में रहे, जहाँ भी उन्हें भेजा गया, अपनी जान को जोखिम में डालकर उन्होंने युद्ध को स्वयं देखा, उसका सविस्तार वर्णन उन्होंने किया। नाज़ी जर्मनी के विरोधी होने के कारण ज्ञानेश्वर राव का झुकाव स्वभावतः समाजवाद की ओर हो गया, और इस झुकाव का सबसे बड़ा कारण था उनका एक पोलिश लड़की से विवाह कर लेना जो पोलैंड पर जर्मनी के आक्रमण के समय इंग्लैंड चली आई थी और जिसके माता-पिता बाद में कम्युनिस्ट हो गए थे। उस पोलिश लड़की से जब उनका विवाह हुआ था उस समय उनकी भारतीय पत्नी एक महिला-कॉलेज में अध्यापिका का काम करके अपना जीवन काट रही थी और उनके नाम की माला जप रही थी। युद्ध समाप्त होने पर उनकी भारतीय पत्नी को पता चला कि उसके पति महोदय ने दूसरा विवाह कर लिया है और उसे छोड़ चुके हैं। यह खबर पाकर उसने ज्ञानेश्वर राव पर गुज़र-बसर का मुक़दमा दायर कर दिया। इसके सिलसिले में जब वह भारत लौटे तो उनकी पोलिश पत्नी वालिया जबर्दस्ती उनके साथ चली आई।

ज्ञानेश्वर राव की भारतीय पत्नी सुन्दर थी, शिक्षित थी। आपसी समझौता हो जाने के बाद उनकी भारतीय पत्नी ने दूसरा विवाह कर लिया था। इस समझौते में ज्ञानेश्वर राव को भारत में काफ़ी समय लग गया। इस बीच श्री शिवलाल दागड़ा ने दिल्ली के डूबते हुए 'रिपब्लिक' पत्र को खरीद लिया और ज्ञानेश्वर राव को उसका सम्पादक बना दिया। इस सम्बन्ध में दोनों ओर से किसी प्रकार की भूल नहीं हुई।

ज्ञानेश्वर राव की अवस्था लगभग चालीस वर्ष की थी, लेकिन पत्रकारिता-जगत में उनका आदर और मान अद्वितीय था। ज्ञानेश्वर राव की प्रतिभा को सारे देश में मुक्त कंठ से स्वीकार किया जाता था और 'रिपब्लिक' को कुछ लोग निःसंकोच भारतवर्ष का सर्वश्रेष्ठ पत्र मानते थे। ज्ञानेश्वर राव की व्यक्तिगत पहुँच विश्व के प्रमुख राजनीतिज्ञों तक थी।

ज्ञानेश्वर राव की पत्नी वालिया और ज्ञानेश्वर राव में उस दिन से कुछ तनाव पैदा हो गया, जिस दिन वालिया को यह पता चला कि ज्ञानेश्वर राव ने उससे विवाह करने के समय उसे धोखा दिया था, अपने विवाहित होने की बात छिपाकर। यद्यपि ज्ञानेश्वर राव की भारतीय पत्नीवाला किस्सा सुलझ गया, पर इस तनाव में कमी आने के स्थान पर यह तनाव धीरे-धीरे बढ़ता ही गया। ज्ञानेश्वर राव को भी अब वालिया में दुर्गुण दिखने लगे। वालिया सुन्दरी थी और ज्ञानेश्वर राव को वालिया का अन्य पुरुषों से अधिक मिलना-जुलना पसन्द न था। ज्ञानेश्वर राव कभी-कभी शराब में धुत होकर गाली-गलौज करने लगते थे। वह वालिया को शराब पीने से हमेशा रोकते थे। वालिया के दो बच्चे थे—एक लड़का और एक लड़की। ज्ञानेश्वर राव अपने बच्चों को शिक्षा पाने के लिए इंग्लैंड भेजना चाहते थे, पर वालिया इसका विरोध करती थी।

दिल्ली में छह वर्ष रहने के कारण वह हिन्दी अच्छी तरह बोलने और समझने लगे थे, पर उन्होंने हिन्दी लिखने और पढ़ने का कभी कोई प्रयत्न नहीं किया। वह खुल्लमखुल्ला हिन्दी को असभ्यों की अविकसित भाषा घोषित करते थे। जिस दिन हिन्दी भारत की राज्य-भाषा घोषित हो गई, उन्हें बहुत बुरा लगा था और उसके बाद उन्होंने हिन्दी के विरुद्ध लगातार जो तीन सम्पादकीय लेख लिखे थे, उन्हें इंग्लैंड और अमेरिका के पत्रों ने उद्धृत किया था और उन लेखों की उन पत्रों ने भूरि-भूरि प्रशंसा की थी। ज्ञानेश्वर राव भारत की प्रादेशिक भाषाओं और विशेषतः हिन्दी-विरोध के लिए प्रसिद्ध थे। यहाँ यह भी बतला देना अनुचित न होगा कि श्री शिवलाल दागड़ा की मातृभाषा हिन्दी थी और वह अपने हिन्दी-प्रेम के लिए प्रसिद्ध थे। कुछ लोगों ने ज्ञानेश्वर राव के हिन्दी-विरोध की बात को हँसकर टाल दिया। ज्ञानेश्वर राव दागड़ा की शक्ति थे। अपनी शक्ति का तिरस्कार या विरोध कोई भी नहीं करता। लेकिन इस हिन्दी-विरोध को लेकर वालिया और ज्ञानेश्वर राव में बड़ा गहरा मतभेद हो गया। वालिया यद्यपि टूटी-फूटी हिन्दी ही बोलती थी, पर इस बीच उसने हिन्दी का लिखना-पढ़ना अच्छी तरह सीख लिया था। वालिया अंग्रेजी-प्रेम को विदेशी गुलामी का प्रतीक मानती थी और वह ज्ञानेश्वर राव को अमेरिका तथा ब्रिटेन का मानसिक गुलाम समझती थी।

जोखनलाल ने ज्ञानेश्वर राव को क्यों आमन्त्रित किया और ज्ञानेश्वर राव ने जोखनलाल का निमन्त्रण क्यों स्वीकार कर लिया, इसकी भी बड़ी विचित्र कहानी है। जोखनलाल के सम्बन्ध में केन्द्रीय सरकार का मत अच्छा नहीं था और जब सुमनपुर की योजना लेकर जोखनलाल दिल्ली गए, लोगों का कहना है कि प्रधानमन्त्री ने उनसे बातचीत भी नहीं की। जोखनलाल इस बात पर बहुत दुखी हुए और उन्होंने अपने कुछ मित्रों से यह बात भी चलाई। इस पर उनके किसी मित्र ने उन्हें सुझाव दिया कि अगर जोखनलाल ज्ञानेश्वर राव के जरिए प्रधानमन्त्री के पास जाएँ और इस योजना पर ज्ञानेश्वर राव से अपने पत्र में कुछ लिखवा सकें तो काम बन सकता है। जोखनलाल ने अपने मित्रों की बात पर अमल किया। वैसे ज्ञानेश्वर राव की भी जोखनलाल के सम्बन्ध में वही धारणा थी जो अन्य लोगों की थी, पर जोखनलाल ने किसी तरह ज्ञानेश्वर राव की सहायता प्राप्त कर ही ली। जोखनलाल की योजना केन्द्रीय सरकार द्वारा स्वीकृत हो गई। यही नहीं, ज्ञानेश्वर राव ने अमेरिकी सहायता दिलाने का भी वायदा कर लिया। इसके बाद तो जोखनलाल ज्ञानेश्वर राव के शिष्य, मित्र और न जाने क्या-क्या हो गए। यह मित्रता इतनी बढ़ी कि जोखनलाल ज्ञानेश्वर राव के घर में ही ठहरने लगे। यही नहीं, जोखनलाल ने ज्ञानेश्वर राव से यह वायदा भी कर लिया था कि वह उन्हें उत्तर प्रदेश से राज्यसभा में भी भेज देंगे।

जोखनलाल चाहते थे कि सुमनपुर योजना का दुनिया में इतना ही अधिक प्रचार हो जितना भाखड़ा नंगल या दामोदर घाटी या किसी भी अन्तर्राष्ट्रीय स्तर पर बननेवाली योजना का होता है। ज्ञानेश्वर राव को जोखनलाल ने एक महीने के लिए उत्तर प्रदेश घूमने को बुलाया था। इधर ज्ञानेश्वर राव का मन अपनी पत्नी के साथ तनाव के कारण उद्विग्न था तथा उन्हें वायु और वातावरण-परिवर्तन की आवश्यकता थी। जोखनलाल का निमन्त्रण उन्होंने तत्काल स्वीकार कर लिया।

देवलंकर ने ज्ञानेश्वर राव को सिर से पैर तक देखा। वैसे 'रिपब्लिक' पत्र उन्हें कभी पसन्द नहीं आया। 'रिपब्लिक' में जिस अन्तर्राष्ट्रीय दृष्टिकोण को प्रधानता दी जाती थी, देवलंकर का दृष्टिकोण उससे सर्वथा भिन्न था। देवलंकर के अन्दर न जाने कैसे अपने माता-पिता के संस्कार आ गए थे। वह मुख्यतः हिन्दू थे। इसके बाद वह भारतीय थे। पर देवलंकर के विदेशों में प्रवास के कारण उनमें सहिष्णुता तथा समन्वय की भावना आ गई थी इसलिए वह तत्काल यह निर्णय न कर सके कि ज्ञानेश्वर राव को पसन्द किया जाए या नापसन्द किया जाए। देवलंकर ने सिगार ज्ञानेश्वर को देते हुए कहा, "जी, आपसे आज अनायास मिलकर बड़ी प्रसन्नता हुई। मुझमें एक ख़राब आदत पड़ गई है, मैं समाज में मिलता-जुलता बहुत कम हूँ। आपसे मिलने का कभी अवसर ही नहीं आया। लेकिन मैं आपके पत्र को बराबर पढ़ता हूँ, आपके अन्तर्राष्ट्रीय दृष्टिकोण के कारण। एक ओर आपकी समाजवादी विचारधारा, दूसरी ओर आपकी पूँजीवादी देशों पर प्रभाव! मैं आपको इस अनोखी सफलता पर बधाई दे सकता हूँ।"

ज्ञानेश्वर राव ने गर्व के साथ देवलंकर को देखते हुए उत्तर दिया, "इसे ही वास्तव में राष्ट्रवादी पत्रकारिता कहते हैं। हमारे देश का हित, और मैं कहता हूँ कि सारे विश्व का हित मिली-जुली आर्थिक नीति में है। इसी नीति के कारण भारत का मस्तक इतना ऊँचा है। हमारा देश कम्युनिज़्म और केपिटलिज़्म में समन्वय स्थापित करके ही विश्व का नेतृत्व कर सकता है।"

इसी समय बग़ल से आवाज आई, "समन्वय! अहा...हा! आपने मेरी ज़बान से बात खींच ली है। समन्वय। गांधीवाद स्वयं में समन्वय है, जवाहरलाल गांधीजी के उत्तराधिकारी के रूप में विश्व का नेतृत्व कर रहे हैं। जिस प्रकार बुद्ध को अशोक ने विश्व में स्थापित किया, उसी प्रकार नेहरू गांधी को विश्व में स्थापित कर रहे हैं। समन्वय...समन्वय कहते सब हैं, गला फाड़कर चिल्लाते हैं, लेकिन मैं पूछता हूँ कि इस समन्वय के रूप को किसने देखा है, किसने पहचाना है?" और इसके बाद एक खुली हुई मधुर हँसी!

इस बात को कहनेवाला व्यक्ति खादी का गरारेदार पाजामा पहने था; उस पर खादी का कुर्ता। सुन्दर आकृतिवाला लम्बा-सा आदमी, रंग कंचन की तरह सुनहरा और स्वस्थ आँखों में एक तरह की चमक। उसके सिर पर गांधी टोपी थी और अपनी जवाहर जॉकिट वह हाथ में लिए था।

4

पंडित शिवानन्द शर्मा की स्वर्ण-जयन्ती एक महीना हुआ मेरठ में मनाई गई थी जहाँ के वह रहनेवाले थे। उनके उपन्यास 'एक ही रास्ता' का अंग्रेज़ी अनुवाद 'दि ओनली पाथ' क़रीब दो महीने पहले इंग्लैंड में प्रकाशित हुआ था और अंग्रेजी के साहित्य-क्षेत्र में उस उपन्यास तथा शर्माजी की बड़ी प्रशंसा हुई थी। उनका यह उपन्यास दो साल पहले हिन्दी में प्रकाशित हुआ था और हिन्दी के कुछ आलोचकों ने इस उपन्यास की प्रशंसा भी की थी। पर दो साल में इसका प्रथम संस्करण नहीं बिक पाया था। अधिकांश हिन्दीवालों ने इस उपन्यास की उपेक्षा की थी। इसका कारण सम्भवतः यह था कि लोग पंडित शिवानन्द शर्मा को साहित्यिक आदमी न मानकर राजनीतिक आदमी मानते थे। और इसीलिए शायद उस अधिकांश हिन्दी के साहित्यकारों ने शर्माजी की उपेक्षा की थी।

पंडित शिवानन्द शर्मा का जीवन भयानक संघर्ष का जीवन रहा था। भावना-प्रधान नवयुवक, उन्होंने अपने साहित्यिक जीवन का श्रीगणेश कवि की हैसियत से किया था। प्राणों में एक प्रकार का उद्वेलन, भावना में अपने को खो देने की प्रवृत्ति; शिवानन्द शर्मा अंग्रेज़ी की गुलामी से मुक्त होने वाले संघर्ष से अपने को अलग नहीं रख सके। उनकी लेखनी में ही नहीं, उनकी वाणी में भी सरस्वती का निवास था, और इसलिए उन्हें सहज ही जन नेतृत्व प्राप्त हो गया था। सन् 1930 के आन्दोलन में वह जेल गए और इसके बाद भारत की स्वतन्त्रता-प्राप्ति के पहले तक जेल को उन्होंने अपना एक अस्थायी-सा घर बना लिया।

शिवानन्द शर्मा का जन्म एक निम्न-मध्यकुलीन परिवार में हुआ था। उनके पिता का देहान्त उनके बाल्यकाल में ही हो गया था, उनकी माता ने चक्की चलाकर तथा पड़ोसवालों की गुलामी करके अपने पुत्र को शिक्षा दिलाई थी। शिवानन्द में प्रतिभा थी; ओज था। उनकी माता को उनसे बड़ी आशाएँ थीं; अच्छी सरकारी नौकरी शिवानन्द को मिल जाए, यह उनका उद्देश्य था। उनके बाल्यकाल में ही उनकी माता ने उनका विवाह पासवाले गाँव की एक गृह-कार्य में कुशल और सुन्दरी कन्या से कर दिया था। सास-बहु मिलकर दिन-भर मेहनत करती थीं और शिवानन्द प्रयाग विश्वविद्यालय में शिक्षा पा रहे थे तथा कविता कर रहे थे। शिवानन्द शर्मा को सरकारी नौकरी का कोई मोह न था। कवि होने के नाते अच्छा डिवीजन पानेवाला अध्यवसाय उनकी पहुँच के बाहर था, इसलिए बी. ए. पास होने के बाद उन्होंने इलाहाबाद के हिन्दी दैनिक 'विकास' में उप-सम्पादक की हैसियत से नौकरी कर ली। पत्रकारिता के जीवन में वह राजनीति के सम्पर्क में आए; भावना-प्रधान प्राणी होने के नाते वह स्वतन्त्रता के संघर्ष में भी दिलचस्पी लेने लगे।

शिवानन्द की पत्नी को, जब वह बी.ए. में थे, क्षय रोग हो गया था। भयानक गरीबी और अभाव के कारण उनकी पत्नी की चिकित्सा न हो सकी और एक साल की बीमारी के बाद वह अपने पति की उन्नति की साध लिए हुए इस दुनिया को छोड़ गई। पत्नी की मृत्यु से शिवानन्द को उतना दुख नहीं हुआ जितना होना चाहिए था। उन्होंने अपनी पत्नी से कभी प्रेम किया ही नहीं था। दासी के रूप में पत्नी ने उनकी सेवा की, पशु की भाँति उसने घर का काम-काज चलाया था। शिवानन्द के अन्दरवाला कवि तो रूमानी प्रेम के लिए छटपटा रहा था। वैसे शिवानन्द की सुन्दरता, उनकी प्रतिभा तथा उनके ओज के कारण स्त्रियाँ सहज ही उनकी ओर आकृष्ट हो जाती थीं, पर उस आकर्षण में रूमानी प्रेम शिवानन्द को नहीं दीखता था।

सन् 1930 के आन्दोलन में शिवानन्द जेल गए और वहाँ से लौटकर वह राजनीति में पूरी तरह आ गए। जिला और प्रदेश कांग्रेस कमेटियों के वह मन्त्री बने, अध्यक्ष बने। अपने त्याग और बलिदान तथा अपनी प्रतिभा के कारण समाज में मान्य तथा प्रतिष्ठित नेता के रूप में स्वीकृत हो गए, लेकिन उनकी आर्थिक स्थिति में कोई सुधार नहीं हो पाया। इस आर्थिक अवस्था को सुधारने की न उनके अन्दर किसी प्रकार की अभिलाषा थी और न उनमें योग्यता थी। इस अर्थ के सम्बन्ध में उन्हें कुछ कटु अनुभव भी हुए। उन्होंने देखा कि त्याग, बलिदान, प्रतिभा और ओज की एक सीमा है। उस सीमा को केवल अर्थ ही तोड़ सकता है। केवल अर्थ के बल पर उन्होंने कुछ लोगों को अपने से अधिक महत्त्वपूर्ण स्थानों पर पाया। जिसे वह रूमानी प्रेम समझते थे, अर्थ के अभाव में वह केवल उन्माद कहला सकता है। और एक के बाद एक असफल प्रेम का उन्हें सामना करना पड़ा।

प्रेम की निरन्तर असफलता ने उनकी प्रतिभा के विकास में सहायता दी, शर्माजी के प्रेमियों का ऐसा मत था। जहाँ तक शिवानन्द का प्रश्न था उन्होंने इन असफलताओं

को केवल अनुभवों के रूप में ग्रहण किया। इनसे उनके जीवन में किसी प्रकार की कटुता की विकृति नहीं आने पाई। उनका सामाजिक और विशेष रूप से उनका राजनीतिक जीवन सफल था। शिवानन्द शर्मा को इससे सन्तोष था। उनकी माता ने उनका दूसरा विवाह करने का बड़ा आग्रह किया, पर उनकी जाति और समाज में शिक्षित और सुन्दर कन्या का मिलना असम्भव था, खासतौर से उनकी आर्थिक स्थितिवाले आदमी के लिए। और इसलिए उन्होंने गाँव की किसी कन्या से विवाह करने से इनकार कर दिया। वह नगर की किसी विजातीय कन्या से विवाह करना चाहते थे, जिसमें उन्हें सफलता नहीं मिली। पर शरीर को तो अपना धर्म निबाहना था। शिवानन्द शर्मा में स्त्रियों के प्रति एक प्रकार की कमज़ोरी आ गई थी। विवाह के वैध प्रेम का स्थान अवैध प्रेम ने ले लिया। इस अवैध सम्बन्ध के लिए शिवानन्द का व्यक्तित्व बहुत सहायक था। लेकिन अवैध सम्बन्धों में बदनामी का खतरा तो लगा ही रहता है। पंडित शिवानन्द शर्मा स्त्री के मामले में काफ़ी बदनाम थे।

भारतवर्ष जब स्वतन्त्र हुआ, उस समय शिवानन्द शर्मा की अवस्था लगभग पैंतालीस वर्ष की थी। उस वर्ष वह केन्द्रीय विधान परिषद् के सदस्य चुन लिए गए और वह इलाहाबाद छोड़कर स्थायी रूप से दिल्ली में बस गए। इसके बाद वह पार्लियामेंट के सदस्य भी हो गए। पर आरम्भ में ही अक्खड़ और स्पष्टवक्ता, आदर्शवाद और मानवीय विकृतियों के विचित्र सम्मिश्रण से युक्त, देश की स्वतन्त्रता ही पंडित शिवानन्द शर्मा के राजनीतिक जीवन के अन्त के रूप में आई। राजनीतिक दाँव-पेच में उनकी गति नहीं थी, उनके गुणों को घटाकर मूल्यांकन किया गया, उनकी कमज़ोरियों को बढ़ाकर प्रदर्शित किया गया और पंडित शिवानन्द शर्मा विमूढ़ तथा हतप्रभ-से देखते रहे, देखते रहे। राजनीति से उन्हें बाहर निकाल फेंकने का साहस तो किसी को हुआ नहीं, राजनीति में उनकी जड़ें बहुत गहरी जमी हुई थीं, लेकिन उनका आगे बढ़ना रोक दिया गया। वह केवल एम.पी. बनकर रह गए और तब कहीं जाकर शिवानन्द शर्मा को अपने साहित्य की याद आई। वह अपने अन्दरवाली कुंठा और घुटन को दबाने के लिए, या यह कहना अधिक उचित होगा कि उन्हें अपने अन्दर से निकाल फेंकने के लिए साहित्य के सृजन में लग गए। इसमें उन्हें अपेक्षित सफलता भी मिली। वैसे हिन्दी के आलोचना-जगत् ने उन्हें राजनीति का आदमी मानकर उनके साहित्य की ओर ध्यान देने की आवश्यकता नहीं समझी और आलोचकों द्वारा उनकी उपेक्षा की गई, पर प्रतिभा को दबाया नहीं जा सकता। पाठकों में उनके उपन्यासों की माँग थी। राजर्नातिवाली उनके अन्दर की कटुता जिस समय साहित्य-क्षेत्र में आने का ज़ोर मार रही थी, अनायास उसी समय उनके एक मित्र ने उनके उपन्यास 'केवल एक रास्ता' का अनुवाद अंग्रेज़ी में करके उसे छपा दिया। अंग्रेज़ी के आलोचकों ने उसकी बड़ी प्रशंसा की और तब कहीं हिन्दी के आलोचकों ने यह अनुभव किया कि एक महान् लेखक की उनसे उपेक्षा हो गई। यह संयोग की बात थी कि इधर शर्माजी की ख्याति बढ़ी और उधर उन्होंने जीवन के पचास वर्ष पूरे किए। मेरठ नगर के साहित्यिकों और नागरिकों ने मिलकर उनकी

स्वर्ण-जयन्ती मनाई; सारे देश में शर्माजी को सम्मान दिया गया। इससे पंडित शिवानन्द शर्मा के अन्दर जितनी नई और पुरानी कटुता थी वह सब एकबारगी ही गायब हो गई।

जोखनलाल किसी समय राजनीति में पंडित शिवानन्द शर्मा के अनुयायी और शिष्य थे। पर शिवानन्द के पराभव-काल में जोखनलाल मानो शिवानन्द शर्मा के अस्तित्व को ही भूल गए थे। इधर जब अंग्रेज़ी के पत्रों में शिवानन्द शर्मा को अन्तर्राष्ट्रीय ख्याति का साहित्यकार माना गया तथा देश-भर में उनकी स्वर्ण-जयन्ती मनाई गई, तब जोखनलाल को अपने गुरु की अनायास ही याद आ गई। उन्होंने पंडित शिवानन्द शर्मा को असीम श्रद्धा और प्रेम से भरा पत्र लिखा जिसमें उन्होंने शिवानन्द शर्मा को सुमनपुर आकर एक महीने के लिए अपने साथ रहने का आग्रह किया। पंडित शिवानन्द शर्मा भी एक महीना बाहर रहकर अपने नए उपन्यास की रूपरेखा बनाना चाहते थे; जोखनलाल का निमन्त्रण उन्होंने स्वीकार कर लिया।

शर्माजी की आवाज सुनकर ज्ञानेश्वर राव चौंक उठे, "अरे शर्माजी, आप! क्या आप भी सुमनपुर चल रहे हैं हम लोगों के साथ?"

रतनचन्द्र मकोला ने झुककर शर्माजी को प्रणाम किया, "आप अच्छे मिल गए, शर्माजी! लीजिए, पान खाइए। चलिए, आपकी कविताओं का रसास्वादन करने को मिलेगा हम लोगों को!"

मकोला की इस बात से शर्माजी भड़क उठे। पान तो उन्होंने ले लिया, पर उन्होंने कड़े स्वर में कहा, "अब समझा, तो उस...जोखनलाल ने तुम लोगों का मेरी कविताओं से मनोरंजन करने के लिए मुझे बुलाया है!"

विश्वनाथसिंह को साहित्य में शौक था और वह पंडित शिवानन्द शर्मा के एक तरह से भक्त थे। उन्होंने कहा, "आप तो महान् हैं, शर्माजी, मान-अपमान से परे हैं। आप यह क्यों नहीं समझते कि दूसरे लोगों से आपका मनोरंजन हो सकता है।"

शिवानन्द शर्मा ने विश्वनाथसिंह की पीठ पर हाथ रखते हुए कहा, "हाँ, यह तुमने पते की बात कही। यह समन्वयवाला मार्ग बड़ा कठिन है। इस पर दिमाग को ठीक रखकर ही चला जा सकता है।" उन्होंने मकोला को जो कटु उत्तर दिया था उसकी क्षमा-याचना करते हुए वहाँ एकत्रित समुदाय को देखते हुए कहा, "बात यह है यारो कि मैं थोड़ा-सा भावनात्मक आदमी ठहरा और आज की दुनिया है वस्तुवादी सभ्यता की, जहाँ मक्कारी, धोखाधड़ी आदि बड़े ज़ोरों के साथ चलते रहते हैं। तो मेरी बात का आप लोग बुरा न मानिएगा।"

और शर्मा जी की बात का उत्तर दिया इन लोगों के समुदाय के कुछ पीछे खड़े हुए एक आदमी ने, जो बड़े ध्यान से अपने आगे-पीछे, इधर-उधर वाले जंगल को देख रहा था। उसके मुख पर आत्मानुभूति और सन्तोष-सी दिखनेवाली हलकी-सी मुस्कराहट थी, जैसे वह अपने आस-पासवाली प्रकृति से एकरस रहा हो। उसने कहा, "शर्माजी, आप अपने इर्द-गिर्दवाली मक्कारी और धोखाधड़ी को क्यों देखते हैं और अगर वह खुद-ब-खुद दिख जाती हो तो उसे अहमियत क्यों देते हैं? यह मक्कारी और धोखाधड़ी

आपको कुरूप इसलिए दिखती है कि आप अपने को कुदरत की खूबसूरती में खो नहीं देना चाहते हैं। इस कुदरत को देखिए, मीलों फैला हुआ जंगल जैसे सो रहा हो, कहीं कोई हरकत नहीं, कहीं कोई आवाज़ नहीं। कितना सकून है यहाँ इस वक्त। लेकिन यह सकून मौत का है, यह शान्ति निष्क्रियता की है। हमें इसमें 'लाइफ़' क्रियेट करनी पड़ेगी, यानी ज़िन्दगी जगानी होगी। आप साहित्यकार हैं, कवि हैं, लेकिन आपसे बड़ा शायर है वह साइंसटिस्ट जो इस जंगल को काट-छाँटकर यह खूबसूरती का अमला पैदा करके यहाँ नवीन जीवन जाग्रत करेगा। आप अलफ़ाज यानी शब्दों के साथ खिलवाड़ करते हैं और हम साइंसटिस्ट प्रकृति के साथ खिलवाड़...नहीं, यह कहना गलत होगा खिलवाड़ नहीं करते, बल्कि प्रकृति को बनाते-सँवारते हैं।''

जिस व्यक्ति ने यह बात कही थी वह मँझोले कद का और इकहरे बदन का एक गोरा-सा खूबसूरत आदमी था, जिसके आधे से अधिक बाल सन की तरह सफेद हो गए थे। उसकी मुखाकृति बड़ी सुन्दर और पैनी थी, बड़ी-सी नुकीली नाक, पतले-पतले होठ, जिनसे मानो रक्त टपका पड़ता हो, आँखें बड़ी-बड़ी काली-सी दिखनेवाली गहरी नीली, मत्था सुडौल, न बहुत ऊँचा और न बहुत सँकरा, बाल बीच से कढ़े हुए। ठीक किसी सुन्दर ग्रीक-प्रतिमा की भाँति वह दिख रहा था। शरीर में एक तरह की चुस्ती और तनाव, मुद्रा में एक प्रकार की कृत्रिम लापरवाही!

शिवानन्द शर्मा ने उस आदमी को आश्चर्य के साथ देखते हुए कहा, ''अरे, आप मंसूर साहेब? मैंने तो सुना था कि आप आर्टिस्ट डेलीगेशन के साथ पोलैंड गए हुए हैं।''

''जी, वहाँ से करीब एक हफ्ता पहले वापसी हुई है। क्या शानदार डेलीगेशन था! धूम मच गई थी वहाँ पर! सीमा को इन्चार्ज बनाकर ज़ल्दी लौटना पड़ा, राजस्थान के सरूपनगर का प्लैन पूरा करना था न। मास्को के आर्कीटेक्ट गिगारिन ने उस प्लैन को चुराने की कोशिश की थी जनाब! वह तो यों कहिए कि वह प्लैन मेरे अटेची-केस में था नहीं। अमेरिकन आर्कीटेक्ट बर्क को वह प्लैन इतना पसन्द आया कि उसकी एक कापी करने के लिए वह मुझसे ले गया था। तो कान्फ्रेन्स खत्म होते ही डेलीगेशन का चार्ज सीमा को सौंपकर मैंने हिन्दुस्तान के लिए पहला प्लेन पकड़ा। दिल्ली आते ही गवर्नमेंट ऑफ इंडिया के प्लैनिंग सेक्रेटरी ने मुझे यहाँ भेज दिया, सुमनपुर का प्लैन बनाने के लिए।''

पंडित शिवानन्द शर्मा एलबर्ट किशन मंसूर को अच्छी तरह जानते थे। एलबर्ट किशन मंसूर की अवस्था प्रायः चालीस वर्ष की थी, यद्यपि वह अपने आधे सफेद बालों के कारण पचास वर्ष से ऊपर के दिखते थे। एलबर्ट किशन मंसूर के पिता पंडित दयाकिशन मक्खू इलाहाबाद के रहनेवाले थे तथा उनका परिवार काफी सम्पन्न था। उनका एक निजी बँगला था, काफ़ी ज़मीन-जायदाद थी और इसलिए स्वयं अपने परिश्रम से जीविकोपार्जन करने की आवश्यकता उन्हें कभी नहीं हुई। दयाकिशन मक्खू रंगीन तबीयत के आदमी थे; नाच-गाने का उन्हें बेहद शौक था। उनके इस शौक के कारण उनकी अपनी पत्नी से ज़रा भी न पटती थी। उनकी पत्नी बड़े तेज़ मिज़ाज की थी

और दयाकिशन मक्खू अपनी पत्नी से दबने के पक्ष में नहीं थे। दयाकिशन अपनी आदतों से मज़बूर थे और उनकी हरकतों को लेकर पति-पत्नी में अक्सर गाली-गलौज ही नहीं, मार-पीट तक हो जाया करती थी। नाते-रिश्तेदार और दोस्त-अहबाब इस बात पर दयाकिशन मक्खू को काफ़ी लानत-मलानत करते थे, लेकिन मक्खू साहब की आदतें जो न छूटीं सो न छूटीं।

इतना सब होते हुए पंडित दयाकिशन मक्खू एक सफल सामाजिक प्राणी थे अपनी कलात्मक प्रवृत्तियों के कारण। कोई भी सामाजिक उत्सव या सांस्कृतिक कार्यक्रम दयाकिशन के बिना बेरौनक लगता था। दयाकिशन ने कत्थक नृत्य सीखा था, मनीपुरी नृत्य सीखा था, कथकली नृत्य सीखा था। यही नहीं, वह अंग्रेज़ी नृत्य भी बड़ी कुशलता के साथ करते थे। इलाहाबाद के बॉल-डांसों में दयाकिशन मक्खू को विशेष रूप से आमन्त्रित किया जाता था।

इलाहाबाद के एक बॉल-डांस में पंडित दयाकिशन का परिचय एक नव-विवाहिता एंग्लो-इंडियन लड़की से हो गया, जिसकी सुन्दरता की धूम थी। रोज़ ब्रैडी अपनी सुन्दरता के कारण इलाहाबाद में प्रसिद्ध थी। रोज़ के प्रति राबर्ट ब्रैडी ईस्ट इंडियन रेलवे के गार्ड थे और वह प्रायः छह महीने पहले आसनसोल से बदली होकर इलाहाबाद आए थे। रोज़ भी नाचने में पारंगत थी।

राबर्ट ब्रैडी महीने में बीस दिन ट्रेन में या किसी अन्य स्थान में बिताते थे। उनका काम ही ऐसा था। इसका परिणाम यह हुआ कि रोज़ और पंडित दयाकिशन मक्खू में प्रेम हो गया। प्रेम ने पागलपन का रूप ग्रहण कर लिया। बात छिपी नहीं रहती, दोनों ही ओर पति-पत्नियों में गाली-गलौज और मारपीट की नौबत आई। स्थिति दोनों के लिए ही असह्य हो गई। एक दिन जब राबर्ट ब्रैडी डाकगाड़ी लेकर मुगलसराय की ओर रवाना हुए, रोज़ ब्रैडी दयाकिशन मक्खू के साथ मेरठ की ओर रवाना हुई। मेरठ में दयाकिशन मक्खू के बाबा के छोटे भाई के लड़के रुकनुद्दीन मक्खू वकालत करते थे। रुकनुद्दीन मक्खू के पिता एक मुसलमान लड़की से विवाह करके मुसलमान हो गए थे। पर रुकनुद्दीन मक्खू वकालत के सिलसिले में जब इलाहाबाद आते थे तब दयाकिशन के पिता के साथ ही ठहरा करते थे। मेरठ में दयाकिशन रोज़ को साथ लेकर सीधे रुकनुद्दीन मक्खू के यहाँ पहुँचे। दयाकिशन ने रुकनुद्दीन से रोज़ का परिचय कराते हुए कहा, "चचाजान, अब आप ही कुछ रास्ता निकालिए हम लोगों के लिए।"

रुकनुद्दीन सुलझे हुए आदमी थे, दुनिया देखे हुए। उन्होंने दोनों से काफ़ी जिरह करके दयाकिशन से कहा, "बरखुरदार, किया तो तुमने बड़ा बेजा काम है। तुम्हारी माशूका की बात सुनकर पता चलता है कि यह राबर्ट ब्रैडी काफी खूँखार हो जाया करता है। तो मेरी सलाह मानो कि तुम दोनों इस्लाम कबूल करके निकाह पढ़ा लो और दो-चार साल के लिए, इलाहाबाद से लापता हो जाओ। तुम दोनों का मेरठ रहना नामुनासिब होगा। कलकत्ता या बम्बई ऐसे शहर में बस जाओ जहाँ कोई तुम्हारा पता ही न लगा सके।"

दोनों ने रुकनुद्दीन मक्खू की बात मान ली और मुसलमान होने के बाद निकाह पढ़ाकर बम्बई जाकर बस गए। बम्बई जाते समय दयाकिशन मक्खू ने रुकनुद्दीन मक्खू के नाम अपनी कुछ जायदाद का मुख्तारनामा लिख दिया। जिससे उस जायदाद की आमदनी उन्हें मिलती रहे। एक साल बाद इन दोनों के एक पुत्र हुआ। उसका नाम रखा गया एलबर्ट किशन मक्खू।

राबर्ट ब्रैडी को इलाहाबाद लौटने पर जब अपनी पत्नी के भाग जाने का पता चला तो वह पागल-सा हो गया। उसने नौकरी छोड़ दी और वह अपनी पत्नी की तलाश में लग गया। दो-तीन साल बाद उसे रोज़ का पता मिला, और वह एक रिवाल्वर में गोलियाँ भरकर बम्बई पहुँचा। एक गोली उसने रोज़ के मत्थे में मारी, दूसरी गोली उसने दयाकिशन के मत्थे में मारी और तीसरी गोली उसने अपने मत्थे में मारकर आत्महत्या कर ली। उस समय एलबर्ट किशन मक्खू की अवस्था लगभग दो साल की थी। राबर्ट ब्रैडी ने या तो बच्चे को देखा नहीं या उसे बच्चे पर दया आ गई, एलबर्ट किशन के प्राण बच गए।

इस बच्चे को रुकनुद्दीन मक्खू पालना चाहते थे। लेकिन दयाकिशन मक्खू की हिन्दू पत्नी से कोई सन्तान नहीं थी। लड़ने-झगड़ने की बात दूसरी है, उनकी हिन्दू पत्नी दयाकिशन से प्रेम भी बहुत करती थी। बच्चे को लेकर उसमें और रुकनुद्दीन मक्खू में मुकदमेबाज़ी हुई। न्यायालय ने बच्चा दयाकिशन की पत्नी के हाथ में सौंप दिया, इस शर्त पर कि जब तक बच्चा बालिग न हो जाए तब तक न उसका नाम बदला जाए और न उसका धर्म-परिवर्तन किया जाए।

एलबर्ट किशन को अपने पिता की कलात्मक प्रवृत्ति मिली, पर साथ ही उनमें वस्तुवादी सभ्यतावाला वैज्ञानिक दृष्टिकोण भी प्रकट हुआ। कला और विज्ञान का एक अजीब सम्मिश्रण था उसमें। विश्वविद्यालय में एलबर्ट किशन अपने कला-प्रेम के लिए प्रसिद्ध थे। वे अंग्रेज़ी में कविता भी करते थे। एलबर्ट किशन का गला सुरीला था और उन्होंने शास्त्रीय संगीत में थोड़ा-बहुत परिश्रम भी किया था। चित्रकला में लोगों को उनसे बड़ी आशाएँ थीं। अभिनय-कला में तो उन्होंने कमाल कर दिया था। इलाहाबाद में कोई भी नाटक उनके सहयोग के नहीं होता था।

एलबर्ट किशन जब बीस वर्ष के हुए, उनकी विमाता का भी देहान्त हो गया। उनकी विमाता ने उन्हें बहुत लाड़-प्यार से पाला था और इसलिए उन्हें विमाता के प्रति ममता हो गई थी। उन्होंने अपनी विमाता का दाहसंस्कार किया हिन्दू ढंग से। लेकिन विमाता के मृत्यु-भोज में उनके दो-चार मित्रों और सगे-सम्बन्धियों को छोड़कर और कोई नहीं आया, क्योंकि एलबर्ट किशन के हाथों उनकी विमाता के मृत्यु-संस्कार हुए थे। एक साल बाद जब एलबर्ट किशन बालिग हुए तब उन्होंने अपने को नास्तिक घोषित कर दिया। अपने पितृकुल के प्रति इन्हें इतनी वितृष्णा हो गई थी कि उन्होंने अपना नाम एलबर्ट किशन मक्खू से बदलकर एलबर्ट किशन मंसूर घोषित कर दिया–इस नाम में मानो ईसाई, हिन्दू और मुसलमान धर्मों के समन्वय की घोषणा-सी करते हुए।

माता के देहान्त के बाद एलबर्ट किशन का मन हिन्दुस्तान में नहीं लगा। उन्होंने अपनी सारी सम्पत्ति बेच दी और नकद चालीस-पचास हज़ार रुपया लेकर यूरोप में बसने के इरादे से पेरिस चले गए। कला के विकास के लिए पेरिस का नाम दुनिया में प्रसिद्ध था। वहाँ वह कला का अध्ययन करने लगे, चित्रकारी तथा थिएटर का विशेष रूप से। पर कलाकारों के उस समुद्र में उन्हें ऐसा लगा कि उन्हें थाह नहीं मिल रही। उनकी पूँजी धीरे-धीरे घटने लगी। यद्यपि वह मितव्ययता के साथ खर्च करते थे, पर आय न होने से उनकी परेशानियाँ काफ़ी अधिक बढ़ गई थीं।

एलबर्ट किशन रूपवान थे, इससे कोई इनकार नहीं कर सकता था। पेरिस में जब उनकी जमा-पूँजी करीब-करीब खत्म होनेवाली थी, भाग्य ने उनका साथ दिया। उनका परिचय सीमा सान्याल से हो गया।

सीमा सान्याल के पिता श्री नवेन्द्रशेखर सान्याल कलकत्ता के लखपति और करोड़पति के बीच के आदमी थे। वह रोज़मरी सान्याल फर्म के जूनियर पार्टनर थे और रोज़मरी सान्याल बिल्डर्स और प्लैनर्स की प्रमुख संस्था थी। नवेन्द्रशेखर सान्याल के कोई पुत्र नहीं था। केवल दो पुत्रियाँ थीं उनकी। बड़ी लड़की का विवाह हो चुका था, छोटी लड़की सीमा अपने पिता की लाडली लड़की होने के कारण काफी स्वतन्त्र थी। वह शान्ति निकेतन में कला और अभिनय की शिक्षा प्राप्त करने लगी। लेकिन शान्ति निकेतन से उसका मन छह महीने में ही ऊब गया और वह नाटक तथा अभिनय की शिक्षा प्राप्त करने पेरिस चली गई।

सीमा सान्याल कुछ सुनहलापन लिए हुए गेहुँए रंग की लम्बी-सी और इकहरे तथा गठे बदन की लड़की थी, जिसे असुन्दर नहीं कहा जा सकता था। उसकी आँखें बड़ी-बड़ी और सपनों में खोई-सी थीं। उसका कंठ कोकिल का-सा मधुर था और वह मणिपुरी तथा कथकली नृत्य में पारंगत थी।

युद्धकाल में दोनों साथ भागकर इंग्लैंड गए और वहीं दोनों का विवाह हो गया। अपनी लड़की के विवाह की खबर नवेन्द्रशेखर सान्याल को सन् 1946 में लगी जब सीमा और एलबर्ट किशन मंसूर भारतवर्ष लौटे। एलबर्ट किशन की शक्ल देखकर नवेन्द्रशेखर को कुछ ऐसा लगा कि इस आदमी ने उनकी लड़की से उसके पैसों के कारण विवाह किया है। पर आखिरकार नवेन्द्रशेखर सीमा के पिता ही थे। उन्होंने एलबर्ट किशन से बात की, एलबर्ट किशन की योग्यता का पता लगाया और अचानक उन्हें पता लगा कि एलबर्ट किशन मंसूर उनके काम के आदमी साबित हो सकते हैं। पन्द्रह दिन तक उन्हें ड्राइंग और प्लैन बनाने की शिक्षा नवेन्द्रशेखर सान्याल ने दी और इसके बाद उन्होंने रोज़मरी सान्याल की एक शाखा दिल्ली में खोलकर दामाद और लड़की को दिल्ली का काम-काज सँभालने के लिए रवाना कर दिया।

सीमा और एलबर्ट किशन मंसूर दिल्ली पहुँचते ही वहाँ के कला और संस्कृति के क्षेत्र में छा गए। उनकी पहुँच हर जगह थी; उनका प्रभाव हर क्षेत्र में था। बड़ी-बड़ी पार्टियाँ उन्होंने दीं, केन्द्र में मन्त्रीगण, सरकार के सेक्रेटरीगण, दूतावासों के एम्बेसडर

उनके सांस्कृतिक समारोहों में आमन्त्रित होते थे। धीरे-धीरे अपना प्रभाव कायम करके एलबर्ट किशन मंसूर ने अपनी फर्म का व्यावसायिक पक्ष सँभाला और सीमा ने सांस्कृतिक पक्ष सँभाला। सरकारी क्षेत्रों पर इतना अधिक प्रभाव था एलबर्ट किशन मंसूर का कि बड़े-बड़े नगरों की प्लानिंग में उनकी सलाह अवश्य ली जाती थी।

देवलंकर ने मंसूर को सिर से पैर तक देखा। उन्होंने एलबर्ट किशन मंसूर का नाम अवश्य सुना था, लेकिन इस आदमी को उन्होंने देखा कभी न था। हँसते हुए देवलंकर ने कहा, ''सरकारी काम बिना आपके चल ही नहीं सकते। कोई माई का लाल आपकी उपेक्षा नहीं कर सकता। बनाइए, सँवारिए, आपका यह बनाना और सँवारना कितना ही कुरूप और निरर्थक क्यों न हो। वह रूसी आर्कीटेक्ट बड़ा भाग्यवान था जो आपका प्लैन न चुरा सका, लेकिन उस अमेरिकन आर्कीटेक्ट से प्रार्थना कीजिए कि वह 'कांस्ट्रक्शन एंड प्लानिंग' नाम के पत्र में आपका मज़ाक न उड़ाए। वह बर्क बड़ा पाजी आदमी है, मैं उसे अच्छी तरह जानता हूँ।''

तीन

अतिथियों का असबाब स्टेशन-वैगन में रखा जा चुका था। विश्वनाथसिंह इन लोगों को साथ लेकर स्टेशन से बाहर निकले। नवलसिंह बाहर बाल्टी में शर्बत लिए हुए खड़ा था और बाबू मिट्ठनलाल हाथ जोड़े इन लोगों के पीछे-पीछे चल रहे थे। स्टेशन से बाहर निकलते ही बाबू मिट्ठनलाल ने विश्वनाथसिंह से कहा, ''हुज़ूर, इस फ्लैग स्टेशन पर चाय-नाश्ता का प्रबन्ध तो हो नहीं सका, यह शरबत तैयार करवा दिया है। गर्मी के मौसम में इस शरबत से बढ़कर कोई दूसरी चीज़ नहीं होती।''

एलबर्ट किशन मंसूर ने नवलसिंह और उसकी बाल्टी देखकर कुछ अजीब तरह से मुँह बनाया, ''इस गन्दगी के साथ तैयार हुआ शरबत कौन पिएगा?'' फिर उन्होंने अपने साथियों की ओर देखा, ''चलिए, यहाँ से जल्द-से-जल्द रवाना हुआ जाए। सुमनपुर में गुस्ल हो, फिर चाय पी जाए।''

नवलसिंह को मंसूर की बात अच्छी नहीं लगी, लेकिन उन बड़े आदमियों के बीच उसका बोलना उचित नहीं था। हाँ, मिट्ठनलाल ने खीसें निपोरते हुए अवश्य कहा, ''हुज़ूर, सुमनपुर है यहाँ से पैंतीस-चालीस मील और सड़क है घुमाव-फिराव और उतार-चढ़ाववाली। पूरा डेढ़ घंटा लग जाएगा यहाँ से। तो खाकसार की अर्ज है कि शरबत पीकर यहाँ ताज़ा हो जाइए; सफ़र की थकावट उतर जाएगी और मैं आप लोगों को यक़ीन दिलाता हूँ कि शरबत सफ़ाई के साथ बनाया गया है।''

बाबू मिट्ठनलाल की बात सुनकर नवलसिंह का साहस खुला, ''बड़ी मेहनत से माँजकर बाल्टी झक्क की है। कुएँ का शुद्ध जल है और मास्टर बाबू के धोबी के धुले

अँगोछे को एक दफा कुएँ के पानी से अच्छी तरह धोकर शरबत छाना है। इससे बढ़कर सफ़ाई तो बड़े-बड़े पंडितों के यहाँ नहीं मिलेगी।"

शिवानन्द शर्मा ने मानों नवलसिंह की बात का समर्थन करते हुए कहा, "शाबाश, बेटे...क्या बात कही है! हम तुम्हारा शरबत पिएँगे। देवलंकर साहब, क्या राय है आपकी?"

देवलंकर ने सिर हिलाते हुए उत्तर दिया, "आप ठीक कहते हैं, शर्माजी! इन साले बड़े-बड़े होटलवालों की गन्दगी को आँख बन्द करके डकार जाना आज का फैशन हो गया है, लेकिन एक साफ़-सुथरे देहाती का स्वच्छन्ता के साथ बनाया शरबत हम लोगों को गन्दा दिखता है। हमारे सँवरपन की हद हो गई है!" और उन्होंने झपटकर शरबत का गिलास नवलसिंह के हाथ से लेकर एक घूँट में खाली कर दिया। फिर उन्होंने नवलसिंह से कहा, "क्यों बे, हराम की शक्कर थी स्टेशन मास्टर साहब की क्या? आधी बाल्टी पानी और मिलाओ इस शर्बत में।"

शर्माजी हँस पड़े, "हम ब्राह्मणों को तो शक्कर जितनी मिले उतनी कम। पहले मुझे शरबत पिला दे बेटा, फिर देवलंकर साहब के कहने के मुताबिक उसमें पानी मिलाना।"

समाँ बदल गया था। सब लोगों ने अच्छी तरह शरबत पिया। इसके बाद मकोला ने दस रुपये का नोट नवलसिंह की ओर बढ़ाते हुए कहा, "लो, यह तुम्हारी बख्शीश।"

नवलसिंह ने हाथ जोड़कर उत्तर दिया, "कहीं आतिथ्य-सत्कार बेचा जाता है, सरकार? हमारे इस छोटे-से स्टेशन पर आप-जैसे बड़े-बड़े लोग पधारे, यही हमारा बड़ा भाग्य है।" और नवलसिंह बिना रुपये लिए हुए बाल्टी उठाकर स्टेशन-वैगन पर बैठे लोगों को शरबत पिलाने चला गया।

सब लोगों के शरबत पी लेने के बाद विश्वनाथसिंह ने स्टेशन-वैगन के ड्राइवर से कहा, "देखो बुधसिंह, तुम स्टेशन-वैगन को लेकर रवाना हो जाओ।" और फिर अपनी कार के ड्राइवर से कहा, "तिवारी, तुम बुधसिंह के साथ चले जाओ कार मैं ड्राइव कर लूँगा। यहाँ बैठने की जगह नहीं है।"

स्टेशन-वैगन को रवाना करके विश्वनाथसिंह स्टियरिंग व्हील पर बैठ गए। पाँचों आदमी विश्व और देश की गतिविधि पर बातें कर रहे थे। हिन्दुस्तान बहुत जल्दी रूस और अमेरिका के समकक्ष आ जाएगा, मकोला, ज्ञानेश्वर राव और मंसूर का कुछ ऐसा मत था। हिन्दुस्तान बहुत जल्दी डूब जाएगा, देवलंकर और शिवानन्द शर्मा का कुछ ऐसा खयाल था। बाबू मिट्ठनलाल बड़े ध्यान से इन बड़े लोगों की बातें सुन रहे थे। कभी उनके मन में उमंग उठती थी, कभी उनका दिल डूबने-सा लगता था। ठाकुर विश्वनाथसिंह ने अपने अतिथियों से कहा, "अब आप लोग भी बैठिए, स्टेशन-बैगन दो-तीन मील निकल गई होगी। रात होने में अब देर नहीं है।"

मंसूर विश्वनाथसिंह की बगल में बैठ गए, शिवानन्द शर्मा मंसूर की बगल में। पिछली सीट पर दाहिनी ओर वाली खिड़की से लगकर देवलंकर बैठे, ज्ञानेश्वर राव बीच

में और रतनचन्द्र मकोला बायीं ओर वाली खिड़की से लगकर। विश्वनाथसिंह ने कार स्टार्ट कर दी।

शाम अब ढलने लगी थी और गाड़ी तीव्र गति से सुमनपुर की ओर बढ़ रही थी। टेढ़ी-मेढ़ी सड़क, साँप की तरह रेंगती हुई उस जंगल में दिख रही थी। दोनों ओर एक-दूसरे से गुँथे हुए लम्बे और घने पेड़, उसके बाद लम्बी घास या छोटे-मोटे काँटेदार जंगली पेड़ जहाँ आदमी घुसने का साहस नहीं कर सकता था।

मकोला ने इन जंगलों पर बात आरम्भ की, ''कितने घने जंगल हैं, मीलों तक फैले हुए! इन जंगलों की सफाई करके न जाने कितनी भूमि खेती के लिए प्राप्त की जा सकती है! बढ़ती हुई जनसंख्या कम-से-कम हमारे देश के लिए तो कोई समस्या नहीं है।'' फिर जैसे एक विचार उनके दिमाग में कौंध गया, ''यहाँ कागज़ की एक बड़ी मिल बिठाई जा सकती है।'' कार इस समय बाँसों के एक घने जंगल से गुज़र रही थी, ''मैं जोखनलाल से बात करूँगा।''

शर्माजी हँस पड़े। वैसे प्रकृति के सम्बन्ध में उनका वैज्ञानिक ज्ञान नहीं के बराबर था, लेकिन पार्लियामेंट की बहसों में उन्होंने विशेषज्ञों से जो कुछ सुना था उससे वह मोटी-मोटी बातें तो जान ही गए थे, ''जो जंगल काटकर खेत बनें, बस्तियाँ बसाई जाएँ, मिलें लगें। मकोलाजी, इसके बाद वर्षा गायब, बाँस गायब, पेड़ गायब और हम गायब!''

एलबर्ट किशन मंसूर मुस्काराए, ''और शर्माजी, यह जंगलों की खूबसूरती गायब, कुदरत का यह सुहानापन गायब। क्या बात कही आपने! नहीं साहब! मैं इन जंगलात के काटने के हक में कतई नहीं हूँ। हाँ, इन्हें बनाया-सँवारा ज़रूर जा सकता है।'' इसी समय चीतलों का एक बड़ा-सा झुंड छलाँगें मारता हुआ रास्ते की दाहिनी ओर से बायीं ओर बिजली की तेज़ी के साथ निकल गया। ''अहा! कितने खूबसूरत जानवर हैं। बला की तेज़ी है इनमें! क्या समाँ है! तबीयत खुश हो गई।''

कार की गति अब धीमी पड़ने लगी थी। सड़क में अनगिनत घुमाव। कार करीब पाँच मील तक ऊँचे-नीचे रास्तों पर, पथरीले रास्तों पर बहनेवाले नालों के अनेक पुलों को पार करती रही। नाले सूखे हुए थे। इस प्रदेश को पार करके विश्वनाथसिंह ने कार की गति फिर तेज़ की।

देवलंकर ने घड़ी देखी। सात बज रहे थे। दूर पश्चिमी क्षितिज पर अब सूर्य उतर रहा था। ''कितना आए हैं हम लोग?'' उसने विश्वनाथसिंह से पूछा।

''करीब पन्द्रह मील,'' विश्वनाथसिंह ने शान्त भाव से उत्तर दिया, ''बीस मील और चलना है। रास्ता खराब है, इसलिए एक घंटा लग जाएगा। आगे मनसा नदी है। दो दिन पहले हाथियों का एक गिरोह मनसा पार करके उत्तर की तरफ़ गया था। यहाँ सँभलकर ड्राइव करना होगा।''

ज्ञानेश्वर राव अभी तक बैठे हुए ऊँघ रहे थे। एकाएक वह चौंक उठे, क्या कहा? हाथियों का एक गिरोह! क्या हाथियों का गिरोह हम लोगों पर हमला कर सकता है?''

रतनचन्द्र मकोला हँस पड़े, "नहीं राव साहब, आदमी पर हमला करने की हिम्मत किसी जानवर में नहीं होती, चाहे वह शेर हो, चाहे वह हाथी हो। हाँ, अगर दपसट में पड़ जाए तो गाय भी सींग मारती है। यह हाथियों का गिरोह गन्ने की तलाश में निकलता है। आदमियों की आबादी से यह गिरोह दूर रहता है। आदमियों से डरता है न! लेकिन रास्ते में जो कुछ भी मिल जाए उसे रौंदता हुआ चला जाता है।"

मनसा नदी पार करने के बाद जंगल फिर घना हो गया था। ज़मीन समतल हो गई थी, लेकिन स्थान-स्थान पर पथरीली भूमि के टुकड़े मिल जाते थे। सूर्य अब डूब गया था और जंगल के अन्दर मानो अन्धकार उमड़ता आ रहा था। एलबर्ट किशन ने अब कुछ चिन्तित होकर पूछा, "अब और कितनी दूर है सुमनपुर? रात घिर आई है।"

"क्या बतलाऊँ, गाड़ी गति नहीं पकड़ रही। सुमनपुर यहाँ से पन्द्रह मील है। कोशिश कर रहा हूँ। तीस-चालीस मिनट में पहुँच जाने की आशा है।" विश्वनाथसिंह ने तनिक चिन्तित मुद्रा में कहा।

कार अब वास्तव में बीच-बीच में झटका देती हुई आगे बढ़ रही थी।

"मालूम होता है पेट्रोल खत्म हो गया है गाड़ी में," देवलंकर ने कहा, "क्या टीन में कुछ पेट्रोल साथ में है?"

"पेट्रोल का तो पूरा टैंक भराकर चले थे हम लोग। वैसे चार गैलेन पेट्रोल टीनों में है हमारे पास। यह तेल का मीटर बतला रहा है कि अभी तीन-चौथाई टैंक भरा है।" और गाड़ी एक झटके के साथ रुक गई।

जिस स्थान पर कार रुकी उससे प्रायः तीन फर्लांग की दूरी पर वासवी नदी का पुल था। विश्वनाथसिंह ने गाड़ी स्टार्ट करने की बड़ी कोशिश की, लेकिन वह सफल नहीं हुए। उन्होंने गाड़ी से उतरकर गाड़ी का बॉनेट खोला। देवलंकर भी उनकी सहायता के लिए आ गए। ये दोनों देखभाल कर ही रहे थे कि एकाएक शेर की दहाड़ सुनकर दोनों चौंक उठे। विश्वनाथसिंह ने देवलंकर से कहा, "चलिए कार के अन्दर।" और कार का बॉनेट गिराकर वह तेज़ी से कार के अन्दर आकर अपनी सीट पर बैठ गए। देवलंकर को भी लौटकर अपनी सीट पर बैठना पड़ा। विश्वनाथसिंह ने कहा, "आप लोग अपनी-अपनी तरफ के शीशे चढ़ा लीजिए। शाम के समय वासवी में पानी पीने के लिए शेर आया करते हैं। उनमें से एक शेर आदमखोर हो गया। तीन दिन पहले वासवी के उस पार से वह एक आदमी को उठा ले गया। कहीं वह शेर हम लोगों पर हमला न कर दें।" और यह कहकर विश्वनाथसिंह रह-रहकर मोटर का हॉर्न बजाने लगे।

विश्वनाथसिंह की बात सुनकर सब लोग सहम गए। एक सन्नाटा-सा छा गया। शीशे चढ़ा दिए गए और कार के अन्दर एक घुटन-सी भर गई। थोड़ी देर बाद मकोला ने विश्वनार्थसिंह से पूछा, "आपके पास कोई बन्दूक वगैरह नहीं है क्या? मेरा रिवाल्वर तो मेरे प्राइवेट सेक्रेटरी के पास है और मेरे सेक्रेटरी को आपने स्टेशन-वैगन पर भेज दिया है।"

बड़े करुण स्वर में विश्वनाथसिंह ने कहा, "क्या बतलाऊँ, मैंने यह कब सोचा था कि कार फेल हो जाएगी। अभी चार महीने पहले नई खरीदी गई है।"

देवलंकर हँस पड़ा, "समझा! मेड इन इंडिया! इस हिन्दुस्तानी पूँजीपति को तो मुनाफ़ा चाहिए। कार अगर खराब न हो तो उसकी मरम्मत करने की जरूरत न हो। अगर कारों की बहुतायत के साथ मरम्मत न हो तो कारों के पुरजे न बिकें और इन पुरजों की बिक्री में ब्लैक न चले, बेतहाशा मुनाफ़ा न मिले। दो बोल्ट-नट हर कार में कम लगाइए, एक साल में दस-बीस हज़ार मार दिए और फिर नए पुरजों पर दस-बीस हज़ार मिल गए।"

पूँजीपतियों पर देवलंकर का यह प्रहार मकोला को ऐसा लगा कि उन पर प्रहार है। उन्होंने देवलंकर पर प्रहार किया, "आप हम पूँजीपतियों के साथ अन्याय कर रहे हैं। हमारे देश में कुशल और ईमानदार इंजीनियरों और मिस्त्रियों का नितान्त अभाव है। इस बात को हर जगह स्वीकार किया जा रहा है।"

"जानता हूँ मिस्टर मकोला, आपसे ज्यादा अच्छी तरह मैं असलियत को जानता हूँ। इसीलिए अनगिनत विदेशी इंजीनियर और मिस्त्री, जिनकी उनके देशों में आवश्यकता नहीं, हिन्दुस्तान में लम्बी तनख्वाहें पा रहे हैं। यहाँ पर साइंस का ग्रेजुएट बेकार घूम रहा है। उसको इंजीनियरिंग की शिक्षा देने की कोई व्यवस्था नहीं, कोई प्रबन्ध नहीं। उसकी प्रतिभा बेकारी और घुटन में नष्ट हो रही है और हमारे देश की सरकार तथा हमारे देश के पूँजीपति विदेशी इंजीनियरों और विशेषज्ञों के बल पर यहाँ के उद्योग चला रहे हैं। फिर भी चीज़ें कबाड़ बनती हैं। यह हिन्दुस्तान एक लम्बे काल से कबाड़ियों का देश रहा है और आप पूँजीपतियों की कृपा से, हमारे देश की सरकार की कृपा से, अनन्त काल तक यह कबाड़ियों का देश रहेगा।"

देवलंकर के इस उत्तर की भयानक कटुता को पी जाने के अलावा रतनचन्द्र मकोला के सामने और कोई चारा नहीं था। देवलंकर ने जो कुछ कहा उसमें पूर्ण सत्य भले ही न रहा हो, आंशिक सत्य तो अवश्य है, इससे इनकार नहीं किया जा सकता था। कार की खिड़कियाँ बन्द थीं, गर्मी भयानक थी और अन्दर बैठे सभी लोग पसीने से लथपथ थे। पंडित शिवानन्द शर्मा ने अपनी तरफ की खिड़की का शीशा उतारते हुए कहा, "इस गर्मी में घुटकर मरने से तो शेर का शिकार बनकर मरना अच्छा है। उस हालत में इस शरीर से किसी का पेट तो भरेगा।" शर्माजी की इस बात से देवलंकर की बात से जो तनाव पैदा हो गया था वह शिथिल-सा पड़ा। देवलंकर ने भी जो पिछली ओर दाहिनी खिड़की से लगे बैठे थे, अपनी ओर की खिड़की का शीशा उतारा, "आप ठीक कहते हैं, शर्माजी! और फिर हिन्दुस्तान में लोगों की ज़िन्दगी की कीमत ही क्या है? यहाँ पर लोग पैसे-पैसे पर बिकते हैं। एक गुलामी से निकलकर हम सब उससे भी भयानक गुलामी में आ घिरे हैं।"

तनाव फिर बढ़ गया, मानो देवलंकर उस तनाव को बढ़ाने पर तुला था। बातचीत ने अप्रिय प्रसंग ले लिया है, सब लोग यह अनुभव कर रहे थे। अँधेरा अब घना हो गया था, चन्द्रमा ऊँचे-ऊँचे वृक्षों की आड़ में छिपा हुआ था। देवलंकर ने अपना सिगार

सुलगाया। दियासलाई के प्रकाश में उससे अपनी घड़ी देखी, कुल साढ़े सात बजे थे। देवलंकर बुदबुदाया, ''ऐसा दीखता है, रात हम लोगों को यहीं बितानी पड़ेगी। अभी कुल साढ़े सात बजे हैं।''

एलबर्ट किशन मंसूर ने विश्वनाथसिंह से पूछा, ''क्या हम लोगों के न पहुँचने पर मिनिस्टर साहब दूसरी कार भेजेंगे?''

विश्वनाथसिंह ने खिसियाहट-भरे स्वर में उत्तर दिया, ''स्टेशन-वैगन की हेड लाइट काम नहीं करती, उसे भेजने का कोई सवाल नहीं उठता। एक जीप कार थी, वह मौलाना रियाजुलहक़ को लेकर आज दोपहर को ही यशनगर चली गई है। कल सुबह तक वह वापस लौटेगी।''

ज्ञानेश्वर राव ने पूछा, ''यह मौलाना रियाजुलहक़ कौन है? मैंने शायद उनका नाम कहीं सुना या पढ़ा है।''

उत्तर शिवानन्द शर्मा ने दिया, ''सन् 1947 तक यह खानबहादुर रियाजुलहक़ उत्तर प्रदेश की मुस्लिम लीग के सेक्रेटरी थे। रुहेलखंड में इनकी बहुत बड़ी जायदाद है, हर शहर में इनके बँगले हैं। अपनी जायदाद यह पाकिस्तान ले नहीं जा सकते थे, तो इन्होंने हिन्दुस्तान के बँटवारे के बाद अपनी गलती महसूस की। इसके बाद यह कांग्रेस में सम्मिलित हो गए और आजकल कांग्रेस के वाइस प्रेसीडेंट हैं। उत्तर प्रदेश के प्रभावशाली और शक्तिशाली लोगों में यह गिने जाते हैं।''

रतनचन्द्र मकोला को मौलाना रियाजुलहक़ में कोई दिलचस्पी नहीं थी। जंगल में अब तरह-तरह की आवाज़ें होनी आरम्भ हो गई थीं और समय बड़ी मन्द गति से बीत रहा था। उन्हें ऐसा लग रहा था कि वर्षों से वह उस गाड़ी में कैद बैठे हैं। बड़ी झुँझलाहट हो रही थी उन्हें और वह अपनी झुँझलाहट दबा नहीं सके। उन्होंने पूछा, ''सेक्रेटरी साहब, क्या रात इसी तरह इस कार में बैठकर बितानी पड़ेगी हम लोगों को?''

इस बात का विश्वनाथसिंह के पास कोई उत्तर नहीं था। निराश भाव से एलबर्ट किशन मंसूर ने कहा, ''लगता तो ऐसा ही है मकोला साहब, बुरे फँसे आकर हम लोग।''

उस समय मानो जंगल प्राणवान् होकर जाग पड़ा था। अजीब-अजीब भयावनी लगनेवाली आवाजें उठ रही थीं चारों ओर। दूर पर शेर दहाड़ रहे थे, टिटहरी कर्कश स्वर में बोल रही थी। कहीं जानवर भाग रहे थे, कहीं एक तरह की सरसराहट हो रही थी। पंडित शिवानन्द शर्मा ने मंसूर साहब से कहा, ''मंसूर साहब, आपने कभी प्रकृति के इस रूप को भी देखा है? भयावनेपन का कितना मादक सौन्दर्य है यहाँ पर! मैं अपने शब्दों में इस सौन्दर्य को चित्रित करने का प्रयत्न करूँगा; कर पाऊँगा, इसका भरोसा मुझे नहीं है। आप भी कलाकार हैं। ऐसे अनुभव जीवन में अमूल्य होते हैं, इतना तो आप मानिएगा ही।''

''बजा फरमाते हैं आप शर्माजी, लेकिन शर्त यह है कि आदमी इस अनुभव के बाद जिन्दा बच जाए।'' बड़े करुण स्वर में एलबर्ट किशन मंसूर ने कहा और सब लोग ज़ोर से हँस पड़े।

बड़ी देर तक सब लोग चुपचाप बैठे रहे। एक तरह की विवशता से भरी झुँझलाहट थी सब लोगों में। इस मौन को तोड़ा एलबर्ट किशन मंसूर ने। उन्होंने पंडित शिवानन्द शर्मा से पूछा, "शर्माजी, आप अपनी तरफ की खिड़की खोले बैठे हैं। आपको डर नहीं लगता?"

शर्माजी चुपचाप बैठे हुए एक कविता की पंक्तियाँ मन-ही-मन उठा रहे थे। मंसूर का प्रश्न सुनकर उनकी विचारधारा टूटी, "मंसूर साहब, डर की क्या बात! मनुष्य डरा कब किस बात से है? अगर मनुष्य डरता होता तो न तो वह इस प्रकृति पर विजय पाता और न वह स्वयं अपने विनाश के साधन जुटाता।

"आप ठीक कहते हैं, शर्माजी! डरता है जानवर, आदमी नहीं डरता। शेर, साँप, घड़ियाल ये सब आदमी से डरते हैं। आदमी को जो बुद्धि मिली है वह समर्थ है, निर्भय है, वह व्यापक है।" मकोला ने मानो अपने भय पर विजय पाने को कहा।

ज्ञानेश्वर राव ने मकोला के अन्तर को मानो स्पष्ट रूप से देख लिया, "मिस्टर मकोला, इस जंगल को साफ करने की कल्पना करनेवाला मानव भला इस जंगल में आश्रय पानेवाले प्राणियों से क्यों डरने लगा! लेकिन भय नाम की संज्ञा हम मनुष्यों में है अवश्य, नहीं तो हम लोग इस कार के अन्दर इस घुटन में दुबके हुए न बैठे होते। हमें शेर का डर है, हमें हाथियों का डर है, हमें साँप का डर है। क्यों मिस्टर देवलंकर, आपका क्या मत है?"

देवलंकर ने कुछ धीमे और दृढ़ स्वर में कहा, "मिस्टर राव, यह डर नहीं है, यह खतरा है। शेर सबल है, वह आदमी को खा सकता है, हाथी अपने पैरों के नीचे आदमी को कुचल सकता है, साँप आदमी को काटकर प्राण ले सकता है। ये सब मनुष्य के शत्रु हैं और हमें इनका खतरा है। लेकिन आदमी इनसे डरता नहीं, इनको या तो वह अपने वश में कर लेता है या इन्हें मार देता है। इन शत्रुओं को नष्ट करने के साधन के अभाव में वह इन खतरों से दूर रहता है। खतरे से दूर रहने को आप डरना नहीं कह सकते। अगर हम इनसे डरते ही होते तो न हमने इस जंगल में सड़क बनाई होती और न हमने इस जंगल में प्रवेश किया होता। भय नाम की संज्ञा केवल पशुओं में होती है। आदमी में पशुत्व मौजूद है, मैं यह मानता हूँ। इसलिए जो आदमी पशुत्व के जितना निकट होता है, उतना ही डरता है।"

मंसूर हँस पड़े, "कितने सही ढंग से आपने अपनी बात कही है, देवलंकर साहब! आपको वैज्ञानिक न होकर दार्शनिक होना चाहिए था।"

मंसूर की हँसी में कुछ व्यंग्य है, शिवानन्द शर्मा को यह अनुभव हुआ और इसलिए मंसूर की यह हँसी शर्माजी को अच्छी नहीं लगी। शर्माजी ने भी व्यंग्यात्मक स्वर में कहा, "मंसूर साहब, विज्ञान स्वयं में एक दर्शन है और सच तो यह है कि मैं उसे सबसे ऊँचा दर्शन मानता हूँ। इस दर्शन में हम हैं, आप हैं, सारी दुनिया है। इस दर्शन में जीवन है, कला है। पाश्चात्य आलोचकों का मत है कि वही कविता श्रेष्ठ है जिसमें दर्शन हो। आइन्स्टाइन दुनिया का महानतम वैज्ञानिक इसलिए है कि वह दार्शनिक है। हमारा धर्म, ईमान, यह सब दर्शन का ही भाग है।"

ज्ञानेश्वर राव कृत्रिम उपायों से इस विपत्ति द्वारा उत्पन्न अपनी झुँझलाहट को दबाने का प्रयत्न कर रहे थे। उन्होंने मुस्कारने का उपक्रम करते हुए पूछा, ''शर्माजी, क्या आपकी वास्तव में धर्म-ईमान पर आस्था है?''

ज्ञानेश्वर राव का यह प्रश्न कुछ ऐसा अस्वाभाविक नहीं था कि किसी को बुरा लगता, लेकिन शर्माजी भड़क उठे, ''किस साले को आज धर्म और ईमान पर आस्था रह गई है! हम सब-के-सब निहायत पतित आदमी हैं। खुल्लम-खुल्ला हम कमज़ोरों को लूटते हैं, भोले-भाले और अज्ञान से युक्त आदमियों के साथ हम बेईमानी करते हैं। यह धर्म और ईमान तो हमारी सफलता और सम्पन्नता के मार्ग पर भयानक रूप से खड़ी हो जानेवाली बाधा है। मार्क्स ने शायद ठीक ही कहा है कि हमने कमज़ोर, अपाहिज और मूर्ख जनता को लूटने के लिए धर्म और ईमान को गढ़ा है। आप मार्क्सवादी हैं, मैं भी मार्क्सवादी बनना चाहता हूँ, लेकिन राव साहब, मैं बन नहीं पाता। अपने अन्दर भी तो किसी तरह की पुकार होती है। गांधी ने उसी अपने अन्दरवाली आवाज़ को धर्म समझा है। बाकी ये धर्म के ठेकेदार देवी-देवता ये सब झूठे हैं। समझे जनाब!''

पंडित शिवानन्द शर्मा ने ज्ञानेश्वर राव को केवल एक उत्तर-भर दिया था, वैसे वह नित्य-प्रति प्रातःकाल नियम से स्नान करके गीता-पाठ करते थे, रामचरितमानस पढ़ते-पढ़ते भावना में बह जाते थे। रतनचन्द्र मकोला ने शर्माजी से यह बात सुनने की आशा नहीं की थी। मकोला ने विभिन्न स्थानों पर पाँच मन्दिर बनवाए थे; उनकी एक दर्जन के करीब धर्मशालाएँ थीं। सुबह स्नान करके वह राम-राम जपते थे, साधु- संन्यासियों की यदा-कदा सेवा करते थे। मकोला ने कहा, ''शर्माजी, आपके मुँह से यह बात सुनने की आशा मैंने नहीं की थी। धर्म ही हमारा अस्तित्व है, धर्म ही हमारा जीवन है। केवल विश्वास होना चाहिए।

मंसूर साहब से अब न रहा गया, ''मकोलाजी, अगर आपको देवी-देवताओं पर इतना ज़्यादा भरोसा है तो अपने किसी देवता से प्रार्थना कीजिए कि वह मिनिस्टर जोखनलाल में इतनी सुबुद्धि भर दे कि वह किसी तरह कहीं से एक गाड़ी मुहय्या करके भिजवाकर हम लोगों का उद्धार करें।''

एलबर्ट किशन मंसूर ने अपनी बात समाप्त भी नहीं की थी कि विश्वनाथसिंह को सामनेवाले वृक्षों की चोटियों पर एक हलकी-सी प्रकाश की रेखा दिखाई दी और फिर लोप हो गई। अब उन्होंने कान खड़े किए। दूर, बहुत दूर से उन्हें एक घरघराहट की आवाज़-सी सुनाई दी। विश्वनाथसिंह ने कुछ हिचकिचाते हुए कहा, ''शायद कोई कार आ रही है इस तरफ। रह-रहकर उसकी रोशनी पेड़ों की चोटियों पर दिख जाती है और एक हलकी-सी घरघराहट की आवाज़ भी सुनाई दे रही है, कहीं दूर पर।''

दूर से आती हुई कार की आवाज़ अब अन्य लोगों को भी सुनाई पड़ने लगी। देवलंकर ने, जो अभी तक चुपचाप यह सब बातचीत सुन रहे थे, कहा, ''मकोलाजी, आपके देवता ने तो कमाल कर दिया!''

शर्माजी बोल उठे, "जी हाँ, मकोलाजी के देवता सत्य हैं, मकोलाजी का विश्वास सत्य है। मंसूर साहब को अब तो यह बात मान लेनी चाहिए। ज्ञानेश्वर रावजी, मैं आपकी तरह क्यों मार्क्सवादी और नास्तिक नहीं बन सकता, इसका कारण अब आपको मालूम हो जाना चाहिए। मकोलाजी के देवता को मंसूर साहब ने चुनौती दी और देवता ने उस समय सहायता भेज दी।"

मकोला की छाती गर्व से फूल उठी थी, "आप लोग विश्वास कीजिए, जब-जब मैं भगवान् को याद करता हूँ, तब-तब भगवान् मेरी सहायता करता है। धर्म और विश्वास मकोला की शक्ति है।"

घुटन और निराशा के वातावरण के स्थान पर अब आशा और उल्लास का वातावरण आ गया था। देवलंकर ने हलकी-सी मुस्कान के साथ कहा, "लेकिन यह कार सुमनपुर से नहीं आ रही है। यह कार तो उस ओर से आ रही है जिस ओर से हम आए हैं।"

विश्वनाथसिंह ने देवलंकर की बात की हामी भरी, "जी हाँ, कार पीछे से आ रही है। हो सकता है कि मौलाना रियाजुलहक़ कल सुबह वापस लौटने के स्थान पर आज ही लौट पड़े हों। उनके साथ नौ आदमी हैं और कार के नाम एक लैंडरोवर है जिसमें मुश्किल से छह आदमी बैठ सकते हैं। यह तो काम नहीं बना। ख़ैर कोई बात नहीं, यहाँ से सुमनपुर जाकर वह कार भेज देंगे, रात-भर तो यहाँ न रुकना पड़ेगा।"

सुमना की ओर से आनेवाली कार की हेडलाइट अब काफी तेज़ दिखाई देने लगी थी। बड़ी आशा और कौतूहल के साथ सब लोग कार की प्रतीक्षा कर रहे थे। करीब तीन-चार मिनट में एक लम्बी-सी शानदार बुइक कार इन लोगों की कार के बगल में आकर खड़ी हो गई और उस कार से एक स्त्री-स्वर सुनाई पड़ा, "क्या कार खराब हो गई है?"

"हाँ रानी साहिबा, मिनिस्टर साहब की कार फेल हो गई है।" विश्वनाथसिंह ने उत्तर दिया, "दो घंटे से हम लोग यहाँ सहायता की प्रतीक्षा कर रहे हैं।"

"आप लोग शायद छह आदमी हैं, पाँच अतिथि और एक आप सेक्रेटरी साहब! आप लोग मेरी कार में आ जाइए। ज़रा कष्ट तो होगा।" और उस कार के अन्दर बत्ती जल उठी।

एक बिजली-सी कौंध गई सब लोगों की आँखों के सामने। अनुपम सौन्दर्य, मानो स्वर्ग से कोई अप्सरा उतर आई हो। स्टियरिंगव्हील पर बैठी रानी साहिबा यशनगर स्वयं अपनी कार ड्राइव कर रही थीं। पीछे उनका ड्राइवर बैठा था। रानी साहिबा ने अपने ड्राइवर से कहा, "रन बहादुर, तू उस गाड़ी में बैठ जाकर और फिर हिम की-सी मधुर मुस्कान, हमारे इतने बड़े-बड़े मेहमान आए हैं, इन्हें लिए जाती हूँ। अभी आधे घंटे में मोटर भेजती हूँ। तब चले आना।"

सब लोग रानी साहिबा यशनगर की कार पर बैठ गए। गाड़ी सुमनपुर की ओर चल दी।

चार

एक छोटा-सा गाँव, जिसमें दाहिनी ओर समतल भूमि पर प्रायः पचास-साठ कच्चे घर और बायीं ओर ऊँची-नीची पथरीली भूमि पर बने हुए बारह पक्के बँगले। कच्चा मुहाल निर्जीव सोया-सा पड़ा था। बीच-बीच में कुछ कुत्ते अवश्य भौंकने लगते थे। बायीं ओर वाले बँगलों में कुछ मकानों में प्रकाश था जो दूर तक चमक रहा था। लोग जाग रहे थे वहाँ पर। पक्के बँगलों की पंक्ति इन कच्चे मकानों से प्रायः एक मील की दूरी पर थी। रानी साहिबा यशनगर ने मोटर धीमी करके पक्के बँगलों की पंक्ति की ओर मोड़ दी। सामने सड़क पर एक लम्बा-सा और बूढ़ा-सा आदमी पेंट और कमीज़ पहने और कन्धे पर बन्दूक लटकाए उन पक्के बँगलों की ओर चला जा रहा था। उसके पीछे-पीछे एक बड़ा-सा भूटिया कुत्ता था। कार का प्रकाश देखकर वह आदमी सड़क की बगल में हो गया।

रानी साहिबा यशनगर ने उस बूढ़े की बगल में पहुँचकर कहा, "कक्काजी, अब घूमकर लौट रहे हैं? मालूम होता है कोई शिकार नहीं मिला आपको आज।" और रानी साहिबा यशनगर ने कार रोक दी।

"अरे रानी बहू, बड़ी देर कर दी तुमने! मैंने तो आज तुम्हारे आने की आशा ही छोड़ दी थी। शाम तक प्रतीक्षा करके घूमने-फिरने निकल गया था।" फिर उसने कार के अन्दर बैठे आदमियों की ओर इशारा करके कहा, "अब समझा! मेहमानों को लेकर आ रही हो। लेकिन मुझे खबर तो करा दी होती। इतने आदमियों के आतिथ्य-सत्कार का प्रबन्ध इतनी रात में भला कैसे होगा? खैर, कुछ-न-कुछ तो किया ही जाएगा, लेकिन देर लगेगी।"

इस बात का उत्तर विश्वनाथसिंह ने दिया, "मेजर साहब, आपको चिन्तित होने की कोई आवश्यकता नहीं है। ये लोग मन्त्रीजी के अतिथि होकर आए हैं। मन्त्रीजी की कार बिगड़ गई थी, रानी साहिबा ने हम सबका उद्धार किया। ये लोग सुमनपुर का विकास करेंगे।"

बूढ़ा ज़ोर से हँस पड़ा, "सुमनपुर का विकास करेंगे ये लोग! कौन इस अभिशापित इलाके का विकास कर सकता है! आप लोग क्यों आए हैं यहाँ? इस आसमान पर चलते हुए चाँद को देख रहे हैं आप? मेरी विनय है कि आप लोग यहाँ से कल ही चले जाइए। आप लोगों से यह बात इसलिए कह रहा हूँ कि आप इस समय रानी बहू के अतिथि हैं और इसलिए आप लोगों के कुशल-क्षेम की कुछ जिम्मेदारी मुझ पर भी है।"

"आप तो कभी-कभी बेतरह बहकने लगते हैं कक्काजी", रानी साहिबा यशनगर ने कार में बैठे हुए लोगों से कहा, "आप लोग कक्काजी की बात पर ध्यान न दीजिएगा, कभी-कभी यह न जाने क्या-क्या कहने लगते हैं।" फिर रानी साहिबा ने उस बूढ़े से

कहा, ''कक्काजी, मैं इन लोगों को मन्त्रीजी के यहाँ पहुँचाकर आती हूँ, तब तक आप मेरे खाने का प्रबन्ध करवा दीजिएगा, बड़ी ज़ोर की भूख लगी है।'' और यह कहकर रानी साहिबा यशनगर ने अपनी कार स्टार्ट कर दी।

जोखनलाल के बँगले में कार के अभी तक न आने पर सब लोग बड़े चिन्तित थे। लालटेनों को स्टेशन-वैगन के आगे बाँधकर उन लोगों का पता लगाने के लिए भेजने की व्यवस्था की जा चुकी थी। कार के आते ही सब लोग कार के पास दौड़े। इस भीड़ के आगे-आगे स्वयं मिनिस्टर जोखनलाल थे। रानी साहिबा यशनगर की बुइक कार पर अपने अतिथियों को देखकर जोखनलाल ने रानी साहिबा से कहा, ''अरे रानी साहिबा, आप अपनी कार पर इन लोगों को लाई हैं!'' फिर उन्होंने विश्वनाथसिंह से पूछा, ''क्यों, मेरी कार कहाँ है?''

मकोला ने कार से उतरते हुए कहा, ''वह यहाँ से दस मील दूर बीच जंगल में बिगड़ी पड़ी है। रानी साहिबा ने अपने ड्राइवर को आपकी कार की रखवाली करने के लिए छोड़ दिया है। रानी साहिबा की कृपा से हम लोग यहाँ पहुँच सके, नहीं तो हम लोगों को रात उस जंगल में बितानी पड़ती। आपके सेक्रेटरी ने बतलाया कि एक कार यशनगर गई हुई है और स्टेशन-वैगन की हेडलाइट खराब है। मैंने आपको जो शेवरले गाड़ी दी थी वह क्यों नहीं लेते आए आप यहाँ पर?''

शर्माजी ने कहा, ''वह कार तो आपने श्री जोखनलाल को दी होगी, मन्त्री जोखनलाल को तो नहीं दी होगी। ऐसी हालत में अगर जोखनलाल ने वह कार लम्बे मुनाफे पर किसी दूसरे के हाथ बेच नहीं दी है, तो इनकी बीवी-बच्चों की सेवा में होगी।''

इस बात को टालते हुए जोखनलाल ने कहा, ''आप लोग देख ही रहे हैं कि स्टेशन-वैगन को भेजने का प्रबन्ध मैंने कर लिया है। बस वह चलनेवाली ही थी। विश्वनाथसिंह, तुम इन अतिथियों को इनके बँगले में पहुँचा दो, स्नानादि से ये लोग निवृत्त हो जाएँ। एक घंटे में खाना लग जाएगा।''

''नहीं, श्रीमानजी!'' रानी साहिबा यशनगर ने जोखनलाल की बात काटी, ''मेरा ड्राइवर आपकी कार में अकेला बैठा है, उस भयानक जंगल के बीच में। पहले आपके सेक्रेटरी साहब मेरी कार में जाकर उसे ले आए।''

अपनी बात का काटना जोखनलाल को पसन्द नहीं आया। कुछ कड़े स्वर में उन्होंने कहा, ''घंटे-दो घंटे में मर तो न जाएगा आपका ड्राइवर! सब लोग खाना खा लें, तब विश्वनाथसिंह चले जाएँगे।''

''इतनी देर मैं उसे अकेला वहाँ नहीं छोड़ सकती। जहाँ आपकी गाड़ी रुकी खड़ी है वहाँ से एक आदमखोर शेर अक्सर लोगों को उठा ले जाया करता है; अकेला-दुकेला आदमी बच नहीं सकता। आपके सेक्रेटरी साहब और कक्काजी अभी तक उस शेर को नहीं मार सके। अगर आपके सेक्रेटरी नहीं जा सकते तो खुद मुझे उसे लेने जाना पड़ेगा। आपके ड्राइवरों के हाथ मैं अपनी गाड़ी नहीं सौंप सकती।'' रानी साहिबा यशनगर ने दृढ़ता के स्वर में कहा।

अपनी झुँझलाहट को एक खिसियाई हँसी से ढँकने का प्रयत्न करते हुए जोखनलाल ने विश्वनाथसिंह की ओर देखा, ''क्योंजी विश्वनाथसिंह, रानी साहिबा ठीक कहती हैं न?''

''जी, उस जगह एक आदमखोर शेर तो है। अभी परसों ही एक आदमी को ले गया है। रात में ही निकलता है; दिन में उसका पता नहीं चलता। फिर आपकी कार को भी वापस लाना है...हाथियों का गिरोह भी कुछ दूर देखा गया है। मैं रानी साहिबा की कार पर जा रहा हूँ, स्टेशन-वैगन भी लिए जा रहा हूँ क्योंकि उससे बाँधकर वह लानी पड़ेगी।''

''अच्छा-अच्छा, जाओ।'' जोखनलाल ने अपने अर्दली को आवाज दी, ''शिवपूजन, तुम सब लोगों को उनके स्थान पर पहुँचा दो और देखो विश्वनाथसिंह, जल्दी लौट आना।''

2

रानी साहिबा यशनगर एक साल पहले स्विटजरलैंड से वापस लौटी थीं, अपना सौभाग्य गँवाकर, अर्थात् अपने पति को खोकर, असहाय अवस्था में। उनके मुख पर विषाद की रेखा थी, उनकी आँखों में गहरी वेदना की छाया थी। मेजर नाहरसिंह के बँगले के सामने अपनी कार से उतरते हुए उन्होंने विश्वनाथसिंह से कहा, ''क्षमा कीजिएगा सेक्रेटरी साहब, मैं बेतरह थकी हुई हूँ, नहीं तो मैं स्वयं चलती। मेरा अनुमान है आप घंटे-डेढ़ घंटे में वापस आ जाइएगा। कार आप ड्राइवर को वहीं सुपुर्द कर दीजिएगा।'' और बिना अपनी बात के उत्तर की प्रतीक्षा किए हुए तथा बिना विश्वनाथसिंह की ओर देखे हुए वह घर के अन्दर चली गईं।

ड्राइंग-रूम में मेजर नाहरसिंह आरामकुर्सी पर बैठे हुए एक छोटी मेज़ पर पैर फैलाए हुए रानी साहिबा की प्रतीक्षा कर रहे थे। एक दूसरी छोटी मेज़ पर उनके सामने रम से भरा एक गिलास था जिसे वह एक-एक घूँट पी रहे थे। मेजर साहब ने रानी साहिबा को देखा फिर बोले, ''कालसी ने गुसलखाने में पानी लगा दिया है। स्नान कर लो जब कहो खाना लग जाएगा।''

रानी साहिबा थकी-सी मेजर नाहरसिंह की कुर्सी के सामनेवाले सोफे पर बैठ गईं, ''नहीं, यशनगर से नहा-धोकर चली थी मैं।'' और फिर उन्होंने मेजर साहब के गिलास की ओर देखते हुए कहा, ''कक्काजी, आपसे कितनी बार कहा कि रम पीने की अब आपकी उम्र नहीं है। स्कॉच का केस मैंने आपके पास भिजवा दिया था।'' और फिर एक क्षण सोचकर बोली, ''थोड़ी-सी शेरी तो होगी। उफ, कितना थक गई हूँ!''

मेजर नाहरसिंह ने उठकर रानी साहिबा के लिए शेरी का गिलास भरा, फिर आकर चुपचाप अपनी कुर्सी पर बैठ गए और उनकी नज़र शून्य में डूब गई।

शेरी का गिलास आधा कर देने के बाद मानो रानी साहिबा यशनगर की वाणी लौटी। मुख पर का विषाद धुल गया था, आँखों में जीवन के उल्लास की चमक आ गई थी। ''आप बड़े खोएँ-खोएँ हैं, कक्काजी! जानते हैं कौन-कौन लोग आए हैं मिनिस्टर के यहाँ?''

मेजर नाहरसिंह ने मानो रानी साहिबा यशनगर का यह प्रश्न सुना ही नहीं। उनके मुख पर का धुँधलापन लगातार बढ़ता जा रहा था; चौड़े मस्तक पर चिन्ता अथवा चिन्तन की गहरी सिलवटें पड़ी हुई थीं।

रानी साहिबा यशनगर का नाम मानकुमारी था और उनमें आधा नेपाली रक्त था। रानी मानकुमारी की अवस्था छब्बीस वर्ष की थी, या यह कहना अधिक उचित होगा कि पन्द्रह दिन बाद वह अपने जीवन के छब्बीस वर्ष पूरे करके सत्ताइसवें वर्ष में प्रवेश करने वाली थीं। रानी मानकुमारी को अद्वितीय सौन्दर्य मिला था, आर्या और मंगोल रक्त का सम्मिश्रण। रानी मानकुमारी का वर्ण चम्पा की भाँति पीला तथा सुनहला था। स्वस्थ और सुडौल, शरीर गठा हुआ। युवावस्था के रक्त के गुलाबीपन ने उनके वर्ण को और भी निखार दिया था। काले, घने और घुँघराले बाल, मत्था थोड़ा-सा नीचा, जिस पर से यद्यपि सौभाग्य की बिन्दी मिट चुकी थी, पर पाश्चात्य दृष्टिकोण से सौभाग्य की बिन्दी अनिवार्यतः लगी रहती थी। कुछ तिरछी-सी गहरे काले रंग की आँखें जो यद्यपि बड़ी नहीं थीं, पर छोटी भी नहीं कही जा सकती थीं। गालों की हड्डियाँ कुछ थोड़ी-सी उभरी हुईं। पतली, सुडौल और नुकीली नाक, पतले-पतले होंठ जिनसे मानो रक्त टपका पड़ता हो। रानी मानकुमारी के सौन्दर्य को विदेशों में मुक्त कंठ से स्वीकार किया गया था। पर मानो रानी मानकुमारी को अपने सौन्दर्य का बोध ही न हो। फ्रांस, इंग्लैंड, स्विटजरलैंड, इटली, स्पेन सभी जगह घूमी थीं रानी मानकुमारी अपने पति राजा शमशेर बहादुरसिंह के साथ, राजा साहब की छाया की तरह। रानी मानकुमारी का समस्त अस्तित्व समर्पण का रहा था।

राजा शमशेर बहादुरसिंह से रानी मानकुमारी ने प्रेम किया था। उनके मरने के बाद भी रानी साहिबा का अपने पति के प्रति प्रेम मिटा नहीं था। उनके पति की मृत्यु के बाद जैसे एक भयानक अभाव आ गया था उनके जीवन में। पर रानी साहिबा के अन्दर प्रखर जीवन-शक्ति थी जिसने उस अभाव को ढँक दिया था।

राजा शमशेर बहादुरसिंह को यशनगर का राज्य उनके पिता विजय बहादुरसिंह की मृत्यु के बाद मिला था। राजा विजय बहादुरसिंह ने अपने एकमात्र पुत्र को शिक्षा पाने के लिए ऑक्सफोर्ड भेजा था। सन् 1939-45 के युद्ध के समय शमशेर बहादुरसिंह इंग्लैंड में ही थे। किसी तरह सन् 1946 में शमशेर बहादुरसिंह भारतवर्ष लौटे। इस बीच राजा विजय बहादुरसिंह बहुत बुरी तरह बीमार पड़े। अपने पुत्र की वापस आने की बड़ी व्यग्रता के साथ वह प्रतीक्षा करते रहे। नेपाल के राजवंश की एक सुन्दरी और गुणवान लड़की को उन्होंने अपने पुत्र के साथ विवाह करने को चुन लिया था। शमशेर बहादुरसिंह के वापस आते ही राजा विजय बहादुरसिंह ने उनका विवाह कर दिया। सन् 1947 के आरम्भ में ही राजा विजय बहादुरसिंह की मृत्यु हो गई।

अगस्त, सन् 1947 में जब देश स्वतन्त्र हुआ तब देश की स्वतन्त्रता का उत्सव राजा शमशेर बहादुरसिंह ने धूमधाम के साथ मनाया। जैसी रोशनी उन्होंने यशनगर में कराई वैसी रोशनी आसपास के लोगों ने अपने जीवन में कभी नहीं देखी थी।

यशनगर राज में अधिकांश पहाड़ी इलाका था और उसकी निकासी अधिक न थी। पर यशनगर का राजपरिवार सुसम्पन्न परिवार था। इस परिवार के लोग निष्ठावान और चरित्रवान होते रहे थे। राजा विजय बहादुर को अपने पिता के राज्य के साथ बहुत बड़ी सम्पत्ति भी मिली थी। उनकी तीन कोठियाँ लखनऊ में थीं एक कोठी दिल्ली में थी, एक कोठी इलाहाबाद में थी और एक कोठी कलकत्ता में थी। उनके कोष में हीरे-जवाहरात थे। साथ ही उन्होंने जो विदेश में शिक्षा पाई थी उससे उनके दृष्टिकोण में भी बहुत बड़ा परिवर्तन आ गया था। वह लम्बे-से हृष्ट-पुष्ट आदमी थे। चेहरे पर एक प्रकार का रोब था। क्रिकेट के अच्छे खिलाड़ी, विचार सुलझे हुए। राज्य मिलते ही उन्होंने अपने राज्य को सम्पन्न बनाने का बीड़ा-सा उठा लिया। सुमनपुर के उत्तरवाले पहाड़ी क्षेत्र में लाइमस्टोन और अबरक तो था ही। वहाँ ताँबा भी है, उन्हें यह पता चला। यही नहीं, रोहिणी जल-प्रपात पर भी उनकी नज़र गई। और उन्हें सुमनपुर के आसपास बहुत बड़े विकास की सम्भावनाएँ स्पष्ट रूप से दीखीं।

राजा शमशेर बहादुरसिंह ने राज्य पाते ही सुमनपुर के विकास की योजना बना डाली। उन्होंने बारह बँगले बनवाएँ, जहाँ राज्य के बाहर से आनेव ाले इंजीनियर और विशेषज्ञ रह सकें। साल में तीन महीने सुमनपुर में स्वयं रहकर वह इस विकास को आगे बढ़ाएँगे, उन्होंने यह निर्णय कर लिया था। देश और विदेश से बड़े-बड़े विशेषज्ञ और इंजीनियर उन्होंने बुलवाएँ। राजा शमशेर बहादुर स्वयं वैज्ञानिक न थे, पर उनके पास वैज्ञानिक दृष्टिकोण था। वह स्वयं उद्योगपति न थे, पर उनमें औद्योगिक प्रवृत्ति थी। यशनगर राज्य में भूमि काफी थी। वह राज्य तराई के उत्तर में पूरब से पश्चिम तक प्रायः पचास मील तक फैला हुआ था, और वह दूर हिमालय के अन्दर तक स्थित था।

पर राजा शमशेर बहादुरसिंह के सपने साकार न हो सके। देश की स्वतन्त्रता-प्राप्ति के बाद उत्तर प्रदेश सरकार ने पहला कदम उठाया जमींदारी उन्मूलन का। यशनगर राज्य का अन्त हो गया। सारी जमींदारी राजा साहब के हाथ से निकलकर किसानों के कब्जे में आ गई। उस भूमि पर, जहाँ खानें थीं, सरकार का कब्जा हो गया। जमींदारी-उन्मूलन बिल पास हो जाने के बाद राजा शमशेर बहादुरसिंह एक सप्ताह तक अपने घर से बाहर न निकले। एक भयानक सदमा लगा उन्हें। वैसे बचपन से ही राजा शमशेर बहादुरसिंह कुछ सनकी आदमी थे। इस सदमे से उनकी सनक बेतरह बढ़ गई। इस एक हफ्ते में उन्होंने अपने जीवन का सबसे महत्त्वपूर्ण निर्णय कर लिया। अपनी सारी नकदी और जेवर लेकर रानी मानकुमारी के साथ उन्होंने सदा के लिए अपने देश को छोड़ दिया।

दो साल तक वह यूरोप और अमेरिका में बसने योग्य स्थान चुनने के लिए भटकते रहे। उनका हाथ खुला हुआ था और लूटनेवालों की कमी दुनिया के किसी कोने में नहीं है। उनके पासवाली नकदी तेजी के साथ घटती रही। इस बीच में वह बुरी तरह पीने लगे थे। एक दिन जब रानी मानकुमारी बर्न के एक नर्सिंग होम में इलाज करा

रही थीं, राजा साहब शराब में धुत अपनी मोटर सहित आल्प्स पहाड़ के एक खड्ड में गिरकर मर गए।

रानी मानकुमारी को अपने पति के कुछ इसी प्रकार के अन्त का आभास हो गया था। उन्हें राजा शमशेर बहादुरसिंह से असीम प्यार था और राजा शमशेर बहादुरसिंह में इस परिवर्तन से उन्हें असीम वेदना थी। अपने पति की मृत्यु के समाचार से उनको जितना अधिक दुख हुआ, उतनी ही अधिक शान्ति भी मिली। बड़ी वीरता के साथ उन्होंने इस विपत्ति का सामना किया। वैसे रानी मानकुमारी काफी शिक्षित थीं, पर यूरोप के अनुभवों ने तो उनकी बुद्धि को पूर्ण रूप से जाग्रत कर दिया था। नकद रुपया तो राजा शमशेर बहादुरसिंह करीब-करीब समाप्त कर चुके थे, कुल दो-ढाई लाख रुपया बचा था, लेकिन जेवर और हीरे-जवाहरात उनके पास सुरक्षित थे। राजा साहब की मृत्यु के एक महीने के अन्दर ही वह अपने देश वापस लौट आईं।

यशनगर लौटकर उन्होंने मेजर नाहरसिंह को बुलवाया। उनके परिवार में अब मेजर नाहरसिंह की ही शाखा बची थी। मेजर नाहरसिंह ने राज्य की स्थिति का पता लगाया तो वह कुछ अजीब तरह से उलझी हुई मिली। राजा शमशेर बहादुरसिंह की अनुपस्थिति में उनके दीवान खुशबख्तराय राज्य की देखभाल कर रहे थे। खुशबख्तराय ने प्रदेश के मन्त्रियों एवं अधिकारियों से मिलकर लखनऊ के तीनों बँगले तथा इलाहाबादवाला बँगला उत्तर प्रदेश सरकार को बड़े सस्ते किराए पर दे दिए थे। कलकत्तावाला बँगला एक विदेशी उद्योग दूतावास को बड़े लम्बे किराए पर पाँच साल के पट्टे पर दे दिया गया था। खुशबख्तराय ने राज्य-सरकार की बेतहाशा मदद की तथा कांग्रेस के सदस्य बन गए। उनकी सेवाओं से प्रसन्न होकर उन्हें राज्य-सभा का सदस्य बना दिया गया। ऐसी हालत में राजा शमशेर बहादुरसिंह की दिल्लीवाली कोठी पर खुशबख्तराय ने कब्जा कर लिया था। यही नहीं, सुमनपुर के विकास की समस्त योजना खुशबख्तराय ने जोखनलाल को दे दी और उत्तर प्रदेश सरकार ने सुमनपुर के आठ बँगलों पर भी कब्जा कर लिया। रानी साहिबा यशनगर जब वापस लौटीं तब उनके हाथ केवल यशनगरवाला महल लगा और सुमनपुर पर चार छोटे-छोटे बँगले लगे, जिनमें एक में मेजर नाहरसिंह रहते थे।

रानी मानकुमारी ने अपनी सम्पत्ति को वापस पाने के लिए दौड़-धूप आरम्भ कर दी। मेजर नाहरसिंह हर जगह अपनी बहू के साथ गए, लेकिन हर जगह रानी मानकुमारी को असफलता और निराशा से टकराना पड़ा। कहीं-कहीं तो उन्हें उपेक्षा और अपमान भी सहन करना पड़ा। रानी मानकुमारी को कुछ बड़े विचित्र किन्तु भयानक रूप से कटु अनुभव हुए। उन्होंने देखा कि उनके सम्पर्क में आनेवाले हरेक व्यक्ति में विनय है, आदर्शवाद के ऊँचे-ऊँचे सिद्धान्त हैं और उपदेश हैं; हरेक आदमी सद्भावना और सदाचार को अपने जीवन का ध्येय बनाए हुए है, फिर भी उनका काम नहीं बन रहा है और शायद बन भी नहीं पाएगा। उन्होंने अनुभव किया कि काम बनाने के लिए जिस चीज की आवश्यकता है वह उनके स्वभाव और प्रकृति में

नहीं है। फिर भी काम करना मनुष्य का गुण और स्वभाव है। अन्त समय तक वह आशा के साथ चिपका रहता है। निराशा मृत्यु का प्रतीक है। रानी मानकुमारी अपने लिए संघर्ष में रत थीं।

3

मेजर नाहरसिंह ने उदास भाव से रानी मानकुमारी को देखा और बोले, "रानी बहू, नियति का चक्र चल रहा है और इस नियति के चक्र की गति बदलने में मैं असमर्थ हूँ, तुम असमर्थ हो, हरेक आदमी असमर्थ है। बनाने और मिटानेवाला कोई दूसरा ही है, इस तो स्वयं बनाएँ-मिटाए जाते हैं।"

रानी मानकुमारी मुस्कराईं, "कक्काजी, आप तो पीने के साथ ही दार्शनिक बन जाते हैं। खैर, दार्शनिक बनना कुछ ऐसा बुरा नहीं है, लेकिन आप जो यह रम पीते हैं वह आपके दर्शन को निराशावाद का मोड़ दे देती है, मुझे सिर्फ इतनी शिकायत है।"

रानी मानकुमारी की इस मनोहारिणी मुस्कराहट का प्रभाव उनके सामने बैठे हुए सत्तर वर्ष के बूढ़े पर भी पड़ा, जिसके मुख पर पड़ी झुर्रियाँ कमरे के उस धुँधले प्रकाश में भी स्पष्ट दीख रही थीं। मेजर नाहरसिंह राजा शमशेर बहादुरसिंह के सगे चाचा थे और देश की स्वतन्त्रता-प्राप्ति के पहले तक राज्य के गुजारेदार थे। मेजर नाहरसिंह के पिता राजा अमर बहादुरसिंह के दो पुत्र थे–विजय बहादुरसिंह और नाहरसिंह। नाहरसिंह विजय बहादुरसिंह से केवल दो वर्ष छोटे थे। बाल्यकाल से ही इन दो भाइयों की प्रकृति में जमीन-आसमान का अन्तर था। विजय बहादुरसिंह शिष्ट, गम्भीर और शान्त थे, पर नाहरसिंह उद्धत स्वभाव के थे, मुक्त और स्वच्छन्द। राजा अमर बहादुरसिंह को इधर-उधर से अक्सर छोटे कुँवर की शिकायतें सुनने को मिलती थीं। कहीं किसी सूदखोर या मुनाफाखोर बनिए को चपतिया दिया, कहीं किसी अत्याचारी-अनाचारी अफसर को मार-पीटकर छोड़ दिया। असीम बल और साहस मिला था बालक नाहरसिंह को। राजा अमर बहादुरसिंह ने छोटे कुमार की हरकतों से तंग आकर उन्हें इन्दौर के राजकुमार कॉलेज में पढ़ने के लिए भेज दिया।

नाहरसिंह गौर वर्ण के सुन्दर युवक थे। उनकी ऊँचाई प्रायः छह फुट, चौड़ा सीना और गठा हुआ शरीर, खेलकूद और मारपीट में सबसे आगे रहते थे। परिणाम यह हुआ कि उन्हें ब्रिटिश सेना में कमीशन मिल गया। उन दिनों केवल इने-गिने भारतीयों को, जो राजकुल के हों, ब्रिटिश सेना में कमीशन मिलता था।

1914-18 के महायुद्ध में कप्तान नाहरसिंह की वीरता के कई पदक मिले और वह मेजर बना दिए गए। वह समझते थे कि वह कर्नल हो जाएँगे, लेकिन उनकी आशा पूरी नहीं हुई। और तब उन्हें अनुभव हुआ कि वह हिन्दुस्तानी हैं। उनसे नीचेवाला अंग्रेज अफसर कर्नल बन गया। मेजर नाहरसिंह ने जीवन में पहली बार अपमान का अनुभव किया। उस अपमान के बाद अधूरी पेंशन लेकर उन्होंने ब्रिटिश सेना से अवकाश ले लिया और यशनगर लौट आए। जब वह यशनगर लौटे तो उनके पिता का देहान्त हो

चुका था और नाहरसिंह के बड़े भाई राजा विजय बहादुरसिंह को यशनगर की गद्दी मिल चुकी थी।

राजा विजय बहादुरसिंह अपने छोटे भाई को बहुत मानते थे। नाहरसिंह के यशनगर में आते ही उन्होंने नाहरसिंह को राज्य का दीवान बनाकर मानो समस्त राज्य नाहरसिंह को सौंप दिया। यही नहीं, उन्होंने अपने छोटे भाई का विवाह भी बड़ी धूमधाम के साथ करा दिया। पर सेना में नाहरसिंह का जो अपमान हुआ था उसके सदमे से मेजर नाहरसिंह अपनी जिन्दगी भर नहीं उबर सके। एक तरह की लक्ष्यहीनता आ गई थी उनके जीवन में। बड़े भाई के स्नेह के कारण इस लक्ष्यहीनता ने कटुता का रूप नहीं धारण किया। पर इतना निश्चित है कि इस लक्ष्यहीनता ने उनके जीवन की धारा को बदल दिया था।

नाहरसिंह अनायास ही एकान्तप्रिय हो गए थे। एकान्त में बैठे हुए वह घंटों सोचा करते थे। उस समय उनकी आँखें मानो शून्य में खोई हुई रहती थीं। राजा विजय बहादुरसिंह तथा नाहरसिंह की पत्नी ने बहुतेरा प्रयत्न किया कि नाहरसिंह दुनिया के मामलों में दिलचस्पी लें, पर यह नहीं हो सका। राज्य के दीवान का पद वह बड़ी योग्यता के साथ सँभालते थे। उनके न्याय और उनकी उदारता की प्रशंसा थी चारों ओर। पर यह सब काम वह निस्पृह भाव से करते थे।

एक नई बात और भी उनमें देखी गई—नाहरसिंह कभी-कभी भविष्यवक्ता के रूप में लोगों को दिखने लगे। नाहरसिंह स्वयं इस बात को अनुभव करते थे कि उनके जीवन में कुछ क्षण ऐसे आ जाते हैं जब वह जो कुछ कह देते हैं वह सच होता है। किस प्रकार और क्यों ये क्षण उनके जीवन में आते हैं, नाहरसिंह को स्वयं इसका पता न था और नाहरसिंह स्वयं अपने जीवन के इन क्षणों से भयभीत रहा करते थे। कुछ लोगों का कहना था कि नाहरसिंह को योगिनी सिद्ध हो गई है। स्वयं नाहरसिंह के आत्मीयों को इस बात का शक था और इनमें रानी साहिबा यशनगर सबसे आगे थीं। नाहरसिंह के सम्बन्ध अपनी भावज अर्थात् रानी साहिबा यशनगर के साथ प्रिय नहीं थे। रानी साहिबा अपने भाई को दीवान बनाना चाहती थीं; उन्हें नाहरसिंह का दीवान बनना अच्छा नहीं लगा। पर इसमें नाहरसिंह का दोष नहीं था। राजा विजय बहादुर सिंह स्वयं बड़े जिद्दी आदमी थे और वह एक तरह से अपने साले से घृणा करते थे। पर रानी साहिबा यशनगर मेजर नाहरसिंह के जो विरुद्ध हो गईं तो जीवनपर्यन्त उनका विरोध कायम रहा।

विवाह के दो वर्ष बाद ही मेजर नाहरसिंह के एक पुत्र हुआ और उसके दो साल बाद दूसरी सन्तान के प्रसव-काल में बच्चे के साथ उसकी माता भी जाती रही। राजा विजय बहादुरसिंह ने बहुतेरा आग्रह किया कि मेजर नाहरसिंह दूसरा विवाह कर लें, पर नाहरसिंह को जैसे मुक्ति मिली। उन्होंने दूसरा विवाह करने से कतई इनकार कर दिया। पत्नी की मृत्यु के बाद अपने ढाई साल के पुत्र रघुराजसिंह को उन्होंने उसकी नानी के यहाँ भेज दिया।

राजा विजय बहादुरसिंह की मृत्यु के बाद जब राजा शमशेर बहादुरसिंह गद्दी पर बैठे, तब मेजर नाहरसिंह ने अपने भतीजे के सामने त्यागपत्र रख दिया। शमशेर बहादुरसिंह

ने मेजर नाहरसिंह को बहुत मनाया कि वह राजा का प्रबन्ध पूर्ववत करते रहें, पर मेजर नाहरसिंह अब काम-काज से अवकाश लेने पर मानो तुल गए थे। राजा शमशेर बहादुरसिंह की माता ने भी अपने पुत्र को नाहरसिंह से अधिक आग्रह करने से रोका। सुमनपुर के पास प्रायः दो हजार एकड़ भूमि राजा विजय बहादुरसिंह ने नाहरसिंह के नाम लिख दी थी। मेजर नाहरसिंह सुमनपुर में बसना चाहते थे। इस बीच सुमनपुर के विकास की योजना में शमशेर बहादुरसिंह ने जबर्दस्ती नाहरसिंह को अपने साथ घसीटा। शमशेर बहादुरसिंह की अपने कक्काजी के प्रति असीम श्रद्धा और भक्ति थी। नाहरसिंह अपने भतीजे के आग्रह को टाल नहीं सके।

नाहरसिंह का हाथ खुला हुआ था और दूसरों के दुख से वह तत्काल द्रवित हो जाते थे। इसलिए नाहरसिंह कभी सम्पन्न नहीं रहे। अपने कष्टों एवं दुखों का जैसे उन्हें कभी भान नहीं हुआ। बिना नाहरसिंह के अनुभव किए, नाहरसिंह का जीवन उनके लिए बाल्यकाल से ही समर्पण का था और इस समर्पण की उदात्त भावना के साथ उसके विरोधी तत्त्व, साहस, क्रोध, उद्दंडता के कारण नाहरसिंह को लोग कभी ठीक तरह से नहीं समझ पाएँ। जीवन के कटु अनुभवों के साथ उनकी उदात्त भावना निखरती गई और उसका व्यक्तित्व विश्व की व्यापक करुणा को अपनाकर कोमल होता गया, कोमल होता गया। लेकिन उनका बहिर उतना ही कठोर बना रहा।

जिस समय राजा शमशेर बहादुरसिंह ने सुमनपुर के विकास का काम अपने हाथ में लिया, मेजर नाहरसिंह ने गौण रूप से उन्हें इस काम को उठाने से निरुत्साहित किया था। लेकिन शमशेर बहादुरसिंह भी जिद्दी और उद्धत स्वभाव के थे, इसलिए मेजर नाहरसिंह ने कोई विशेष आग्रह नहीं किया। जिस समय शमशेर बहादुरसिंह ने सुमनपुर में बारह बँगले बनवाए थे, उन्होंने नाहरसिंह से कहा था, "कक्काजी, सुमनपुर को आप अपना समझिए। इस सुमनपुर को बढ़ाने के लिए, इसको विकसित करने के लिए, एक ऐसे आदमी की आवश्यकता है जो मेरे ही प्राणों और मेरी भावना को लेकर इस काम को सम्पन्न करे। कक्काजी, आप मेरे पिता तुल्य हैं। आप यशनगर छोड़ना चाहते हैं, तो इस सुमनपुर को सँभालिए, मेरी आपसे यही विनती है।"

शमशेर बहादुरसिंह ने अपनी यह बात मेजर नाहरसिंह से कही थी, शराब से भरे दो गिलास दोनों के सामने थे। मेजर नाहरसिंह ने उठकर राजा शमशेर बहादुरसिंह को फौजी सलाम किया, "छोटे राजा, मैं आपका सेवक हूँ; तन-मन-धन से आपका हूँ। जैसी आपकी मर्जी है वैसा ही होगा। लेकिन एक बात मैं आपसे कह रहा हूँ, सुमनपुर को जो आप बसा रहे हैं उससे यशनगर नष्ट हो जाएगा। भविष्य में यशनगर के खंडहर भी लोगों को ढूँढ़े न मिलेंगे। लेकिन छोटे राजा, नियति के क्रम को रोक सकने की सामर्थ्य किसमें है? यशनगर नष्ट होकर रहेगा और इस यशनगर के मिटने के साथ गुस्मैत ठाकुरों का यह राजवंश भी सदा के लिए मिट जाएगा।"

नाहरसिंह ने जिस समय यह बात कही थी, ऐसा लग रहा था कि वह अपने आपे में नहीं है। उनकी आँखें अनायास ही जल उठी थीं, अजीब तरह की एक लाल चमक

दिखी शमशेर बहादुरसिंह को उन आँखों में। और उनकी वाणी में न जाने कहाँ की कर्कशता से भरी दृढ़ता आ रही थी और अपनी बात समाप्त करते ही वह एकाएक जोर से काँप उठे, उनका मुख निस्तेज हो गया और उनकी आँखें तरल हो गईं। वह राजा शमशेर बहादुरसिंह के पैरों पर गिर पड़े, "छोटे राजा, मैं यह सब क्या कह गया? क्या कह गया। मुझे माफ करें छोटे राजा, न जाने कौन मेरी वाणी में बैठ गया था! मुझे माफ करें।"

राजा शमशेर बहादुरसिंह ने भी यह सुन रखा था कि मेजर नाहरसिंह कभी-कभी बहकी-बहकी बातें करने लगते हैं और उनकी ये बातें हमेशा सच निकलती हैं। उस समय एक प्रकार का भय-सा भर गया उनके अन्दर। नाहरसिंह को अपने पैरों पर से उठाते हुए उन्होंने कहा, "यह क्या कर रहे हैं, कक्काजी! जो भगवान की इच्छा है वह तो पूरी ही होगी।" और जैसे अपने भय को चुनौती देते हुए राजा शमशेर बहादुरसिंह ने अपने सामने रखे हुए शराब के गिलास को होठों से लगाया। लेकिन नाहरसिंह शमशेर बहादुरसिंह का अनुसरण न कर सके। अपनी कही हुई बात से वह स्वयं बहुत डर गए थे और इसका परिणाम यह हुआ कि वह बैठक अधिक देर तक न जम सकी। भारी मन चाचा-भतीजे दोनों ही सोने चले गए उस रात दोनों में से किसी ने भोजन नहीं किया।

4

मेजर नाहरसिंह बड़ी देर तक रानी मानकुमारी को देखते रहे, अनिमेष नयनों से। उनके मुख पर बड़ी कोमल मुस्कान आ गई थी। उनके समस्त अस्तित्व में एक प्रकार की मीठी हलचल भर गई थी। बूढ़े कक्काजी की इस दृष्टि का रानी मानकुमारी को पता था। मेजर नाहरसिंह की उस कोमल दृष्टि में असीम वात्सल्य था, लेकिन इस असीम वात्सल्य के साथ कुछ और भी था जो रानी मानकुमारी को बहुत अच्छा लग रहा था। चुपचाप रानी मानकुमारी नाहरसिंह की इस तन्मयता की अवस्था को मुग्ध-सी निहार रही थीं। अन्त में मेजर नाहरसिंह ने अपना मौन तोड़ा, "रानी, बहू, कितनी मोहक और मादक सुन्दरता को लेकर आई हो तुम भगवान् के यहाँ से! सच कहता हूँ कि ऐसी सुन्दरता दूसरों के लिए ही नहीं तुम्हारे लिए भी अभिशाप है। दूसरों को तोड़कर रख देनेवाले इस सौन्दर्य के भीतर कितना सुकुमार, कोमल और विवश व्यक्तित्व है! सौन्दर्य की राजसिकता के अन्दर आत्मा की सात्विकता! रानी बहू, मुझे तुम्हारे ऊपर बड़ा दुख होता है।"

रानी मानकुमारी ने किंचित रोष का भाव प्रदर्शित करते हुए कहा, "कक्काजी, इस तरह की अनाप-शनाप बातें करते हुए आपको लाज नहीं आती! मैं जो कहती हूँ कि आप यह रम का पीना बन्द कीजिए, वह अकारण नहीं कहती।" और फिर रानी मानकुमारी खिलखिलाकर हँस पड़ीं। उस बूढ़े की गोद में अपना सिर रखते हुए रानी मानकुमारी ने कहा, "कक्काजी, आप कितने अच्छे हैं! आपके अन्दरवाले साहस ही से मैं स्थिर हूँ। अपनी बहू का साथ अन्त तक निबाहिएगा, कक्काजी!" और फिर अपनी

कुर्सी पर रानी मानकुमारी लौट आईं। "मुझे बड़ी भूख लगी है। कुछ खाने-पीने का प्रबन्ध है?"

"क्या बतलाऊँ, कल एक बनैला मारा था। वह तो रघुराज और उसके साथी आज दोपहर को ही चट कर गए। हाँ, अभी छह बटेर मारकर लाया हूँ; कालसी को दे दी हैं, बना रही होगी। अभी आधे घंटे में तैयार हो जाएँगी। कुछ अधिक समय भी तो नहीं हुआ है।"

रानी मानकुमारी के मत्थे पर बल पड़ गए, "क्या जेठजी आए हुए हैं यहाँ पर? सुमना से तो आए नहीं होंगे। बस तो यशनगर से चलती है। लेकिन यशनगर में मुझसे नहीं मिले।"

"चार-पाँच आदमी थे उसके साथ, शायद इसीलिए न गया होगा तुम्हारे यहाँ। एक हफ्ता पहले ये लोग यशनगर आए थे। एक दिन बाद ही पश्चिम की तरफ चले गए, शायद जयाली और आसपास के गाँवों में गए हों, मुझसे न कुछ पूछा, न मुझे कुछ बताया। अजीब तरह के आदमी हैं उसके साथी लोग! न जाने कैसी बहकी-बहकी बातें करते हैं! गाँववाले किसानों और मजदूरों से मिलते हैं, उनके यहाँ खाते-पीते हैं, नाचते-गाते हैं। जात-कुजात का कुछ खयाल नहीं। साम्यवाद, समाजवाद, बस यही उनकी धुन है।"

रानी मानकुमारी कुछ देर तक सोचती रहीं, "कक्काजी, उनकी शादी क्यों नहीं कर देते आप?"

मेजर नाहरसिंह की भवें तन गईं, "शादी कर दूँ उस निठल्ले की? कलकत्ता भेजा था; कुछ कामकाज करे या फिर कोई अच्छी नौकरी ढूँढ़ ले। यहाँ की जमीन सोना उगलती है। सुमनपुर में अपनी दो हजार एकड़ जमीन है, फारम कर ले। ट्रैक्टर खरीदने के लिए मैंने उसे रुपया भी दिया। लेकिन फारम नहीं करना। ट्रैक्टर का रुपया खर्च करके रूस और चीन हो आया। मैंने उससे जवाब तलब किया तो बोला कि कम्युनिस्ट पार्टी का मेम्बर हो गया हूँ।"

रानी मानकुमारी हँस पड़ीं, "कक्काजी, अब मैं समझी। वह आपके लिए कोई चीनी या रूसी बहू लाएगा। अगर वह रूसी बहू लाया तो वह आपकी बड़ी सेवा करेगी। वहाँ की औरतें मरदों के कान काटती हैं।"

मेजर नाहरसिंह एकाएक तनकर खड़े हो गए, "कोई कुछ नहीं लाएगा, रानी बहू, कुछ नहीं लाएगा। यहाँ किसी का ठिकाना नहीं, कठपुतलियों का नाच हो रहा है; डोर किसी दूसरे के हाथ में है, जिसे हम देख नहीं पाते। मैंने उसे इतना डाँटा, इतना समझाया, लेकिन वह मेरी बात सुनता ही कब है! इस परिवार में सब जिद्दी रहे हैं। भयानक कटुता भर गई है उसमें हमारे देश के शासन के प्रति। इसी कटुता ने जयचन्द और विभीषण को जन्म दिया था। विदेशियों का भरोसा, विदेशियों की गुलामी। कभी-कभी इच्छा होती है कि गोली मार दूँ उसे। कुलांगार कहीं का! फिर रुक जाता हूँ। वह भी तो विवश-सा किसी दूसरे के इशारे पर सबकुछ कर रहा है। कठपुतलियों का तमाशा हो रहा है न रानी बहू!"

रानी मानकुमारी ने ज़रा कड़े स्वर में कहा, "बैठ जाइए कक्काजी, मैं कहती हूँ आप बैठ जाइए। अपने ही बेटे को गोली मारने की बात आप सोच कैसे सकते हैं? और रघुराज गलत नहीं कहता, गलत नहीं करता। हमारा देश अब हमारा नहीं रह गया, हमारी प्रजा अब हमारी नहीं रह गई। हम खुद अपने नहीं रह गए। ताकत जिन लोगों के हाथ में आ गई है वे मनुष्यता छोड़ चुके हैं; वे बदनीयत हैं, बेईमान हैं, बदतमीज हैं। चरित्रहीनता की हद हो गई है। हर तरफ लूट मची हुई है, जान-माल, इज्जत-ईमान सभी कुछ खतरे में है। तभी तो राजा साहब यह देश छोड़कर चले गए थे। रघुराज अगर रूस या चीन का मुँह देखता है तो इसमें बेजा क्या है?"

मेजर नाहरसिंह के मुख पर अब एक हलकी-सी मुस्कराहट आई, लेकिन इस मुस्कराहट में व्यंग्य था। "रानी बहू, सत्ता जिसके हाथ में आती है वही मदान्ध होकर बेईमान, दुश्चरित्र और बदनीयत हो जाता है। हम राजवंशवालों ने जिस प्रकार वैभव एकत्रित किया, हमने जो-जो अन्याय और अत्याचार किए, हमने जिस पाशविकता को अपनाया, इतिहास उसका साक्षी है। नहीं रानी बहू, इस प्रकार दूसरों को दोष देने से काम नहीं चलेगा। हमें परिस्थितियों का मुकाबला करना पड़ेगा। जो कुछ जैसा है उसे वैसा स्वीकार करके उससे लड़ो, उसको बदलो। बाकी होगा वही जो भगवान का विधान है। हाँ, अपना कर्त्तव्य करते जाना है।" मेजर नाहरसिंह ने अपनी बात लड़खड़ाते स्वर में कही, मानो वह अपने आपे में न हों।

रानी मानकुमारी ने उठकर मेजर नाहरसिंह का हाथ पकड़ते हुए कहा, "कक्काजी, आप अधिक पी गए हैं, तभी इतनी सुलझी हुई बातें कर रहे हैं। चलिए, आपको सहारा दे दूँ, आपसे खाने की मेज तक न चला जाएगा।" मेजर नाहरसिंह की आँखें तरल हो गईं, "रानी बहू, तुम स्त्री नहीं, देवी हो। कितनी दया, कितनी ममता, कितनी करुणा बटोर लाई हो तुम अपने में! लेकिन इस सबके साथ भयानक दुर्भाग्य। भगवान् से यही विनय है कि मैं अपनी लक्ष्मी, अन्नपूर्णा, कल्याणी बहू के चरणों पर प्राण दे दूँ।" मेजर नाहरसिंह चलते और कहते जाते थे।

ये लोग खाने की मेज पर बैठे ही थे कि रानी मानकुमारी की मोटर उनके बँगले के फाटक पर रुकी। ड्राइवर रन बहादुर के साथ विश्वनाथसिंह ने कमरे में प्रवेश किया। विश्वनाथसिंह ने कहा, "रानी साहिबा, आपकी कार लौट आई। मन्त्री जी ने आपसे कहलाया है कि कल सुबह आप और मेजर साहब चाय उनके साथ ही पिएँ।"

रानी मानकुमारी के उत्तर देने से पहले ही नाहरसिंह ने कहा, "सेक्रेटरी साहब, रानी मानकुमारी आएँगी, मेजर नाहरसिंह आएँगे—कह दीजिएगा मन्त्रीजी से। और आपकी शक्ल से दिखता है कि आपको अभी तक खाना नहीं मिला है। खाना तैयार है, और थकावट मिटाने के लिए रम भी है।"

विश्वनाथसिंह वास्तव में बहुत थक गए थे। एक बार ललचाई दृष्टि से उन्होंने भोजन को देखा, शराब को देखा। फिर अचानक ही वह सजग हो गए, "हाँ मेजर साहब, थक तो बहुत गया हूँ, लेकिन रुक न सकूँगा। अभी मुझे मन्त्रीजी के पास जाना है,

कुछ आवश्यक कागज हैं। फिर मेरा भोजन भी तैयार होगा।'' और जैसे अपने अन्दरवाले बढ़ते हुए लालच को रोकने के लिए वह अनायास ही तेजी के साथ कमरे से बाहर चले गए।

रानी मानकुमारी कौतूहल के साथ सबकुछ देख-सुन रही थीं। विश्वनाथसिंह के जाने के बाद उन्होंने रन बहादुर से कहा, ''पहले रसोई में जाकर कालसी से खाना ले ले। खाना खाकर मोटर गैरेज में रख देना।''

ड्राइवर के जाने के बाद मानकुमारी ने मेजर नाहरसिंह को देखा। नाहरसिंह चुपचाप आँखें बन्द किए बैठे थे। उन्होंने अभी तक कौर भी नहीं तोड़ा था। मानकुमारी ने कहा, ''कक्काजी, आप सो रहे हैं क्या?''

''नहीं रानी बहू, सो नहीं रहा हूँ, जाग रहा हूँ धीरे-धीरे।'' और यह कहकर उन्होंने अपनी आँखें खोल दीं।

''मैं समझी नहीं कक्काजी, आप तो पहेली बुझाते हैं।'' रानी मानकुमारी बोलीं।

नाहरसिंह ने रोटी का टुकड़ा तोड़ते हुए कहा, ''रानी बहू, इस विश्वनाथसिंह को देखा? ठाकुर का लड़का, अपने को राजवंश का बतलाता है। खाने-पीने का शौकीन। लेकिन गुलाम है, भयानक गुलाम। और गुलामी भी किसकी? गांधी की बनिया संस्कृति की। मिनिस्टर के सामने जाना है इसलिए न खा सकता है, न पी सकता है। मेरी समझ में नहीं आता कि यह जिन्दा किसलिए है।''

रानी मानकुमारी खिलखिलाकर हँस पड़ीं, ''वाह कक्काजी, उतनी साधारण-सी बात भी आपकी समझ में नहीं आई! यह आदमी जिन्दा इसलिए है कि यह जिन्दा रहना चाहता है।''

5

वही बँगला जिसे राजा शमशेर बहादुरसिंह ने उन बारह बँगलों में अपने वास्ते बनवाया था, वही फर्नीचर जिसे राजा शमशेर बहादुरसिंह ने अपने लिए कलकत्ता और बम्बई में मँगवाया था। संगमरमर का फर्श और संगमरमर के खम्भे, सामने लम्बे और घने अशोक के वृक्षों से घिरा बड़ा-सा मखमली लॉन। उस लॉन के बीच-बीच गुलाब की रविशें थीं; किनारे एक कतार में बेले के पेड़ थे, जिन पर मोतियों की शक्ल की अनगिनत बेले की कलियाँ लगी थीं। एक तरह की मादक सुगन्ध भरी हुई थी उस लॉन में।

लेकिन मकान का पलस्तर अब ठीक तौर से पुताई न होने के कारण जगह-जगह से बदरंग होने लगा था। संगमरमर बिना पॉलिश और सफाई हुए आभाहीन हो रहा था। लॉन की घास जगह-जगह पर जलने लगी थी। फूलों के पेड़ बीच-बीच में सूखने लगे थे। झाड़ियाँ ठीक तौर से न काटे जाने के कारण इधर-उधर फैलने लगी थीं।

दूर देश के अनजाने आदमी उस बँगले में निवास करते थे, मौज करते थे, सुख-सुविधा भोगते थे, और राजा शमशेर बहादुर की पत्नी रानी मानकुमारी को अपने उसी बँगले में अतिथि बनकर प्रवेश करना पड़ रहा था। दुख, विवशता और क्रोध की

भावनाओं का कुछ बड़ा कुरूप सम्मिश्रण रानी साहिबा के मन में था। लेकिन इस सब भावना को जबर्दस्ती दबाना पड़ रहा था रानी मानकुमारी को, अपने मुख पर कृत्रिम मुस्कान लाकर।

रानी मानकुमारी के आते ही जोखनलाल ने उठकर उनका स्वागत किया। रानी साहिबा के अभिवादन का उत्तर देते हुए उन्होंने कहा, ''बस हम लोग आपकी ही प्रतीक्षा कर रहे थे रानी साहिबा! क्यों मेजर साहब, मालूम होता है रानी साहिबा को आपकी वजह से विलम्ब हो गया।''

मेजर नाहरसिंह ने बड़े शान्त भाव से उत्तर दिया, ''मन्त्रीजी, इस निर्जन प्रदेश में आप समय को नापते हैं, समय का मूल्य आँकते हैं, इस पर मुझे आश्चर्य होता है। इस समय का कोई मूल्य नहीं है और इसलिए इस समय की कोई नाप भी नहीं है।'' यह कहकर थके-से मेजर नाहरसिंह पास में पड़ी हुई एक कुर्सी पर बैठ गए।

''कहाँ बैठ रहे हैं, मेजर साहब! चलिए, हम लोगों के साथ चाय पीजिए।'' जोखनलाल ने कहा।

मेजर नाहरसिंह के मुख पर एक निरर्थक मुस्कराहट आई, ''नहीं मन्त्रीजी, मैं यहीं अच्छा हूँ। फिर आप सब लोग जानते हैं कि मैं कभी-कभी अकारण बहकने लगता हूँ।''

''अच्छी बात है।'' यह कहकर उन्होंने अपनी बगल में खड़े हुए विश्वनाथसिंह को देखा, ''तुम और मकोला के सेक्रेटरी उदयराज यहीं पर मेजर साहब के साथ चाय का प्रबन्ध कर लो। मैं मौलाना रियाजुलहक़ को भी तुम लोगों के साथ भेज देता हूँ।''

''नहीं मन्त्रीजी, मौलाना रियाजुलहक़ को आप अपने ही साथ चाय पिलाइए। वह आदमी मुझे सख्त नापसन्द है।''

''अच्छा-अच्छा। तुम तीन आदमी ही बैठो यहाँ पर।'' यह कहकर जोखनलाल रानी मानकुमारी को लॉन के बीचों-बीच अशोक वृक्षों की छाया में जो अतिथियों का घेरा बना था, उसमें ले गए। सब लोग रानी मानकुमारी के आते ही उठकर खड़े हो गए। जोखनलाल ने कहा, ''रानी साहिबा, मेरे मेहमान आपसे बहुत अधिक उपकृत और प्रभावित हैं और ये सब आपको धन्यवाद देना चाहते हैं। मैं अपने मेहमानों का आपसे परिचय करा दूँ।''

रानी मानकुमारी ने सब लोगों के सामने हाथ जोड़ते हुए कहा, ''अपने देश की ही नहीं, विश्व की इन महान् विभूतियों को कौन नहीं जानता! समय-समय पर इन महानुभावों के चित्र पत्रों में छपते रहते हैं। श्री रतनचन्द्र मकोला शायद सुमनपुर की खानों को सँभालेंगे। बहुत सम्भव है वह यहाँ और भी कई मिलें खोलें। और आप शायद श्री देवलंकर हैं, विश्व के प्रख्यात बाँध-निर्माता। राजा साहब ने आपका जैसा वर्णन किया था, वैसे ही हैं आप। आपसे ही वह रोहिणी का बाँध बँधवाना चाहते थे। वह आपके बड़े भक्त थे। मुझे बड़ी प्रसन्नता हुई कि आप रोहिणी का बाँध बाँधेंगे। और राव साहब, आपके पत्र को तो मैं देश का सर्वश्रेष्ठ दैनिक मानती हूँ। यशनगर में मैं 'रिपब्लिक' नियमित रूप से मँगाती हूँ। आप शायद हमारे देश के प्रसिद्ध कवि और

उपन्यासकार पंडित शिवानन्द शर्मा हैं, आपके चित्रों की तो भरमार रहती है। शर्माजी, मैं तो आप पर मुग्ध हूँ। आपकी न जाने कितनी कविताएँ मुझे कंठस्थ हैं, और आपका 'एक ही रास्ता' मैं समझती हूँ हिन्दी का सर्वश्रेष्ठ उपन्यास है। और हिन्दुस्तान में कला और संस्कृति का कौन-सा ऐसा अभागा प्रेमी है जिसने आपका नाम न सुना हो, मंसूर साहब! दिल्ली में आपके चित्रों की प्रदर्शनी देखी थी मैंने। आपकी पत्नी सीमा का नृत्य देखकर तो मैं मुग्ध हो गई थी। सुना है आपने नगरों की प्लैनिंग का काम अपने हाथ में उठा रखा है। श्रेष्ठ कलाकार ही श्रेष्ठ प्लैनर हो सकता है।'' और इसके बाद रानी साहिबा ने मौलाना रियाजुलहक़ को देखा, ''अरे मौलाना साहब, आप शायद अभी-अभी यशनगर से वापस आए हैं। आपकी दाढ़ी तो बड़ी शानदार होती जा रही है। इससे अधिक अब इसे न बढ़ने दीजिएगा, वरना यह दाढ़ी जंगल बन जाएगी, जिस तरह हमारे मन्त्रीजी इस बगीचे और इस लॉन को जंगल बनाए डालते हैं।'' और यह कहकर रानी साहिबा एक खाली कुर्सी पर बैठ गईं।

सब लोगों के बैठते ही चाय आ गई। रतनचन्द्र मकोला ने जोखनलाल से कहा, ''बड़ा रमणीक स्थान चुना है आपने। यहाँ तो एक बड़ा सुन्दर और रमणीक नगर बन सकता है, अगर कुछ थोड़े-से उद्योग-धन्धे खड़े हो जाएँ यहाँ पर।''

''इसीलिए तो मैंने आप सब लोगों को कष्ट दिया है। हमें अपने देश को दुनिया का एक बहुत सम्पन्न और समर्थ देश बनाना है। हमें भारतवर्ष को अमेरिका और रूस के समकक्ष खड़ा करना है। हमारे देश में खनिजों की कमी नहीं है। बड़ी-बड़ी नदियाँ इस देश में बहती हैं जिनसे अपार जलविद्युत प्राप्त की जा सकती है। हर तरह की सुविधाएँ प्राप्त हैं यहाँ पर। हम लोगों को बड़ी गम्भीरतापूर्वक लगन के साथ देश के निर्माण-कार्य में जुट जाना है।'' जोखनलाल शायद कुछ और कहते, लेकिन बीच में ही पंडित शिवानन्द शर्मा ने उनकी बात काटी।

''आप ठीक कहते हैं जोखनलालजी, हमारे देश में किसी चीज की कमी नहीं है, सिवाए ईमानदारी और सद्भावना के। हमारा दुर्भाग्य यह है कि हम लोग, जिनके हाथ में देश का भाग्य है, देश का भविष्य है, सब बातों पर सोचते हैं, मनन करते हैं, यह युग ही कान्फ्रेंसों का है। केवल एक चीज, जो उपेक्षित है, वह है ईमानदारी और चरित्र। और मेरा ऐसा मत है कि वही राष्ट्र उन्नति कर सकता है जिसके पास ईमानदारी है, चरित्र है।''

पंडित शिवानन्द शर्मा तर्क और बुद्धि में जोखनलाल से कहीं ऊँचे हैं, ज्ञानेश्वर राव को इसका पता था। फिर ज्ञानेश्वर राव यह भी समझते थे कि एक बौद्धिक आदमी की बात का उत्तर दूसरा बौद्धिक आदमी ही दे सकता है। ज्ञानेश्वर राव ने शर्माजी से कहा, ''चरित्र, ईमानदारी ये सब आर्थिक परिस्थितियों के बदलते हुए पहलू हैं। देश की आर्थिक अवस्था अगर सँभल जाए तो लोग सम्पन्न हो जाएँ। और अगर लोग सम्पन्न हो जाएँ तो यह बेईमानी और लूट-खसोट गायब हो जाए। मानव-समाज में जब तक इस अभाव और असमानता से भरी हुई आर्थिक विषमता रहेगी, तब तक जिसे

मध्यवर्गवाले धर्म और ईमान कहते हैं उसके अजीबो-गरीब रूप हम लोगों को देखने को मिलेंगे।''

एलबर्ट किशन मंसूर ने इस बात की हामी भरी, ''क्या बात कही राव साहब आपने! तबीयत खुश हो गई! मैंने भी दुनिया देखी है। यह धर्म-कर्म महज एक ढकोसला नजर आया मुझे। यह जिसे साइंस कहते हैं, बस दुनिया की तरक्की इसी की बुनियाद पर हो सकती है और आगे चलकर इसी की बुनियाद पर होगी। अब आप सब लोग समझिए। यह रूस! धर्म को वहाँ से खदेड़ दिया गया है। रह गया ईमान, तो आप लोग जानते ही हैं कि ईमान को हमेशा मजहब के पैमाने से ही नापा जाता है। और जब यह पैमाना ही गायब हो गया तो कहाँ का और कैसा ईमान! और भाई, अगर ईमान की ही बात चलाते हो तो ईमान यह कहता है कि तुम्हें कोरमा और बिरयानी खाने का कोई अधिकार नहीं, जब दूसरों को घास-पात भी नहीं नसीब होता। मैं गलत नहीं कहता, ईमान की कोई खास नाप नहीं, कोई तय पैमाना नहीं।''

मौलाना रियाजुलहक़ को इस बातचीत में कोई खास दिलचस्पी नहीं थी, लेकिन मंसूर साहब की बात सुनने के बाद उनसे न रहा गया, ''मंसूर साहब, आप हर एक मजहब की बुराई नहीं कर सकते। इस्लाम में सख्त हिदायत की गई है कि सब लोग बराबर के खाएँ-पीएँ। हमारे दस्तरखान हर एक के लिए होने चाहिए। इस्लाम ईमान का मजहब है। सूदखोरी, मुनाफाखोरी, ये सब इस्लाम की रू से नाजायज हैं।''

एक मौलाना रियाजुलहक़ को छोड़कर वहाँ जितने अन्य लोग बैठे थे उनमें किसी को इस्लाम में कोई दिलचस्पी नहीं थी। देवलंकर ने शर्माजी की ओर देखा, ''शर्माजी, आपकी बात सुनने के लिए आज की दुनिया में कोई भी तैयार नहीं। यही तो मनुष्यों का सबसे बड़ा दुर्भाग्य है। आप स्वयं अपनी बात सुनने को तैयार नहीं हैं, शर्माजी! धर्म, विश्वास-भावना, चरित्र, ये सब समाज में अपनी बात कहने के विषय रह गए हैं। इनकी दुहाई-भर दी जा सकती है। ये हमारे कर्म के विषय नहीं रहे। और जो चीज़ स्वाभाविक रूप से नष्ट जो जाए उसकी सत्ता और उसका त्याग लोग किस तरह से स्वीकार कर लें। नहीं शर्माजी, इस भौतिक और वैज्ञानिक विकास के क्रम में आप धर्म, विश्वास, ईमानदारी और चरित्र की बात मत चलाइए। ज्ञान मुक्त, स्वच्छन्द और निःसीम है और हमारी बुद्धि भी इस ज्ञान का अनुसरण करने के कारण मुक्त, स्वच्छन्द और निःसीम है। हाँ जोखनलालजी, आप अपनी बात कहिए, लेकिन व्याख्यान मत दीजिए, क्योंकि आप नेता और मिनिस्टर लोग हर जगह धर्म, चरित्र, ईमानदारी का उपदेश देने लगते हैं, और इस दुहाई से लोगों को यह भ्रम होने लगता है कि आप लोग अपने उन खोखले नारों से अपने अन्दरवाली बेईमानी और चरित्रहीनता को ढँकना चाहते हैं। हाँ तो आप इस सुमनपुर का विकास करना चाहते हैं, न! किन-किन दिशाओं में इस सुमनपुर का विकास करना है, इसका कुछ प्लैन तो बनाया होगा आपने?''

प्लैन का नाम सुनकर जोखनलाल कुछ सकपकाए, पर एक क्षण में ही वह सुव्यवस्थित हो गए, ''देवलंकर साहब, प्लैन बनाने के लिए भारत सरकार ने एलबर्ट

किशन मंसूर साहब को भेजा है यहाँ, क्योंकि यह प्लैन बनाने के विशेषज्ञ हैं। तो यह आप लोगों के साथ ही आए हैं। इत्मीनान के साथ प्लैन बनाएँगे। मैं तो अपनी बात कह रहा था।"

जोखनलाल की यह बात सुनकर सब लोग ज़ोर से हँस पड़े। लोगों की इस हँसी से जोखनलाल को ऐसा लगा कि उन्होंने कुछ गलत बात कह दी है। अतिथियों में सबसे तेज़ हँसी शिवानन्द शर्मा की थी, इसलिए जोखनलाल ने खिसियाहट के स्वर में शर्माजी से कहा, "क्यों शर्माजी, मैंने जो कुछ कहा था उसमें हँसी की ऐसी क्या बात थी? आप लोग मंसूर साहब से खुद पूछ लीजिए। क्यों मंसूर साहब, इस सुमनपुर का प्लैन बनाने के लिए आपको भारत सरकार ने भेजा है कि नहीं?"

शर्माजी ने मुस्कराते हुए कहा, "इसमें पूछने की क्या बात, आप गलत थोड़े ही कह रहे हैं! मुझे तो हँसी देवलंकर साहब पर आई। देवलंकर साहब इतने मशहूर इंजीनियर हैं, फिर भी पूछते हैं कि किन-किन दिशाओं में सुमनपुर का विकास करना है। अरे साहब, उत्तर में हिमालय पहाड़ है, पूर्व में रोहिणी नदी बहती है, तो विकास दक्षिण और पश्चिम में ही हो सकता है। मैं गलत तो नहीं कह रहा, जोखनलालजी?"

बड़े तपाक के साथ जोखनलाल ने उत्तर दिया, "बिलकुल ठीक कह रहे हैं आप। अब अगर मंसूर साहब कोई दूसरा प्लैन बनाना चाहें तो उन्हें मकोलाजी और देवलंकर साहब से सलाह लेनी पड़ेगी।"

रतनचन्द्र मकोला ने बात को आगे बढ़ाने से रोका, "छोड़िए भी इसे शर्माजी! हाँ जोखनलालजी, कौन-कौन से काम आप कराना चाहते हैं यहाँ, जैसे इन खानों पर काम लगाना, यह आरम्भ होना चाहिए। रोहिणी नदी का बाँध आप बँधवाना चाहते हैं...यह बात आपने मुझे लिखी थी। आप यहाँ नगर बसाना चाहते हैं। नगर तभी बस सकता है जब यहाँ उद्योग-धन्धे हो जाएँ। मैं सोच रहा था कि यहाँ गन्ने की खेती अच्छी हो सकती है। अगर आप तराई के जंगल से पचास-साठ हज़ार एकड़ जंगल साफ करके गन्ने की खेती कराना आरम्भ कर दें तो एक शूगर-मिल बड़े मजे में बिठाई जा सकती है यहाँ।"

"इसीलिए तो आपको यहाँ आने का कष्ट दिया है, मकोलाजी! आप लोग चारों तरफ घूम-फिरकर देखिए। लेकिन सरकार की दृष्टि से इस समय सबसे अधिक महत्त्वपूर्ण काम है इन खानों को चलाने का तथा रोहिणी नदी पर बाँध बँधवाने का।"

सब लोग अब गम्भीर हो गए थे। ज्ञानेश्वर राव ने पूछा, "आपके इंजीनियरों तथा आपके प्लैनिंग विभाग ने तो कोई निश्चित योजना बनाई होगी?"

"हाँ, विभागीय योजना मेरे प्राइवेट सेक्रेटरी के पास है। कहिए तो उसे मँगवाऊँ?"

"नहीं-नहीं, चाय पीने के बाद इत्मीनान के साथ हम लोग वह योजना देखेंगे," शर्माजी ने कहा, "लेकिन आपके इंजीनियरों तथा विभागीय अधिकारियों में कोई नहीं दीख रहा है यहाँ पर?"

''आज शाम तक वे लोग आ जाएँगे। आज तो हम लोग घूमे-फिरेंगे। इन लोगों के आ जाने के बाद ही योजना की स्पष्ट रूपरेखा आप लोगों को मालूम हो सकेगी।''

''निश्चित योजना मेरे पास है,'' रानी मानकुमारी का कुछ तीखा स्वर लोगों को सुनाई पड़ा, ''वह निश्चित योजना स्वर्गीय राजा साहब यशनगर सन् 1949 में बना चुके थे। विदेशों से बड़े-बड़े इंजीनियर उन्होंने बुलवाए थे। इस सारे क्षेत्र की जाँच-पड़ताल कराई थी उन्होंने, और काम भी आरम्भ कर दिया था।''

''काम भी आरम्भ करा दिया था?'' आश्चर्य के साथ रतनचन्द्र मकोला ने रानी मानकुमारी को देखा।

''जी हाँ। ये जो बारह बँगले आप देखते हैं, आज से पाँच साल पहले यहाँ कुछ भी नहीं था। सुमनपुर हमारे राज्य का एक छोटा-सा गाँव था। कुल बीस-पच्चीस कच्चे घर और झोंपड़े थे, जो आज भी दक्षिण-पूरब में आप लोगों को दीख रहे हैं। राजा साहब ने पाँच साल पहले ये बारह बँगले बनवाए थे, एक नवीन सम्पन्न सुमनपुर की स्थापना के रूप में। जिस मकान में आप लोग बैठे हैं वह हम लोगों ने अपने रहने के लिए बनवाया था। अकेले इस मकान की लागत एक लाख रुपये से अधिक लगी थी। ये संगमरमर के फर्श और खम्भे, ये सागौन की लकड़ी के दरवाज़े। और फिर इस बँगले की सजावट भी आप देख रहे हैं। देश का अच्छे-से-अच्छा फर्नीचर खरीदा था हम लोगों ने। ये मलाया केन की कुरसियाँ। बड़े शौक से मँगवाया था राजा साहब ने यह सामान। इन खनिजों का पता राजा साहब ने लगाया था। रोहिणी नदी का बाँध बँधवाकर जल-विद्युत प्राप्त करने की योजना भी उन्होंने बनाई थी पर राजा साहब को यह नहीं मालूम था कि देश की स्वतन्त्रता से वह परतन्त्र हो जाएँगे; सबकुछ छिन जाएगा उनसे। राजा साहब इस दुनिया में नहीं रहे, इलाका हमारे हाथ से निकल गया, अपने निजी मकान में मुझे अतिथि बनकर आना पड़ रहा है।''

''मुझे इस बात का दुख है रानी साहिबा, कि राजा साहब नहीं रहे। लेकिन आप ही समझिए, देश की स्वतन्त्रता के साथ देश में नया विधान आ गया है, नई मान्यताएँ आ गईं हैं। आपके राजा साहब ने एक छोटे पैमाने पर जो कुछ सोचा था उसे हमारी सरकार बहुत बड़े पैमाने पर कर रही है। रही आपकी यह सब सम्पत्ति। यह सम्पत्ति जनता की मेहनत की कमाई से बनी थी। उस समय जनता का प्रतिनिधि राजा होता था, और आज जनता की प्रतिनिधि देश की सरकार है। सरकार को इन मकानों की आवश्यकता थी, तो उसने इन मकानों पर कब्जा कर लिया। यह हमारी मजबूरी है रानी साहिबा, मेरी आपके साथ हार्दिक सहानुभूति और संवेदना है।'' अपने स्वर को अधिक-से-अधिक कोमल बनाते हुए जोखनलाल ने कहा।

''मुझे आपकी या आपकी सरकार की किसी प्रकार की संवेदना और सहानुभूति नहीं चाहिए। मन्त्रीजी, इस दुनिया में भावना नाम की कोई चीज नहीं होती, आप राजनीतिवालों के लिए। अभी-अभी आप लोग कह रहे थे कि यह सारी भावना, यह ईमानदारी, चरित्र, संवेदना, सहानुभूति, ये सब-के-सब खोखले शब्द हैं और मेरे निजी

अनुभवों ने भी अभी तक आप लोगों के इसी सत्य को प्राप्त किया है। मुझे केवल इतना कहना है कि मुझे अपनी सम्पत्ति का मुआवजा चाहिए; मुझे जीवित रहने का अधिकार चाहिए।'' रानी मानकुमारी ने उत्तेजित होकर जोखनलाल को उत्तर दिया।

''आपको मुआवजा मिलेगा रानी साहिबा! हमारी सरकार किसी के साथ अन्याय नहीं करती। और जहाँ तक जीवित रहने के अधिकार का प्रश्न है, यहाँ हम जो कुछ करने जा रहे हैं उससे करोड़ों आदमी सुख-सुविधा के साथ सम्पन्नता की अवस्था में जीवित रह सकेंगे। लेकिन रानी साहिबा, यह राज-काज है, आपको धैर्य के साथ काम लेना पड़ेगा।'' और जोखनलाल ने देवलंकर की ओर देखा, ''मिस्टर देवलंकर, रोहिणी नदी इस प्रदेश में वरदान के रूप में बहती है। यहाँ से पाँच-छह मील दूर पर रोहिणी नदी का जल-प्रपात है। आज आप देखिएगा उसे, कितना सुन्दर दृश्य है! और जिस स्थान पर वह जल-प्रपात है, उसके अन्दर हिमालय पर्वत के बीच में प्रायः पच्चीस मील तक रोहिणी की घाटी है।''

''जी हाँ, आपके चीफ इंजीनियर ने मुझे बतलाया था दिल्ली में यह सब। जो चित्र उन्होंने मेरे सामने खींचा था, उससे कुछ ऐसा लगता है कि रोहिणी नदी इस क्षेत्र में औद्योगिक क्रान्ति करने में सहायक होगी। इस सबके सम्बन्ध में तो यहाँ सबकुछ देखकर तथा यहाँ की भूमि का अध्ययन करके ही कुछ निश्चयपूर्वक कहा जा सकता है। हाँ, एक बात मैं जानना चाहता हूँ कि जिस जगह यह जल-प्रपात है उसकी दाहिनी और बायीं ओर क्या कुछ ऊँचे पहाड़ हैं? और मुझे यह भी पता लगाना पड़ेगा कि ये पहाड़ कितने पक्के हैं।''

जोखनलाल ने कुछ सोचकर कहा, ''पहाड़ तो वहाँ कुछ ऊँचे हैं। बाँध बाँधा जा सकता है। लेकिन हमारे दो इंजीनियरों में रोहिणी के बाँध के सम्बन्ध में मतभेद हो गया है। एक कहता है कि यह बाँध बँध सकता है, लेकिन दूसरे का कहना है कि यहाँ के पहाड़ कच्चे हैं, बाँध बाँधना खतरनाक होगा। सुमनपुर का भविष्य इस बाँध पर ही निर्भर है, मिस्टर देवलंकर! अगर हम यहाँ बाँध बाँधकर जल-विद्युत प्राप्त कर लें तो दस-बारह जिलों के लिए यह विद्युत वरदान होगी और यह पूरा-का-पूरा क्षेत्र एक महत्त्वपूर्ण औद्योगिक क्षेत्र बनाया जा सकता है। और अगर हम यहाँ बाँध बाँधने में असमर्थ होते हैं, तब हमें कुछ समय के लिए सुमनपुर के विकास की योजना को स्थगित करना होगा। हमारे पास सीमित साधन हैं, सीमित शक्तियाँ हैं और इन सीमित साधनों एवं शक्तियों को यहाँ लगाने में विशेष लाभ न होगा। ऐसा हमारे उद्योग-विभाग तथा हमारे इंजीनियरों का मत है। देवलंकर साहब, आपकी विश्वव्यापी ख्याति है बाँध बाँधने की कुशलता में, आप पर ही हमारी यह सारी विकास-योजना और सुमनपुर का भविष्य निर्भर है।''

जोखनलाल की बात सुनकर देवलंकर कुछ देर चुप बैठा रहा और फिर अचानक ही उसकी मुद्रा में कुछ अजीब परिवर्तन आ गया। उसने तनकर कहा, ''जोखनलालजी, मनुष्य असमर्थ नहीं है। मनुष्य के पास बुद्धि है, ज्ञान है, चेतना है। असमर्थ तो अचेतन

और जड़ प्रकृति है। मनुष्य इस प्रकृति पर शासन करता है! यह प्रकृति उसके वश में है। यह बाँध बँधेगा, निश्चित बँधेगा। देवलंकर पर आप भरोसा कर सकते हैं?'' देवलंकर की आँखें चमक रही थीं। उनके मुख पर आत्म-विश्वास की एक अवर्णनीय आभा थी।

इस दर्प और आत्म-विश्वास में एक विचित्र सुन्दरता होती है, रानी मानकुमारी ने जीवन में प्रथम बार इस सत्य को अनुभव किया। उन्हें ऐसा लगा कि उनके सामने शक्ति का एक अपरिमित भंडार मानव के रूप में साकार होकर आ गया है। देवलंकर की मुखाकृति वैसे भी सुन्दर थी, लेकिन इस समयवाले उसके व्यक्तित्व ने एक प्रकार की मोहिनी भर दी थी उनमें। मुग्ध-सी रानी मानकुमारी कुछ देर तक देवलंकर को देखती रहीं, फिर उन्होंने जैसे अपने ऊपर से इस मोहिनी को दूर करने का प्रयत्न करते हुए कहा, ''मिस्टर देवलंकर, क्या इस बाँध को बाँधना नितान्त आवश्यक है?''

इस प्रश्न से देवलंकर का तनाव ढीला पड़ गया। एक क्षण में सामर्थ्य का वह दर्प उनके मुख पर से जाता रहा, ''रानी साहिबा, क्या आवश्यक है और क्या आवश्यक नहीं है, क्या उचित है और क्या उचित नहीं है, विज्ञान को इससे मतलब नहीं। वह तो धर्म, समाजशास्त्र, राजनीति आदि का विषय है। मेरा मतलब यह था कि विज्ञान मानव का वह पुरुषत्व है जो प्रकृति को उसके वश में रखता है, जो प्रकृति के अनगिनत रहस्य खोलता जाता है। हमारा समस्त विकास इस विज्ञान का विकास है। मैं उसी विज्ञान का प्रतिनिधि हूँ। मैं पानी, पत्थर आदि निर्जीव तत्त्वों के साथ खेलता हूँ; उन्हें अपने वश में करता हूँ। मनुष्य सक्षम और समर्थ है। वह कर्त्ता है। वह अपनी बुद्धि से सबकुछ कर सकता है और करता है। जब मैं बाँध बाँधने की बात सोचता हूँ तब मेरे सामने उस बाँध का औचित्य नहीं है; मैं उसकी सार्थकता नहीं देखता हूँ। उस समय मैं प्रकृति को मानव की एक चुनौती के रूप में खड़ा हो जाता हूँ। उस समय मैं केवल एक बात सोचता हूँ—मुझे यह करना है, क्योंकि मैं कर्त्ता हूँ और किस प्रकार यह किया जा सकता है, मेरी चेतना और बुद्धि उस समय मेरी सहायता करती हैं।''

एलबर्ट किशन मंसूर अभी तक चुपचाप अपनी इजीप्शियन सिगरेट का मज़ा ले रहे थे। अब उनसे न रहा गया, ''देवलंकर साहब, मैंने लोगों से बहुत सुना था कि आपको अपने इल्म और हुनर पर ज़बर्दस्त नाज़ है, लेकिन इस नाज़ की शक्ल मैंने कभी नहीं देखी थी। अब मैं समझा कि लोग आपसे क्यों इतना भड़कते हैं। अपने इल्म और हुनर पर नाज़ मुझे भी है, लेकिन साहब, लोग मेरी तारीफ करते हैं क्योंकि मेरे नाज़ की शक्ल कुछ दूसरी है।''

देवलंकर की समझ में मंसूर साहब की बात तत्काल नहीं आई, लेकिन पंडित शिवानन्द शर्मा ने मंसूर के व्यंग्य को देख लिया, ''मंसूर साहब, आप में और देवलंकर साहब में अन्तर भी तो बहुत बड़ा है। देवलंकर साहब वैज्ञानिक हैं और आप कलाकार हैं।''

अनायास ही रतनचन्द्र मकोला कह उठे, ''शर्माजी, कलाकार और कलाबाज में क्या अन्तर होता है, आप मुझे समझा सकेंगे?''

"जी, यह शर्माजी क्या समझाएँगे, मैं आपको समझाता हूँ, मकोला साहब!" एलबर्ट किशन मंसूर ने अपनी स्वाभाविक मुस्कान के साथ कहा, "हर एक कामयाब आदमी कलाबाज होता है, लेकिन हर एक कामयाब आदमी कलाकार नहीं होता। कामयाब कलाकार आपको दुनिया में विरले ही मिलेंगे, और यकीन मानिए मुझे कामयाब कलाकार होने का नाज़ है।"

6

जिस समय चाय समाप्त हुई दिन काफी चढ़ आया था। देवलंकर ने घड़ी देखी। आठ बजने में दस मिनट बाकी थे। उठते हुए उसने जोखनलाल से कहा, "मैं इस समय रोहिणी का जल-प्रपात देखना चाहता हूँ। मेरे साथ किसी आदमी को भेज सकेंगे आप? और क्या वहाँ तक जाने के लिए जीप मिल सकेगी?"

"जी हाँ, जीप की अब मौलाना साहब को कोई आवश्यकता नहीं है। लेकिन आपको उस स्थल की जानकारी हमारे किसी आदमी से न मिल सकेगी। आज शाम को इंजीनियरों और ओवरसियरों का एक दल आ रहा है। कल पर इस काम को अगर छोड़ दें आप, तो बड़ा अच्छा हो।" जोखनलाल ने देवलंकर को निरुत्साहित करते हुए कहा।

रानी मानकुमारी पास में ही बैठी थीं। वह उठकर इन दोनों के निकट आ गईं। उन्होंने देवलंकर से कहा, "मैं शायद कुछ जानकारी दे सकूँगी आपको। रोहिणी की घाटी में काफी दूर तक मैं पहले हो आई हूँ। मैं आपके साथ चलती हूँ। साथ में मैं कक्काजी को लिए लेती हूँ। उस क्षेत्र के चप्पे-चप्पे से वह परिचित हैं।" और रानी मानकुमारी ने मेजर नाहरसिंह को पास आने का संकेत किया।

मेजर नाहरसिंह जैसे रानी मानकुमारी के उठने की प्रतीक्षा ही कर रहे थे। रानी मानकुमारी का संकेत पाकर वह तत्काल वहाँ आ गए। आते ही उन्होंने कहा, "क्या आज्ञा है, रानी बहू?"

"यह मेरे कक्काजी हैं, मिस्टर देवलंकर! मेजर नाहरसिंह स्वर्गीय राजा साहब के सगे चाचा हैं। राजा साहब ने सुमनपुर के विकास का काम कक्काजी के हाथ सौंप दिया था। चार साल से कक्काजी इसी सुमनपुर में रह रहे हैं। ये बँगले कक्काजी ने ही बनवाए थे। और कक्काजी, यह हैं श्री देवलंकर, बाँध बाँधने के विश्वविख्यात इंजीनियर। राजा साहब इन्हीं को बुलाना चाहते थे, रोहिणी का बाँध बँधवाने के लिए। तो यह रोहिणी का जल-प्रपात देखना चाहते हैं हम लोगों के साथ।"

मेजर नाहरसिंह ने ध्यान से कुछ क्षण तक देवलंकर को देखा, "तुम नदियों को बाँधते हो। शक्ति, आत्म-विश्वास और सामर्थ्य का पागलपन तुम्हारी आँखों में चमक रहा है। चलो, मैं चलता हूँ तुम्हारे साथ। लेकिन आने-जाने का रास्ता करीब बारह मील का है और जीप का इंजन बिगड़ा हुआ है, ऐसा विश्वनाथसिंह कह रहे थे। पैदल चलना होगा। अभी आठ बजे हैं, बारह बजे तक हम लोग लौट आएँगे, अगर अभी निकल चलें। दोपहर काफ़ी गरम हो जाती हैं इन दिनों।"

जोखनलाल ने कहा, "अरे हाँ, जीप ने रास्ते में मौलाना साहब को काफ़ी तकलीफ दी। उसकी मरम्मत हो रही है।"

देवलंकर ने कहा, "मुझे तो पैदल चलने में कोई आपत्ति नहीं है। क्यों मेजर साहब, पैदल चल सकेंगे आप मेरे साथ?"

मेजर नाहरसिंह ने मुस्कराते हुए कहा, "यही प्रश्न मैं तुमसे करनेवाला था, इंजीनियर साहब! लेकिन तुम बहादुर आदमी हो, तुम्हारी शक्ल से दिखता है। अब हम लोगों को निकल चलना चाहिए।"

"मैं भी तो चल रही हूँ आप लोगों के साथ। देवलंकर साहब को साथ ले चलने का आग्रह मैंने किया था।" रानी मानकुमारी बोलीं।

"तुम कहाँ चलोगी, रानी बहू? तुम तो जानती हो कि आने-जाने में बारह मील लगते हैं।"

"मैं घोड़ा मँगवाए लेती हूँ। कक्काजी, बहुत दिन से मैंने रोहिणीजी के दर्शन नहीं किए हैं।"

मेजर नाहरसिंह बोले, "राजहठ और तिरिया हठ दोनों साथ-साथ! लेकिन रानी बहू, राज मिट चुका है, और स्त्रियाँ अब पुरुषों का दरजा ले चुकी हैं। गर्मी के दिन। तो तुम्हारे कक्काजी तुम्हें किसी तरह अपने साथ न ले चलेंगे। तुम घर जाकर आराम करो। हाँ इंजीनियर साहब, अब चल देना चाहिए। बाइनाकूलर तो तुम्हारे पास होगा। नहीं तो मैं अपना बाइनाकुलर ले लूँ। वहाँ तुम्हें उसकी आवश्यकता पड़ेगी।"

"मेरे पास बाइनाकुलर है, मेजर साहब! चलिए, अब निकल चलें।" देवलंकर ने चलते हुए कहा।

रोहिणी नदी का जल-प्रपात उस बँगले से प्रायः छह मील दूर पर था। पूर्व की ओर समतल भूमि। दोनों लम्बे-लम्बे डग भरते हुए चले जा रहे थे। प्रपात से एक मील इसी तरफ मेजर नाहरसिंह ने कहा, "इंजीनियर साहब, प्रपात की आवाज़ मुझे सुनाई नहीं पड़ रही है। बड़े आश्चर्य की बात है। क्या तुम्हें कोई आवाज़ सुनाई पड़ रही है?"

"नहीं, मुझे तो कोई आवाज़ नहीं सुनाई पड़ रही," देवलंकर ने उत्तर दिया।

मेजर नाहरसिंह ने अब अपनी चाल इतनी अधिक कर दी कि देवलंकर को उनके साथ दौड़ना पड़ रहा था। प्रपात के पासवाले टीले के ऊपर मेजर नाहरसिंह रुके और अनायास उनके मुँह से निकल पड़ा, "हे भगवान्! यह क्या हो गया?"

देवलंकर अब मेजर नाहरसिंह की बगल में आकर खड़े हो गए थे, "क्या बात है, मेजर साहब? यह आपका चेहरा क्यों पीला पड़ गया? आपकी तबीयत तो ठीक है?"

मेजर नाहरसिंह ने देवलंकर का हाथ पकड़ लिया, "वह रोहिणी का प्रपात देख रहे हो...रोहिणी का पानी कहाँ गया, इंजीनियर साहब? यह तीस फीट चौड़ी धारा सिमटकर कुल आठ-दस फीट की रह गई है। अभी एक हफ़्ता पहले मैं यहाँ आया था। भयानक रव करता हुआ यह प्रपात कितना भयावना लग रहा था। और आज क्षीण, कृश, रेंगती

हुई धारा है इस स्थान पर। इंजीनियर साहब, तुमने तो इतना विज्ञान पढ़ा है, क्या रहस्य है इसमें?"

मेजर नाहरसिंह के मुख पर भय और विस्मय के भाव उमड़ आए थे। देवलंकर ने देखा कि प्रायः पचास फुट की ऊँचाई से दस फुट चौड़ी पानी की एक धारा गिर रही है। देवलंकर बोला, "मेजर साहब, इस समय तो रोहिणी में बहुत कम पानी है। क्या यह प्रपात इससे अधिक बड़ा था?"

"इसका सौगुना नहीं, हज़ार गुना पानी था रोहिणी में। जब कभी पुरवैया चलती थी तो प्रपात का रव सुमनपुर में हम लोगों को रात में सोने न देता था। हे भगवान्, यह क्या हो रहा है यहाँ पर? तुम्हारी लीला अपरम्पार है। इंजीनियर साहब, रोहिणी ने देखा कि तुम उसे बाँधना चाहते हो तो वह खुद सिमट गई।"

उस टीले से उतरकर देवलंकर रोहिणी के तल पर पहुँचे। उनके सामने पचास फुट ऊँची चट्टान खड़ी थी, कुछ मटमैली-सी। और ऊपर से एक फुहार-सी गिर रही थी पानी की। उस चट्टान के दाएँ-बाएँ करीब दो सौ फुट ऊँचे पहाड़ खड़े थे—एकदम ऊँचे। देवलंकर ने नाहरसिंह से कहा, "आश्चर्य की बात है, मेजर साहब! गर्मी में तो बरफ़ गलती है। पानी इतना कम कैसे हो गया? रोहिणी की घाटी में प्रवेश का मार्ग किधर से है?"

जिस टीले से ये लोग नीचे उतरे थे उससे एक पगडंडी उत्तर की तरफ जाती थी। देवलंकर को साथ लेकर मेजर नाहरसिंह वापस लौटे। दोनों ने उस पगडंडी पर ऊपर चढ़ना आरम्भ किया। बड़ी ऊँची चढ़ाई थी। करीब तीन सौ फुट ऊपर चढ़कर एक शिखर पर दोनों खड़े हो गए। वहाँ से उन्होंने रोहिणी की घाटी को देखा। मीलों तक पानी की एक बहुत क्षीण धारा दिखाई दे रही थी। इधर-उधर टीलेनुमा पहाड़। बाइनाकुलर से देवलंकर ने देखा, धारा टेढ़ी-मेढ़ी बह रही थी; स्पष्ट कुछ दिखलाई नहीं दे रहा था। "मेजर साहब, हम लोगों को इस घाटी में उतरकर कुछ दूर तक चलना होगा। मुझे कुछ ऐसा लग रहा है कि यह पानी कहीं रुक गया है। सम्भव है वहाँ से दूसरी धारा बना रहा हो।"

रोहिणी की घाटी काफ़ी चौड़ी थी। इधर-उधर ऊँचे-नीचे टीलेनुमा पहाड़ और उनमें सघन वृक्षों के समूह। देवलंकर नाहरसिंह के साथ उस शिखर से उतरकर रोहिणी के तल पर आ गया। सूखी हुई पथरीली ज़मीन जिस पर अनगिनत पत्थरों के छोटे-मोटे टुकड़े बजरी की भाँति पड़े हुए थे। दोनों रोहिणी के किनारे-किनारे उत्तर की ओर चलने लगे। प्रायः दो मील चलने के बाद रोहिणी के स्रोत की दिशा उत्तर-पूर्व की ओर हो गई। देवलंकर चलते जाते थे और बड़े ध्यान से रोहिणी के तल को देखते जाते थे। दाएँ-बाएँ मीलों तक टीलों के आकार के छोटे-मोटे पहाड़ और उसके बाद हिमालय की ऊँची पर्वतमालाएँ। देवलंकर ने कहा, "मेजर साहब, मैं दुनिया के विभिन्न देशों में घूमा हूँ, लेकिन इतना सुन्दर प्रदेश मैंने पहले कभी नहीं देखा। रोहिणी का बाँध बाँधकर अपार जल-राशि एकत्रित की जा सकती है। यह दुनिया की अद्वितीय नदी-घाटी योजना होगी।"

"तुम, बहुत सम्भव है, ठीक कह रहे हो। लेकिन इंजीनियर साहब, प्रश्न मेरे सामने यह है कि यह रोहिणी का पानी गया कहाँ? गरमियों में जब बरफ़ गलती है इन दिनों, रोहिणी में पैर नहीं जमते थे। इतना पानी रहता था यहाँ और इतना तेज बहाव था!" और उनकी आँखें निस्तेज हो गई थीं; उनके मुख पर धुँधलापन छा गया था। "मुझे बड़ा भय लगता है इंजीनियर साहब! रोहिणी को बाँधने की कल्पना अनिष्टकर है। प्रकृति को हम एक सीमा तक ही वश में कर सकते हैं। लेकिन इंजीनियर साहब, इस प्रकृति में भी प्राण हैं, इन पहाड़ों में प्राण हैं, इन जंगलों में प्राण हैं, इस नदी में प्राण हैं। यह प्रकृति कभी-कभी बड़ा भयानक बदला लेती है इंजीनियर साहब! हमारे धर्मग्रन्थों में जो प्रलय का उल्लेख है, वह इस प्रकृति के तांडव का ही तो दूसरा नाम है।" और फिर बड़े करुण स्वर में मेजर नाहरसिंह ने कहा, "तुम नहीं समझ रहे हो इंजीनियर साहब, कोई भी मेरी बात नहीं समझ पाता।"

देवलंकर हँस पड़े, "आप डर गए मेजर साहब! आप शायद प्रथम महायुद्ध में मोरचे पर लड़े थे।"

मेजर नाहरसिंह तनकर खड़े हो गए, उनके मुँह की आभा लौट आई, उनकी निस्तेज आँखें चमकने लगीं। "हाँ इंजीनियर साहब, और जिस गुरखा-रेजीमेंट को मैं कमांड कर रहा था, सच पूछो तो उसी ने वह महायुद्ध जीता था। बहुत नज़दीक से मैंने मृत्यु को देखा है और बड़ी साधारण-सी चीज है यह मृत्यु।"

"और जहाँ तक मेरा खयाल है, वहाँ उस समय आपको भय नहीं लगा," देवलंकर बोला।

"भय? अगर हममें युद्ध के प्रति भय ही हो तो हम युद्ध ही क्यों करें? फिर हम राजपूत वंशवाले जन्म से ही निर्भय होते हैं।"

"फिर आपको यहाँ भय क्यों लग रहा है?" देवलंकर ने मुस्कराते हुए पूछा।

दोनों अब एक ऐसे स्थान पर आ गए थे जहाँ रोहिणी घाटी का दृश्य अति मनोरम हो गया था। रंग-बिरंगे अनगिनत फूल चारों ओर खिले हुए थे, विभिन्न आकृतियों के। ऐसा लगता था मानो उस स्थान पर समस्त घाटी फूलों से पाट दी गई हो। एक तीखी और मादक सुगन्ध चारों ओर फैली हुई थी।

मेजर नाहरसिंह चलते-चलते रुक गए। देवलंकर का हाथ पकड़कर उन्होंने कहा, "इंजीनियर साहब, ऐसी गन्ध तुम्हें और कहीं मिली है कभी? पत्थरों के इस प्रदेश में स्वयं जन्म लेनेवाले ये असंख्य फूल, तरह-तरह के रंग के, तरह-तरह के रूप के और तरह-तरह के आकार के! कौन इन फूलों को उपजाता है? क्यों ये उपजते हैं? इन फूलों की सार्थकता क्या है? जब-जब मैं इस स्थान पर आता हूँ तब-तब ये प्रश्न अनायास ही मेरे सामने उठ खड़े होते हैं। और इन प्रश्नों के उठते ही एक भय-सा भर जाता है मेरे अन्दर। इस असीम सौन्दर्य और मादकता के स्थल पर भय कैसा? मुझे स्वयं इस बात पर आश्चर्य होता है। लेकिन क्या करूँ, यहाँ से तत्काल भाग चलने के लिए मेरे पैर आप-ही-आप उठ जाते हैं। लगता है कहीं बेहोश होकर मैं यहाँ पर लेट न जाऊँ

और अनन्त निद्रा मुझ पर अपना अधिकार न कर ले। चलो इंजीनियर साहब, हम लोग बारह-तेरह मील पैदल चल चुके हैं, इतना ही हमें अभी और चलना पड़ेगा। देख रहे हो, गर्मी कितनी तेज़ हो गई, अब मैं तुम्हें एक कदम आगे बढ़ने दूँगा।'' यह कहकर देवलंकर को घसीटते हुए मेजर नाहरसिंह लौट पड़े।

कुछ देर तक दोनों चुपचाप चलते रहे। फिर नाहरसिंह ने आरम्भ किया, ''इंजीनियर साहब, तुमने देखा, एक पशु भी नहीं उस प्रदेश में, एक भी पक्षी नहीं, यहाँ तक कि रस बटोरनेवाली एक भी मधुमक्खी तक नहीं वहाँ पर। यह क्यों? मैं नहीं जानता, तुम नहीं जानते, कोई नहीं जानता। इसी अनजाने में हमारे भय का स्रोत है। जो हमारे सामने है, जिससे हम लड़ सकते हैं उससे हमें भय नहीं लगता। अभी तुमने पिछले महायुद्ध की बात कही थी, जिसमें मैं लड़ा था, और मैंने तुम्हें बतलाया था कि मैंने उस युद्ध में मृत्यु को बहुत निकट से देखा है। पर उस भयानक रक्तपात में जहाँ हृदय-बेधी चीत्कारें उठती थीं, जहाँ मृत्यु की भयानक यातनाओं से लोगों के मुख विकृत हो जाते थे, मैंने कभी भय का अनुभव नहीं किया। आखिर क्यों? उत्तर स्पष्ट है। वहाँ तो संघर्ष और युद्ध था मेरे आगे। दुश्मन मेरे सामने था, मैं उससे अपनी रक्षा कर सकता था। लेकिन जिसे मैं देख नहीं पाता, जिसका मुझे पता नहीं, जो अचानक अदृश्य से आकर मुझ पर प्रहार क्रर सकता हो, मुझे नष्ट कर सकता हो, जिससे बचाव करने का और जिसका मुकाबला करने का हमारे पास कोई साधन नहीं है, उसी से हम डरते हैं।''

देवलंकर चुपचाप नाहरसिंह की बात सुन रहे थे। उस सत्तर वर्ष के बूढ़े के पास आधुनिक दृष्टिकोण भले ही न रहा हो, पर एक लम्बे अनुभव के साथ-साथ प्रबल तर्क तो था ही उसके पास। देवलंकर नाहरसिंह की बात सुनते जाते थे और अपने अन्दर तर्क करते जाते थे। नाहरसिंह ने कुछ रुककर फिर कहा, ''इंजीनियर साहब, यह आदिम मनुष्य, जिसने इन वन-प्रान्तरों को साफ किया और यहाँ बड़ी-बड़ी बस्तियाँ बसाईं, जिसने शेरों और साँपों को मारा, जिसने झुंड बनाकर पैदल ही हज़ारों मीलों की यात्रा की, जिसने बड़े-बड़े सागर छोटी-छोटी नावों पर पार किए जिसने आकाश से बातें करनेवाले ऊँचे-ऊँचे पर्वत लाँघे, इतिहास इसका साक्षी है कि वह आदिम मनुष्य भयानक रूप से डरता था। उसके अनगिनत देवी-देवता थे जिनकी वह पूजा करता था, जिन पर वह बलि चढ़ाता था। ये महामारियाँ, वह बाढ़, सूखा, भूकम्प, ये सब कहाँ से आते हैं और क्यों आते हैं? न इनका उसे पता था, न इन पर उसका वश था। हम शेर से नहीं डरते, हम साँप से नहीं डरते, लेकिन हम देवी-देवताओं से डरते हैं, हम भूत-प्रेतों से डरते हैं, क्योंकि हमने इन्हें देखा नहीं है।''

देवलंकर मुस्कराए, ''मेजर साहब, तो क्या आपको देवी-देवताओं और भूत-प्रेतों पर विश्वास है?''

नाहरसिंह के मुख पर भी मुस्कराहट आ गई, ''इंजीनियर साहब, अगर विश्वास ही होता तो हम डरते क्यों? भय वहाँ होता है जहाँ विश्वास नहीं है। खैर, छोड़ो इस बात को, लेकिन मैं कहता हूँ कि तुम इस रोहिणी को बाँधने की बात भूल जाओ।

यही नहीं, इस अभिशापित प्रदेश से जल्दी-से-जल्दी निकल जाओ। मैं तुमसे कह रहा हूँ कि मेरे अन्दर एक प्रकार का भय जाग पड़ा है इस रोहिणी से। इस तरह तो रोहिणी कभी सिमटी नहीं। मैंने शेर को हमला करते हुए देखा है, हमला करने से पहले वह ठीक इसी तरह सिमटता है। और मेरा भय निर्मूल नहीं होता, मेरे जीवन का अनुभव तो यही है।''

जिस समय ये दोनों वापस लौटे, दो बज रहे थे। अन्य अतिथियों ने भी इस समय तक भोजन नहीं किया था। वे सब-के-सब देवलंकर की प्रतीक्षा कर रहे थे। सुबह उन लोगों ने नाश्ता भी गहरा कर लिया था।

7

मेजर नाहरसिंह जब घर पहुँचे, रानी मानकुमारी झुँझलाई हुई उनका इन्तज़ार कर रही थीं। मेजर नाहरसिंह को देखते ही रानी साहिबा उबल पड़ीं, ''इतनी देर लगा दी, कक्काजी! मुझे तो आप लोगों की चिन्ता होने लगी थी। आप देख रहे हैं, दोपहर का ढलना आरम्भ हो गया है। मारे भूख के मेरा बुरा हाल है। अपने लिए नहीं तो उस भले आदमी के लिए, जिसे आप अपने साथ ले गए थे, जल्दी वापस आ जाना चाहिए था।''

मेजर नाहरसिंह ने गम्भीर मुद्रा में हाथ जोड़ते हुए कहा, ''बस करो रानी बहु, माफी माँगता हूँ। लेकिन कसूर मेरा नहीं था।''

''कसूर किसी का हो, इससे मुझे मतलब नहीं, लेकिन जिम्मेदारी आपकी थी। आपको जबर्दस्ती चला आना चाहिए था।''

''वही किया है रानी बहू, जबर्दस्ती उस आदमी को खींचता हुआ चला आया हूँ। अजीब आदमी के साथ भेज दिया था तुमने मुझे। आदमी क्या है दैत्य समझो उसे। किसी बात से डरना ही नहीं जानता। फूलों की घाटी से और आगे बढ़ाना चाहता था। वह तो मैं उसे जबर्दस्ती खींच लाया अपने साथ। न ज़रा-सी थकावट, न भूख-प्यास उसे।''

''फूलों की घाटी तक हो आए आप लोग? इतनी दूर पैदल! तब तो आप बहुत थक गए होंगे। मुझे माफ करना जो मैं अनाप-शनाप बक गई। आप ही ने तो मेरी आदत खराब कर दी है। मैं आपको कितनी तकलीफ देती हूँ! लेकिन क्या करूँ, भूख के मारे दिमाग ठीक नहीं था। बोलो कक्काजी, मुझे माफ कर दिया या नहीं?''

मेजर नाहरसिंह मुस्कराए, ''रानी बहू, मैं तो तुम्हारा सेवक हूँ, मुझसे माफी माँगकर क्यों मुझे पाप में डाल रही हो?'' और फिर उन्होंने आवाज लगाई, ''कालसी, खाना लगा दे।''

''खाना लग गया है, हुजूर!'' भीतर से एक स्त्री-कंठ सुनाई पड़ा।

रानी मानकुमारी मुस्कराई; मेजर नाहरसिंह का हाथ पकड़कर चलते हुए कहा, ''कक्काजी, यह कालसी मुझे कितनी मना रही थी कि मैं भोजन कर लूँ, आपका कोई ठिकाना नहीं! कहती है कि जैसे-जैसे आपकी उम्र बढ़ती जाती है वैसे-वैसे आपमें जवानी का पागलपन बढ़ता जाता है। वह तो परेशान हो गई है आपकी आदतों से।''

मेजर नाहरसिंह हँस पड़े, "ठीक कहती है रानी बहू, यह कालसी चुड़ैल बड़ी बुद्धिमान हो गई है। लेकिन रानी बहू, मुझे याद आती है बुझने के पहले दीपक की लौ की बात। सम्भव है मेरे ऊपर भी वही बात लागू होती हो।"

दोनों व्यक्ति अब मेज पर बैठ गए। नाहरसिंह के मुख पर अब चिन्ता की उद्विग्नता घिर आई थी। "रानी बहू, आज मैंने पहाड़ों को खंडहर बनते देखा है। तुम विश्वास नहीं करोगी, रोहिणी का पानी सूख गया है। अपने बाँधे जाने की बात सुनकर रोहिणी सिमट गई। जहाँ पहले इतना भयानक जल-प्रपात था वहाँ अब पानी की एक छोटी-सी धारा बह रही है। मुझे डर लग रहा है।"

मेजर नाहरसिंह की बात सुनकर रानी मानकुमारी चौंक उठीं, "क्या कहा, कक्काजी? रोहिणी का पानी सूख गया? ऐसा तो कभी नहीं हुआ। बड़े आश्चर्य की बात है।"

"हाँ, रानी बहू! उस पागल इंजीनियर ने–क्या नाम है उसका–देवलंकर को तो इसका विश्वास ही नहीं हुआ। उसने रोहिणी को कभी पहले नहीं देखा था। तो वह रोहिणी की घाटी में प्रवेश करने की जिद्द पकड़ गया और रानी बहू, घाटी के अन्दर भी रोहिणी में पानी नहीं था। चलते-चलते वह देवलंकर फूलों की घाटी तक पहुँच गया। वह और आगे बढ़ना चाहता था, लेकिन मैं उसे जबर्दस्ती वहाँ से घसीट लाया। एक तो देर बहुत हो गई थी, फिर न जाने क्यों, एक अजीब-सा भय भर गया था मुझमें।"

रानी मानकुमारी ने सहज भाव से पूछा, "क्यों कक्काजी, भय की ऐसी क्या बात थी वहाँ पर?"

"रानी बहू, मैं सच कहता हूँ, उन फूलों की जहर से भरी वह गन्ध अनायास ही बड़ी प्रखर हो गई थी। आसपास मीलों तक एक पक्षी नहीं, एक भौंरा नहीं, एक मधुमक्खी नहीं। हवा तक बन्द थी वहाँ पर। एक मौत का-सा सन्नाटा छाया हुआ था वहाँ पर! कितना भयानक लग रहा था वहाँ पर! सौन्दर्य की उस भयानकता को मैं समझा नहीं सकता, रानी बहू! यह रोहिणी बदला लेगी हम लोगों से, न जाने क्यों यह बात मेरे मन में भर गई है।"

मेजर नाहरसिंह की बात सुनकर रानी मानकुमारी में भी भय की भावना जाग पड़ी। अपने भय को दबाते हुए उन्होंने कहा, "कक्काजी, यह सब आपका भ्रम है। भला निर्जीव नदी कभी बदला लेने की बात सोच सकती है या बदला ले सकती है?" रानी मानकुमारी ने यह बात कह तो दी, लेकिन उनकी वाणी में शिथिलता थी।

"नहीं रानी बहू, यहाँ निर्जीव कोई भी चीज़ नहीं है। प्रत्येक कण में जीवन है, प्रत्येक कण हिलता-डुलता है, तरह-तरह के रूप धारण करता है। यह नदी, ये पर्वत, ये सब जन्म लेते हैं, ये सब बढ़ते हैं, ये सब मर जाते हैं। जन्म और मरण के बीच की यह अवधि इनके जीवन की है। तो रानी बहू, जो जीवित है वह बदला भी ले सकता है।"

कालसी मेज पर खाना लगा रही थी। उसने वहीं से कहा, "रानी सरकार! कक्का सरकार ऐसी ही बातें करते हैं। इनका तो काम है दिन-दिन-भर घूमना, घंटों अकेले

बैठे रहना और अकेले ही कभी हँस पड़ना, कभी हाथ-पैर पटकने लगना। पहले जब कक्का सरकार पुस्तक पढ़ा करते थे तब ऐसा सब नहीं करते थे। मैं कहती हूँ कि सरकार अकेले न बैठें, पुस्तक पढ़ें तो नाराज हो जाते हैं; कहते हैं कि पुस्तकों में कुछ नहीं धरा है।''

रानी मानकुमारी ने मेजर नाहरसिंह को देखा। मेजर नाहरसिंह कहीं खो गए थे। उनकी आँखें बन्द थीं। उनके मुख पर हलकी-सी करुण मुस्कान थी। रानी मानकुमारी ने कहा, ''क्यों कक्काजी, यह कालसी क्या कह रही है, यह सुना आपने?''

मेजर नाहरसिंह ने आँखें खोल दीं। सुव्यवस्थित होते हुए उन्होंने कहा, ''ठीक कह रही है यह कालसी। रानी बहू, पुस्तकों में कुछ नहीं रखा है। इन पुस्तकों में सत्य नहीं है, और हो भी नहीं सकता, क्योंकि सत्य को आज तक कोई पा नहीं सका है। इन पुस्तकों में अधिक-से-अधिक सत्य की ओर एक इंगित, एक संकेत-भर मिलता है, और वह इंगित अथवा संकेत कभी-कभी हमें भयानक भ्रम में डाल देता है। सत्य तो हमारे अनुभवों और हमारी अनुभूति में ही हो सकता है, लेकिन वहाँ भी पूर्ण-सत्य नहीं, केवल अर्ध-सत्य मिलता है, अपनी विकृतियों और अपनी सीमाओं से आच्छादित।'' और मेजर नाहरसिंह ने अपनी थाली से सब चीजों का एक-एक कौर लेकर अन्नप्राशन निकाला। उनकी मुद्रा अब स्वाभाविक हो गई थी। उनके मुखवाला तनाव जाता रहा था।

रानी मानकुमारी की अपेक्षा मेजर नाहरसिंह को अधिक जोर की भूख लगी हुई थी और वह भोजन में पर्याप्त स्वाद ले रहे थे। उन्होंने कहा, ''रानी बहू, यह कालसी नित्य मेरा खाना बनाती है, लेकिन जब तुम आ जाती हो तब न जाने कहाँ से इसके हाथ में रस आ जाता है! जैसे ही तुम सुमनपुर से गईं वैसे ही इसके हाथ का खाना बेस्वाद और बिना रस का हो जाया करता है।''

कालसी वहीं पास खड़ी थी। वह मुस्कराई, ''रानी सरकार, आपसे विनती है कि आप यहीं रह जाइए। इससे कक्का सरकार को कष्ट नहीं रहता। मैं अच्छे-से-अच्छा भोजन बनाती हूँ, बड़े प्रयत्न के साथ, पर कक्का सरकार उसे बासी करके खाते हैं। कभी मुझसे खराब खाने की शिकायत भी तो नहीं की है, इन्हीं से पूछ लीजिए।''

रानी मानकुमारी ने पूछा, ''क्यों कक्काजी, क्या यह कालसी सच कहती है?''

कुछ सोचकर मेजर नाहरसिंह ने उत्तर दिया, ''झूठ तो नहीं कहती है, रानी बहू, लेकिन जो झूठ नहीं है उसे मैं सत्य भी तो कभी नहीं मान सकता। मुझे कुछ ऐसा लगता है कि स्वाद खाने में नहीं है, स्वाद कालसी के हाथ में नहीं है, स्वाद मेरे मन में अन्दर है। जब तुम आ जाती हो तो जैसे मेरे जीवन में एक नया रस भर जाता है, एक नई हलचल आ जाती है। अगर तुम इस समय भोजन के लिए मेरी प्रतीक्षा न करती होतीं तो मैं उस पागल इंजीनियर के साथ फूलोंवाले घाटी के आगे बहुत आगे कहीं भटक रहा होता। तुम्हारे आने से जीवन की यह लक्ष्यहीनता जाती रहती है।''

रानी मानकुमारी ने कौतूहल के साथ कहा, ''तो कक्काजी, क्या आप यह चाहते हैं कि मैं यहीं रहा करूँ?''

"नहीं रानी बहू, मैं बिलकुल नहीं चाहता। तुम रहने लगोगी तो फिर जीवन में एकरसता भर जाएगी। यही एकरसता बढ़ते-बढ़ते लक्ष्यहीनता का रूप धारण कर लेती है।" और नाहरसिंह के मुख पर मुस्कराहट आ गई, "यही सत्य कालसी नहीं पकड़ पाई, इसी सत्य की दुनिया उपेक्षा करती है।"

दोनों ने भोजन समाप्त कर लिया था। ये लोग मेज से उठ ही रहे थे कि बाहर कुछ आवाज सुनाई दी। एक गम्भीर किन्तु कुछ फटी-सी आवाज कह रही थी, "घर में तो मालूम होता है रानी साहिबा आई हुई हैं। ऐसी हालत में यहाँ तुम लोगों के भोजन का प्रबन्ध नहीं हो सकेगा। ये दो रुपये लो, सुमनपुर गाँव में जाकर कुछ चना-चबैना कर लेना।" और फिर अन्दर आनेवाले पैरों की चाप सुनाई दी।

रानी मानकुमारी ने कहा, "यह तो रघुराज मालूम होता है। इसके साथ और कौन लोग हैं?"

"वही इसके कम्युनिस्ट साथी होंगे। कल दोपहर को न जाने कहाँ चले गए थे ये लोग। अब वापस लौटे हैं।" मेजर नाहरसिंह कुछ और भी कहते कि कठोर आकृतिवाले एक दुबले-से और लम्बे-से व्यक्ति ने डाइनिंग हॉल में प्रवेश किया।

8

वह आदमी लम्बा इसलिए दीख रहा था कि वह बहुत दुबला था, नहीं तो उसकी ऊँचाई पाँच फुट नौ या दस इंच से अधिक नहीं थी। चौड़ी हड्डियाँ, लेकिन शरीर पर जैसे कहीं मास का नाम-निशान नहीं। पिचके गाल, मुँह की हड्डियाँ स्पष्ट दीख रही थीं। वह साधारणतया क्लीन-शेव्ड रहता था, यद्यपि इस समय एक हफ्ते की हजामत उसके मुँह पर थी, जिससे उसकी शक्ल और भी कठोर दीख रही थी। बाल भौंरे की तरह काले, लेकिन भयानक रूप से अस्त-व्यस्त, बिखरे हुए और लम्बे, क्योंकि शायद छह महीने से वे नहीं कटे थे। खाकी रंग की सूती गैबर्डीन का ढीला पैंट और उसके ऊपर गहरे कत्थई रंग की मटमैली-सी बुश्शर्ट। चेहरे पर दृढ़ता से भरी एक कठोरता, बड़ी-बड़ी आँखों में घृणा, उपेक्षा और संकल्प की चमक। भारी तले का मजबूत फुलबूट उसके पैरों में था।

रघुराज की अवस्था करीब पैंतीस वर्ष की थी। उसकी मुखाकृति मेजर नाहरसिंह की मुखाकृति से काफी मिलती-जुलती थी। अन्तर केवल इतना ही था कि जहाँ नाहरसिंह के मुखवाली कठोरता में कोमलता, सौम्य और ममता का एक अजीब सम्मिश्रण था, रघुराज के मुख पर शुद्ध रूप से अविश्वास, घृणा और हिंसा से भरी कठोरता थी। डाइनिंग हॉल में प्रवेश करते ही उसने हाथ जोड़कर और झुककर रानी साहिबा को अभिवादन किया, "मुजरा कबूल हो, रानी सरकार!" और फिर उसने अपने पिता के चरण छूकर कहा, "ददुआ, आप इस समय घर पर होंगे, इसकी आशा नहीं थी।"

मेजर नाहरसिंह ने कालसी की ओर देखा, "ले, यह रघुराज आ गया है, कालसी! इसके लिए जल्दी से कुछ रोटियाँ सेंक ले।" और तीनों आकर ड्राइंग-रूम में बैठ गए।

रानी मानकुमारी ने रघुराजसिंह को सिर से पैर तक देखा, ''आप बहुत दुबले दीख रहे हैं, जेठजी! स्वास्थ्य पर तो थोड़ा-बहुत ध्यान दिया कीजिए।''

''अठारह मील पैदल चलकर आ रहा हूँ, रानी सरकार, अंग-अंग टूट रहा है।''

नाहरसिंह ने ममता की नजर से रघुराजसिंह को देखते हुए कहा, ''रानी बहू, इतना कहा कि मेरा घोड़ा लेता जाए, लेकिन इसके साथ चार आदमी और थे। मैं भला पाँच घोड़ों का प्रबन्ध कहाँ से करता! तो पैदल ही पाँचों आदमी चले गए।''

''ददुआ, उस रास्ते पर तो घोड़े भी नहीं चल सकते, पैदल चलना अधिक निरापद था। फिर हम पाँच थे, हँसते-गाते रास्ता कट गया।''

रानी मानकुमारी न किंचित रोष का भाव प्रदर्शित करते हुए कहा, ''आप बड़े वीर हैं जेठजी; लेकिन मैं आपसे पूछना चाहती हूँ कि आप कलकत्ता से सुमनपुर लौटते हुए यशनगर में मेरे यहाँ क्यों नहीं ठहरे? मैं आपसे बहुत नाराज हूँ।''

''तो मैं रानी सरकार से माफी माँग लेता हूँ,'' रघुराजसिंह ने उत्तर दिया, ''लेकिन मेरी अर्ज सुन ली जाए। बात यह है कि मेरे साथ चार आदमी और थे या अब भी हैं, यह कहना अधिक उचित होगा और इन लोगों के साथ मेरा आपके यहाँ ठहरना या आपके दर्शन करना उचित नहीं था। मुझे क्या पता था कि आप यहाँ आ गई हैं, नहीं तो मैं अपने साथियों के साथ आज भी न लौटता। हम लोग तो त्याज्य और अछूत हैं।''

''यह आपका भ्रम है, जेठजी! हमारा देश समाजवादी परम्परा को लेकर आगे बढ़ रहा है। हमारी सरकार ने स्पष्ट कर दिया है कि वह यहाँ समाजवादी व्यवस्था चलाएगी। यह जो इस सरकार के आते ही जमींदारी मिटा दी गई है, और यह जो धीरे-धीरे हम लोगों को मिटाया जा रहा है, वह सब इसी साम्यवाद और समाजवाद के अन्तर्गत है न!''

रघुराजसिंह हँस पड़ा, ''रानी सरकार, कितने भुलावे में डाल सकती है हमारी सरकार हम लोगों को! मैं भी जानता हूँ कि जमींदार गए, लेकिन एक-एक जमींदार के स्थान पर सैकड़ों भूमिधर पैदा हो गए। व्यक्तिगत सम्पत्ति एक से लूटकर पच्चीसों को बाँट दी गई। वह सम्पत्ति पच्चीस भागों में बँट गई, लेकिन रही तो वह इन पच्चीस आदमियों की व्यक्तिगत सम्पत्ति ही। इस भूमि और सम्पत्ति का राष्ट्रीयकरण कब हुआ है? तब कुछ हजार इलाकेदार, ताल्लुकेदार और जमींदार थे, अब उनके स्थान पर लाखों भूमिधर पैदा कर दिए गए हैं। चार-पाँच प्रतिशत आदमियों को सम्पन्न बनाकर, उन्हें सम्पत्ति देकर, उनमें पूँजीवादी मनोवृत्ति पैदा कर दी गई है। उनमें उत्पीड़न और शोषण के बीज बो दिए गए हैं। आप इसे समाजवादी व्यवस्था की स्थापना न कहें रानी सरकार, यह तो समाजवाद के लिए अति उर्वर भारतवर्ष की भूमि में शोषण और उत्पीड़न की खेती खड़ी कर दी गई है। क्रमिक विकास के नारों की आड़ में समाजवाद की स्थापना असम्भव बनाई जा रही है। हम लोग परिस्थिति का अध्ययन कर रहे हैं। हमारा काम असम्भावित रूप से जटिल बन गया है।''

रानी मानकुमारी चकित और स्तब्ध-सी रघुराजसिंह की बात सुन रही थीं। कुछ सोचकर रानी मानकुमारी ने कहा, ''जेठजी, मैं आपकी बात पूरी तौर से तो नहीं समझी, लेकिन इस बात की उपेक्षा नहीं की जा सकती। भगवान जाने आपकी बात में सत्य कितना है, लेकिन मैं इतना जानती हूँ कि हमें तो मिटा ही दिया गया है।''

मेजर नाहरसिंह चुप बैठे अन्यमनस्क भाव से रघुराजसिंह की बातें सुन रहे थे। अब उन्होंने कहा, ''मुझे इस बात की प्रसन्नता है कि सरकार ने कम्युनिस्टों के खिलाफ इतना जबर्दस्त मोर्चा तैयार किया है। हमें अब रूस और चीन की गुलामी तो नहीं करनी पड़ेगी! और जहाँ तक इस व्यक्तिगत सम्पत्ति का प्रश्न है, वह तो हमेशा रही है और हमेशा रहेगी। जहाँ 'मैं' हूँ वहाँ 'मेरा' भी है। यह एक मनोवैज्ञानिक सत्य है। इसी 'मेरे' में कर्म है, विकास है, जीवन की उमंग...उत्साह है, अस्तित्व की सार्थकता है। इस भौतिक जगत् में यह 'मेरे' वाली भावना सबसे पहले सम्पत्ति के रूप में प्रकट होती है। तुम लोग तो कुछ इने-गिने लोगों के हाथ के खिलौने हो। अपने अन्दरवाली घृणा, कुंठा और घुटन की विकृतियों ने तुमसे मानवता का विवेक छीन लिया है और तुम आप-ही-आप इन लोगों के हाथ के खिलौने बन गए हो। कम्युनिज्म जिस शासन की बात चलाता है, उसका संचालन एक दल के हाथ में होता है। बाकी करोड़ों आदमी उस दल के इन-गिने आदमियों के आर्थिक गुलाम ही नहीं, मानसिक गुलाम भी बन चुके हैं।''

रघुराजसिंह ने अपनी जेब से चारमिनार सिगरेट का एक डिब्बा निकालते हुए रानी मानकुमारी की ओर देखा, ''रानी सरकार, अगर इजाजत हो तो सिगरेट पी लूँ?'' और फिर बिना रानी मानकुमारी के उत्तर की प्रतीक्षा किए हुए उसने अपनी सिगरेट सुलगाई। इसके बाद उसने नाहरसिंह से कहा, ''ददुआ, मैं आपसे तर्क नहीं करूँगा, क्योंकि तर्क से आप नाराज होकर कुतर्क का सहारा ले लेते हैं। हाँ, एक बात सुनकर आपको आश्चर्य होगा। जयाली गाँव के मुसलमान एक पक्की मस्जिद बनवा रहे हैं। वहाँ के हिन्दुओं को यह पसन्द नहीं। एक तरह का साम्प्रदायिक तनाव पैदा हो गया है वहाँ पर। पता नहीं मुसलमानों को पक्की मस्जिद बनवाने को रुपया मिला कहाँ से?''

मेजर नाहरसिंह चौंक उठे, ''जयाली में मस्जिद बन रही है! क्या कहा तुमने? कुल पाँच घर मुसलमानों के तो वहाँ थे ही, उनमें से देश के विभाजन के समय तीन परिवार पाकिस्तान चले गए थे।''

''जी, वे तीनों परिवार पाकिस्तान से वापस आकर जयाली में बस गए हैं। साथ ही उत्तर प्रदेश के विभिन्न भागों से छह परिवार और पहुँच गए हैं। वहाँ यह सुनकर कि जयाली खंड-विकास योजना में आनेवाला है, उन्होंने हमारी कुछ निजी भूमि पर अधिकार भी कर लिया है। तो कल रात मैंने उन लोगों को मार-पीटकर अपनी भूमि से तो निकाल बाहर कर दिया है, लेकिन बातें वे लोग बहुत बढ़-चढ़कर कर रहे थे। कहीं बाहर से उन्हें बढ़ावा मिल रहा है।''

मेजर नाहरसिंह कुछ देर तक सोचते रहे। फिर उन्होंने कहा, ''मैं अब समझा कि यह रियाजुलहक़ यहाँ पर क्यों डेरा डाले हुए हैं! लेकिन मैं पूछता हूँ कि जयाली के

हिन्दू इतने नामर्द कैसे बन गए? ये थोड़े-से मुसलमान वहाँ पर साम्प्रदायिकता का विग्रह खड़ा कर रहे हैं और वे लोग बोलते तक नहीं?"

"वे बोलना चाहते हैं, लेकिन बोल नहीं पाते। उन्हें पुलिस दबाती है, उन्हें अधिकारी दबाते हैं। हमारा धर्म-निरपेक्ष राज है न! हम सिद्धान्ततः उनके मस्जिदें बनाने का विरोध नहीं कर सकते। हाँ, हिन्दू अपने मन्दिर जरूर बना सकते हैं—एक नहीं पच्चीसों। लेकिन ददुआ, हिन्दुओं के लिए मन्दिरों का कोई महत्त्व नहीं है। हरेक मन्दिर दस-बीस साल बाद खंडहर बन जाता है। आखिर मन्दिर की हमारे वास्ते सार्थकता क्या है? लेकिन मुसलमानों के वास्ते मस्जिद की सार्थकता है—धार्मिक इतनी नहीं जितनी अधिक सामाजिक। मस्जिद मुसलमानों के साम्प्रदायिक संगठन के लिए एक सुरक्षित स्थान है। वहाँ फतवे दिए जाते हैं। वहाँ हिन्दुओं के खिलाफ विषवमन किया जाता है। वहाँ पाकिस्तान के एजेंट ठहरते हैं। वहाँ उत्तेजनापूर्ण भाषण दिए जाते हैं, और कुछ लोगों का कहना है कि वहाँ शस्त्रास्त्र वितरण की भी व्यवस्था की जाती है।"

"यह तो बड़ा खराब है," रानी मानकुमारी ने कहा, "इस सम्बन्ध में कुछ किया जाना चाहिए। कक्काजी, आप मन्त्रीजी से क्यों नहीं बात करते? इस मुस्लिम सम्प्रदाय ने हमारे देश का बँटवारा कराया। इतना भयानक रक्तपात हुआ, करोड़ों आदमी बेघरबार हो गए। इस बँटवारे के बाद हम समझते थे कि सम्प्रदायवाद समाप्त हो गया। लेकिन ऐसा दीखता है कि यहाँ दूसरे बँटवारे की तैयारी शुरू हो गई है।" फिर रानी मानकुमारी ने रघुराजसिंह से कहा, "जेठजी, कम्युनिस्ट लोग तो धर्म को नहीं मानते। आपने भी तो कभी पूजा-पाठ नहीं किया, फिर आप क्यों इतना अधिक उत्तेजित हो गए?"

"रानी सरकार, हम धर्म के विरोधी हैं और इस धार्मिक भावना के विरोधी हैं। मैं जो उत्तेजित हुआ इस मुस्लिम सम्प्रदाय के खिलाफ। मुस्लिम सम्प्रदायवाद हमारे देश के लिए जितना हानिकारक सिद्ध हुआ है, हमने स्वयं अपनी आँखों से यह देखा है। और यह मुस्लिम सम्प्रदायवाद फिर अपना सिर उठा रहा है। इसे यदि दबाया न गया तो भयानक परिणाम होगा।"

मेजर नाहरसिंह मुस्कराए, "रघुराज, जहाँ तक मुझे याद है कम्युनिस्ट पार्टी ने देश के बँटवारे से पहले मुस्लिम लीग का समर्थन किया था; उसने भी देश के बँटवारे की माँग को उचित बतलाया था। आज तुम कम्युनिस्ट लोग क्यों इस मुस्लिम साम्प्रदायिकता की निन्दा कर रहे हो?"

नाहरसिंह के व्यंग्य से रघुराजसिंह उत्तेजित नहीं हुआ। उसने मुस्कारते हुए उत्तर दिया, "उस समय हम यह समझते थे कि मुसलमान आर्थिक ढंग से गरीब हैं और वे आसानी से कम्युनिस्ट बन जाएँगे। हिन्दू में जन्म से पूँजीवाद की वैयक्तिक मनोवृत्ति है, इसलिए हिन्दू को कम्युनिस्ट बनाना आसान न होगा। पर अनुभवों से हमें पता चला कि हमने गलती की। मुसलमान में भेदभाव की एक मजहबी प्रवृत्ति है जो भयानक रूप से हिंसात्मक है, सीमित और संकुचित है। कम्युनिज्म का आधारमूल सिद्धान्त है विश्व-बन्धुत्व। कम्युनिज्म जाति, धर्म, नस्ल के विभेदों को स्वीकार

नहीं करता और मुसलमान का समस्त अस्तित्व उसका मजहब है। दुनिया में हम किसी भी मुस्लिम देश को, चाहे जितना शोषित; उत्पीड़ित और गरीब वह क्यों न हो, अभी तक कम्युनिस्ट नहीं बना पाए और न बना सकेंगे। पाकिस्तान पूँजीवादी देशों का सबसे बड़ा गुलाम बन जाएगा, हमारी पार्टी ने कभी इसकी कल्पना भी नहीं की थी।''

इसी समय कालसी ने कहा, ''कुँवरजी, खाना लग गया है, चलें, बातचीत फिर कर लीजिएगा।''

पाँच

सन्ध्या के धुँधले प्रकाश में भी कुछ अजीब तरह का घुटन से भरा उद्वेलन है, शिवानन्द शर्मा को यह अनुभव हो रहा था। समस्त वातावरण एकदम शान्त था, कहीं किसी प्रकार का स्वर तक नहीं। उनके सामने ऊँची-नीची पथरीली पगडंडी थी, जिस पर वह ज्ञानेश्वर राव के साथ चल रहे थे। उनको घेरे हुए निस्पन्द वायुमंडल था, और उनके इधर-उधर बड़े-छोटे सघन वृक्ष थे, जिनकी हरेक पत्ती चुपचाप अपने स्थान पर सहमी-सी, चिपकी हुई-सी थी। ऊपर अपने नीड़ों में जानेवाले पक्षियों के समूह थके-से उड़ रहे थे। लेकिन उनके पंखों की फड़फड़ाहट तक नहीं सुनाई पड़ रही थी। पश्चिम में दूर क्षितिज पर सूर्य अस्त हो रहा था। शिवानन्द शर्मा ने ज्ञानेश्वर राव से कहा, ''राव साहब, इस सूर्यास्त को आप देख रहे हैं? क्षितिज से उभरे हुए-से ये धुएँ के रंग के मटमैले बादल...जैसे काले मटमैले रंग का सागर फैला हुआ हो। और वह निस्तेज थका हुआ सूर्य उस सागर में गिरता जा रहा है–गिरता जा रहा है। समस्त विश्व को अपनी प्रखर किरणों से त्रस्त कर देनेवाला यह सूर्य इस समय कितना विवश और दयनीय दीख रहा है!''

ज्ञानेश्वर राव के मुख पर एक व्यंग्यात्मक मुस्कराहट आई, ''आप कवि हैं, शर्माजी? आप तरह-तरह की कल्पना कर सकते हैं। वैसे मुझे तो न सूर्य विवश और दयनीय दीख रहा है और न हम लोग ही विवश और दयनीय दीख रहे हैं।''

''यही तो दुर्भाग्य है हमारा, राव साहब! हम अपनी समृद्धि और सफलता के क्षणों में अपनी विवशता को भूल जाते हैं। मैं स्वीकार करता हूँ कि मुझमें भी यही प्रवृत्ति है। मैं अपनी सीमा और विवशता से पूरी तौर से परिचित होते हुए भी इस विवशता सीमा को नहीं देखना चाहता। इस ओर मैं जबर्दस्ती अपनी आँखें बन्द कर लेता हूँ। लेकिन आज एकान्त और निर्जन प्रदेश में इस सूर्यास्त को देखकर मुझे ऐसा लगा कि जीवन मृत्यु के सागर में ठीक इसी तरह डूबा करता है। इस डूबते हुए सूर्य की उपमा उस वृद्ध मनुष्य से दी जा सकती है, मृत्यु जिसके लिए अनिवार्य

है, जो धीरे-धीरे अपनी शक्ति को क्षीण होते हुए अनुभव करता है, फिर भी जीवन से चिपके रहने का प्रयत्न करता है।''

दोनों अब एक ऊँचे टीले पर पहुँच गए थे और वहाँ से एक क्षीण पगडंडी उतरकर सामने फैली हुई एक छोटी-सी घाटी को पार करती हुई दूसरी ओर एक पहाड़ी पर चढ़ती थी, जिसके पीछे ऊँची पर्वत-मालाएँ सिर उठाए खड़ी थीं। ज्ञानेश्वर राव उस टीले पर रुक गए, ''शर्माजी, कितना सुन्दर दृश्य दीख रहा है यहाँ से? इस सौन्दर्य के प्रदेश में आपके मन में मृत्यु की बात क्यों आई? अगर हम सूर्य को जीवन का प्रतीक मान लें और अन्धकार को मृत्यु का प्रतीक मान लें, तो इसमें कोई खास अन्तर नहीं पड़ेगा। जहाँ तक सूर्य का प्रश्न है, वह तो मौजूद है, केवल वह हमसे दूर हो गया, यह कहना ठीक होगा कि हम उससे दूर हो गए हैं। अन्धकार में सूर्य नहीं डूब रहा है, अन्धकार में तो हम डूब रहे हैं और हमारा यह अन्धकार न शाश्वत है, न स्थायी है। कल सुबह फिर अन्धकार दूर हो जाएगा, फिर सूर्य आकाश पर उदय होगा।'' और ज्ञानेश्वर राव ने अपनी बात को समाप्त करते हुए कहा, ''देखिए शर्माजी, सूर्य जाते-जाते भी एक अरुण प्रकाश हमारे लिए छोड़ गया है। काफी देर तक यह अरुण प्रकाश हमारे साथ रहेगा।''

शिवानन्द शर्मा ज्ञानेश्वर राव की बगल में खड़े थे। थोड़ी देर तक वह अपने चारों ओर देखते रहे, फिर उन्होंने एक दीर्घ निःश्वास लिया, ''शायद आप ठीक कहते हैं राव साहब, हमारे सामने जो कुछ है वह सब सापेक्ष है। जो कुछ मैं देख रहा हूँ वह सब मेरी अन्दरवाली भावना है। बाहर सबकुछ एकरस है। वही दोपहर, शाम, सुबह; वही दिन और रात।''

दोनों अनुभव कर रहे थे कि वे टहलते हुए काफी दूर आ गए हैं। दोनों ही एक साथ मुड़ पड़े वापस होने के लिए। प्रायः तीन मील दूर पर सुमनपुर के बँगले दीख रहे थे वृक्षों से घिरे हुए। दोनों चुपचाप चल रहे थे और दोनों सोच रहे थे। पर यह मौन सम्भवतः दोनों के लिए असह्य था। इस मौन को तोड़ते हुए ज्ञानेश्वर राव ने कहा, ''लेकिन शर्माजी, आपके अन्दर वह क्या है जो आपके अन्दरवाले उल्लास का हनन कर रहा है?''

''मैं स्वयं नहीं जानता, राव साहब! जान पाता तो उसका उपचार करता।'' शर्माजी के मुख पर एक करुण मुस्कान आई, ''राव साहब, क्या आप बतला सकेंगे कि हमारे जीवन का उद्देश्य क्या है? आपने वह क्षीण पगडंडी देखी थी। मनुष्य इस निर्जन प्रान्त में भी आता-जाता रहता है; इस अगम्य प्रदेश को वह अपना निवास-स्थान बनाए हुए है। इस पगडंडी से उसने पहाड़ों पर रास्ता बनाया है और इन ऊँचे-ऊँचे अलंघ्य पर्वतों के उस पार उसकी बस्तियाँ हैं। आखिर मनुष्य वहाँ क्यों रहता है? न सुख, न सुविधा। भूमि अनुपजाऊ और पथरीली। बड़ा परिश्रम करके वह अपने लिए भोजन उत्पन्न कर पाता है। और हर कदम पर उसे रीछ तथा अन्य हिंसक पशुओं का भय। मुझे आश्चर्य होता है कि कोसों दूर पर दस-दस पाँच-पाँच

मनुष्यों की टोलियाँ बिखरी हुई क्यों और कैसे जीवित रह सकती हैं। एक अजीब तरह का निरुद्देश्य और लक्ष्यहीन जीवन!"

ज्ञानेश्वर राव शर्माजी की बातें सुनते जाते थे और सोचते जाते थे। शर्माजी की बात पूरी होने पर उन्होंने कहा, "शर्माजी, जब आपने लक्ष्य और उद्देश्य की बात उठाई है तब मुझे पिछले महायुद्ध का दृश्य याद आ जाता है। आप जानते ही होंगे कि एक रिपोर्टर की हैसियत से मुझे विभिन्न युद्धक्षेत्रों में रहना पड़ा। एक स्वाभाविक क्रम में मैंने उस युद्ध की भयानकता को देखा है। लोग मारते थे, मरते थे। हिंसा और घृणा का एक बड़ा कुरूप और वीभत्स वातावरण था मेरे चारों ओर। और उस वातावरण में भी लोग हँसते थे, नाचते-गाते थे। आखिर यह क्यों? और इस प्रश्न का उत्तर प्राप्त करने में मुझे एक अजीब-से सत्य का पता चल गया। मैंने देखा कि एक निश्चित लक्ष्य और उद्देश्यवाला पागलपन भरा था उन लोगों में। दोनों ही ओर अपने को आरोपित करने का उद्देश्य था; अपने विरोधी तथा विपक्षी को पराजित करने का लक्ष्य था। मुझे ऐसा लगा कि समस्त जीवन एक संघर्ष है। पग-पग पर हमें लड़ना पड़ता है, युद्ध करना पड़ता है, कायम रहने के लिए। नियति का विधान ही यह है कि हम अपने ज्ञान की सहायता से प्रकृति पर विजय पाते चलें।"

शिवानन्द शर्मा ने एक ठंडी साँस ली, "शायद आप ठीक कहते हो। मैंने भी अपने उपन्यासों में जहाँ-तहाँ ऐसे ही विचार व्यक्त किए हैं, लेकिन...लेकिन..." और शर्माजी एकाएक चौंक पड़े, "राव साहब, यह शोर-गुल कैसा? शायद कुछ झगड़ा हो रहा है इस बँगले में। चलिए, देखा जाए।"

वे दोनों उस समय उस बँगले के सामने से निकल रहे थे जिसमें मौलाना रियाजुलहक़ ठहरे हुए थे। सड़कवाली चहारदीवारी के फाटक पर दोनों खड़े हो गए। मेजर नाहरसिंह की आवाज सुनाई पड़ रही थी, "मौलाना साहब, जयालीवाली वह भूमि मेरी है, तुम इतना समझ लो। और अब यह भी साफ-साफ सुन लो कि अगर उस पर किसी ने कब्जा करने की कोशिश की तो मैं उसे गोली मार दूँगा।"

"वह जमीन सरकार ने ब्लॉक-डवलपमेंट के लिए ले ली है, आप मेरे बजाए मिनिस्टर साहब से बात कीजिए। आपके लड़के और उसके साथियों ने वहाँ के मुसलमानों पर जो जुल्म किया है, उस पर सरकार कार्रवाई करेगी। मैं आज ही मिनिस्टर साहब से यह बात कहूँगा। क्यों मियाँ घमालू! रघुराजसिंह व उसके साथियों ने तुम्हें मारा-पीटा था न?"

घमालू सहमा-सा रियाजुलहक़ के पास खड़ा था। उसने डरते-डरते कहा, "हजरत हम लोगों को मार कहाँ पाए। हम लोग तो पहले से ही भाग गए थे। लेकिन हम लोगों के झोंपड़े उन्होंने अलबत्ता फिंकवा दिए। उस जमीन के अलावा और जो जमीन है वह तो हजरत ने मस्जिद के वास्ते घिरवा दी है। फिलहाल हम लोगों ने वहीं झोंपड़े डाल लिए हैं। आखिर जाएँ तो कहाँ जाएँ? सब जमीन तो राजा साहब की है।"

मेजर नाहरसिंह ने डाँटकर घमालू से पूछा, "क्यों बे हरामजादे, इस मस्जिद का रुपया तुम लोगों को किसने दिया है?"

"हुजूर, वह मस्जिद...वह तो मौलाना..." घमालू कुछ और आगे कहता कि मौलाना रियाजुलहक़ ने उसे डाँटा, "जब नहीं जानता तब बकता क्यों है?" और फिर उन्होंने मेजर नाहरसिंह से पूछा, "मेजर साहब, उस मस्जिद के बारे में जवाब-तलब करनेवाले आप कौन होते हैं?"

इसी समय इन दोनों को शिवानन्द शर्मा की आवाज सुनाई दी, "क्या बात है, मौलाना साहब?" और शिवानन्द शर्मा तथा ज्ञानेश्वर राव ने बँगले के कम्पाउंड में प्रवेश किया।

इन दोनों को देखकर मौलाना रियाजुलहक़ ने कहा, "आप लोग अच्छे मौके पर आ गए। बात यह है कि सरकार जयाली गाँव में ब्लॉक-डेवलपमेंट करना चाहती है। जयाली पहले यशनगर राज का गाँव था। तो इन मेजर नाहरसिंह का कहना है कि जयाली की वह जमीन इनकी है। अब सरकार इस जमीन पर ब्लॉक-डेवलपमेंट के लिए कब्जा कर रही है। वहाँ सरकार जिन लोगों को बसाना चाहती है, इन मेजर साहब के साहबजादे ने उन्हें मार-पीटकर उस जमीन से निकाल दिया है। और जनाब, आप लोगों को मैं यह भी बता दूँ कि इनके साहबजादे कम्युनिस्ट हैं, रूस और चीन घूमकर आए हैं, यहाँ कम्युनिज्म का प्रचार करते घूम रहे हैं। मैं पूछता हूँ कि सरकार इन लोगों को जेल में बन्द क्यों नहीं कर देती? ये लोग तो यहाँ बगावत फैला रहे हैं।"

पंडित शिवानन्द शर्मा मुस्कराए, "जब हमारी सरकार ने पुराने मुस्लिम लीगियों को जेल में बन्द नहीं किया और वे खुल्लमखुल्ला देश में मुस्लिम साम्प्रदायिकता को भड़काते हुए घूम रहे हैं; और यही नहीं, अब सरकार ने उन लोगों को कांग्रेस तथा सरकार में ऊँचे-ऊँचे पद दे दिए हैं तब कम्युनिस्टों को कैसे जेल में बन्द किया जा सकता है?"

शिवानन्द शर्मा ने जो कुछ कहा था वह सत्य था और वह सत्य अप्रिय और कटु था। मौलाना रियाजुलहक़ ने बड़े नम्र स्वर में उत्तर दिया, "जनाब शर्मा साहब, आप तो हमेशा तेज बात ही करते हैं। मैं कितनी दफा आपसे कह चुका कि हमारी गलतियों पर आप ही हमें शर्मिन्दा न करें। हम रहे होंगे कभी मुस्लिम लीगी, आज तो हम कांग्रेस में हैं। हम महात्मा गांधी के भक्त हैं और हमें नेहरूजी को दुनिया का रहनुमा मानते हैं। लेकिन ये कम्युनिस्ट तो रूस और चीन की रहनुमाई में हैं।"

ज्ञानेश्वर राव ने मेजर नाहरसिंह को देखा। मेजर नाहरसिंह चुपचाप खड़े थे। उनके मुख पर विषाद की एक गहरी छाया थी। उनकी आँखें कुछ अजीब तरह से बुझी-बुझी थीं। ज्ञानेश्वर राव ने मेजर नाहरसिंह से पूछा, "क्यों मेजर साहब, क्या बात है?"

मेजर नाहरसिंह ने निराशा की मुद्रा में अपना सिर हिलाया, "कुछ नहीं, कोई बात नहीं है। मौलाना रियाजुलहक़ हमारे देश के दूसरे बँटवारे की तैयारियाँ कर रहे हैं। चार मुसलमान परिवारों को इन्होंने कल यशनगर में बुलाया है। उन्हें यह वहाँ ठहरा आए हैं। जयाली से यह घमालू आया है, इन चारों परिवारों को यह अपने साथ जयाली ले जाएगा। देश के बँटवारे से पहले जयाली में पाँच मुसलमान परिवार थे, बँटवारे के बाद तीन परिवार पाकिस्तान भाग गए थे और इस समय वहाँ मुसलमानों के ग्यारह परिवार

हो गए हैं। चार परिवार और जाएँगे, अब पन्द्रह परिवार हो जाएँगे वहाँ। मुसलमानों को बहुत बड़ी संख्या में बसाने के लिए मौलाना वहाँ ब्लॉक-डेवलपमेंट खुलवाने की कोशिश कर रहे हैं। वहाँ यह एक पक्की मस्जिद बनवा रहे हैं। वहाँ पाकिस्तान का एक हिस्सा आबाद किया जा रहा है।'' और यह कहते-कहते मेजर नाहरसिंह एकाएक उत्तेजित हो उठे, ''लेकिन मौलाना, यह कुछ नहीं होगा। तुम जो कुछ सोचते हो, तुम जो कुछ काम करते हो, इस सबमें किसी दूसरे का खिलवाड़ है। मौलाना, न तुम जयाली पहुँच पाओगे, न घमालू जयाली पहुँच पाएगा और न ये चारों परिवार जयाली पहुँच पाएँगे। मैं बेकार आया था यहाँ तुम्हारे पास!'' और यह कहकर मेजर नाहरसिंह धीमे-धीमे कदम रखते हुए बँगले के बाहर हो गए थे।

मौलाना रियाजुलहक़ ने शिवानन्द शर्मा और ज्ञानेश्वर राव की ओर देखा, ''सुनी आप लोगों ने इसकी बात! आप गवाह हैं। मुझे तो यह निहायत खतरनाक आदमी दीखता है। धमकी दे गया है हम लोगों को। और आप हिन्दू चाहते हैं कि हम मुसलमान हिन्दुस्तान के वफादार रहें। मैं अभी जोखनलाल साहब से यह किस्सा बयान करूँगा। हम लोगों की तो जान खतरे में है।''

2

''वह मंसूर है! इसे आपने क्यों बुलाया है? भला इसे टाउन प्लैनिंग से क्या मतलब?'' रतनचन्द्र मकोला के स्वर में झुँझलाहट थी, ''यह तो हिन्दुस्तान में विदेशी पूँजी का प्रतिनिधि है। रोजमरी सान्याल–यहूदियों का बहुत बड़ा फर्म है यह। करोड़ों रुपया यह रोजमरी हिन्दुस्तान से पैदा करके ले गया है।''

जोखनलाल मुस्कराए, ''मकोलाजी, यहाँ होगा वही जो आप चाहेंगे, इसीलिए तो मैंने आपसे यहाँ आने का आग्रह किया था। इस मंसूर को तो मैंने पहली बार देखा है। दिल्ली की सरकार में न जाने कैसे प्रभावशाली बन गया। भारत सरकार ने इसे जबर्दस्ती यहाँ भिजवाया है। खैर, कोई बात नहीं, अपनी फीस ले। बाकी उसका बनाया हुआ प्लैन, उसे पास तो हम लोग ही करेंगे।''

इसी समय विश्वनाथसिंह ने कमरे में प्रवेश किया, ''शर्माजी और राव साहब तो घूमने निकल गए हैं। देवलंकर साहब ने कहला दिया है कि उनकी चाय पीने की इच्छा नहीं है। मंसूर साहब स्नान करके कपड़े बदल रहे थे, वह अभी आ रहे हैं। आप लोग चलिए, चाय ठंडी हो जाएगी।''

जोखनलाल ने विश्वनाथसिंह को डाँटा, ''चाय ठंडी हो जाएगी, ठंडी हो जाएगी, लगा रखा है! फिर से चाय बनवा देना। जब मंसूर साहब आएँ तब हमें खबर कर देना। हम लोग भी आ जाएँगे तब। जाओ!''

विश्वनाथसिंह को रोककर मकोला ने कहा, ''देवलंकर साहब से कह देना कि वह चाय भले ही न पीएँ, पर हम लोगों के साथ मेज पर बैठ जाएँ। और यह भी कह देना कि यह मेरी प्रार्थना है।'' फिर मकोला ने जोखनलाल की ओर देखा, ''यह देवलंकर,

इसकी बड़ी ख्याति है विदेशों में। अगर यह आदमी मेरे साथ आ जाए तो मैं मुँहमाँगी तनख्वाह देने को तैयार हूँ।''

''कोशिश कर लीजिए मकोला जी, लेकिन मेरा ऐसा अनुमान है कि इस आदमी को आप अपने साथ लेकर काम में कोई मुनाफा नहीं कमा सकेंगे। यह आदमी किसी हद तक पागल है।'' जोखनलाल ने कहा।

मकोला ने एक ठंडी साँस ली, ''जोखनलाल, इसी तरह के पागल आदमी निर्माण किया करते हैं। यह हमारा दुर्भाग्य है कि शासन व्यवस्था हमें बेईमान बनने के लिए विवश करती है। आज बिना बेईमानी किए हुए कोई आदमी कायम नहीं रह सकता। देवलंकर ठीक ही कहता है कि हम सब बेईमान हैं, भयानक रूप से। लेकिन क्या हम सब अन्दर से बेईमान हैं? नहीं जोखनलाल, हममें से हरेक आदमी नेक है, ईमानदार है। ये परिस्थितियाँ हैं जो हमें बेईमान बनने के लिए विवश करती हैं।''

मकोला की यह बात जोखनलाल को अच्छी नहीं लगी। कुछ उत्तेजित से स्वर में जोखनलाल ने कहा, ''और इन परिस्थितियों को उत्पन्न करने की जिम्मेदारी सरकार पर है, आपका मतलब यह है। लेकिन मकोलाजी, हम शासन चलानेवाले लोगों की कठिनाइयाँ और विवशता आप नहीं समझ सकते। हमने एक सिद्धान्त बनाया है, एक आदर्श को हम लोग आगे बढ़ा रहे हैं। हम अपने देश के लोगों को आप पूँजीपतियों की कृपा पर तो नहीं छोड़ सकते। पूँजीवाद के देवता के उपासक में नैतिकता और सद्भावना की उपासना के प्रति न कोई विश्वास रहता है, न आस्था रहती है। पूँजीवाद मनुष्य में भयानक विषमता का द्योतक है।''

मकोला मुस्कराए, ''बात तुमने ठीक कही, जोखनलाल! सिर्फ एक जगह तुम गलती कर गए हो। भयानक विषमता को उत्पन्न करती है पूँजी, पूँजीवाद नहीं। पूँजीवाद तो इस पूँजी की स्वाभाविक व्युत्पत्ति है और इस पूँजी को मिटाने की क्षमता न तुममें है, न तुम्हारे आकाओं में। आज मुझे हिन्दुस्तान में ऐसा कोई आदमी नहीं दीखता जो पूँजी का गुलाम न हो। यह राजसी शान-शौकत, तड़क-भड़क, ये बड़े-बड़े महल, ये बड़े-बड़े कारखाने, इन सबमें पूँजी लगी हुई है। लेकिन मैं पूछता हूँ कि इस पूँजी या पूँजीवाद की विषमता की शिकायत क्यों? क्या राजनीति में कुछ कम विषमता है? तुम अच्छी तरह जानते हो, राजनीति में तो गुलामी की सीढ़ियाँ बन गई हैं। तुम अपनी ही सरकार को लो। कितनी अधिक विषमता है उसमें! यही नहीं, वहाँ विषमता की कितनी कोटियाँ बन गई हैं! तुम कहोगे कि तुम्हें जनता ने चुना है और तुम्हारा कथन सर्वथा ठीक है। लेकिन तुमने कभी यह भी सोचा है कि तुमने अपने चुने जाने के लिए जनता को मूर्ख बनाया है। छल, कपट, जाल, फरेब—तुम इन सब बातों का सहारा लेते हो, तुम खुलेआम झूठ बोलते हो, तुम बिना हिचक के विश्वासघात करते हो। तुम पार्टी बनाते हो और जिस ढंग से तुम पार्टी बनाते हो, जिस तरह तुम अपनी पार्टी का संचालन करते हो, वह हम-तुम अच्छी तरह जानते हैं। तुम लोगों को खरीदते हो, वह भी अपने रुपयों से नहीं बल्कि हमारे रुपयों से और यह रुपया तुम जबर्दस्ती हम लोगों से चन्दे के नाम

वसूल करते हो। तुम हमें दबाते हो, प्लेटफार्म पर खड़े होकर हम लोगों को बेतहाशा गालियाँ देते हो, हमारे विरुद्ध घृणा और हिंसा का प्रचार करते हो। यह सब इसलिए कि सत्ता तुम्हारे हाथ में रहे।''

मकोला इस तरह अनायास ही भड़क उठेंगे जोखनलाल ने यह न सोचा था। उन्होंने मुलायम स्वर में कहा, ''छोड़िए भी मकोलाजी, इस बात को। हम लोग सिद्धान्ततः एक-दूसरे से विभिन्न दृष्टिकोण रखते हैं। राज के चलाने में, समाज को संचालित करने में, इस प्रकार की विषमताएँ स्वाभाविक रूप से उत्पन्न होती रहेंगी। जनता समाजवाद चाहती है। हम समाजवाद के नारे पर पनप सकते हैं। समाजवाद आर्थिक विषमता का उत्तर है, क्योंकि आर्थिक विषमता समाज के लिए घातक होती है। आर्थिक विषमता में मनुष्य के जीवन-मरण की समस्या है। इसी आर्थिक विषमता में मनुष्य के रोटी-कपड़े का प्रश्न है। मकोलाजी, आप भले ही इस बात को न मानें लेकिन दुनिया के प्रमुख विचारकों का यह निश्चित मत है कि आर्थिक विषमता को मिटाकर ही देश को सम्पन्न बनाया जा सकता है। हम एकदम तो समाजवादी परम्परा को नहीं अपना सकते, क्योंकि समाजवाद को उसके शुद्ध और मौलिक रूप में अपनाना तो मानव की आधारमूल स्वतन्त्रता का अपहरण होगा। हम जनतन्त्र की परम्परा को कायम रखते हुए समाजवाद की स्थापना का प्रयत्न कर रहे हैं। हमारा प्रयोग दुनिया का सबसे अधिक सफल और मौलिक प्रयोग है।''

पर मकोला इस बातचीत में बुरी तरह उत्तेजित हो चुके थे, ''नहीं जोखनलाल, आज हम लोगों को फिर से अपनी-अपनी स्थिति पर गौर कर लेना होगा। हमें एक-दूसरे को अच्छी तरह समझ लेना होगा, तभी हम लोगों में किसी प्रकार का समझौता सम्भव है। तुम्हारी सरकार मुझसे क्या चाहती है?''

''देश के विकास और निर्माण में आपकी सहायता और आपका सहयोग। आप यहाँ कारखाने खोलें, आप देश का उत्पादन बढ़ाएँ जिससे हमारा देश अपने अभावों को मिटाकर सम्पन्न बन सके।''

''ठीक। और इसके बदले में हमें क्या मिलेगा?''

''आपका अपना मुनाफा होगा। लेकिन यह मुनाफा उचित होना चाहिए। आप जनता को लूटने का प्रयत्न न करें। लोगों को जो माल मिले, वह विदेशों से आनेवाले माल के मुकाबले का हो, जिससे हम विदेशों से न सिर्फ आयात बन्द कर दें बल्कि विदेशों में उस माल का निर्यात कर सकें।''

मकोला हँस पड़े, ''यही नहीं हो सकता है, जोखनलाल! हम चाहते हैं कि ऐसा हो, लेकिन इसी में हमें रोका जाता है। हर तरफ से हमें दबाया जाता है कि हम घटिया माल तैयार करें, हम बेईमानी करें, इनकम-टैक्स सुपर-टैक्स, एक्सपेंडीचर-टैक्स, डेथड्यूटी-टैक्स, सेल्स-टैक्स, एक्साइज-टैक्स–दुनिया का कोई भी तो टैक्स नहीं है जो हम पर न लगाया जा चुका हो। हर जगह हमें काम करने के लिए रिश्वत देनी होती है। न जाने कितने प्रकार के चन्दे हमसे वसूल किए जाते हैं। और जोखनलाल, अगर

इन टैक्सों के साथ ही इति हो जाती तो भी गनीमत थी। हमें मजबूर किया जाता है कि हम अपने फर्मों में राजनीतिज्ञों और सरकारी अफसरों के नाते-रिश्तेदारों को लम्बी-लम्बी तनख्वाहों पर नौकरी दें। अयोग्य और हरामखोर कार्यकर्ताओं से हमें अपना कामकाज चलवाना होता है।''

अपने ऊपर इस प्रहार से जोखनलाल तिलमिला उठे। तड़पकर उन्होंने कहा, ''आप इन लोगों को इसलिए लेते हैं कि इनके द्वारा आपको सुविधाएँ प्राप्त हों।''

''नहीं जोखनलाल, हमें इन लोगों को इसलिए लेना पड़ता है कि हमें अनियमित असुविधाओं से छुटकारा मिले। राजनीतिज्ञों की देखा-देखी ये बड़े-बड़े सरकारी अफसर, जिनके हाथ में कठपुतली की तरह तुम नाच रहे हो, जिनकी कृपा से तुम्हारा अस्तित्व है, तुम्हें तो पता है कि इन लोगों से भी बुरी तरह हमें पिसना पड़ता है। हर जगह लूट, हर जगह रिश्वत और रिश्वत न मिलने पर भयानक बाधाएँ। शासन का सूत्र तो इन अफसरों के हाथ में है। ऊँचे-से-ऊँचे अफसर से लेकर छोटे-से-छोटे और चपरासी तक को रिश्वत देनी पड़ती है, तब जाकर कहीं कोई काम हो पाता है। हमारा जो उचित मुनाफा होना चाहिए उससे कई गुना हमें इस सबमें खर्च करना पड़ता है। सरकार तो किसी विशेषज्ञ को बिठाकर चीजों का मूल्य निर्धारित कराती है, लेकिन इन सब बेईमानियों और रिश्वतों के बाद हमारा मूल्य इतना अधिक हो जाता है कि मुनाफा तो दूर रहा, हमें भयानक घाटा देना पड़ जाए। ऐसी हालत में हमें निहायत घटिया माल बनाना पड़ता है और इसमें हमें आप लोगों के बेईमान अफसरों का प्रोत्साहन मिलता है जो उसे ठीक मानकर पास कर दिया करते हैं।''

मकोला की बात में जोखनलाल जहर के घूँट पी रहे थे। अजीब तरह का मुँह बनाकर जोखनलाल ने कहा, ''मकोलाजी, हमारी सरकार जितना भी हो सकता है, देश की दशा सुधारने के लिए कर रही है। लेकिन किया क्या जाए? हमारा देश बेईमानों का देश है, हमारी सरकार को कहीं से सहयोग नहीं मिल रहा है। बुराइयों से लड़ने और उन पर विजय पाने की जगह हम उन बुराइयों में डूबते चले जाते हैं। आपने अपनी मुसीबतें बतलाईं और हमारी सरकार को इन मुसीबतों का पता है। लेकिन ये मुसीबतें इसलिए हैं कि आप इन्हें चुपचाप स्वीकार कर लेते हैं। आपको हमारे देश के कर्णधार, हमारे प्रधानमन्त्री के मन की पीड़ा का पता नहीं है। कितने दुखी हैं वह! लेकिन अगर इन बुराइयों से घबराकर वे हट जाएँ तो हमारा देश डूब जाए। यही बात आप पर भी लागू है, मकोलाजी! अगर आप अपना हाथ खींच लें तो कुछ न हो पाएगा।''

मकोला उठकर खड़े हुए। मुस्कारते हुए उन्होंने कहा, ''जोखनलाल, न तुम्हारे प्रधानमन्त्री अपना हाथ खींच सकते हैं, न तुम अपना हाथ खींच सकते हो और न मैं अपना हाथ खींच सकता हूँ। हमें तुम्हारी आवश्यकता है, तुम्हें हमारी आवश्यकता है। भविष्य क्या होगा, यह कोई नहीं जानता। वर्तमान हमारे सामने है और इस वर्तमान में सारी सामर्थ्य पूँजी में है। मैं पूँजीपति हूँ, इस बात से कोई इनकार नहीं कर सकता, जबकि तुम केवल इस पूँजी पर नियन्त्रण-भर कर सकते हो। हमें मिटाना इतना आसान

काम नहीं होगा जितना लोग समझते हैं। उन लोगों को, जो हमें मिटाने की बात करते हैं, अपना अस्तित्व कायम रखने के लिए स्वयं पूँजी की आवश्यकता है, और उन्हें हमसे ही यह पूँजी प्राप्त करनी होगी। वह तो कोई भयानक रक्तपात, भयानक क्रान्ति या विप्लव ही हमारे देश की आजवाली व्यवस्था को बदल सकता है जिसके लिए न तुम तैयार हो और न हम तैयार हैं। इसलिए यह आँख-मिचौनी का खेल चलता रहेगा–चलता रहेगा। अच्छा चलो, अब चाय पी ली जाए।''

जिस समय ये दोनों डाइनिंग-रूम में पहुँचे, देवलंकर एक कोने में चुपचाप खोए-से बैठे कुछ सोच रहे थे और एलबर्ट किशन मंसूर खिड़की के पास खड़े हुए घिरते अन्धकार में अपनी आँखें गड़ाए हुए एक अंग्रेजी गाने की पंक्ति गुनगुना रहे थे। इन दोनों के पैरों की चाप सुनकर मंसूर घूमे, ''कितना खूबसूरत नजारा है, जोखनलाल साहब! आईडियल लैंडस्केप चुना है आपने! स्विटरजरलैंड की खूबसूरती मात है। सिर्फ गर्मी यहाँ कुछ ज्यादा है, लेकिन दिल्ली के मुकाबले तो यह जगह बहिश्त है, बहिश्त!''

मकोला और जोखनलाल दोनों में से किसी ने मंसूर की बात पर ध्यान नहीं दिया। दोनों कमरे में आते ही मेज पर बैठ गए। मंसूर भी खिड़की से हटकर मेज पर आ गए, ''क्या बात है? आप दोनों बड़े संजीदा नजर आते हैं। देवलंकर साहब तो कुछ बुरी तरह गमजदा दीख रहे हैं। पूरा माहौल ही बिगड़ा हुआ है आखिर बात क्या है?'' यह कहते-कहते एलबर्ट किशन मंसूर भी एक कुर्सी पर बैठ गए।

मकोला ने अपने प्याले में चाय डालते हुए कहा, ''वह जो विलायती धुन आप गुनगुना रहे थे, निहायत भद्‌दी है।''

''ओह! और मैं समझा। वह 'लाप्ला' का अमर संगीत था। लेकिन मुझे यह खयाल नहीं रहा कि आप लोग फ्रांस का क्लासिकल संगीत नहीं समझ सकते।''

देवलंकर की समाधि मानो टूटी। वह उठकर मंसूर की बगल में आ बैठे। उन्होंने कहा, ''मंसूर साहब, हम लोग कहीं का भी क्लासिकल संगीत नहीं समझ सकते। अगर आपको कोई फिल्मी गाना आता हो तो गाइए, अभी एक क्षण में यहाँ का सारा वातावरण बदल जाएगा।''

जोखनलाल को देवलंकर का यह आक्षेप अच्छा नहीं लगा। वह कुछ कटु-सा उत्तर देना ही चाहते थे कि उसी समय शिवानन्द शर्मा, ज्ञानेश्वर राव और मौलाना रियाज़ुलहक़ ने कमरे में प्रवेश किया।

''बड़ी देर लगा दी आप लोगों ने। हम लोग आपका कितनी देर से इन्तजार कर रहे हैं! यह मौलाना को कहाँ से पकड़ लाए आप, राव साहब!'' जोखनलाल ने हँसते हुए कहा।

3

उस कमरे का वातावरण कुछ अजीब तरह से सहमा हुआ और गम्भीर था। चुपचाप लोग चाय पी रहे थे, बीच-बीच में दो-एक शब्द वे बोल देते थे, उखड़े हुए और बेमानी, और फिर चुप हो जाते थे। हरेक आदमी वातावरण की इस घुटन को दूर करने का

उत्सुक था, पर कोई सफल नहीं हो पा रहा था। चाय समाप्त हो गई और सब लोग ड्राइंग-रूम में आकर बैठ गए। ड्राइंग-रूम में आते ही वातावरण एकदम बदल गया।

मकोला ने पहले-पहल इस घुटन को तोड़ा, ''मिस्टर देवलंकर, आपने रोहिणी की घाटी देखी?''

इसके पूर्व कि देवलंकर मकोला के प्रश्न का उत्तर दे, मौलाना रियाजुलहक़ बोल उठे, ''अजी, रोहिणी की घाटी की बात बाद में लीजिएगा, पहले मैं जोखनलाल साहब को यह इत्तला दे दूँ कि यह जो मेजर नाहरसिंह हैं, इनका लड़का रघुराजसिंह, वही जो खतरनाक किस्म का कम्युनिस्ट नेता है, इस कुर्ब जवार में इन दिनों चक्कर लगा रहा है। उसने जयाली गाँव में एक फिसाद खड़ा कर दिया है।''

जोखनलाल को न जयाली गाँव में कोई दिलचस्पी थी और न रघुराजसिंह के खिलाफ उन्हें कोई शिकायत थी। उन्होंने कहा, ''मौलाना साहब, रघुराजसिंह के खिलाफ सरकार के पास कुछ नहीं है, और जयाली में अगर कोई फिसाद खड़ा हो रहा तो आपको होम मिनिस्टर साहब से बात करनी चाहिए।''

इस पर पंडित शिवानन्द शर्मा ने कहा, ''पहले इनकी बात तो सुन लीजिए। जयाली के मुसलमान वहाँ एक पक्की मस्जिद बनवा रहे हैं। इसी बात को लेकर इनमें और मेजर नाहरसिंह में कुछ कहा-सुनी हो गई है। मौलाना का कहना है कि सरकार वहाँ डेवलपमेंट ब्लॉक खोलना चाहती है और मेजर साहब का कहना है कि वहाँ के मुसलमानों ने उनकी जमीन पर जबर्दस्ती कब्जा कर लिया है। इस पर रघुराजसिंह ने अपनी जमीन पर जबर्दस्त कब्जा कर लिया है। इस पर रघुराजसिंह ने अपनी जमीन से मार-पीटकर मुसलमानों को निकाल दिया है।''

जोखनलाल ने अब मौलाना रियाजुलहक़ को गौर से देखा, ''क्यों, मौलाना, मैंने तो अभी मेजर साहब की जमीन को लेने की बात ही चलाई है, उस पर मुसलमान काबिज कैसे हो गए? अपनी आदतों से बाज नहीं आएँगे आप? जयाली में कितने मुसलमान हैं जो वहाँ मस्जिद बन रही है? और इस मस्जिद के लिए रुपया कहाँ से आया?''

मौलाना रियाजुलहक़ जोखनलाल के इस रुख के लिए तैयार नहीं थे। उन्होंने जरा सँभलते हुए कहा, ''मैं क्या जानूँ कितने मुसलमान वहाँ हैं। जब वे लोग मस्जिद बनवा रहे हैं तो काफी तादाद में ही होंगे। वे लोग अपने रुपये से मस्जिद बनवा रहे होंगे। हाँ, वहाँ डेवलपमेंट-ब्लॉक खुलने की खबर पाकर मैंने वहाँ के दो-चार लोगों से जरूर यह कह दिया था कि उन्हें अपना वतन छोड़कर कहीं बाहर जाने की जरूरत नहीं, बल्कि जो लोग वहाँ से बाहर चले गए हैं उनको भी बुला लिया जाना चाहिए।''

जोखनलाल ने कुछ सोचकर कहा, ''अब मैं समझा, आप यहाँ क्यों अड्डा जमाए हुए हैं! बाहर से बुलाकर मुसलमानों को बसा रहे हैं। मुझे खबर मिली है कि इस मस्जिद को लेकर वहाँ के हिन्दू काफी भड़के हुए हैं। तो मौलाना, जयाली में मस्जिद नहीं बनेगी इतना समझ लीजिए। और न बाहर वाले मुसलमान दंगा-फसाद करने के लिए वहाँ बसने पाएँगे।''

इस समय तक मौलाना रियाजुलहक़ सँभल चुके थे। वह जोखनलाल को अच्छी तरह जानते थे। उन्होंने कड़े स्वर में कहा, "जोखनलाल साहब! जयाली में मस्जिद बनकर रहेगी और वहाँ के मुसलमान वहाँ वापस भी लौटेंगे। देखता हूँ कौन रोक लेता है इसे?"

मौलाना रियाजुलहक़ का इतना कड़ा उत्तर जोखनलाल को अखर गया। बाहर से आए हुए विशिष्ट व्यक्तियों के सामने रियाजुलहक़ ने उनका अपमान किया था। "मैं रोकूँगा इसे मौलाना साहब! हमारी सरकार रोकेगी!"

मौलाना भड़क उठे, "जो आप रोकेंगे! दिल्ली में बैठे हुए अपने आका को जानते हैं आप? वह इस मस्जिद के बनने की इजाजत देंगे। वह जयाली के मुसलमानों को जगह देंगे। उस इन्साफ-पसन्द फरिश्ते की वजह से ही हम मुसलमान हिन्दुस्तान में बसे हुए हैं और आप लोगों को अपना वोट देकर आप लोगों की ताकत को बनाए हुए हैं। तो हमारा कल्चर, हमारी जबान, हमारा मजहब, इस सबको जगह मिलेगी यहाँ पर। मैं कल ही दिल्ली जाकर इस बात पर उनका फैसला मागूँगा। आप हमारे हकों को रौंद रहे हैं और आपकी ज्यादतियों की वजह से उनकी ताकत घट रही है, मैं उनसे साफ कहूँगा। देखता हूँ आपकी मिनिस्टरी कैसे कायम रहती है!" और यह कहकर मौलाना रियाजुलहक़ तैश के साथ उठ खड़े हुए।

जोखनलाल ने घबराकर कहा, "मौलाना, आप तो ज़रा-ज़रा-सी बात पर तुनक जाते हैं। आपके दिल्ली जाने से मामला तूल पकड़ जाएगा और हमारी पार्टी में गहरी फूट पड़ जाएगी, इतना समझ लीजिए? वह बात आपके हक में ठीक नहीं होगी। फिलहाल मुझे आपसे इतना ही कहना है कि कुछ दिन के लिए यह सब मामला बन्द रखिए। हम कहाँ तक आप लोगों की हिफ़ाजत करते रहेंगे? आपके हक़ आपको मिलेंगे, लेकिन इसमें किसी तरह की बदमज़गी हो, यह तो आप भी पसन्द न करेंगे। सब-इन्स्पेक्टर शुक्ला से मुझे जो रिपोर्ट मिली है वह तो आप लोगों के हक में नहीं है।"

"यह शुक्ला निहायत पाजी आदमी है, जोखनलाल साहब, वह उस कम्युनिस्ट रघुराजसिंह का चेला बन गया है और आपको मैं यह भी बतला दूँ कि नाहरसिंह ने इन शर्माजी और राव साहब के सामने मुझे धमकी दी है।"

जोखनलाल ने ज्ञानेश्वर राव की ओर देखा। ज्ञानेश्वर राव ने कहा, "धमकी तो उन्होंने कोई नहीं दी है, हाँ बड़े उदास भाव से उन्होंने यह जरूर कहा था कि यह सब नहीं हो सकेगा। वह तो अपनी सनक के लिए मशहूर हैं।"

मौलाना ने कहा, "जी, धमकी होती कैसी है? हमें मेजर नाहरसिंह से जान का खतरा है, मैं आपसे बतला दूँ।"

जोखनलाल ने मौलाना को शान्त करते हुए कहा, "मैं मेजर साहब से बात कर लूँगा, मौलाना! आप इत्मीनान रखें। हमारी सरकार की मौजूदगी में कोई आपका बाल बाँका नहीं कर सकता।"

शिवानन्द शर्मा रतनचन्द्र मकोला की बगल में बैठे थे, और शर्माजी को ऐसा लगा मानो मकोला ने दाँत पीसकर अपने-ही-आप बहुत धीमे स्वर में कहा, "कायर कहीं का!"

शिवानन्द शर्मा हँस पड़े, "पता नहीं मकोलाजी कौन कायर है यहाँ पर! शायद हम सब अपने-अपने ढंग से कायर हैं। जोखनलाल मौलाना से डरते हैं, मौलाना मेजर नाहरसिंह से डरते हैं, मेजर नाहरसिंह मानकुमारी से डरते हैं, और रानी मानकुमारी जोखनलाल से डरती हैं। तो हम सब यहाँ पर अपनी-अपनी जगह डरपोक और कायर हैं।"

मकोला ने शिवानन्द शर्मा के इस परिहास का कोई उत्तर नहीं दिया। एक वितृष्णा भर गई थी उनके अन्दर। वह उठ खड़े हुए, "मिस्टर, देवलंकर, मैंने आपसे पूछा था कि आपने रोहिणी की घाटी देखी? आपने कोई उत्तर नहीं दिया।"

देवलंकर ने उठते हुए कहा, "हाँ मकोलाजी, और बड़े आश्चर्य की बात है कि रोहिणी नदी एकाएक सूख गई है।"

सब लोग देवलंकर की बात सुनकर चौंक उठे। जोखनलाल ने कहा, "यह कैसे हो सकता है? मुझे तो इसकी कोई खबर नहीं मिली। यह तो बड़ा अजीब बात सुना रहे हैं आप, मिस्टर देवलंकर!"

मकोला दिन-भर उस बँगले में बैठे-बैठे ऊब गए थे, "मैं भी उस जल-प्रपात को देखना चाहता था। कितनी दूर है वह वहाँ से?"

"करीब पाँच-छह मील होगा। लेकिन इस समय रात हो रही है, कल चलिएगा उधर।" देवलंकर बोला।

"अगर आपको कोई कष्ट न हो तो अभी चलें हम लोग वहाँ पर। चाँदनी रात है और जीप सुधर गई है। फिर हम लोग अपने साथ हथियार ले लेंगे। यहाँ बैठे- बैठे तबीयत ऊब गई है। क्यों जोखनलाल, रोहिणी-प्रपात तक जीप तो जा सकती है?"

जोखनलाल ने उत्तर दिया, "करीब आधा मील पैदल चलना होगा। पर आपको अखरेगा नहीं, बड़ा सुन्दर स्थान है! मैं भी चलता आप लोगों के साथ, लेकिन इंजीनियर लोग आ रहे हैं; यहाँ घंटे-दो-घंटे के अन्दर ही पहुँच जाएँगे।"

एलबर्ट किशन मंसूर ने भी उठते हुए कहा, "अगर आप लोगों को कोई ऐतराज न हो तो मैं भी चलूँ आप लोगों के साथ वहाँ तक?"

इन तीनों के चले जाने के बाद शिवानन्द शर्मा ने मौलाना रियाजुलहक़ का हाथ पकड़ा, "चलिए मौलाना, आपसे कुछ बातचीत की जाए। चीजों की शक्ल तो अच्छी नहीं दीख रही है मुझे।"

मौलाना रियाजुलहक़ का चेहरा इस समय भी तमतमाया हुआ था, चलते हुए कुछ गुर्राहट के साथ उन्होंने कहा, "चलिए, लेकिन मैं जानता हूँ इस बातचीत का नतीजा कुछ न निकलेगा। शर्माजी, हम मुसलमानों को अगर इस हिन्दुस्तान में रहना है तो इनसान बनकर ही हम लोग रहेंगे। हिन्दुओं की गुलामी करने के लिए तो हम हिन्दुस्तान में नहीं रुके हैं। इस गुलामी से हम मर जाना ज्यादा पसन्द करेंगे।"

"लेकिन आप लोगों को गुलाम कौन बनाए हुए है?" शर्माजी ने पूछा।

"जी, आप लोग, यानी आप हिन्दू बनाए हुए हैं। आपने कभी यह भी सोचा है कि हिन्दुस्तान के मुसलमान कितने गरीब हैं? उनके हाथ में कोई रोज़गार नहीं। सरकारी

नौकरियों में उन्हें कितनी मुश्किलात पड़ती है? और ये जो बड़े-बड़े बिजनेस फर्म हैं, उनमें घुसना तो मुसलमानों के लिए गैर-मुमकिन है। हम लोगों पर विश्वास नहीं किया जाता, हम पर भरोसा नहीं किया जाता, हमें गैर समझा जाता है।''

अब पंडित शिवानन्द शर्मा भी कुछ कड़े पड़े, ''मौलाना, हिन्दुओं का भरोसा और विश्वास प्राप्त करने के लिए क्या हमारे देश में मुसलमानों ने कुछ किया है अभी तक? क्या वे हिन्दुस्तान को अपना देश समझते हैं? अभी हाल में ही हिन्दुस्तान और पाकिस्तान की क्रिकेट टीमों में एक मैच हुआ था और उसमें हमारे देश के मुसलमानों ने 'पाकिस्तान-जिन्दाबाद' के नारे लगाए थे। वैसे जहाँ तक सरकारी नौकरियों का प्रश्न है, वहाँ हिन्दुओं और मुसलमानों में कोई भेदभाव नहीं बरता जाता; कम्पीटीटिव इम्तहानों के नतीजों को आप देख लीजिए। हाँ, मुसीबत व्यक्तिगत, औद्योगिक और व्यापारी फर्मों में है। लेकिन वहाँ हिन्दुओं और मुसलमानों के सामाजिक सम्पर्क की बात उठ खड़ी होती है। हमारे देश के मुसलमानों की समस्या उनके सामाजिक और धार्मिक दृष्टिकोण के कारण उलझ गई है और इसकी ज़िम्मेदारी मुसलमानों पर है।''

मौलाना रियाजुलहक़ कुछ देर तक सोचते रहे, फिर एकाएक वह कह उठे, ''मेरे एक सवाल का जवाब देने की मेहरबानी आप करें। क्या हिन्दुस्तान का प्राइम मिनिस्टर या प्रेसीडेंट कभी मुसलमान बन सकता है?''

''जी, उस वक्त तक तो नहीं जब तक मुसलमान, मुसलमान पहले हैं, हिन्दुस्तानी बाद में। और दुर्भाग्य की बात यह है कि इस दृष्टिकोण को आप लोग लगातार बढ़ावा दिए जाते हैं, अपने अस्तित्व को अलग कायम रखकर। आप अपनी अलग कल्चर मानते हैं, आप अपनी अलग भाषा मानते हैं। यही नहीं, आप अपना अलग कानून मानते हैं। अभी हिन्दू कोड बिल बन रहा है। स्त्री को हमारे यहाँ उत्तराधिकार नहीं मिलता था। आपके यहाँ भी लड़कियों को लड़कों का आधा भाग ही मिलता है। लेकिन हिन्दू कोड बिल के अनुसार लड़की को अब लड़के के बराबर का ही भाग मिलेगा। अब सवाल यह है कि मुसलमानों के सिविल लॉ में क्यों कोई परिवर्तन नहीं किया जा सकता? मैं पूछता हूँ कि क्या समस्त देश के लिए एक सिविल लॉ नहीं बनाया जा सकता, जिस तरह देश-भर में एक क्रिमिनल लॉ है?''

मौलाना रियाजुलहक़ ने तनकर कहा, ''हम अपने मज़हब में किसी तरह की दस्तन्दाजी नहीं बर्दाश्त कर सकते, शर्माजी! हम सिर्फ शरीअत को ही मान सकते हैं। जो हमारे मज़हबी मामलों में दखल देगा वह मुँह की खाएगा।''

''जी, हमारे देश के कर्णधार भी ऐसा समझते हैं और वह भी आप लोगों को इसमें बढ़ावा देते हैं। आपने जो बात कही उसके माने यह हैं कि आप राष्ट्रीयता पर विश्वास नहीं करते, मौलाना! मैं जानता हूँ कि आप कितने धार्मिक हैं और इस साम्प्रदायिकता की दुहाई देनेवाले आपके भाईबन्द कितने धार्मिक हैं। आप लोगों ने मुसलमानों का नेतृत्व प्राप्त किया है, मुसलमानों में साम्प्रदायिकता की भावना को बढ़ा करके। अपना नेतृत्व कायम रखने के लिए आप देश के मुसलमानों को अराष्ट्रीय

बनने के लिए भड़काते रहेंगे, उन्हें हिन्दुस्तान का वफ़ादार न बनने देंगे और इस प्रकार उन्हें सम्पन्न न बनने देंगे।" शर्मा जी के स्वर में एक प्रकार की उग्रता-सी आ गई थी।

मौलाना चीज़ों को समझने और किसी से दबने के मूड में नहीं थे। उन्होंने शर्माजी से अधिक उग्र होकर कहा, "जनाब शर्मा साहब, हम मुसलमानों ने हज़ार बरस हिन्दुस्तान पर हुकूमत की है। दुनिया में हमारी तादाद ईसाइयों से कुछ थोड़ी-सी ही कम है। तो क्या यह सब मज़हबी मामलों में दबने से हुआ है? आप मज़हबी ढंग से हमें दबाने का इरादा छोड़ दीजिए, इसमें आपको कामयाबी न मिलेगी। हम मुसलमान अपनी हस्ती न मिटने देंगे। हिन्दुस्तान में हुकूमत वही पार्टी कर पाएगी जो मुसलमानों के हक की हिफ़ाजत करेगी, जो इज्जत के साथ रखेगी। हम मुसलमान एक हैं। यह गाज़ियों और शहीदोंवाला इस्लाम दबेगा नहीं।"

शर्माजी भी अब आपे से बाहर हो रहे थे, "मौलाना साहब, आपसे बहस नहीं की जा सकती, क्योंकि आप समझना नहीं चाहते। लेकिन मैं आपसे इतना अवश्य कहना चाहता हूँ कि आप एक बहुत बड़े खतरे के साथ खिलवाड़ कर रहे हैं। एक बँटवारा हम देख चुके हैं। देश का दूसरा बँटवारा अब किसी हालत में नहीं होगा। अब तो गृहयुद्ध होगा, हत्याएँ होंगी, विनाश होगा। मैं आपको आगाह कर देना चाहता हूँ।"

मौलाना ने उसी जोश के साथ कहा, "जी, हम इसके लिए तैयार हैं। लेकिन मैं आपको यक़ीन दिलाता हूँ यह कुछ न होगा। तुम हिन्दू कर क्या सकते हो? तुम्हें अपने को हिन्दू कहने में शर्म आती है। तुम तो छोटे-छोटे फ़िरकों में बँटे हुए हो, बरहमन, बनिया, ठाकुर, अहीर, चमार! और अब इससे ऊपर उठे तो इंटरनेशनल बन गए। तुम कहते हो कि मैं गिरा हुआ हूँ, मुसलमान गिरे हुए हैं। ज़रा अपनी तरफ देखो। तुम लोगों से ज्यादा गिरी हुई कौम इस दुनिया में नहीं है। मिटने का खतरा हमें नहीं है, यह यकीन रखो, मिटने का खतरा तुम हिन्दुओं को है।"

इस समय तक दोनों मौलाना के बँगले के सामने पहुँच गए थे। फाटक के पास घमालू खड़ा हुआ मौलाना की प्रतीक्षा कर रहा था? मौलाना अब शान्त हो गए थे, "माफ कीजिएगा, शर्माजी! बड़ी कड़ी बातें कहनी पड़ गईं मुझे, लेकिन आपने मुझे मजबूर कर दिया था, यह सब कहने को। अच्छा, मैं आपकी इजाज़त लूँगा। मुझे इस आदमी से जरूरी बातें करनी हैं।"

4

रात हो गई थी और द्वादशी के चन्द्रमा का प्रकाश मिटती हुई अरुणिमा के रंग में मिलकर कुछ पीला-सा दीख रहा था। जीप को ड्राइव कर रहे थे देवलंकर। उनकी बगल में मंसूर थे और दाहिनी ओर किनारे पर मकोला थे। पीछे दो पुलिसवाले बन्दूक लिए बैठे थे। सड़क जहाँ पर समाप्त होती थी देवलंकर ने जीप वहाँ रोक दी। उतरते हुए उन्होंने कहा, "रोहिणी के जल-प्रपात के निकट हम लोग आ गए हैं। यहाँ से करीब चार फर्लांग

पैदल चलता होगा हम लोगों को। वह जो टीला दीख रहा है उसके उस पार रोहिणी जल-प्रपात है।''

जिस स्थान पर देवलंकर ने जीप रोकी थी, वहाँ से उत्तर की ओर हिमालय की पर्वतमाला आरम्भ होती थी। पूर्व की ओर एक बेतरह ढलवाँ पगडंडी थी, जो एक फर्लांग बाद फिर सीधी चढ़ाई के रूप में एक टीलानुमा पहाड़ी पर चढ़ती थी। देवलंकर के साथ मकोला और मंसूर एक पुलिममैन को साथ लेकर उस पगडंडी पर उतर पड़े। देवलंकर ने कहा, ''उस टीले के उस ओर रोहिणी जल-प्रपात है, लेकिन क्या आपको पानी गिरने की आवाज़ सुनाई पड़ती है?''

तीनों कान लगाकर खड़े हो गए। एक हलकी-सी सरसराहट की आवाज़ मालूम पड़ रही थी, तेज़ हवा की-सी। मंसूर ने कहा, ''यहाँ कोई प्रपात हो सकता है, मैं तो इसका कयास तक नहीं कर सकता। मैंने न जाने कितने प्रपात देखे हैं, मीलों तक उनकी आवाज़ सुनाई पड़ती है।''

देवलंकर ने आगे बढ़ते हुए कहा, ''मेजर नाहरसिंह का कहना है कि अकसर इस प्रपात की आवाज़ सुमनपुर में सुनाई पड़ती थी। लेकिन इतना नजदीक हम आ गए हैं, सिर्फ एक सरसराहट की-सी आवाज़। चलिए, हम लोग प्रपात तक चलें!''

तीनों अब उस टीलेनुमा पहाड़ी पर चढ़ रहे थे जिसके दूसरी ओर रोहिणी का जल-प्रपात था। बड़ी कड़ी चढ़ाई थी वह। लेकिन चढ़ाई अधिक नहीं थी और वे उस टीले के ऊपर पहुँच गए। उनके सामने करीब तीन-चार सौ गज की दूरी पर उत्तर-पूर्व की ओर पचास-साठ फूट ऊँची एक चट्टान खड़ी थी और इस चट्टान के ऊपर से पानी की एक क्षीण धारा बह रही थी जो अधिक-से-अधिक दस फुट चौड़ी रही होगी। तीनों उस स्थान पर खड़े हो गए। उस चट्टान से उतरती हुई उन लोगों की दृष्टि नदी के तल पर गई और एकाएक वे तीनों चौंक उठे। मकोला ने कहा, ''वह—वह घूमता हुआ-सा एक प्रकाश!''

नीचे अन्धकार छाया था। चन्द्रमा की किरणों को रोहिणी के पूर्व की ओर वाली एक ऊँची कगार रोहिणी के तल तक जाने से रोक रही थी। देवलंकर और मंसूर भी चकित-से खड़े आँखें गड़ाए देख रहे थे। धीरे-धीरे प्रकाश का घूमना बन्द हुआ और रोहिणी के तल का अन्धकार अब धुँधला पड़ने लगा। देवलंकर ने कहा, ''शायद कोई स्त्री आरती उतार रही है रोहिणी नदी की। लेकिन वह है कौन?''

मकोला को भी अब कुछ अस्पष्ट-सा दिखने लगा था, ''हाँ, उसके हाथ में आरती का थाल है जिस पर दीपक रखा है।''

मंसूर मुस्कराए, ''सुना है, हिमालय में अप्सराएँ आया करती हैं।'' और मंसूर अपनी बात कहते-कहते रुक गए। आरती के थालवाला दीपक बुझ गया था और अन्धकार छा गया था।

देवलंकर ने कहा, ''नीचे उतरा जाए रोहिणी के तल पर, देखें चलकर कौन है वहाँ पर।''

मकोला ने सिर हिलाया, "चाँद को थोड़ा और ऊपर आ जाने दें हम लोग। अभी तो वहाँ अन्धेरा है और लौटने की जल्दी क्या है?"

तीनों चुपचाप खड़े हो गए। मकोला ने पान खाया, देवलंकर ने सिगार सुलगाया और मंसूर ने एक अंग्रेजी गाने की पंक्ति गुनगुनाई। पाँच मिनट तक तीनों प्रतीक्षा करते रहे। देवलंकर को कुछ आवाज-सी सुनाई पड़ रही है, शायद वह स्त्री पूजा करके लौट रही है।"

मंसूर ने अपने टार्च का प्रकाश नीचे फेंका और इन लोगों ने देखा कि दो घोड़े धीरे-धीरे ऊपर की तरफ बढ़ रहे हैं। एक पर एक पुरुष है और दूसरे पर एक स्त्री है। "यह तो मेजर नाहरसिंह मालूम होते हैं!" मकोला ने आश्चर्य के भाव से कहा, "और शायद इनके साथ रानी मानकुमारी हैं।" चन्द्रमा का प्रकाश अब उन दोनों पर पड़ने लगा था।

घोड़े अब करीब सौ गज की दूरी पर आ गए थे। एकाएक उन्हें मेजर नाहरसिंह की कठोर आवाज सुनाई दी, "तुम लोग कौन हो? बोलो, नहीं तो मैं गोली मार दूँगा!" और इन लोगों को ऐसा लगा जैसे मेजर नाहरसिंह अपने कन्धे से बन्दूक उतार रहे हैं।

देवलंकर ने आवाज़ दी, "हम लोग हैं मेजर साहब, देवलंकर, मकोला और मंसूर।"

घोड़े की चाल कुछ तेज़ हुई। दोनों अब इन लोगों के पास आ गए। रानी मानकुमारी ने कहा, "आप लोग इस समय यहाँ कैसे आ गए? कक्काजी ने अपनी बन्दूक ही उतार ली थी। आजकल यहाँ कुछ अनजाने लोग घूम रहे हैं जिन पर विश्वास नहीं किया जा सकता।" और मानकुमारी ने नाहरसिंह की ओर देखा, "मैंने क्या कहा था कक्काजी, आपका भ्रम निर्मूल था न?"

मेजर नाहरसिंह हँस पड़े, "नहीं, मैं कोई गोली थोड़े ही मारता। बात यह है कि रोहिणी का कोप शान्त करने के लिए रानी बहू रोहिणी की आरती उतारना चाहती थीं। मैंने इतना रोका लेकिन वह जिद्द पकड़ गईं। तो इनकी रक्षा करने के लिए मुझे इनके साथ आना पड़ा।"

रानी मानकुमारी के बाल उनके कन्धे पर पड़ रहे थे, काले, घुँघराले, उनके कटि-प्रदेश तक पहुँचते हुए। उनके शरीर पर कोई आभूषण नहीं था। रेशम की दुग्ध की भाँति सफेद साड़ी वह पहने हुए थीं जो चन्द्रमा के प्रकाश में चमक रही थी। उनके बाएँ हाथ में घोड़े की लगाम थी और उनके दाहिने हाथ में हाथीदाँत की मूठ वाला एक छोटा-सा पिस्तौल था। उनके मुख पर असीम करुणा और भक्ति की छाप थी। एलबर्ट किशन मंसूर ने कहा, रानी साहिबा! काश आपकी इस सुन्दरता को मैं पेंट कर पाता! मेडोना से अधिक सौन्दर्य का मैं सृजन कर देता। आजवाली आपकी सुन्दरता, जिन्दगी में शायद फिर कभी देखने को न मिलेगी।"

मेजर नाहरसिंह ने कड़े स्वर में कहा, "आदर और विनय के साथ बात करो। तुम्हें मालूम होना चाहिए कि तुम यशनगर की राजलक्ष्मी के सामने खड़े हो।"

रानी मानकुमारी ने मेजर नाहरसिंह से मुस्कराते हुए कहा, "यह हमारे मेहमान हैं कक्काजी, मेहमानों से इस तरह की बात नहीं की जाती। इनको हम लोगों के संस्कारों का पता नहीं।" फिर रानी मानकुमारी ने इन तीनों से कहा, "मैं पूजा करने इस समय इसलिए निकली थी कि यहाँ कोई नहीं मिलेगा! आप लोग मिल जाएँगे, इसकी तो मैंने कल्पना ही नहीं की थी। रोहिणी क्रुद्ध है, कुछ बहुत बड़ा अनिष्ट होनेवाला है। मैं रोहिणी को मनाने आई थी, लेकिन मुझे ऐसा लग रहा है कि रोहिणी ने मेरी पूजा स्वीकार नहीं की, अन्यथा आप लोग इस रास्ते में न मिल जाते। जैसी भगवान् की इच्छा होगी वैसा होगा, मैंने अपना कर्त्तव्य पालन कर लिया है। अच्छा, अब हम लोग चलें! हाँ, कल रात आप लोग मेरे यहाँ भोजन करके मुझे कृतार्थ करें। कक्काजी कल आपको नियमित रूप से आमन्त्रित करने आएँगे। अच्छा कक्काजी, अब चलें!" और रानी मानकुमारी ने अपना घोड़ा बढ़ा दिया।

तीनों थोड़ी देर तक मौन खड़े रहे, फिर मानो मेजर नाहरसिंह की डाँट की झेंप मिटाने के लिए मंसूर ने कहा, "देखा साहब आप लोगों ने! अन्धविश्वास की भी एक हद होती है। रोहिणी नदी की पूजा की जा रही थी क्योंकि रोहिणी नदी नाराज हो गई और पूजा करनेवाली एक पढ़ी-लिखी औरत है जिसे लोग देवी कहते हैं। हम लोगों की यह जहालत कब मिटेगी!"

मंसूर ने ऐसी कोई गलत बात नहीं कही थी, किसी अन्य समय मकोला और देवलंकर यह स्वीकार कर लेते। लेकिन उस समय का वातावरण कुछ दूसरा ही था। मकोला मुग्ध-से जिस ओर रानी मानकुमारी गई थीं उस ओर देख रहे थे। मंसूर की यह बात उन्हें अच्छी नहीं लगी, उन्होंने मंसूर को झिगड़ते हुए कहा, "तुम नहीं समझोगे मंसूर! तुम्हारे पास संस्कार की कमी है। तुम आज के युग की उपज हो जिसमें विश्वास नहीं, आस्था नहीं।"

इस झिड़की का प्रभाव मंसूर पर जैसा पड़ना चाहिए था वैसा ही पड़ा। उन्होंने तनकर कहा, "जी हाँ, और मुझे इस ज़माने की रहनुमाई करने पर नाज है। मैं न हिन्दू हूँ, न मुसलमान हूँ, न ईसाई हूँ। मज़हब उपज है। मैं सिर्फ एक इनसान हूँ और इन्सानियत का कायल हूँ। मैं कुदरत और कुदरत की खूबसूरती का गुलाम हूँ। मैं साइन्स और लाजिक की परस्तिश करता हूँ। मेरी भी एक अहमियत है, मेरी अपनी निजी हस्ती है।"

देवलंकर ने कौतूहल के साथ मंसूर को देखा। चन्द्रमा का प्रकाश अब अत्यधिक निखर गया था और एलबर्ट किशन मंसूर के मुख की रेखाएँ उस प्रकाश में कुछ विचित्र सामंजस्य से भरी सुन्दरता की सृष्टि कर रही थीं। उस सुन्दरता में एक प्रकार की स्त्रैण कोमलता थी और उस स्त्रैण कोमलता के अन्दरवाला अहम्मन्यता का दर्प देवलंकर को न जाने क्यों भयानक रूप से कुरूप दिखा। इस कुरूपता से अनायास ही देवलंकर में एक प्रकार की हिंसा जाग उठी। उन्होंने नपे हुए शब्दों में हर शब्द पर ज़ोर देते हुए कहा, "मंसूर! तुम न हिन्दू हो, न मुसलमान हो, न ईसाई हो, तुम केवल एक फ्रॉड (छल-प्रपंच) हो जो सबकुछ है और कुछ भी नहीं है। तुम एक खोखली आवाज़ हो,

तुम शब्दों के निरर्थक आडम्बर हो। लेकिन आज के युग में यह निरर्थक आडम्बर, यह चारों ओर गूँजती हुई खोखली आवाज...इसी को महत्त्व मिलता है। और तुम आज के युग के प्रतिनिधि हो, इसे मानने से मकोला इनकार नहीं कर सकते, कोई इनकार नहीं कर सकता।''

''आप मेरा अपमान कर रहे हैं!'' एलबर्ट किशन मंसूर ने क्रोध में कहा, ''इसका नतीजा आपके हक में अच्छा न होगा।''

''हाँ, मैं जान-बूझकर तुम्हारा अपमान कर रहा हूँ, मकोलाजी इसके साक्षी हैं। तुम मेरे ऊपर मानहानि का मुकदमा चला सकते हो, मकोलाजी तुम्हारे गवाह के रूप में आएँगे, मैं इन्हें रोकूँगा ही नहीं, इनसे आग्रह करूँगा। वास्तविकता क्या है, यह भी तो दुनिया के सामने आए।''

रतनचन्द्र मकोला ने यह न सोचा था कि बात इतनी बढ़ जाएगी। उन्होंने इस बात को मजाक में उड़ाने की कोशिश की, ''मंसूर साहब, आप देवलंकर साहब का बुरा न मानिएगा। मेरा ऐसा खयाल है कि यह रानी साहिबा के प्रेम में पड़ गए हैं और आप यह तो जानते ही होंगे कि प्रेमी आधा पागल होता है।''

देवलंकर को मकोला का यह मजाक अच्छा नहीं लगा, ''किसी संभ्रान्त महिला को इस कुरूप और कठोर बातचीत में मत घसीटिए, मकोलाजी! रानी साहिबा यशनगर को जितना कुछ मैंने देखा और समझा है उससे मेरे अन्दर उनके प्रति आदर की भावना आ गई है।'' और जैसे रानी मानकुमारी के नाम ने ही उनके अन्दरवाली हिंसा को शान्त कर दिया। उन्होंने मंसूर से कहा, ''मंसूर साहब! मुझे दुख है कि मैं अकारण ही इतनी कड़ी और कड़वी बातें कह गया, इसके लिए मैं आपसे क्षमाप्रार्थी हूँ! चलिए, अब रोहिणी नदी के तल पर उतरा जाए, चाँदनी अब अच्छी तरह छिटक गई।''

5

''आज बड़ी प्रसन्न दिख रही हो, रानी बहू!'' मेजर नाहरसिंह एकाएक कह उठे।

''हाँ, कक्काजी! न जाने क्यों मेरे मन में एक तरह की पुलकन भर गई है। अनायास ही मुझे ऐसा लगने लगा कि जीवन में सुख है, उल्लास है। यह सुख और उल्लास ही स्वाभाविक है।'' रानी मानकुमारी ने मेजर नाहरसिंह के सामनेवाली कुर्सी पर बैठते हुए कहा।

मेजर नाहरसिंह ने रानी मानकुमारी की इस बात की कोई टीका नहीं की, एकटक मुग्धभाव से वह रानी मानकुमारी को देख रहे थे। मानकुमारी हलकी जरतारी वाली गहरे नीले रंग की साड़ी पहने हुए थी; आभूषणों के नाम पर हाथ में हीरे जड़ाऊ कंगन थे और गले में हीरे का हार था। लेकिन न जाने क्यों नाहरसिंह को ऐसा लग रहा था कि रानी मानकुमारी की सुन्दरता बहुत अधिक निखर उठी है। असीम और अतुलनीय सौन्दर्य साकार होकर उनके सामने आ गया था। नाहरसिंह मुग्ध और बेसुध होकर उस सौन्दर्य में मानो खो गए थे। रानी मानकुमारी मेजर नाहरसिंह की वह दृष्टि अधिक देर तक सहन नहीं कर सकीं, ''क्यों कक्काजी, आप इस तरह मुझे क्यों देख रहे हैं?''

इस प्रश्न से मेजर नाहरसिंह मानो चौंक पड़े। संयत होकर उन्होंने कहा, ''रानी बहू! कौन-सा ऐसा उल्लास भर गया है तुम्हारे अन्दर जो तुम्हारी सुन्दरता इतनी अधिक निखर पड़ी है? जी चाहता है कि इस सुन्दरता को अनन्त काल तक निरखता रहूँ और इसे निरखते-निरखते निरन्तर निद्रा में अपने को लय कर दूँ।''

किंचित् रोष का भाव प्रदर्शित करते हुए रानी मानकुमारी ने कहा, ''आपको ऐसी बात कहते शर्म नहीं आती, कक्काजी!''

मेजर नाहरसिंह हँस पड़े, ''इसमें शर्म की क्या बात है, रानी बहू? सुन्दरता की सृष्टि ही इसलिए हुई है कि उसे अपलक नयनों से निहारा जाए। सच तो यह है कि सुन्दरता की उपासना उस सौन्दर्य का सृजन करनेवाले की उपासना है, जिसे हम देख नहीं पाते।''

रानी मानकुमारी मुस्कराई, ''मैं आपसे नहीं जीत सकती कक्काजी, आप तो इतने ज्ञानी हैं। लेकिन एक प्रश्न मेरे अन्दर अक्सर उठ खड़ा होता है और उस प्रश्न का मैं उत्तर नहीं दे पाती। सब लोग मुझे सुन्दर कहते हैं और लोगों के कहने से मैं भी अपने को सुन्दर समझने लगी हूँ। लेकिन इस सुन्दरता का उद्‌देश्य क्या है? कक्काजी, सच कहिएगा, मेरी इस सुन्दरता की सार्थकता क्या है?'' और यह कहते-कहते रानी मानकुमारी के मुखवाली मुस्कराहट लोप हो गई।

मेजर नाहरसिंह अपनी बहू के इस प्रश्न को नहीं समझ पाए, रानी मानकुमारी के अन्दरवाले उद्वेलन के रूप को वे नहीं पहचान पाए। उन्होंने उठते हुए कहा, ''उद्‌देश्य! सार्थकता! रानी बहू, इस दुनिया में कौन उद्‌देश्य और सार्थकता को जान सका है? और जिस चीज को जान सकना अपनी सामर्थ्य के बाहर है उस चीज़ पर सोचना ही व्यर्थ होगा। अच्छा, बाहर चलूँ, मेहमानों के आने का समय हो रहा है, उन लोगों का स्वागत करने के लिए किसी को बाहर फाटक पर तो होना ही चाहिए।''

''नहीं कक्काजी, आपको बाहर नहीं जाना है। मैंने जेठजी से कह दिया है, वह बाहर फाटक पर मौजूद हैं और वह मेहमानों का स्वागत कर लेंगे। आप मेरे प्रश्न का उत्तर नहीं दे सके या आप उत्तर देना नहीं चाहते, लेकिन मुझे तो अपने प्रश्न का उत्तर पाना ही है। अभी तक मैं इतना ही समझ पाई हूँ कि सौन्दर्य का उद्‌देश्य है प्रदर्शन और अपने सौन्दर्य के प्रदर्शन से लोगों में जो प्रसन्नता होती है उससे मुझे प्रसन्न होना चाहिए। दूसरों को प्रसन्न करके प्रसन्न होना कितनी बड़ी विडम्बना है! यह प्रसन्नता मानसिक होने के नाते केवल काल्पनिक है और इसलिए निरर्थक है, निःसार है।''

मेजर नाहरसिंह चुपचाप बैठ गए। वह एकटक रानी मानकुमारी को देख रहे थे, लेकिन इस बार रानी मानकुमारी की सुन्दरता पर उनका ध्यान नहीं था, वह रानी मानकुमारी के अन्दरवाली उथल-पुथल को देखने का प्रयत्न कर रहे थे।

''आप बोलते क्यों नहीं, कक्काजी? मैं अपनी निरर्थक, निरुद्‌देश्य और लक्ष्यहीन सौन्दर्य से अजिज़ आ गई हूँ। कभी-कभी जी होता है कि जहर खाकर मर जाऊँ और मेरा यह सौन्दर्य सदा के लिए नष्ट हो जाए। मैं सोचने लगती हूँ कि क्या यह सौन्दर्य

मेरे लिए अभिशाप नहीं है? इस सौन्दर्य के प्रति दूसरे लोगों की कुत्सित भावना को मैंने स्पष्ट रूप से देखा है। मेरे लिए किसी में संवेदना नहीं, सहानुभूति नहीं, सद्‌भावना नहीं; मैं सच कहती हूँ कक्काजी, मेरे लिए यह सुन्दरता वरदान न बनकर अभिशाप बन गई है। मेरी सुन्दरता के कारण लोग मुझे नष्ट करना चाहते हैं, मुझे मिटाना चाहते हैं। समझ में नहीं आता, यह मनुष्य कितना बड़ा पशु है जो सुन्दरता को नष्ट करना चाहता है। जी चाहता है अपनी ओर बुरी भावना से देखनेवाले की मैं आँखें फोड़ दूँ।''

मेजर नाहरसिंह ने सन्तोष की एक गहरी साँस ली। रानी मानकुमारी के अन्दरवाला आक्रोश स्वयं में उनकी समस्या का निराकरण था—उन्होंने अनुभव किया। बड़े शान्त भाव से उन्होंने कहा, ''यही नहीं कर पाओगी रानी बहू, न तुम किसी की आँख फोड़ पाओगी और न तुम आत्महत्या कर पाओगी। अपनी प्रकृति और अपने स्वभाव से बँधे हैं हम सब लोग। और इतना समझ लो, सुन्दरता को कोई नष्ट नहीं करता, वह तो स्वयं नष्ट हो जाती है। ये जितने फूल खिलते हैं, एक-से-एक सुन्दर, ये सब-के-सब स्वयं मुरझा जाते हैं। वास्तविकता तो यह है कि जन्म और मृत्यु के बीच के काल की एक छोटी-सी अवधि ही वास्तविक सौन्दर्य की होती है, उसे अवधि को हम लोगों ने यौवन का नाम दे रखा है।''

''शायद आप ठीक कहते हो कक्काजी, लेकिन मुझे तो ऐसा नहीं लगता। एक अजीब तरह का पालगपन भरा रहता है इस युवावस्था में। भावना, कल्पना, आकांक्षा! कहीं भी तो स्थायित्व नहीं होता। मन भागता है, भावना बहकती है, सपने तेजी के साथ बदलते रहते हैं। इस अवधि में न ज्ञान होता है, न गम्भीरता मिलती है, न संयम सम्भव है। मैं पूछती हूँ कि इस सबमें सौन्दर्य कहाँ है?''

मेजर नाहरसिंह ने उदास भाव से सिर हिलाया, ''इसी सब में तो सौन्दर्य है रानी बहू, यह जीवन है। ज्ञान, गम्भीरता और संयम इनकी सार्थकता और महत्ता जीवन-गति के संचालन में है, अगति और निष्क्रियता में यह उपहासात्मक है। रानी बहू, जीवन गति है और हरेक गति में एक प्रकार का सामंजस्य से भरा क्रम है, नियम है। लेकिन उस नियम और क्रम को हम नहीं जानते। और हमारा यह अज्ञान ही हमारे लिए वरदान बन जाता है, नहीं तो हम जीवन के कौतूहल और उत्सुकतावाली रंगीनी को ही खो दें। इस ज्ञान और चिन्तन से तो हमारा अकर्मण्य बन जाने का खतरा है।''

रानी मानकुमारी ध्यान से मेजर नाहरसिंह की बात सुन रही थीं, मन्त्र-मुग्ध की भाँति। कुछ चुप रहकर वह बोलीं, ''कक्काजी, अपने मन के पाप को मैं आपको अब बतलाती हूँ। आज न जाने क्यों जीवन की रंगीनी के प्रति मुझमें मोह जाग उठा है। मेरे यहाँ कुछ विशिष्ट मेहमान आ रहे हैं। इन लोगों के व्यक्तिगत जीवन से मुझे किसी प्रकार का परिचय नहीं, शायद इनमें किसी से भी फिर कभी मेरा मिलन तक न हो। लेकिन इन लोगों के सामने अपने सौन्दर्य के प्रदर्शन की भावना मेरे मन में उठ खड़ी हुई है। यह सब क्यों? मेरे अन्दर एक अजीब-सी पुलकन भर गई है, यह किसलिए? आपसे अपनी बात कह सकती हूँ, इस दुनिया में एक आप हैं मेरे लिए। आप ही बतलाएँ

कि क्या कुछ अनुचित हो रहा है मुझसे? मुझे अपनी इस भावना से बड़ा डर लग रहा है, मुझे स्वयं अपने से डर लग रहा है।''

मेजर नाहरसिंह की मुद्रा कुछ अजीब ढंग से कोमल हो गई, उठकर वह रानी मानकुमारी के पास आ गए और उनके सिर पर हाथ रखकर बोले, ''तुम जो कुछ चाह रही हो और कह रही हो वह स्वाभाविक है और जो स्वाभाविक है वह उचित है। और बहुत थोड़े समय के लिए यह युवावस्था का पागलपन प्राप्त करता है लोगों को और यही पागलपन जीवन की वास्तविकता सुन्दरता की उपलब्धि है। यह यौवन पागलपन का खेल है, खेल लो इसे, रानी बहू! इस खेल का सुख ही एकमात्र उपलब्धि है जीवन की। यही क्रीड़ा हमारे अस्तित्व की सार्थकता है। दुनिया में सब लोग खेलते हैं, अपने-अपने ढंग से। इस खेल से विरक्ति ही निर्जीवता का पहला लक्षण है। तुम निर्जीव बनते-बनते बच गईं, रानी बहू—तुम्हें मेरी बधाई! अच्छा, अब बाहर चलूँ, मेहमान लोग आ रहे हैं—मालूम होता है।''

बाहर पंडित शिवानन्द शर्मा, श्री ज्ञानेश्वर राव और श्री एलबर्ट किशन मंसूर के स्वर सुनाई पड़ रहे थे। इन लोगों से बातें करता हुआ रघुराजसिंह ड्राइंग-रूम की ओर इन्हें ला रहा था। उसी समय मेजर नाहरसिंह ने द्वार पर आकर कहा, ''स्वागत है तुम लोगों का। और मेहमान अभी तक नहीं आए?''

''उन्हें आने में थोड़ा-सा विलम्ब लग जाएगा,'' शिवानन्द ने उत्तर दिया, ''मिस्टर देवलंकर इंजीनियरों के साथ रोहिणी की ओर गए थे, वह अभी-अभी लौटे हैं। और सेठ रतनचन्द्र मकोला तथा जोखनलाल तथा माइनिंग एक्सपर्ट से बातें कर रहे थे। उन्होंने कहलाया है कि वह देवलंकर के साथ आएँगे। बीस-पच्चीस मिनट के अन्दर ही दोनों पहुँच जाएँगे यहाँ।''

और ज्ञानेश्वर राव ने हँसते हुए कहा, ''मंसूर साहब का मन वहाँ ऊब रहा था तो उनके साथ हम लोग चले आए।''

इन लोगों ने मेजर नाहरसिंह के साथ ड्राइंग-रूम में प्रवेश किया। रानी मानकुमारी ने उठकर इन तीनों का स्वागत किया, फिर उन्हें बिठलाते हुए रानी मानकुमारी ने पूछा, ''और मन्त्रीजी, क्या वह नहीं आएँगे? मैंने उनको भी तो निमन्त्रण भेजा था।''

मेजर नाहरसिंह ने मुस्कराते हुए अपनी बात जोड़ी, ''मैं तो मन्त्रीजी को बुलाने के पक्ष में नहीं था, तुम लोग जानते ही होंगे कि इन कांग्रेसी मन्त्रियों से दावत के बेमज़ा हो जाने का खतरा रहता है। लेकिन वह ज़िद पकड़ गईं।''

''क्या बात कही आपने मेजर साहब, तबीयत खुश हो गई। खाना-पीना, मौज करना—हराम कर दिया है इन लोगों ने। खुद भले ही चुरा-छिपाकर कर लें, लेकिन दूसरों को इस सबसे मना करते हैं। अच्छा ही हुआ कि इस वक्त वह लखनऊ से आनेवाले सरकारी अफसरों से उलझ गए, वरना आने के लिए करीब-करीब राजी हो गए थे। उन्होंने आप लोगों से माफी माँगी है, रानी साहिबा!'' शर्माजी बोले।

रानी मानकुमारी हँस पड़ीं, ''मैंने उन्हें माफ कर दिया, आखिर कक्काजी की बात ही हुई!''

और मेजर नाहरसिंह भी हँसे, "रानी बहू, मैं जानता था कि वह नहीं आएँगे। यहाँ सामिष और निरामिष दोनों प्रकार का भोजन बना है। आप तो सामिष भोजन करते होंगे, मंसूर साहब!"

"जी, मुझे संस्कृत नहीं आती, अच्छी-खासी हिन्दुस्तानी में अपनी बात कहने की मेहरबानी करें, मेजर साहब!" मंसूर ने बैठते हुए उत्तर दिया।

शर्माजी ने मुस्कराते हुए कहा, "यों कहिए कि आपसे उर्दू में बात की जाए। लेकिन उर्दू में सामिष और निरामिष के लिए उचित शब्द नहीं है, इसलिए अंग्रेजी शब्द आप समझेंगे। मेजर साहब का ऐसा खयाल है कि आप नॉनवेजीटेरियन खाना खाते होंगे?"

"जी हाँ, उनका खयाल बिलकुल ठीक है। मैं तो बिना गोश्त के लुकमा भी नहीं तोड़ पाता।"

ज्ञानेश्वर राव ने इस प्रसंग को समाप्त करने के लिए कहा, "हम सब लोग सामिष भोजन करते हैं मेजर साहब, शर्माजी और मकोलाजी तक। इसलिए हमने जोखनलाल से अपने साथ आने का आग्रह भी नहीं किया।"

इसी बीच रनबहादुर ने शैम्पेन की चार बोतलें और शैम्पेन के गिलास रख दिए लाकर। पंडित शिवानन्द शर्मा ने ज्ञानेश्वर राव की ओर देखा, "राव साहब!" इस जंगली प्रदेश में आपको शैम्पेन मिलेगी, इसकी आपने कल्पना भी न की होगी। क्यों मंसूर साहब, आपको पीने से तो कोई एतराज नहीं है।"

"जी, मैं शैम्पेन तो पी लेता हूँ, लेकिन व्हिस्की और रम नहीं चलती मुझसे। फ्रांस में तो इफ़रात के साथ मिलती थी, हिन्दुस्तान में आसानी से मुहय्या नहीं है।"

और ज्ञानेश्वर राव ने हँसते हुए कहा, "आप तो रईस आदमी हैं मंसूर साहब, यह शैम्पेन रईसों की चीज है। मैं ठहरा जनता-जनार्दन का आदमी, तो मैं तो रम या व्हिस्की ज्यादा पसन्द करता हूँ। वैसे मुझे कभी देसी ठर्रे से भी इनकार नहीं होता।"

मेजर नाहरसिंह ने रानी मानकुमारी की ओर देखा, "सुना रानी बहू, मैं जो रम पीता हूँ वह गलत नहीं करता। राव साहब, अगर आप कहें तो मैं अपनी रम की बोतल मँगवाऊँ, असली विलायती रम है।"

ज्ञानेश्वर राव सकपकाए, "नहीं, नहीं, सब लोगों का साथ देने के लिए शैम्पेन ही ठीक रहेगी। फिर आजकल कहीं मिलती भी तो नहीं है। जायका बदलने में कोई हर्ज नहीं।"

रानी मानकुमारी ने बोतल खोली और सब लोगों के गिलास उन्होंने अपने हाथों से भर दिए।

शैम्पेन का गिलास अपने मुँह से लगाते हुए एलबर्ट किशन मंसूर ने कहा, "मेजर साहब! आपने मौलाना रियाज़ुलहक़ को नहीं बुलाया, मौलाना को शिकायत है इसकी।"

उत्तर शिवानन्द शर्मा ने दिया, "मैं समझता हूँ कि मौलाना को यहाँ न बुलाकर अच्छा ही किया गया।"

"इसलिए कि वह मुसलमान है।" ज्ञानेश्वर राव के स्वर में व्यंग्य था।

शिवानन्द शर्मा ने गौर से ज्ञानेश्वर राव को देखा और ज्ञानेश्वर राव की आँखों में उन्हें शरारत की एक चमक-सी दिखी, "जी हाँ, आप यह कह सकते हैं और मुझे आपके इस कथन पर कोई आपत्ति नहीं है। वैसे मैं तो यह कहूँगा कि वह हिन्दुस्तानी नहीं है। वैसे में हिन्दू और हिन्दुस्तानी में कोई भेद नहीं देख पाता और मैं अपने लिए हिन्दुस्तानी शब्द की अपेक्षा 'हिन्दू' शब्द का प्रयोग करना अधिक उचित समझूँगा।"

ज्ञानेश्वर राव जानते थे कि शर्माजी आसानी से भड़क जाते हैं और इसीलिए उन्होंने यह प्रसंग छेड़ा था। कुछ इसी प्रकार का उत्तर पाने की आशा भी की थी उन्होंने शर्माजी से। अब जब प्रसंग छिड़ गया था तो उसे आगे बढ़ाना अनिवार्य था, "शर्माजी, हिन्दुओं के अन्दरवाली इस तरह की भावना ने देश का बँटवारा कराया है। क्या खयाल है आपका?"

"जी, इससे इनकार कौन कर सकता है? जो लोग इस देश को अपना नहीं समझते, जो मज़हब को देश से ऊपर मानते हैं, उन्हें मज़हब के आधार पर देश का बँटवारा कराने से कैसे रोका जा सकता था? देश के बँटवारे की माँग मुसलमानों की थी।"

"और आप हिन्दुइज़्म को मज़हब नहीं मानते?" एलबर्ट किशन मंसूर से अब न रहा गया इस बातचीत में भाग लेने से।

"हिन्दुइज़्म मज़हब कब रहा है, मंसूर साहब? आप अपनी बात छोड़ दें; आप मज़हब, आस्था, विश्वास से बहुत ऊपर उठ चुके हैं और आप हिन्दू, मुसलमान, ईसाई—सबकुछ हैं, यानी कुछ भी नहीं हैं। आप ज्ञानेश्वर राव साहब की बात लें। राव साहब अपने को ब्राह्मण कहते हैं, हिन्दू कहते हैं; लेकिन राव साहब सोलह आने नास्तिक हैं। यह कभी किसी मन्दिर में नहीं गए, यह अपने पत्र में हिन्दू देवी-देवताओं को खुलेआम गालियाँ देते हैं। मैं गलत तो नहीं कहता, राव साहब! शैव, वैष्णव, शक्ति, साँप की पूजा करनेवाले, बौद्ध, जैन, सिख, आर्यसमाजी—ये सब-के-सब हिन्दू हैं। यह शब्द हिन्दुइज़्म—यह इस युग की गढ़न्त है। लेकिन मंसूर साहब! हिन्दुइज़्म शब्द देश की संस्कृति का द्योतक है, वह मज़हब का द्योतक नहीं है। हिन्दुइज़्म धर्म है, मज़हब नहीं है। धर्म वह है जिसे आजवाले लोग संस्कृति कहते हैं। मज़हब को हमारे यहाँ 'मत' नाम से सम्बोधित किया जाता है। आपका कोई भी मत हो, आपका कोई भी मज़हब हो, आप हिन्दुस्तान की संस्कृति के अनुयायी होने के कारण हिन्दू हैं। देश की संस्कृति कहती है कि हरेक मज़हबवाले की इज्जत करो, उसके देवी-देवता के सामने तुम भी अपना सिर झुका दो। और इसीलिए, एक साधारण हिन्दू शिव को मानता है, शक्ति को मानता है विष्णु को मानता है, बुद्ध के अवतार समझता है, जैन साधुओं के उपदेश सुनता है, नागपंचमी के दिन साँप की पूजा करता है, सिखों के स्वर्णमन्दिर में सिर नवाता है। यह जो मज़हबी भेदभाव जागा है और हमारे देश की संस्कृति पर आघात हुआ है वह इस देश में इस्लाम के आने के बाद।"

मेजर नाहरसिंह ने शर्माजी की बात काटी, "शर्माजी, तुमने पूरी बात नहीं कही। इस्लाम भी हिन्दू संस्कृति में घूल-मिल रहा था। मेरे बड़े भाई रानी बहू के ससुर, ताजिया

रखते थे, पीरों और मजारों की पूजा करते थे, मुसलमान फकीरों की दुआ लेते थे। और गाँव के मुसलमान देवी की चोटी रखते थे, होली में रंग खेलते थे, दीवाली पर दीया जलाते थे। यह इस्लाम! इसमें मूर्ति-पूजा कहाँ है? हिन्दुस्तान का मुसलमान जो अजमेर शरीफ में चादर चढ़ाता है, जो मज़ारों के सामने सिर झुकाता है, यह क्या है, उसने भी देश की संस्कृति को अपनाकर मूर्तिपूजा आरम्भ कर दी थी।''

शिवानन्द शर्मा हँस पड़े, ''क्या बात कही आपने, मेजर साहब? सुन रहे हैं आप, मिस्टर मंसूर! यह जो हिन्दू-मुसलमानों का भेदभाव उठ खड़ा हुआ है, राजनीतिक कारणों से इसे अंग्रेजों ने उठाया था। और इसके फलस्वरूप देश का बँटवारा तक हो गया। वैसे हमेशा से यह भेदभाव रहा है, जबर्दस्ती मुसलमान बनाए जाने के, हिन्दुओं के मन्दिर तोड़ने के हमें न जाने कितने उदाहरण मिलते हैं। लेकिन यह सब तो उस सांस्कृतिक विलयन की प्रतिक्रिया के रूप में हैं।''

ज्ञानेश्वर राव पर जैसे इस सब बातचीत का कोई असर नहीं पड़ा, सिर हिलाते हुए उन्होंने कहा, ''ये सब पुरानी बातें हैं, मैं तो आज का रूप देख रहा हूँ। और मुझे ऐसा दिखता है कि आप हिन्दुओं में साम्प्रदायिक भावना दिनोदिन प्रबल होती जा रही है। वे मुसलमानों को दबाना चाहते हैं, मुसलमानों से भेदभाव बरतते हैं। जिन्ना ने जो देश का बँटवारा कराया था, वह बहुत सोच-समझकर कराया था। इस देश के मुसलमानों को हिन्दुओं से बहुत बड़ा खतरा है और यह खतरा हमेशा रहेगा। अगर हम चाहते हैं कि हमारे देश में वास्तविक स्वतन्त्रता हो तो हम हिन्दुओं को अपना रवैया बदलना पड़ेगा।''

मेजर नाहरसिंह एकाएक एक झटके के साथ खड़े हो गए। उनकी आँखें लाल हो गई थीं, मानों वह अपने में न हों। उन्होंने कड़ी आवाज में ज्ञानेश्वर राव से कहा ''एडीटर साहब! तुम आत्मद्रोही हो। तुम्हारे आसपास जो लोग हैं वे सब तुम्हारी घृणा के पात्र हैं। तुम्हारे जो अपने हैं, तुम उनके हो ही नहीं सकते। तुम्हारे बीवी-बच्चे, तुम्हारे नाते-रिश्तेदार, तुम्हारे परिवार और कुटुम्बवाले, तुम इन सबसे घृणा करोगे। तुम अपनी जातिवालों से घृणा करोगे, तुम अपने धर्मवालों से घृणा करोगे, तुम अपने देशवालों से घृणा करोगे। और दुर्भाग्य यह है कि लोग तुम्हें उदार समझेंगे, तुम्हारा आदर और मान करेंगे। तुम्हारे-जैसे आदमियों को तो गोली मार देनी चाहिए।''

मेजर नाहरसिंह के इस रूप को देखकर ज्ञानेश्वर राव सहम उठे, लड़खड़ाते हुए स्वर में उन्होंने कहा, ''मैंने कोई ऐसी अनुचित बात तो नहीं कही, मेजर साहब! क्यों शर्माजी?''

और शर्माजी ने उठकर मेजर नाहरसिंह को कुर्सी पर बिठलाया, ''किस-किसको गोली मारते घूमिएगा आप, मेजर साहब? हमारे दुर्भाग्य से हमारा देश ही आत्मद्रोहियों का है। मौलाना रियाजुलहक़ ने ठीक ही कहा था—हम हिन्दुओं को हिन्दू कहने में शर्म आती है, हम सब निहायत पतित और घृणित आदमी हैं, हम सब आत्मद्रोही हैं।''

"सच शर्माजी, उस पाजी मौलाना ने यह बात कही थी! तब तो मुझसे गलती हो गई, उसको भी इस दावत में बुला लेना चाहिए था, कभी-कभी ढंग की बातें कह देता है और न बुजदिल है, न बेईमान है।" यह कहते-कहते मेजर नाहरसिंह ने अपनी आँखें मूँद लीं और अपने में खो गए।

एक निस्तब्धता-सी छा गई थी उस कमरे में, एक घुटन-सी अनुभव करने लगे थे सब लोग। उसी समय सौभाग्य से रघुराजसिंह के साथ देवलंकर और मकोला ने कमरे में प्रवेश किया। प्रवेश करते ही मकोला ने कहा, "क्षमा कीजिएगा रानी साहिबा, हम लोगों के आने में कुछ विलम्ब हो गया। अपना काम समाप्त करके वापस लौटते में हम लोगों को काफी देर लग गई। फिर स्नान करना और कपड़े बदलना भी था।"

रानी मानकुमारी दोनों का स्वागत करने के लिए उठकर खड़ी हो गई थीं, "कोई बात नहीं, आप लोग समय से ही आए। और फिर कक्काजी अक्सर कहा करते हैं कि समय की कोई माप नहीं इस प्रान्तर में। आप लोग पधारिए।"

देवलंकर ने अपने चारों ओर देखा। कुछ विचित्र-सा लगा वहाँ का वातावरण उसे। उसने कहा, "क्या बात है कि आप सब लोग मौन हैं? अरे, शैम्पेन चल रही है। फिर भी यहाँ का वातावरण सहमा हुआ-सा है। क्यों राव साहब, क्या बात है?"

ज्ञानेश्वर राव ने देवलंकर की बात का कोई उत्तर नहीं दिया। मंसूर ने मुस्कराने का प्रयास करते हुए कहा, "मौलाना रियाजुलहक़ को लेकर कुछ बदमज़गी पैदा हो गई यहाँ पर। वैसे सारे फिसाद की जड़ तो हमारे शर्माजी हैं। लेकिन मामला राव साहब और शर्माजी के बीच का था, दोनों ही अपने-अपने हुनर में शातिर और बदमज़गी की कोई जरूरत नहीं थी। राव साहब ने शर्माजी की बातों का तुर्की-ब-तुर्की जवाब देते हुए अपना नजरिया पेश किया तो मेजर नाहरसिंह कुछ नाराज हो गए।"

मेजर नाहरसिंह को देवलंकर और मकोला को आने का पता था या नहीं, यह तो ठीक तरह से नहीं कहा जा सकता, लेकिन मंसूर ने जो बात कही वह उन्होंने सुन ही नहीं ली, समझ भी ली। उन्होंने आँखें खोल दीं, "मैं क्षमा माँगता हूँ जो कुछ मैं कह गया उस पर। लेकिन मंसूर साहब, हरेक आदमी के पास उसका दृष्टिकोण हुआ करता है। मैंने भी अपना पृथक् दृष्टिकोण तुम लोगों के सामने रखा था।"

इस बातचीत को वहीं समाप्त करने का प्रयत्न करते हुए रानी मानकुमारी ने कहा, "छोड़िए भी इस प्रसंग को, जो हो गया वह हो गया।" और शैम्पेन की दूसरी बोतल खोलकर रानी साहिबा ने वहाँ उपस्थित सभी लोगों के गिलास भरे, "आज न जाने कितने समय के बाद—लगता है युग बीत गए—मैं अपने यहाँ विशिष्ट अतिथियों का आतिथ्य-सत्कार कर रही हूँ। इस आतिथ्य-सत्कार में आप लोगों को जो कमी दिखे, उसके लिए मैं आप लोगों से क्षमा माँगती हूँ। उजड़े हुए और लुटे हुए वैभव में सामर्थ्य की कमी होती है, इस बात से तो आप इनकार न कर सकेंगे।"

पंडित शिवानन्द शर्मा के अन्दरवाला कवि एकबारगी ही सजग और सक्रिय हो गया, "रानी साहिबा, आप अपने साथ ही नहीं, हम लोगों के साथ भी बहुत बड़ा

अन्याय कर रही हैं। हम लोगों को भरा-पूरा बताकर और अपने को उजड़ा हुआ और लूटा हुआ कहकर। आप सदय हैं, सहृदय हैं। आप लक्ष्मी हैं और हम सब लुटेरे और कंगाल हैं।''

मकोला मुस्कराए, ''कंगाल तो हमें आप नहीं कह सकते शर्माजी, लुटेरा हम लोगों को आप भले ही कह लें, इसमें मुझे कोई आपत्ति नहीं है। अनादि काल से यह दुनिया लूटनेवालों की रही है, अनन्त काल तक यह दुनिया लूटनेवालों की रहेगी। मुझे तो ऐसा लगता है कि सामर्थ्य का गुण ही है लूटना।''

देवलंकर शैम्पेन पीने पर कुछ कोमल और कुछ दार्शनिक किस्म का आदमी बन जाया करता था, वह हँस पड़ा, ''नहीं मकोलाजी, मैं शर्माजी का साथ दूँगा। वैसे ऊपरी ढंग से आप ठीक कहते हैं, लेकिन एक बहुत बड़ा अन्तर आप नहीं देख पाए। लूटना—अनादि काल से यह प्रवृत्ति मनुष्य में रही है, यह ठीक है, लेकिन आज जो हमारे देश में लूट का बाजार गर्म है। आप यह तो मानेंगे कि देश के अधिकांश आदमी असमर्थ और कंगाल हैं।''

एलबर्ट किशन मंसूर ने अपना शैम्पेन का गिलास मेज पर रखते हुए कहा, ''जी, मुझे आपकी बात से इत्तिफाक नहीं है। जब से हम खुद मुखतार हुए हैं तब से हमारी हालत ज्यादा सुधर गई है। हर तरफ लोग भरे-पूरे हैं। खुशहाल हैं, लोगों की माली हालत किस कदर अच्छी हो गई है। यह सब आप लोग क्यों भूल जाते हैं? बड़े-बड़े शहर बस रहे हैं, आलीशान इमारतें एक के बाद एक खड़ी होती जा रही हैं, आलीशान मोटरें मुल्क के हरेक कोने में बिखरी पड़ी हैं—जी हाँ, बिखरी पड़ी हैं। और आलीशान सड़कों का जाल बिछा हुआ है देश-भर में। आप कलकत्ता, बम्बई, दिल्ली—कहीं चल जाएँगे, आलीशान होटल आपको सैकड़ों की तादाद में मिलेंगे। और उस पर लुत्फ यह कि ठसाठस भरे हुए, इनमें जगह नहीं। रुपया जैसे बरस रहा है हमारे देश में।'' और एलबर्ट किशन मंसूर की आँखें चमक रही थीं।

पंडित शिवानन्द शर्मा पर शैम्पेन का असर कुछ उलटा ही पड़ा, ''रुपया जैसे बरस रहा है हमारे मुल्क में!'' शर्माजी ने अपना सिर हिलाया, ''नहीं मंसूर साहब, रुपया जैसे लुट रहा है हमारे देश में, कर्ज का रुपया, हराम का रुपया। किस माई के लाल ने इस रुपये को अपने बाहुबल से पैदा किया है? विदेशों से अरबों रुपयों का कर्ज लिया है हमने और यह कर्ज हमें तब तक लेते जाना है जब तक यह मिलता रहे। यही नहीं, हमारे यहाँ अकाल है, हमारे यहाँ भयानक गरीबी है, हम कीड़ों-मकोड़ों की जिन्दगी बिताते हैं—हमारे देश के कर्णधार दुनिया में यह ढिंढोरा पीट रहे हैं, खैरात और भीख माँग रहे हैं। अरबों रुपया हम इस खैरात और भीख के नाम पर बटोर लाए हैं। और यह लुट रहा है हमारे देश के कोने-कोने में। बड़े नगरों के कहने क्या! आज का नारा है—'लूटो मेरे भाई!' जो नहीं लूट पाया वह असमर्थ है। जो नहीं लूटना चाहता वह पागल है! और इस लूट का नतीजा यह हुआ कि हमारे देश का हरेक आदमी ऊपर से नीचे तक हरामखोर या कामचोर बन गया है।''

"आपके मुख से यह बात शोभा नहीं देती शर्माजी!" ज्ञानेश्वर राव ने किंचित् आवेश के साथ कहा, "आप यह क्यों नहीं देखते कि हमारे देश का उत्पादन कितना अधिक बढ़ गया है। हमें अब विदशों का मुँह नहीं ताकना होता, हरेक चीज़ यहीं तैयार होती है। नित्य-प्रति की व्यवहार की चीजों का आयात तो हमारे देश में करीब-करीब बन्द हो ही गया है।"

शर्माजी ने अपनी बात कहकर अपनी आँखें बन्द कर ली थीं, बात को आगे बढ़ाने के मूड में वह नहीं थे। देवलंकर ने शर्माजी का कन्धा झकझोरते हुए कहा, "सुन रहे हैं शर्माजी आप राव साहब की बातें।" और जब शर्माजी इतने से भी सचेत नहीं हुए तब देवलंकर स्वयं राव साहब की ओर घूमा, "आप कह रहे हैं कि देश का उत्पादन बहुत अधिक बढ़ गया है तो हम लोगों को भी दिख रहा है कि देश का उत्पादन बहुत अधिक बढ़ गया है—इतना अधिक कि बाजार पट पड़े हैं माल से और लोगों को हिम्मत नहीं पड़ती कि उस माल को खरीद सकें। चीजों के दाम बेतहाशा बढ़ गए हैं—और बढ़ते जा रहे हैं। लोगों के लिए जीवित रहना कठिन हो गया है। यह क्यों, इस पर भी कभी आपने सोचा है राव साहब?"

ज्ञानेश्वर राव शैम्पेन का मजा ले रहे थे, वह चुप रहे। जब देवलंकर की बात पर राव साहब ने कोई उत्तर नहीं दिया तो मकोला बोले, "देवलंकरजी, राव साहब ने तो शर्माजी से बात आरम्भ की थी, आपसे नहीं, फिर राव साहब सोचने-विचारने के पक्ष में अधिक नहीं रहते। जो कुछ सामने है वही सत्य है इनके लिए। मैं आपको बतलाता हूँ इस सबकी वजह। हमारे देश में उत्पादन बढ़ गया है इसका यह अर्थ नहीं कि हमारे देश का उत्पादन बढ़ गया है।"

आश्चर्य के साथ एलबर्ट किशन मंसूर ने मकोला की ओर देखा, "आप तो पहेली बुझाने लगे।"

"मंसूर साहब, जब तक आपको देश की वास्तविकता का पता नहीं है तब तक आपको मेरी बात पहेली-सी लगेगी। आज जो चीजें हिन्दुस्तान में बन रही हैं पहले वे विदेशों से आती थीं। यहाँ तो स्थिति में अन्तर पड़ा है, लेकिन उनके बाद वाली स्थिति वैसी-की-वैसी बनी हुई है। आपको तो पता है कि इधर बहुत बड़ी विदेशी पूँजी हमारे देश में आकर लग गई है, न जाने कितनी विदेशी कम्पनियाँ इस देश में खुल गई हैं और लगातार खुलती जा रही हैं। वहाँ लम्बी-लम्बी तनख्वाहें पानेवाले विदेशी कर्मचारी काम कर रहे हैं, विदेशी इंजीनियर काम कर रहे हैं। इन कम्पनियों का जो मनुाफा होता है वह इन लम्बी तनख्वाहों और डिविडेंड के रूप में विदेश चला जाता है। आप कहाँ तक अपना निर्यात बढ़ाएँगे! पहले आप अपने उस कच्चे माल का निर्यात करते थे जिससे पक्का माल तैयार होता था और वह पक्का माल यहाँ देश में आता था। अब पक्का माल हमारे देश में ही बनने लगा है, इसलिए वह कच्चे माल का निर्यात बन्द हो गया है और देश में भ्रष्टाचार तथा अन्य कारणों से चीजें इतनी महँगी पड़ती हैं कि आप उन्हें दुनिया के बाजार-भाव पर बेच ही नहीं सकते।"

इसी समय एक गहरी फटी हुई आवाज इन लोगों को सुनाई पड़ी, "बिलकुल ठीक! और आप हिन्दुस्तानी पूँजीपति इस विदेशी पूँजी के आगमन में सहायता करते हैं। विदेशी कम्पनियाँ आप लोगों की साझेदारी में तथा आप लोगों के सहयोग से ही तो यहाँ अपना पैर जमा रही हैं!"

मकोला ने आश्चर्य से उस ओर देखा जिधर से यह आवाज आई थी। दरवाजे के पास रघुराजसिंह खड़ा था। इस समय वह सफेद पैंट पहने था और उसके ऊपर रेशमी बुश्शर्ट थी। वह शेव किए हुए था और उसके बाल सुव्यवस्थित थे। उसके मुँह में सस्ते किस्म का एक सिगार था।

रानी मानकुमारी ने कहा, "आइए जेठजी, वहाँ इस तरह क्यों खड़े हैं।"

रघुराजसिंह मुस्कराया, अजीब-सी व्यंग्यात्मक और कुरूप मुस्कराहट। बीच की मेज के पास आकर उसने स्वयं शैम्पेन का एक गिलास अपने लिए लिया, फिर वह मकोला की ओर घूमा, "जी, विदेशी कम्पनियाँ विदेशी कर्मचारियों और विदेशी इंजीनियरों को लम्बी-लम्बी तनख्वाहें देती हैं। लेकिन स्वदेशी कम्पनियाँ—आप लोगों की कम्पनियाँ क्या करती हैं? वहाँ तो कर्मचारियों को लूटा जाता है, वहाँ तो भयानक शोषण होता है। बेतहाशा मुनाफा! कभी अपनी तिजोरियाँ तो दिखलाइए। सोने-चाँदी की ईंटें भरी हैं। हीरे-जवाहरात भरे हैं। बेतहाशा सोना-चाँदी-जवाहरात बिक रहे हैं ऊँचे-से-ऊँचे दामों पर। जब विदेश में सोना पचास-साठ रुपये तोला है तब हमारे देश में सौ-सवा सौ रुपये तोला है। सोने का तस्कर व्यापार कितना अधिक हो रहा है! यह क्यों? इसलिए कि मुनाफाखोरी और चोर-बाजारी का रुपया सोना-चाँदी बन जाया करता है मकोलाजी!" और कहते-कहते वह जोर से हँस पड़ा।

मकोला ने रानी मानकुमारी की ओर देखा एक प्रश्नसूचक ढंग से और रानी मानकुमारी मुस्कराईं, "ये मेरे जेठजी हैं, कक्काजी के सुपुत्र। अनायास ही सुमनपुर आ पड़े हैं। नाम तो शायद आप लोगों ने सुना हो, रघुराजसिंह!"

और रघुराजसिंह ने रानी मानकुमारी की बात आगे बढ़ाई, "जी हाँ, वही रघुराजसिंह जिसे देशद्रोही बतलाया जाता है, जिसे रूस और चीन का गुलाम बताया जाता है। जिस सरकार और जिस मिनिस्टर के आप लोग अतिथि हैं, उसका, उसकी विचारधारा और उसकी व्यवस्था का मैं शत्रु हूँ। मैं बड़ी देर से आप लोगों की बातें सुनता रहा हूँ। बोलना नहीं चाहता था। लेकिन मकोलाजी, आप कठोर और कुरूप सत्य बोल सकते हैं, यह देखकर मुझे आश्चर्य हुआ। पर इतना मैं कह दूँ कि आपका वह सत्य केवल अर्ध-सत्य है। मैं कहता हूँ कि हमारे देश के पूँजीपति इस विदेशी पूँजी को लाने के ज़िम्मेदार हैं। राष्ट्रीयकरण के आप सबसे बड़े विरोधी हैं। देश में चीजें महँगी बिकें या सस्ती, विदेशी कर्मचारी तनख्वाहों के रूप में चाहे जितना रुपया ले जाएँ, इससे आपको मतलब नहीं। आप देश के औद्योगीकरण में व्यक्तिगत सत्ता चाहते हैं। विदेशी कम्पनियाँ तो किसी-न-किसी दिन जाएँगी और उनके कारखानों को आप लोग खरीद लेंगे। देश की स्वतन्त्रता के समय में यही सब हुआ था। आपने अभी

कहा था कि लूटना सामर्थ्य का दूसरा नाम है। और आपने बिलकुल गलत कहा था। हिन्दुस्तान का हरेक आदमी लूट रहा है, लेकिन हिन्दुस्तान का हरेक आदमी कंगाल और अपाहिज है।''

यही रघुराजसिंह है—शिवानन्द शर्मा आश्चर्य से उसकी बात सुनते हुए उसकी ओर देख रहे थे। और रघुराजसिंह की बात समाप्त होते ही शर्माजी ने खड़े होकर नाटकीय ढंग से चिल्लाकर कहा, ''आज का नारा है—लूटो मेरे भाई।''

लेकिन शर्माजी के इस नारे का किसी ने साथ नहीं दिया, सब चुप थे—रघुराजसिंह तक। शर्माजी ने अनुभव किया कि अपने उमंग और उल्लास में वह अकेले हैं और हतप्रभ-से चुपचाप बैठ गए। शर्माजी के इस नारे की एक अजीब-सी प्रतिक्रिया हुई वहाँ बैठे हुए लोगों पर, एक स्वर नहीं किसी ओर से, केवल साँसों की आवाजों और बीच-बीच में गिलासों की खड़खड़ाहट की आवाज़ सुनाई पड़ जाती थी।

कुछ देर बाद रानी मानकुमारी खिलखिलाकर हँस पड़ीं और उनकी हँसी का असर उस समस्त वातावरण पर मानो तत्काल पड़ा। रानी मानकुमारी बोलीं, ''जेठजी कम्युनिस्ट हो गए; देख रहे हैं न आप लोग और कभी-कभी मेरे मन में आता है कि मैं भी कम्पयुनिस्ट बन जाऊँ, लेकिन बन नहीं पाती। कक्काजी को आप देख रहे हैं, यह मुझे कम्युनिस्ट न बनने देंगे। मुझ पर लाख अत्याचार होते रहें, मुझे विद्रोह न करने देंगे, सबकुछ लुट गया है मेरा। केवल जीवित रहने का अधिकार माँगती हूँ, वह भी तो नहीं मिलता। जमींदारी गई सो गई, मेरी व्यक्तिगत सम्पत्ति पर भी मेरा अधिकार नहीं रह गया। जितना नक़द रुपया था, वह सब खर्च हो चुका है। आदतें हैं, उन आदतों को तो मैं नहीं बदल सकती। मेरे मेहमान आएँ, ठीक ढंग से उनका आतिथ्य-सत्कार तो मुझे करना ही होगा। कक्काजी को इस उम्र में रम पीनी पड़ती है। यह सब इसलिए कि न तो मेरे बँगलों का किराया मुझे मिलता है और न मुआवजे के रूप में उनका दाम मिलता है मुझे। मिनिस्टर कहते हैं कि यह सरकारी काम है, समय लगेगा। और मिनिस्टर के मुसाहिब कहते हैं कि मैं यह सब सम्पत्ति उनके हाथों आधे-तिहाई दामों पर बेच दूँ, वह सरकार से निपट लेंगे।''

एक सन्नाटा छा गया उस कमरे में रानी मानकुमारी की बात से। एलबर्ट किशन मंसूर ने कहा, ''यह तो बड़ी ज्यादती हो रही है!''

ज्ञानेश्वर राव बोले, ''रानी साहिबा, आप अपने मन को दुखी न करें। मैं जोखनलाल से मिलकर सबकुछ ठीक करा दूँगा। यह तो बड़ा अन्याय हो रहा है आपके साथ। अगर यहाँ यह नहीं होता तो आप मेरे साथ दिल्ली चलें। मैं आपको प्राइम- मिनिस्टर से मिलवाकर आपका मामला सुलझवा दूँगा।''

मालूम होता है रघुराजसिंह उस कमरे में आने के पहले से पी रहा था, अपनापन वह एकबारगी ही खो चुका था। उसने राव साहब के नजदीक आकर उन्हें गौर से देखा और बोला, ''जी, आप तो सब लोगों से बढ़कर निकले! मैं मान गया आपको, बड़े हिम्मतवाले आदमी हैं आप!'' और यह कहकर वह बड़े जोर से हँसने लगा।

कोई रघुराजसिंह की बात का मतलब नहीं समझ पाया। रानी मानकुमारी ने पूछा, "क्या बात है जेठजी, आपका मतलब क्या है?"

बड़ी मुश्किल से अपनी हँसी को दबाकर वह बोला, "रानी सरकार! कहा न कि इस देश में सभी लुटेरे हैं, बिना किसी अपवाद के। अभी-अभी सरकार ने बताया कि सरकार की जमीन-जायदाद पर लोग आँखें लगाए बैठे हैं। और सरकार के पास जो हीरे-जवाहरात हैं, उन्हें बेच देने के भी प्रस्ताव रानी सरकार के पास आते रहते हैं–मेरी खबर गलत तो नहीं है रानी सरकार?"

कुछ मुरझाए स्वर में रानी मानकुमारी बोलीं, "हाँ, दो-तीन जौहरियों ने, जो राजनीति में गहरी पैठ रखते हैं और जिन्हें न जाने कैसे मेरी आर्थिक कठिनाइयों का पता चल गया है, कुछ इस तरह के प्रस्ताव रखे हैं मेरे पास। मुझे आश्चर्य हो रहा है कि उन्हें मेरी आर्थिक कठिनाइयों का पता कैसे चल गया है और उन्हें हिम्मत कैसे हुई!"

"हिम्मत की बात कुछ न कहिए रानी सरकार, हिम्मत तो आजकल चोरों और लुटेरों में केन्द्रीभूत हो गई है आकर। और यह कहावत तो प्रसिद्ध है कि खबरों के भी पंख होते हैं। तो अब स्थिति यह है कि कुछ लोग रानी सरकार की जमीन-ज़ायदाद पर आँखें लगाए हैं, कुछ लोग रानी सरकार के हीरे-जवाहरातों पर आँखें लगाए हैं और..." रघुराजसिंह हँस पड़ा, "और कुछ लोग स्वयं रानी सरकार पर आँख लगाए हैं।"

रानी मानकुमारी ने कड़े स्वर में कहा, "जेठजी, आपको शर्म नहीं आती ऐसी बातें कहते!"

रघुराजसिंह निर्लज्ज हँसी हँस रहा था। उसने कहा, "गलत नहीं कह रहा रानी सरकार! इस पूँजीवाद का देवता–पैसा, यह सबकुछ कर सकता है, हरेक आदमी इस देवता का गुलाम है। एक-से-एक लुटेरों और बदमाशों को इस पूँजीवाद ने जन्म दिया है। मैं रानी सरकार के जीवन से बहुत दूर रहता हूँ, लेकिन हरेक बात का मुझे पता है। मैं रानी सरकार की सहायता नहीं कर सकता, लेकिन रानी सरकार की असहाय अवस्था से कितनी वेदना हुई है मुझे, यह मैं ही जानता हूँ। सबकुछ लूटकर भी जैसे सन्तोष नहीं हुआ है लोगों को। मैं आप लोगों से पूछता हूँ, आप लोग जवाब दें।" रघुराजसिंह ने अपने चारों ओर देखा। उसका स्वर बहुत अधिक कठोर और उग्र हो गया था, "रानी सरकार को आप लोग देख रहे हैं–दया, ममता की मूर्ति! लोग रानी सरकार को मान और मर्यादा के साथ जिन्दा नहीं रहने देना चाहते। हर तरफ से रानी सरकार को तबाह करने, नष्ट करने के प्रयत्न हो रहे हैं। यह क्यों? मैं कहता हूँ यह इसलिए कि जो व्यवस्था तुमने बनाई है, वह गन्दी है, घृणित है।"

रघुराजसिंह और न जाने क्या-क्या कहता, लेकिन वह रुक गया मेजर नाहरसिंह की कठोर आवाज़ सुनकर, "चुप रहो रघुराज, बहुत हो चुका; अब एक भी शब्द नहीं।" फिर मेजर नाहरसिंह ने अपने अतिथियों की ओर देखा, "इसने जो कुछ कहा सर्वथा मिथ्या है। रानी बहू को किसी की दया नहीं चाहिए, किसी की सहानुभूति नहीं चाहिए।

मानव-जीवन ही संघर्ष का है, इस संघर्ष में कभी एक पक्ष जीतता है, कभी दूसरा पक्ष जीतता है। हमारे हाथ में कुछ भी नहीं है, काल और परिस्थिति के चक्र में हम घूम रहे हैं। यह संघर्ष अनादि काल से चलता आ रहा है और अनन्त काल तक चलता रहेगा। जब तक इस सृष्टि में विषमता है; शारीरिक बल, बौद्धिक बल, मानसिक बल– जब तक यह बल किसी में अधिक है और किसी में कम है तब तक यह संघर्ष चलता रहेगा। सबल निर्बल पर शासन करेगा, सबल निर्बल पर अत्याचार करेगा। जो निर्बल हैं या तो उन्हें मिट जाना है या उन्हें सबलों की गुलामी करनी है। और इसलिए न आप इस रघुराजसिंह की बात पर बुरा मानें, न अपने मन में कुंठा जागने दें।'' यह कहकर मेजर नाहरसिंह ने रानी मानकुमारी को देखा, ''रानी बहू, अतिथियों के गिलास खाली हैं, तीसरी बोतल खोलता हूँ, उनके गिलास भरो!''

मेजर नाहरसिंह ने शैम्पेन की तीसरी बोतल खोलकर रानी मानकुमारी को दे दी, फिर उन्होंने देवलंकर से पूछा, ''इंजीनियर साहब! तुम रोहिणी की घाटी के अन्दर गए थे आज! रोहिणी का पानी कहाँ गया कुछ पता लगा पाए तुम?''

देवलंकर ने उत्तर दिया, ''फूलों की घाटी से करीब दस मील उधर एक पहाड़ गिर पड़ा है रोहिणी की घाटी में और इससे रोहिणी की धार रुक गई है। बहुत बड़ी झील बन गई है उस तरफ़। हिमालय के ये कच्चे पहाड़ अकसर गिरा करते हैं।''

''तो क्या रोहिणी की धारा बदल सकती है इंजीनियर साहब!'' चिन्ता के भाव से नाहरसिंह ने पूछा।

''नहीं, इसकी कोई सम्भावना तो नहीं दिखलाई देती है, वैसे तीन-चार दिन लगेंगे मुझे उस पूरे क्षेत्र का निरीक्षण करने में। कल मैं दलबल के साथ जाऊँगा वहाँ, वहीं रहकर यह काम किया जा सकता है। मेरा ऐसा अनुमान है कि कच्चा पहाड़, जो रोहिणी की घाटी में गिरा है, जल के दबाव को न सँभाल सकेगा। जैसे ही झील में पानी काफी हुआ, रास्ता स्वयं साफ हो जाएगा, लेकिन इसमें समय लग सकता है। सम्भवतः इस बरसात में यह हो जाएगा।''

''तुम्हारे मुँह में घी-शक्कर इंजीनियर साहब, लेकिन न जाने क्यों मुझे यह सब अच्छा नहीं लगता!'' मेजर नाहरसिंह बोले।

''आपको क्या हो जाया करता है कक्काजी!'' रानी मानकुमारी मुस्कराईं, फिर उन्होंने मकोला की ओर देखा, ''मकोलाजी, आप भी तो आज बहुत व्यस्त रहे। क्या-क्या देखा आपने?''

मकोला के मुख पर आत्मसन्तोष की एक मुस्कराहट आई, ''रानी साहिबा, इस इलाके में अबरक है अच्छे किस्म का, लाईमस्टोन तो भरा पड़ा है लेकिन ताँबा भी है। पता लगाना पड़ेगा कितना ताँबा है यहाँ पर। अगर मेरा अनुमान सही है तो इस प्रदेश में इतना ताँबा मिल सकता है कि हमारे देश की समस्त आवश्यकताएँ पूरी जो जाएँ।''

''और यहाँ एक आलीशान शहर आबाद हो सकेगा।'' एलबर्ट किशन मंसूर ने कहा, ''कितना खूबसूरत लैंडस्केप है? बीस-पच्चीस लाख की आबादीवाला एक इंडस्ट्रियल

शहर खड़ा हो सकता है यहाँ पर। पहाड़, दरिया, मैदान—सभी कुछ है यहाँ पर। दुनिया का एक निहायत खूबसूरत शहर आबाद होगा यहाँ पर।''

रानी मानकुमारी ने ताली बजाते हुए कहा, ''और मैं यहाँ की रानी बनूँगी—सुन रहे हैं आप शर्माजी! और तब आप मेरे ऊपर एक महाकाव्य लिखेंगे—मेरे रूप, ऐश्वर्य, वैभव पर। मैं आपका घर सोने से भर दूँगी!'' रानी मानकुमारी खिलखिलाकर हँस पड़ीं।

मेजर नाहरसिंह अपलक नयनों से रानी मानकुमारी को निरख रहे थे। उनकी आँखों में अनायास ही आँसू उमड़ आए, भर्राये गले से उन्होंने कहा, ''कैसी मरीचिका! हे भगवान, सबकुछ छीनकर भी सन्तुष्ट नहीं हुए!''

मेजर नाहरसिंह के इस कथन से रानी मानकुमारी एक साथ चौंक उठीं, उनकी हँसी गायब हो गई। बुझती हुई आवाज़ में उन्होंने कहा, ''मरीचिका! मरीचिका! जिन्दा रह सकूँ, यही एक समस्या है मेरे सामने! मैं जिन्दा रहना चाहती हूँ, मैं जिन्दा रहना चाहती हूँ!'' और रानी मानकुमारी एकाएक फूट पड़ीं।

एक सन्नाटा-सा छा गया वहाँ पर। उस मौन को तोड़ा पंडित शिवानन्द शर्मा ने, ''आप जिन्दा रहेंगी रानी साहिबा, आप अमर बनेंगी। आप पर महाकाव्य लिखूँगा, मैं आपको वचन देता हूँ। आपकी दैवी सुन्दरता, आपका राजसी वैभव, आपकी असीम ममता और करुणा—इन्हें मैं युगों-युगों के लिए अपने महाकाव्य में अमर कर दूँगा।''

झपी हुई आँखों से रानी मानकुमारी ने शिवानन्द शर्मा को देखा, ''सच शर्माजी! मैंने हमेशा आपको देवता की भाँति समझा है। मैंने भी कभी कुछ कविताएँ लिखी हैं। आप मुझे अमर कर देंगे, सच कहते हैं आप!'' और रानी मानकुमारी ने अपनी आँखें बन्द कर लीं मानो वह किसी सपने में डूब गई हों।

इसी समय रन बहादुर ने अन्दर आकर मेजर नाहरसिंह से कहा, ''खाना लग गया है सरकार!''

छह

जिस समय पंडित शिवानन्द शर्मा की नींद खुली, सात बज गए थे। उनके सिरहाने चाय की ट्रे रखी हुई थी, एक प्याला चाय बनाकर उन्होंने पी। चाय कुछ ठंडी हो गई थी, लेकिन अपने अन्दरवाले उल्लास में उन्होंने यह अनुभव नहीं किया। बाहर बरामदे में आकर उन्होंने देखा कि धूप काफी चढ़ आई है और ज्ञानेश्वर राव बैठे हुए कुछ लिख रहे हैं।

शिवानन्द शर्मा के हृदय में जैसे उल्लास की तरंगें उठ रही हों, मुस्कराते हुए उन्होंने राव साहब से कहा, ''कहिए राव साहब, क्या हो रहा है? आप तो सुबह होते ही लिखने बैठ गए!''

ज्ञानेश्वर राव जैसे सपना देखते-देखते चौंक उठे हों, "आइए शर्माजी, आज तो बड़ी देर तक सोते रहे आप। बात यह है कि सुमनपुर योजना पर अपने पत्र के साप्ताहिक-संस्करण के लिए एक लेख लिखना है, जोखनलाल का बड़ा आग्रह था। तो वह लेख लिखने बैठ गया हूँ।" और फिर मुस्कराते हुए उन्होंने पूछा, "कहिए, कल की दावत कैसी लगी?"

शर्माजी कुर्सी पर बैठ गए, "नया अनुभव हुआ राव साहब मुझे। मुझे तो वह सब एक सपने की भाँति भ्रामक दिखता है।"

ज्ञानेश्वर राव मुस्कराए, "और उसे सपना ही रहने दीजिएगा शर्माजी! इस तरह के अनगिनत भ्रामक सपने दुनिया में बिखरे पड़े हैं। इन सपनों को साकार बनाने के प्रयत्न में ही दुनिया की अधिकांश ट्रेजेडीज होती हैं। कल रातवाला वातावरण मुझे कुछ अजीब तरह का भयावना और कुरूप दिखा था, बहुत सम्भव है आपने यह न अनुभव किया हो।"

ज्ञानेश्वर राव का अपमान किया था मेजर नाहरसिंह ने, शिवानन्द शर्मा को यह याद था। कुछ चुप रहकर शर्माजी ने कहा, "मेजर नाहरसिंह की बात को आप अभी तक गाँठ में बाँधे हुए हैं। राव साहब, सब लोग जानते हैं कि वह सनकी आदमी हैं और अपना मत प्रकट करने का उन्हें पूरा अधिकार था। लेकिन उन्होंने तो आपसे उसी समय माफी माँग ली थी!"

"अरे वह बात तो मैं भूल ही गया था। नहीं शर्माजी, वह सब नहीं, उसका तो मैं आदी हो गया हूँ। कितनी गालियाँ मुझे सुनने को मिली हैं आज तक, कितनी गालियाँ मुझे सुनने को मिलेंगी भविष्य में। उन गालियों की चिन्ता करने लगूँ तो जिन्दगी ही हराम हो जाए। मैं इन सबों से अधिक तीखी गालियाँ दे सकता हूँ, यह तो आप जानते ही होंगे। अगर देखा जाए तो यह युग ही गाली-गलौज का है।"

शर्माजी हँस पड़े, "बड़े पते की बात कही राव साहब आपने, यह युग ही गाली-गलौज का है," फिर किंचित् गम्भीर होकर शर्माजी ने कहा, "लेकिन यह गाली-गलौज हमें कहाँ ले जाएगी? राव साहब, कभी आपने यह अनुभव किया है कि हम लोग संयम और विश्वास के युग को छोड़कर उच्छृंखलता के युग में आ गए हैं, शिष्टता और शालीनता से हम कितना हट गए हैं!"

ज्ञानेश्वर राव भी हँस पड़े। "अच्छा ही हुआ शर्माजी, जो हमने अपना यह ढोंग और आडम्बर छोड़ दिया। मैं व्यक्तिगत रूप से इस गाली-गलौज को बुरा भी नहीं समझता, इससे बहुत-सी मार-काट बच जाती है जिसे आप शिष्टता और संयम कहते हैं, वह अपनेपन का, अपने अहं का दमन ही तो है। और इस दमन की प्रतिक्रिया सीधे शारीरिक हिंसा में होती है। नहीं, मैं गाली-गलौज की बात नहीं कह रहा था, मैं तो उस वातावरण में जो कुरूप वास्तविकता थी उसकी बात कह रहा था। रानी मानकुमारी के साथ अन्याय हो रहा है और हमारी सारी व्यवस्था इस अन्याय को रोकने में असमर्थ है। मुझे तो उस परिवार के हरेक आदमी से डर लगने लगा है, चाहे वह मेजर नाहरसिंह हों, चाहे

वह रघुराजसिंह हों, चाहे वह स्वयं रानी मानकुमारी हों। शर्माजी, इन लोगों से अलग रहने में ही कल्याण है।''

शर्माजी उठ खड़े हुए, ''और यह सब मानते हुए भी मैं आपसे सहमत नहीं हो सकता। इनसे अलग रहना! राव साहब, हम लोग इनसे अलग तो थे ही, दूर अति दूर! लेकिन किसी अज्ञात हाथ ने हम लोगों को इनसे मिला दिया है। अब इनसे अलग रहना मुझे तो अपने लिए असम्भव दिखता है। अच्छा चलूँ, शौच-स्नान से निवृत्त हो लूँ, लोग नाश्ते के लिए हमारा इन्तज़ार कर रहे होंगे।''

शर्माजी के जाने के बाद ज्ञानेश्वर राव ने फिर अपनी कलम उठाई, लेकिन अब उन्हें ऐसा लगा कि उन्होंने अभी तक कुछ लिखा है उसमें प्राण नहीं हैं, प्रभाव नहीं है। उसे आगे बढ़ाने में उनका मन नहीं लग रहा था। जो सलाह उन्होंने शिवानन्द शर्मा को दी थी, वह उन्होंने गौण रूप से अपने को ही दी थी। और अब उन्हें लगने लगा कि उनके मन में कहीं कोई कचोट है। उन्होंने अपने सामनेवाले कागज-पत्र बटोरकर अपने कमरे में रख दिए और फिर बरामदे में टहलने लगे।

जितना ही वह रानी मानकुमारी के सम्बन्ध में भूलना चाहते थे, उतना ही अधिक वह रानी मानकुमारी के प्रति अपने विचारों में उलझते जाते थे। उन्होंने दुनिया के विभिन्न देश देखे थे, उन्होंने सुन्दरता के विभिन्न पहलू भी देखे थे। लेकिन कुछ अजीब-सा उलझा हुआ और मोहक व्यक्तित्व था रानी मानकुमारी का। कितनी कोमल, कितनी सुकुमार; शरीर ही नहीं, आत्मा भी! लेकिन उनके प्राणों में एक ही तरह की आग, कर्म और गति! एक प्रकाश का पुँज, जो अपने चारों ओर जीवन के स्पन्दनवाली उष्णता को बिखेरता है। इस निर्जन प्रदेश में नितान्त अनजाने आदमियों का इतना सुन्दर और शानदार आतिथ्य-सत्कार? आखिर इसकी आवश्यकता क्या थी? बड़े-बड़े सम्पन्न और समृद्ध लोग इतनी शानदार दावत नहीं दे सकते थे। वैभव से च्युत, लुटेरों से प्रताड़ित, जिसका सबकुछ छिनता जा रहा है, उस स्त्री ने इस उजाड़ और निर्जन प्रदेश में पड़े हुए इन अनजाने आदमियों में जीवन की रागिनी भर दी! आखिर यह क्यों? और राव साहब को अपने इस प्रश्न का उत्तर नहीं मिल रहा था।

ज्ञानेश्वर राव ने कपड़े पहने। नाश्ता करने का समय हो गया। और कपड़े पहनते हुए उन्होंने यह भी निर्णय किया कि रानी मानकुमारी के लिए उन्हें कुछ करना ही होगा। उन्होंने जोखनलाल की इतनी सहायता की, उन्होंने जोखनलाल की सरकार के लिए इतना अधिक प्रचार किया, तो क्या जोखनलाल और जोखनलाल की सरकार उनके कहने से रानी मानकुमारी की सहायता नहीं कर सकते? और यह प्रश्न सहायता का था भी नहीं, यह प्रश्न तो उचित न्याय का था।

ज्ञानेश्वर राव ने घड़ी देखी, आठ बजने में कुल पाँच मिनट बाकी थे। शर्माजी बाथरूम में गा रहे थे, इसका अर्थ यह था कि शर्माजी को तैयार होने में काफी समय लगेगा। उनकी प्रतीक्षा करना बेकार होगा, वह स्वयं चले आएँगे। और ज्ञानेश्वर राव जोखनलाल के बँगले की ओर चल पड़े।

लॉन पर मकोला, देवलंकर, मंसूर और मौलाना रियाजुलहक़ बैठे आपस में बातचीत कर रहे थे। नाश्ते का सामान सजाया जा रहा था। लेकिन जोखनलाल वहाँ नहीं थे। ज्ञानेश्वर राव लॉन पर बैठे लोगों की तरफ बढ़ते-बढ़ते रुक गए, बँगले के अन्दर से जोखनलाल और मेजर नाहरसिंह की तेज़ आवाज़े सुनकर उन्हें ऐसा लगा कि इस बातचीत के बीच-बीच रानी मानकुमारी की विवश और दबी आवाज़ भी आ रही है। यह जोखनलाल के कमरे की ओर बढ़े।

नाहरसिंह कह रहे थे, "मन्त्रीजी, मेरी समझ में नहीं आता कि तुम समर्थ होकर भी इतना झूठ क्यों बोल रहे हो। कभी एक बात पर तुम जमते ही नहीं। लेकिन मैं बतला दूँ, तुम और तुम्हारे साथी जो कुछ चाहते हैं वह नहीं होगा, किसी हालत में नहीं होगा। यह जायदाद केवल सरकार के हाथों बेची जाएगी, किसी व्यक्ति के हाथ नहीं बिकेगी, इतना समझ लो!"

जोखनलाल ने बिगड़कर कहा, "मेजर साहब! आप मुझ पर झूठा लांछन लगा रहे हैं। मैंने आपसे कभी यह बात नहीं कही कि सरकार यह जायदाद नहीं खरीदेगी और रानी साहिबा किसी अन्य व्यक्ति के हाथ इसे बेच दें। क्यों रानी साहिबा, सच कहिएगा, क्या मैंने कभी आपसे इस बात का संकेत भी किया है?"

दबी हुई आवाज़ में रानी मानकुमारी ने कहा, "नहीं, आपने तो कभी संकेत नहीं किया, लेकिन जो खरीदना चाहते हैं वे आपके कृपा-पात्र हैं।"

अब ज्ञानेश्वर राव बोले़ जो इतनी देर चुपचाप यह बात सुनते रहे।

"जोखनलाल, मैं पूछता हूँ कि रानी साहिबा का रुपया जो उनके बार-बार दौड़ने पर भी सरकार नहीं दे रही है, इसके क्या अर्थ होते हैं? यह तो रानी साहिबा को मजबूर करना है कि वह अपनी जायदाद आधे-पौने दाम पर किसी दूसरे व्यक्ति के हाथ बेच दें।"

इस बातचीत में जोखनलाल का पारा काफ़ी चढ़ गया था, उन्होंने राव साहब की ओर देखा, "इस सबमें आपको पड़ने की कोई आवश्यकता नहीं है राव साहब! सरकार की मजबूरियों को आप नहीं समझ सकते। दफ्तर की कार्रवाई, पी.डब्ल्यू.डी. फाइनेन्स, न जाने कितनी सीढ़ियाँ हैं इस झमेले में, लेकिन स्वार्थ आदमी को अन्धा बना देता है। रानी साहिबा और मेजर साहब तत्काल रुपया पाना चाहते हैं। यह कैसे हो सकता है? इस सबमें काफी समय लग जाया करता है।"

"कितना समय लगेगा मैं जानना चाहता हूँ?" मेजर नाहरसिंह ने कड़े स्वर में पूछा, "एक साल से अधिक हो गया है हम लोगों को दौड़ते हुए। और एक साल में यह सीढ़ियाँ तय नहीं हो पाईं। तो क्या इन सीढ़ियों को तय करने में सारी जिन्दगी लग जाएगी?"

मेजर नाहरसिंह ने जो कुछ कहा, वह सत्य था और अप्रिय सत्य का जैसा लोगों पर प्रभाव पड़ता है वैसा ही जोखनलाल पर भी पड़ा। उठते हुए उन्होंने कहा, "मैं कुछ नहीं जानता, आप लोग इस सम्बन्ध में चीफ मिनिस्टर से बातें करें।"

जोखनलाल की यह बात ज्ञानेश्वर राव को अच्छी नहीं लगी। उन्होंने कहा, "मुझे ऐसा दिखता है कि काम चीफ मिनिस्टर से भी नहीं बन सकेगा, रानी साहिबा! इस सम्बन्ध में प्राइम मिनिस्टर से बातें करनी होंगी। आप अपने कागज़ात निकाले रखिए, मेरे साथ आप लोग दिल्ली चलें, मैं आप लोगों को उनसे मिला दूँ। और उसके बाद आपका काम पूरा हो जाएगा।"

जोखनलाल का चेहरा उतर गया। उन्होंने मेजर नाहरसिंह से कहा, "मेजर साहब, थोड़ा-सा समय आप मुझको और दें।" इस बार वह ज्ञानेश्वर की ओर घूमे, "चाय-नाश्ते के लिए सब लोग आ गए हैं, चलिए, अब वहाँ चला जाए। चलिए आप लोग भी, रानी साहिबा!"

उत्तर नाहरसिंह ने दिया, "नहीं मन्त्रीजी, धन्यवाद। हम लोग अब घर जा रहे हैं।"

जब ये दोनों लॉन पर पहुँचे, पंडित शिवानन्द शर्मा भी आ गए थे। बातें हो रही थीं, कुछ अजीब तरह से उखड़ी-उखड़ी। ऐसा लगता था मानो यहाँ बैठे सब लोग अपने में ही खो जाना चाहते हों। पिछली रात की पार्टी का किसी ने कोई जिक्र नहीं किया, हरेक आदमी के अन्दर एक डर-सा था कि कहीं वह अपना भेद न खोल दे।

देवलंकर ने अपनी चाय बहुत जल्दी समाप्त की, फिर उसने उठते हुए कहा, "मुझे तो आप लोग क्षमा करें, रोहिणी की घाटी में जाना है। मैंने वहाँ उठते ही कैम्प भिजवा दिए हैं। शायद मुझे दो-तीन दिन लग जाएँ उस घाटी का चक्कर लगाते हुए।" और यह कहकर वह वहाँ से जल्दी-जल्दी चला गया।

देवलंकर के जाने के बाद मकोला भी उठे, "देखूँ चलकर जोखनलालजी, मेरे प्राइवेट सेक्रेटरी ने और आपके जिऑलोजिकल एक्सपर्ट ने क्या रिपोर्ट तैयार की है। मैं अपने माइनिंग एक्सपर्ट को बुलाने के लिए तार देना चाहता हूँ। यहाँ नजदीक कोई तारघर होगा?"

"यहाँ तो कोई तारघर नहीं है, तार भेजने के लिए तो यशनगर जाना होगा। मैंने पोस्ट एंड टेलीग्राफ़ विभाग को लिखा था, तार के खम्भे लगने आरम्भ हो गए हैं और एक महीने के अन्दर यहाँ के पोस्ट ऑफिस में तार की व्यवस्था हो जाएगी लेकिन चिन्ता की कोई बात नहीं, मेरा आदमी जीप पर यशनगर जाकर तार दे आएगा।"

मकोला ने कुछ सोचा, "यशनगर में शायद टेलीफ़ोन भी होगा? तार देने की बजाए अगर मैं अपने माइनिंग एक्सपर्ट से बातचीत कर लूँ तो ज्यादा अच्छा हो।"

"हाँ-हाँ, वहाँ टेलीफ़ोन है। आप मेरी कार ले जाइए, वह अब ठीक हो गई है। आप वहाँ से टेलीफ़ोन करके दो बजे तक लौट सकते हैं, हम लोग खाने पर आपका इन्तजार करेंगे।"

उसी समय मौलाना रियाजुलहक़ भी उठ खड़े हुए, "मकोला साहब, मैं भी यशनगर तक चलना चाहता हूँ अगर आपको कोई खास एतराज न हो। आपके साथ मैं यहाँ वापस भी आ जाऊँगा।"

मकोला ने जोखनलाल की ओर कुछ ऐसी दृष्टि से देखा कि उन्हें मौलाना का साथ कतई नापसन्द होगा। जोखनलाल ने मौलाना से कहा, "आप कहाँ जाएँगे, मौलाना? आपसे अभी तक मुझे बात करने का वक्त ही नहीं मिला। इस वक्त मैं फुर्सत से हूँ। पार्टी में जो यह तूफानी बदतमीजी पैदा हो गई है वह कांग्रेस को कहाँ ले जाएगी, इस दलबन्दी को दूर करने के लिए आपको जो-जो कदम उठाना चाहिए वह आप समझ लें और उन पर जल्दी-जल्दी अमल करना शुरू कर दें।"

"मैं ज़रा यशनगर से लौट आऊँ तब बातचीत होगी," मौलाना ने उत्तर दिया।

"नहीं मौलाना, आज बातें हो ही जानी चाहिएँ। आपको यहाँ आए एक हफ्ते से ज्यादा हो गया है। लखनऊ में आपकी जरूरत है, तो आप आज मुझसे बातें करके कल सुबह की गाड़ी से लखनऊ के लिए रवाना हो जाएँ।" और जोखनलाल ने मकोला से कहा, "मकोलाजी, आप जाइए, मौलाना इस वक्त आपके साथ नहीं जाएँगे।"

ज्ञानेश्वर राव ने शर्माजी की ओर देखा, "आपका क्या प्रोग्राम है, शर्माजी? मंसूर साहब तो कुछ सुस्त नजर आ रहे हैं।"

एलबर्ट किशन मंसूर ने हलकी मुस्कान के साथ कहा, "जी हाँ, एक अजीब मिठास से भरी नींद। जी में आता है चुपचाप रंगीन सपने देखता रहूँ और उन्हीं में अपने को खो दूँ। राव साहब, इसी पोइट्री में दुनिया की हस्ती है, इसी पोइट्री से दुनिया के हरेक आर्ट निकले हैं।"

"यह कौन-सी नई पोइट्री है जिसमें इतने अधिक और रंग-बिरंगे सपने हैं? वैसे कविता मैं भी करता हूँ और पोइट्री तो खुद आर्ट है। और इन सब आर्टों को पैदा करनेवाली पोइट्री क्या है, ज़रा मैं भी तो सुनूँ!" शर्माजी ने कहा।

"जी, वह पोइट्री आपके नजदीक है, आपकी जिन्दगी में है, लेकिन बदकिस्मती यह है कि आप इस पोइट्री को पहचान नहीं पा रहे हैं।"

एक झुँझलाहट के साथ ज्ञानेश्वर राव बोले, "मंसूर साहब! आपकी इस भूमिकावाली आदत से मुझे बड़ी उलझन होती है। साफ-साफ कहिए कि आपका मतलब क्या है?"

"जी, हर बात का एक दीबाचा रहता है, वरना बात लट्ठमार हो जाए। राव साहब, आप जिन्दगी में किस चीज को अहमियत देते हैं?"

ज्ञानेश्वर राव के उर्दू के पक्षपाती होने के कारण यह नहीं था कि वह उर्दू जानते या समझते हों। उन्होंने कहा, "मंसूर साहब, यह अहमियत क्या बला है? अगर आपका मतलब अहमकपन से मिलती-जुलती किसी चीज से हो..." और उसी समय पंडित शिवानन्द शर्मा खिलखिलाकर हँस पड़े, "उसे तो आज दुनिया में सबसे ज्यादा अहमियत दी जाती है लेकिन अहमकपन अहमियत नहीं है। अहमियत से मतलब है महत्त्व से। मंसूर साहब आपसे पूछ रहे हैं कि अपने जीवन में किस चीज को सबसे अधिक महत्त्व देते हैं। क्यों मंसूर साहब, आप राव साहब के दृष्टिकोण यानी नजरिए में सिर्फ उनका दृष्टिकोण जानना चाहते हैं या उन्हें मानव-समाज का प्रतिनिधि मानकर सारे मानव-समाज का दृष्टिकोण जानना चाहते हैं?"

"जी, तो यूँ समझिए कि मैं इनसान का नजरिया जानना चाहता हूँ। नहीं मैं गलत कह गया। इनसान का नजरिया तो मैं जानता हूँ, मैं राव साहब का नजरिया जानना चाहता हूँ।"

राव साहब ने कुछ सोचकर कहा, "मेरे विचार से जीवन में सबसे अधिक महत्त्व रोटी-कपड़े को दिया जाना चाहिए।"

"जी, इसी जवाब को पाने की मैंने उम्मीद की थी आपसे, आमतौर से लोग यही जवाब देते हैं। लेकिन मेरे मेहरबान, यह गलत है। दुनिया में सबसे ज्यादा अहमियत मुहब्बत यानी प्रेम को दी जानी चाहिए। हम जिन्दा इसलिए हैं कि हमें जिन्दगी से लगाव है वरना हम सब खुदखुशी करके जिन्दगी से निजात पा जाएँ। सुबह से रात तक हम इसी मुहब्बत, प्रेम, लगाव के पीछे दीवाने रहते हैं। और रात में जब हम थके हुए नींद की बेहोशी में गर्क हो जाते हैं, उस वक्त भी यह लगाव हमारा पीछा नहीं छोड़ता, हम सपने देखते हैं।" और मंसूर उठ खड़े हुए, "वाक़या तो यह है मेरे दोस्त कि हमारी सारी हस्ती एक ख्वाब है और उस ख्वाब में अजीबो-गरीब रंग भरे हैं। न हमें उन ख्वाबों पर कोई काबू है और न रंगों पर कोई काबू है।"

मंसूर के जाते ही ज्ञानेश्वर राव और शिवानन्द शर्मा भी उठ खड़े हुए। ज्ञानेश्वर राव ने शर्माजी से पूछा, "शर्माजी, मुझे तो अपना लेख लिखना है। आपका क्या प्रोग्राम है?"

"कोई भी प्रोग्राम नहीं है।" शिवानन्द शर्मा ने शून्य दृष्टि से देखते हुए कहा, "तबीयत होती है कि थोड़ा-सा टहल आऊँ, लेकिन धूप चढ़ रही है। देखिए, कोशिश करता हूँ रोहिणी के जल-प्रपात की ओर जाने की, मकोला ने बड़ी तारीफ की है उस स्थान की। जा पाऊँगा इस धूप में, यह मैं ठीक-ठीक नहीं कह सकता।"

ज्ञानेश्वर राव मुस्कराए, "बड़ा अच्छा है, आप वहाँ हो आइए। मैं भी चलता, लेकिन विवशता है।"

ज्ञानेश्वर राव को उनके कमरे में छोड़कर शर्माजी ने अपने कमरे से अपनी कविताओं की कापी उठाई। वह उस दिन एक सुन्दर-सी शृंगार-रस की कविता लिखना चाहते थे। उनके मन में न जाने कैसी उमंग आ गई थी। पिछले कई वर्षों से उनकी कविताओं में निराशा और विराग का दर्शन प्रमुख हो गया था, इस दर्शन से अति बोझिल उनकी कविता में रस का अभाव है। उसके मित्रों और हिन्दी के आलोचकों ने दबी जबान उनसे शिकायत भी की थी, लेकिन शर्माजी स्वयं अपने से विवश थे। वह अपने जीवन में रस का अभाव अनुभव करते थे। और उस दिन उन्हें लग रहा था जैसे रस स्वयं उनके जीवन में अनायास ही आ गया था।

शिवानन्द शर्मा ने जिस समय अपने बँगले के बाहर कदम रखा, उनकी घड़ी में नौ बजकर पाँच मिनट हो चुके थे। जेठ की धूप काफी अधिक प्रखर हो गई थी। वैसे उस प्रदेश में लू नहीं चलती थी, ऊँची-नीची पहाड़ियों से घिरे हुए उस प्रान्तर में तराई के सघन वृक्षों और लताओं से उलझकर पश्चिमी हवा शान्त और शीतल हो जाती थी, पर सूर्य की प्रताड़ना तो भयानक थी ही।

प्रायः दो फर्लांग चलने के बाद रोहिणी के जल-प्रपात तक पहुँचने का उनके अन्दरवाला उत्साह ठंडा पड़ने लगा। वह लौट पड़े, धीमे कदमों से पराजित की भाँति। लेकिन बँगले में वापस जाकर वह ज्ञानेश्वर राव पर अपनी पराजय प्रदर्शित नहीं करना चाहते थे। एक बार उनकी इच्छा अपने बँगले के अन्दर प्रवेश करने की हुई, लेकिन उनके पैर स्वतः आगे बढ़ते गए। उन्हें पता ही नहीं चला कि कब और कैसे वह रानी मानकुमारी के बँगले के सामने पहुँच गए। एकाएक उन्हें मेजर नाहरसिंह की आवाज सुनाई दी, "अरे कविजी, तुम!" और उन्होंने देखा कि मेजर नाहरसिंह मानकुमारी के बँगले से बाहर निकल रहे हैं। मेजर नाहरसिंह के कन्धे पर बन्दूक लटक रही थी और उनके साथ भूटिया कुत्ता था।

शर्माजी ने पूछा, "क्या शिकार पर जा रहे हैं, मेजर साहब? काफी देर हो गई?"

नाहरसिंह ने जोखनलाल को एक भद्दी-सी गाली देते हुए कहा, "इसके यहाँ दौड़ते-दौड़ते तो मैं आज़िज आ गया हूँ। देर करवा दी शिकार के लिए, कोई बात नहीं, इस तराई के जंगल में कुछ-न-कुछ तो मिल ही जाएगा। यहाँ से दो-तीन मील दक्षिण में घना जंगल आरम्भ हो जाता है।" फिर नाहरसिंह ने ऊपर जलते हुए आसमान की ओर देखते हुए कहा, "आज बहुत कड़ी धूप है, मालूम होता है जल्दी ही वर्षा होगी। तो इस धूप में कैसे निकल पड़े, कविजी?"

"बँगले में मन नहीं लग रहा था। सोचा किसी झुरमुट में, जहाँ ठंडक हो, बैठकर कुछ लिखा जाए।"

"कविजी, इस धूप और गर्मी से अगर कहीं त्राण है तो घर के अन्दर। मुझे तो अपने भोजन की कोई व्यवस्था करने के लिए शिकार पर निकलना पड़ता है। जिसे भोजन की कोई चिन्ता नहीं अगर वह इस गर्मी में बाहर निकले तो वह पागल है। तो मेरी सलाह मानो कविजी, घर के अन्दर बैठो जाकर।" और मेजर नाहरसिंह चल पड़े।

शर्माजी थोड़ी देर तक खड़े सोचते रहे कि मेजर नाहरसिंह की सलाह मानी जाए या न मानी जाए और फिर उन्हें ऐसा लगा कि यह तो स्वयं उनके मन की सलाह है और यह मन की सलाह इससे भी कुछ अधिक है और इसलिए उन्होंने रानी मानकुमारी के बँगले के अन्दर प्रवेश किया।

रानी मानकुमारी के ड्राइंग-रूम का दरवाजा खुला हुआ था और रानी मानकुमारी एक सोफे पर लेटी हुई एक उपन्यास पढ़ रही थीं। बरामदे में पैरों की आहट सुनकर उन्होंने किताब से अपनी आँखें उठाईं, दरवाजे की ओर देखते हुए उन्होंने पूछा, "कौन है?"

"नमस्कार करता हूँ रानी साहिबा!" शर्माजी ने ड्राइंग-रूम के दरवाजे पर आकर कहा।

रानी मानकुमारी चौंककर उठ बैठीं, "अरे आप शर्माजी! प्रणाम करती हूँ। बाहर क्यों खड़े हैं, चले आइए।"

शिवानन्द शर्मा ने कमरे में प्रवेश किया। रानी साहिबा के सामनेवाली मेज पर उनका ही उपन्यास 'एक ही रास्ता' पड़ा था।

पुस्तक की ओर देखते हुए शर्माजी से रानी मानकुमारी ने मुस्कराते हुए कहा, "कितने अचरज की बात है शर्माजी कि मैं इस समय आपका ही उपन्यास दूसरी बार पढ़ रही थी कि आप आ गए। कितनी महान् रचना है यह! अच्छा शर्माजी, सच बताइएगा, इस उपन्यास की नीलिमा को कभी आपने देखा है?"

'एक ही रास्ता' की सफलता के प्रमुख कारणों में एक था नीलिमा के चरित्र की रचना। देश और विदेश के आलोचकों ने इस बात को मुक्तकंठ से स्वीकार किया था। पर नीलिमा के चरित्र को लेकर शर्माजी की निन्दा भी की गई थी। शर्माजी ने उत्सुकता के साथ पूछा, "क्यों, क्या नीलिमा का चरित्र आपको अस्वाभाविक लगा?"

"पता नहीं क्या स्वाभाविक है और क्या अस्वाभाविक है। मैं सोच रही थी कि क्या स्त्री तीन आदमियों से एक समय में समान भाव से प्रेम कर सकती है?"

इस बार शर्माजी मुस्कराए, "आप क्या समझती हैं, रानी साहिबा?"

कुछ अजीब तरह के भोलेपन के साथ रानी मानकुमारी ने कहा, "मैं तो बड़ी अज्ञानी और मूर्ख हूँ शर्माजी, भला मैं क्या समझूँगी? लेकिन नीलिमा का चरित्र मुझे कुछ बड़ा मोहक-सा लगा। और यही मोहकता मुझे अस्वाभाविक लगी। मुझे तो ऐसा लगता है कि स्त्री एक समय में केवल एक पुरुष से प्रेम कर सकती है।"

शर्माजी ने शान्त भाव से कहा, "रानी साहिबा! प्रेम से आपका मतलब विवाह से है!"

रानी साहिबा थोड़ी देर तक कुछ सोचती रहीं, फिर बोलीं, "शायद आप ठीक कहते हैं। जो किया जाता है वह विवाह है, प्रेम किया नहीं जाता, वह तो हो जाता है। लेकिन शर्माजी, प्रेम एक साथ ही तीन आदमियों से तो नहीं हो सकता!"

शिवानन्द शर्मा ने रानी मानकुमारी की मुद्रा में अजीब तरह का भोलापन देखा, ऐसा निश्छल और निष्कपट भोलापन उन्होंने पहले कभी देखा हो यह याद नहीं था। थोड़ी देर तक मौन रहकर शर्माजी ने पूछा, "रानी साहिबा! क्या मनुष्य में एक समय में चार-छह आदमियों के प्रति घृणा हो सकती है?"

शर्माजी के इस प्रश्न से रानी मानकुमारी खिलखिलाकर हँस पड़ीं, "आप खड़े चतुर और बुद्धिमान हैं, शर्माजी! प्रेम और घृणा एक-दूसरे के विरोधी और पूरक गुण हैं। आपका मतलब है कि अगर कई आदमियों से एक साथ घृणा हो सकती है तो कई आदमियों से एक साथ प्रेम भी हो सकता है। लेकिन शर्माजी, आप अपने इन तर्कों से विपक्षी को तो पराजित कर सकते हैं, पर आप जिज्ञासु और भक्त को नहीं समझा सकते।"

और रानी मानकुमारी ने आवाज दी, "रनबहादुर! दो गिलास शर्बत!"

रानी मानकुमारी ने फिर कहा, "लेकिन शर्माजी, इसमें दोष आपका नहीं, मेरा है, क्योंकि मुझमें समझ सकने की क्षमता नहीं है। इसका कारण शायद यह भी हो कि मैं विपक्षी की हैसियत से आपसे तर्क करने बैठ गई, जबकि मेरे अन्दर आपके प्रति भक्ति और आत्म-समर्पण की भावना होनी चाहिए थी।"

शर्माजी ने कहा, "यह सब स्वाभाविक है रानी साहिबा, इसकी चिन्ता आप क्यों करती हैं?"

मानकुमारी ने सिर हिलाते हुए कहा, "नहीं शर्माजी, यह सब स्वाभाविक नहीं है। मुझे तो यह सब नितान्त अस्वाभाविक दिखता है। अब आप इस समय अपनी ही बात लें। मैंने आपका साहित्य पढ़ा और मैं आपके साहित्य पर मुग्ध हो गई। मैंने स्वयं न जाने कितनी कविताएँ लिखीं, लेकिन उन कविताओं से मुझे सन्तोष नहीं हुआ, मुझे ऐसा लगा कि मैं कविता में असफल हूँ। यद्यपि अब भी कभी-कभी जब जी भर आता है एकाध कविता लिख लेती हूँ। मन में आता था कि कभी आपसे मिलकर पूछूँ, ये सब कैसे लिख लेते हैं, लेकिन आपके पास जाकर पूछने की हिम्मत नहीं पड़ी। आप क्या सोचेंगे–आपको मैं अपना परिचय कैसे दूँगी, मेरा आपके पास जाना उचित नहीं होगा। हम लोगों के जीवन की धाराएँ भिन्न हैं, क्षेत्र भिन्न हैं। मुझे ऐसा लगने लगा कि आपसे मिलना असम्भव होगा।"

शिवानन्द शर्मा के मन में रस की वर्षा हो रही थी, वही बोले, "रानी साहिबा, इस दुनिया में असम्भव कुछ भी नहीं है।"

"आप ठीक कहते हैं। आपके दर्शन अनायास ही, बिना किसी प्रयत्न के हो गए। लेकिन इस निर्जन प्रान्तर में आपके दर्शन भी कुछ विचित्र परिस्थितियों में हुए हैं जब मैं अपने-आपे में नहीं हूँ। जब अपमान, विवशता और क्रोध ने मेरे प्राणों में एक भयानक अवसाद भर दिया है। शर्माजी, सच कहती हूँ, मनुष्यता और नेकी से मेरी आस्था उठने लगी है। मुझे ऐसा लगा है जैसे यह दुनिया पिशाचों और पशुओं से भरी है, जैसे मनुष्य के चारों ओर एक अभेद्य अन्धकार है और ऐन इस अवसर पर आप मुझे दिखे। फिर भी एक झिझक, आपसे किस प्रकार बातें करूँ, एकान्त में आपसे किस प्रकार मैं अपनी शंकाओं का निवारण करूँ। आपसे मिलने की इच्छा भी तो नहीं कर पाई मैं और शायद यह अच्छा ही हुआ। अगर इच्छा करती तो शायद आपसे मिलना भी न हो पाता। जो कुछ मैंने चाहा वह कभी नहीं हुआ। सच कहती हूँ शर्माजी, अब तो मैंने इच्छा करना ही छोड़ दिया है। खैर, छोड़िए इस बात को। सत्य यह है कि आप मुझे मिले। लेकिन आपको व्यक्तिगत रूप से आमन्त्रित करने का साहस मुझे नहीं हुआ। और आज अभी-अभी मैं आपका यह उपन्यास पढ़ रही थी, मैं आपके चरित्रों में उलझी हुई थी, आपके सम्बन्ध में तो मैं सोच भी नहीं रही थी, तब आप मेरे बिना बुलाए हुए स्वयं एकाएक मेरे पास आ गए। यह तो स्वाभाविक नहीं है, शर्माजी!"

पंडित शिवानन्द शर्मा के प्रति रानी मानकुमारी के मन में स्वयं एक आकर्षण है, शर्माजी जब अपने यहाँ से चले थे तब उन्हें इसका पता नहीं था। भाग्य एक विचित्र ढंग से उनका साथ दे रहा था। उन्होंने बड़े कोमल स्वर में कहा, "रानी साहिबा! यह सब क्या हो रहा है? मुझे विश्वास नहीं होता। एक सपना-सा लग रहा है मुझे। इतनी कोमलता, इतना सौन्दर्य, इतनी ममता! मैं इन सबको एक स्थान पर साकार

रूप में देख रहा हूँ। जीवन में एक बहुत बड़े अभाव की पूर्ति आपके व्यक्तित्व में मिल रही है मुझे। मेरे जीवन में आपका आना मेरे लिए कितना बड़ा सौभाग्य है!"

एकाएक रानी मानकुमारी की आँखों में आँसू आ गए, "नहीं शर्माजी, यह मत कहिए। मैं किसी के जीवन में दुर्भाग्य बनकर ही आ सकती हूँ। आप अपने को भुलावे में मत डालिए। मैं बड़ी अभागिन हूँ—बड़ी अभागिन हूँ।" और रानी मानकुमारी एकाएक फूट पड़ीं।

शर्माजी एक क्षण के लिए चकित-से रह गए, फिर उन्होंने अपना साहस बटोरा। उठकर वह रानी मानकुमारी के सामने खड़े हो गए, "यह आप क्या कर रही हैं, रानी साहिबा?" और यह कहकर उन्होंने अपना रूमाल निकालकर रानी साहिबा की आँखों के आँसू पोंछे। फिर रानी मानकुमारी के सिर पर हाथ रखते हुए उन्होंने बड़े कोमल स्वर में कहा, "इतनी निराशा, इतनी व्यथा! रानी साहिबा, इस सबसे काम नहीं चलेगा। मनुष्य अपने भाग्य का निर्माण स्वयं करता है। आप शान्त हों।"

शर्माजी के इस स्पर्श से, उनकी बात से रानी मानकुमारी के समस्त शरीर में पुलकन की एक लहर-सी दौड़ गई। हलके हाथ से शर्माजी का हाथ अपने सिर से हटाते हुए रानी मानकुमारी उठ खड़ी हुईं, 'मुझे क्षमा कीजिएगा शर्माजी, मैं कभी-कभी अनायास ही भावना के प्रवाह में बह जाती हूँ। इतना अपने को रोकने का प्रयत्न करती हूँ, लेकिन सब व्यर्थ। और अब तो ऐसा लगने लगा है कि शायद मेरे लिए यह वरदान है। मेरी निराशा मेरे अन्दर घुटन बनकर मेरे जीवन को विषाक्त तो नहीं बनाती, वह मेरे आँसू बनकर निकल जाती है। देखूँ, अभी तक रनबहादुर शर्बत नहीं लाया।"

शर्माजी अपने स्थान पर बैठ गए, लेकिन रानी साहिबा को अन्दर जाने की आवश्यकता नहीं पड़ी, रनबहादुर दो गिलासों में सन्तरे का शर्बत ले आया। शर्बत का गिलास शर्माजी को देते हुए रानी मानकुमारी ने फिर अपनी बात आरम्भ की, "बड़ी आशा लेकर आई थी मैं सुमनपुर, लेकिन मेरे जीवन की मरीचिका ने यहाँ भी मेरा साथ नहीं छोड़ा। प्रश्न मेरे सामने है, कब तक चलाऊँगी यह सब? जो कुछ जमीन-जायदाद थी वह सब सरकार ने ले ली या लेती जा रही है। कक्काजी की दो हजार एकड़ भूमि है, सुना है उसे भी सरकार ले रही है। और मिलता कुछ भी नहीं है। अपना निजी खर्च मैंने इतना कम दिया है, कुछ तीन-चार हजार रुपये प्रति मास। इतना कम करने पर भी छह महीने से अधिक नहीं चल पाएगा और फिर इसके बाद? फिर मुझे विवश होना पड़ेगा कि मैं अपने आभूषण बेचूँ, मैं अपने इन मकानों को बेचूँ। और इनका भी उचित मूल्य नहीं मिल पाएगा—मैं अपने चारों तरफ देखती हूँ, लुटेरों, का एक दल मुँह बाये सबकुछ हड़प जाने को खड़ा है, इससे बच सकना असम्भव है।"

पंडित शिवानन्द शर्मा ने वास्तविकता के इस पहलू को इतना निकट से पहले कभी नहीं देखा था। उन्होंने सुना बहुत था, लेकिन उन्हें विश्वास नहीं होता था। और इस समय रानी साहिबा की करुण और दयनीय अवस्था को देखकर उनका अन्तर हिल गया। पर यह सब एक बहुत बड़ा चक्कर है। इस चक्र को तोड़ने में, इस अवस्था को

दूर करने में काफी समय लगेगा, परिश्रम लगेगा। और विवशता का मुकाबला केवल दर्शनशास्त्र से ही किया जा सकता है। शर्माजी ने कुछ देर तक मौन रहकर पूछा, "और यह सब किसलिए? इतना अपमानित और लांछित होना; इतनी चिन्ता और इतनी घुटन, यह सब किसलिए? आखिर आपके जीवन का उद्देश्य क्या है? किस उपलब्धि की आप कामना करती हैं, रानी साहिबा?"

पंडित शिवानन्द शर्मा ने जो प्रश्न किए, रानी मानकुमारी उनसे मर्माहत-सी हो गईं। करुणा स्वर में वह बोलीं, "शर्माजी, उद्देश्य–उपलब्धि! इन्हीं को तो मैं नहीं देख पाती हूँ। कितनी विवश और मूर्ख हूँ मैं, जानना चाहती हूँ इस उद्देश्य को, प्राप्त करना चाहती हूँ इस उपलब्धि को, पर यह नहीं होता। आप ही बतलाइए शर्माजी, मेरे जीवन का उद्देश्य क्या हो सकता है और उपलब्धि क्या हो सकती है?"

शिवानन्द शर्मा मुस्कराए, "रानी साहिबा! जीवन का उद्देश्य है कर्म और उसकी उपलब्धि है सुख। आप जहाँ हैं वहाँ आपको कर्म की कोई प्रेरणा ही नहीं। और इसलिए कर्म के अभाव में आपको सुख भी नहीं मिल सकता। यशनगर और सुमनपुर–बहुत छोटे स्थान हैं यह। आप दिल्ली चलें, आपके पास भावना है, कोमलता है। आप स्वभाव से कवि हैं, मैं गलत तो नहीं कहता?"

कुछ सोचकर रानी मानकुमारी ने कहा, "अगर उचित वातावरण मिले तो मैं अच्छी कविताएँ लिख सकती हूँ।"

"वही कह रहा हूँ। आप मुझे अपनी कविताएँ दिखलाइए, मैं उन्हें ठीक करके छपवा दूँगा। यही नहीं, उनका अंग्रेजी में अनुवाद कराके विदेशों में प्रचार करूँगा। सैफों–मीरा–दुनिया की ये अमर विभूतियाँ, आप इनकी कोटि में आकर अमर बन सकती हैं। आपके जीवन का उद्देश्य होना चाहिए कला, कविता!"

"लेकिन शर्माजी, यह दिल्ली तो अथाह सागर है–मैं अकेली कैसे वहाँ रहूँगी?"

उत्तर शर्माजी के पास मौजूद था, "इसकी आपको चिन्ता नहीं करनी है। दिल्ली में मेरे पास एक अच्छा-सा बँगला है। मैं तो केवल एक कमरे में रहता हूँ, आप वहाँ रहिए आकर। मकान के किराए का आपको कोई खर्च नहीं। आप वहाँ हजार-बारह सौ रुपये में मजे के साथ रह सकती हैं और वहाँ के साहित्य-क्षेत्र में मैं आपको प्रवेश करा दूँगा। बड़े-बड़े लोग आपके चरणों पर आकर झुकेंगे और जब आपकी इतनी ख्याति होगी, यश फैलेगा, तब यही लोग, जो आपकी उपेक्षा करते हैं, आपकी खुशामद करेंगे।"

रानी मानकुमारी की आँखों में एक चमक आ गई, उठकर उन्होंने शर्माजी का हाथ पकड़ते हुए कहा, "सच शर्माजी! आप मेरा पथ-प्रदर्शन करेंगे? बोलिए, मैं कितनी अकेली हूँ, कितनी असहाय हूँ! आप मेरी सहायता करेंगे? आप मनुष्य नहीं, देवता हैं, देवता!" और इसके पहले कि शर्माजी अपनी भावना का किसी प्रकार का प्रदर्शन करें, रानी मानकुमारी ने भीतरवाले द्वार की ओर बढ़ते हुए कहा, "शर्माजी, मैं अभी अपनी कविताएँ लाती हूँ, आप उन्हें देखिए। मैं भाग्यवान हो गई आपको पाकर। और देखिए, दोपहर का भोजन यहीं करें। मैं मिनिस्टर साहब से कहलवाए देती हूँ।"

2

ज्ञानेश्वर राव ने अपना लेख समाप्त करके जब घड़ी देखी तो ग्यारह बज चुके थे। वैसे पत्रों के लिए सम्पादकीय लिखना या अन्य राजनीतिक लेख लिखना उनका पेशा था, लेकिन उस दिन जो लेख वह लिख गए थे, उससे वह स्वयं आश्चर्यान्वित हो उठे थे। उन्हें यह आभास ही नहीं था कि उनके अन्दर कहीं कविता है, लेकिन सुमनपुर योजना का, सुमनपुर में अपने आने का वर्णनात्मक लेख लिखते-लिखते जब वह रानी मानकुमारी का वर्णन करने लगे तब उनके अन्दर एक प्रबल कवित्व न जाने कहाँ से घुस आया। उन्होंने अपने उस लेख को तीन बार पढ़ा और हर बार उन्हें उस लेख में नया रस मिला। उठकर उन्होंने नौकर से पूछा, ''शर्माजी अभी लौटे या नहीं?'' पंडित शिवानन्द शर्मा को वह अपना लेख सुनाना चाहते थे।

''वह तो अभी तक नहीं आए, हुजूर!'' नौकर का यह छोटा-सा उत्तर पाकर राव साहब ने अपने कागज बटोरे और जोखनलाल के बँगले की ओर चल पड़े।

जोखनलाल और मौलाना रियाजुलहक़ में उस समय कुछ बड़ी अप्रिय बातचीत हो रही थी। करीब पन्द्रह मिनट पहले जयाली से मौलाना के पास खबर आई थी कि रात के समय वहाँ के हिन्दुओं ने वहाँ बननेवाली मस्जिद के प्लाट पर हल चलवा दिया है। जिन मुसलमानों ने इसका विरोध किया, उन पर मार भी पड़ी है और पुलिसवाले यह सब चुपचाप देखते रहे। इस बात से वहाँ के मुसलमानों में एक प्रकार का आतंक-सा भर गया है। वे लोग जयाली से भागने की बात सोच रहे हैं।

मौलाना कह रहे थे, ''जनाब, हद हो गई। मस्जिद का वह प्लाट मुसलमानों ने खरीदा है। माना कि अभी उस प्लाट की रजिस्ट्री नहीं हुई, लेकिन वह तो बिक चुका है। और आप लोग वहाँ के मुसलमानों की हिफ़ाजत तक नहीं कर सकते।''

जोखनलाल ने कहा, ''मैंने वहाँ पुलिस तो भिजवा दी है। मेरी समझ में नहीं आता कि यह वारदात कैसे हो गई। मैं वहाँ के सब-इन्स्पेक्टर के खिलाफ कड़ी कार्रवाई करूँगा। अभी मैं वहाँ से खबर मँगवाता हूँ कि क्या मामला है।''

ज्ञानेश्वर राव कुछ देर तक तो यह बातचीत सुनते रहे, फिर उनसे न रहा गया, ''आप पुलिस अथवा फौज से किसी भी प्रकार की आशा नहीं कर सकते मौलाना साहब, मैं आपको आगाह कर देना चाहता हूँ।''

मौलाना ने बिगड़कर उत्तर दिया, ''क्यों जनाब, यह पुलिस और फौज क्या मुँह देखने के लिए हैं? पुलिस और फौज का काम ही है लोगों के जान-माल की हिफ़ाजत करना।''

ज्ञानेश्वर राव मुस्कराए, ''आप बिलकुल ठीक कहते हैं मौलाना साहब, लेकिन आप यह क्यों भूल जाते हैं कि इस पुलिस और फौज में जो आदमी हैं वे या तो हिन्दू हैं या मुसलमान।''

''मुसलमान कहाँ हैं इस फौज या पुलिस में! उनकी तो भरती ही बन्द हो गई है।'' मौलाना बोले।

जोखनलाल बोले, "हैं क्यों नहीं मौलाना, लेकिन उतने नहीं हैं जितने अंग्रेजों की गुलामी के समय थे। चूँकि देश और प्रदेश में हिन्दुओं की जनसंख्या पिचासी प्रतिशत से ऊपर है, इसलिए पुलिस और फौज में भी अब इतना अनुपात हो गया है।"

ज्ञानेश्वर राव बोले, "सुन रहे हैं मौलाना! और जब हिन्दू और मुसलमानों में साम्प्रदायिक विभेद उठ खड़ा होगा तो यह पुलिस और फौज के हिन्दू साम्प्रदायिक भावना से किस प्रकार बचे रह सकेंगे?"

मौलाना कुछ नरम पड़े, "तो इसके मानी यह हुए कि सरकार मुसलमानों की हिफाजत नहीं कर सकती?"

"आप ठीक समझे, मौलाना! सरकार किस तरह मुसलमानों की हिफ़ाजत करेगी? आखिर सरकार भी तो आदमियों से बनी है और उन आदमियों में भी हिन्दू या मुसलमान हैं। तो जब तक यह हिन्दू और मुसलमान का भेदभाव हमारे देश में रहेगा तब तक हमारे देश में मुसलमान खतरे में रहेंगे।"

जोखनलाल ने बड़े तपाक के साथ कहा, "राव साहब! आपने बड़े पते की बात कही। मौलाना, अगर हम लोग हिन्दू-मुसलमान का भेदभाव मिटाकर सब-के-सब हिन्दुस्तानी बन जाएँ, तभी यह समस्या सुलझ सकती है।"

एकाएक मौलाना गरम हो उठे, "तो आप लोगों का मतलब यह है कि हम मुसलमान हिन्दू बन जाएँ। लेकिन मैं आप लोगों से यह कह देना चाहता हूँ कि हम मुसलमान पहले हैं, बाद में हिन्दुस्तानी हैं।"

"यह बात तो आप बेर-बेर कहते हैं मौलाना, लेकिन इससे समस्या सुलझने के स्थान पर उलझती ही जाती है। हमें अमन कायम रखने के लिए पुलिस की सहायता लेनी पड़ेगी। और वस्तुस्थिति तो आप देख ही रहे हैं।" जोखनलाल ने कहा, "मौलाना, प्रान्तीय कांग्रेस की बात तो हो चुकी। अब आप मेरी बात मानकर लखनऊ के लिए रवाना हो जाइए। आपका यहाँ से जल्दी-से-जल्दी चले जाना जयाली के मुसलमानों के हक में होगा।"

"अगर मैं यहाँ से चला गया तो उन लोगों की हिफाजत का क्या इन्तजाम होगा? मेरी मौजूदगी में ही उन पर बेतहाशा जुल्म हो रहे हैं।"

"अपनी हिफाजत वे खुद कर सकते हैं और कर भी लेंगे। आपकी मौजूदगी में वे वहाँ के हिन्दुओं से समझौता करने पर किसी हालत में राजी न होंगे, या यों कहा जाए कि आप उन्हें समझौता करने के लिए राजी न होने देंगे।"

मौलाना उठ पड़े, "तो आपके कहने का मतलब यह है कि सारे फसाद की जड़ मैं हूँ। मैंने आप लोगों को, इस कांग्रेस को कितना ताकतवर बनाया है, यह किसी से छिपा नहीं है। अच्छी बात है, मैं कल सुबह ही यहाँ से चला जाऊँगा, लेकिन इतना मैं आपको बतला दूँ कि मैं यहाँ से लखनऊ नहीं जाऊँगा, सीधे दिल्ली जाऊँगा और मेरे हाथ में कांग्रेस से इस्तीफा होगा। मुसलमानों पर ज्यादतियाँ हो रही हैं यहाँ पर, इसकी इत्तला तो मुझे दिल्ली जाकर देनी ही होगी। आप फिर न कहिएगा कि मैंने खामखाह आपकी मुखालफत की है।"

जोखनलाल ने मौलाना की धमकी में खोखलेपन की आवाज को स्पष्ट देख लिया था, "बड़े शौक से दिल्ली जाकर हमारी ज़्यादतियों का बखान करें। यहाँ की हालत को काबू में रखने की जिम्मेदारी हमारी सरकार पर है। जब मुझसे या मेरी सरकार से जवाब तलब किया जाएगा, तब हम अपनी सफाई दे देंगे।"

मौलाना खिसियाये हुए-से चले गए। उनके जाने के बाद जोखनलाल ने एक ठंडी साँस ली, "एक हद होती है किसी को दबाने की और किसी से दबने की। कहिए राव साहब! दिखता है आप आज बहुत अधिक व्यस्त रहे। रानी साहिबा यशनगर को साथ लेकर आप दिल्ली कब जा रहे हैं?"

ज्ञानेश्वर राव ने देखा कि जोखनलाल उस समय युद्ध-पथ पर हैं। और कोई समय होता तो ज्ञानेश्वर राव जोखनलाल को काफी कड़ा उत्तर देते लेकिन उस समय तो वह कवित्व और कल्पना के रंग में थे। उन्होंने मुस्कराते हुए कहा, "अभी मैंने रानी साहिबा से कोई बात नहीं की है इस सम्बन्ध में, लेकिन उन्हें दिल्ली जाने की जरूरत क्यों पड़े? तुम तो हो और रानी साहिबा का मामला तुम सुलझा सकते हो।"

"राव साहब, आप इस पचड़े में न पड़िए।" जोखनलाल का स्वर कुछ मुलायम पड़ा, "आपकी मेम साहिबा! कितनी खूबसूरत नेक और शरीफ हैं वह, तो उनकी तरफ देखिए। यह रानी घाट-घाट का पानी पिए हुए..." जोखनलाल एकाएक रुक गए ज्ञानेश्वर राव का कठोर स्वर सुनकर, "जोखनलाल, रानी मानकुमारी के सम्बन्ध में शिष्टता और शालीनता का व्यवहार करो। एक भली और भद्र महिला के सम्बन्ध में इस तरह की बात करके तुम अपने में संस्कृति के अभाव को प्रदर्शित कर रहे हो। वह हम सब लोगों से कहीं ऊँची हैं।"

जोखनलाल ने बात आगे नहीं बढ़ाई, एकटक वह थोड़ी देर तक ज्ञानेश्वर राव को देखते रहे और फिर एक ठंडी साँस लेकर बोले, "बात यहाँ तक पहुँच गई है राव साहब! मैंने इस खतरे पर कभी नहीं सोचा था, खैर, छोड़िए भी इस बात को। मैंने सुमनपुर के बँगलों की फाइल मँगवाई है, अभी कुछ देर पहले पत्र भिजवा दिया है। तीन-चार दिन में फाइल आ जाएगी। अब तो आप सन्तुष्ट हैं!" और यह कहकर जोखनलाल मुस्कराए।

ज्ञानेश्वर राव भी मुस्कराए, "मैंने तुमसे यही आशा की थी, आदमी तुम इतने बुरे नहीं हो। लेकिन जब मेरे कहने से इतना किया है तब अगर रानी मानकुमारी के मुआवजे की बातचीत मेरे जरिए हो तो तुम्हें इसमें कोई आपत्ति नहीं होनी चाहिए।"

जोखनलाल का मूड़ धीरे-धीरे सुधरता जा रहा था, उनकी मुस्कराहट और भी प्रस्फुटित हुई, "आपके साथ मेरी हार्दिक शुभकामनाएँ हैं। राव साहब! लेकिन जरा सँभलकर कदम उठायिएगा। आपकी मेम साहिबा इतनी नेक और भली हैं। यह नौबत न आने पाए कि वह मुझसे जवाब-तलब करें। मैं उनकी इज्जत करता हूँ और उनसे डरता भी हूँ।" और जैसे जोखनलाल को कोई बात याद हो आई हो, "अरे हाँ, मैं यह भी बतला दूँ कि रानी मानकुमारी के अकेले आप ही शिकार नहीं हैं। मेरे परम पूज्य

गुरुदेव, पंडित शिवानन्द शर्मा आपके बगलवाले कमरे में ही तो ठहरे हैं, तो आपको पता है कि इस समय वह कहाँ हैं?''

''क्यों क्या बात है? मुझसे उन्होंने कहा था कि वह एक कविता लिखना चाहते हैं। कविता लिखने के लिए वह रोहिणी जल-प्रपात की ओर निकल गए थे।''

जोखनलाल हँस पड़े, ''राव साहब, वह कविता कर रहे हैं रोहिणी के जलप्रपात पर नहीं, रानी मानकुमारी की बगल में बैठे हुए। थोड़ी देर पहले रानी साहिबा का नौकर आया था यह कहने कि हम लोग भोजन के लिए शर्माजी की प्रतीक्षा न करें, वह दोपहर का भोजन रानी साहिबा के यहाँ करेंगे।''

ज्ञानेश्वर राव चौंक पड़े, ''लेकिन शर्माजी को मुझसे झूठ बोलने की तो कोई आवश्यकता नहीं थी। मुझे शर्माजी पर दुख है। उन्हें अपनी उम्र का भी तो खयाल करना चाहिए। इस उम्र में वह प्रेम के चक्कर में पड़कर अपनी सुख-शान्ति नष्ट कर लेंगे।''

जोखनलाल बोले, ''पता नहीं कौन क्या कर लेगा! लेकिन राव साहब, शर्माजी को प्रेम के चक्कर में पड़ने का उतना ही अधिकार है जितना आपको है। फिर शर्माजी विधुर हैं जबकि आपके बीवी-बच्चे मौजूद हैं। मैं समझता हूँ कि इस प्रेम के मामले में आपको सबल विपक्षी का सामना करना पड़ेगा।''

ज्ञानेश्वर राव को यह बातचीत अच्छी न लग रही थी, ''छोड़ो भी इस बात को जोखनलाल! ये सब भी वैयक्तिक मामले हैं जहाँ तर्क काम नहीं करता। मुझे न शर्माजी से भय है, न उस ओर मेरी चिन्ता है। हाँ, इन बँगलों के मुआवजे का मामला मेरे माध्यम से तय होगा, तुमसे मुझे केवल इतना कहना है।'' और यह कहकर ज्ञानेश्वर राव ने कागजों का पुलिन्दा जोखनलाल को दिया, ''सुमनपुर योजना पर यह लेख मैंने आज लिखा है। अपने टाइपिस्ट से इस लेख की तीन कापियाँ निकलवा लो। कल सुबह की डाक से यह लेख भिजवाना है अपने पत्र के लिए। एक कापी तुम रख लेना, एक मेरे पास रहेगी।''

जोखनलाल ने अपने स्टेनोग्राफर को बुलाकर कागज दे दिए। फिर उन्होंने अपनी फाइलें खोलीं। ज्ञानेश्वर राव ने घड़ी देखी, बारह बजने में दस मिनट बाकी थे। उठते हुए उसने कहा, ''चलूँ, मैं भी स्नान करूँ चलकर। एक बजे तक शायद खाना लग जाएगा मेज पर।''

''डेढ़ बजे तक समझिए। अभी मकोलाजी यशनगर से नहीं लौटे, एक बजे तक लौटने की बात है।''

ज्ञानेश्वर राव जब जोखनलाल के यहाँ से अपने कमरे में वापस लौटे, उनके मन में उल्लास और उमंग के साथ एक अजीब तरह की जलन भी भर गई थी। उनके मन में हो रहा था कि वह तत्काल रानी मानकुमारी के यहाँ जाकर बतला दें कि उन्होंने सुमनपुर के बँगलों का मामला सुलझा दिया है। उनके मन में हो रहा था कि जल्दी ही उनका लेख टाइप हो जाए और उस लेख को जल्दी-से-जल्दी रानी मानकुमारी को पढ़कर सुना दें।

भोजन करते समय राव साहब काफी अनमने थे। मकोला और मंसूर ने राव साहब को बातचीत में घसीटने का काफी प्रयत्न किया। पर ज्ञानेश्वर राव के अन्दरवाला विषाद जैसे लगातार गहरा होता जाता था। खाना खाकर वह तत्काल ही अपने कमरे में लौट आए। पंडित शिवानन्द शर्मा अभी तक वापस न लौटे थे। गर्मी काफी अधिक थी। यद्यपि कमरे में पंखा चल रहा था, फिर भी उन्हें ऐसा लग रहा था कि हवा में भयानक उत्ताप है। उनके कान बरामदे में लगे थे शिवानन्द शर्मा के पदचाप की आहट पर। अब उन्हें शर्माजी पर क्रोध आ रहा था। तरह-तरह के विचार उनके मन में उठ रहे थे। न जाने वह कितनी देर इन्हीं उलझनों में करवटें बदलते रहे। फिर उन्हें बरामदे में पैरों की आहट सुनाई दी और उसके बाद ही बगलवाले कमरे के खुलने की आवाज। ज्ञानेश्वर राव ने अपनी घड़ी देखी, चार बज रहे थे। आधे घंटे तक वह पड़े-पड़े सोने का प्रयत्न करते रहे, पर अब उनसे न रहा गया। वह उठ बैठे। कमरे से निकलकर वह शिवानन्द शर्मा के कमरे की ओर गए। शिवानन्द शर्मा का कमरा खुला था और शर्माजी कुर्सी पर बैठे छत की ओर देखते हुए कुछ गुनगुना रहे थे। उनके सामने मेज पर एक कापी खुली रखी थी और शर्माजी के हाथ में उनका फाउंटेन पेन था।

ज्ञानेश्वर राव ने कहा, "कहिए शर्माजी, अभी तक आपकी कविता पूरी नहीं हुई! आज दोपहर तो बड़े मजे में बीती मालूम होती है!"

शिवानन्द शर्मा ने अपने होठ पर अँगुली रखते हुए दबी जबान में कहा, "चुप रहिए, राव साहब, मैं रानी मानकुमारी की कविताएँ पढ़ रहा हूँ। उफ, कितना मधुर संगीत, कितना कोमल सौन्दर्य, कितनी मादक कल्पना! एक महान् प्रतिभा जो अभी तक प्रकाश में नहीं आई। मैं तो विमुग्ध हूँ, राव साहब, इस कविता पर।"

ज्ञानेश्वर राव ने आगे बढ़कर उस कापी को देखा, मोतियों की तरह पिरोए हुए अक्षर। पर ज्ञानेश्वर राव को हिन्दी की वर्णमाला आती नहीं थी। उन्होंने कहा, "एक कविता आप मुझे सुनाइए शर्माजी! मैं भी देखूँ कैसी प्रतिभा है जिस पर आप जैसा महान् साहित्यकार और कवि इस तरह मुग्ध हो गया है!"

"आप इस कविता को नहीं समझ पाएँगे, राव साहब! आप वस्तु-जगत् के प्राणी हैं, सपनों की दुनिया से आपका कोई लगाव नहीं। इन कविताओं में सपनों की आकारहीन रंगीनी है। और सबसे बड़ी बात तो यह है कि ये कविताएँ साहित्यिक हिन्दी में लिखी हुई हैं, जिसके आप सबसे बड़े विरोधी हैं।"

ज्ञानेश्वर राव ने खिसियाहट के स्वर में कहा, "आप ठीक कहते हैं, शर्माजी! न मैं इस कविता को समझ पाऊँगा और न इस कविता को समझना चाहूँगा। भला स्त्री कहीं कविता भी कर सकती है? मैंने न जाने कितनी स्त्रियों की कविताएँ सुनी हैं, बेमानी, ऊटपटाँग। और फिर जब हिन्दी जैसी अशक्त और अविकसित भाषा में कविता लिखी जाए तो उसमें भावना कैसे व्यक्त हो सकती है!"

शर्माजी लड़ने और बुरा मानने के मूड में नहीं थे, उन्होंने कहा, "राव साहब, हिन्दी के सम्बन्ध में आपके जो विचार हैं उनसे तो सारी दुनिया, यानी अमेरिका, ब्रिटेन आदि

भी परिचित हैं; जिस भाषा को आप न जानते हैं, न समझते हैं, उसके सम्बन्ध में निश्चयपूर्वक निर्णय दे देना—यह हिम्मत आपकी है! लेकिन राव साहब, साधारण लड़कियाँ या स्त्रियाँ जो कविताएँ लिखती हैं उनसे यह कविता बिलकुल भिन्न है। दिल्ली पहुँचते ही मैं रानी साहिबा की कविताओं का यह संग्रह प्रकाशित कराऊँगा। वहाँ के प्रकाशक इसे प्रकाशित करके अपने को धन्य मानेंगे। और तब आपको पता चलेगा कि रानी मानकुमारी कितनी महान् कवयित्री हैं।''

''तो दोपहर-भर आप रानी साहिबा की कविताएँ सुनते रहे—मालूम होता है।'' ज्ञानेश्वर राव ने मुँह बनाकर कहा।

शर्माजी ने कविताओं की कापी बन्द की और उठ खड़े हुए, ''आप नहीं समझेंगे राव साहब, ज़रा भी नहीं समझेंगे। हम दोनों दोपहर-भर कविता की दुनिया में रहे, कौन सुनता था और कौन सुनाता था—इसका प्रश्न ही नहीं उठा। और सच मानिए, आज दोपहर मुझे और अकेले मुझे ही नहीं, रानी मानकुमारी को भी एक नया अनुभव हुआ। मैं जब अपनी कविता सुना रहा था, तब रानी मानकुमारी मानो उस कविता में अपने को तन्मय कर चुकी थीं, चित्रलिखित-सी वह उस कविता को सुन रही थीं। और उनका वह सौन्दर्य मानो मेरे स्वर में, मेरे अस्तित्व में प्रतिबिम्बित हो उठा, क्योंकि मैं स्वयं अपनी कविताओं पर मुग्ध हो गया। इसके पहले मैंने अपनी कविता के वास्तविक सौन्दर्य को न देखा था।''

ज्ञानेश्वर राव ने व्यंग्यात्मक स्वर में कहा, ''आप ठीक कहते हैं, शर्माजी! एक सुन्दर स्त्री को अपनी कविता सुनाते समय आपको अपनी कविता में नए अर्थ और नई सुन्दरता मिल जाना स्वाभाविक था। इसमें आश्चर्य की कोई बात नहीं।''

ज्ञानेश्वर राव के व्यंग्य पर शर्माजी ने कोई ध्यान नहीं दिया, ''राव साहब, यही बात रानी मानकुमारी पर भी लागू हुई। जिस समय वह कविताएँ सुना रही थीं, मैं भी उन कविताओं के रस में बहने लगा और मेरी इस मुद्रा से उनका स्वर बड़े मीठे ढंग से काँपने लगा, उनकी उन गहरी-नीली आँखों में प्रकाश की चमक आ गई और अनायास ही रानी मानकुमारी अपनी उन कविताओं पर मुग्ध हो गईं, जो उपेक्षिता की भाँति उनकी इस कापी में बन्द पड़ी थीं। कविता सुनाते-सुनाते वह बोल पड़ी थीं कि उन्होंने पहले कभी अपनी कविता के सौन्दर्य को इस तरह नहीं देखा। इस पर उन्हें आश्चर्य हो रहा था और मैं सच कहता हूँ, रानी साहिबा में महान् प्रतिभा है।''

इन दोनों को अपनी बातचीत में यह पता भी न चला कि कब एलबर्ट किशन मंसूर आकर इनके पीछे खड़े हो गए। मंसूर ने इन दोनों की बातों में अब दखल दिया, ''हो सकता है कि आप ठीक कहते हों शर्माजी, यह पोइट्री दुनिया के हरेक कोने में बिखरी पड़ी हैं, पारखी चाहिए। और मैं इतना जरूर मानता हूँ कि आप अकेले शायर ही नहीं है, आप अच्छे पारखी भी हैं। क्यों राव साहब, आप भी मेरी बात से इत्तिफाक करेंगे?''

ज्ञानेश्वर राव ने बिगड़कर कहा, ''आप इत्तिफाक से नहीं आए यहाँ पर, आप जान-बूझकर हम दोनों की बातचीत में कूद पड़े हैं, बिना बातचीत को समझे हुए।''

मंसूर मुस्कराए, ''राव साहब, दुनिया का कौन-सा ऐसा राज है जो मंसूर से छिपा हो? आपकी नाराजगी दूसरों से नहीं, अपने से है। आपको न जबान के रंगों का पता है, न मुहब्बत के रंगों का पता है, यानी आपकी जिन्दगी निहायत बदरंग है। अभी शर्मा साहब ने फरमाया था कि रानी साहिबा में—वह क्या कहा था शर्माजी आपने—अजी, वही संस्कृत का लफ्ज जिसके मानी ग़ालिबन जीनियस होते हैं—ओह, आ गया, प्रतिभा, जी तो शर्माजी ने फरमाया था कि रानी साहिबा में प्रतिभा है। और मेरी अर्ज है कि बिरादर—यह जीनियस हर जगह मौजूद है, कमी इस जीनियस की नहीं है, कमी पारखी की है। बहरहाल चाय का वक्त हो गया है, यानी पाँच बज रहे हैं और तबीयत यह होती है कि अभी और सोया जाए। इस नींद में ही ख्वाबों की बस्ती है शर्मा साहब, और मुझे तो कुछ ऐसा लगता है कि इनसान जागने के लिए पैदा हुआ है, सोने के लिए नहीं। जब तक आप ख्वाब देखते रहेंगे तब तक यूँ समझिए कि आप पर नींद का नशा हायल है। इसलिए इस नाचीज की अर्ज है कि ख्वाबों की दुनिया से ऊपर उठकर असलियत की दुनिया में आया जाए, चाय पीकर तरोताजा हुआ जाए। आज तो दिन-भर लेटे-लेटे तबीयत घबरा गई है।''

''अरे, दोपहर बीत गई और चाय पीने का वक्त भी हो गया,'' शिवानन्द शर्मा ने चौंककर कहा, ''चलिए, राव साहब, चाय पी जाए चलकर। बैठिए मंसूर साहब, तब तक राव साहब तैयार होकर आते हैं।''

जिस समय ये तीनों चाय पीने के लिए जोखनलाल के यहाँ पहुँचे, धूप काफी तेज थी, यद्यपि घड़ी में पाँच बज चुके थे। जोखनलाल सोफे पर पैर फैलाए लेटे हुए ऊँघ रहे थे। इन लोगों के आते ही जोखनलाल ने घड़ी की ओर नजर डाली और एक झटके के साथ उठकर बैठ गए, ''अरे, बड़ी जल्दी चाय का वक्त हो गया! राव साहब, मकोलाजी से बात करने में और उसके बाद आपका लेख पढ़ने में वक्त का पता ही नहीं लगा।'' और यह कहकर उन्होंने सामने पड़ी हुई मेज से ज्ञानेश्वर राव के लेख की टाइप की हुई प्रतियाँ अपने हाथ में लेते हुए कहा, ''मान गया आपको मैं, राव साहब—आपकी कलम में जादू है। मैंने फोटोग्राफर सब इकट्ठे करवा लिए हैं, फोटोग्राफर से कह दिया कि हम लोगों का ग्रुप-फोटोग्राफ ले ले। अभी आता ही होगा, तब तक मकोलाजी भी जाग जाएँगे, अभी वक्त ही क्या हुआ है! हाँ देवलंकर तीन-चार दिन में वापस लौटेंगे, इस ग्रुप-फोटोग्राफ में उन्हें न शामिल किया जा सकेगा।''

''देवलंकर का फोटोग्राफ अलग से दिया जा सकता है, लेकिन उनका कोई फोटोग्राफ आपके पास है?''

सिर हिलाते हुए जोखनलाल ने कहा, ''नहीं, उनका तो कोई चित्र हम लोगों के पास नहीं है और भला हो ही कैसे सकता है? आप लोगों में से किसी का चित्र यहाँ नहीं है। अपने फोटोग्राफर से मैं आप लोगों के अलग-अलग चित्र भी इसी समय खिंचवा लूँगा। लेकिन सवाल देवलंकर के चित्र का है। इनका चित्र तो आपके इस लेख में जाना ही चाहिए।''

ज्ञानेश्वर राव ने कुछ सोचकर कहा, "शायद देवलंकर का चित्र मेरे आफिस में हो। जब उसने अलबहरा बाँध का ऑफर ठुकराया था तब हम लोगों ने वह खबर उसके चित्र के साथ छापी थी या बिना उसके चित्र के छापी थी, मुझे ठीक-ठीक याद नहीं पड़ता। अरे हाँ, आप अपने फोटोग्राफर से, जहाँ देवलंकर है वहीं उसका चित्र क्या नहीं खिंचवा सकते?"

"चित्र तो कल ही खिंच पाएगा और आप अपना मैटर कल सुबह की डाक से भेज रहे हैं।"

"इसकी कोई चिन्ता नहीं है, फोटोग्राफ मैं परसों सुबह की डाक से भेज दूँगा और अपने फोटोग्राफर से यह भी कह देना कि उस स्थान का भी एक अच्छा-सा फोटोग्राफ ले ले जहाँ वह पहाड़ गिरा है और जहाँ रोहिणी का पानी झील बना रहा है।"

जोखनलाल मुस्कराए, "यह सब तो हो जाएगा। अब एक प्रश्न और है—क्या रानी साहिबा यशनगर का चित्र भी आप भेजेंगे?"

शर्माजी चौंक उठे, "रानी साहिबा यशनगर का चित्र? क्या इस लेख में रानी साहिबा का भी जिक्र है?"

जोखनलाल ने उस लेख की एक कापी पंडित शिवानन्द शर्मा के हाथ में देते हुए कहा, "ज़रा इस लेख को पढ़िए, शर्माजी! लेख क्या है, पूरा साहित्य है। राव साहब अगर कोशिश करें तो बड़ी अच्छी कविता कर सकते हैं।"

शिवानन्द शर्मा ने लेख हाथ में लेकर पढ़ना आरम्भ कर दिया। पहले चार पृष्ठों को वह सरसरी तौर से देखते हुए उलटते चले गए, लेकिन पाँचवें पृष्ठ पर उन्हें अपने पढ़ने की रफ्तार धीमी करनी पड़ी। ज्ञानेश्वर राव ने रानी साहिबा यशनगर का जो वर्णन किया था उसका एक-एक शब्द शर्माजी को पढ़ना पड़ा और यहाँ उनसे न रहा गया। उस वर्णन को वह जोर-जोर से पढ़ने नहीं, बाँचने लगे। पूरे तीन पृष्ठों में रानी साहिबा यशनगर का गुणगान किया था ज्ञानेश्वर राव ने। और रानी मानकुमारी के उस वर्णन में ज्ञानेश्वर राव ने मादक कवित्व भर दिया था। राजा शमशेर बहादुरसिंह ने सुमनपुर के विकास की योजना रानी मानकुमारी की प्रेरणा से किस प्रकार बनाई थी, रानी साहिबा ने किस प्रकार इस योजना पर अपने को अर्पित कर दिया और राजा साहब की मृत्यु के बाद वह सीधे यशनगर आकर इस सुमनपुर के विकास के काम में लग गईं। सुमनपुर और यशनगर की जनता रानी मानकुमारी को अपनी अधिष्ठात्री और देवी के रूप में मानती है; और किस प्रकार रानी मानकुमानी ने साक्षात् दुर्गा बनकर इन अतिथियों की जंगल के शेरों तथा हिंसक पशुओं से रक्षा की तथा कल्याणी और अन्नपूर्णा बनकर इन अतिथियों को शानदार दावत खिलाई, एक कवित्वमय वर्णन था इस सबका।

शिवानन्द शर्मा ने उस लेख को मेज पर पटकते हुए कहा, "यह सब मिथ्या है, अनर्गल है।"

"आप इस लेख का प्रतिवाद कर सकते हैं शर्माजी, मैं अपने ही पत्र में आपका प्रतिवाद छाप दूँगा। मैं आपको वचन देता हूँ और जहाँ तक नैतिक मान्यताओं का प्रश्न

है वहाँ कवि होने के नाते आप यह तो मानते ही हैं कि सारा साहित्य और समस्त कविता, इस मिथ्या और अनर्गलता पर स्थापित है। यह बात दूसरी है कि आप इसे अतिशयोक्ति कहकर मिथ्या के आरोप से बच जाते हैं।"

एलबर्ट किशन मंसूर चुपचाप बैठे हुए इन दोनों के चेहरों पर शत्रुता और विरोध के जो भाव थे, उन्हें देख रहे थे। उन्हें जैसे इस सबमें मजा आ रहा था। उन्होंने ज्ञानेश्वर राव की ओर देखा, "इस लेख की मुखालिफत शर्माजी किसी हालत में किसी भी अखबार में नहीं कर सकते, भला कभी एक शायर दूसरे की शायरी को झूठा बतला सकता है और लुत्फ यह कि जब वह दूसरे की शायरी अपने ही अन्दरवाली शायरी हो। राव साहब, आप बड़े माहिर खिलाड़ी हैं, मुबारकबाद! मैं तो आपकी शागिर्दी करना चाहता हूँ इस फ़न में। मैं आपको यकीन दिलाता हूँ कि आपने जो कर दिया है उसका कोई जवाब नहीं।"

शिवानन्द शर्मा ने बिगड़कर मंसूर की ओर देखा, "मंसूर साहब, बिना समझे हुए दूसरों की बातचीत में दखल देने की आपमें आदत पड़ गई है और मुझे यह आदत पसन्द नहीं, आप चुप रहने की कृपा करें।" फिर उन्होंने ज्ञानेश्वर राव से कहा, "राव साहब, झूठ के पैर नहीं होते क्योंकि उसका कोई अस्तित्व ही नहीं है।"

एलबर्ट किशन मंसूर को शर्माजी की डाँट अखर गई थी, मुँह बनाते हुए वह बोले, "मुआफ कीजिए शर्माजी, चूँकि हम सब इस बातचीत में शरीक हैं, लिहाजा मुझे बात कहने का उतना ही हक है जितना आपको है। और मुझे तो ऐसा दिखता है कि आप लोग बातें करने में बड़े माहिर हो गए हैं। वह तो आपका...अजी वही जो गीता में लिखा है...अजी जनाब, वही, याद आ गया, वेदान्त! तो वह कहता है कि हम सब मिथ्या हैं, यानी यह दुनिया ही मिथ्या है। मैं तो यह देख रहा हूँ कि मिथ्या होते हुए भी हमारी, आपकी, पहाड़ों की, जंगलों की, शहरों और मुल्कों की अपनी हस्ती है। और जब कभी हम लोग इतने ज्ञानी बन जाएँ कि इस झूठ की हस्ती से इनकार कर दें तब हमें खुदकुशी कर लेनी पड़ेगी।"

"वेल सेड, मंसूर साहब, वेल सेड!" ज्ञानेश्वर राव ने उत्साह के साथ कहा, "आपने शर्माजी की बात का उत्तर शर्माजी के शब्दों में ही दे दिया है।" फिर उन्होंने जोखनलाल की ओर देखा, "अगर इस ग्रुप-फोटोग्राफ में आप रानी मानकुमारी को भी शामिल कर लें तो बड़ा अच्छा हो।"

"मुझे तो इसमें कोई आपत्ति नहीं है। राव साहब, यह लेख आपने लिखा है और यह लेख आप अपने अखबार में छाप रहे हैं। सवाल यह है कि क्या वह इस ग्रुप-फोटोग्राफ में शामिल होना पसन्द करेंगी? मेरा इस मामले में उनसे कुछ कहना ठीक न होगा, आप ही उनसे बात करें, और न हो तो शर्माजी को भी आप अपने साथ ले जाएँ।"

ज्ञानेश्वर राव ने शर्माजी की ओर देखा, "शर्माजी तो मुझसे अप्रसन्न हैं, क्यों शर्माजी?"

लेकिन शर्माजी की अप्रसन्नता क्षणों में आती थी और क्षणों में गायब हो जाती थी। शर्माजी मुस्कराए, ''आप अकेले ही रानी साहिबा से मिलें। लेकिन चाय पीने का वक्त हो गया है, फोटोग्राफर भी आता होगा। इतनी जल्दी कोई भी स्त्री फोटो खिंचवाने के लिए तैयार न होगी। तो इस वक्त आपका रानी साहिबा के यहाँ जाना गलत होगा।''

''मैं भी ऐसा ही समझता हूँ–वह मकोलाजी भी शायद आ रहे हैं। मैं शाम को जाकर बात कर लूँगा–यह ग्रुप-फोटोग्राफ भी कल ही खिंच पाएगा।'' ज्ञानेश्वर राव ने उत्तर दिया।

3

मेजर नाहरसिंह जिस समय शिकार से घर वापस लौटे, बड़े प्रसन्न थे। उस दिन उन्हें अनायास ही एक हिरन हाथ लग गया था और चार हरियलों को उन्होंने आसानी से मार गिराया था। करीब पन्द्रह मील का चक्कर काटा था उन्होंने। हिरन को अपने कन्धे पर लादकर उन्हें प्रायः दो मील चलता पड़ा था, तब कहीं जाकर उन्हें दो आदमी मिले जिनसे लदवाकर वह हिरन लाए। जिस समय वह घर पहुँचे, सूर्यास्त में करीब एक घंटे की देर थी। वह बेहद थके हुए थे, लेकिन उनके मन में अपार शान्ति थी, अनिर्वचनीय सन्तोष था।

स्नान करके और कपड़े बदलकर जिस समय उन्होंने ड्राइंग-रूम में प्रवेश किया, उन्होंने देखा कि रानी मानकुमारी एक कुर्सी पर बैठी हुई कुछ गुनगुना रही हैं, रानी साहिबा के सामनेवाली मेज पर एक पैड पड़ा था और उनके हाथ में एक फाउंटेन पेन था। बीच-बीच में उस पैड पर एकाध पंक्ति भी लिख लेती थीं। मेजर नाहरसिंह के शिकार से लौटने और कमरे में आने का जैसे उन्हें पता ही न चला। मेजर नाहरसिंह ने पुकारकर कहा, ''रानी बहू! अभी तक तुमने चाय नहीं पी?''

रानी मानकुमारी चौंक पड़ी, ''अरे कक्काजी! बड़ी देर लगा दी आज आपने शिकार में–कब आए?''

प्रसन्न-भाव से मेजर नाहरसिंह ने कहा, ''आज बड़ा अच्छा दिन था रानी बहू! एक हिरन हाथ लग गया है और ऊपर से चार हरियल भी मार लाया हूँ।''

''सच!'' उत्साहित-सी दिखने का प्रयत्न करते हुए रानी मानकुमारी ने कहा, ''तब तो बड़ा अच्छा हुआ। आज भोजन में मजा आ जाएगा। आप बहुत थक गए होंगे।''

''हाँ, थक तो गया था, लेकिन नहाने के बाद अब तबीयत ठीक हो गई है, सारी थकान जाती रही। कालसी कहती है कि तुमने अभी तक चाय नहीं पी, मेरी प्रतीक्षा कर रही हो। यह तो बड़ा गलत है, भला मेरा क्या ठिकाना!''

''नहीं कक्काजी, कालसी से तो ऐसे ही कह दिया था। असल में चाय पीने की मुझे इच्छा नहीं थी। बात यह है कि मैं आज बहुत दिनों बाद एक कविता लिखने बैठ गई। वह जो शर्माजी हैं, अरे वही पार्लियामेंट के मेम्बर पंडित शिवानन्द शर्मा, कक्काजी,

वह महान् साहित्यकार हैं। देश-विदेश में उनका मान है, उनकी ख्याति है। तो सुबह वह आए थे यहाँ पर!"

"हाँ-हाँ, मुझे मिले थे बँगले के सामने।" नाहरसिंह बोले।

"अच्छा, तो आपको मिले भी थे; हाँ, जब आप शिकार पर निकले थे। तो मेरी कविताएँ उन्हें अच्छी लगीं; वह मेरी पुरानी कविताएँ बड़ी देर तक सुनते रहे। और उन्होंने जब मेरी कविताओं की खूबियाँ मुझको बतलाईं, तब तो मैं अपनी उन कविताओं पर मुग्ध हो गई। उन्होंने मुझे बतलाया कि अगर मन लगाकर मैं कविताएँ लिखूँ तो साहित्य में मेरा नाम अमर हो सकता है। मुझे आसानी से अन्तर्राष्ट्रीय ख्याति प्राप्त हो सकती है। उन्होंने मुझे सहायता देने और मेरा पथ-प्रदर्शन करने का वादा भी कर लिया है। मैं कितनी प्रसन्न हूँ, कक्काजी!"

मेजर नाहरसिंह मुस्कराए, "इतना सब एक साथ कह गया वह कवि! बड़ा चतुर और पंडित आदमी है।"

"हाँ कक्काजी, बहुत बड़े विद्वान हैं वह, दुनिया में उनका नाम कुछ ऐसे ही थोड़े है! तो मैंने उन्हें भोजन करने के लिए भी यहाँ रोक लिया था, करीब चार बजे तो गए हैं वह यहाँ से। आदमी नहीं, देवता हैं, वह। कितने सौम्य, कितने शिष्ट, वाणी में सरस्वती का निवास! उन जैसा गुरु या पद-प्रदर्शक पाकर कोई भी व्यक्ति धन्य हो जाएगा।"

"अच्छा, अच्छा! चलो, अब चाय पियो चलकर, मुझे बड़ी जोर की भूख लगी है। उस कवि के ध्यान में तुम मुझ बूढ़े को तो भूल ही गईं।"

जैसे बिजली का धक्का लगा हो रानी मानकुमारी को, तेजी के साथ वह उठीं। मेजर नाहरसिंह का हाथ अपने हाथ में लेकर उन्होंने कहा, "क्षमा करो कक्काजी, आप ही तो एकमात्र मेरे हैं। मेरे दुख-दर्द, मेरी पीड़ा और व्यथा, इस सबमें एक आप ही तो हैं मेरे साथ। मैं भी कैसी मूर्ख हूँ कि इस क्षणिक उल्लास में बह गई!" और मेजर नाहरसिंह को मानकुमारी डाइनिंग-रूम में ले गईं।

दोनो डाइनिंग टेबल पर बैठ गए। कालसी ने चाय लगा दी थी। रानी मानकुमारी ने स्वयं अपने हाथों चाय बनाई। मेजर नाहरसिंह ने चाय पीते हुए ममता-भरी दृष्टि से रानी मानकुमारी को देखा। थोड़ी देर तक वह उसी प्रकार रानी मानकुमारी को देखते रहे। फिर बड़े करुण स्वर में बोले, "रानी बहू! ऐसा दीखता है कि यहाँ तुम्हारा काम नहीं बनेगा। सुमनपुर में अपना समय नष्ट करना अब व्यर्थ है। मेरी सलाह मानो तो तुम कल यहाँ से यशनगर चली जाओ। सुबह जब रघुराज यशनगर गया था तब मैंने उससे तुम्हारे वहाँ आने की सूचना भिजवा दी थी और उससे कह दिया था कि जब तक तुम वहाँ वापस लौटो तब तक वह वहीं रुका रहे।"

"वहीं जाकर क्या करूँगी, कक्काजी? कौन-सा मोह है मुझे वहाँ पर? वैसे सुमनपुर दो-एक दिन के लिए आई थी, लेकिन इतने दिन मैं रुक गई यहाँ पर, वह इसलिए कि यशनगर लौटने को मन नहीं करता। यहाँ से अगर जाऊँगी तो मसूरी या नैनीताल।"

"दुनिया की चहल-पहल में अपने को खो देने के लिए?"

"नहीं, कक्काजी! उल्लास और उमंग को अपने अन्दर समाहित कर लेने के लिए। आखिर यह उल्लास-विलास, नाच-रंग, उत्सव! इनका भी तो जीवन में एक स्थान है। मैं सोचती हूँ अपने को अपनी इच्छा से चिन्ता, दुख, विराग में डुबो लेना जीवन की अवज्ञा करना है।"

मेजर नाहरसिंह मुस्कराए, "यह बात तो मैंने न जाने कितनी बार तुमसे कही रानी बहू, लेकिन इस बूढ़े की बात पर कभी तुमने ध्यान ही नहीं दिया। मालूम होता है कि आज यह कवि वह सब तुम्हें बतला गया है। है न ऐसा, सच-सच बताना?"

कुछ शिथिल स्वर में रानी मानकुमारी ने कहा, "हाँ कक्काजी, शर्माजी ने ही मुझसे यह बात कही। मुझसे उन्होंने कहा कि चिन्ता मनुष्य को धीरे-धीरे खा जानेवाला रोग है, इसलिए चिन्ता से ऊपर उठकर कर्म के क्षेत्र में मैं आ जाऊँ। आखिर मुझे रुपयों की ही तो चिन्ता करनी पड़ती है, वह इसलिए कि मेरे खर्च लम्बे हैं। तो उन्होंने कहा कि मैं अपने खर्च कम कर दूँ। यशनगर में तो यह होगा नहीं। उनका बँगला दिल्ली में है, कहते हैं एक कमरा वह अपने लिए रखकर बाकी मेरे लिए छोड़ देंगे। मैं वहाँ रहूँ चलकर और साहित्य के सृजन में लग जाऊँ। मैं अपने जीवन का एक लक्ष्य बना लूँ, एक उद्देश्य निर्धारित कर लूँ। कक्काजी, क्या उन्होंने ठीक कहा?"

थोड़ी देर तक सोचकर नाहरसिंह बोले, "गलत तो नहीं कहा रानी बहू, उस कवि ने। रानी बहू, अगर तुम यशनगर को छोड़कर कहीं बाहर बस जाओ तो तुम्हारे खर्चे कम हो सकते हैं, लेकिन तुम्हें इसमें अपने जीवन की धारा को ही बदलना पड़ेगा। तुम्हें किसी ऐसे काम में लग जाना पड़ेगा जो इस राजसी ठाट-बाट, लक्ष्यहीन राग-रंग से दूर हो। साहित्य को शौक न बनाकर साधना के रूप में अपनाना पड़ेगा। अपने मन में तुम यह निश्चय कर लो कि तुम साधना करोगी। ये पार्टियाँ; यह झूठे मान से भरी उदारता, ये अनाप-शनाप खर्च क्या तुम इन्हें छोड़ सकोगी, अपने मन में तुम यह सोच लो।"

रानी मानकुमारी तेजी के साथ अपने अन्दर-ही-अन्दर सोच रही थीं। मेजर नाहरसिंह की बात उन्होंने पूरी-पूरी सुनी या नहीं, यह कहना कठिन है। एकाएक उन्होंने पूछा, "कक्काजी, एक बात आप मुझे बताइए! आपने शर्माजी को तो थोड़ा-बहुत देखा है, आपका क्या मत है उन पर? आप तो आदमी को बहुत जल्दी परख लेते हैं।"

"बड़ा कठिन प्रश्न कर दिया है, तुमने रानी बहू। मुझे वह आदमी बहुत अधिक अच्छा लगता है, मैं सच कहता हूँ। उसके ज्ञान और उसकी प्रतिभा पर मैं चकित हूँ। और मैं यह भी कह सकता हूँ कि वह कायरता की परिधि तक पहुँचेनवाला अहिंसात्मक है। लेकिन इसके यह अर्थ नहीं कि वह आदमी निश्चित रूप से अच्छा होगा। इसका निर्णय तो तुम्हें स्वयं करना होगा रानी बहू!"

चाय समाप्त हो गई थी। मेजर नाहरसिंह उठ खड़े हुए, "चलूँ, रानी बहू, उस हिरन को ठिकाने लगाऊँ चलकर। अकेला रनबहादुर यह सब न कर सकेगा। कालसी से कह दिया है, हिरन के गोश्त के कबाब बनाने के लिए।"

मेजर नाहरसिंह के जाते ही रानी मानकुमारी कविता लिखने बैठ गईं। उस दिन वह रस में तल्लीन हो रही थीं, एक अजीब-सा उल्लास भरा हुआ था उनके मन में। कितनी देर तक इस अर्ध-तन्द्रा की अवस्था में वह बैठी रहीं, रानी साहिबा को इसका पता नहीं चला। और फिर अनायास ही उन्हें स्वप्नलोक से उतरकर वास्तविकता की दुनिया में आना पड़ा एक आवाज सुनकर, ''क्षमा कीजिएगा रानी साहिबा, इस प्रकार अनायास चले आने पर। आप बहुत व्यस्त दिख रही हैं। आपको एक खुशखबरी सुनाने के लिए आना पड़ा।'' और रानी मानकुमारी ने देखा कि ज्ञानेश्वर राव ड्राइंग-रूम के दरवाजे पर खड़े हैं।

रानी मानकुमारी ने जल्दी से अपने पैड को बन्द करते हुए कहा, ''आइए, राव साहब! बाहर क्यों खड़े हैं?'' और रानी साहिबा खड़ी हो गईं।

राव साहब ने कमरे में प्रवेश किया, रानी मानकुमारी के सोफे के सामनेवाली कुर्सी पर बैठकर इत्मीनान के साथ सिगरेट सुलगाई। रानी साहिबा भी बैठ गईं और राव साहब के बोलने की प्रतीक्षा करने लगीं। थोड़ी देर तक राव साहब सिगरेट पीते रहे, फिर बड़े कोमल स्वर में बोले, ''मैंने आज सुबह आपसे वादा किया था रानी साहिबा, कि मैं आपके मामलों को ठीक करा दूँगा। मैंने जोखनलाल से बात की, उन्होंने आपके इन सुमनपुर के मकानों की फाइल मँगवाने का आर्डर उसी समय लखनऊ भिजवा दिया। तीन दिन में वह फाइल आ जाएगी। मैं समझता हूँ कि एक हफ्ते के अन्दर ही इन मकानों का मामला सुलझ जाएगा।''

ज्ञानेश्वर राव की बात सुनकर रानी मानकुमारी अब पूरी तौर से वास्तविकता की दुनिया में आ गईं और रानी साहिबा ने यह भी अनुभव किया कि वह वास्तविकता अनायास ही कोमल और सुखद हो उठी थी ''सच राव साहब! एक हफ्ते में इन मकानों का प्रश्न सुलझ जाएगा? आप मुझे बहला तो नहीं रहे हैं? ये मकान बिक जाएँ तो मेरी मुसीबत ही हल हो जाएँ।''

राव साहब ने मुख पर अधिक-से-अधिक भावना को लाते हुए कहा, ''आप जैसी देवी और कल्याणी के साथ इतना अन्याय हो रहा है, इसका मुझे पता ही नहीं था। और इससे भी बढ़कर आश्चर्य की बात यह है कि आप जैसे सभ्य, सुसंस्कृत और प्रतिभावन स्त्री के अस्तित्व का भी मुझे पता नहीं था। यह मेरा सौभाग्य था कि अपनी इच्छा के विरुद्ध भी केवल जोखनलाल के आग्रह से मैं यहाँ चला आया।''

रानी मानकुमारी के चारों ओर कविता का वातावरण अभी भी छाया हुआ था। उन्होंने करुण स्वर में कहा, ''राव साहब! इतनी बड़ी दुनिया में मेरी जैसी तुच्छ हस्ती की महत्ता ही क्या है? सबका अपना-अपना एक निजी स्थान है और मेरा स्थान एक अज्ञात उपेक्षा के अंचल में है, उसी में मुझे सन्तोष कर लेना चाहिए।''

''नहीं रानी साहिबा, आप गलत सोच रही हैं, क्योंकि आप उत्पीड़ित हैं और इस उत्पीड़न से मर्माहत हैं। हरेक मनुष्य का स्थान हरेक स्थान पर है, हरेक मनुष्य प्रमुखता प्राप्त कर सकता है, सिर्फ उसे मौका चाहिए। आपमें मौलिकता है, आपमें प्रतिभा है,

लेकिन आप अपने को, अपनी प्रतिभा को और अपनी क्षमता को पहचान नहीं पाईं। आपको सार्वजनिक जीवन में आना चाहिए। यहाँ इस निर्जन प्रदेश में छोटी-छोटी कटुताओं से लड़कर तो आप अपना जीवन नष्ट कर लेंगी।''

अपनी गहरी नीली आँखों से रानी मानकुमारी ने ध्यानपूर्वक ज्ञानेश्वर राव को देखा, युवक-सा दिखनेवाला एक सुन्दर व्यक्ति उनके सामने बैठा था। दुनिया में उसका मान था, बड़े-बड़े लोग उसकी बात आदर के साथ सुनते थे। वह शक्तिशाली था, प्रभावयुक्त था। और फिर बुझे हुए स्वर में रानी मानकुमारी ने कहा, ''राव साहब! कोई अपने दुर्भाग्य से लड़ सका है आज तक? मैं वहाँ ही हूँ जहाँ मेरा स्थान है।''

और राव साहब मुस्कराए, ''रानी साहिबा, मैं आपसे पूछता हूँ कि कौन अपने भाग्य को जान सकता है? क्या आप वास्तव में जानती हैं कि आपके भाग्य में क्या है और आपका स्थान कहाँ है? अपने जीवन से आपको क्या सबक मिला है? यही न कि ज्वार-भाटे की भाँति उतार-चढ़ाव होते रहते हैं हम सबके जीवन में। किसी के साथ अधिक, किसी के साथ कम। आप अपने को ही लें। किसी समय आपके पास धन- वैभव, शक्ति, मान-मर्यादा–ये सब थे। और फिर भाग्य ने पलटा खाया, नियति के हिलकोरों ने आपको देश-विदेश घुमाया, कष्टों का पहाड़ जैसे आपके सिर पर टूट पड़ा। जोखनलाल जैसे पतित आदमी की आपको खुशामद तक करनी पड़ी। ठीक कह रहा हूँ न?''

रानी मानकुमारी के मन में एक हलचल-सी मची हुई थी, यह क्या हो रहा है, कैसे हो रहा है? उन्हें ऐसा लग रहा था जैसे उनके जीवन में बहुत बड़ा परिवर्तन आनेवाला है। इस परिवर्तन की उनके अन्दर आकांक्षा थी, चाह थी, लेकिन इस परिवर्तन से उन्हें भय भी लग रहा था, क्योंकि यह परिवर्तन उनके लिए नितान्त अज्ञात था। थोड़ी देर तक चुप बैठे रहे, फिर रानी मानकुमारी ने कहा, ''राव साहब, शायद आप ठीक कहते हैं। मुझे अपने जीवन को बदलना होगा, इस तरह से तो काम नहीं चलेगा। आज सुबह शर्माजी से मेरी बात हुई थी, वह मुझसे कह रहे थे कि मुझे दिल्ली में रहना चाहिए चलकर। मेरा मन नहीं कर रहा था, लेकिन इस समय आपकी बात सुनकर मुझे लग रहा है कि शर्माजी का सुझाव गलत नहीं था।''

''बिलकुल ठीक कह रहे थे शर्माजी। आप दिल्ली रहिए चलकर, मैं आपकी सहायता करूँगा, आपको आगे बढ़ाऊँगा। हमारे देश की आजवाली व्यवस्था में स्त्रियों का बड़ा ऊँचा स्थान है, बिलकुल पुरुषों के समकक्ष। सरोजिनी नायडू, विजयलक्ष्मी पंडित, अमृतकौर, विश्वविख्यात हैं ये लोग। मेरा पत्र आपके लिए है, आप राजनीति में प्रवेश करें। अगर भारत सरकार की कैबिनेट मिनिस्टर एक स्त्री हो सकती है, अगर किसी प्रदेश की गवर्नर एक स्त्री हो सकती है, अगर अमेरिका और रूस में राजदूत एक स्त्री हो सकती है तो मैं आपको इतना ही ऊँचा पद, ऐसी ही ऊँची मान-मर्यादा दिला सकता हूँ।'' और यह कहते-कहते उन्होंने अपना लेख रानी मानकुमारी के सामने रख दिया, ''मैंने सुमनपुर विकास-योजना पर आज सुबह यह लेख लिखा है। रानी साहिबा, इस

लेख को एक बार पढ़ जाइए और आप इससे ही समझ जाएँगी कि ज्ञानेश्वर राव की लेखनी में कितनी शक्ति है, वह आपको कितना ऊपर उठा सकता है।"

रानी मानकुमारी ने वह लेख पढ़ना आरम्भ किया। कितना सुन्दर वर्णन किया था सुमनपुर का राव साहब ने! लेकिन अब जोखनलाल की प्रशंसावाला अंश आया तो रानी साहिबा की भृकुटियों में बल पड़ गए, पर उन्होंने राव साहब से कुछ कहा नहीं। वह उस लेख को ध्यान से पढ़ती गईं और इसके बाद तो मानो वह उस लेख से चिपक गईं। तरह-तरह के रंग आ रहे थे। लेख समाप्त करके उन्होंने एक ठंडी साँस भरी, "राव साहब, आपका यह लेख बड़ा सुन्दर है और बड़ा प्रभावशाली है। लेकिन इसमें जो कुछ लिखा गया है अधिकांश मिथ्या है। मैं जोखनलाल की बात नहीं कहती। इस लेख में आपने मुझे जिन बातों का श्रेय दिया है, वह मैंने कभी की ही नहीं।"

ज्ञानेश्वर राव सम्भवतः रानी मानकुमारी की इस आपत्ति के लिए तैयार बैठे थे, "रानी साहिबा! एक बात बतलाइए। मैंने आपको इस लेख में जैसा चित्रित किया है, अगर आपके हिसाब से वह सत्य तो क्या आप उस पर कोई आपत्ति करतीं?"

रानी मानकुमारी के मुख पर एक हलकी-सी मुस्कराहट आई, "राव साहब! अगर मैं वैसी बन सकती तो मैं अपने को धन्य समझती, लेकिन सत्य तो यह है कि मैं वैसी हूँ नहीं।"

"सत्य क्या है, इसका निर्णय दूसरे करते हैं, आप नहीं कर सकतीं। फिर एक बात और, दुनिया में कौन वैसा है जैसा वह चित्रित किया जाना चाहता है? अपूर्णताओं और निर्बलताओं की दुनिया में वही आगे बढ़ सकता है जो अपने गुणों को करोड़ गुना बढ़ाकर प्रदर्शित कर सके और अपने अवगुणों पर पूरी तरह परदा डाल सके। रानी साहिबा, आज का युग है विज्ञापन का, प्रदर्शन का। इस विज्ञापन और प्रदर्शन के सबसे अधिक साधन हैं दैनिक पत्र। बड़े-बड़े राजनीतिज्ञ, मन्त्री, पूँजीपति, नेता—ये सब मेरी खुशामद करते हैं कि मैं उनका विज्ञापन कर दूँ। उनके गुणों का तड़क-भड़क के साथ प्रदर्शन करूँ, उनकी प्रशस्ति जनता तक फैलाऊँ।"

रानी मानकुमारी को नए अनुभव हो रहे थे। कुछ चीजों पर, जिन पर उन्होंने पहले कभी ध्यान ही नहीं दिया था, उन्हें नया प्रकाश दिखने लगा। उन्होंने पूछा, "राव साहब! क्या मन्त्रजी से आपकी मित्रता कुछ इसी तरह की है? उन्होंने आपकी बात जो इतनी आसानी से मान ली, क्या वह इसलिए कि वह आपसे डरते हैं?"

"अब आपकी समझ में चीजों की शक्ल आने लगी है, रानी साहिबा! जोखनलाल मिनिस्टर भले ही बन गए हों अपनी गुटबाजी और तिकड़म से, लेकिन इस स्थान पर शक्तिशाली बनने और स्थापित रहने के लिए उन्हें बल प्राप्त हुआ है मुझसे। उनकी इस योजना पर किसी ने ध्यान तक नहीं दिया था, बुद्धिहीनता और अदूरदर्शिता के लिए जोखनलाल विख्यात हैं। इस योजना को वह आगे बढ़ा सकते हैं मेरी सहायता से। देवता को दानव बना सकता हूँ, मैं दानव को देवता बना सकता हूँ, मेरी कलम में ऐसी शक्ति है। जनता मेरी बातों पर विश्वास करती है, उन पर ध्यान देती है।"

ज्ञानेश्वर राव के मुख पर जो आत्मविश्वास का गर्व था, वह रानी मानकुमारी को मोहक लग रहा था।

रानी मानकुमारी 'रिपब्लिक' पत्र को पढ़ती थीं, पसन्द करती थीं, उसकी बातों को सच मानती थीं। लेकिन पत्रकारिता का दूसरा पहलू भी है और इस पहलू का उन्हें पता नहीं था। आश्चर्य के साथ वह ज्ञानेश्वर राव की बातें सुन रही थीं। उन्होंने कुछ सोचकर पूछा, "लेकिन लोगों को उठाने-गिराने, बनाने-बिगाड़ने में आपको भी कुछ लाभ होता है या नहीं? जो उचित है वह तो स्वाभाविक है, क्योंकि उसकी प्रेरणा अपने अन्दर से मिलती है, लेकिन जो अनुचित है उसका स्रोत तो कहीं बाहर होगा?"

रानी मानकुमारी के इस प्रश्न से ज्ञानेश्वर राव कुछ सकपकाए, लेकिन क्षण-भर में ही वह सुव्यवस्थित हो गए, "बाहर कुछ नहीं है रानी साहिबा, जो कुछ है वह सब अपने अन्दर है। मैंने यह लेख लिखा है। जहाँ तक सुमनपुर योजना का प्रश्न है, वह हमारे देश के लिए कल्याणकारिणी है। महान् योजना है यह। जोखनलाल ने यह योजना कैसे बनाई, आश्चर्य होता था मुझे, यहाँ आकर मुझे पता चला कि यह योजना तो आप लोगों की बनाई हुई है। लेकिन यह योजना वैसी ही पड़ी रहकर नष्ट हो जाती, जोखनलाल को इस बात का श्रेय तो है कि उन्होंने इस योजना को आगे बढ़ाया। आप देखेंगी कि यहाँ तक जो कुछ हुआ वह अनुचित नहीं हुआ। अब आता है आपका प्रश्न! तो रानी साहिबा, आपका व्यक्तित्व इतना कोमल, सरल, मोहक, आकर्षक और कल्याणकारिणी भावनाओं से युक्त है कि सुमनपुर-योजना पर लेख लिखते-लिखते अनायास ही मेरी भावनाओं का बाँध टूट गया। इसमें दोष मेरा नहीं है, मैं अपनी भावना से विवश हो गया।"

कुछ कमजोर-से स्वर में रानी मानकुमारी ने पूछा, "लेकिन राव साहब, यह लेख पढ़कर लोग क्या कहेंगे, मेरे सम्बन्ध में क्या सोचेंगे?"

"न कोई कुछ सोचेगा, न कोई कुछ कहेगा रानी साहिबा, केवल एक धारणा अवगत रूप से इस लेख के पढ़नेवाले के मन में बन जाएगी आपके प्रति और उस धारणा को गहरा करते जाना होगा लगातार थोड़े-थोड़े अपने से आपका जिक्र करके, आपके सम्बन्ध में खबर दे करके, आपके काम की प्रशंसा करके। वह सब आप मेरे ऊपर छोड़ दीजिए। लोग अपने से न कुछ सोचते हैं न कुछ समझते हैं, उन्हें तो सोचने-समझने के लिए मजबूर किया जाना चाहिए। और मैं उनको आपके सम्बन्ध में सोचने और विचार करने के लिए मजबूर करना चाहता हूँ। रानी साहिबा! अगर आप चाहें तो मैं आपको जोखनलाल के स्थान पर बिठा सकता हूँ, क्योंकि मैं समझता हूँ कि वह स्थान आपके लिए नीचा रहेगा, आपका स्थान बहुत ऊपर है।"

रानी मानकुमारी को अन्दर से आते हुए पैरों की आहट सुनाई पड़ी, उन्होंने बहुत धीमे स्वर में ज्ञानेश्वर राव से कहा, "राव साहब! इस लेख के सम्बन्ध में आप कक्काजी को कुछ न बतलाइएगा।" और यह कहकर उन्होंने वह लेख अपने पैड के नीचे छिपा दिया।

मेजर नाहरसिंह के कमरे में प्रवेश करते ही ज्ञानेश्वर राव उठकर खड़े हो गए, "मेजर साहब, नमस्कार!"

"अरे तुम एडीटर साहब! नमस्कार! बैठो न!" यह कहकर थके-से मेजर नाहरसिंह ज्ञानेश्वर राव की कुर्सी के बगलवाली कुर्सी पर बैठ गए, "अच्छा किया जो चले आए। यहाँ किसी तरह का कष्ट तो नहीं है तुम लोगों को? क्या बताऊँ, तुम लोगों का आतिथ्य-सत्कार मैं नहीं कर सकता।" और यह कहकर उन्होंने आवाज दी, "रनबहादुर, अभी तक नहीं लाया! एक गिलास और आपने साथ लेते आना।" फिर उन्होंने ज्ञानेश्वर से कहा, "आज दोपहर एक हिरन मारा था। हिरन का मांस कुछ रूखा है, लेकिन उसके कबाब बड़े अच्छे बनते हैं। तुमने कभी हिरन के मांस के कबाब खाएँ हैं?"

"नहीं, मेजर साहब! मेरा जीवन तो अधिकांश शहरों में बीता है, शहरों में शिकार कहाँ मिलता है?"

"ठीक कहते हो! तुम्हें क्या मालूम कि रम के साथ हिरन के मांस के कबाब बड़े अच्छे लगते हैं, तो आज वह कबाब बनवाए हैं।" मेजर नाहरसिंह ने इधर अपनी बात समाप्त की और उधर रनबहादुर ने रम की बोतल और दो गिलास भी रख दिए लाकर उनके सामनेवाली मेज पर। शीशे के जग में वह पानी भी रख गया। मेजर नाहरसिंह ने रनबहादुर से कहा, "कालसी से कह देना जल्दी से कवाब तैयार करे–बनते ही यहाँ ले आना।" यह कहकर उन्होंने दोनों गिलासों में रम का एक-एक पैग भरा। "तुम तो पीनेवाले आदमी हो, एडीटर साहब! यहाँ, इस जोखनलाल के यहाँ भला शराब का प्रबन्ध क्या होगा?"

"यहाँ तो कोई प्रबन्ध नहीं है, मेजर साहब! और फिर अभी मेरी हालत यह नहीं हुई कि बिना पिए न रहा जाए। हाँ, मैं आया था आप लोगों को एक सुसंवाद देने।"

रानी मानकुमारी बोलीं, "कक्काजी, राव साहब ने सुमनपुर के मकानों का मामला हल कर दिया है। मन्त्रीजी से कहकर इन्होंने इन बँगलों की फाइल मँगवाई है, तीन-चार दिन में वह फाइल आ जाएगी। राव साहब का कहना है कि एक हफ्ते में यह मामला तय हो जाएगा।" और एकाएक रानी मानकुमारी में अजीब उल्लास आ गया, "कक्काजी, आज के ठीक एक सप्ताह बाद, आज के दिन ही तो मेरा जन्मदिवस है न! अगर यह मामला हल जो जाए तो बड़े शान से मनाऊँगी मैं अपना जन्मदिवस। अपने सब मेहमानों को यशनगर ले चलूँगी, नाच-रंग उत्सव रहेंगे वहाँ पर। अच्छा कक्काजी, इन बँगलों को बनवाने में कितना खर्च हुआ था, कुछ याद है?"

"रियासत के कागज तो उस हरामजादे खुशबख्तराय के पास थे, न जाने वह उन कागजों को कहाँ फेंक गया, पता ही नहीं चलता है। लेकिन मेरा अनुमान है कि करीब तीन लाख रुपये इन बारह बँगलों को बनवाने में लग गया था और करीब एक-डेढ़ लाख का फर्नीचर इन बँगलों के लिए आया था। ये आठ बँगले जो सरकार के पास हैं, इनका मूल्य, भूमि और फर्नीचर का मूल्य मिलाकर करीब साढ़े तीन लाख होना चाहिए। दस-बीस हजार इधर या उधर हो सकता है।"

ज्ञानेश्वर राव अब मौज में आ रहे थे। रनबहादुर कवाब रख गया था। ज्ञानेश्वर राव ने कवाब खाते हुए कहा, "मेजर साहब, वास्तव में ये बहुत स्वादिष्ट हैं। मैंने जीवन में प्रथम बार इतने स्वादिष्ट कवाब खाए हैं।" और फिर वह रानी मानकुमारी की ओर घूमे, "क्यों रानी साहिबा! इन बँगलों का कितना मूल्य मिलने पर आप सन्तुष्ट होंगी?"

रानी मानकुमारी ने कुछ सोचकर उत्तर दिया, "राव साहब, मैं क्या जानूँ, इन चीजों को तो मैं समझती ही नहीं हूँ। लेकिन सरकार का जैसा रुख रहा है अभी तक, उसे देखते हुए मैं समझती हूँ कि अगर मुझे इनके दो ढाई लाख रुपये भी मिल जाएँ तो मैं अपने आप को भाग्यवान समझूँगी। क्यों कक्काजी?"

स्वीकृति में अपना सिर हिलाते हुए मेजर नाहरसिंह ने ज्ञानेश्वर राव का खाली गिलास फिर से भरा।

ज्ञानेश्वर राव की भौंहों में बल पड़ गए, "यह क्या कह रहे हैं आप लोग! रानी साहिबा, आप इन मकानों का बारह लाख रुपया माँगिएगा, सरकार आपको कम-से-कम आठ लाख रुपये देगी, यह जिम्मेदारी मेरी है। इसमें आपका लाख-पच्चास हजार रुपया लोगों को देने-दिवाने में खर्च हो जाएगा, लेकिन वह बाद में।"

मेजर नाहरसिंह स्तब्ध-से ज्ञानेश्वर राव को देख रहे थे और मन-ही-मन सोच रहे थे। रानी मानकुमारी ने कहा, "आठ लाख इन बँगलों का! यह तो बहुत है राव साहब, यह तो सरकार के हाथ बँगलों का बेचना न हुआ बल्कि सरकार को लूटना हुआ।"

ज्ञानेश्वर राव जोर से हँस पड़े, "रानी साहिबा, इतना सब सोचने से तो काम नहीं चलेगा। सरकार आखिर है क्या?" उसने आप ताल्लुकेदारों, जमींदारों को लूटा और वह रुपया किसानों को, सरकारी कर्मचारियों को तथा पूँजीवादियों को बाँट दिया। विदेशों से आया हुआ अरबों रुपया लुट रहा है इसी तरह सरकार द्वारा। कलकत्ता से मकोला आए हैं लूटने के लिए, दिल्ली से मंसूर आए हैं लूटने के लिए। रानी साहिबा, आपको इन लोगों ने लूटा है, आठ लाख रुपया पाने पर आपकी बहुत बड़ी क्षतिपूर्ति होगी, इसलिए इस ओर आप ध्यान न दें। मैं दस लाख रुपये दिलाने का प्रयत्न करूँगा।"

कृतज्ञता के भाव से ज्ञानेश्वर राव की ओर मेजर नाहरसिंह ने देखकर कहा, "एडीटर साहब! अगर तुम छह लाख से ऊपर सौदा तय करा दो तो पच्चीस प्रतिशत तुम्हारा हुआ।"

मेजर नाहरसिंह ने यह बात सद्‌भावना से कही थी, लेकिन रम पीने के बाद ज्ञानेश्वर राव में तुनकमिजाजी में लड़ पड़ने की आदत-सी थी, वह एक झटके के साथ उठ खड़े हुए, "आपने मुझे इतना कमीना समझ रखा है मेजर साहब कि मैं आपसे रुपया लूँगा! आपने क्या मुझे दलाल समझ रखा है! आप मुझे जानते नहीं, मैं ज्ञानेश्वर राव हूँ। मैं यहाँ की मिनिस्ट्री को उखाड़ सकता हूँ, मैं इसे बना सकता हूँ। मैं कोई ऐसा-वैसा ज्ञानेश्वर राव नहीं हूँ, मैं 'रिपब्लिक का एडीटर ज्ञानेश्वर राव हूँ, जिसकी सलाह हिन्दुस्तान के प्रधानमन्त्री माँगते हैं। मैं अन्तर्राष्ट्रीय ख्याति और महत्त्व का ज्ञानेश्वर राव हूँ। इस ज्ञानेश्वर राव ने अभी तक जो कुछ किया, अब जो कुछ कर रहा है, आगे चलकर

जो कुछ करेगा, वह सब एक भावना के वश में, रानी साहिबा की सहृदयता और प्रेम के कारण। लेकिन इस ज्ञानेश्वर राव को एक बेईमान और टुकड़ाखोर दलाल समझा जा रहा है तो यह ज्ञानेश्वर राव चला।'' और यह कहकर ज्ञानेश्वर राव दरवाजे की ओर बढ़े।

रानी मानकुमार ने बढ़कर ज्ञानेश्वर राव का हाथ पकड़ा, ''नहीं राव साहब, आप मत जाइए, मैं आपसे क्षमा माँगती हूँ। आप कक्काजी की बात पर व्यर्थ नाराज हो गए। आपका अपमान करने की भावना हम लोगों में हो ही नहीं सकती।''

और मेजर नाहरसिंह ने भी खड़े होकर ज्ञानेश्वर राव से क्षमा-याचना की, ''एडीटर साहब, हम लोग इतने पीड़ित और त्रस्त हैं कि दुनिया की नेकी से हमारा विश्वास ही जाता रहा है। मैं अपने शब्द वापस लेता हूँ।''

रानी मानकुमारी के कर-स्पर्श से ज्ञानेश्वर राव के सारे शरीर में एक हलकी-सी सिहरन दौड़ गई, उनके क्रोध का स्थान, एकबारगी ही उनके अन्दरवाली उद्दाम वासना ने ले लिया। उन्होंने रानी मानकुमारी का हाथ दबाते हुए कहा, ''रानी साहिबा! मैं केवल आपकी सहायता करना चाहता हूँ। आप कितनी अच्छी हैं, कितनी स्नेहमयी और ममतामयी हैं!'' और शायद ज्ञानेश्वर राव इससे भी कुछ अधिक आगे बढ़ते लेकिन उनकी दृष्टि मेजर नाहरसिंह के बलिष्ट और कठोर व्यक्तित्व पर पड़ी और अनायास ही उन्होंने रानी मानकुमारी का हाथ छोड़ दिया। वापस लौटकर वह अपनी कुर्सी पर बैठ गए।

विलायती रम और उसके साथ हिरन के मांस के स्वादिष्ट कबाब, सामने रानी मानकुमारी बैठी थीं। ज्ञानेश्वर राव के लिए यह सब स्वर्ग से कुछ ही कम था। पूरा स्वर्ग तब होता जब उस कमरे में मेजर नाहरसिंह न होते और रानी मानकुमारी उनके सामने न होकर उनकी बगल में बैठी हुई उन्हें अपने हाथों से शराब पिला रही होतीं। उनके मन में अब असीम उल्लास भर गया था और वह अपने मन में ही तन्मय हो रहे थे। एकाएक उन्हें रानी मानकुमारी के यहाँ अपने आने का उद्देश्य याद हो आया, ''अरे हाँ, मैं तो भूल ही गया था, रानी साहिबा! सुमनपुर-योजना पर जो लेख मैंने लिखा है। उसके लिए मुझे आपका एक फोटोग्राफ चाहिए। और यहाँ जो अतिथि लोग आए हैं उनका भी एक ग्रुप-फोटो मैं लेना चाहता हूँ।''

''यहाँ तो मेरा कोई फोटो नहीं है, यशनगर में है।'' रानी मानकुमारी ने कहा।

''सरकारी फोटोग्राफर यहाँ जोखनलाल के साथ आया हुआ है। कल सुबह वह आपका फोटो खींच लेगा और जो ग्रुप-फोटोग्राफ मैं चाहता हूँ, उसमें हम लोगों के साथ आपका होना भी आवश्यक है। कल सुबह आठ बजे जोखनलाल के बँगले में उस ग्रुप-फोटोग्राफ के खिंचने का प्रबन्ध कर रखा है मैंने। आप आ जाइएगा वहाँ, या मैं यहाँ आकर आपको ले जाऊँगा।''

रानी मानकुमारी ने हिचकिचाहट के साथ कहा, ''फोटोग्राफर को यहीं भेज दीजिएगा राव साहब, मेरा फोटो वह ले ले यहाँ आकर। लेकिन उस ग्रुप में सम्मिलित होकर मैं

फोटो न खिंचवा सकूँगी, राव साहब! इसके लिए आप मुझे क्षमा कीजिएगा। मैंने कभी परायों के साथ बैठकर अपना फोटो नहीं खिंचवाया है।"

मेजर नाहरसिंह मुस्करा रहे थे। रानी मानकुमारी की बात पूरी होने पर उन्होंने कहा, "रानी बहू, इस दुनिया में कौन अपना और कौन पराया, इसका किसी को ज्ञान नहीं है। इस सम्बन्ध में जो प्राचीन धारणाएँ थीं वे बदल गई हैं और तुम्हें अपनी मान्यताएँ बदल देनी पड़ेंगी। राव साहब! रानी बहू उस ग्रुप-फोटो में सम्मिलित होने के लिए आएँगे, मैं आपको आश्वासन देता हूँ।"

और एकाएक ज्ञानेश्वर राव को लगा कि उनके सामने जो बूढ़ा बैठा है, उसे ठीक तौर से समझने में उससे बहुत बड़ी गलती हो गई है। वह आदमी ऊँचा है, वास्तव में बहुत ऊँचा है। और जैसे अपनी गलती को सुधारने के लिए उन्होंने मेजर नाहरसिंह से कहा, "मेजर साहब, उस ग्रुप-फोटोग्राफ में आपको भी सम्मिलित होना है, बिना आपके वह फोटोग्राफ बूचा-सा दिखेगा। यह जिम्मेदारी आपकी है कि आप रानी साहिबा को साथ लेकर जोखनलाल के बँगले में साढ़े सात बजे सुबह तक आ जाएँ।"

राव साहब का खाली गिलास भरते हुए नाहरसिंह ने कहा, "जहाँ तक मेरा सवाल है एडीटर साहब, मैं इस दुनिया से दूर हट गया हूँ; उस ग्रुप-फोटोग्राफ में मेरे सम्मिलित होने की कोई आवश्यकतना नहीं। यह दुनिया आप लोगों की है। हाँ, मैं रानी बहू को साथ लेकर आवश्य आ जाऊँगा, आपको यहाँ आने का कष्ट उठाने की कोई आवश्यकता नहीं।"

रानी साहिबा मुस्कराईं, "सुना राव साहब! मेरे कक्काजी देवता हैं, इस दुनिया के नहीं हैं। और राव साहब, वहाँ लौटकर आप क्या घास-पात खाइएगा, कक्काजी ने हरियल का मांस बनवाया है, दोपहर को मार लाए थे। आप तो खाना यहीं खा लीजिए।"

"वे लोग मेरी प्रतीक्षा करेंगे—अरे, नौ बज गए!" राव साहब ने अपनी घड़ी देखते हुए कहा, "बड़ी देर हो गई, अब चलूँ।"

मेजर नाहरसिंह बोले, " रानी बहू के आग्रह को कैसे टाल सकेंगे, राव साहब? भोजन तो आपको यहीं करना होगा, मैं स्वयं मन्त्रीजी के बँगले में कह आता हूँ कि वे लोग आपकी प्रतीक्षा न करें। अभी दस मिनट में मैं वापस लौटा।" और इसके पहले कि ज्ञानेश्वर राव या रानी मानकुमारी उन्हें रोकें, मेजर नाहरसिंह बरामदे में निकल गए।

मेजर नाहरसिंह के जाने के बाद देर तक कमरे में मौन छाया रहा, फिर रानी मानकुमारी ने कहा, "कितने निस्वार्थ हैं कक्काजी, मुझे कितना चाहते हैं! राव साहब, मेरी आपसे विनय है कि आप अपना लेख कक्काजी को मत दिखाएगा। वह बड़े सरल और अबोध हैं, बिलकुल एक बच्चे की भाँति। मैं कक्काजी को कैसे छोड़ सकूँगी यहाँ दिल्ली जाते समय?" और मानकुमारी की आँखों में आँसू आ गए।

रानी मानकुमारी की करुणा से ज्ञानेश्वर राव द्रवित हो गए। वह रानी मानकुमारी को सान्त्वना देना चाहते थे। रानी मानकुमारी को अपने अंक में भरकर, वह उठ खड़े

हुए। लेकिन उन्हें ऐसा लगा जैसे उनके पैरों में दृढ़ता नहीं है। और उस छोटे-से कमरे में बेतहाशा फर्नीचर भरा है, उन्होंने कहा, "रानी साहिबा, मेजर साहब को आप जबर्दस्ती अपने साथ दिल्ली ले चलिए। यहाँ रहने की उन्हें आवश्यकता ही क्या है? जयाली वाली उनकी भूमि ब्लॉक डेवलपमेंट में सरकार ले ले और उसका उचित मुआवजा उन्हें मिल जाए, मैं इसकी व्यवस्था भी करा दूँगा और दिल्ली में आपवाला बँगला भी मैं खाली करा दूँगा। मैं हर तरह से आपकी सहायता करने को तैयार हूँ—मैं हर तरह से आपका हूँ।" और यह कहकर वह धम से अपनी कुर्सी पर बैठ गए।

4

मंसूर के शान्त, सौम्य और कोमल व्यक्तित्व के अन्दर एक चिनगारी है, मंसूर को स्वयं इसका पता न था। इन चिनगारी पर जीवन में सफलताओं की राख की जाने कितनी परतें जमी हुई थीं। सम्पन्नता, मान, आदर—सभी-कुछ उनके पास था। उनका जीवन भरा-पूरा था, कहीं भी किसी प्रकार का अभाव उन्हें अपने जीवन में अनुभव नहीं होता था। मशीन की भाँति उनकी जिन्दगी संचालित हो रही थी। दुनिया की चहल-पहल में उन्होंने मानो अपने को खो दिया था, उनके जीवन का संचालन किस प्रकार हो रहा है, उन्होंने कभी इस बात पर ध्यान ही नहीं दिया।

दुनिया के इस छोटे-से कोने—सुमनपुर—में आकर उन्हें कुछ अनुभव हुए और उनकी स्थापित मान्यताओं पर एक प्रकार का आघात हुआ। न जाने कहाँ से आकर एक छोटी-सी अभिलाषा उनके अन्दर प्रविष्ट हो गई। जिसको पहले तो उन्होंने अनुभव ही नहीं किया, फिर धीरे-धीरे पुलकन से भरी एक जलन के रूप में वह अभिलाषा परिणत होने लगी। अपने अन्दरवाली इस प्रक्रिया को मंसूर स्वयं नहीं समझ पा रहे थे, यद्यपि वह यह अवश्य अनुभव कर रहे थे कि कुछ अस्वाभाविकता-सी आ गई है उनकी मनःस्थिति में।

उस दिन जब मंसूर सोकर उठे, उन्हें लगा कि एक तरह का आलस्य भरा है उनके शरीर में। उस समय हलकी-हलकी पुरवैया चल रही थी और बादल के हलके-पुलके सफेद टुकड़े नीले आसमान पर तैर रहे थे। समस्त वातावरण में एक प्रकार की कोमलता आ गई थी और मंसूर ने बिस्तर पर लेटे-लेटे ही एक अंग्रेजी गाना गुनगुनाना आरम्भ कर दिया। लेकिन दिन चढ़ रहा था और बरामदे पर धूप आ गई थी। मंसूर को अपनी इच्छा के विरुद्ध उठना पड़ा।

मंसूर किसी तरह तैयार होकर जोखनलाल के यहाँ चाय पीने पहुँचे। उस समय वहाँ काफी सरगर्मी थी। फोटोग्राफर आ गया था और फोटो लेने के लिए तैयारी कर रहा था। सब लोग मंसूर की ही प्रतीक्षा कर रहे थे। मेजर नाहरसिंह और रानी मानकुमारी को देखकर उन्हें पहले तो आश्चर्य हुआ, फिर उन्हें पिछले दिन वाली बातचीत याद हो गई। मंसूर चुपचाप उस ग्रुप-फोटो में सम्मिलित हो गए। लोगों के फोटो खिंच जाने के बाद नाश्ता आरम्भ हुआ और अतिथियों में बातचीत का समाँ बँध गया। लेकिन मंसूर उस बातचीत में कोई भाग नहीं ले रहे थे। मंसूर को अब यह भी अनुभव हो

रहा था कि वह आलस उनके शरीर में ही नहीं था, वह आलस उनके प्राणों में भी था। मंसूर के मुख पर हलकी-सी मुस्कराहट थी जो उनके समस्त अस्तित्व के आलसवाले उल्लास को प्रतिबिम्बित कर रही थी। उस भीड़ में मंसूर अन्य अतिथियों की बातें सुन रहे थे; लेकिन देख वह रानी मानकुमारी को रहे थे अनिमेष दृगों से। वह मन-ही-मन रानी मानकुमारी की सुन्दरता पर मुग्ध हो रहे थे।

रानी मानकुमारी सुन्दरी हैं, मंसूर को यह अनुभव तो रानी साहिबा को प्रथम बार देखकर ही हो गया था, लेकिन रानी मानकुमारी असीम सुन्दरी हैं, उस समय मंसूर को यह अनुभव हो रहा था। अत्यधिक गुणवती, उदार और रूपवती स्त्री से अनायास ही उस जंगली प्रदेश में मंसूर का सम्पर्क हो गया था, उन्हें ऐसा लगा कि उन्होंने जीवन में कुछ पा लिया है। उसके साथ मंसूर ने यह अनुभव भी किया कि उन्होंने अभी तक किसी से प्रेम किया ही नहीं था। यूरोप-प्रवास में मंसूर जीवन के संघर्ष में रत रहे और सीमा को उन्होंने जीवन में भयानक संघर्ष से उबारनेवाली स्त्री के रूप में अति कृतज्ञ भाव से स्वीकार किया था—मंसूर पर अनायास ही यह सत्य प्रकट हुआ। सीमा के सम्बन्ध में और सीमा ही क्या, किसी भी स्त्री के सम्बन्ध में उनके मन में कचोट नहीं हुई थी। यह कचोट बहुत हलकी-सी गुदगुदाहट बनकर दो दिन पहले रानी मानकुमारी के ड्राइंग-रूम में शैम्पेन पीते हुए उनके मन में जागी थी।

मंसूर रानी मानकुमारी को देख रहे थे, देख रहे थे, अतृप्त भाव से। और मंसूर ज्यों-ज्यों रानी मानकुमारी को देखते जाते थे, त्यों-त्यों उनके मन के अन्दरवाली कचोट बढ़ती जाती थी। एकाएक एक झटके के साथ मंसूर उठ खड़े हुए। उन्हें ऐसा लगने लगा कि अगर वह अधिक देर तक इस प्रकार रानी मानकुमारी को देखते रहे तो वह पागल हो जाएँगे। और उन्होंने यह निर्णय किया कि वहाँ से उठकर चल देना ही उनके लिए श्रेयकर होगा।

लेकिन जैसे मंसूर का उठ खड़ा होना एक संकेत-सा हो गया अन्य लोगों को उठने के लिए। मेजर नाहरसिंह ने कहा, ''मन्त्रीजी, अब हम लोगों को आज्ञा दीजिए, काफी समय हो गया है। रानी बहू आज यशनगर जाना चाहती हैं, तो जल्दी करनी होगी, जिससे यह दोपहर के पहले ही यशनगर पहुँच जाएँ।'' और यह कहकर उन्होंने रानी मानकुमारी से उठने का संकेत किया।

ज्ञानेश्वर राव जोखनलाल की बगल में बैठे हुए थे। उन्होंने जोखनलाल के कान में कुछ कहा और जोखनलाल ने मुस्कराते हुए रानी मानकुमारी की ओर देखा, ''रानी साहिबा, मेरी सलाह तो आपके लिए यह होगी कि आप अभी तीन-चार दिन और यहाँ ठहर जाएँ। मैंने सुमनपुर के इन बँगलों की फाइल मँगवाई है लखनऊ से, कुछ-न-कुछ निर्णय कर दूँगा इस बार।''

रानी मानकुमारी ने उठते हुए कहा, ''बहुत-बहुत धन्यवाद मन्त्रीजी, आपकी कृपा के लिए। आज मंगलवार है, मैं रविवार तक यहाँ ठहर जाऊँगी, सोमवार की सुबह हम लोगों को हर हालत में यशनगर चले जाना पड़ेगा।''

मंसूर ने यह बातचीत सुनी और कुछ अजीब-सी प्रतिक्रिया हुई उन पर इस बातचीत की। मेजर नाहरसिंह की बात सुनकर उनका हृदय धक्क-सा हो गया था, लेकिन फिर जोखनलाल और रानी मानकुमारी की बातचीत सुनकर उसकी जान में जान आई। उन्होंने मन-ही-मन हिसाब लगाया, रविवार तक वह अपना प्लैन तैयार करने में लेंगे और सोमवार के दिन सुबह के समय वह रानी मानकुमारी के साथ यशनगर जाकर वहाँ से गाड़ी पकड़ सकेंगे। मंसूर ने जोखनलाल की ओर देखा, ''जोखनलालजी, सुमनपुर नगर का प्लैन मैं करीब-करीब पूरा कर चुका हूँ, केवल एक उपनगर की प्लैनिंग बाकी है। आज मौसम ठंडा है, सोच रहा हूँ उस उपनगर के लिए कोई खूबसूरत-सी जगह तजवीज़ूँ करूँ जाकर। इसलिए इस वक्त आप मुझे माफी दीजिए।'' और यह कहकर मंसूर ने मेजर नाहरसिंह की ओर देखा, ''मेजर साहब, थोड़ी-सी तकलीफ देना चाहता हूँ, चलिए रास्ते में बातचीत होंगी।''

जोखनलाल के बँगले से बाहर निकलकर मेजर नाहरसिंह ने मंसूर से कहा, ''कहो आर्टिस्ट साहब, क्या बात है?''

''जी, बात यह है कि सुमनपुर का प्लैन मैंने तैयार कर लिया है, अब मुझे उसमें एक कॉलोनी और निकालनी है, अमीर और ऊँचे तबके के लोगों के लिए, जहाँ सरकारी अफसर, बड़े-बड़े मिल-मालिक, उनके मैनेजर, इंजीनियर, डॉक्टर, वकील, व्यापारी, नेता लोग और इसी तरह के आदमी रहेंगे। इसमें मैं आपकी मदद चाहता हूँ कि कोई अच्छी-सी जगह आप मुझे इस कॉलोनी के लिए बतला सकें। मैं आपका बहुत शुक्रगुजार हूँगा। आपको इस वक्त कोई खास काम तो होगा नहीं। हवा में आज तपिश नहीं है, पुरवा चल रही है और इसलिए मौसम ठंडा रहेगा। तो मैं आपके साथ थोड़ा-सा घुमना चाहता हूँ, सुमनपुर के इर्द-गिर्द के इलाके में।''

मेजर नाहरसिंह ने थोड़ी देर तक ध्यान से मंसूर की ओर देखा, ''अमीरों और बड़े लोगों के लिए एक शानदार कॉलोनी का प्लैन बनाना चाहते हो, आर्टिस्ट साहब! तो हमारे इस स्वतन्त्र देश में अभी अमीर और गरीब बने रहेंगे! यही नहीं, उनकी बस्तियाँ भी अलग-अलग बसाई जाएँगी! जमींदारों और ताल्लुकेदारी मिटने के बाद भी ऊँच-नीच का वह भेदभाव बना रहेगा। आर्टिस्ट साहब, मैं तुमसे पूछता हूँ। कि फिर जमींदारी को मिटाकर हम लोगों को तबाह क्यों कर दिया गया है?''

कुछ हिचकिचाहट के साथ मंसूर ने कहा, ''मेजर साहब, मैं नहीं जानता कि जमींदारी क्यों मिटाई गई और आप लोगों को क्यों तबाह किया गया। शायद नए जमाने में जमींदारों और ताल्लुकेदारों की कोई गुंजाइश नहीं समझी गई। लेकिन अमीरी और गरीबी तो हमेशा रहेगी, इसे कौन रोक सकता है? आज हमारे मुल्क में जो नए-नए शहर बस रहे हैं, उनमें अमीरों और ऊँचे तबके के लोगों की रिहाइश का इन्तजाम खासतौर से करना जरूरी समझा जाता है। साइंस की इतनी तरक्की हुई, इतनी ज्यादा सहूलियतें लोगों के लिए मुहय्या की गई हैं, वे मुल्क की पूरी आबादी को मिल सकें, यह तो गैर-मुमकिन है, कुछ थोड़े-से लोग ही इन सहूलियतों का फायदा

उठा सकेंगे। जमींदारी मिटने से अमीरी और गरीबी मिट जाएगी—यह तो प्रोपेगेंडा के खोखले अल्फाज़ थे।''

मेजर नाहरसिंह ने एक ठंडी साँस ली, ''ठीक कहते हो, आर्टिस्ट साहब! जमींदारी को मिटना ही था, क्योंकि वह निकम्मा बन गया था, ऐश-आराम में डूबकर उसने अपने को तबाह कर लिया था। शक्ति उसके हाथ में है जो कर्म में रत है। अमीरी और गरीबी कायम रहेगी, शक्ति का केन्द्र बदल गया है। आज शक्ति का केन्द्र उत्पादन और व्यापार में है, रचनात्मक मस्तिष्क में है। बुद्धि जिसके पास है वही शक्तिशाली है, वह सम्पन्न है, वही अमीर है। ऊँचा-नीचा बराबर बना रहेगा, जमींदार मिट गया तो क्या, बनिया तो तेजी के साथ बढ़ रहा है। अच्छी बात है, चलो! क्या-क्या देखना चाहते हो मेरे साथ?''

''यहाँ से लेकर रोहिणी नदी तक और दक्षिण में करीब तीन मील तक की जमीन तो शामिल कर ली है अपने प्लैन में, करीब बीस मुरब्बा मील जमीन समझिए, अब करीब छह मुरब्बा मील जमीन का टुकड़ा चाहिए जहाँ यह कॉलोनी बसाई जा सके। जमीन हमवार होनी चाहिए, वरना आठ मुरब्बा मील जमीन की जरूरत पड़ जाएगी।''

रानी मानकुमारी अभी तक चुपचाप इस बातचीत को सुन रही थीं, अब उनसे न रहा गया, ''छह वर्गमील भूमि इस कॉलोनी के लिए—इतनी भूमि पर तो एक नगर बस सकता है। क्या-क्या बनेगा यहाँ पर?''

एक आह्लाद-सा भर गया मंसूर के अन्दर रानी मानकुमारी का संगीतमय स्वर सुनकर। उनके मुख पर एक मुस्कान प्रस्फुटित हो गई, ''रानी साहिबा, आपके इलाके में जो शहर बसे उसे निहायत शानदार शहर होना चाहिए। और हरेक शहर की शान होती है उसके हिस्से में जहाँ अमीरों की बस्तियाँ हों। तो उस कॉलोनी को आप पूरा शहर समझिए। करीब पाँच हजार मकान होंगे, बँगलानुमा छोटे-बड़े हर किस्म के। बीच-बीच में बड़े शानदार पार्क होंगे, सौ-सौ फुट चौड़ी सड़कें होंगी। बच्चों के लिए कम-से-कम दो पब्लिक स्कूल होंगे, एक बड़ा-सा कालेज होगा। और गई-बीती हालत में भी दो सौ कमरों का एक शानदार होटल तो होना ही चाहिए। फिलहाल दो सिनेमा हाऊस होंगे—एक अंग्रेजी फिल्मों का, दूसरा हिन्दुस्तानी फिल्मों का। दो नाचघर होंगे, चार क्लब होंगे। दो बड़े-बड़े अस्पताल—एक मर्दाना, एक जनाना। एक डाकघर और एक तारघर। दिल्ली के कनॉट प्लेस के मुकाबले एक निहायत शानदार मार्केट और करीब छह छोटे-छोटे मार्केट। यूँ समझिए कि बीस हजार की आबादी होगी इस कॉलोनी की।''

मेजर नाहरसिंह ने विस्फारित नेत्रों से मंसूर को देखा, ''अर्टिस्ट साहब, अगर इस कॉलोनी की आबादी बीस हजार होगी तो उस शहर की, जिसमें यह कॉलोनी होगी, आबादी कितनी होगी?''

''मैं फिलहाल दस लाख की आबादीवाले शहर का प्लैन बना रहा हूँ। सरकार के पास सुमनपुर के विकास के जो प्लैन हैं, उनके मुताबिक इस शहर की आबादी दस लाख की तो होनी ही चाहिए, अगर इससे भी ज्यादा बढ़ जाए तो मुझे ताज्जुब न होगा।

ताँबे की खानें, लाइम-स्टोन की खानें, अबरक की खानें! टिम्बर की बहुतायात, आसपास गन्ने की खेती की वजह से चीनी की मिलें, रोहिणी नदी के बाँध से हाइड्रोइलेक्ट्रिक का बहुत बड़ा कारखाना। इस हिसाब से एक साल के अन्दर यहाँ रेल आ जानी चाहिए, दो साल के अन्दर यहाँ करीब दो दर्जन मिलें खुल जानी चाहिए। और तीन साल के अन्दर यहाँ की आबादी तीन-चार लाख की हो जानी चाहिए।''

इस समय तक ये लोग उस बँगले के सामने पहुँच गए थे जिसमें मंसूर ठहरे हुए, थे। मेजर नाहरसिंह ने सिर हिलाते हुए कहा, ''यहाँ कुछ नहीं होगा, आर्टिस्ट साहब, बिलकुल कुछ नहीं होगा। तुम बेकार यह प्लैन बना रहे हो, लेकिन फिर भी मैं तुम्हें इस प्लैन को बनाने से नहीं रोकूँगा। यह प्लैन तो तुम्हारी जीविका का साधन है।''

मेजर नाहरसिंह की बात सुनकर मंसूर का चेहरा उतर गया, उसी समय रानी मानकुमारी बोल उठीं, ''आप कक्काजी की बात पर ध्यान न दीजिए मंसूर साहब, यह तो न जाने क्या-क्या कह जाया करते हैं। यह प्लैन बनाकर आप मुझे अवश्य दिखाइएगा। सुमनपुर के पश्चिम में काफी समतल भूमि है और वहाँ दो छोटी-छोटी नदियाँ भी हैं। बड़ा सुन्दर उपनगर बसेगा उस भूमि पर। और उस उपनगर में मैं भी बड़ी शानदार कोठी बनवाऊँगी।'' यह कहकर रानी मानकुमारी खिलखिलाकर हँस पड़ीं।

मेजर नाहरसिंह भी मुस्कराए, ''और वहाँ की जमीन में अधिकांश भाग मेरा है। सरकार उसे एक्वायर करेगी, लेकिन रानी बहू, दस एकड़ भूमि मैं तुम्हारे लिए रख दूँगा। अच्छी बात है आर्टिस्ट साहब, तुम आधे घंटे में मेरे यहाँ आ जाना। मैं तुम्हारे साथ चलूँगा। हाँ, तुम्हें कुछ शिकार का भी शौक है, बन्दूक साथ में लेकर चलूँगा। यहाँ मांस तो कहीं बिकता नहीं, शिकार से ही काम चलाना पड़ता है।''

''जी, शिकार तो मैंने कभी नहीं खेला, यूँ कहिए कि मैंने कभी बन्दूक हाथ से नहीं पकड़ी।''

''कोई बात नहीं, शिकार मैं करूँगा, तुम देखते रहना।'' यह कहकर मेजर नाहरसिंह मंसूर को उनके बँगले में फाटक पर छोड़कर रानी मानकुमारी के साथ अपने बँगले की ओर चल पड़े।

अपने कमरे में पहुँचकर मंसूर ने कपड़े बदले। कपड़े बदलकर वह कागजों को बटोर ही रहे थे कि जोखनलाल के चपरासी ने मंसूर को एक पत्र दिया लाकर, ''हुजूर, आज की डाक से हुजूर की यह चिट्ठी आई है।''

पत्र को देखते ही मंसूर चौंक उठे। वह पत्र सीमा का था और उस पर दिल्ली की मुहर थी। सीमा दिल्ली लौट आई, मंसूर को इस पर आश्चर्य हुआ। सीमा के इतनी जल्दी लौटने की तो कोई बात थी नहीं। मंसूर ने पत्र खोला। सीमा ने दिल्ली लौटते ही मंसूर को यह पत्र लिखा था अपने लौटने की सूचना देते हुए तथा लौटने के कारणों पर प्रकाश डालते हुए कि डेलीगेशन के अन्दरूनी झगड़े एकाएक उठ खड़े हुए थे।

सीमा का स्वभाव काफी कठोर था, एक भयानक रूप से विकृत दर्प और अभिमान था उसमें अपने धन और वैभव का। लेकिन सीमा का हाथ खुला हुआ था, मुक्त-हस्त

बाँटकर वह अपने अहम् का प्रदर्शन करती थी। और इसलिए सीमा का विरोध किसी ओर से खुलकर न हो पाता था। फिर सीमा के साथ अनिवार्य रूप में जुड़ा हुआ मंसूर का अति विनयी, अति कोमल और लुभावना व्यक्तित्व उस विरोध को तत्काल शान्त कर देता था। पर धीरे-धीरे सीमा का यह दर्प लोगों पर विकृति के रूप में प्रकट होने लगा था और मंसूर को यह अनुभव होने लगा था कि सीमा के कारण किसी-न-किसी दिन उनकी सामाजिक सफलता और लोकप्रियता को आघात अवश्य लगेगा।

मंसूर को स्वयं धन की आवश्यकता थी, जब वह सीमा के सम्पर्क में प्रथम बार आए थे और इसलिए मंसूर ने सीमा की कठोरता का विरोध नहीं किया। धीरे-धीरे सीमा का कठोर स्वभाव जैसे मंसूर के जीवन का एक अनिवार्य अंग ही बन गया था। सीमा मंसूर की कमजोरियों को जानती थी। मंसूर की सबसे बड़ी कमजोरी यह थी कि उन्हें कभी रुपये की कीमत का पता नहीं चल पाया। मंसूर के खर्चे लम्बे थे, हजारों रुपये मंसूर एक-एक पार्टी में खर्च कर देते थे। तड़क-भड़क से मंसूर को एक प्रकार का प्रेम था। और सीमा इसमें मंसूर को कभी रोकती नहीं थी, वह उन्हें उत्साहित ही करती थी।

मंसूर को जिस बात का भय था वह हो ही रही थी। अपने आर्थिक एवं व्यक्तिगत प्रभाव के कारण मंसूर की जड़ें दिल्ली के सामाजिक एवं सांस्कृतिक जीवन में गहरी जम गई थीं, उनका उखड़ना इतना आसान न था; लेकिन कहाँ तक एक स्वाभाविक प्रतिक्रिया को रोका जा सकता था? यूरोप से जब मंसूर वापस लौटे थे तो वह सीमा को काफी समझा-बुझाकर आए थे कि वह डेलीगेशन के सदस्यों को और विशेष रूप से स्त्रियों को सन्तुष्ट रखे। लेकिन सीमा अपनी आदतों से मजबूर थी, झगड़ा हो ही गया।

अगले अगस्त में कलाकारों का एक बहुत बड़ा डेलीगेशन अमेरिका जानेवाला था तीन महीने के लिए और उस डेलीगेशन की जिम्मेदारी भी संस्कृति-मन्त्री ने मंसूर को सौंप दी थी। उस पत्र को पढ़ने के बाद मंसूर के सामने यह प्रश्न आ गया कि यह सब कैसे होगा? और अनायास ही मंसूर के अन्दर सीमा के प्रति एक वितृष्णा का भाव जाग पड़ा। मंसूर के लिए यह अनुभव बिलकुल नया था। उनका पिछला जीवन एक चलचित्र की भाँति उनके सामने आ गया और मंसूर को ऐसा लगा कि पिछले कई वर्षों से उनके अनजाने ही उनकी स्थिति गुलाम की स्थिति थी। वह सीमा के धन पर बिके हुए थे, सीमा से पृथक् उनका कोई अस्तित्व ही न था। और यह अनुभव होते ही वितृष्णा का स्थान विद्रोह ने ले लिया। आखिर सीमा ने उनकी बात क्यों नहीं मानी? और एक के बाद एक अपने जीवन की अनगिनत घटनाओं पर मनन करने के बाद उन्हें पता चला कि सीमा ने उनकी बात कभी नहीं मानी। उलटे उसने हमेशा मंसूर को अपनी बात मानने पर विवश किया। और एकाएक मंसूर के मन में प्रश्न उठा कि क्या उन्होंने कभी भी वास्तविक रूप में सीमा से प्रेम भी किया है?

मंसूर ने सीमा का वह पत्र अपने अटैचीकेस में रख दिया था। आधे घंटे के स्थान पर अब पौन घंटा हो गया था और उन्हें मेजर नाहरसिंह के साथ जाना था। भारी मन वह उठे और मेजर नाहरसिंह के बँगले की ओर चल दिए।

बादलों के अब बड़े-बड़े और कुछ मटमैले तथा काले टुकड़े आसमान पर छा गए थे। धूप अब कुछ रुक-रुककर दिखाई देने लगी थी और पुरवा हवा के बहाव में कुछ तेजी आ गई थी। ऋतु के इस परिवर्तन के साथ मंसूर के मन के अन्दरवाला भारीपन भी जैसे दूर होने लगा और रानी मानकुमारी के बँगले तक पहुँचते-पहुँचते मंसूर अपने अन्दर एक नई उमंग अनुभव करने लगे। मेजर नाहरसिंह बरामदे में बैठे हुए मंसूर की प्रतीक्षा कर रहे थे। मंसूर को देखते ही वह उठ खड़े हुए, "कुछ देर लगा दी आर्टिस्ट साहब, तुमने, खैर कोई बात नहीं। तुम बड़े भाग्यवान हो कि आज का दिन इतना सुहावना हो गया है।" और कुछ रुककर मेजर नाहरसिंह ने आसमान की ओर देखा, "दो-तीन दिन के अन्दर ही पानी बरसेगा—इस बार वर्षा जल्दी आई। चलो इस भयानक गर्मी से तो त्राण मिला। इन बादलों को देख रहे हो कितने सुहावने लग रहे हैं! नवीन जीवन का नवीन सन्देश लेकर आ रहे हैं। प्यासी और तपती धरती बड़ी आस लगाए हुए इन बादलों की तरफ देख रही है। पशु-पक्षी सभी उल्लास-मग्न होकर निकल पड़े होंगे इस आसपास के जंगल में। आज शिकार खूब मिलेगा, लेकिन आज तुम्हारे साथ घूमूँगा, शिकार करने का इरादा मैंने छोड़ दिया है।"

मंसूर ने मुस्कराते हुए पूछा, "क्यों मेजर साहब, यह शिकार का इरादा क्यों छोड़ दिया आपने? क्या इस खुशी और उमंग में भरे हुए जानवरों को मारने में हिचक होती है आपको?"

मेजर नाहरसिंह हँस पड़े, "गलत समझे, आर्टिस्ट साहब! मेरे जीवन का अनुभव तो यह बतलाता है कि हँसते-हँसते मर जाना कहीं अच्छा होता है, दर्द और घुटन लेकर मरने की अपेक्षा। जो प्यास और घुटन लेकर मरता है उसकी आत्मा भटकती रहती है सुख और तृप्ति की तलाश में। और सुख-दुख शरीर के धर्म हैं, इसलिए उस आत्मा को अशरीर होने के कारण शान्ति नहीं मिलती।"

मंसूर ने पूछा, "मेजर साहब, क्या आप समझते हैं कि पशु-पक्षियों में भी आत्मा होती है? और अगर उनमें आत्मा होती है तो शिकार करना गलत है क्योंकि हम शिकार करके हत्या का पाप किया करते हैं।"

"तुम इसे नहीं समझोगे आर्टिस्ट साहब, यह बड़ा गहन विषय है..." और मेजर नाहरसिंह अपनी बात कहते-कहते रुक गए, रानी मानकुमारी को बरामदे में आते हुए देखकर। रानी मानकुमारी को देखकर मंसूर आश्चर्यचकित हो गए। उस समय मानकुमारी के पैरों पर शिकारी बूट चढ़े थे और वह कार्डराय की ब्रीचेज पहने थी। उनके शरीर पर जोधपुरी कोट था और उनके हाथ में बारह बोर की बन्दूक थी। कारतूस की पेटी उनके कन्धे से कमर तक बँधी थी और उनके सिर पर 'बैरे' टोपी थी।

रानी मानकुमारी ने आते ही कहा, "अरे, आप अभी तक गए नहीं, कक्काजी! मैंने तो कह दिया था कि मैं आज शिकार करूँगी।"

जिस आश्चर्य के साथ मंसूर रानी मानकुमारी को देख रहे थे उससे मेजर नाहरसिंह को कुछ हँसी-सी आई, "इसमें चकित होने की कोई बात नहीं आर्टिस्ट साहब, रानी

बहू को बचपन में शिकार का बड़ा शौक था। इन्होंने शेर भी मारा है, इनका निशाना अचूक होता है।" फिर रानी मानकुमारी की ओर उन्होंने देखा, "रनबहादुर को तो साथ ले लो, रानी बहू! शिकार कौन उठाएगा? अकेले जंगल में प्रवेश करना निरापद नहीं है।"

"रनबहादुर को तो सामान लाने के लिए मैंने अपनी कार से अभी थोड़ी देर हुए यशनगर भेज दिया है। अभी चार-पाँच दिन और रुकना है यहाँ पर न!" रानी मानकुमारी बोलीं, "मैं जंगल के अन्दर प्रवेश नहीं करूँगी, यहीं आसपास देखूँगी कोई चिड़िया-विड़िया मिल जाए। मौसम इतना सुहावना हो गया है, घर में बैठने को मन नहीं करता।"

"इस सुहावने मौसम में घर बैठने को मन नहीं करता, रानी बहू! युवावस्था की उमंग है, घूमने की, उड़ने की, दुनिया में फैल जाने की। जो चीज तुम्हारे अन्दर स्वाभाविक रूप से है, बड़े प्रयत्न से मैं उसे अपने अन्दर उतारने का प्रयत्न करता हूँ लेकिन बड़ा परिश्रम करना पड़ता है इसमें मुझे। मैं गलत नहीं कहता, आर्टिस्ट साहब! अभी तुम भी जवान हो, यद्यपि शहरी जिन्दगी से आडम्बर और उसकी अकर्मण्यता में तुम अपनी जवानी को बड़ी तेजी के साथ खोते चले जा रहे हो! तुम्हारी उम्र अभी अधिक नहीं है, लेकिन तुम्हारे बाल सफेद हो गए हैं। तुम्हारी तन्दुरुस्ती बुरी नहीं है, लेकिन दौड़ने-घूमने का, हँसने-खेलने का उल्लास तुमसे जाता रहा है।"

मेजर नाहरसिंह ने रानी मानकुमारी की बन्दूक अपने हाथ में ले ली, "चलो रानी बहू, हम लोगों के साथ, तुम शिकार करना, हम लोग तुम्हारे साथ-साथ रहेंगे यह परिश्रम स्त्री को शोभा नहीं देता। शिकार में स्त्री को शारीरिक बल की आवश्यकता नहीं होती, उसके अन्दर मानसिक साहस और चेतन-बुद्धि चाहिए। और रानी बहू, यह याद रखना कि वही स्त्री सफल शिकारी बन सकती है जो शिकार के पीछे न दौड़े बल्कि शिकार स्वयं उसके सामने आ जाए।" और फिर उन्होंने मंसूर से कहा, "चलो आर्टिस्ट साहब, हम लोगों को डेढ़ बजे तक लौट आना चाहिए।"

तीनों पश्चिम की ओर चल पड़े। मेजर नाहरसिंह मंसूर को वह भूखंड दिखलाते जाते थे तथा मंसूर के प्लैन पर बात करते जाते थे। रानी मानकुमारी की दृष्टि कभी आसमान पर जाती थी, कभी झाड़ियों में जाती थी और कभी दूर क्षितिज पर मेखलाकार खड़े हुए जंगल के वृक्षों पर अटक जाती थी। कहीं कोई जानवर नहीं दिख रहा था, एक पक्षी तक नहीं। प्रायः एक मील चलने के बाद रानी मानकुमारी ने थके स्वर में कहा, "कक्काजी, इधर तो कहीं शिकार का नाम-निशान तक नहीं दिखता।"

"इस पथरीले बंजर प्रदेश में कहाँ शिकार मिलेगा रानी बहू, शिकार तो दक्षिण की ओर जंगलों में है।" फिर कुछ सोचकर नाहरसिंह ने कहा, "रानी बहू, तुम तो इस सुहावने मौसम में घूमने निकली हो, शिकार एक बहाना-भर था। और शिकार तुम तभी कर सकोगी जब शिकार स्वयं तुम्हारे सामने आ जाए। इसकी कोई सम्भावना नहीं है यहाँ पर। तो तुम आर्टिस्ट साहब को यह प्रदेश दिखला दो, गौरा और तिसना नदियों के संगम तक। तिसना के आगे उत्तर में तो पहाड़ है और पश्चिम के जंगलों में तेंदुओं

का राज है। मैं दक्षिण की ओर जंगल में घुसकर शिकार देखता हूँ। गौरा और तिसना के संगम पर मेरी प्रतीक्षा करना।''

कारतूस की पेटी लेकर तथा बन्दूक में दो कारतूस भरकर मेजर नाहरसिंह दक्षिण की ओर चल पड़े और मंसूर को साथ लेकर रानी मानकुमारी पश्चिम की ओर बढ़ीं।

मेजर नाहरसिंह का चले जाना मंसूर को अच्छा ही लगा। भाग्य शायद उनके साथ था। चुपचाप वह रानी मानकुमारी के साथ चल रहे थे और छिपी नजर से लगातार उन्हें देखते भी जाते थे। अपने फ्रांस के प्रवास-काल में मंसूर ने न जाने कितनी सुन्दरियों को तरह-तरह की पोशाकों में देखा था, लेकिन उन्हें कोई भी स्त्री किसी मरदानी पोशाक में सुन्दर नहीं लगी, एक तरह का भौंडापन ही दिखा था उन्हें। लेकिन आज रानी मानकुमारी को उस शिकारी पोशाक में देखकर मंसूर को अच्छा लग रहा था। मंसूर ने हलके स्वर में कहा, ''रानी साहिबा, जिन्दगी में मैंने एक-से-एक खूबसूरत पोशाकें देखी हैं और मैं यह भी कह सकता हूँ कि मैंने एक-से-एक खूबसूरत औरतें भी देखी हैं। लेकिन एक राज की बात आज ही मेरी समझ में आई।''

रानी मानकुमारी ने जैसे इस बात में से उठनेवाले प्रश्न की ओर ध्यान नहीं दिया। उन्होंने पूछा, ''मंसूर साहब, आप तो शायद यूरोप में काफी दिन तक रहे हैं, आपके सम्बन्ध में एक लेख में मैंने कहीं पढ़ा था।''

''जी हाँ, यूँ समझिए कि मैंने अपनी जिन्दगी के करीब पन्द्रह बेशकीमती साल यूरोप में बिताए हैं और वह भी पेरिस में। शान-शौकत, तड़क-भड़क, तहजीब-अदब में दुनिया का कोई भी शहर पेरिस का सानी नहीं। कभी-कभी मन में एक टीस उठती है कि वहाँ लौट जाऊँ और अपने को खो दूँ मस्ती के उस आलम में। लेकिन मजबूर हूँ।'' और यह कहकर मंसूर ने एक ठंडी साँस ली। उनके मुख पर असीम करुणा के भाव छलक आए, उनकी गहरी काली आँखें कुछ तरल हो गईं।

अनायास ही मंसूर को यह अनुभव हुआ कि एक गहरी वेदना उनके अन्दर सोई पड़ी थी जो एकाएक उस दिन जाग पड़ी। मंसूर का ध्यान अब उस प्लैन पर नहीं था जिसे बनाने वह निकले थे, वह उस समय वस्तुजगत् से उठकर भावनात्मक जगत् में आ गए थे। मंसूर की इस करुणा की प्रतिक्रिया रानी मानकुमारी पर हुई, वह बोलीं, ''मंसूर साहब, आप तो अपने जीवन में बहुत सफल व्यक्ति माने जाते हैं, ऐसा आपके प्रशंसकों ने आपके सम्बन्ध में लिखा है। आपके पास अपार धन है, प्रभाव और इज्जत में आप दुनिया के इने-गिने लोगों में समझे जाते हैं। कला और संस्कृति के क्षेत्र में आपका सर्वोच्च स्थान और मान है। आपका गार्हस्थ्य-जीवन भरा-पूरा है। अत्यधिक सफल और सुखी है। ऐसी हालत में आपके अन्दर यह करुणा कैसी?''

मंसूर रानी मानकुमारी की बगल में चल रहे थे, इतने निकट कि रानी मानकुमारी के शरीर का स्पर्श उन्हें कभी-कभी हो जाता था। और इस स्पर्श से उन्हें यह अनुभव हो रहा था कि कोई ऐसा व्यक्ति उनके बहुत पास आ गया है जिसमें उनके जीवन के समस्त अभावों की पूर्ति है, जिसके सामने वह अपने अन्दर की वेदना प्रकट कर

सकते हैं। उनका स्वर अब बहुत करुण हो गया, "रानी साहिबा, मेरे पास ऊपरी ढंग से सबकुछ है, लेकिन असलियत में कुछ नहीं है। लोग समझते हैं कि मैं एक कामयाब इनसान हूँ, मैं भी अपने को इस धोखे में डालना चाहता हूँ। आखिर मैंने ही तो लोगों पर यह सब जाहिर किया है। लेकिन असलियत कुछ दूसरी ही है। मेरी सारी कामयाबी जाल है, फरेब है, मक्र है। मेरा दिल इसे अच्छी तरह जानता है। मैं आपको यकीन दिलाता हूँ कि इस सबमें मेरे दिल को कोई सुकून नहीं है, कहीं भी राहत नहीं मिलती। लेकिन क्या करूँ, मैं निहायत बुजदिल आदमी हूँ, इन्हें छोड़ भी तो नहीं सकता। यह दौलत, यह इज्जत! किस तरह अपने को नीचे गिराकर यह सब हासिल किया है मैंने; इसे मैं ही जानता हूँ। और जहाँ तक मेरी बीवी का सवाल है, वहाँ में खामोश रहना ही मुनासिब समझता हूँ।"

संवेदना स्त्री की कमजोरी होती है, मंसूर को इस बात का पता था। पर मंसूर के अन्दरवाली करुणा बनावटी नहीं थी, वह यथार्थ थी। रानी मानकुमारी में मंसूर के प्रति संवेदना जाग उठी थी। उन्हें अपने साथवाले व्यक्ति में दिलचस्पी थी। ऊपर से कितना शान्त, शिष्ट, प्रसन्न! लेकिन अन्दर कितनी घुटन और व्यथा लिए हुए था वह व्यक्ति। अनायास ही रानी मानकुमारी के मुख से ये शब्द निकल पड़े, "मंसूर साहब, मुझे पूछना तो नहीं चाहिए, लेकिन क्या आप अपनी पत्नी को प्रेम नहीं करते?"

एक फीकी मुस्कान के साथ मंसूर ने कहा, "जब आप पूछ ही रही हैं तब मैं यह कहूँगा कि सीमा से नफरत नहीं करता, गोकि मुझे उससे नफरत हो जानी चाहिए थी। किसी तरह की कोई खूबसूरती नहीं है उसमें—न जिस्म में, न जबान में, न स्वभाव में। फिर भी मैं उससे नफरत नहीं करता, मुझे खुद इस पर ताज्जुब होता है। उससे मुझे बहुत-कुछ मिला, ऐन ऐसे मौके पर जब मुझे उस सबकी जरूरत थी। इंग्लिस्तान, बड़ी नाक़िस जगह है वह। फ्रांस से जब मैं इंग्लिस्तान गया था तो मुफलिसी और लावारिसी की हालत में। उस वक्त सीमा से मुझे दौलत मिली, इज्जत मिली, ममता मिली। लेकिन आज सोच रहा हूँ कि यह सब मुझे किस कीमत पर मिला? मेरी जिन्दगी में मुहब्बत नहीं, मुहब्बत के ख्वाब नहीं।"

इस समय तक दोनों गौरा नदी के तट पर आ गए थे। गौरा नदी को एक छोटा-सा नाला कहना अधिक उचित होगा, पानी की एक क्षीण धारा बह रही थी उसमें। पथरीला तल था उस नदी का और करीब एक फर्लांग का पाट था उसका। स्थान-स्थान पर पानी के छोटे-छोटे गढ़े थे। रानी मानकुमारी ने कहा, "यह गौरा नदी है मंसूर साहब, इसको पार करने के बाद तिसना नदी मिलेगी प्रायः आधा मील की दूरी पर। तिसना नदी का पाट गौरा की अपेक्षा बहुत बड़ा है, लेकिन उसमें पानी की एक छोटी-सी धारा बहती है जो कहीं प्रकट है, कहीं लुप्त हो जाती है। दोनों नदियाँ दक्षिण में एक-दूसरे से मिलती हैं। कितना सुन्दर स्थान है यह एक शानदार उपनगर के लिए! गौरा को पार करके तिसना नदी तक चलना है और यहाँ से तिसना के किनारे-किनारे हम इन दोनों नदियों के संगम तक चलेंगे। कक्काजी से वहीं मिलने को कहा है न।"

मंसूर ने अपने चारों ओर देखा, लेकिन उन्हें ऐसा लगा कि उस बाहरी जड़ वातारण में उन्हें उस समय कोई दिलचस्पी नहीं है। गौरा को पार करके उन्होंने फिर अपनी बात आरम्भ की, "रानी साहिबा, हमारे इर्द-गिर्द जो कुछ हो रहा है, उसमें हमारा कोई हाथ नहीं, इन दिनों मुझे कुछ ऐसा महसूस होने लगा है। इतनी लम्बी जिन्दगी गुजर गई लेकिन मुझे मिला कुछ नहीं।" और मंसूर ने फिर एक ठंडी साँस ली, "बहुत कम ऐसे खुशकिस्मत लोग हैं जो जिन्दगी से कुछ पा सके हों, मैं तो उन खुशकिस्मत लोगों में नहीं हूँ!"

रानी मानकुमारी को मंसूर की बातें समझ में आ भी रही थीं और नहीं भी आ रही थीं, लेकिन मंसूर की बातें उन्हें अच्छी अवश्य लग रही थीं। मंसूर के अन्दरवाली पीड़ा से उसके अन्दरवाली पीड़ा जाग उठी थी। एक करुणा का मोहक और मधुर वातावरण उत्पन्न हो गया था। उन्होंने इस बार ध्यान से मंसूर को देखा। वास्तव में मंसूर बहुत सुन्दर पुरुष थे–तीखा और सुडौल मुख, आँखें गहरी काली और बड़ी-बड़ी कुछ खोई हुई-सी; पतले-पतले होठ जिन पर एक स्वाभाविक लालिमा झलक रही थी; नुकीली नाक। संगमरमर का-सा गौर वर्ण। और एकाएक रानी मानकुमारी को लगा कि कामदेव की प्रथम बार कल्पना करनेवाले कवि के मन में मंसूर की ही आकृतिवाला कोई पुरुष रहा होगा। सीमा ऐसी बदमिजाज और अभिमान से भरी हुई स्त्री, जो मंसूर की ओर आकृष्ट हुई वह अकारण ही नहीं हुई होगी। मंसूर की आकृति में कुछ ऐसा था जो प्रेम को प्राप्त तो करता है, लेकिन जिसे अपना प्रेम प्रदान करने का कोई मौका ही नहीं मिलता। स्त्रियाँ स्वयं उसकी ओर आकर्षित होती हैं, उसे स्त्रियों को अपनी ओर आकर्षित नहीं करना होता है। मंसूर चुपचाप नीची दृष्टि किए हुए चल रहा था और रानी मानकुमारी अपलक नयनों से मंसूर को देख रही थीं, मंसूर के व्यक्तित्व का अध्ययन कर रही थीं। और अनायास ही रानी मानकुमारी चौंक उठीं। उन्हें ऐसा लगा कि मंसूर निरीह है, निराश्रित है, संवेदना का पात्र है। मंसूर को हर कदम पर सहारे की आवश्यकता है, बिना सहारे के वह चल ही नहीं सकता। रानी मानकुमारी ने पूछा, "मंसूर साहब, आप थक तो नहीं गए? काफी पैदल चलना पड़ा है आपको!"

"जी, कुछ थकान तो महसूस कर रहा हूँ, लेकिन यह थकान जिस्मानी न होकर रूहानी है।" और यह कहते-कहते मंसूर हँस पड़े, एक हलकी-सी हँसी, "मैं भी बड़ा खुदगर्ज हूँ जो अपना पचड़ा लेकर बैठ गया। लेकिन करूँ क्या, मैं कितना कमजोर हूँ! आपके ऊपर जो मुसीबतें हैं उनके मुकाबले मेरी मुसीबतें कुछ भी नहीं हैं, मैं खुद देख रहा हूँ। आपकी मैं कितनी मदद करना चाहता था, लेकिन जिस आदमी को खुद सहारे की जरूरत हो वह भला दूसरे को क्या सहारा देगा!" और बड़ी कोमलता के साथ रानी मानकुमारी का हाथ अपने हाथ में लेते हुए मंसूर ने कहा, "रानी साहिबा, मुझे तो महसूस हो रहा है कि दो भटकती हुई रूहें अपनी-अपनी बिथा समेटे हुए इस बियाबान में अचानक एक-दूसरे से मिल गईं।"

मंसूर का यह स्पर्श रानी मानकुमारी को बुरा नहीं लगा। एक अनुपम शान्ति और पुलकन से भरी करुणा थी उस स्पर्श में। और रानी मानकुमारी ने अनुभव किया कि उनके हृदय में हलक-सा स्पन्दन आ गया है, "मंसूर साहब, वास्तव में मैं भटकती हुई आत्मा हूँ, असीम व्यथा लिए हुए; और मैं कितना अधिक थक गई हूँ! जी चाहता है कि बैठ जाऊँ, लेकिन यह नहीं हो सकता।"

"यही नहीं हो सकता, रानी साहिबा! चलते रहना ही जिन्दगी है और वह भी बिना यह जाने हुए कि हम कहाँ चलते हैं, किस तरफ चलते हैं और किसलिए चलते हैं।" मंसूर ने एक ठंडी साँस ली, "फिर सहारा भी किसका और कैसा? हरेक की अपनी अलग-अलग जिन्दगी है, अपना अलग-अलग रास्ता है। इस लम्बे और थकान भरे सफर में कभी-कभी दो राही एक-दूसरे से मिल जाते हैं, आँखों में हमदर्दी की दो नन्ही-नन्ही बूँदें लिए हुए, होठों पर प्यार की मुस्कराहट से भरे बोल लिए हुए। जिसे यह नसीब हो गया वह खुशकिस्मत है। सहारा इनसान का नहीं होता, सहारा होता है हमदर्दी का, प्यार का।"

दोनों एक-दूसरे का हाथ पकड़े हुए चल रहे थे, चुपचाप। रानी मानकुमारी को अनुभव हो रहा था कि जीवन-पथ पर एक साथी उन्हें मिल गया है जो संवेदना और प्यार पाने को उत्सुक है, संवेदना और प्यार देने को उत्सुक है, जो खुद सहारा चाहता है। और मंसूर को यह अनुभव हो रहा था कि उनके जीवन में अनायास ही एक नया मोड़ आ गया है, जिन्दगी की घुटन से निकलने का एक रास्ता उन्हें मिल रहा है। एक तरह की ताजगी, एक तरह का सकून मिल सकेगा उन्हें। काफी देर तक और दूर तक दोनों मौन, अपने में ही नहीं बल्कि एक-दूसरे में खोए-से चलते रहे। उनका ध्यान भंग हुआ अपने सामने तिसना नदी को देखकर।

दोनों के हाथ एक-दूसरे से छूट गए, दोनों अब वस्तु जगत् में आ गए थे, सुखी-सी और भयानक दिखनेवाली तिसना नदी का पाट आधा मील का था, बड़ी-बड़ी चट्टानों से युक्त था उसका तल, जिसके बीच-बीच में रेत चमक रही थी। जहाँ-तहाँ छोटे-छोटे जल-कुंड थे जो शायद कभी नहीं सूखते होंगे, लेकिन कहीं भी धारा का नाम-निशान नहीं। तिसना से उस पार हिमालय की पर्वत-श्रेणियाँ उठ रही थीं जिनके नीचे दक्षिण में दूर क्षितिज पर घना-सा जंगल फैला हुआ था।

रानी मानकुमारी ने कहा, "यही तिसना नदी है मंसूर साहब, आपके उपनगर की पश्चिमी सीमा। यहाँ से एक मील दक्षिण में गौरा और तिसना का संगम है।" और रानी साहिबा के मुख पर हलकी-सी मुस्कराहट आई, "इस नदी का असली नाम तृष्णा नदी है, तृष्णा के माने हैं प्यास। देख रहे हैं आप सूखी हुई नदी। मई-जून की धूप में इस नदी के तल के पत्थर और रेत आग के पुंज बन जाते हैं। फिर भी इस नदी में पानी रहता है–एक अदृश्य स्रोत के रूप में। चलिए, अब दक्षिण की ओर चला जाए।"

मंसूर एक ठंडी साँस लेकर दक्षिण की ओर मुड़ पड़े, "हमारी सारी जिन्दगी ही इस तिसना की जिन्दगी बन गई है, रानी साहिबा! लेकिन इस तिसना के जाल को तो तोड़ना ही पड़ेगा हमें। एक बात कहना चाहता हूँ आपसे, लेकिन हिम्मत नहीं पड़ती।"

रानी मानकुमारी जोर से हँस पड़ी, "मंसूर साहब, आपसे इतनी देर बातें करके इतना विश्वास तो मुझे हो ही गया है कि आपमें साहस का अभाव है। कहिए!"

"बात यह है—जी, आप जानती ही होंगी कि संस्कृति-मन्त्री ने दिल्ली के कला और संस्कृति के सरकारी पहलू की जिम्मेदारी मुझ पर डाल दी है। वह जिम्मेदारी मैंने ले ली थी सीमा के भरोसे। लेकिन वहाँ मुझे नाकामयाबी हासिल हुई। सीमा लोगों से मिल-जुलकर काम कर ही नहीं सकती। और ये आर्टिस्ट कितने तुनकमिजाज होते हैं यह किसी से छिपा नहीं है। तो पिछले डेलीगेशन को यूरोप में छोड़कर मुझे सुमनपुर और दूसरे दो-एक प्लैनों पर काम करने को लौटना पड़ा। वे डेलीगेशन मैंने सीमा की तहत में छोड़ दिए थे। मेरे वापस आते ही डेलीगेशन में आपसी झगड़े खड़े हो गए। कोई भी खुश नहीं था सीमा के स्वभाव से और सीमा अपनी जिद के लिए बदनाम है। हंगरी ने उस डेलीगेशन को वक्त से पहले ही चले आना पड़ा।"

"यह तो बुरा हुआ," रानी मानकुमारी ने कहा, "इससे आपकी बड़ी बदनामी हो सकती है।"

"जो हो गया वह हो गया। हंगरी के एम्बेसेडर मेरे दोस्त हैं, डेलीगेशन वापस करने के उन्होंने कुछ दूसरे ही वजूहात बता दिए हैं, इसलिए इसकी मुझे कोई फिकर नहीं है। लेकिन अगस्त के पहले हफ्ते में पिछले डेलीगेशन से कहीं ज्यादा शानदार डेलीगेशन ले जाना है मुझे अमेरिका में। कनाडा, यूनाइटेड स्टेट्स, ब्राजील—तीन महीने का टूर है। क्या आप इस डेलीगेश्न की इंचार्ज होकर चल सकेंगी?"

रानी मानकुमारी एकाएक चौंक उठीं, "डेलीगेशन की इंचार्ज होकर मैं? मैं तो कलाकार नहीं हूँ, न मैंने कभी ऐसा काम किया है।"

"जो इंचार्ज होकर जाता है उसका कलाकार होना लाज़मी नहीं है, उसे तो शराफत, हुकूमत और इखलाक में भरा-पूरा होना चाहिए, और ये सब गुण आपमें हैं। फिर शुरू में दस-पाँच दिन के लिए मैं भी डेलीगेशन के साथ चलूँगा। आपके मातहत काम करनेवाले होंगे, मनमाने ढंग से खुले हाथ राजसी ठाठ-बाट से खर्च कीजिए, रुपयों की कमी नहीं है। हरेक मुल्क में हमारे मुल्क की एम्बेसियाँ आपकी मदद करेंगी। पिछले दो-तीन साल से आपने जो जिन्दगी बिताई है, उसके बाद इस चहल-पहल से आपको राहत ही मिलेगी।"

रानी मानकुमारी का हृदय तेजी के साथ धड़कने लगा था, "मंसूर साहब, आप यह क्या कह रहे हैं? सीमा क्या सोचेगी? लोग मुझे किस तरह इंचार्ज बना देंगे?"

"इसकी फिक्र आपको नहीं करनी है, रानी साहिबा! पिछले तजरबों के बाद सीमा आगे से किसी डेलीगेशन में खुद नहीं जाना चाहती और इंचार्ज बनाने की जिम्मेदारी मुझ पर है। मुझे एक सहारे की जरूरत है—आपसे मैं वह सहारा चाहता हूँ। मुझे आप नाउम्मीद न करेंगी। अभी तो सिर्फ तीन महीने के लिए आपको जाना है, उस डेलीगेशन से वापस आकर आपकी जो मरजी हो वह कीजिएगा। आप यह कह दीजिए कि आप चलेंगी।" और यह कहकर मंसूर ने बड़े करुण भाव से रानी मानकुमारी के हाथ पकड़ लिए।

रानी मानकुमारी को लगा कि उन नशा-सा छा रहा है पर। मंसूर का हाथ कोमलता से दबाते हुए उन्होंने कहा, "अच्छी बात है मंसूर साहब, मैं चलूँगी।"

5

पुरुष-जीवन की वह खतरनाक अवस्था उनके जीवन में आरम्भ हो गई है, जब मनुष्य की प्रवृत्तियाँ इधर-उधर बहकने और भटकने लगती हैं। रतनचन्द्र मकोला ने इस सत्य का अनुभव उस समय किया जिस समय उन्होंने रानी मानकुमारी के साथ अपना ग्रुप-फोटोग्राफ खिंचवाया। मकोला की पत्नी अवस्था में मकोला से दो वर्ष बड़ी थीं, वह ऐन उस समय वृद्धा हुईं जिस समय मकोला पूर्ण रूप से प्रौढ़ हुए थे। लेकिन उस समय न उन्होंने कामवासना के आधार पर अपनी प्रौढ़ता को अनुभव किया था और न अपनी पत्नी की वृद्धावस्था को अनुभव किया था। वह तो उस समय धन की उपासना के फेर में थे। उनका परिवार भरा-पूरा था, उनके पुत्र वयस्क होकर उनके काम-काज की जिम्मेदारी में उनकी सहायता करने लगे थे। लगातार फैलते रहने और शक्ति संचय करने में वह बुरी तरह रत हो गए थे। रुपये-पैसे के इस खेल में उन्होंने अपने को पूरे तौर से डुबो दिया था। केवल एक लक्ष्य और एक उद्‌देश्य था उनके समस्त जीवन का।

अपनी सम्पन्नता के इस जीवन में मकोला एक-से-एक सुन्दर स्त्रियों के सम्पर्क में आए थे। लेकिन सौन्दर्य, भोगविलास, इन सबका कोई स्थान नहीं था उनके जीवन में। ये सब जड़ता से भरे प्रलोभन थे जिनसे दूर रहने में ही मकोला अपना कल्याण समझते थे। कुछ सुन्दर स्त्रियों ने मकोला से लाभ उठाने के लिए उन्हें अपनी ओर आकर्षित करने का प्रयत्न भी किया था, पर इसमें उन्हें असफलता ही मिली। मकोला निर्लिप्त भाव से शक्ति और सम्पन्नता का खेल खेलते रहे। इसमें मकोला के धार्मिक संस्कारों ने भी उनकी थोड़ी-बहुत सहायता की थी।

और उस दिन मकोला को यह अनुभव हुआ कि उनका जीवन भावना से दूर, बहुत दूरवाले तर्क-ज्ञान और बुद्धि का था, जिसका आधार गणित है और जिसकी कार्यप्रणाली मशीन की कार्यप्रणाली है। उनका समस्त स्पन्दन बाजार-भाव के चढ़ते और उतरने में, सौदा बनने और टूटने में, योजनाओं के सफल अथवा असफल होने में था। एक नई भावना, एक नए स्पन्दन का उन्होंने अनुभव किया, एक नई प्यास अनायास ही जाग उठी उनके जीवन में।

उन्हें याद आई वह रात जब रानी मानकुमारी ने उस जंगल में कार बिगड़ जाने के बाद अतिथियों की सहायता की थी। उस दिन प्रथम बार रानी मानकुमारी को उन्होंने देखा था। निश्चित रूप से एक अत्यन्त सुन्दर स्त्री थीं वह और उन्होंने उनकी तथा अन्य अतिथियों की सहायता करके अपनी उदारता तथा शालीनता को प्रदर्शित किया था। ज्ञान रूप से इससे अधिक और कोई प्रभाव नहीं पड़ा था रानी मानकुमारी का उन पर।

और उसके बाद रानी मानकुमारी के सम्पर्क में आने के उन्हें और भी कई अवसर मिले, उस छोटी-सी दुनिया में। धीरे-धीरे उन्हें यह अनुभव होने लगा कि रानी मानकुमारी को देखने में, उनसे बात करने में उन्हें सुख मिलता है और यह भावना गहरी ही होती गई। और मकोला को यह भी अनुभव होने लगा कि यह भावना अनुरक्ति की थी। स्त्री के प्रति अनुरक्ति की भावना में वासना होती है, मकोला यह भी जानते थे और वासना का भी जीवन में एक महत्त्वपूर्ण स्थान है, उन्हें यह अनुभव होने लगा।

उस दिनवाले ग्रुप-फोटोग्राफ में मकोला को रानी मानकुमारी की बगल में बिठाया गया था या वह स्वयं ही रानी मानकुमारी की बगल में बैठ गए थे, उन्हें यह याद नहीं था, लेकिन रानी मानकुमारी उनकी बगल में बैठी थीं, यह सत्य था। एक भीनी-भीनी सुगन्ध रानी मानकुमारी के शरीर से आ रही थी। वह सुगन्ध इत्र की थी, लेकिन मकोला को ऐसा लग रहा था मानो वह सुगन्ध रानी मानकुमारी के कमल के समान खिले हुए शरीर की थी। गुलाबी संगमरमर का-सा सफेद और चिकना शरीर, भरा हुआ और मांसल मुख, मुख पर भयभीत हिरनी-सा भोलापन, गहरी नीली आँखों में उल्लास की चमक। एक क्षण के लिए मकोला को यह भावना भी आई थी कि वह रानी मानकुमारी को अपने आलिंगनपाश में कस लें। मकोला को अपनी उस भावना पर आश्चर्य भी हुआ था।

इस भावना को उन्होंने बड़े परिश्रम के साथ दबाया था उस समय। पर वह भावना मरी नहीं, मिटी नहीं, एक चिनगारी बनकर वह उनके मन के एक कोने में बैठ गई। एक विचित्र जलन से भरी चिनगारी थी वह, जिसमें पुलकन थी, रस था और—और न जाने क्या-क्या था। जीवन का एक नवीन अनुभव हुआ उन्हें।

मकोला का प्राइवेट सेक्रेटरी उदयराज मकोला से सब आदेश लेकर तथा आवश्यक कागजों पर दस्तखत कराके चला गया था। उनके माइनिंग एक्सपर्ट का तार आया था कि वह 'कॉपर एलाइड' के एक्सपर्ट के साथ दो दिन बाद हवाई जहाज से ज्ञानपुर आएगा। शाम तक वे दोनों सुमनपुर पहुँच जाएँगे। मकोला ने घड़ी देखी, तीन बजे थे।

मकोला का मन काम करने में नहीं लग रहा था। आसमान पर बादल छाए थे और ठंडी पुरवैया चल रही थी। कमरे से निकलकर मकोला बरामदे में खड़े हो गए। उनकी समझ में न आ रहा था कि क्या किया जाए। चुपचाप वह अपने चारों ओरवाले वातावरण को देखने लगे और उन्हें अनुभव हुआ कि वह किसी स्वप्नलोक की दुनिया में आ पड़े हैं। रह-रहकर रानी मानकुमारी का वह सुन्दर, मांसल, वासना की आग से तपा हुआ शरीर उनकी आँखों के सामने आ जाता था। यह मानसिक अवस्था उन्हें असह्य-सी लगने लगी, उन्हें ऐसा लग रहा था कि उस मानसिक अवस्था को उन्हें दूर करना ही होगा या अपने लक्ष्य को प्राप्त करके या फिर उससे दूर भागकर। लेकिन दूर भागना सम्भव नहीं, भागना कायरता होगी। वह बरामदे के दूसरी ओर बढ़े। जोखनलाल

का कमरा खुला हुआ था, मकोला ने अन्दर प्रवेश किया, बिना यह अनुभव किए हुए कि वह क्या कर रहे हैं और क्यों कर रहे हैं।

जोखनलाल कुछ समय पहले तक काम कर रहे थे, उस समय वह सोफा पर लेट गए थे थके-से; उन्हें कुछ नींद-सी आ रही थी। मकोला के पैरों की चाप सुनकर उन्होंने आँखें खोलीं, ''अरे, आप मकोलाजी!'' और वह उठकर बैठ गए।

कुर्सी पर बैठते हुए मकोला ने कहा, ''काम-काज में मन नहीं लग रहा था, सुबह से काम ही करता रहा हूँ। परसों मेरा माइनिंग एक्सपर्ट आ जाएगा। 'कॉपर एलाइड' के अमेरिकन माइनिंग एक्सपर्ट को लेकर, तब कहीं मन को शान्ति मिलेगी। देख रहे हैं, बाहर बादल घिरे हैं। यह मौसम तो बाहर निकलकर घूमने-फिरने का है। इतने अच्छे मौसम की आशा मैंने नहीं की थी।''

जोखनलाल मुस्कराए, ''हम लोग बड़े भाग्यवान हैं, मकोलाजी! मालूम होता है वर्षा ऋतु इस बार समय के कुछ पहले ही आ रही है। बाहर कहाँ घूमेंगे चलकर। बाहर बरामदे में कुरसियाँ डलवाता हूँ, वहीं बैठे हग लोग!'' और यह कहकर उन्होंने चपरासी को आवाज दी।

बरामदे में कुरसियाँ पड़ गईं और दोनों बरामदे में बैठ गए। मकोला ने अब अपनी बात आरम्भ की, ''जोखनलाल! जहाँ तक आधारभूत उद्योगों का प्रश्न है, वहाँ सरकार की नीति उन्हें सरकार द्वारा चलाने की है। बड़ी-बड़ी खानों की गणना भी इन्हीं की इंडस्ट्री अर्थात् आधारभूत उद्योगों में की जाती है। ऐसी हालत में सुमनपुर में जो ताँबे की खान होगी उसे तो सम्भवतः सरकार पब्लिक सेक्टर में लेना चाहेगी और अबरक तथा चूने की खानों में मुझे कोई दिलचस्पी नहीं है।''

कुछ सोचकर जोखनलाल ने उत्तर दिया, ''हाँ, सरकार की घोषित नीति तो यही है, लेकिन यह नीति तो घोषणाओं और प्रचारवाली नीति है। इस नीति को अमल में लाना हरेक स्थान में तो अनिवार्य नहीं है। फिर जहाँ तक हमारी प्रादेशिक सरकार का सवाल है, वह तो आपके साथ है। सुमनपुर-विकास की योजना हमारी सरकार की योजना है और इसमें हमारी ओर से आपको कोई बाधा नहीं पड़ेगी।''

मकोला मुस्कराए, ''तुम पर तो मुझे पूर्ण विश्वास है, लेकिन केन्द्रीय सरकार बाधा डाल सकती है। वैसे मेरे आदमी वहाँ हैं और वहाँ वाली बाधा मैं दूर कर लूँगा, लेकिन शर्त यह है कि तुम्हारी सरकार दृढ़ता के साथ मेरा साथ दे। मैंने अमेरिका के 'कॉपर एलाइड कारपोरेशन' से इस सम्बन्ध में बात कर ली है, उनसे मेरा साझा हो गया है। जितनी आधुनिकतम मशीनें हैं वह 'कॉपर एलाइड' यहाँ लगाएगा, उसके विशेषज्ञ इस काम को सँभालेंगे। चालीस प्रतिशत शेयर उनके होंगे, साठ प्रतिशत हमारे होंगे।''

जोखनलाल मुस्कराए, ''मकोलाजी, जहाँ तक उद्योग-धन्धों का सवाल है, आपकी सूझबूझ अद्वितीय होती है। विदेशी मुद्रा की आवश्यकता होगी मशीनों के लिए। वह समस्या आपने हल कर ली है। केन्द्रीय सरकार इस पर तो राजी हो ही जाएगी।''

"मैं राजी कर लूँगा केन्द्रीय सरकार को, इसकी चिन्ता नहीं करनी है तुम्हें। लेकिन मेरे सामने दूसरी मुसीबत है। इस कारोबार में कम-से-कम करीब पाँच करोड़ की पूँजी लगेगी। मुझे तीन करोड़ रुपया लगाना होगा। और तुम जानते ही हो कि तीन करोड़ रुपया साधारण रकम नहीं होती। बहुत कोशिश करके मैं करोड़ या डेढ़ करोड़ रुपयों का प्रबन्ध कर पाऊँगा। इधर कई काम अपने हाथ में ले लिए हैं।"

"जी, तो साफ-साफ क्यों नहीं कहते कि आप हमारी सरकार से कर्ज चाहते हैं।" जोखनलाल ने हँसते हुए कहा, "लेकिन दो करोड़ का कर्ज किसी एक व्यक्ति को दे देने में बड़ी झंझट पड़ेगी। केन्द्रीय सरकार से हमें बहुत अधिक रुपया तो मिला नहीं है और हमारे प्रदेश के प्रायः सभी उद्योगपति सरकार के कर्ज माँग रहे हैं, यह तो आप जानते ही हैं।"

मकोला भी मुस्कराए, "जोखनलाल, मैं सबकुछ जानता हूँ लेकिन कम-से-कम डेढ़ करोड़ का कर्ज तो तुम्हें देना ही होगा। अगर यह कर्ज मुझे मिल सकता तो मेरे लिए इस काम में हाथ लगाना असम्भव होगा।"

"अच्छा-अच्छा, वह भी हो जाएगा, लेकिन आप जरा हमारे फाइनेंस सेक्रेटरी से बात कर लीजिएगा। उनके लड़के ने पारसाल मेटलर्जी में एम.एस-सी. पास किया है बनारस हिन्दू यूनिवर्सिटी से और अब रिसर्च कर रहा है। वह आपके काम का आदमी होगा। अब तो आप खुश!" जोखनलाल ने बात बन्द करते हुए कहा।

थोड़ी देर तक दोनों चुपचाप बैठे रहे, फिर अनायास ही मकोला के मुख से निकल पड़ा, "जोखनलाल, रानी मानकुमारी के सम्बन्ध में तुम्हारा क्या मत है?"

जोखनलाल के मुख पर किसी प्रकार के आश्चर्य का भाव नहीं आया। कुर्सी पर वह पीठ देकर आराम से बैठ गए और अपनी आँखें मूँदते हुए उन्होंने कहा, "मकोलाजी, आप चौथे हुए।"

मकोला थोड़ी देर गुम-सुम बैठे रहे, फिर बोले, "क्या मतलब तुम्हारा?"

वैसे ही इत्मीनान के साथ जोखनलाल ने उत्तर दिया, "मतलब यह कि रानी साहिबा के रूप के पहले शिकार हुए पंडित शिवानन्द शर्मा, दुनिया के प्रसिद्ध उपन्यासकार और कवि। लेकिन शर्माजी की आदत में है जब-तब प्रेम में पड़ जाना, इसी से उन्हें साहित्य-सृजन में प्रेरणा मिलती है। तो वह बात मेरी समझ में आ गई। दूसरे शिकार हुए श्री ज्ञानेश्वर राव, दुनिया के सुप्रसिद्ध पत्रकार। लेकिन राव साहब पक्के बोहेमियन आदमी हैं; पहली बीवी हिन्दुस्तानी, उसे छोड़कर पोलिश बीवी से शादी की। लेकिन उधर से भी उनका मन उचट रहा है। तो वह भी समझ में आ रहा है। तीसरे शिकार दुनिया के सुप्रसिद्ध कलाकार और बड़े भाग्यवान फ्राड तथा अवसरवादी एलबर्ट किशन मंसूर। यह आदमी किसी वक्त क्या कर डालेगा, कोई कुछ नहीं कह सकता। सुना है आज दिन में वह रानी साहिबा के साथ घूमता रहा है। ठीक तरह से नहीं कहा जा सकता कि वह कहाँ तक आगे बढ़ा है। और अब आता है आपका नम्बर, दुनिया का

प्रसिद्ध उद्योगपति, जिसके पास मान है, मर्यादा है, भरा-पूरा परिवार है, वैभव है, ऐश्वर्य है, शक्ति है...।''

जोखनलाल की बात काटते हुए मकोला ने कहा, ''सबकुछ है लेकिन प्रेम का प्रकाश नहीं है, भोग-विलास की रंगीनी नहीं है। जोखनलाल, मैं रानी मानकुमारी को प्राप्त करना चाहता हूँ, बड़ी-से-बड़ी कीमत देने को मैं तैयार हूँ।'' और एक अति कठोर मुद्रा मकोला के मुख पर आ गई।

जोखनलाल ने आँखें खोल दीं, विस्मित होकर उन्होंने मकोला को देखा, ''मुझे यह नहीं मालूम था कि प्रेम भी बिकता है और खरीदा जाता है।''

मकोला हँस पड़े, एक तीव्र और कर्कश हँसी, ''क्या नहीं बिकता है इस दुनिया में, जोखनलाल? आदमी का धर्म बिकता, ईमान बिकता है, आत्मा बिकती है और प्रेम भी बिक सकता है। मैंने तुमसे कहा न कि मैं रानी मानकुमारी को खरीदना चाहता हूँ, चाहे कितनी कीमत अदा करनी पड़े मुझे। इस सौदे में तुम्हें मेरी मदद करनी पड़ेगी।''

मकोला के इस हिंसात्मक दर्प और अहंकार की प्रतिक्रिया जोखनलाल में अच्छी नहीं हुई, निरादर और अपमान की भी एक सीमा होती है, उन्होंने अनुभव किया। कड़े स्वर में उन्होंने कहा, ''तो क्या आप मुझे दलाल समझते हैं।''

मकोला समझ गए कि गलती हो गई, उनका स्वर कोमल हो गया, ''जोखनलाल, तुम मुझे गलत समझकर मेरे साथ अन्याय कर रहे हो। मैं तुमसे एक घनिष्ठ और अभिन्न मित्र के नाते बात कर रहा हूँ, ऐसे मित्र के नाते जिसे मैं अपने जीवन का यह महत्त्वपूर्ण रहस्य तक बतला रहा हूँ, जिसकी तुमने हमेशा सहायता की, जिसे तुमने हमेशा अपना माना। क्या करूँ, मैं रानी मानकुमारी के प्रेम में बुरी तरह पड़ गया हूँ, और जिस आदमी पर प्रेम का पागलपन सवार हो गया हो उसकी बात का बुरा न मानना चाहिए।''

मकोला के स्वर में इस परिवर्तन से जोखनलाल के स्वर में भी परिवर्तन हुआ, लेकिन क्रोध के उतरने में कुछ देर लगा करती है, ''मकोलाजी, यह प्रेम तो व्यक्तिगत मामला है, इस मामले में कोई आपकी क्या सहायता कर सकता है? आपको स्वयं इस सम्बन्ध में आगे बढ़ना होगा। लेकिन मेरी सलाह तो यह है कि आप इस औरत के चक्कर में न पड़ें। जितना कुछ मैंने इस औरत के सम्बन्ध में जाना है, न जाने क्यों, उससे मुझे इस औरत से कभी-कभी डर लगने लगता है, बड़ा अहंकार है उसमें।''

मकोला मुस्कराए, ''मैं समझता हूँ जोखनलाल, तुम्हारे भय को। जो कुछ तुम प्राप्त करना चाहते हो, उसे प्राप्त करने की अवस्था में तुम नहीं हो, इसलिए तुम्हारी मनोवृत्ति न भागेगी, न बहकेगी। तुम किसी को मुँह माँगी कीमत दे नहीं सकते।''

जोखनलाल को लगा मानो रतनचन्द्र मकोला ने फिर उनका अपमान किया है उनका स्वर व्यंग्यात्मक हो उठा, ''और आप समझते हैं कि मुँह माँगी कीमत दे सकनेवाले की दलाली करके मैं इस अवस्था में आ जाऊँगा कि किसी समय मैं स्वयं लोगों को मुँहमाँगी कीमत देने लगूँ?''

"तुम फिर गलत ढंग से सोचने लगे जोखनलाल! मैं तुमसे पूछता हूँ, दुनिया में कितने लोग हैं जो दलाली नहीं करते? आज के समाज का सारा ढाँचा दलालों का है, इन दलालों के नाम अलग-अलग हैं, उन्हें चाहे हम मिडिलमैन कहे चाहे बिचवानी कहें। उत्पादक और उपभोक्ता के बीच में पड़कर जितने भी व्यक्ति आजीविका प्राप्त करते हैं वे सब मिडिलमैन हैं; समाज में आदान-प्रदान को चलानेवाला प्रत्येक व्यक्ति मिडिलमैन है, यह मिडिलमैन पूँजीवाद का आधार है।"

जोखनलाल ने एक ठंडी साँस ली, अनायास ही उनका स्वर शिथिल पड़ गया, "जो कुछ आप कहे रहे हैं, शायद यही सत्य हो, लेकिन इस सम्बन्ध में आपको सोच-समझकर कदम उठाना पड़ेगा। रानी मानकुमारी राज-परिवार की हैं, उनमें स्वयं अपना एक दर्प है, अहंकार है। उसने कभी मेरी ओर आदर से नहीं देखा, एक तरह से वह मेरा निरादर ही करती रही हैं। अगर इस औरत के अहंकार को तोड़कर आप उसे अपनी बना सकें तो मुझे इसमें एक प्रकार का सन्तोष ही होगा। आपके साथ मेरी हार्दिक शुभकामनाएँ हैं, मकोलाजी!"

मकोला ने स्पष्ट रूप से देख लिया कि जोखनलाल के मन में रानी मानकुमारी के प्रति यदि उसे शत्रुता न भी कहा जाए तो गहन विरोध का भाव तो है ही। ऐसी हालत में इस बात को आगे बढ़ाना नुकसानदायक भी साबित हो सकता है और उन्होंने अपनी बात बदली, "खैर, छोड़ो भी इस बात को, यह मेरा निजी मामला है और मुझे निजी तौर से तय करना होगा इसे। हाँ अमेरिकन 'कॉपर एलाइड' के प्रतिनिधि को लेकर मेरा माइनिंग एक्सपर्ट कल या परसों शाम तक पहुँच जाएगा यहाँ। एक महीने के अन्दर 'हिन्द कॉपर्स' कम्पनी को रजिस्टर करके इस काम को आरम्भ कर देना है। इस कम्पनी का हेडक्वार्टर मैं कानपुर में रखना चाहता हूँ, शायद तुम्हारी सरकार यह चाहे।"

जोखनलाल के मुख पर सन्तोष की एक मुस्कराहट आई, "मैं भी यही चाहता था कि इसका हेडक्वार्टर उत्तर प्रदेश में ही हो। लेकिन आपके तीनों लड़के तो कलकत्ता, बम्बई, दिल्ली में हैं। यहाँ कानपुर में तो आपका एक बहुत नगण्य-सा आदमी है, इतने बड़े और महत्त्वपूर्ण काम को वह कैसे सँभालेगा?"

मकोला उठ खड़े हुए, "इसकी चिन्ता मत करो, कानपुर को मैं स्वयं सँभालूँगा। सुमनपुर नगर बस जाने के बाद मैं कानपुर से अपना हेडक्वार्टर यहाँ ला सकता हूँ। सुमनपुर के आसपास दो चीनी मिलें लगाई जा सकती हैं और एक कागज की मिल भी चल सकती है। जो-जो सुविधाएँ मैं तुमसे माँगूँ, अगर वे मिलती जाएँ तो सुमनपुर को मैं उत्तर भारत का ही नहीं, हिन्दुस्तान का बहुत बड़ा औद्योगिक केन्द्र बना सकता हूँ।"

आसमान से अब हलकी-हलकी बूँदें पड़ने लगीं थीं फुहार के रूप में। प्रथम वर्षा के जल का पान करके मई-जून की धूप से तपी हुई मिट्टी सुगन्ध से गमक उठी। पक्षियों के झुंड जैसे उल्लास में ऊँचे उड़कर इस वर्षा का स्वागत करने निकल पड़े थे। और मकोला फिर बैठ गए, "कितना सुन्दर दृश्य है यह जोखनलाल! उधर पहाड़ों पर

फैले हुए ये बादल, एक नया जीवन जैसे जाग पड़ा है इस प्रकृति में। लेकिन अभी मानसून आने की तो कोई खबर नहीं है मौसम विभाग को।''

''नहीं, मेरा खयाल है कि यह मानसून नहीं है। इस प्रदेश में इन दिनों कभी-कभी हलकी-सी वर्षा हो जाया करती है और उसके बाद घंटे-दो-घंटे में आसमान खुल जाया करता है। इससे गर्मी हो जाएगी।''

इसी समय जोखनलाल का प्राइवेट सेक्रेटरी कुछ इंजीनियरों और विकास सेक्रेटरी को लेकर आ गया, उसकी बगल में फाइलें दबी थीं। जोखनलाल ने कहा, ''अच्छी बात है मकोलाजी, ज़रा इन लोगों से निपट लूँ। अभी तो कुल तीन बजे हैं, घंटे-डेढ़ घंटे में चाय के समय तक मैं खाली हो जाऊँगा।''

मकोला अपने कमरे में आकर बैठ गए। एक अजीब तरह की उलझन वह अपने अन्दर अनुभव कर रहे थे। उनका एक लड़का बम्बई में है, एक कलकत्ता में है, एक दिल्ली में है। उन लड़कों की पत्नियाँ हैं, उनके बच्चे हैं। उनका निजी जीवन है। और स्वयं मकोला? वह सब जगह हैं, वह कहीं भी नहीं हैं। घूमना, एक प्रदेश में एक देश से दूसरे देश में, एक नगर से दूसरे नगर में–घूमना, घूमना, लगातार घूमते रहना। साथ में कभी प्राइवेट सेक्रेटरी, कभी नौकर कभी यह मैनेजर, कभी वह मैनेजर।

और मकोला की पत्नी वृद्धा हो गई थीं। मकोला की पत्नी मकोला से दो वर्ष बड़ी थीं–युवावस्था में अपनी और अपनी पत्नी की उम्रवाला अन्तर मकोला को दिखा ही नहीं। लेकिन स्त्री जल्दी वृद्धा हो जाती है, मकोला को इस सत्य का पता तब लगा जब वह पूरी तौर से प्रौढ़ हुए। अपनी वृद्धावस्था बिताने के लिए मकोला की पत्नी काशी में रहने लगी थीं। लेकिन मकोला तो वृद्ध नहीं हुए थे। और मकोला के मन में एकाएक एक प्रश्न उठा–यह वैभव, यह ऐश्वर्य, यह प्रसन्नता–स्वयं में इनकी क्या सार्थकता है?

उनके जो सब थे वे अपने-अपने हो गए, किसी को मकोला की सुख-सुविधा की कोई चिन्ता नहीं। सब उनसे दूर थे, बहुत दूर। उन्हें किसी ऐसे व्यक्ति की आवश्यकता थी जो उन्हें अपना समझकर उनकी देखभाल करे, जिसको वह अपना समझकर अपने दूर न होने दें। जिस पर वह अपनी सारी ममता उँडेल दें और जो उन पर आश्रित होकर उन्हें अपना सबकुछ माने। और रह-रहकर रानी मानकुमारी की तस्वीर मकोला की आँखों के आगे आ जाती थी। असीम सुन्दरी, परिपक्व यौवन से युक्त, सुसंस्कृत और सभ्य। मकोला रानी मानकुमारी को प्राप्त करने को आकुल हो उठे या फिर मकोला अपने को रानी मानकुमारी के हाथों सौंप देने को व्यग्र हो उठे।

मकोला दार्शनिक नहीं थे, मकोला मनोवैज्ञानिक नहीं थे–उन्हें पढ़ने-लिखने में रुचि नहीं थी, किताबों में बन्द ज्ञान पर उनकी आस्था नहीं थी। लेकिन उन्होंने जिन्दगी का अध्ययन अच्छी तरह किया था। भावना और धन में एक प्रकार का सन्तुलन होता है–जीवन के अनुभवों ने उन्हें यह बतलाया था। हरेक भावना कहीं-न-कहीं चलकर धन से शासित होने लगती है।

लेकिन मकोला मूर्ख नहीं थे। वह यह भी जानते थे कि धन की स्वयं में कोई सत्ता नहीं है, वह केवल सुख-सुविधा प्राप्त करने का साधन है। यह धन भावना का शासन तभी कर सकता है जब यह शक्ति का रूप धारण कर ले।

मकोला ने बाल्यकाल में इतिहास पढ़ा था। उनके संस्कार धार्मिक अवश्य थे, लेकिन उनका दृष्टिकोण वैज्ञानिक वस्तुवाद से युक्त था, सत्ता पहले ब्राह्मणों के हाथ में थी, लेकिन ब्राह्मण धनी नहीं थे, वे त्यागी थे। लेकिन उस समय समाज सुसंगठित नहीं था। समाज का संगठन बुद्धि और ज्ञान के द्वारा ही हो सकता था और इसलिए बुद्धि और ज्ञान में ही उस युग की शक्ति थी। समाज का संगठन हुआ और उस संगठन पर कठोर नियन्त्रण की आवश्यकता हुई। सत्ता, जो अभी तक बुद्धि, ज्ञान और पांडित्य से युक्त ब्राह्मण के हाथ में थी, वह उसके हाथ से निकली। समाज का संचालन और सामाजिक संगठन के नियन्त्रण के लिए आवश्यकता थी शारीरिक बल से युक्त उन मनुष्यों की, जो तलवार के बल पर बुद्धि द्वारा निर्धारित मान्यताओं को समाज पर आरोपित कर सकें। और इस प्रकार क्षत्रिय आया। इस क्षत्रिय को प्रथम बार ब्राह्मण ही आगे लाया अपने सहायक के रूप में। लेकिन धीरे-धीरे सत्ता पूर्ण रूप से क्षत्रिय के हाथ में आ गई और ब्राह्मण उसका सहायक-भर, बल्कि यह कहना अधिक उचित होगा, आश्रित बनकर रह गया।

सामाजिक संगठन के बाद सामाजिक विकास का होना अनिवार्य था। इस सामाजिक विकास का माध्यम सामाजिक आदान-प्रदान था, इसी आदान-प्रदान के आधार पर विभिन्न समाजों और देशों में सम्पर्क स्थापित हो सकता था। और इस आदान-प्रदान को भी एक माध्यम की आवश्यकता हुई। हर वस्तु की कीमत धन में निर्धारित की गई, मेहनत की माप धन में बनी। भोजन, वस्त्र, जीवन की अन्य आवश्यक वस्तुएँ—ये सब धन की सीमा में आ गईं। वेतन धन में मिलने लगा, राजा ने कर लगाएँ धन के रूप में। इस धन से सेनाएँ रखी जाने लगीं, हथियार खरीदे जाने लगे। सत्ता शारीरिक बल से निकलकर धन में आई।

इस आदान-प्रदान की दुनिया में उत्पादन का वितरण करनेवाला एक वर्ग उत्पन्न हुआ और इस वितरण का पारिश्रमिक उसे मिला धन के रूप में। उस वर्ग का नाम वैश्य पड़ा। और उसके पारिश्रमिक को मुनाफे का नाम दिया। क्षत्रिय की शक्ति को बनाए रखने में ब्राह्मण के ज्ञान एवं बुद्धि तथा वैश्य के धन का प्रमुख हाथ रहा। लेकिन उस समय तक धन शक्ति के साधनों में एक था, वह स्वयं शक्ति न था। शक्ति का मूल केन्द्र तो उत्पादन में था जिस पर क्षत्रिय का नियन्त्रण था, धन का नियन्त्रण नहीं था।

ज्ञान विकसित होता रहा, उत्पादन बढ़ता रहा, युद्ध होते रहे। राज्य, सैनिक, सामन्त एक ओर; विद्वान, उत्पादक, जनता दूसरी ओर; कभी इन वर्गों में सामंजस्य था, कभी इन वर्गों में संघर्ष। यही नहीं, कभी-कभी इन वर्गों में भी संघर्ष हो जाते थे। लेकिन इस समस्त समाज का सन्तुलन इन बनिए के हाथ में था। यह वैश्य

विभिन्न देशों में सम्पर्क स्थापित करता रहा। अपने व्यवहार के बल, हर तरह का आदान-प्रदान यह बढ़ाता रहा। इस सम्पर्क के कारण युद्ध हुए, इस सम्पर्क के फलस्वरूप साम्राज्यों एवं उपनिवेशों का निर्माण हुआ और सामाजिक व्यवस्था जटिल होती गई, उलझती गई।

और फिर ज्ञान तेजी के साथ बढ़ा, विज्ञान का रूप धारण करके। यूरोप में जो औद्योगिक क्रान्ति (इंडस्ट्रियल रिवोल्यूशन) हुई, उसके बाद हमारे समाज ने एक नितान्त नया रूप धारण कर लिया। बनिया एकाएक भयानक रूप से शक्तिशाली बन गया। इस औद्योगिक क्रान्ति के कारण समस्त शक्ति धन में केन्द्रित हो गई। धन वितरण का माध्यम न रहकर उत्पादन का माध्यम बन गया।

इस इंडस्ट्रियल रिवोल्यूशन से मशीन-युग का श्रीगणेश होता है; बनिया, जो अभी तक वितरक था, मशीन का बल प्राप्त करके स्वयं उत्पादक बन गया। दानवाकार मशीनें बनीं, बड़े-बड़े कारखाने खुल गए। आदमी का स्थान यन्त्रों ने ले लिया और आदमी को इन यन्त्रों से चिपका हुआ गुलाम बन जाना पड़ा। शक्ति इन मशीनों का निर्माण एवं संचालन करनेवाले धन में केन्द्रित हो गई और इस धन को एक नया नाम मिला—पूँजी। इस पूँजी से पूँजीवाद का जन्म हुआ। कुछ थोड़े से पूँजीपतियों के हाथ में समस्त आर्थिक व्यवस्था केन्द्रित हो गई—क्षत्रिय बनिए का आश्रयदाता होने के स्थान पर उसका आश्रित हो गया।

और इसके बाद सामन्तवाद का अन्त आरम्भ हुआ। बनिए ने राजाओं को सहायता देकर पहले तो सामन्तों को नष्ट कराया और इसके बाद राजाओं के विनाश की बारी आई। एक के बाद एक राज्य क्रान्तियाँ होती गईं, राजा लोप होते गए और उनके स्थान पर जनतन्त्र स्थापित हुए।

लेकिन यह वोटोंवाला जनतन्त्र, जहाँ वोट खरीदे जाते हैं, ठीक उस प्रकार जिस प्रकार जीवन की सभी चीजें खरीदी जाती हैं, यह इस बनिए के हाथ की कठपुतली बन गया। आज समस्त शक्ति इस पूँजी में निहित है और यह पूँजीपति ही सम्पूर्ण रूप से शक्तिशाली है।

मकोला ने बड़े अनमने ढंग से शाम की चाय पी। उनका दिमाग तो रानी मानकुमारी में उलझा हुआ था। उस रात वह बहुत देर तक जागते रहे, एक ही विचार उनके मस्तिष्क में था—किस प्रकार रानी मानकुमारी को प्राप्त किया जाए?

दूसरे दिन जब मकोला सोकर उठे, उनका मन हलका था। आसमान खुल गया था और धूप खिलकर निकल आई थी। फुहारों का पड़ना रात में ही बन्द हो गया था, लेकिन पुरवैया हवा वैसी ही चल रही थी और बादल के टुकड़े आसमान पर तैर रहे थे। अपने सेक्रेटरी से उन्होंने 'कॉपर एलाइड' की फाइल निकलवाई, जिसे वह अपने साथ ही ले आए थे। जोखनलाल के साथ चाय-नाश्ते के बाद वह उस फाइल को खोलकर बैठ गए और एक प्रकार से उसका अध्ययन करने लगे। 'कॉपर एलाइड' की साझेदारी की शर्तें उन्होंने बड़े ध्यान से पढ़ीं। 'हिन्द कॉपर्स' का प्रबन्ध मकोला

के हाथ में पूरी तौर से रहेगा और उसके उत्पादन, इंजीनियरिंग तथा टैक्नीकल पक्ष की सम्पूर्ण व्यवस्था पच्चीस वर्षों के लिए 'कॉपर एलाइड' के हाथ में रहेगी। प्रबन्ध, वितरण और मुनाफा–यह मकोला का क्षेत्र था।

उस फाइल को बन्द करके उन्होंने अपने प्राइवेट सेक्रेटरी उदयराज को बुलाया, "देखो उदयराज, तुम रानी मानकुमारी का बँगला तो जानते ही हो। उनके यहाँ इसी समय चले जाओ। उनसे कहना कि आज किसी समय वह मुझसे मिल लें, कुछ आवश्यक बातें करनी हैं मुझे उनसे। मैं दिन में कहीं नहीं जाऊँगा, उनकी प्रतीक्षा करूँगा।"

उदयराज तत्काल रानी मानकुमारी के बँगले की ओर चल पड़ा। रानी मानकुमारी उस समय अपने ड्राइंग-रूम में बैठी एक नई कविता लिखने का प्रयत्न कर रही थीं। उनकी बगल में 'विश्व की विख्यात नारियाँ' नाम की रंगीन पुस्तक रखी थी और 'विश्व के रंगमंच पर भारतीय संस्कृति' नाम की रंगीन पुस्तिका दूसरी ओर खुली पड़ी थी। रानी मानकुमारी अकेली थीं, मेजर नाहरसिंह शिकार के लिए चले गए थे।

उदयराज ने जैसे ही बरामदे में पैर रखा, उसे कमरे के अन्दर बैठी रानी मानकुमारी के दर्शन हुए। बरामदे में पैरों की आहट पाकर रानी मानकुमारी ने कविता की कापी से अपनी आँखें उठाते हुए पूछा, "कौन है? कहो, क्या काम है?"

दरवाजे पर ही रुककर बड़ी विनय के साथ उदयराज ने कहा, "मैं उदयराज हूँ, सेठ रतनचन्द्र मकोला का प्राइवेट सेक्रेटरी। सेठ साहब ने मुझे आपके यहाँ भेजा है। वह आपके दर्शन करना चाहते हैं।"

"कहाँ हैं वह? मैं खाली हूँ, उन्हें भेज दो!"

"जी, वह तो अपने कमरे में हैं, कुछ आवश्यक कार्य कर रहे हैं। उन्होंने कहा है कि आप ही वहाँ किसी समय कष्ट करें, जिस समय भी आपको सुविधा हो। वह दिन-भर अपने कमरे में ही रहेंगे।"

रानी मानकुमारी ने शान्त भाव से कहा, "मुझे तो तुम्हारे सेठजी से कोई काम नहीं है। उनसे कह देना कि अगर कोई काम हो तो वह स्वयं यहाँ आ सकते हैं, मैं दिन-भर घर में ही रहती हूँ।" और यह कहकर रानी मानकुमारी फिर अपनी कविता में उलझ गईं।

लेकिन उदयराज गया नहीं, वह चुपचाप वहीं खड़ा रहा। जब रानी मानकुमारी को काफी देर तक उदयराज के जाने का आभास नहीं हुआ तब उन्होंने फिर अपना सिर उठाया, "क्यों, क्या बात है? मैंने कह दिया न कि मुझे मकोलाजी से कोई काम नहीं है।"

उदयराज ने कहा, "जी, वह तो सुन लिया, मैं लेकिन समझता हूँ कि अगर आप स्वयं चलकर सेठजी से बात कर लें तो इसमें आपको कोई हानि नहीं होगी। वह जो स्वयं नहीं आए इसमें कुछ कारण ही होगा। वैसे आपके यहाँ आने में उनको कोई आपत्ति नहीं हो सकती, परसों तो वह आपके यहाँ आए ही थे।"

रानी मानकुमारी कुछ सोच-विचार में पड़ गईं। जो कुछ उदयराज ने कहा था वह ठीक था। ''अच्छी बात है, मैं करीब आधा घंटे में आती हूँ, अपने सेठ से कह देना।'' कुछ झुँझलाहट के स्वर में उन्होंने कहा।

जिस समय रानी मानकुमारी मकोला के यहाँ पहुँचीं, उदयराज बरामदे में बैठा उनकी प्रतीक्षा कर रहा था। उदयराज ने रानी मानकुमारी को मकोला के ऑफिस-रूम में पहुँचा दिया। मकोला के सामने फाइलें रखी थीं और वह उन्हें पढ़ते जाते थे तथा दस्तखत करते जाते थे। रानी मानकुमारी के आते ही मकोला ने खड़े होकर उनका स्वागत किया, फिर बड़ी विनय के साथ उन्होंने कहा, ''क्षमा कीजिएगा रानी साहिबा, जो मैंने आपको इतना कष्ट दिया, बैठिए।''

रानी मानकुमारी की मुद्रा वैसी ही कठोर बनी रही, लेकिन वह कुर्सी पर बैठ गईं। उदयराज दरवाजे पर खड़ा था। मकोला ने कहा, ''तुम अपने कमरे में जाओ, जब मैं बुलाऊँगा तब आ जाना। और फाइलें यहीं छोड़ जाओ।''

उदयराज के जाने के बाद मकोला ने रानी मानकुमारी से कहा, ''रानी साहिबा! यहाँ की खानों की जो जाँच-पड़ताल राजा साहब यशनगर ने करवाई थी, उसकी रिपोर्टें तो आपके पास होंगी ही?''

''यह बात आप मेरे यहाँ आकर पूछ सकते थे, मुझे यहाँ बुलाकर यह पूछने की क्या आवश्यकता थी? भाग्य से वे रिपोर्टें कक्काजी के पास यहाँ सुमनपुर में ही हैं, नहीं तो उस हरामजादे खुशबख्तराय ने जिस तरह मेरे अन्य कागज गायब कर दिए हैं, वैसे ही ये रिपोर्टें भी गायब हो गई होतीं।''

कुछ चुप रहकर मकोला ने कहा, ''मैंने उन स्थानों को देखा है। अगर मेरा अनुमान गलत नहीं है तो वहाँ इतना ताँबा निकल जाता है कि वह दुनिया की बहुत बड़ी ताँबे की खानों में एक होगी। यह भाग्य की विडम्बना है कि इतनी बड़ी ताँबे की खान आपके हाथ से निकल गई।''

इस बात का रानी मानकुमारी ने कोई उत्तर नहीं दिया, मुँह झुकाए वह बैठी रहीं। लेकिन उनकी मुद्रा में अब कुछ परिवर्तन हो गया था, क्रोध का स्थान दुख ने ले लिया था।

मकोला ने फिर कहा, ''आपके साथ अन्याय हुआ है, मैं इतना जानता हूँ। वह खान मेरे पास आ रही है, इसलिए मुझे और भी क्लेश हो रहा है, क्योंकि इस अन्याय का अनजाने ढंग से मैं भी भागी बन रहा हूँ। अगले महीने यहाँ से जाते ही मैं अमेरिका की 'कॉपर एलाइड' के साझे में यहाँ 'हिन्द कॉपर्स' नाम की एक कम्पनी खोल रहा हूँ, पाँच करोड़ रुपये की पूँजी से। इसके बात छह महीने के अन्दर ही बड़ी-बड़ी दानवाकार अमेरिकन मशीनें यहाँ आ जाएँगी, हजारों आदमी यहाँ एकत्रित होंगे और दुनिया का एक बहुत बड़ा ताँबे का कारखाना यहाँ सुमनपुर में काम करने लगेगा।''

अब रानी मानकुमारी बोलीं, ''यह सब आप मुझे क्यों सुना रहे हैं, मकोलाजी? मुझे इस सबसे क्या प्रयोजन है?''

"प्रयोजन है रानी साहिबा, इसीलिए तो आपको कष्ट दिया है। यह सब हो रहा है, लेकिन इसमें मेरी आत्मा को चैन नहीं मिलेगा। मुझे आपसे यह कहना है कि इस 'हिन्द कॉपर्स' में आपका भी शेयर होना चाहिए।"

रानी मानकुमारी का मुख क्रोध से तमतमा उठा, "सबकुछ छीनकर भी आप लोगों को सन्तोष नहीं होता! मुझे तबाह करके, कंगाल बनाकर अब आप लोग अपमानित और लांछित करना चाहते हैं। इस तरह से आप मेरी हँसी उड़ाएँ, आपका मैंने क्या बिगाड़ा है?"

"आप मुझे गलत समझ रही हैं, रानी साहिबा! न तो मैंने आपको तबाह किया है और न मैं आपको अपमानित और लांछित करना चाहता हूँ। मैं आपको विश्वास दिलाता हूँ कि मैं आपकी सहायता करना चाहता हूँ।"

एक व्यंग्यात्मक हँसी रानी मानकुमारी के मुख पर आ गई, "बनिया सहायता करने को निकल पड़ा है! मकोलाजी रघुराज ठीक ही कहता था। आपका सारा दया-धर्म ढकोसला है, आडम्बर है। आप क्या किसी की सहायता करेंगे? आप तो लूटने में विश्वास करते हैं और इसमें हमारे देश की सरकार आपकी सहायता करती है। सारी शक्ति आपके हाथ में है।"

मकोला ने मुस्कराते हुए रानी मानकुमारी की बात काटी, "ठीक है, रानी साहिबा! इस देश की सरकार को बनाने में हम लोगों का हाथ है और हम लोग इस सरकार को पलट भी सकते हैं। यह सारी सरकार पूँजी के हाथ बिकी हुई है, हमारे इशारों पर चीजों के दाम घटते-बढ़ते हैं, हमारे इशारों पर उद्योग-धन्धों की स्थापना होती है। हमारे इशारों पर मन्त्री नाचते हैं, हमारे इशारों पर विधायक अपना मत देते हैं। यही सब बतलाया होगा रघुराजसिंह ने आपको! और इसमें उसने आपसे झूठ नहीं कहा। हमारे लिए कोई नैतिकता नहीं, हमारे पास कोई आस्था नहीं, क्योंकि हम सक्षम हैं और समर्थ हैं। शक्ति राजाओं और सामन्तों के भुजबल से हटकर हम पूँजीपतियों की पूँजी में केन्द्रित हो गई है। हम झूठ बोलते हैं, हम धोखा देते हैं। हम जाल-फरेब करते हैं; लेकिन ये सब अवगुण तो राजतन्त्र के हैं, आप राजकुल की होने के नाते इससे इनकार नहीं कर सकेंगी और यह इसलिए इसी सबमें शक्ति है। रानी साहिबा, यह भयानक और कठोर सत्य है।"

आश्चर्य के साथ रानी मानकुमारी अपने सामने बैठे हुए मनुष्य को देख रही थीं–खुलते हुए गेहुँए रंग का लम्बा-सा आदमी, स्वस्थ और सुडौल शरीर में एक प्रकार की चुस्ती, मुख पर असीम आत्मविश्वास। उनकी आँखों में एक तरह का विषाक्त सम्मोहन। रानी मानकुमारी को सहज में विश्वास नहीं हो सकता था कि इस आदमी के तीन वयस्क पुत्र हैं, जो इसके काम-काज को चलाते हैं। रानी मानकुमारी को यह अनुभव नहीं हो रहा था कि वह एक दैत्य के सामने बैठी हैं और वह दैत्य असुन्दर नहीं है, एक प्रकार का आकर्षण है उसमें। अनायास ही उन्हें लगने लगा कि उस व्यक्ति के सामने वह अत्यधिक शक्तिहीन हैं, निरीह हैं। शिथिल स्वर में उन्होंने कहा, "तो आप यह सब स्वीकार करते हैं?"

"हाँ, मैं यह सब स्वीकार करता हूँ, लेकिन दुनिया के सामने नहीं, केवल तुम्हारे सामने। वह इसलिए कि तुम्हारे प्रति एक प्रकार की मानवीय संवेदना जाग उठी है मुझमें, जिस पर स्वयं मुझे आश्चर्य हो रहा है। न जाने क्यों मैं तुम्हें अपना समझने लगा हूँ। अपनों से झूठ नहीं बोला जाता, बोला भी नहीं जाना चाहिए। लेकिन इस भयानक और कठोर सत्य का दूसरा पहलू भी है। तुम जानना चाहोगी उसे?"

मकोला रानी मानकुमारी के सम्बोधन में 'आप' से उतरकर एकाएक 'तुम' पर आ गए थे, लेकिन रानी मानकुमारी को इस बात का अनुभव ही नहीं हुआ। अजीब तरह से वह सहम गईं थीं। "कहिए," वह बोलीं।

"जो समर्थ है, सक्षम है, शासक है, उसमें नैतिकता नहीं होती, हो भी नहीं सकती। शक्ति स्वयं एक स्वतन्त्र सत्ता है जो किसी भी प्रकार के प्रतिबन्ध को नहीं स्वीकार करती। तूफानों को उठते हुए देखा होगा तुमने। कौन रोक सकता है उन्हें? रानी मानकुमारी, यही शक्ति एक समय तुम राजाओं के पास थी और राजाओं में कितनी नैतिकता थी, इतिहास इस बात का साक्षी है। अपनी शक्ति को अक्षुण्ण बनाए रखने के लिए वे लोगों की हत्याएँ कर देते थे, भयानक युद्धों में अपनी सेनाओं को कटवा देते थे। हम तो कम-से-कम यह सब नहीं करते।"

रतनचन्द्र मकोला ने रानी मानकुमारी को याद दिला दिया था कि वह राजवंश की हैं। अपने सिर को उन्होंने एक हलका-सा झटका दिया, मानो मकोला के सम्मोहन को अपने ऊपर से हटाने के लिए। अभी कुछ दिन पहले तक सत्ता उनके हाथ में थी। कड़े स्वर में उन्होंने कहा, "मकोलाजी, आप निरामिष-भोजी हैं, आपको खून से डर लगता है। और इसलिए आपने ऐसी मशीन ईजाद की है कि लाखों-करोड़ों आदमी रक्तहीन होकर तड़पते हुए मर जाएँ और उनकी मृत्यु-यातना आपको दिखलाई न दे। उनकी शक्ति को आप सोख लें—अभाव, भूख-प्यास के पिशाचों को आपने दुनिया में छोड़ रखा है।"

मकोला हँस पड़े, "तुमने फिर वस्तु-स्थिति का अधूरा चित्र ही प्रस्तुत किया है। मैं पूछता हूँ कि इन राजाओं की प्रजा कब सम्पन्न रही है? सामन्त काल में लोग नंगे घूमते थे, आधा पेट भोजन करते थे। कौन-सी सुख-सुविधाएँ इन नरेशों ने अपनी प्रजा को दी थीं? नहीं रानी मानकुमारी, तुम अपने वर्ग की विकृतियों पर परदा नहीं डाल सकतीं। दूसरों की शक्ति का शोषण करके ही हम शक्तिशाली बन सकते हैं, चाहे वह शक्ति सेना की हो, चाहे वह शक्ति किसानों की हो, चाहे वह शक्ति मजदूरों की हो, चाहे वह शक्ति उपभोक्ताओं की हो। लेकिन हमारी शक्ति अमानवीय नहीं है, न वह पैशाचिक है। तुम्हारे शक्तिहीन बन जाने पर मुझे दुख है। कह दिया न कि न जाने क्यों मेरे मन में तुम्हारे प्रति एक ममता, एक संवेदना जाग उठी है। मैं तुम्हें तुम्हारी शक्ति वापस करना चाहता हूँ और इसलिए मैंने तुम्हें बुलाया था।"

आश्चर्य से रानी मानकुमारी ने मकोला को देखा, "आप मेरी शक्ति मुझे वापस करना चाहते हैं, यह कैसे सम्भव है?"

"वही कह रहा हूँ। तुम्हें नई परिस्थितियों के अनुरूप बनाकर तुममें नई मान्यताओं को आरोपित करके ही यह किया जा सकता है। तुम बुद्धिमान हो, प्रतिभावान हो, युवा हो, तुम नवीन परिस्थितियों में अपने को ढाल सकती हो। मैंने यह निर्णय किया है कि इस पाँच करोड़ की कम्पनी में तुम्हें मैं पाँच लाख के शेयर्स देकर उसकी मैनेजिंग डाइरेक्टर बना दूँ।"

"लेकिन यह पाँच लाख रुपया—मकोलाजी—यह रुपया आप नहीं समझते...।"

"मेरी बात मत काटो, रानी मानकुमारी! मैं जानता हूँ कि तुम्हारे पास यह रुपया नहीं है। मैं यह भी जानता हूँ कि इस रुपये के लिए जोखनलाल जैसे नीच ओर घृणित आदमी से अपमानित होना पड़ रहा है।" और मकोला हँस पड़े, "यह जोखनलाल और इसी प्रकार के कितने ही आदमी हमारे इशारों पर नाचते हैं। जो ईमानदार, सच्चरित्र और नेक आदमी होगा, वह इस प्रकार हमारे हाथ का यन्त्र नहीं बन सकेगा। खैर, छोड़ो भी इस बात को। रुपयों की तुम्हें कोई चिन्ता नहीं करनी होगी। मैं तुम्हारी ओर से रुपया जमा कर दूँगा। तुम अपने मुनाफे से धीरे-धीरे यह रुपया मुझे अदा कर देना। और मैनेजिंग डाइरेक्टर की हैसियत से बारह हजार रुपया तुम्हारी प्रतिमास तनख्वाह होगी।"

रानी मानकुमारी इस प्रकार अपनी कुर्सी से उछलकर खड़ी हो गईं जैसे उन्हें बिजली का करेंट लग गया हो। क्रोध से काँपती हुई वह बोलीं, "कमीना कहीं का! तू मुझे इन रुपयों से खरीदना चाहता है!"

मकोला पर मानो इस गाली का कोई असर नहीं पड़ा, उनका मुख वैसा ही शान्त और उत्फुल्ल बना रहा, "रानी मानकुमारी, रुपया केवल उन माध्यमों में एक है जिनके द्वारा मनुष्य की भावना प्रकट की जा सकती है। तुम प्रताड़ित हो, तुम दुखी हो, तुम अपमानित हो; मैं तुम्हें इस दुख, अपमान और प्रताड़ना से ऊपर उठाना चाहता हूँ। मेरी यह इच्छा मेरी भावना-मात्र है। मैं तुम्हें तुम्हारी शक्ति वापस करना चाहता हूँ। इस कम्पनी की मैनेजिंग डाइरेक्टर की हैसियत से तुम इस कम्पनी की स्वामिनी बन जाओगी, तुम इस स्थिति में आ जाओगी कि जोखनलाल जैसे आदमी तुम्हारे इशारों पर नाचें, तुम्हारी खुशामद करें। तुम देखोगी कि ये बड़े-बड़े नेता, ये बड़े-बड़े मन्त्री हर तरह की आर्थिक सहायता के लिए तुम्हारे पास दौड़ेंगे। तुम उसी तरह शक्तिशाली बन जाओगी जिस प्रकार जमींदारी जाने के पहले तुम थीं, नहीं—उससे कहीं अधिक शक्ति तुम्हें मिल जाएगी। आज की दुनिया की शक्ति है पूँजी। पूँजीपति बनकर ही तुम शक्तिशाली बन सकती हो। इस प्रकार मुझे गाली देकर तुम भाग नहीं सकोगी, रानी मानकुमारी!"

हतप्रभ-सी रानी मानकुमारी कुर्सी पर बैठ गईं, बुझे हुए स्वर में उन्होंने कहा, "मकोलाजी, मुझे उद्योग-धन्धों का कोई ज्ञान नहीं है। मैं यह सब नहीं कर सकूँगी, किसी हालत में न कर सकूँगी।"

इस बार मकोला अपनी कुर्सी से उठे, "रानी मानकुमारी, तुम्हें स्वयं कुछ नहीं करना होगा, मैं तुम्हारी ओर से सबकुछ करूँगा, इतना विश्वास रखो। तुम्हें केवल कागजों

पर हस्ताक्षर करने हैं, जैसा भी मैं कहूँ वैसा करती जाना। तुम्हें मैं बम्बई या कलकत्ता जाने को भी विवश नहीं करूँगा, लखनऊ में तुम्हारी कोठियाँ हैं, वहीं तुम्हें रहना होगा। वहाँ मैं तुम्हारी सहायता के लिए अपने योग्य और विश्वसनीय आदमियों को रख दूँगा, जिन पर तुम हर तरह से निर्भर रह सकती हो। महीना-पन्द्रह दिन में दो-चार दिन के लिए मैं स्वयं चला आया करूँगा।'' और यह कहते-कहते मकोला रानी मानकुमारी के पास आकर खड़े हो गए।

रानी मानकुमारी भय से काँप रही थीं। उनके जी में हो रहा था कि वह उठकर वहाँ से भाग जाएँ। पर उनको ऐसा अनुभव हो रहा था कि उनके शरीर में बल नहीं है, उनके प्राणों में बल नहीं है। लड़खड़ाते स्वर में रानी मानकुमारी ने कहा, ''मकोलाजी, आप यह सब क्यों कर रहे हैं? मुझे अपने भाग्य पर छोड़ दीजिए। आपकी इस कृपा के भार को सँभालने की क्षमता मुझमें नहीं है।''

मकोला ने अपना हाथ रानी मानकुमारी के सिर पर रख दिया, ''मैं यह सब इसलिए कर रहा हूँ कि इसमें मुझे सन्तोष होता है। मेरे अन्दर भी भावना है, ममता है, मानवता है। रानी मानकुमारी, तुम्हें इस 'हिन्द कॉपर्स' की मैनेजिंग डायरेक्टर बनना होगा।'' और यह कहकर मकोला लौट पड़े। अपनी कुर्सी पर बैठते हुए उन्होंने घंटी बजाई।

घंटी की आवाज सुनकर उदयराज कमरे में आ गया। मकोला ने कहा, ''हमारे सालीसिटर को लिख दो कि 'हिन्द कॉपर्स' की डाइरेक्टर रानी मानकुमारी होंगी, इनके नाम पाँच लाख रुपये के शेयर्स होंगे। और हमारे बैंकर्स को लिख दो कि पाँच लाख रुपये की रकम मेरे एकाउंट से रानी मानकुमारी के शेयर्स के रूप में 'हिन्द कॉपर्स' के एकाउंट में जमा कर दें। चेकबुक लाओ, मैं चेक काट दूँ।''

रानी मानकुमारी ने भरपूर प्रयत्न किया अपने को इस जाल से निकालने के लिए, ''मकोलाजी, मुझे समय दीजिए। मुझे कक्काजी से पूछना है, मुझे स्वयं इस सम्बन्ध में सोचना है।''

मकोला ने आज्ञा के स्वर में कहा, ''समय का नितान्त अभाव है मेरे पास। कल शाम को 'कॉपर्स एलाइड' का प्रतिनिधि आ रहा है यहाँ पर। उससे मिलना होगा तुम्हें। बात मैं करूँगा, लेकिन तुम्हें वहाँ मौजूद रहना होगा। मुझे इस समय तुम्हारी स्वीकृति चाहिए। बोलो रानी मानकुमारी, तुम्हें मैनेजिंग डाइरेक्टर बनना स्वीकार है?''

और टूटी हुई, पराजित, विवश रानी मानकुमारी के मुख से बहुत धीमे स्वर में उन्हें उत्तर मिला, ''स्वीकार है।''

6

रानी मानकुमारी को समझ में नहीं आ रहा था कि यह सब क्या हो रहा है और कैसे हो रहा है। जैसे उन्हें सोचने-विचारने का समय नहीं मिल रहा था और कोई अज्ञात शक्ति तेजी के साथ उनके जीवन को झकझोर रही थी। कुछ विचित्र प्रकार का अनिश्चय,

आशाओं और आशंकाओं से भरा हुआ एक धुन्ध की तरह छा गया था उनके चारों ओर। कुछ नितान्त नवीन होनेवाला है उनके जीवन में, उनको इस बात का आभास हो रहा था, लेकिन उस नितान्त नवीन के प्रति आकर्षण के साथ-साथ एक तरह का भय भी भर गया था उनमें। और बृहस्पतिवार के दिन सुबह मेजर नाहरसिंह के साथ वह अपने मन के अन्दरवाले भेद की रक्षा न कर सकीं, "कक्काजी, इधर दो-तीन दिन के अन्दर जो कुछ हुआ है मेरे साथ, उसने मुझे बड़ी उलझन में डाल दिया है। मैं आपकी सलाह चाहती हूँ।"

मेजर नाहरसिंह ने बड़े शान्त भाव के साथ उत्तर दिया, "रानी बहू, युवावस्था के पालगपन का खेल आरम्भ हो गया है। मैं देख रहा हूँ कि फूल का रस और पराग छलक रहा है, भौंरे चक्कर लगा रहे हैं—अनगिनत भौंरे, अपने-अपने प्राणों का मोहक संगीत लिए हुए। फूल के मन में उल्लास है, फूल के मन में भय है। और यही उल्लास और भय, ये दोनों एक साथ मिलकर उलझन में डाल देनेवाले बन जाते हैं।" यह कहते-कहते मेजर नाहरसिंह खिलखिलाकर हँस पड़े।

रानी मानकुमारी के अन्दरवाला भेद मेजर नाहरसिंह इतनी आसानी से जान गए, वह चकित हो गईं। कृत्रिम क्रोध के साथ वह बोलीं, "कक्काजी, आप बड़ी ऊटपटाँग बातें कह डालते हैं, यह भी नहीं देखते कि आप किससे बात कर रहे हैं। जाइए, मैं आपसे कुछ भी नहीं, पूछूँगी।"

मेजर नाहरसिंह चुपचाप चाय पीने लगे, इस प्रतीक्षा में कि रानी मानकुमारी अपनी बात को आगे बढ़ाएँ, पर रानी मानकुमारी भी चुप रहीं। थोड़ी देर तक रानी मानकुमारी के बोलने की प्रतीक्षा करने के बाद उन्हें ही अपना मौन तोड़ना पड़ा, "मुझ बूढ़े की हँसी से नाराज हो गईं, रानी बहू? लेकिन मैं अपनी आदत से मजबूर हूँ। मैं कहता हूँ कि रोने से कुछ मिलता नहीं, इसलिए हँसना ही अधिक अच्छा होता है। तुम अपनी उलझन की बात कर रही थीं, इस उलझन के रूप को मैं जानता हूँ। वह कवि, वह एडीटर, वह आर्टिस्ट और शायद वह सेठ—वे सब तुमसे प्रेम करने लगे हैं, वे सब तुम्हें यहाँ से खींचकर बाहरी दुनिया की तड़क-भड़क में ले जाना चाहते हैं। और मैं कहना चाहता हूँ कि वे गलत नहीं करते, तुम हो ही ऐसी कि लोग तुम पर पागल हो जाएँ। फिर भी मैं यह भी जानता हूँ कि यशनगर और सुमनपुर में तुम्हारा स्थान नहीं है। सोए हुए-से ये छोटे-छोटे कस्बे, केवल एक घुटन है यहाँ पर।"

"लेकिन आप कक्काजी, आप यहाँ क्यों रहने पर तुले हुए हैं?" रानी मानकुमारी ने पूछा।

"मैं, रानी बहू! मेरे पास तो कोई भविष्य नहीं है, मैं अब अतीत से चिपका हुआ एक प्राणी रह गया हूँ। मेरा जो कुछ होना था वह हो चुका। मुझे जो कुछ करना था वह मैं कर चुका। अब तो मैं उस अन्त की प्रतीक्षा कर रहा हूँ जो अनिवार्य है। दुनिया में रहते हुए भी मैं दुनिया से बहुत दूर हो गया हूँ। मैं तुमसे पूछता हूँ रानी बहू, मेरे साथ तुम अपनी समता क्यों कर रही हो? तुम क्यों मेरा इतना अधिक ध्यान रखती

हो? तुम समझती हो कि तुम मुझे सहारा दे रही हो। नहीं रानी बहू, तुम गलत सोच रही हो, वास्तविकता तो यह है कि तुम मुझसे सहारा चाहती हो; मुझसे, जो सहारा दे सकने की स्थिति में है ही नहीं। मैं सच कहता हूँ रानी बहू, हरेक स्त्री सहारा चाहती है और उस सहारे पर वह अपनी समस्त ममता, अपना समस्त अस्तित्व न्यौछावर कर देती है। तो मेरी सलाह यह है कि इनमें किसी भी एक को चुन लो सहारे के लिए, ये सब-के-सब सबल और सक्षम व्यक्तित्व हैं, ये सब-के-सब शक्तिशाली हैं, भविष्य के निर्माता हैं। मेरी चिन्ता छोड़ दो रानी बहू, मेरा साथ छोड़ दो, मेरा सहारा छोड़ दो। मैं तो अतीत का प्राणी हूँ। मुझे ऐसा लगता है कि मेरा अन्त बहुत निकट है।''

रानी मानकुमारी ने यह बात आरम्भ की थी मेजर नाहरसिंह से मकोला की बात कहने के लिए, लेकिन मेजर नाहरसिंह की इस भावना में वह बह गईं। बड़े करुण स्वर में वह बोलीं, ''ऐसा मत कहिए कक्काजी, मैं आपका साथ नहीं छोड़ पाऊँगी—मुझे ऐसा लगता है। यहाँ से बाहर जाने का मेरा जी नहीं करता।'' और रानी मानकुमारी उठ खड़ी हुईं। नाश्ता समाप्त हो गया था।

मेजर नाहरसिंह डाइनिंग-रूम से निकलकर बाहर बरामदे में आए। आसमान साफ था और धूप फैली हुई थी। लेकिन पुरवा हवा चल रही थी; ठंडी और तेज। बड़ी देर तक वह पूर्व की ओर मुँह किए हुए खड़े रहे और फिर वह मन-ही-मन बुदबुदाए, 'कहीं जोर की वर्षा हो रही है। मालूम होता है यहाँ भी कल-परसों तक भयानक वर्षा होगी।' और यह कहते हुए वह डाइनिंग-रूम में चले गए। रानी मानकुमारी डाइनिंग-रूम में आकर एक उपन्यास पढ़ने में व्यस्त हो गई थीं।

मेजर नाहरसिंह ने कहा, ''रानी बहू, देखा कैसी पुरवैया चल रही है! इस बार वर्षा बहुत जल्दी आनेवाली है, कल-परसों जब भी आ जाए। आज बृहस्पतिवार है। तुम्हारा जन्म-दिवस का उत्सव सोमवार को पड़ेगा, है न!''

''कक्काजी, यशनगर की प्रजा विशेष रूप से यह उत्सव मनाना चाहती है। वहाँ जोरों के साथ प्रबन्ध हो रहा है। कल शाम को वहाँ से रनबहादुर लौटा है, वह बतला रहा था।''

''मेरा ऐसा खयाल है कि हम लोगों को कल ही यहाँ से चल देना चाहिए। यहाँ से मेरा मन न जाने क्यों उचट रहा है, व्यर्थ ही हम लोग यहाँ अपना समय नष्ट कर रहे हैं।''

''कल कैसे चलेंगे हम लोग, कक्काजी? मन्त्रीजी ने रोका है, इन मकानों का प्रश्न है। आपके सामने ही तो परसों सुबह उन्होंने कहा था।''

''अरे हाँ, मैं तो भूल ही गया था।'' नाहरसिंह ने फिर कुछ सोचकर कहा, ''रानी बहू, अगर उचित समझो तो मन्त्रीजी तथा इन अतिथियों को भी मैं तुम्हारी सालगिरह के उत्सव में आमन्त्रित कर दूँ? ये लोग भी देख लें कि यशनगर की प्रजा अपनी रानी को कितना मानती है। और दो-तीन दिन के लिए ये लोग तुम्हारा आतिथ्य-सत्कार स्वीकार करना चाहेंगे।''

रानी मानकुमारी की आँखें प्रसन्नता से चमक उठीं। मुस्कराती हुई वह बोलीं, ''यह तो बड़ी अच्छी बात है कक्काजी, आप अवश्य इन लोगों को आमन्त्रित कर दीजिए। इस बार का मेरा जन्मदिवस-उत्सव बड़े ठाठ का रहेगा। आसपास के गाँवों से नृत्य और संगीत की पार्टियाँ आ रही हैं, बड़ा सुन्दर उत्सव हो जाएगा। ऐसा दिखता है कि भगवान मेरे ऊपर सदय हैं।''

रानी मानकुमारी की मुस्कराहट को देखकर मेजर नाहरसिंह भी मुस्कराए, ''रानी बहू, भगवान से प्रार्थना-भर करो, आशा किसी प्रकार की मत करना। जो अदृश्य है उस पर भरोसा कभी भी नहीं किया जा सकता। अच्छी बात है, मैं इसी समय मन्त्रीजी के यहाँ जा रहा हूँ, सब लोगों को व्यक्तिगत रूप से आमन्त्रित करने के लिए।'' और फिर जैसे उन्हें कुछ याद आ गया हो, ''लेकिन रानी बहू, वह इंजीनियर, क्या नाम है उसका, देवलंकर, वह तो यहाँ नहीं है। मुझे वह आदमी बड़ा अच्छा लगता है। चार दिन से वह कुछ आदमियों को लेकर रोहिणी की घाटी में पड़ा हुआ है, उसका कोई समाचार नहीं है।'' और बाहर जाने के स्थान पर मेजर नाहरसिंह रानी मानकुमारी के सामनेवाली कुर्सी पर बैठ गए और बैठते ही वह मानो गहरे ध्यान में खो गए।

मेजर नाहरसिंह का इस प्रकार एकबारगी ही अपने विचारों में खो जाने का क्रम नितान्त स्वाभाविक था। रानी मानकुमारी को इसका पता था और वह चुपचाप अपना उपन्यास पढ़ने में व्यस्त हो गईं। लेकिन मेजर नाहरसिंह इस प्रकार काफी देर तक बैठे रहे और रानी मानकुमारी को ऐसा लगा कि मेजर नाहरसिंह को नींद आ गई। उन्होंने कहा, ''कक्काजी, क्या आप सो गए? आप तो अतिथियों को आमन्त्रित करने जा रहे थे, क्या आपको रात में ठीक तरह से नींद नहीं आई?''

रानी मानकुमारी के इस प्रश्न से चौंककर मेजर नाहरसिंह ने अपनी आँखें खोल दीं। बड़े करुण स्वर में वह बोले, ''रानी बहू, यह क्या कर डाला तुमने? मैं इस समय एक दिवा-स्वप्न देख रहा था। ऊफ, बड़ा भयानक दिवा-स्वप्न था वह! बहुत बड़ी विपत्ति आनेवाली है कहीं जैसे। उस विपत्ति का रूप जब मुझे दिखना आरम्भ हुआ था, उसी समय मुझे टोक दिया।''

चिन्तित-सी होकर रानी मानकुमारी ने पूछा, ''कक्काजी, उस विपत्ति का कुछ आभास तो हो गया होगा आपको?''

मेजर नाहरसिंह एक झटके के साथ उठ खड़े हुए, पागल की भाँति वह बोले, ''उसे बचाना होगा रानी बहू, किसी तरह उसे बचाना होगा। मैं जा रहा हूँ उसे बचाने के लिए।''

''किसको बचाने जा रहे हैं आप कक्काजी? और कहाँ जा रहे हैं?''

''उसी देवलंकर को जो रोहिणी से जुझने गया है। पागल कहीं का! प्रलय और मृत्यु से भी कभी कोई लड़ सका है? रोहिणी प्रहार करेगी, निश्चित रूप से। रोहिणी जो सिमट गई है, वह हम लोगों पर झपटने के लिए; उसका मुकाबला करना व्यर्थ होगा।

उसके सामने से भागना ही श्रेयस्कर है, रानी बहू! मैं रोहिणी की घाटी में जा रहा हूँ, उस देवलंकर को यहाँ खींच लाने के लिए। भोजन के लिए मेरी प्रतीक्षा न करें, कालसी से कह देना।'' और मेजर नाहरसिंह तेजी से रोहिणी की घाटी की ओर चल पड़े।

वैसी ही सुखी-सी, कठोर और निस्तब्ध पड़ी थी वह घाटी, जैसी मेजर नाहरसिंह ने पिछली बार देखी थी जब वह देवलंकर के साथ वहाँ आएँ थे, वैसा ही प्राणहीन और सहमा हुआ-सा वातावरण। उस पथरीली घाटी में नदी के सुखे और पथरीले तल पर लम्बे-लम्बे डग रखते हुए मेजर नाहरसिंह चले जा रहे थे और आप-ही आप बुदबुदा रहे थे, 'उसे बचाना होगा किसी तरह उसे बचाना होगा।' उस समय उनके पैरों में किसी तरह की थकावट नहीं थी। फूलोंवाली घाटी में जब पहुँचे तब उन्हें लगा कि वहाँ की गन्ध और प्रखर हो गई है। वहाँ से वह आगे बढ़े, तेजी के साथ। और प्रायः पाँच मील चलने के बाद उन्हें अपने सामने रास्ता रोके हुए टूटे पहाड़ों का एक अम्बार-सा दिखा और मेजर नाहरसिंह वहीं खड़े होकर प्रकृति के उस रौद्र रूप को देखने लगे। उनके बाएँ हाथ वाला ऊँचा-सा पहाड़ आधा लटका खड़ा था और आधा खंड-खंड होकर रोहिणी के तट पर आ गया था, उनके दाहिने ओर वाले पहाड़ से सम्पर्क स्थापित करते हुए। कितना भयानक दृश्य था वह!

अब मेजर नाहरसिंह को अनुभव हुआ कि वह थक गए हैं। टूटे पहाड़ का वह अम्बार करीब सौ फुट ऊँचा था, लेकिन उतनी ऊँचाई पर चढ़ सकने के सामर्थ्य तक का अभाव उनमें अपने अन्दर दिखा और वह वहीं एक छोटी-सी चट्टान पर बैठकर सुस्ताने लगे। उसी समय उन्हें दूर से आती हुई एक आवाज सुनाई दी, ''अरे मेजर साहब, आप।''

मेजर नाहरसिंह ने अपना सर उठाकर ऊपर की ओर देखा, वहाँ से दाहिनी ओर उस अम्बार के ऊपर देवलंकर खड़ा था, ''यहाँ आइए, मेजर साहब! देखिए कितनी बड़ी झील बन गई है यहाँ पर–बिलकुल एक समुद्र की भाँति। जहाँ तक दृष्टि जाती है, अपार जलराशि। देखिए आकर, कितना सुन्दर दृश्य है यहाँ!''

बड़े परिश्रम के साथ रेंगते हुए मेजर नाहरसिंह ऊपर चढ़े और वहाँ पहुँचकर देवलंकर की बगल में खड़े हो गए। दूसरी ओर रोहिणी नदी एक बहुत बड़ी झील के रूप में तीन ओर पहाड़ों की बन्दिनी थी। मीलों तक अपार जलराशि फैली हुई थी। स्वच्छ निर्मल जल, अपने अंक में आकाश की नीलिमा को भरे हुए, जहाँ-तहाँ उजला जल, नीचे के शिलाखंड भी दिख रहे थे। देवलंकर ने कहा, ''मेजर साहब मुझे आश्चर्य हो रहा है प्रकृति की इस कारीगरी पर। उसने रोहिणी का बाँध स्वयं बाँध दिया है। लेकिन...लेकिन...।''

''लेकिन क्या, इंजीनियर साहब? आप अपनी बात कहते-कहते रुक क्यों गए?''

''आप देख रहे हैं मेजर साहब, नीचे की ओर! जो दीवार इस बाँध की बन गई है वह अपने अधिक-से-अधिक निचले भाग में साठ फुट नौ इंच ऊँची है। जब इतना

ऊँचा पानी भर जाए इस विशाल झील में, तब कहीं यहाँ से रोहिणी का जल निकल सकेगा। लेकिन इतने अधिक पानी का दबाव यह गिरे हुए पहाड़ की दीवार किसी हालत में न सँभाल पाएगी। किसी दिन रोहिणी का पानी इस दीवार को तोड़ देगा और तब एक प्रलयंकारी बाढ़ सारे सुमनपुर और उसके दस-पाँच मील इधर-उधरवाले क्षेत्र को बहा देगी। मेजर साहब, बहुत बड़ा खतरा पैदा हो गया है इस प्रदेश के लिए। मैंने घूम-फिरकर देख लिया है। अठारह मील लम्बी और स्थान-स्थान पर छह सात मील चौड़ी झील बन गई है यहाँ पर।''

चिन्तित होकर मेजर नाहरसिंह ने पूछा, ''इंजीनियर साहब, कितना समय लगेगा इस झील के भरने में?''

''कह नहीं सकता हूँ मैं निश्चित रूप से, यह तो वर्षा तथा आसपासवाले क्षेत्र पर निर्भर है। अकेले रोहिणी के पानी से तो इतनी बड़ी झील के भरने में दस वर्ष लग जाएँगे। मेरा अनुमान है कि दो या तीन बरसातें ही कुशलतापूर्वक बीत सकती हैं।''

''मैंने तुमसे क्या कहा था, इंजीनियर साहब? रोहिणी बदला लेगी, निश्चित लेगी। रोहिणी के इस हमले से बचाव का भी कोई उपाय सोचा है तुमने इंजीनियर साहब? तुम तो प्रकृति को वश में करने पर विश्वास करते हो!''

देवलंकर ने गर्व के साथ अपना मस्तक ऊँचा करते हुए कहा, ''उपाय? हाँ उपाय है। हम इस गिरे पहाड़ की दीवार को डाइनामाइट से उड़ाकर रोहिणी को हमला करने का अवसर ही न दें। मैं तो अपनी रिपोर्ट दे रहा हूँ लेकिन...'' देवलंकर का स्वर अब शिथिल हो गया, ''लेकिन मैं जो सलाह दूँगा उस पर तत्काल अमल नहीं होगा। सरकार का जैसा हाल है उसे देखते हुए इस काम में तीन-चार वर्ष लग सकते हैं, सम्भावना यह भी है कि वह मेरी रिपोर्ट पर ध्यान तक न दे।'' और देवलंकर ने कुछ चुप रहकर कहा, ''मेरा काम पूरा हो गया है यहाँ पर, कल सुबह हम लोग यहाँ से सुमनपुर वापस लौटेंगे।''

भयभीत-से विस्फारित नयनों से मेजर नाहरसिंह रोहिणी नदी की उस विशालकाय झील को देख रहे थे। और एकाएक वह उत्तेजित हो उठे, ''इंजीनियर साहब, रोहिणी दो-तीन वर्ष नहीं रुकेगी, वह इसी वर्ष कुछ दिनों में ही अपना बदला लेगी। चलो, इसी समय तुम्हें रवाना होना है मेरे साथ—इसी समय।'' और मेजर नाहरसिंह ने देवलंकर का हाथ पकड़ लिया।

''इस समय कैसे चल सकता हूँ, मेजर साहब, मेरे साथ तीन आदमी और हैं। फिर यहाँ से खेमों को उखाड़ना है।''

''वह सब अभी, इस समय हो सकता है इंजीनियर साहब, अपने आदमियों से कह दो। उनके पास लालटेनें होंगी, वे तीन-चार बजे शाम तक रवाना हो सकते हैं। मैं तुम्हें इस अभिशापित स्थल पर अब अधिक नहीं रुकने दूँगा।'' मेजर नाहरसिंह के स्वर में एक तरह का आग्रह था।

उसी समय देवलंकर की दृष्टि पूर्व दिशा के क्षितिज पर पड़ी और वह चौंक पड़ा, "मेजर साहब, आप इस क्षितिजवाली काली रेखा को देख रहे हैं, मालूम होता है बादल घिर रहे हैं, वर्षा होगी।"

"हाँ इंजीनियर साहब, वे मानसून के बादल हैं, लेकिन उन्हें यहाँ बढ़ने में काफी समय लगेगा, क्योंकि अभी उमस नहीं है। कल सुबह या दोपहर के पहले वे बादल यहाँ नहीं पहुँच पाएँगे।"

देवलंकर ने अपने आदमियों से कैम्पों को उखाड़कर उसी समय चल देने का आदेश दिया। पन्द्रह मिनट के अन्दर ही देवलंकर मेजर नाहरसिंह के साथ सुमनपुर के लिए रवाना हो गया, पर उसका मन कुछ भारी था।

प्रायः एक मील चलने के बाद मेजर नाहरसिंह ने अनुभव किया कि उनके अन्दरवाला तनाव कुछ ढीला पड़ रहा है और तत्काल उनके मुख पर एक हलकी-सी मुस्कराहट आ गई। उन्होंने कहा, "इंजीनियर साहब, मैं तुम्हारे लिए बड़ा चिन्तित हो उठा था, इसलिए कि तुम बहुत बहादुर आदमी हो और अपनी बहादुरी के कारण तुम मुझे अच्छे लगते हो। तो तुम समझते हो कि उस प्रदेश को खतरे से बचाया जा सकता है और तुम इस प्रदेश को खतरे से बचा सकोगे?"

देवलंकर काफी चिन्तित था, क्योंकि वह खतरे के रूप को जानता था। उसने टूटी हुई आवाज में उत्तर दिया, "जहाँ तक विज्ञान का प्रश्न है, मुझे साधन उपलब्ध हो जाएँ तो मैं निश्चय ही छह महीने के अन्दर रोहिणी के मार्गवाले अवरोध को हटाकर उसकी धारा को यथास्थान ला सकता हूँ; लेकिन देश में चीजों की व्यवस्था देखते हुए मैं यह भी जानता हूँ कि यह सम्भव नहीं। यह विशालकाय झील जो बन रही है, जब गिरे हुए पहाड़ की दीवार को तोड़कर इसका पानी उमड़ेगा तब हजारों वर्गमील भूमि को वह बहा देगा—इतना अधिक पानी एक साथ उमड़ेगा। हजारों गाँव बह जाएँगे, लाखों आदमियों के प्राणों का संकट है। मैंने अपनी रिपोर्ट करीब-करीब तैयार कर ली है, लेकिन सरकार मेरी रिपोर्ट पर विश्वास करके उस पर तत्काल कार्रवाई नहीं करेगी। वह साधारण ज्ञानवाले अनुभवहीन इंजीनियरों का एक दल भेजेगी मेरी रिपोर्ट की ताईद करवाने के लिए और ये इंजीनियर अपने को मुझसे अधिक योग्य और कुशल साबित करने के लिए यह कहेंगे कि यह झील स्वाभाविक रूप से बन गई है, यह स्वाभाविक रूप से बना हुआ बाँध प्रदेश के लिए वरदान है। ये पहाड़ कितने कच्चे हैं, पानी का यह कितना दबाव बर्दाश्त कर सकते हैं, इसकी वे कल्पना भी नहीं कर सकेंगे।"

देवलंकर की बात सुनकर मेजर नाहरसिंह हँस पड़े, "ठीक कहते हो इंजीनियर साहब, विनाश-काल के समय मति भ्रष्ट हो जाती है। यह प्रदेश रोहिणी के कोप से बच न सकेगा। मैं न जाने कितनी बार यह बात कह चुका हूँ, लेकिन मेरी बात पर कोई विश्वास ही नहीं करता। आज सुबह से ही न जाने क्यों यह भावना असह्य हो गई थी मुझे और इसीलिए मैं अचानक ही तुम्हें अपने साथ वापस ले चलने के लिए

यहाँ इतनी दूर चला आया था और इस समय मुझे ऐसा लगता है कि मेरी वह घबराहट निर्मूल थी। मेरा भय व्यर्थ था।''

देवलंकर अपने में खोया-सा चल रहा था। उसने नाहरसिंह की ओर देखा, ''मेजर साहब, आपके भय और आपकी घबराहट का स्रोत कहाँ है, क्या आप मुझे बतला सकेंगे?''

देवलंकर का प्रश्न सुनकर मेजर नाहरसिंह गम्भीर हो गए, ''मैं नहीं जानता इंजीनियर साहब, मैं तुमसे सच कहता हूँ। लेकिन मुझे पूर्वाभास हो जाता है—चलचित्र की भाँति घटनाएँ मेरे दिवा-स्वप्नों में घटित होती हैं। और यह पूर्वाभास कितना बड़ा अभिशाप है मेरे लिए, मैं बतला नहीं सकता। इस पूर्वाभास से दुर्भाग्यवश नियति के क्रम को तो नहीं रोका जा सकता। जो कुछ होता है वह निश्चय होगा, इतना निश्चय जैसे वह सब हो चुका है, अन्यथा उसका रूप मुझे किस तरह एकाएक दिख जाता? मेरे मन का दुख और निराशा ही वह पूर्वाभास मुझे दे सकता है, इसके सिवा और कुछ नहीं।''

मेजर नाहरसिंह के स्वर में कितनी वेदना है, देवलंकर ने यह अनुभव किया और उसने इस बात को आगे नहीं बढ़ाया। यह सारी बातचीत तर्क और बुद्धि से परेवाले क्षेत्र की थी, देवलंकर की पहुँच से बाहरवाले क्षेत्र की। अब दोनों फूलोंवाली घाटी को पार कर चुके थे और सूर्य भी अस्ताचल के निकट आ पहुँचा था। मेजर नाहरसिंह को यह लम्बा मौन अखर गया था, वह बोले, ''इंजीनियर साहब, उस सूर्य को देख रहे हो जो अस्ताचल पर उतर रहा है, उसकी गति में तो कोई परिवर्तन नहीं है। अन्धकार में डूबने से सूर्य को तो कोई झिझक नहीं है।''

देवलंकर मुस्कराया, ''मेजर साहब, आप जानते हैं कि मैं वैज्ञानिक हूँ। इन कवित्वमय उपमाओं द्वारा आप मुझसे अपनी बात कहने का प्रयत्न न करें, मैं समझ नहीं पाऊँगा।''

मेजर नाहरसिंह ने बड़ी उदास दृष्टि से देवलंकर को देखा, ''क्षमा करना इंजीनियर साहब, मैं अपने अन्दरवाले आवेश के कारण यह भूल ही गया था कि तुम वस्तुवादी नास्तिक हो। यह सूर्य नहीं डूब रहा है, असल में पृथ्वी सूर्य का चक्कर लगा रही है। पूर्व में अन्धकार फैल रहा है, पश्चिम में प्रकाश फैल रहा है; पश्चिम में अन्धकार होगा, पूर्व में प्रकाश फैलेगा। लेकिन इस गोल पृथ्वी में कहाँ पूर्व है और कहाँ पश्चिम है, कौन कह सकता है? यह सब तो अपनी-अपनी कल्पना पर निर्भर है।''

फिर कुछ रुककर नाहरसिंह ने कहा, ''किसी एक नियम से बँधी हुई पृथ्वी घूमती है, दिन-रात होते हैं। हमने उस क्रम को नित्य देखा है और समझा है और हमें उस नियम का आभास हो गया है। जितना हमने देखा और समझा है, उतने से हमारे विज्ञान की उपज हुई है, लेकिन कहीं अधिक ऐसा है जिसे हमने न देखा है और न समझा है। लेकिन वह बहुत-कुछ है यहाँ पर, इससे तो इनकार न कर सकोगे इंजीनियर साहब! अगर तुम इससे इंकार कर दो तो तुम्हारी सारी वैज्ञानिक उन्नति ही बन्द हो जाए।''

''यह तो आप ठीक कह रहे हैं मेजर साहब, लेकिन मेरी समझ में यह नहीं आता कि आप मुझसे क्या कहना चाहते हैं?''

''यही तो मेरी समझ में नहीं आ रहा है कि मैं तुमसे क्या कहना चाहता हूँ और क्यों कहना चाहता हूँ। लेकिन मैं कहना कुछ अवश्य चाहता हूँ। मेरे और तुम्हारे अन्दर बहुत-कुछ ऐसा है जो न देखा जा सकता है और न समझा जा सकता है।''

सूर्य अब डूब गया था, लेकिन अरुणिमा का प्रकाश फैला हुआ था। दोनों तेजी के साथ चल रहे थे। अभी दो मील का रास्ता और तय करना था उन्हें उस घाटी में। मेजर नाहरसिंह ने कुछ चुप रहकर कहा, ''इंजीनियर साहब, जब मैं तुम्हारे यहाँ आने को चला था, मैं बहुत उद्विग्न था। उस समय मेरे मन में एक प्रकार का भय था और तुम्हारे प्रति एक प्रकार के मोह से भरी ममता थी। लेकिन यह सब मिट गया, अब मैं शान्त हूँ, सुव्यवस्थित हूँ। जो होना है वह तो होगा ही, उसे भला रोक कौन सकता है? लेकिन मुझे इस तरह का पूर्वाभास देकर भगवान ने मेरे अतिरिक्त दुख की सृष्टि क्यों की है?''

देवलंकर बड़े कौतूहल के साथ अपने साथवाले बूढ़े की बात सुन रहा था, उसने कहा, ''मेजर साहब, आपको क्या पूर्वाभास मिला है जो आप इतने भयभीत हो गए? जरा मैं भी तो सुनूँ?''

नाहरसिंह ने सिर हिलाते हुए कहा, ''नहीं बताऊँगा तुम्हें इंजीनियर साहब, किसी को नहीं बताऊँगा। मैं कहता हूँ तुम नहीं समझोगे, कोई नहीं समझेगा। जो कुछ होना है वह तो होकर ही रहेगा, फिर लोगों के अविश्वास और परिहास का पात्र मैं क्यों बनूँ? यही नहीं, स्वयं मैं ही उस पर क्यों सोचूँ, उसके सम्बन्ध में दुखी होऊँ? कितना समय हुआ तुम्हारी घड़ी में, इंजीनियर साहब?''

''साढ़े सात बजे हैं। देखिए न चारों ओर अन्धकार फैलना आरम्भ हो गया है।''

मेजर नाहरसिंह ने अपने चारों ओर देखा, फिर उन्होंने एक ठंडी साँस ली, ''रोहिणी की घाटी को हम लोग पार कर आए, अभी करीब छह मील और चलना है, डेढ़ घंटे से ऊपर लग जाएगा घर पहुँचने में, नौ बजे तक हम लोग पहुँच पाएँगे। चलो मेरे साथ मेरे यहाँ, बहुत थक गए होंगे इतनी लम्बी यात्रा के बाद। भोजन मेरे साथ करना, तब अपने यहाँ जाना।''

जिस समय ये दोनों बँगले पर पहुँचे, रानी मानकुमारी बड़ी चिन्तित-सी मेजर नाहरसिंह की प्रतीक्षा कर रही थीं। उनके कमरे में प्रवेश करते ही रानी मानकुमारी ने उलाहने के स्वर में कहा, ''कक्काजी, बड़ी देर लगा दी आपने! देखिए ना नौ बज गए हैं। मुझे आपकी बड़ी चिन्ता होने लगी थी। आप अपने साथ कोई हथियार भी तो नहीं ले गए थे आज!''

मेजर नाहरसिंह निर्जीव की भाँति कुर्सी पर बैठ गए, उन्होंने रानी मानकुमारी के इस उलाहने का कोई उत्तर नहीं दिया। और तभी रानी मानकुमारी की दृष्टि देवलंकर पर पड़ी जो अभी तक दरवाजे पर ही खड़ा था, ''अरे आप मिस्टर देवलंकर! तो कक्काजी आपको अपने साथ ले ही आए। अन्दर आइए, खड़े क्यों हैं? बहुत थके-से दिख रहे हैं आप लोग।''

देवलंकर मुस्कराया, ''बीस-बाईस मील का रास्ता तक करके आ रहे हैं हम लोग पैदल। और मेजर साहब तो शायद चालीस-पैंतालीस मील पैदल चले होंगे!'' और कमरे में प्रवेश करके वह भी थका-सा कुर्सी पर बैठ गया।

रानी मानकुमारी ने वहीं से कालसी को पुकारा, ''अरी कालसी, पानी गरम कर ले और दो बाल्टियों में चौथाई-चौथाई भरकर ले आ। और देख, कक्काजी वाली बोतल रनबहादुर से कह दे ले आए!'' फिर उन्होंने कहा, ''कक्काजी और देवलंकर साहब, आप भी अपने जूते उतारकर गरम पानी में अपने पाँव सेंक लीजिए।''

मेजर नाहरसिंह ने कृतज्ञता की दृष्टि से मानकुमारी को देखा, फिर उन्होंने देवलंकर से कहा, ''देखा, इंजीनियर साहब! कितना ध्यान रखती है रानी बहू इस बूढ़े का! इतनी ममता, इतनी संवेदना! तुम भी अपने जूते खोल लो, इंजीनियर साहब! रानी बहू, इंजीनियर साहब हम लोगों के साथ भोजन करके अपने यहाँ वापस लौटेंगे। मैं इन्हें सीधा अपने साथ यहाँ ला रहा हूँ।''

रानी मानकुमारी ने उठकर सोफा के एक किनारे दो तकिए रख दिए, ''देवलंकर साहब, आप इस सोफा पर लेट जाइए, आप बहुत अधिक थक गए हैं।''

''मुझसे ज्यादा मेजर साहब थके हैं, उन्होंने तो दूना रास्ता तय किया है।''

''कक्काजी तो शिकार में पैदल चलने के आदी हैं। फिर कक्काजी सिवा अपने बिस्तर के और कहीं नहीं लेटते। मैं आपसे विनय करती हूँ कि आप लेट जाइए, कालसी को गरम पानी लाने में दस-पाँच मिनट तो लग ही जाएँगे।''

देवलंकर चुपचाप अपने जूते उतारकर सोफा पर लेट गया। रानी मानकुमारी कुर्सी पर बैठ गईं। असीम सुख और शान्ति का अनुभव हुआ जैसे देवलंकर को। अपने जीवन में इससे पहले इतनी ममता उसे और कहीं मिली है, देवलंकर को याद न आ रहा था। अब तक के जीवन में उसे बाहर से केवल संघर्ष मिला था, सहारा उसे कहीं बाहर से नहीं मिला था। आज उसे प्रथम बार अनुभव हुआ कि बाहरवाले सहारे का कितना अधिक महत्त्व होता है जीवन में! चुपचाप आँखें मूँदे हुए वह लेटा था और रानी मानकुमारी कह रही थीं, ''आज सुबह अनायास ही कक्काजी आपके लिए बहुत अधिक चिन्तित हो उठे। नाश्ते के बाद उठकर सीधे रोहिणी की घाटी की ओर चल दिए, मुझे इतना मौका ही नहीं दिया कि मैं उन्हें रोकती और मैं रोकती भी तो भला कक्काजी रुकते! अपने मन के हैं न! देवलंकर साहब, कक्काजी ही क्यों, यह पुरुष-जाति ही अपने मन की होती है। स्त्री की बात कभी पुरुष ने सुनी है क्या? स्त्री तो पुरुष के लिए खिलौना है, जिससे उसे सुख मिलता है, उसका मनोरंजन होता है। स्त्री जानती है यह सब और यह सब जानते हुए भी वह खिलौना बनने में, दासी बनने में अपना गौरव समझती है। अपने से ही वह विवश है, भगवान् न जाने क्यों उसके हृदय में इतनी ममता भर दी!''

अमृत की बूँदों की भाँति रानी मानकुमारी के शब्दों का पान कर रहे थे देवलंकर के श्रवण, उनके मन के अन्दरवाला उल्लास बढ़ता जा रहा था। मेजर नाहरसिंह ने कहा,

"रानी बहू, भगवान् ने अगर स्त्री को इतनी ममता न दी होती तो सृजन का क्रम ही रुक गया होता। स्त्री बच्चे को जन्म देती है, बच्चे को पालती है। वह माता है न!"

एकाएक देवलंकर को रानी मानकुमारी की चीख सुनाई दी, "कक्काजी!" और देवलंकर ने अपनी आँखें खोल दीं, "क्या हुआ, रानी साहिबा?"

एक क्षण में ही रानी मानकुमारी सँभल गईं, उठते हुए उन्होंने कहा, "कुछ नहीं, देखती हूँ कालसी अभी तक गरम पानी क्यों नहीं लाई!" और तेजी के साथ वह बाहर चली गईं।

रानी मानकुमारी के जाने के बाद उस कमरे में थोड़ी देर तक सन्नाटा छाया रहा फिर मेजर नाहरसिंह ने अपराधी की भाँति कहा, "गलती हो गई मुझसे, इंजीनियर साहब, मैंने रानी बहू के छिपे हुए घाव पर अनजाने ही नमक छिड़क दिया। क्या बतलाऊँ, भावना के आवेश में मैं जैसे सबकुछ भूल गया।" और अपराधी की भाँति उन्होंने अपना सिर झुका लिया।

देवलंकर की समझ में कुछ भी न आ रहा था, "मैं समझा नहीं, मेजर साहब! आपने तो कोई अनुचित बात नहीं कही थी।"

"तुम नहीं समझे, इंजीनियर साहब! रानी बहू के कोई सन्तान नहीं है। यूरोप में एक लड़का था इन्हें, लेकिन पैदा होने के कुछ दिन बाद ही वह जाता रहा। बहुत बीमार पड़ गई थीं रानी बहू उस बच्चे की मृत्यु के बाद, अस्पताल में भरती होना पड़ा था इन्हें। और जब यह अस्पताल में अच्छी हो रही थीं तभी राजा साहब की एक्सीडेंट में मृत्यु हो गई। कितना सहा है रानी बहू ने!"

देवलंकर के मुँह से निकल पड़ा, "समझा! लेकिन रानी साहिबा दूसरा विवाह क्यों नहीं कर लेतीं?"

"दूसरा विवाह?" कुछ सोचकर मेजर नाहरसिंह ने कहा, "दूसरा विवाह? मैंने तो इस पर कभी सोचा ही नहीं। रानी बहू ने भी कभी इस पर नहीं सोचा। इंजीनियर साहब, बात तुमने बेजा नहीं कही, लेकिन...लेकिन रानी बहू क्या यह बात मानेगी? संस्कार का क्या किया जाए?"

देवलंकर ने मेजर नाहरसिंह की बात का कोई उत्तर नहीं दिया। कुछ चुप रहकर मेजर नाहरसिंह ने फिर कहा, "आ गया समझ में इंजीनियर साहब, रानी बहू की ममता को कोई केन्द्र चाहिए न, तो उन्होंने मुझ बूढ़े को पा लिया है। लोग कहते हैं कि बूढ़ा और बच्चा एक समान होते हैं, दोनों को देखभाल की, सहारे की आवश्यकता होती है और शायद लोग गलत नहीं कहते।"

इसी समय कालसी दो बाल्टियों में गरम पानी ले आई। मेजर नाहरसिंह ने देवलंकर से कहा, "बाल्टी में पैर डालकर थोड़ी देर बैठे रहो, थकावट उतर जाएगी, इसके बाद यदि इच्छा हो तो स्नान कर लेना। मैं तो स्नान करने जा रहा हूँ।" और उन्होंने कालसी से कहा, "एक बाल्टी गुसलखाने में रख दे, मैं वहीं पैर भी सेंक लूँगा।" और वह उठकर मकान के अन्दर चले गए।

मेजर नाहरसिंह के जाने के कुछ क्षणों बाद ही रानी मानकुमारी अन्दर से आकर चुपचाप देवलंकर के सामने बैठ गईं। उस समय उनकी आँखें लाल थीं जैसे वह रोती हों। उस वेदना और करुणा के भाव उनके मुख पर उस समय तक प्रतिबिम्बित थे। देवलंकर ने मानो रानी मानकुमारी का ध्यान दूसरी ओर खींचने के लिए कहा, ''रानी साहिबा, आपके इस उपचार से तो मुझे बहुत लाभ हुआ, मेरी थकावट करीब-करीब जाती रही। किस तरह आपको धन्यवाद दूँ!''

देवलंकर की बात सुनकर रानी मानकुमारी को अपने अन्दर से निकलना पड़ा, ''इसमें धन्यवाद की क्या बात है, यह तो साधारण-सा उपचार है। आप भी शायद स्नान करना चाहेंगे, कक्काजी गुसलखाने से निकलते ही होंगे।''

''नहीं, मुझे इस समय स्नान करने की कोई इच्छा नहीं हो रही है।''

रनबहादुर ने रम की बोतल और दो गिलास के साथ कमरे में प्रवेश किया। यह सब मेज पर रखकर उसने रानी मानकुमारी की ओर देखा। रानी मानकुमारी इस समय तक अपने अन्तर से पूरी तौर पर निकलकर बहिर्मुखी हो गईं थीं, ''आपको रम पीने में तो कोई आपत्ति नहीं, देवलंकर साहब? बहुत से लोग रम नापसन्द करते हैं।''

''मुझे मदिरा पीने में कोई रुचि नहीं है रानी साहिबा, वैसे मैं इसे धार्मिक रूप से त्याज्य भी नहीं समझता हूँ। साथ देने के लिए कभी-कभी थोड़ी-सी ले लिया करता हूँ। मैंने रम तो एक-आध बार पी है, लेकिन मुझे अच्छी नहीं लगी।''

''इस थकावट में औषधि के रूप में मदिरा आपको लाभ करेगी।'' फिर वह रनबहादुर से बोलीं, ''देख, कोन्येक ब्रांडी की बोतल ले आ और एक गिलास मेरे लिए भी लेते आना।'' फिर मानो वह अपने से ही बोलीं, ''मैं भी तो बहुत अधिक थक गई हूँ, शारीरिक रूप से नहीं, मानसिक रूप से।''

मेजर नाहरसिंह गुसलखाने से आ गए। उनके आने पर रानी मानकुमारी ने शराब के गिलास भरे। मेजर नाहरसिंह अत्यधिक गम्भीर हो गए थे। गिलास लेकर वह चुपचाप बैठकर कुछ सोचने लगे, अपने में खोए हुए से। फिर उन्होंने सिर उठाया, ''रानी बहू, इंजीनियर साहब ने तुम्हारे सम्बन्ध में एक अजीब-सा सुझाव दिया है। मैंने तो इस पर कभी सोचा ही नहीं था, लेकिन मैं सोचता हूँ कि सुझाव अच्छा है।''

रानी मानकुमारी के अन्दरवाली ग्लानि और घुटन उस समय तक लुप्त हो गए थे, ''क्यों मिस्टर देवलंकर, आपने मर सम्बन्ध में क्या सुझाव दिया था? और आपने यह सुझाव कक्काजी को क्यों दिया, आप मुझे दे सकते थे?''

रानी मानकुमारी के इस प्रश्न से देवलंकर घबरा-सा गया, उसकी समझ में न आ रहा था कि वह क्या कहे। कुछ प्रयत्न के साथ उसने कहा, ''रानी साहिबा, मेजर साहब से आपके अन्दरवाली व्यथा और वेदना का कुछ आभास मुझे मिला और अनायास ही एक प्रश्न मैंने मेजर साहब से कर दिया लेकिन मैं आपको विश्वास दिलाता हूँ कि वह प्रश्न मेरा सुझाव किसी हालत में न था।''

उस समय तक मेजर नाहरसिंह रम के दो पेग पी चुके थे और उनकी आँखें बन्द थीं। ऐसा लगता था कि वह सो रहे हैं। रानी साहिबा ने बहुत धीमे स्वर में पूछा, ''आपका वह प्रश्न क्या था?''

''वह प्रश्न...'' कुछ हिचकिचाते हुए देवलंकर ने कहा, ''वह प्रश्न था कि आप दूसरा विवाह क्यों नहीं कर लेतीं?''

इस प्रश्न को सुनकर एक क्षण के लिए रानी साहिबा के मुख पर गहरी उत्तेजना की छाया-सी आ गई और फिर वह खिलखिलाकर हँस पड़ीं, ''विवाह? दूसरा विवाह करूँ, मिस्टर देवलंकर? लेकिन प्रश्न यह है कि किसके साथ विवाह करूँ? अपने आसपास जितने भी पुरुष मुझे दिखते हैं वे सभी या तो पशु हैं या दानव हैं। कौन सहारा देगा मुझे? यहाँ जिसे देखो वही सहारा चाहता है, सहारा देनेवाला समर्थ और सक्षम पुरुष तो मुझे दिखाई देता नहीं है कोई।''

देवलंकर ने इस बात का कोई उत्तर नहीं दिया, एकटक कुछ विमुग्ध-सा वह रानी मानकुमारी को देख रहा था। कुछ देर पहले जो सुख और शान्ति उसने अपने अन्दर अनुभव की थी, उसमें एक प्रकार का उद्वेलन आरम्भ हो गया था।

और उद्वेलन रानी मानकुमारी के हृदय में भी आरम्भ हो गया था, एक प्रश्न के मंथन के रूप में, ''मिस्टर देवलंकर, फिर से विवाह करने का प्रश्न मेरे सामने कभी नहीं आया, इसलिए कि मुझे कोई ऐसा व्यक्ति नहीं दिखा जिसके हाथ में मैं अपने को पूर्ण रूप से सौंप दूँ। एक नई स्थापना के लिए एक नया आधार तो चाहिए, वह आधार ही मुझे नहीं दिख पाया। और अब तो मुझे कुछ ऐसा लगने लगा है कि मेरे अन्दर प्रेम के सम्बन्ध में जो धारणा है शायद वह मिथ्या है। विवाह में स्त्री को जो आधार मिलता है वह आर्थिक है, शारीरिक है; मानसिक अथवा आत्मिक नहीं है। मानसिक और आत्मिक सम्बन्धों में तो स्त्री को केवल समझौता करना पड़ता है। आप शायद मेरी बात समझ रहे होंगे!''

देवलंकर की समझ में यह बात नहीं आई थी, यह स्पष्ट था; क्योंकि उसके मुख पर आश्चर्य और कौतूहल के भाव थे। उसने कहा, ''यह मेरा दुर्भाग्य है रानी साहिबा कि मैं इन मामलों को नहीं समझता।''

रानी मानकुमारी ने उलझन के स्वर में कहा, ''क्या कहा आपने, इतनी आसान बात भी आप नहीं समझे?''

''हाँ रानी साहिबा, स्त्री के सम्बन्ध में मेरा ज्ञान नहीं के बराबर है।'' देवलंकर के मुख पर हलकी-सी मुस्कान आई, ''बात यह है कि मेरा विवाह नहीं हुआ है।''

''आपका विवाह नहीं हुआ या आपने विवाह नहीं किया?''

''दोनों ही बातें ठीक हैं, रानी साहिबा! आपको नहीं मालूम, मैं अनाथ था। बाल्यकाल में मेरे विवाह का प्रश्न ही नहीं उठा, कौन आपकी लड़की एक अनाथ के हाथ में सौंपता? और बाद में जब मैं समर्थ और सम्पन्न हुआ तब मैं अपने काम-काज में बुरी तरह उलझ गया। मेरे लिए किसी पत्नी का चयन करनेवाला मेरा कोई अपना था नहीं और

मुझे न तो फुर्सत थी और न अनुभव था कि मैं अपनी पत्नी का चयन करता।" फिर कुछ सोचकर देवलंकर ने कहा, "इस सम्बन्ध से दूर रहकर मैंने शायद अच्छा ही किया। नहीं तो—नहीं तो..."

"नहीं तो आपके जीवन की धारा कुछ भिन्न होती, यही कहना चाहते हैं आप? और शायद आपको अपने वर्तमान जीवन से सन्तोष है।"

"वर्तमान जीवन से सन्तोष?" देवलंकर हिचकिचाया, "नहीं रानी साहिबा, वर्तमान जीवन से सन्तोष किसी को नहीं होता। वैसे हम वर्तमान जीवन से समझौता-भर कर लेते हैं, अन्यथा हम जीवित ही न रह पाएँगे। पर अपने जीवनवाले असन्तोष को मैं समझ नहीं पाया था—अभी कुछ देर पहले मुझे उस असन्तोष का प्रथम आभास मिला। अभी कुछ देर पहले जब आपने अगाध ममता के साथ मुझे इस सोफे पर लेटकर विश्राम करने को कहा, जब आपने पैर सेंकने के लिए मुझे गरम पानी मँगवा दिया, तब से मुझे ऐसा लग रहा है कि जीवन में बहुत कुछ जो मिल सकता था, उसे मैं नहीं पा सका। यह ममता, यह प्रेम, यह संवेदना—इन सबको मैं जीवन में प्राप्त नहीं कर सका। और शायद मैंने इनकी आवश्यकता ही कभी अनुभव नहीं की। अब मुझे पता लगा कि किस दिशा में मेरा जीवन अपूर्ण रहा है।"

कुछ रुककर देवलंकर ने कहा, "लेकिन सोच रहा हूँ कि इसी अपूर्णता में मेरा बल है। सम्पूर्णता में मोह का होना अनिवार्य था लेकिन इस मोह में कायरता भी है, भय भी है। और जिस पुरुष में कायरता और भय हो, वह भला प्रकृति पर क्या विजय पाएगा?"

एकाएक देवलंकर चौंक पड़े मेजर नाहरसिंह की आवाज सुनकर। मेजर नाहरसिंह ने अपनी आँखें खोल दी थीं और वह तनकर बैठ गए थे, "प्रकृति पर तुम विजय पा सकते हो, इंजीनियर साहब! जिन पंचतत्त्वों से तुम्हारे शरीर का निर्माण हुआ है, जिन पंचतत्त्वों पर तुम्हारी स्थापना है, उन्हीं पर तुम विजय पाने चले हो?" और मेजर नाहरसिंह का स्वर एक बारगी ही बहुत अधिक गम्भीर हो गया, "नहीं इंजीनियर साहब! झुको, झुको! मनुष्य का यह भ्रम है कि वह लेता है, सत्य तो यह है कि वह केवल पाता-भर है। और तुममें इतनी सामर्थ्य कहाँ है कि तुम ले सको! प्रकृति तो मुक्त हस्त बाँटती है धन-धान्य, वह तुम्हें सदय होकर सबकुछ देती है। जब तक वह सदय है तभी तक तुम्हारी सम्पन्नता है, अन्यथा तुम्हारा कोई अस्तित्व नहीं।"

मेजर नाहरसिंह ने अपने अन्तिम शब्द लड़खड़ाते हुए स्वर में कहे। ऐसा लगता था कि एक विस्फोट और सहसा वह विस्फोट मिट गया। उन्होंने अपना गिलास खाली किया और काँपते हाथों से उसे फिर भरा। इसके बाद उन्होंने पूर्ववत् अपनी आँखें बन्द कर लीं।

रानी मानकुमारी मुस्कराईं, "सुनी आपने कक्काजी की बात! मेरा तो अनुभव यह है कि हम किसी दूसरे के द्वारा संचालित होते हैं। हमारा निजी कोई अस्तित्व ही नहीं है और इसलिए हम भयानक रूप से विवश हैं।"

देवलंकर उस समय नाहरसिंह को देख रहे थे। लम्बा-सा आदमी सुन्दर आकृतिवाला। चेहरे पर अनगिनत झुर्रियाँ पड़ गई थीं लेकिन उन झुर्रियों में मानों सात्विकता से भरी दृढ़ता सिमटकर भर गई थी। और रानी मानकुमारी की बात सुनकर उन्होंने रानी मानकुमारी को देखा। असीम सुन्दरी—गुलाबी संगमरमर की कुशल कलाकार द्वारा गढ़ी हुई प्रतिमा की भाँति निर्दोष और सुडौल। मुख पर असीम करुणा। और उन्हें ऐसा लगा कि वह एक मन्दिर में आ गए हैं जिसकी अधिष्ठात्री देवी रानी मानकुमारी हैं और पुरोहित मेजर नाहरसिंह हैं। एक विचित्र-सी शान्ति वह अनुभव कर रहे थे अपने अन्दर। उन्होंने दबे स्वर में कहा, "आप ठीक कह रही हैं, रानी साहिबा! हम सब भयानक रूप से विवश हैं। इस विवशता से भरी हुई असफलता को मैंने पग-पग पर अनुभव किया है, लेकिन आश्चर्य की बात है कि मैं इसे पहचान नहीं पाया था अभी तक। और मेरे अन्दरवाली कुंठा और घुटन भी इसी विवशता की उपज है, मैं अब यह स्पष्ट देख रहा हूँ। लेकिन मैं करूँ क्या? मुझे परिस्थितियों पर विजय पानी है। मैं सत्य को लेकर आगे बढ़ रहा हूँ, उस सत्य को मैं कैसे छोड़ दूँ? सत्य तो विवश और असफल नहीं होता।"

और देवलंकर को फिर मेजर नाहरसिंह की काँपती हुई आवाज सुनाई दी, "सत्य? नहीं इंजीनियर साहब, सत्य को आज तक कोई नहीं पा सका है। तुम्हारे पास जो कुछ है वह केवल अर्ध-सत्य है और यह अर्ध-सत्य असत्य से कहीं अधिक भयानक होता है। असत्य को तुम पकड़ सकते हो; इस अर्ध-सत्य को पकड़ना तुम्हारी सामर्थ्य के बाहर है, क्योंकि वह अर्ध-सत्य तुम्हारा ही एक भाग है।"

रानी मानकुमारी कह उठीं, "देवलंकर साहब! कक्काजी का कहना है कि हमारी सारी विवशता और असफलता हमारे अन्दर की है, यानी हमारे अन्दरवाले अर्ध-सत्य की है। क्यों कक्काजी, यही तो आप मुझसे बार-बार कहते रहते हैं!"

मेजर नाहरसिंह ने रानी मानकुमारी की बात का कोई उत्तर नहीं दिया, अपनी बात करने के बाद मानो वह सो गए थे। रानी मानकुमारी ने अपनी बात का उत्तर न पाकर देवलंकर को देखा, "देवलंकर साहब, आप भी मुझे उतने ही विवश और असहाय दिखते हैं जितनी मैं हूँ। हम सब-के-सब अभावों के बीच पल रहे हैं और ये अभाव हमारे अन्दर के हैं!" और फिर एक गहरा निःश्वास लेकर रानी मानकुमारी ने दबे हुए स्वर में कहा, "इस अभाव को दूर करने का मुझे केवल एक उपाय दिखता है! हम अपने को खो दें। दुनिया में अपने को खोया नहीं जा सकता, वहाँ तो हम भटकने लगते हैं और वह स्थिति इससे भी अधिक भयानक होती है। अपने को खोया जा सकता है किसी का हो जाने पर, किसी को अपना बना लेने पर।"

इस सब बातचीत में देवलंकर को अनुभव हो रहा था कि जिन्दगी का एक नया रहस्य उन पर प्रकट हो रहा है और इस रहस्य में शान्ति और सौन्दर्य का अक्षय स्रोत है। देवलंकर सँभलकर बैठ गया। अनायास ही बड़े कोमल और मन्द स्वर में उसने कहा, "रानी साहिबा, आप मुझसे विवाह करेंगी?"

और देवलंकर का यह प्रश्न सुनकर रानी मानकुमारी के शरीर में एक कँपकँपी-सी दौड़ गई। दबे हुए स्वर में वह बोलीं, "देवलंकर साहब, यह आप क्या कह रहे हैं? मैं आपकी बात नहीं समझी।"

"मैं अपनी बात में स्पष्ट हूँ, रानी साहिबा! मेरा जीवन अभी तक अपूर्ण रहा है। आपकी ममता पाकर आज मुझे जो अनुभव हुआ है, वह मेरे जीवन का सबसे अधिक सुखद और महत्त्वपूर्ण अनुभव है। मेरे अन्दर जो अभाव है उसकी पूर्ति मुझे आपमें ही दिख रही है। आपको पाकर मेरा दर्पपूर्ण अहम् विनय और कोमलता को अपना सकेगा। आपका प्रेम पाकर मैं धन्य हो जाऊँगा।"

रानी मानकुमारी चकित-सी थोड़ी देर तक चुपचाप देवलंकर को देखती रहीं। अन्तर्राष्ट्रीय ख्याति का इंजीनियर उनके सामने बैठा था, सक्षम और समर्थ, जो प्रकृति को अपने वश में करने के लिए पुरुष का अति सबल रूप लेकर आया था। देवलंकर पौरुष का प्रतीक था, बल का प्रतीक था, स्वामित्व का प्रतीक था। देवलंकर कितना निरीह, कितना विवश, उनके सामने बैठा हुआ उनके प्रेम की याचना कर रहा था।

इसी समय रनबहादुर ने कमरे में प्रवेश करके कहा, "कक्काजी सरकार, रानी सरकार, खाना लग गया है।"

मेजर नाहरसिंह ने आँखें खोल दीं, "रानी बहू, चलो खाना खा लें। उठो इंजीनियर साहब, रात काफी हो गई है।" और डाइनिंग-रूम की ओर लड़खड़ाते पैरों से बढ़ते हुए उन्होंने कहा, "इंजीनियर साहब, तुम बहादुर हो, साहसी हो, ईमानदार हो। तुम मुझे बहुत-बहुत पसन्द हो। सिर्फ एक कमी है तुममें, तुम्हारे अन्दर जो दर्प और अहम् है वह एक चुनौती के रूप में दिखने लगता है। इस दर्प और अहम् को दूर करने की कोशिश करो। मुझे भरोसा तो नहीं है कि तुम इसे दूर कर पाओगे, लेकिन प्रयत्न करना तुम्हारे हाथ में हैं।"

भोजन समाप्त होने के बाद मेजर नाहरसिंह ने कहा, "इंजीनियर साहब, मैं बहुत थक गया हूँ, मैं तुम्हें पहुँचाने न चल सकूँगा। अब मैं विश्राम करूँगा जाकर।" और यह कहकर मेजर नाहरसिंह अपने सोनेवाले कमरे में चले गए।

रानी मानकुमारी देवलंकर के साथ ड्राइंग-रूम में आईं। दोनों बैठ गए। अपना सिर झुकाए हुए देवलंकर ने कहा, "रानी साहिबा, मैं समझता हूँ कि मेजर नाहरसिंह को हम दोनों के विवाह पर कोई आपत्ति नहीं होगी।"

अचानक रानी मानकुमारी ने पूछा, "लेकिन देवलंकर साहब! आपने यह कैसे समझ लिया कि इसमें कोई आपत्ति न होगी?"

रानी मानकुमारी की बात सुनकर देवलंकर के मुखवाला उल्लास एकदम जाता रहा। वह उठ-खड़ा हुआ, "मुझे इसका भय था। नितान्त अनजाना आदमी आपके लिए और अपने सिर पर असफलताओं का बोझ लिए हुए। मेरी धृष्टता पर आप मुझे क्षमा कीजिएगा, रानी साहिबा! ममता और प्रेम तो अपने भाग्य में नहीं लिखाकर आया हूँ, मैं वास्तव में बड़ा अभागा हूँ।"

एकाएक देवलंकर चौंक उठा। रानी मानकुमारी का स्वर काँप रहा था, उनके मुख से शब्द सिसकियों के रूप में निकल रहे थे, "नहीं देवलंकर साहब, अभागी मैं हूँ और मेरे दुर्भाग्य पर सदय होकर आप अपना बनाना चाहते हैं। लेकिन...लेकिन..."

"लेकिन क्या?" देवलंकर ने पूछा।

"लेकिन मैं सोच रही हूँ कि क्या मैं आपकी ममता और आपके प्रेम के भार को सँभाल सकूँगी? आपका प्रस्ताव इतना अनायास आया कि मैं स्तब्ध रह गई। आप मुझे सोचने-विचारने का समय दीजिए।" और रानी मानकुमारी ने अपने आँचल से अपना मुख ढँक लिया।

और उसी समय आसमान पर बड़ी जोर की बिजली चमकी, इसके बाद बादलों की एक बड़ी भयानक गड़गड़ाहट। उस बादल की गरज से रानी मानकुमारी सहम-सी गईं। एक चीख उनके मुख से निकल पड़ी। और देवलंकर को ऐसा लगा कि रानी मानकुमारी गिर पड़ेंगी। उसने बढ़कर रानी मानकुमारी को सँभाला और रानी मानकुमारी ने अपने को देवलंकर को बाहुपाश में भरकर उनके कन्धे पर अपना सिर टिका दिया। वह बुरी तरह काँप रही थीं, "कितनी भयानक आवाज!"

देवलंकर ने कहा, "मानसून ने कल सुबह तक की प्रतीक्षा नहीं की। आप सोइए जाकर। पानी गिरने लग गया है, मैं जा रहा हूँ।"

"आप अकेले मत जाइए देवलंकर साहब, मुझे बड़ा डर लग रहा है। मैं रनबहादुर को आपके साथ भेज देती हूँ।"

देवलंकर हँस पड़ा, "रानी साहिबा, आपकी यह ममता मुझे कमजोर बनाने के स्थान पर मुझे बल प्रदान करनेवाली हो, आपसे मेरा यही अनुरोध है।" और वह तेजी से बाहर निकल गया।

सात

बहुत सम्भव है हरेक प्राकृतिक घटना का एक नियम तथा क्रम होता हो, पर इस नियम और क्रम का पता मनुष्य को पूर्ण रूप से नहीं है और इसलिए वह इन प्राकृतिक घटनाओं से कभी-कभी बुरी तरह भयभीत और त्रस्त हो जाता है। बरसात आती है भयानक गर्मी के बाद मनुष्य के लिए एक सुन्दर वरदान के रूप में, यह वरदान सुख-सुविधा का है, सम्पन्नता का है। बृहस्पतिवार के दिन मध्यरात्रि के समय जो वर्षा आरम्भ हुई, प्राकृतिक ढंग से उसे सुख-सुविधा और सम्पन्नता से युक्त वरदान होना चाहिए था। रात-भर वर्षा होती रही, साधारण वर्षा नहीं, जैसी बरसात की पहली वर्षा होती है जब मिट्टी गमकने लगती है, जब प्यासी धरती अमृत-बिन्दु के समान पड़ती हुई पानी की बूँदों को पीकर अपने अन्दरवाले सौरभ को वायु में बिखेरकर अपनी तृप्ति

और अपने उल्लास का प्रदर्शन करती है, जब पशु, पक्षी मनुष्य सभी पुलककर गा उठते हैं और उत्सव मनाने निकल पड़ते हैं। वह वर्षा कुछ अजीब तरह का उग्र और हिंस्र रूप धारण करके आई थी जिससे सभी सहम गए थे।

देवलंकर ने ठीक कहा था, मानसून ने सुबह तक की प्रतीक्षा नहीं की। भयानक झंझावात की गति लेकर हवा के पंखों पर चढ़कर घने और काले बादल उमड़ पड़े। इन बादलों में संघर्ष था, बड़ा उग्र संघर्ष! आँखों को अन्धी कर देनेवाली बिजली की चमक के साथ कानों के परदे फाड़ देनेवाली भयंकर गरज। और उसके बाद मूसलाधार वर्षा।

लेकिन जैसे हवा थक गई थी, बिजली थक गई थी और बादलों का हुंकार का स्वर थक गया था। बादलों ने जैसे चलना बन्द कर दिया, जल की प्रबल धारा बनकर मानो वे घने बादल भूमि पर फट पड़ने को सन्नद्ध हो गए थे। पानी गिरता रहा, अविराम गति से।

रात का अन्धकार दूर हुआ लेकिन बादलों का अन्धकार छाया रहा। यह अन्धकार काला नहीं था, अदृश्य नहीं था, लेकिन यह अन्धकार रात के अन्धकार से कहीं अधिक कुरूप और भयानक था। चारों ओर सबकुछ धुँधला-धुँधला। दूर तक फैली हुई पानी की पारदर्शी दीवार और उस दीवार के बाहर सबकुछ दिखता हुआ भी नहीं दिख रहा था। बादल बिना स्वर करते हुए उमड़ते आ रहे थे, उमड़ते आ रहे थे और पानी की धारा भयानक रव करती हुई गिरती जा रही थी, गिरती जा रही थी।

दिन-भर पानी बरसता रहा, उसी गति के साथ। जो जहाँ था मानो वह वहीं जम गया, चारों ओर की गति सिमटकर मानो उस जल की उस अखंड धारा में केन्द्रित हो गई थी। और फिर रात घिरी। लेकिन पानी उसी तरह बरसता रहा। जंगल में चीत्कार करते हुए पशु-पक्षियों के स्वर, गिरते हुए वृक्षों की चर्राहट से भरा क्रन्दन; इन सब आवाजों को दबा रखा था आसमान से गिरनेवाली जलधारा की भूमि से टकराहट की आवाज ने। केवल मनुष्य सुरक्षित था। अपने बुद्धि-बल से विज्ञान की सहायता प्राप्त करके जो मकान उसने बनाए थे उनमें बन्द बैठा हुआ मनुष्य प्रकृति के पागलपन की इस उग्रता को भयभीत-सा देख रहा था।

शनिवार के दिन सुबह छह बजे यह वर्षा रुकी, ठीक बीस घंटों के बाद। और वर्षा के रुकने के आध घंटे के अन्दर ही बादल फट गए और धूप निकल आई।

शनिवार की सुबह मेजर नाहरसिंह जब रानी मानकुमारी के साथ चाय पीने बैठे तो उनके मुख पर शंका और विस्मय के भाव स्पष्ट रूप से दिख रहे थे। लेकिन रानी मानकुमारी का मुख उल्लसित था, "देख रहे हैं कक्काजी कितनी चमकीली धूप निकल आई है, भगवान् को धन्यवाद कि पानी बन्द हो गया। मुझे तो ऐसा लगता था कि एक हफ्ते की झड़ी है।"

मेजर नाहरसिंह ने रानी मानकुमारी की इस बात का कोई उत्तर नहीं दिया। वह चुपचाप चाय पी रहे थे और कुछ सोच रहे थे।

"आप इतने गम्भीर क्यों हैं कक्काजी, बोलते क्यों नहीं? आज शनिवार है। कल हम लोगों को यशनगर के लिए रवाना होना है। अरे हाँ, आपने इन अतिथियों को मेरे जन्मदिन के उत्सव में सम्मिलित होने के लिए आमन्त्रित कर दिया है या नहीं? परसों तो आप रोहिणी घाटी की ओर चले गए थे और कल दिन-भर आप इस वर्षा के कारण घर से निकल ही नहीं पाए।"

"अभी तो उन्हें आमन्त्रित नहीं किया है रानी बहू, अब जा रहा हूँ उनके यहाँ। लेकिन रानी बहू, कितना पानी बरसा है इन तीन घंटों में! इसका क्या कोई अनुमान है तुम्हें? एक हफ्ते की झड़ी में भी कभी इतना पानी नहीं बरसा है मेरी याद में। जैसे इन्द्र भगवान पानी उँडेल दे रहे थे इस स्थल को डूबाने के लिए, जिस तरह ब्रज-भूमि को बहाने के लिए उन्होंने पानी बरसाया था और कृष्ण भगवान् ने अँगुली पर गोवर्धन पर्वत उठाकर इन्द्र के कोप से उन ग्वालों की रक्षा की थी।" और अब मेजर नाहरसिंह के मुख पर हलकी-सी मुस्कराहट आई, "कल सुबह हम लोगों को यहाँ से हर हालत में चल देना है, चाहे मिनिस्टर साहब के यहाँ वह हमारी फाइल आए या न आए। मुझे इस स्थान से भय लगने लगा है। पहाड़ गिरा, रोहिणी नदी सूखी और उसके बाद यह प्रलयंकारी वर्षा, सभी कुछ अस्वाभाविक अप्राकृतिक!"

चाय समाप्त हो गई थी। रानी मानकुमारी ने उठते हुए कहा, "कक्काजी, इस तरह के प्राकृतिक उत्पात तो होते ही रहते हैं, लेकिन वह सब तो हो चुका है। आज का दिन कितना सुन्दर है! आप यह चमकीली और सुन्दर धूप देख रहे हैं, आसमान पर बादलों का नाम नहीं, जैसे पानी बरसा ही नहीं है। आप जल्दी से हो आइए मन्त्रीजी के यहाँ, यहाँ से चलने की तैयारी भी तो करनी है हम लोगों को।"

मेजर नाहरसिंह भी उठ खड़े हुए, "चलने की तैयारी करनी है यहाँ से रानी बहू?" एक ठंडी साँस लेकर उन्होंने कहा, "कल सुबह यहाँ से चल देना है। चल देना नहीं, यहाँ से भाग खड़े होना है। यह धूप देख रही हो, कितनी अस्वाभाविक है और अस्वाभाविक होने के नाते कितनी भयानक है! कहीं बादल का एक टुकड़ा नहीं है अन्तरिक्ष में। विनाश की एक लहर आई और चली गई। रानी बहू, इन तीस घंटों में, मेरा अनुमान है तीस-पैंतीस इंच पानी बरसा है, आधी बरसात का पानी। इतना अधिक जल बरसानेवाली घटा अपना कोई चिह्न तक नहीं छोड़ गई है आकाश पर! देख रही हो आकाश कितना शुभ्र और निरभ्र है, सूर्य की किरणों में प्रखर ताप है। यह आकाशवाला मैदान खाली पड़ा है, क्या फिर कोई प्रहार होगा, कौन कह सकता है?" और अपना कदम द्वार की ओर बढ़ाते हुए वह बोले, "अभी जा रहा हूँ रानी बहू, जोखनलाल के यहाँ। मेरा ऐसा अनुमान है कि वे सब लोग यशनगर चलने के लिए राजी हो जाएँगे। यहाँ अब उन लोगों का रुके रहना व्यर्थ है, कोई काम नहीं हो सकेगा अब। दो-तीन दिन यशनगर में रुककर उन लोगों को लखनऊ लौटना होगा। मेरी सलाह मानो तो तुम भी लखनऊ चली जाओ, या दिल्ली चली जाओ। इस प्रदेश में अधिक ठहरना निरापद नहीं है।" और मेजर नाहरसिंह तेजी से बाहर चले गए।

जिस समय मेजर नाहरसिंह जोखनलाल के यहाँ पहुँचे, जोखनलाल अपने अतिथियों के साथ ड्राइंग-रूम में बैठे बातें कर रहे थे। देवलंकर कह रहा था, "जोखनलालजी, यहाँ सुमनपुर में जो कुछ होना है वह तो पीछे होगा इस समय तो रोहिणी के तल पर गिरे हुए पहाड़ को डाइनामाइट से उड़ाकर रोहिणी की धारा को मुक्त करने की आवश्यकता है। बहुत बड़ी झील बन गई है वहाँ पर, कल की वर्षा से पानी बहुत अधिक चढ़ गया होगा। अगर स्वयं रोहिणी की झील के पानी के दबाव से वह पहाड़ टूटता है तो इस क्षेत्र में इतना भयानक जल-प्रलय आ जाएगा कि यह समस्त क्षेत्र एक लम्बे काल के लिए ध्वस्त और विनष्ट हो जाएगा।"

"लेकिन हमारे चीफ इंजीनियर का तो यह मत नहीं है, अभी एक घंटा पहले मेरी उनसे बातचीत हो चुकी है। कहिए तो उन्हें बुलवाऊँ यहाँ पर?" जोखनलाल ने मुस्कराते हुए कहा!

जोखनलाल की यह मुस्कराहट देवलंकर को बड़ी कुरूप दिखी, "उसे यहाँ बुलाने की कोई आवश्यकता नहीं, आपका यह चीफ इंजीनियर उल्लू का पट्ठा है, समझे आप! वह चीफ इंजीनियर बन कैसे गया मुझे तो इस पर आश्चर्य होता है। जहाँ तक मुझे याद है यह आदमी सुपरिंटेंडिंग इंजीनियर था किसी समय और उस समय इसके बनाए हुए दो पुल टूट गए थे और इसे ब्लैक-लिस्ट कर दिया गया था।"

"इसमें गलती उस समय के अंग्रेज एक्जीक्यूटिड इंजीनियर की थी। लेकिन वह ब्रिटिश राज्य का जमाना था। दोष इस बेचारे के सिर मढ़ दिया गया था।" जोखनलाल ने उत्तर दिया।

शर्माजी ने जोखनलाल की बात का अनुमोदन किया, "जी हाँ, देवलंकर साहब! मैंने भी यह सुना है कि इस आदमी के राष्ट्रीय विचारों के कारण ब्रिटिश सरकार ने इसे बुरी तरह प्रताड़ित किया था। भला इस आदमी को रायसाहिबी का खिताब देकर इसकी राष्ट्रीय भावना तो नहीं खरीदी जा सकती थी! हमारे अर्थमन्त्री का यह आदमी नजदीकी रिश्तेदार है, उन्होंने ही मुझे यह सारा किस्सा सुनाया था। लेकिन जोखनलाल, मैं तो देवलंकर साहब की बात पर भरोसा करने के पक्ष में हूँ। योग्य-से-योग्य आदमी से भी गलती हो जाती है, जहाँ किसी तरह की शंका उत्पन्न हो जाए वहाँ उसका विनाशकारी पहलू स्वीकार करके उस पर कार्रवाई करनी चाहिए। यह गिरा हुआ पहाड़ खतरनाक है या नहीं है, इस पर विवाद करने की अपेक्षा उस पर गिरे हुए पहाड़ को डाइनामाइट से उड़ा देने में शायद इस प्रदेश का कल्याण हो।"

जोखनलाल ने झल्लाकर कहा, "लेकिन शर्माजी, इस काम में खर्चा कितना लगेगा, यह भी आपने सोचा है? कह देना तो आसान होता है, करने के समय असलियत का पता चलता है।"

और उस समय उन लोगों को मेजर नाहरसिंह की आवाज सुनाई दी, "करता कोई नहीं है, हो जाया करता है। असलियत यह है कि तुम लोग इस पहाड़ को डाइनामाइट से नहीं उड़ा पाओगे, असलियत यह है कि यह प्रदेश विनष्ट और ध्वस्त हो जाएगा!

लेकिन इसकी चिन्ता ही क्यों की जाए? मैंने कहा न कि करता कोई कुछ नहीं है, यह सब आप ही-आप हो जाया करता है। मेरा प्रयोजन यह है कि कर्त्ता कोई दूसरा ही है जो अदृश्य है, हम सब तो उस कर्त्ता के साधन हैं। हमारी मति, हमारी बुद्धि, हमारा ज्ञान, हमारी भावना—इनको अपना कहते हुए भी हमारा इन पर कोई अधिकार नहीं है।''

मेजर नाहरसिंह की इस बात से जोखनलाल बिगड़ गए, ''आप बड़ी ऊटपटाँग बाते करने लगते हैं, मेजर साहब! भला अपनी इन बेतुकी बातों से लोगों में ख्वाहमख्वाह भय उत्पन्न करने से आपको क्या लाभ होता है?''

लेकिन जोखनलाल के बिगड़ने पर मेजर नाहरसिंह ने कोई ध्यान नहीं दिया, ''भगवान् करे मेरा भय निराधार हो, लेकिन अभी तक तो यह हुआ नहीं है। जो होनेवाला है उसका एक बहुत क्षीण और अस्पष्ट आभास मुझे एक भयानक अभिशाप की भाँति जब-तब प्राप्त हो जाया करता है और मैं तो इस निर्णय पर पहुँचा हूँ कि वह सबकुछ हो चुका है, केवल वह हमें दिखा नहीं है। समय के साथ वह सब हम पर प्रकट होता जाता है। गीता में भगवान् कृष्ण ने यही तो कहा है। और फिर मैं सोचने लगता हूँ कि इसकी चिन्ता ही क्यों की जाए? वह सब तो हो चुका है। अपनी बात तो मैंने इंजीनियर साहब की कुंठा को दूर करने को कही थी। क्यों इंजीनियर साहब, मेरी बात सुनकर तुम्हारे अन्दरवाली कुंठा दूर हुई कि नहीं, सच कहना?''

देवलंकर ने उदास भाव से कहा, ''मेजर साहब, यह मेरे अन्दरवाली वैयक्तिक कुंठा धीरे-धीरे सामाजिक कुंठा बनती जा रही है। वैयक्तिक कुंठा तो दूर हो सकती है, लेकिन सामाजिक कुंठा तो बढ़ती-बढ़ती उग्र हो रही है। हम सब-के-सब कितने विवश हो गए हैं, जो कुछ हो रहा है हमारे इर्द-गिर्द, नपुंसकों की भाँति हम उसे देख रहे हैं। सत्ता जिनके हाथ में है वे अन्धे हैं। वे यह नहीं सोचते कि यह सामाजिक कुंठा भयानक विस्फोट की द्योतक है—यह हमारा दुर्भाग्य ही है।''

एकाएक पंडित शिवानन्द शर्मा जोर से हँस पड़े, ''क्या बात कही देवलंकर साहब आपने, लेकिन एक जगह आप गलती कर गए! हम सब लोगों में केवल वैयक्तिक कुंठा है, सामाजिक कुंठा का तो मुझे कहीं कोई अस्तित्व नहीं दिखता। ये वैयक्तिक कुंठाएँ अधिकांश में सामूहिक रूप से एकत्रित होकर सामाजिक कुंठाएँ बनने ही नहीं पातीं, ये वैयक्तिक कुंठाएँ एक-दूसरे से टकराकर स्वयं नष्ट हो जाया करती हैं, सत्य तो यह है। और इसलिए जैसा मेजर नाहरसिंह ने कहा—आप अपने अन्दरवाली कुंठा को दूर कीजिए, सामाजिक कुंठाओं की चिन्ता करना छोड़ दीजिए।'' और फिर उन्होंने मेजर नाहरसिंह की ओर देखा, ''कहिए मेजर साहब, कैसे भूल पड़े इस ओर आप इस समय? रानी साहिबा तो अच्छी तरह हैं? कल की वर्षा भी खूब थी!''

शर्माजी की हँसी का प्रभाव वहाँ बैठे हरेक व्यक्ति पर पड़ा, इतना निश्चित था। जोखनलाल भी मुस्कराए, ''मेजर साहब इन मकानों की फाइल अभी तक यहाँ नहीं पहुँची। यशनगर में शायद वह आ गई हो। कल के पानी के कारण बीच-बीच के नालों और नदियों में बाढ़ आ गई है। आज रात या कल रात तक यशनगर से यहाँ का

रास्ता खुल जाएगा। अरे हाँ मकोलाजी, वह 'कॉपर एलाइड' का प्रतिनिधि ब्रैडले आज ही तो पहुँच रहा है यशनगर आपके आदमी के साथ। उसे यशनगर में ही आज रात ठहरना होगा।''

''कोई बात नहीं, कल चला आएगा यहाँ। वैसे अच्छा तो यह होता कि मैं यशनगर या सुमना स्टेशन जाकर ही उसे रिसीव करता, लेकिन मजबूरी है!''

''मैं इन मकानों की फाइल के लिए नहीं आया था, मन्त्री जी!'' मेजर नाहरसिंह बोले, ''सोमवार के दिन रानी बहू के जन्मदिन का उत्सव है यशनगर में, यह उत्सव कल शाम के समय से ही आरम्भ हो जाएगा। कल सुबह हम लोग यशनगर जा रहे हैं। रानी बहू का आग्रह है कि तुम सब लोग उस उत्सव में अवश्य सम्मिलित हों, मकोलाजी, देवलंकरजी, शर्माजी, राव साहब और मंसूर साहब! और इन सबके साथ मन्त्रीजी, तुम्हारा उस उत्सव में सम्मिलित होना नितान्त आवश्यक है। कल तुम सब लोग भी यशनगर चलो, रानी बहू का आग्रह है और यह मेरी विनय है।''

थोड़ी देर तक सब चुप रहे, सब एक-दूसरे को देख रहे थे और फिर मकोला ने कहा, ''यह एक सुयोग है, 'कॉपर एलाइड' के ब्रैडले का यशनगर में ही स्वागत कर लूँगा। सोमवार के दिन हम लोग उस उत्सव में सम्मिलित होकर मंगलवार के दिन यहाँ वापस आ जाएँगे।''

मंसूर ने अब अपना मौन तोड़ा, ''जी, मेरा यहाँ वाला काम पूरा हो गया है। फाइनल प्लैन बनाकर मैं आपके पास लखनऊ भेज दूँगा। सोमवार की पार्टी एटेंड करके मैं मंगल की सुबह वाली गाड़ी से दिल्ली वापस चला जाऊँगा।''

और देवलंकर ने कहा, ''मैं चलूँगा मेजर साहब! इस स्थान पर अब मेरी कोई आवश्यकता नहीं है। जोखनलालजी, आपको मैंने अपनी रिपोर्ट दे दी है आगे जब कभी आप लोगों को मेरे सहयोग अथवा सहायता की आवश्यकता हो तो मुझे सूचना दीजिएगा। लेकिन इतना ध्यान रखिएगा कि मैं आपके इन अयोग्य और बेईमान इंजीनियरों का हस्तक्षेप नहीं बरदाशत करूँगा।''

जोखनलाल को देवलंकर का यह आक्षेप अच्छा नहीं लगा, पर उन्होंने देवलंकर को कोई उत्तर नहीं दिया। उन्होंने ज्ञानेश्वर राव और शर्माजी की ओर देखा, ''आप लोगों का क्या विचार है?''

शर्माजी ने हँसते हुए कहा, ''मैं तो एक महीने के लिए तुम्हारा मेहमान बनकर आया हूँ। लेकिन यह एक महीने की मेहमानदारी काफी बोरिंग हो सकती है, दो-चार दिनों के लिए रानी साहिबा की मेहमानदारी भी स्वीकार कर ली जाए। मैं चलूँगा, मेजर साहब!''

जोखनलाल ने मुस्कराते हुए ज्ञानेश्वर राव की ओर देखा, ''आप भी चलेंगे राव साहब, मैं जानता हूँ। अब रह जाता हूँ अकेला मैं, तो अपने मेहमानों के साथ मेरा चलना मेरा धर्म हो जाता है मेजर साहब! रानी साहिबा को हम सब लोगों की शुभकामनाएँ दीजिएगा और उनसे कह दीजिएगा कि हम सब लोग दोपहर का भोजन करके चलने

के लिए तैयार रहेंगे। मेरी कार है उनकी कार है। हम छह लोग हैं और आप लोग दो। दो कारों से काम चल जाएगा। ड्राइवर और असबाब मेरी स्टेशन-वैगन पर आ जाएँगे।''

2

सुमनपुर से प्रायः पैंतीस मील की दूरी पर हिमालय पर्वत-मालाओं के ठीक नीचे यशनगर की समतल भूमि प्राकृतिक नियमों के अपवाद के रूप में स्थित थी। पूर्व से पश्चिम तक प्रायः दस मील का फैला हुआ मैदान मानो हिमालय के तल तक घूमता हुआ चला आया हो दक्षिण से; कहीं पत्थर का नाम-निशान नहीं उस भूखंड में। शीशम, बरगद, आम, इमली, कटहल आदि के घने और ऊँचे वृक्षों से लदी हुई वह भूमि, ऐसा लगता था स्वर्ग का एक टुकड़ा काटकर हिमालय के चरणों पर रख दिया गया हो। उत्तर में ऊँचे पर्वतों की पंक्ति, पूर्व और पश्चिम में पथरीले और बंजर टीले और दक्षिण में सघन जंगल। यशनगर मानव द्वारा निर्मित एक सुन्दर उद्यान की भाँति दिख रहा था।

यशनगर के बीचों-बीच केन्द्र के रूप में यशनगर का राजभवन खड़ा था। तिमंजिली इमारत, पत्थरों और संगमरमर की बनी हुई और उस इमारत पर दो मंजिलें और थीं मीनार के रूप में। यह मीनार घड़ी लगवाने के लिए बनवाई थी राजा विजय बहादुरसिंह ने, लेकिन किन्हीं कारणों से घड़ी नहीं लग सकी और इसलिए घड़ी का रिक्त स्थान मीनार की दूसरी मंजिल पर दिख रहा था, कुछ कुरूप-सा और डरावना-सा। राजप्रसाद का मुख पूर्व की ओर था और राजभवन के सामने एक बहुत सुन्दर उद्यान था। उत्तर की ओर राजभवन का अतिथि-कक्ष था, इस अतिथि-कक्ष में दस छोटे-छोटे बँगले थे तीन-तीन कमरों के। राजभवन के दक्षिण की ओर यशनगर राज्य के सरकारी दफ्तर थे और कचहरी थी, जिन पर जमींदारी-उन्मूलन के बाद उत्तर प्रदेश सरकार ने अधिकार कर लिया था और राजमहल से पश्चिम की ओर यशनगर राज्य के नौकरों के निवास-स्थान थे तथा पशुओं एवं मोटरों के आवास थे।

पिछली वर्षा का जो पानी यशनगर में एकत्रित हुआ था, वह रविवार की सुबह के समय ही साफ हो गया था। शनिवार की तेज धूप के कारण यशनगर में एक उल्लास-सा छा गया था और रविवार के दिन सुबह के समय से ही नगर की सजावट आरम्भ हो गई थी। आसपास के ग्रामों से नर-नारियों के समूह रंग-बिरंगे कपड़े पहने हुए तथा नाचते-गाते हुए चले आ रहे थे अपनी रानी के प्रति अपना आदर और सम्मान प्रकट करने के लिए। बाजार सजाए जा रहे थे वन्दनवारों से। एक हर्ष, एक उल्लास भरा हुआ था यशनगर के वातावरण में। यशनगर के पूर्व और पश्चिमवाली सड़कें आनेवालों की पंक्तियों से भरी हुई थीं।

करीब तीन बजे दोपहर को रानी मानकुमारी अपने अतिथियों के साथ यशनगर पहुँचीं। यशनगर के निवासियों को सुमनपुर से आनेवाली दोनों कारें पहले से ही दिख गई थीं; राज्य के प्रमुख कर्मचारी तथा प्रमुख नागरिक रानी साहिबा का स्वागत करने के लिए एकत्रित हो गए थे। पहली कार को रानी मानकुमारी स्वयं ड्राइव कर रही थीं।

रानी साहिबा की बगल में मेजर नाहरसिंह थे। पिछली सीट पर मकोला और मंसूर थे। पिछली गाड़ी को ड्राइव कर रहा था देवलंकर। शिवानन्द शर्मा देवलंकर की बगल में थे। पिछली सीट पर जोखनलाल और ज्ञानेश्वर राव थे।

रानी मानकुमारी की कार रुकते ही यशनगर के नागरिकों ने 'रानी मानकुमारी की जय' बोलते हुए उनका स्वागत किया। रानी मानकुमारी को फूलों की मालाएँ पहनाई गईं, फिर एक ऊँचे मंच पर चलने को रानी मानकुमारी से कहा गया, जहाँ नगर-बधुएँ रानी मानकुमारी को आरती उतारने के लिए थाल सजाएँ एकत्रित थीं। मंच की ओर बढ़ते हुए रानी मानकुमारी ने मेजर नाहरसिंह से कहा, "कक्काजी, अतिथियों को ठहराने की व्यवस्था का भार आप पर है। देखिए, शायद जेठजी यहीं पर कहीं हों, चलते हुए उन्होंने मुझसे कहा था कि मेरे जन्म-दिवस के उत्सव पर वह यशनगर में ही ठहरेंगे।"

इसी समय दूसरी कार भी वहाँ आ गई। और दूसरी कार के रुकते ही न जाने किस अदृश्य से निकलकर रघुराजसिंह मेजर नाहरसिंह की बगल में आकर खड़ा हो गया। रघुराजसिंह को देखकर मेजर नाहरसिंह की जान-में-जान आई, "मैं तुम्हें ही ढूँढ़ रहा था रघुराज, अतिथियों के ठहरने का प्रबन्ध करना है तुम्हें। मेहमानों के बँगलों में ही प्रबन्ध करना होगा इन लोगों का।"

"मैंने वे सब बँगले साफ करवा दिए हैं और खुलवा दिए हैं ददुआ, मेरा ऐसा अनुमान था कि रानी सरकार इन मेहमानों को अपने साथ लाएँगी, आप निश्चिन्त रहिए।" और जैसे ही रघुराजसिंह की बात पूरी हुई, वैसे ही मेजर नाहरसिंह को मौलाना रियाजुलहक़ की आवाज सुनाई दी, "इस जश्न में शिरकत करने के लिए मैं भी हाजिर हूँ, मेजर साहब।"

जोखनलाल अपनी कार से उतर ही रहे थे कि उनकी दृष्टि मौलाना रियाजुलहक़ पर पड़ गई। मौलाना की तरफ बढ़ते हुए जोखनलाल ने कहा, "तो मौलाना, आप अभी तक यहीं मौजूद हैं, आप लखनऊ वापस नहीं गए?"

"बात यह है जनाबमन, यूँ ही कोई खास बात नहीं, बस यहाँ आते ही तबीयत कुछ नासाज हो गई। यह जुकाम-नजला! हकीम साहब ने कहा, कि आराम की सख्त जरूरत है, तो थोड़ा-सा आराम कर रहा हूँ।" मौलाना ने बड़े इत्मीनान के साथ उत्तर दिया।

रघुराजसिंह हँस पड़ा, "बात यह है कि जयाली में बसाने के लिए जिन मुसलमानों को मौलाना ने बुलाया था वे यहाँ पड़े हुए हैं। उन्हें किस तरह जयाली भेजा जाए इस पर सलाह-मशविरा हो रहा है। जब से यहाँ आएँ हैं, तब से पाँच भाषण हो चुके हैं मौलाना के।"

"आप ठहरे कहाँ हैं, मौलाना?" फिर जोखनलाल ने रघुराजसिंह की ओर देखा, "क्या तुमने इन्हें रानी साहिबा के अतिथि-गृह में ठहराया है?"

"भला मौलाना रानी साहिबा की मेहमानदारी कबूल करेंगे? सामन्तवाद के सबसे बड़े दुश्मन, पूँजीवाद के सबसे बड़े मुखालिफ। मुझे आश्चर्य होने लगता है कि मैं बड़ा साम्यवादी हूँ या मौलाना बड़े साम्यवादी हैं। बावली मस्जिद के इमाम साहब के साथ मौलाना ठहरे हुए हैं। मैंने बहुत कहा कि मैं भी कम्युनिस्ट हूँ, चना-चबेना खाकर हम

दोनों साथ ही ठहरें, कुछ विचार-विनिमय हो। लेकिन मौलाना को कोरमा और बिरयानी की आदत। फिर साम्यवादी तो मौलाना पीछे हैं, पहले यह मुसलमान हैं। हम काफिरों के साथ भला यह कैसे ठहर सकते थे! और हमारे साथ ठहरने में इन्हें अपनी कार्रवाइयों में बाधा भी पड़ती।''

अपने होठ चबाते हुए जोखनलाल ने मौलाना से कहा, ''मौलाना साहब, शाम की चाय हम लोगों के साथ ही पीने की मेहरबानी कीजिए, मुझे आपसे कुछ जरूरी बातें करनी हैं।''

इस बार मेजर नाहरसिंह बोले, ''मन्त्रीजी, इनसे बातें परसों करना, इस उत्सव में किसी प्रकार का रंग में भंग न हो। मौलाना, तुम भी यहाँ आकर क्यों नहीं ठहर जाते। रघुराज, एक बँगला मौलाना के लिए भी खोल दो।''

शाम की चाय की व्यवस्था रानी मानकुमारी के डायनिंग-हाल में हुई थी। प्रायः सौ आदमी उस दिन चाय के लिए एकत्रित हुए थे, संगीत चल रहा था। उल्लास-हर्ष का वातावरण था वहाँ पर। चाय पीकर सब लोग उठे। रात को संगीत और नृत्य का आयोजन था और उसके बाद अतिथियों के भोज का प्रबन्ध राजभवन में ही था।

जोखनलाल ने मौलाना का हाथ पकड़ा, ''चलिए मौलाना, हम लोगों के साथ चलकर बैठिए कुछ देर, बातचीत हो। आपसे यहाँ मिलने की आशा मैंने नहीं की थी।''

''इमाम बरकतउल्ला मेरा इन्तजार कर रहे होंगे, कुछ जरूरी बातें करनी हैं उन्हें मुझसे। तो जोखनलाल साहब, इस वक्त तो मुझे मुआफी बख्शें, कल दिन में काफी बातचीत हो सकती है।'' मौलाना ने अपना हाथ छुड़ाने की कोशिश करते हुए कहा।

पंडित शिवानन्द शर्मा पास ही खड़े हुए मौलाना की बातचीत में रस ले रहे थे, ''हम लोग इस बरकत इमाम को भी बुलाए लेते हैं।''

आँखें तरेरते हुए मौलाना ने उत्तर दिया, ''मेहरबानी करके इस सबमें आप दखल न दीजिए। उसे यहाँ बुलवाने की जरूरत नहीं है, वह हम लोगों का निजी मामला है और उसे हम लोग ही हल कर सकते हैं।''

सब-इंस्पैक्टर माधवसिंह आठ पुलिसमैनों के साथ उस दिन दोपहर के समय से ही जोखनलाल की सेवा में उपस्थित हो गए थे। जोखनलाल ने कड़े स्वर में कहा, ''अमन-आमान का कोई भी मामला निजी नहीं हुआ करता मौलाना! इमाम बरकतउल्ला से कहना कि मौलाना को मैंने रोक लिया है, अगर उन्हें मौलाना से कोई जरूरी सलाह-मशवरा करना है तो वह यहाँ से चले आएँ।'' और इसके बाद वह मौलाना से बोले, ''चलिए मौलाना, यहाँ की क्या समस्याएँ हैं, मैं जानना चाहता हूँ।''

मौलाना ने अपने चारों ओर देखा और उन्हें अनुभव हुआ कि वह परायों के बीच में हैं। वह चुपचाप जोखनलाल के साथ हो लिए। सब आदमी अब जोखनलाल के कमरे के सामनेवाले बरामदे में बैठ गए। जोखनलाल ने पूछा, ''हाँ मौलाना, यहाँ यशनगर की मस्जिदों में आपने जो इतने दिन लगातार भाषण दिए हैं, उन भाषणों का विषय मैं आपसे जान सकता हूँ?''

मौलाना इतनी देर में सुव्यवस्थित हो गए थे, ''दीन, ईमान और मजहब! मस्जिद में इन चीजों के अलावा भला किस दूसरे मसले पर तकरीर की जा सकती है!''

पंडित शिवानन्द शर्मा को एकाएक ज़ोरों की हँसी आ गई, ''क्या बात कही आपने, मौलाना! बस यह समझिए कि चित्त पुलकित हो गया। दीन, ईमान, मजहब, भला इनके अलावा मस्जिद में किस विषय पर तकरीर की जा सकती है! और मौलाना, इस बुनियादी सत्य को भी मानते हैं कि हिन्दू और मुसलमान का दीन, ईमान और मजहब जुदा-जुदा हैं।''

''मैं समझा नहीं आपका मतलब क्या है, जरा अपनी बात का खुलासा करने की मेहरबानी करें आप, शर्माजी!'' मौलाना के मुखवाली मुस्कराहट गायब हो गई थी।

''मेरा मतलब क्या है? जैसे आप मेरी बात के मतलब को समझ ही नहीं रहे हैं। आप मुसलमानों को संगठित करना चाहते हैं, मजहब के आधार पर। यह संगठन गैर-मुसलमानों से अर्थात् हिन्दुओं से मुसलमानों का अलगाव पैदा करता है। यानी आप मुसलमानों को हिन्दुओं के खिलाफ भड़काते हैं, बरगलाते हैं। मैं आपसे पूछना चाहता हूँ कि आप यह भेदभाव क्यों बढ़ाना चाहते हैं?''

बात खुल ही गई थी। मौलाना का स्वर भी कठोर हो गया, ''शर्मा साहब, मैं मुसलमानों को बतलाना चाहता हूँ कि उन पर ज्यादतियाँ हो रही हैं, उनके अदब और उनकी तहजीब को मिटाया जा रहा है। जोखनलाल साहब, हम मुसलमान तहेदिल से कांग्रेस का साथ देते रहे हैं, इस उम्मीद पर कि वह हम लोगों को हुकूक की हिफाजत करेगी, लेकिन हमें मायूस होना पड़ा। और हम अब इस नतीजे पर पहुँचे हैं कि हुकूक माँगने से नहीं मिलते, अपने बाजुओं की कुव्वत से उन्हें जबर्दस्ती लेना पड़ता है।''

पंडित शिवानन्द शर्मा की भौंहों पर भी बल पड़ गए, ''मौलाना आप बहुत बड़े खतरे के साथ खिलवाड़ कर रहे हैं। आप जो मुसलमानों की साम्प्रदायिकता भड़का रहे हैं, उसका परिणाम होगा हिन्दुओं में भी साम्प्रदायिकता का भड़कना। और जिस दिन हिन्दुओं की साम्प्रदायिकता उग्र रूप धारण करेगी वह दिन बड़े दुर्भाग्य का होगा। इस देश में हिन्दुओं की संख्या पिचासी प्रतिशत से ऊपर है, भयानक बहुमत है उनका। देश की सभ्यता और संस्कृति इन्हीं पिचासी प्रतिशत लोगों की संस्कृति है। इतने बड़े बहुमत में अलग साम्प्रदायिकता नहीं होती—जनतन्त्र के सिद्धान्तों के अनुसार देश की राष्ट्रीयता की नींव इसी बहुमत पर है। साम्प्रदायिकता का विग्रह खड़ा किया जाता है अपने को अल्पमतवाला घोषित करके विशेषाधिकार पाने का प्रयत्न करनेवाले लोगों द्वारा।''

ज्ञानेश्वर राव अभी तक चुपचाप यह बातचीत सुन रहे थे, अब उनसे न रहा गया, ''हमने इन अल्पमतवालों को आश्वासन दिए हैं कि उनकी संस्कृति, उनके धर्म, उनके अधिकारों की हम रक्षा करेंगे। हमें अपने वादों से मुकरना शोभा नहीं देता।''

उत्तर शर्माजी ने दिया, ''राव साहब, कब, किससे आश्वासन माँगा गया और कब किसने आश्वासन दिया, बतला सकते हैं आप? देश के बँटवारे की बात आप इतनी जल्दी भूल गए! हमने केवल इतना कहा था कि भारत धर्म-निरपेक्ष राज्य होगा।

धर्म-निरपेक्ष राज्य से मतलब यह है कि धर्म के आधार पर किसी सम्प्रदाय की स्थिति हमारे यहाँ स्वीकार नहीं की जाएगी। अपना विधान तो जरा ध्यान से पढ़िए, हमने धार्मिक सम्प्रदायों के आधार पर उसमें किसी अल्पमत को नहीं स्वीकार किया है। आप याद कीजिए, साम्प्रदायिकता के आधार पर विभिन्न भाषाएँ, विभिन्न संस्कृतियाँ, इसी ने तो द्विराष्ट्र सिद्धान्त (टू नेशन्स थ्योरी) को जन्म दिया था, जिसके कारण जिन्ना ने देश का बँटवारा करा लिया था। क्यों मकोलाजी, मैं गलत तो नहीं कह रहा?''

रतनचन्द्र मकोला बड़े ध्यान से सबकुछ सुन रहे थे, ''यह बँटवारा इसलिए हुआ कि हम अंग्रेजों की गुलामी कर रहे थे।''

''यह मैंने कब कहा कि इस बँटवारे में अंग्रेजों का हाथ नहीं था, लेकिन महात्मा गांधी ने स्वयं मुसलमानों की अलग संस्कृति और अलग भाषा मानकर जिन्ना को अपना बल प्रदान किया था। अंग्रेजों ने इस भेद-नीति को बढ़ाया था, मुसलमानों की रक्षा करने के लिए अंग्रेजी सेना थी और इस तरह वह बँटवारा होकर ही रहा। लेकिन मौलाना, अब अंग्रेज नहीं हैं, पन्द्रह प्रतिशत मुसलमानों का विग्रह-नीति पर उन्हें बढ़ावा देने के लिए और उनकी रक्षा करने के लिए। आपसे उस दिन कहा था कि हिन्दुओं में जातिवाद के कारण आपस में ही भयानक भेदभाव है, साम्प्रदायिक दृष्टि से उनमें एका असम्भव है। और मैं कहता हूँ कि आप गलत सोच रहे हैं। आप लोगों की इन हरकतों से निकट भविष्य में ही हिन्दुओं में भी सम्प्रदायवाद जागेगा। एक प्रतिक्रिया के रूप में और उस समय आपको बढ़ावा देनेवाली और आपकी रक्षा करनेवाली यह कांग्रेस अपना प्रभाव खो देगी। उस समय हिन्दुओं का कोई जबर्दस्त साम्प्रदायिक दल अपना सिर उठाएगा। यह अवस्था कांग्रेस के लिए, आपके लिए और स्वयं देश के लिए भयानक होगी क्योंकि प्रतिक्रियात्मक दलों में असहिष्णुता होती है, नाजीवाद के अवयव होते हैं।''

शिवानन्द शर्मा की इस बात से एक सन्नाटा-सा छा गया वहाँ पर! और उसी समय हवा का एक जबर्दस्त झोंका आया। लोगों का ध्यान इस बातचीत से खिंचकर बाहरवाले वातावरण की ओर चला गया। उस समय सन्ध्या समाप्त हो गई थी और आसमान पर अरुणिमा का प्रकाश होना चाहिए था। लेकिन बाहर गहरा अँधेरा छाया हुआ था काले बादल आसमान पर घिर आए थे और तेज हवा चलने लगी थी। जोखनलाल ने आसमान की ओर देखते हुए कहा, ''अरे बड़ी गहरी घटा घिर आई है!''

देवलंकर ने चिन्तित भाव से आसमान पर अपनी नजर गड़ाते हुए कहा, ''मालूम होता है फिर कड़ी वर्षा होगी!'' और देवलंकर की बात पूरी भी नहीं हुई थी कि एकबारगी ही बादल फूट पड़े, मूसलाधार वर्षा आरम्भ हो गई।

मकोला उठ खड़े हुए, ''यह तो रात-भर की झड़ी मालूम होती है। रात के कार्यक्रम और दावत का क्या होगा?''

''जी, वह सब होगा।'' मंसूर बोले, ''मेरा खयाल है कि घंटे-आधे घंटे में यह बारिश रुक जाएगी।''

3

मंसूर का अनुमान ठीक निकला, पानी कुल आधा घंटा बरसकर रुक गया और यशनगर के समस्त वातावरण में एक प्रकार की चहल-पहल फैल गई। सभी अतिथि अपने-अपने बँगलों में पहुँच गए थे। दूर से उठते हुए गानों की आवाजें उन्हें सुनाई दे रही थीं, सब लोग प्रसन्न थे, मस्ती में झूम रहे थे; हर्ष, उल्लास, उत्सव!

राजभवन में मेजर नाहरसिंह उद्विग्न-से अपने कमरे के बाहर सामनेवाले बरामदे में टहल रहे थे। वह बीच-बीच में आकाश की ओर देख लेते थे। दुर्भेद्य अन्धकार फैला था वहाँ पर। दूर उठनेवाले संगीत की लहरियाँ उनके कानों में भयानक कटुता के साथ टकरा रही थीं। मेजर नाहरसिंह को ऐसा लग रहा था कि उनका दिमाग फट जाएगा। उन्हें अपने सामने विकराल अन्त दिखाई दे रहा था और एकाएक वह पागल की भाँति चिल्ला उठे, ''यशनगर ध्वस्त हो जाएगा, गुम्मैत ठाकुरों का यह वंश सदा के लिए नष्ट हो जाएगा।''

और फिर जैसे अपने अन्दरवाली इस निर्बलता पर उन्हें स्वयं लज्जा आई, दबे हुए स्वर में उन्होंने कहा, ''जो होना है, वह तो होगा ही, फिर यह दुर्बलता कैसी! जो होना है वह हो चुका है, उसे रोक सकना किसी के वश में नहीं है, स्वयं स्रष्टा के वश में नहीं है।''

मेजर नाहरसिंह अपने कमरे में चले गए। काँपते हाथों से उन्होंने अपनी रम की बोतल निकाली और एकबारगी ही उन्होंने चौथाई बोतल अपने बड़े-से गिलास में उँडेल ली। थोड़ा-सा पानी मिलाकर वह उसे मानो एक घूँट में ही पी गए। और गले से लेकर पेट तक आग की एक लहर दौड़ गई उनके अन्दर। कुछ क्षणों के लिए वह अपने आसपासवाले वातावरण को भूल गए। और फिर उन्हें ऐसा लगा कि उनके अन्दरवाला उद्वेलन बहुत अधिक बढ़ गया है, उसे सँभाला नहीं जा सकता। अपने कमरे से निकलकर वह रानी मानकुमारी के कमरे की ओर बढ़े।

रात के उत्सव और भोज के लिए रानी मानकुमारी वस्त्र बदलकर तैयार हो रही थीं। उनके कमरे का द्वार उड़का हुआ था और उनकी नौकरानी चम्पा उनके साथ थी। मेजर नाहरसिंह की शक्ल उस समय बड़ी भयावनी हो गई थी, उनकी आँखें अंगारे की तरह लाल थीं, उनके बाल अस्त-व्यस्त थे, उनके पैर लड़खड़ा रहे थे। मेजर नाहरसिंह की यह मुद्रा देखकर चम्पा चीखकर वहाँ से भागी। रानी मानकुमारी ने घूमकर मेजर नाहरसिंह को देखा, ''कक्काजी, क्या बात है? आपने इस तरह अपनी शक्ल क्यों बना रखी है?''

और मेजर नाहरसिंह चिल्ला उठे, ''रानी बहू, प्रलयकाल घिरता हुआ चला आ रहा है। भागो, भागो! मैं अपने चारों ओर विनाश और मृत्यु की छायाएँ देख रहा हूँ, मैं कहता हूँ, भागो! भागो!'' और जैसे मेजर नाहरसिंह का गला रुँध गया हो, उनके शरीर की शक्ति जाती रही हो, ''कुछ नहीं होगा, कोई नहीं भागेगा। रानी बहू, मृत्यु का सम्मोहन भयानक होता है, बुरी तरह पकड़ लेता है वह हमें।'' और मेजर नाहरसिंह फर्श पर बैठकर बच्चों की भाँति बिलख-बिलखकर रोने लगे।

रानी मानकुमारी ने किसी नौकर को नहीं बुलाया। चुपचाप वह आगे बढ़ीं। मेजर नाहरसिंह का हाथ पकड़ते हुए उन्होंने कहा, ''कक्काजी, आप तो इतने ज्ञानी हैं, फिर आपमें यह दुर्बलता कैसी? आप बहुत ज्यादा पी गए हैं, मुँह से कितनी दुर्गन्ध आ रही है! छिह-छिह! आपको क्या यह सब शोभा देता है? चलिए, आप थोड़ी देर लेटे रहिए।'' और उन्होंने मेजर नाहरसिंह को उठाकर खड़ा कर दिया।

''नहीं रानी बहू, मैं नशे में नहीं हूँ। रम तो मैंने तब पी जब मैं अपने अन्दरवाली व्यथा और अपने भय को दबा नहीं पाया। मैं सच कहता हूँ, मुझे मृत्यु और विनाश की छायाएँ दिख रही हैं। इस अभिशापित क्षेत्र से भाग खड़े होने में ही कल्याण है। लेकिन कुछ नहीं होगा, कुछ नहीं होगा—कौन भाग सका है मृत्यु से!'' और मेजर नाहरसिंह की हिचकियाँ बँध गईं।

रानी मानकुमारी ने मेजर नाहरसिंह का यह रूप पहले कभी नहीं देखा था। मेजर नाहरसिंह का हाथ पकड़कर वह उन्हें उनके कमरे में ले गईं, ''आप लेट जाइए कक्काजी, आपकी तबीयत ठीक नहीं है।''

''नहीं रानी बहू, मेरी तबीयत बिलकुल ठीक है।'' मेजर नाहरसिंह ने शान्त होकर कहा। फिर बड़े प्रयत्न से एक क्षीण मुस्कान अपने होठों पर लाकर वह बोले, ''क्या बतलाऊँ, अपने अतिथियों की खोज-खबर मैं नहीं ले सका, वे लोग क्या सोचते होंगे! जाता हूँ उन्हें देखने, अब तो उन लोगों के आने का समय भी हो रहा है।'' और मेजर नाहरसिंह कमरे के बाहर चले गए, रानी मानकुमारी को कुछ चिन्तित और कुछ चकित छोड़कर।

राजभवन का दरबार हॉल नागरिकों की भीड़ से भरता जा रहा था, विभिन्न ग्रामों से नृत्य और संगीत-पार्टियाँ आई थीं। मेजर नाहरसिंह जब अतिथियों को अपने साथ लेकर राजभवन में आए, रानी मानकुमारी अपने कमरे में थीं। मेजर नाहरसिंह ने दासी से रानी मानकुमारी को मेहमानों के आ जाने की खबर कराई और रानी मानकुमारी ने कमरे के बाहर इन लोगों का स्वागत किया। इसके बाद सब मेहमानों के साथ रानी मानकुमारी ने दरबार हॉल में प्रवेश किया।

जनता ने उठकर और रानी मानकुमारी की जय बोलकर रानी साहिबा को सम्मान दिया। एक ऊँचे-से आसन पर रानी मानकुमारी बैठीं। अतिथियों के बैठने का प्रबन्ध गद्देदार कुर्सियों पर किया गया था। बारह बजे रात तक यह उत्सव चलता रहा और इस उत्सव के साथ-साथ शराब के दौर चलते रहे। यशनगर राज्य की ओर से समस्त जनता को उस दिन शराब वितरित की जा रही थी। जैसे ही उत्सव समाप्त हुआ वैसे ही फिर वर्षा आरम्भ हो गई, काफी तेज। जनता भीगती हुई जैसे-तैसे अपने घरों की ओर भागी।

अतिथिगण वहाँ से उठकर डायनिंग हॉल में पहुँचे और वहाँ शैम्पेन के दौर चलने लगे। बाहर बिजली तड़क रही थी, मूसलाधार वर्षा हो रही थी और उस बन्द डायनिंग हॉल में शानदार दावत हो रही थी। लेकिन उस उत्सव में जैसे रस नहीं मिल रहा था

किसी को, किसी प्रकार का उल्लास नहीं था कहीं पर। अधिकांश लोग मौन थे। यह मौन वहाँ एकत्र लोगों को बुरी तरह खल रहा था और मानो इस मौन से ऊबकर मेजर नाहरसिंह ने जोखनलाल से पूछा, ''मन्त्रीजी, लखनऊ से आपने जो फाइल मँगाई थी, वह अभी तक नहीं आई?''

जोखनलाल ने उत्तर दिया, ''मेजर साहब, फाइल कैसे आ सकती है! आप जानते हैं कि दो दिन से कोई ट्रेन नहीं आई है यहाँ पर। शुक्रवार के दिन जो भयानक वर्षा हुई थी, उससे कई स्थानों पर रेल की पटरियाँ बह गई हैं। कल तक लाइन के ठीक हो जाने की आशा है।''

मकोला ने बात आगे बढ़ाई, ''अब मैं समझा कि 'कॉपर्स एलाइड' का प्रतिनिधि ब्रैडले क्यों नहीं आ पाया अभी तक!''

''कल तक यह लाइन ठीक हो जाएगी, मुझे तो इसकी कोई सम्भावना नहीं दिखलाई देती।'' देवलंकर बोला, ''आज जो वर्षा आरम्भ हुई है वह साधारण नहीं है। अभी यह अन्दाजा लगाना कठिन है कि इस वर्षा से कितना नुकसान होगा।''

मौलाना रियाजुलहक़ ने मुस्कराते हुए देवलंकर को उत्तर दिया, ''अजी देवलंकर साहब, तराई में कभी-कभी इस तरह की बारिश हो जाया करती है। इस कुर्ब-जवार का मुझे खूब पता है। इसमें घबराने की ऐसी कोई बात नहीं है। और मेरा ऐसा खयाल है कि थोड़ी देर में ही यह बारिश रुक जाएगी और आसमान साफ हो जाएगा।''

मेजर नाहरसिंह ने सिर हिलाया, ''मौलाना, तुम ठीक कहते हो, वर्षा रुक रही है। सुन रहे हो तुम लोग, झड़ी की आवाज हलकी पड़ गई है। लेकिन...लेकिन समझ में नहीं आता मैं किस प्रकार अपनी बात कहूँ, मेरी बात कोई सुनने, समझने और मानने को तैयार नहीं। मेरा कहना है तुम लोग उठ खड़े हो और जल्दी-से-जल्दी यहाँ से भाग खड़े हो। प्रलय आ रही है, उस प्रलय को मैं साफ-साफ देख रहा हूँ।'' और मेजर नाहरसिंह झटके के साथ उठ खड़े हुए।

रघुराजसिंह मेजर नाहरसिंह की बगल में बैठा था, उसने मेजर नाहरसिंह का हाथ पकड़ा, ''आप यह अनाप-शनाप बक रहे हैं, ददुआ, बैठिए चुपचाप! क्यों रंग में भंग उत्पन्न कर रहे हैं?''

अपराधी की भाँति मेजर नाहरसिंह बैठ गए, ''नहीं सुन रहा है तुम लोगों में कोई भी मेरी बात! जो कुछ होने वाला है वह होकर ही रहेगा।'' और यह कहकर उन्होंने अपनी आँखें बन्द कर लीं, मानो वह सो गए हों।

रानी मानकुमारी ने उदास भाव से अपने अतिथियों की ओर देखा, ''आज दो-तीन दिन से कक्काजी ऐसी ही बहकी-बहकी बातें कर रहे हैं, लेकिन कक्काजी की बातों से मुझे डर अवश्य लगता है।'' और रानी मानकुमारी ने मंगलसिंह नामक नौकर से कहा, ''देख रे मंगलसिंह, बाहर जाकर, पानी कुछ कम हुआ कि नहीं?''

मंगलसिंह ने लौटकर उत्तर दिया, ''पानी तो अब बिलकुल रुक गया है रानी सरकार, आसमान पर कुछ नखत भी दिखने लगे हैं।''

"भगवान् को धन्यवाद!" रानी मानकुमारी बोलीं, "कल का उत्सव कुशलपूर्वक सम्पन्न हो जाएगा।" और रानी मानकुमारी ने जोखनलाल की ओर देखा, "मन्त्रीजी, आपकी फाइलें कल शाम तक आ जाएँगी, मेरा ऐसा अनुमान है। तो कल रात को आप अपना निर्णय दे दीजिएगा। और मकोलाजी, वह ब्रैडले तथा आपके आदमी भी कल शाम तक आ जाएँगे। 'हिन्द कॉपर्स' की स्थापना कल हो जानी चाहिए। मेरा आपसे यह भी विनय है कि जब तक सुमनपुर ठीक तरह से न बस जाए तब तक यशनगर में ही 'हिन्द कॉपर्स' का दफ्तर रहेगा। और मंसूर साहब, परसों सुबह आप दिल्ली के लिए रवाना हो सकेंगे। आपने जो वादा किया है उसे याद रखिएगा, मैं आपके पत्र की प्रतीक्षा करूँगी। कुछ दिनों के लिए मैं विदेशों की यात्रा करना चाहती हूँ। और राव साहब, आप मेरी दिल्लीवाली कोठी जिस तरह हो, खाली करवा दीजिए। राजधानी में अपनी कोठी रहते हुए भी मैं वहाँ नहीं जा पाती। आप मुझे सब जगह मिला दीजिएगा। शर्माजी, मैं आपको अपनी कविताओं का संग्रह दे दूँगी। किसी अच्छे आर्टिस्ट से उन पर कुछ सुन्दर चित्र बनवाकर उस संग्रह को छपवा दीजिए। मैं दिल्ली में आकर आपके साथ ही ठहरूँगी। आप मुझे पत्र लिखिएगा।" और रानी साहिबा ने देवलंकर की ओर देखा, "देवलंकर साहब, मैं आपसे क्या कहूँ, मेरी समझ में नहीं आता। आपको इस सुमनपुर को बचाना है, इस योजना की व्यवस्था को बचाना है और इन सबके ऊपर मुझे बचाना है।"

मेजर नाहरसिंह ने एकाएक अपनी आँखें खोल दीं, विस्फारित नयनों से उन्होंने रानी मानकुमारी को देखा और फिर उन्होंने अपने अतिथियों पर एक दृष्टि दौड़ाई। इस बीच उनके मुखवाला तनाव जाता रहा था, उस तनाव के स्थान पर उनके मुख पर हलकी-सी मुस्कराहट आ गई थी, "बड़ा लम्बा कार्यक्रम बना डाला है रानी बहू, लेकिन तुम मुझे इस सब कार्यक्रम के सम्बन्ध में नहीं बतलाया।"

रानी मानकुमारी हँस पड़ीं, "इतना समय ही कहाँ मिला कक्काजी, कि मैं आपको यह सब बताती और आपसे परामर्श करती! इतनी तेजी के साथ घटनाएँ घटी हैं कि मैं अपने सौभाग्य पर चकित रह गई।" और रानी मानकुमारी ने अपने अतिथियों को देखा, "अगर आप लोगों को कोई आपत्ति न हो और आप अनुमति दें तो मैं अपने इन समस्त कार्यक्रमों से इसी समय कक्काजी को अवगत कर दूँ। इसके साथ आप लोगों को भी मेरे पूरे कार्यक्रम का पता लग जाएगा।"

किसी ने कोई उत्तर नहीं दिया, एक सन्नाटा छाया हुआ था वहाँ पर। मेजर नाहरसिंह ने कहा, "आपत्ति यहाँ किसी को नहीं मालूम पड़ रही।"

एक मिश्रित-सा भाव था हरेक के मुख पर। अपने सम्बन्ध की बातों का प्रकट होना किसी को पसन्द न था, लेकिन दूसरे के सम्बन्ध में सब कोई सुनना चाहता था। पंडित शिवानन्द शर्मा ने साहस किया, "कह दीजिए रानी साहिबा सबकुछ। आखिर हम सब लोगों में कोई भेदभाव क्यों रहे? और मेजर साहब से तो कोई भेद रहना ही नहीं चाहिए।"

रानी मानकुमारी मुस्कराईं, "आप बड़े वीर हैं शर्माजी, आपके सम्बन्ध में मेरी धारणा गलत नहीं थी। तो मैं आपसे ही आरम्भ करती हूँ। कक्काजी, आपने मुझसे कई बार कहा है कि मैं अपने जीवन को किसी निश्चित दिशा में केन्द्रित कर लूँ। मुझे साहित्य और कविता में रुचि है। अक्सर मैं सपनों की दुनिया में खो जाया करती हूँ। शर्माजी ने मुझे सुझाव दिया है कि मैं अपने को साहित्य और कविता में तन्मय कर दूँ। और शर्माजी का सुझाव मुझे अच्छा लगा। साहित्यकार अमर होता है। सैफो, मीरा—ये लोग साहित्य की अमर विभूतियाँ हैं। शर्माजी ने मुझसे वादा किया है कि वह मेरी सहायता करेंगे, दिल्ली में जब तक मेरा मकान खाली न हो जाए तब तक मैं शर्माजी के यहाँ रह सकती हूँ। और मेरी कविताओं के संग्रह के प्रकाशन की व्यवस्था भी शर्माजी कर देंगे। शर्माजी के चरणों में बैठकर मैं साहित्य की साधना करना चाहती हूँ। कहिए कक्काजी, अगर मैं यह सब करूँ तो कुछ अनुचित न होगा?"

मेजर नाहरसिंह ने उत्तर दिया, "जहाँ तक मैं समझता हूँ यह अनुचित न होगा। लेकिन यहाँ जो मेहमान एकत्रित हैं वे सब-के-सब ज्ञानी हैं। मेरे विचार से तुम उन लोगों की राय भी ले लो।"

"आपकी क्या राय है, मकोलाजी?" रानी मानकुमारी ने रतनचन्द्र मकोला से प्रश्न किया।

"रानी साहिबा, यह तो आपका व्यक्तिगत मामला है। वैसे जहाँ तक मुझे ज्ञात है, साहित्यकार हमेशा अभाव से घिरा रहता है, बड़े-से-बड़ा साहित्यकार दूसरों का आश्रित रहा है। दरबारों में राजाओं और सामन्तों के सामने, धन-कुबेरों के यहाँ साहित्यकार विरद गाता रहा, आजकल वह नेताओं की स्तुतियाँ करता है। और वह जो आपने मीरा और सैफ़ों के नाम लिए हैं, तो हरेक व्यक्ति के पास तो उनकी प्रतिभा नहीं है। मैं भारतवर्ष की विभिन्न भाषाओं की प्रायः दो दर्जन कवयित्रियों को जानता हूँ और उनके सम्बन्ध में मौन रहना ही उचित समझूँगा।" मकोला के मुख पर एक हलकी व्यंग्यात्मक मुस्कराहट आ गई थी।

पंडित शिवानन्द शर्मा भड़क उठे, "मकोलाजी, लूट-खसोट और बेईमानी की इस दुनिया में आज बेचने और खरीदने का क्रम ही चल रहा है। मैं आपकी बात की कोई और टीका न करूँगा।"

इससे पहले कि मकोला शर्माजी को कोई और उत्तर देते, रानी मानकुमारी ने अपनी बात का सिलसिला उठा लिया, "अब मैं आती हूँ श्री ज्ञानेश्वर राव की बात पर। कविता और साहित्य के सम्बन्ध में शायद राव साहब भी मकोलाजी का समर्थन करें, पर राव साहब का दृष्टिकोण कुछ दूसरा ही है। राव साहब ने मुझे सुझाव दिया है कि मैं दिल्ली में चल कर रहूँ और राजनीति को अपना क्षेत्र बनाऊँ। राजनीति में प्रतिभाशाली स्त्रियों की बहुत बड़ी कमी है। राव साहब की कलम में शक्ति है, अन्तर्राष्ट्रीय क्षेत्र में राव साहब का प्रभाव है। उनका खयाल है कि राजनीति में प्रवेश करके मैं मन्त्री बन सकती हूँ, मैं गवर्नर बन सकती हूँ, मैं विदशों में अम्बेसेडर बन सकती हूँ। तब मुझे दूसरों की

खुशामद नहीं करनी पड़ेगी, दूसरे मेरी खुशामद करेंगे। कक्काजी, इस प्रस्ताव पर आपका क्या मत है? मेरे अन्दर तो बड़ी लालसा है कि मैं अपनी खोई हुई सत्ता को राव साहब की सहायता से प्राप्त करूँ।''

''रानी बहू, इस सब में राव साहब अधिक-से-अधिक सहायता कर सकते हैं, इसका मुझे पूर्ण विश्वास है। लेकिन इस प्रस्ताव पर भी अन्य मेहमानों का मत ले लेना उचित होगा।'' मेजर नाहरसिंह बोले।

रानी मानकुमारी ने एलबर्ट किशन मंसूर की ओर देखा, ''मंसूर साहब! आप भी तो दिल्ली में रहते हैं और राजनीतिक क्षेत्रों की जानकारी जितनी अधिक आपको है उतनी कम लोगों को होगी। आपकी क्या राय है?''

मंसूर ने कुछ हिचकिचाते हुए कहा, ''राव साहब का प्रभाव हर तरफ है, इससे कोई इनकार नहीं कर सकता। लेकिन राजनीति में ऊँचा रुतबा हासिल करने के लिए जिस कदर अपने को जलील बनाना होता है उतना शायद आप न गिर सकेंगी। और मान लीजिए कि आप इतनी खुशकिस्मत हैं कि आपको ये मुसीबतें न उठानी पड़ें, तो इसमें एक अरसा लगेगा, रानी साहिबा! उस अरसे की कोई मियाद नहीं है, रानी साहिबा! मुमकिन है उस मौके का इन्तजार करते-करते आपकी सारी जिन्दगी बीत जाए। यह राजनीति का खेल एक जुआ है, जहाँ तय कुछ भी नहीं है।''

''ठीक कहते हो आर्टिस्ट साहब, यह राजनीति केवल एक जुआ है। जहाँ जीतते बहुत कम हैं, लोग हारते ही ज्यादा हैं, लेकिन यह जिन्दगी भी तो एक जुआ है जिसमें लोग अधिकतर हारते हैं, जीतता शायद ही कोई हो।'' मेजर नाहरसिंह ने सिर हिलाते हुए कहा।

और रानी मानकुमारी ने अपनी बात बढ़ाई, ''कक्काजी, मंसूर साहब का प्रस्ताव है कि वह मुझे एक शानदार सांस्कृतिक डेलीगेशन का हेड बनाकर अमेरिका भिजवा देंगे, दो महीने के अन्दर ही। सारा खर्च भारत सरकार बर्दाश्त करेगी। लाखों रुपयों का खर्चा मेरे द्वारा होगा, जी खोलकर मैं खर्च कर सकूँगी। और मैं सोचती हूँ कि जिस कुंठा और घुटन में मैं स्थित हूँ उससे कुछ तो त्राण मिलेगा मुझे। मैं अघाकर साँस तो ले सकूँगी। उस उन्मुक्त और हँसी-खुशी के वातावरण में मैं अपने दुख-दर्द भूल सकूँगी। उस उन्मुक्त और हँसी-खुशी के वातावरण में मैं अपने दुख-दर्द भूल सकूँगी। मैंने मंसूर साहब को अपनी स्वीकृति दे दी है। छह महीने के लिए यह डेलीगेशन जाएगा। आपको इस प्रस्ताव से तो कोई आपत्ति नहीं होनी चाहिए।''

''अच्छा! तो तुम फिर एक बार विदेश-यात्रा करना चाहती हो! इस बार तुम्हारी विदेश-यात्रा शुभ होगी।'' मेजर नाहरसिंह बोले, ''क्यों शर्माजी, यह तो इतनी जल्दी रानी बहू ने विदेश-यात्रा का कार्यक्रम बना डाला है, इस पर आपका क्या मत है?''

''प्रस्ताव तो अच्छा है, लेकिन इस कल्चरल डेलीगेशन का इंचार्ज बनकर विदेश जाना रानी साहिबा की मान-मर्यादा को शोभा नहीं देगा, ऐसा मेरा खयाल है। नाचने और गानेवालों की सामाजिक स्थिति हम लोग अच्छी तरह जानते हैं। इस नाचने-गाने

से लोगों का मनोरंजन होता है, यह ठीक है; और मनोरंजन का साधन होने के कारण नाचने-गानेवालों की ख्याति होती है यह भी सत्य है। प्रधानमन्त्री और राष्ट्रपति अभिनेताओं को अपने साथ चाय पिलाते हैं, उनके साथ अपनी फोटो खिंचवाते हैं, बिना इससे इनकार किए मैं यह अवश्य कहूँगा कि उन लोगों का सामाजिक स्थान बहुत ऊँचा नीचा है।''

मंसूर ने बिगड़कर कहा, ''तो यूँ कहिए शर्मा साहब कि आपने हम नाचने-गानेवालों को रंडी-भाँड समझ रखा है।'' मंसूर की इस बात पर अन्य लोगों ने जो हँसी का ठहाका लगाया उससे मंसूर को यह पता लगा कि उन्होंने इस तरह बिगड़कर ठीक नहीं किया। वह खिसिया गए।

रानी मानकुमारी ने बात सँभाली, ''दूसरे क्या समझते हैं, इसकी चिन्ता ही क्यों की जाए? मुझको आपका प्रस्ताव मंजूर है और मैं कलाकार होने के नाते कलाकारों का आदर करती हूँ।'' इसके बाद उन्होंने मेजर नाहरसिंह की ओर देखा, ''हाँ कक्काजी, मकोलाजी ने मेरे ऊपर जो कृपा की है वह शायद आपको सबसे अधिक आश्चर्यजनक लगेगी।''

इससे पहले की रानी मानकुमारी और कुछ कहें, मकोला ने स्वयं कहा, ''रानी साहिबा, मैंने आप पर कोई कृपा नहीं की है। जो कुछ मैं करना चाहता हूँ उसके अर्थ होंगे आपका उचित अधिकार आपको सौंप देना। यह इलाका आपका है, या यूँ कहिए कि आपका था। राजा साहब यशनगर ने सुमनपुर की खानों का पहले-पहल पता लगाया था।

''अगर जमींदारी-उन्मूलन न हुआ होता तो सुमनपुरवाली ताँबे की खान उनकी होती। क्यों जोखनलाल, मैं गलत तो नहीं कह रहा हूँ? और इसलिए मैंने रानी साहिबा के सामने यह प्रस्ताव रखा है कि मैं अमेरिकन 'कॉपर्स एलाइड' के साझे में जो 'हिन्द कॉपर्स' कम्पनी खोल रहा हूँ उसकी मैनेजिंग डाइरेक्टर वह हो जाएँ। मेजर साहब, रानी साहिबा ने इस प्रस्ताव को स्वीकार कर लिया है।''

मेजर नाहरसिंह ने बड़े ध्यान से मकोला को देखा, ''मकोलाजी, मैंने उदारता और न्याय की अनेक कहानियाँ पढ़ी और सुनी हैं, लेकिन तुम्हारी ऐसी उदारता और न्यायप्रियता इस कलियुग में तो कहीं देखने को मिलती नहीं। क्यों राव साहब, तुम एडीटर हो, दुनिया की हरेक खबर तुम जानते हो। तुम्हीं बतलाओ, भला यह युग न्यायप्रियता और उदारता का है?''

ज्ञानेश्वर राव ने बड़ी मीठी मुस्कान के साथ कहा, ''मेजर साहब, दुनिया में सबकुछ सम्भव है—न्याय, उदारता, सत्य, बेईमानी, ठगी, लूट-खसोट, खरीद-फ़रोख्त। सबकुछ होता है यहाँ पर। अक्सर ये चीजें अलग-अलग देखने को मिलती हैं और उस समय हम उनको उनके रूप के कारण स्पष्ट पहचान लेते हैं। लेकिन कभी-कभी इन चीजों का एक अजीब-सा मिश्रण देखने को मिलता है यहाँ पर, जहाँ सबको एक-दूसरे से अलग करना असम्भव हो जाता है। मेरा हमेशा से यह मत रहा है कि पूँजीपति से किसी भी प्रकार का व्यवहार करते समय हरेक आदमी को सावधान रहना चाहिए, न जाने कहाँ यह पूँजीपति चोट दे दे!''

मकोला भड़क उठे, ''क्या आप मेरे ऊपर आक्षेप कर रहे हैं, राव साहब?''

पर इस प्रश्न का उत्तर देवलंकर ने दिया, ''राव साहब ने तो केवल एक सिद्धान्त की बात कही, लेकिन मैं तुम्हारे ऊपर आक्षेप कर रहा हूँ, मकोला! तुम पूँजीपतियों की नीचता अब इस हद तक पहुँच गई है कि तुम आदमी को भी खरीदो।''

रानी मानकुमारी ने देवलंकर को रोका, ''देवलंकर साहब, आप बिना कुछ जाने हुए अपनी यह बात कहकर मेरा अपमान कर रहे हैं। मकोलाजी, आप देवलंकर साहब की बात का बुरा न मानिएगा। बात यह है कि श्री देवलंकर मुझसे विवाह करना चाहते हैं और देवलंकर साहब के समान पुरुषरत्न को पाकर दुनिया की कोई भी नारी अपने को धन्य समझेगी। आप लोग जानते ही हैं कि मैं विधवा हूँ और इस वैधव्य के साथ-साथ मेरे पास कुछ संस्कार हैं जो सम्भवतः देवलंकर साहब के संस्कारों से साम्य स्थापित न कर सकें, लेकिन इसको मैं कोई बहुत बड़ी बाधा नहीं समझती। मुझे अभी समय नहीं मिला है कि मैं कक्काजी से इस सम्बन्ध में राय लूँ, फिर जीवन के इतने बड़े परिवर्तन में शीघ्रता से तो काम नहीं लिया जा सकता।''

और मेजर नाहरसिंह हँस पड़े, ''इंजीनियर साहब, तुम अविवाहित हो, मुझे यह नहीं मालूम था। मैं तुम्हें बधाई देता हूँ तुम्हारी इस सूझ पर और तुम्हारे इस साहस पर। रानी बहू, तुम जानती हो कि मैं इंजीनियर साहब को बहुत पसन्द करता हूँ—इस रघुनाथ से भी अधिक। यह बहादुर आदमी हैं।'' और यह कहते-कहते मेजर नाहरसिंह खड़े हो गए, उनका स्वर तेज होता जा रहा था, ''लेकिन तुम अपने को सक्षम और समर्थ समझते हो, इसलिए तुम अज्ञानी हो। तुम्हारा सारा दर्प झूठा है, इंजीनियर साहब! मैं पूछता हूँ कि जितने अतिथि यहाँ एकत्रित हुए हैं, इनमें कौन सक्षम और समर्थ है, मेरा जवाब दो। तुम सब-के-सब अपनी निर्बलता और मृत्यु की सीमा लेकर आए हो।''—और मेजर नाहरसिंह का स्वर उग्र होता गया, ''तुम देख नहीं पाते कि मृत्यु तुम्हारे सिर पर मँडरा रही है, तुम सब मिटने और मरने के लिए एकत्रित हुए हो यहाँ पर। मैं कहता हूँ—भागो! भागो!'' और जैसे मेजर नाहरसिंह एकाएक थककर टूट गए, उनका सारा शरीर शिथिल पड़ गया, उनका स्वर शिथिल पड़ गया। बैठते हुए उन्होंने कहा, ''नहीं भाग सकोगे तुम! मृत्यु से कहीं कोई भाग सका है?'' और उनका मुख पीला पड़ गया, उनकी आँखें बन्द हो गईं।

4

जिस समय सब मेहमान रानी मानकुमारी के यहाँ से निकलकर अपने-अपने निवास-स्थान की ओर चले, हरेक व्यक्ति दूसरों का शत्रु बन गया था। हरेक आदमी यह अनुभव कर रहा था कि वह एक बहुत बड़े नाटक में अभिनय कर रहा है जिसमें वह नायक है, अन्य लोग खलनायक हैं। लेकिन इस नाटक में उनका पार्ट क्या है, उस पार्ट का अन्त क्या है, यह किसी को मालूम नहीं था। पर एक-दूसरे के प्रति इस शत्रुता की भावना के साथ हरेक व्यक्ति में एक प्रकार का भय भी भर गया था। भय, आशंका, घृणा, शत्रुता—हरेक व्यक्ति घिरा हुआ था इनसे।

किसी ने दूसरे से बात नहीं की, सब अपने में खोए-खोए हुए थे। जो कुछ हो रहा था वह नितान्त अस्वाभाविक और असंगत-सा था। लेकिन इस भय और आशंका की प्रतिक्रिया के रूप में एक हिंसा भी जाग उठी थी हरेक व्यक्ति में और उनमें से हरेक आदमी अपने को ऊँचा समझ रहा था। दूसरों से हरेक आदमी विजय प्राप्त करने को सन्नद्ध था। यह जीवन का अजीब तरह के संघर्ष का खेल था जहाँ केवल एक व्यक्ति विजयी होगा, बाकी को पराजय ही मिलेगी।

हरेक व्यक्ति छिपी नजरों से दूसरों को देख रहा था, उनकी सामर्थ्य और शक्ति का अन्दाजा करते हुए। हरेक आदमी समर्थ था दुनिया की नजर में, अपने निजी क्षेत्र में।

जोखनलाल ने इस मौन और अपने में खोए हुए अतिथियों को देखा, फिर उन्होंने साहस किया, "आप लोग सब-के-सब चुप हैं। मेजर नाहरसिंह सनकी आदमी हैं, उनकी किसी बात को गम्भीरतापूर्वक स्वीकार करके डरने की कोई आवश्यकता नहीं है। देख रहे हैं, आप लोग, कितना सुन्दर मौसम है, सितारे छिटके हुए हैं, बादलों का कहीं नाम नहीं।"

उत्तर मकोला ने दिया, एक रूखी हँसी हँसकर, "हाँ जोखनलाल, मैं सबकुछ देख रहा हूँ। लेकिन मैं तुम्हें विश्वास दिलाता हूँ कि मुझमें किसी प्रकार का भय नहीं है। जो दुनिया को बनाने और मिटाने का खेल खेलता है उसमें भय कैसा? जिसके अन्दर भय है वह शासित होता है, वह कभी शासन कर नहीं सकता। दुनिया केवल साहसी आदमी के लिए है।"

जोखनलाल ने राव साहब की ओर घूमकर कहा, "राव साहब, आपने मकोलाजी की बात सुनी, मेरी समझ में तो इनकी बात आई नहीं। क्या आप अपने अन्दर किसी प्रकार का भय अनुभव करते हैं?"

ज्ञानेश्वर राव ने रूखे स्वर में कहा, "मेरे अन्दर किसी तरह का भय नहीं, यह मैं स्पष्ट कर दूँ, लेकिन मेरे अन्दर कुछ है अवश्य जिसे मैं समझ नहीं पा रहा। भय मनुष्य को निस्तेज कर देता है, मर्माहत कर देता है। लेकिन जोखनलाल, जो चीज मेरे अन्दर है उसमें एक तरह की मथन है, कहीं से आकर एक प्रकार की कटुता से युक्त उग्रता भर गई है।"

पंडित शिवानन्द शर्मा ने गम्भीरतापूर्वक कहा, "उस मथन और उग्रता का रहस्य मैं आपको समझा दूँ। वह सब आपके अन्दर एकाएक जाग उठनेवाली घृणा और क्रोध की भावना है। लेकिन हरेक क्रोध और घृणा की भावना के अन्दर भय की विवशता रहती है—एक मनोवैज्ञानिक की हैसियत से मैं यह कह सकता हूँ। क्यों मंसूर साहब, निरीह, सीधे-सादे और भोले-भाले दिखते हुए भी आप हम सब लोगों से चतुर और सफल हैं। आप बतलाइए कि आप पर क्या असर पड़ा है?"

"जी, मुझ पर क्या असर पड़ा है और किस बात का असर पड़ा है? मैं समझा नहीं आपका सवाल, लेकिन आप अपने सवाल का खुलासा करने की तकलीफ गवारा

न करें। मैं बतलाए देता हूँ कि मुझ पर किसी तरह का असर नहीं पड़ा। हम सबने अपने-अपने दाँव लगा दिए हैं, जीतेगा सिर्फ एक आदमी और मुझे देखना है कि कौन जीतता है!''

शर्माजी हँस पड़े, ''नहीं मंसूर साहब, यह जुआ नहीं है और न हम लोगों ने कोई दाँव लगाए हैं, क्योंकि इस जगह पर अपने पास से कुछ हारने का सवाल ही नहीं उठता है। मुझे तो ये सब बोलियाँ लगीं नीलाम की, जहाँ किसी ने अपने को नीलाम पर नहीं चढ़ाया है। और आज की वस्तुवादी सभ्यता में जो कुछ है वह नीलाम है और उस नीलाम में बोली जानेवाली बोली है। जिसकी बोली सबसे अधिक ऊँची होगी वही सफलता प्राप्त करेगा।'' और शिवानन्द शर्मा ने देवलंकर की ओर देखा, ''देवलंकर साहब, मेरा ऐसा मत है कि आपकी बोली सबसे अधिक ऊँची है। लेकिन मैं आपको सावधान करता हूँ कि आप बहुत आशा न लगाएँ उस ओर। सबकुछ निर्भर होगा रानी साहिबा की मान्यताओं पर और उनके संस्कारों पर।''

देवलंकर ने संयत और धीमे स्वर में उत्तर दिया, ''आप लोगों से केवल इतनी विनय है कि आप रानी मानकुमारी के सम्बन्ध में कोई अपशब्द न कहकर अपनी कटुता के क्षेत्र से उन्हें बाहर ही रखें।''

जोखनलाल ने देखा कि इस प्रसंग को यहीं समाप्त कर देना श्रेयस्कर होगा। उन्होंने कहा, ''अब इस बात को यहीं बन्द किया जाए। दो बज गए हैं, कल दिन-भर का बड़ा व्यस्त कार्यक्रम है यहाँ पर। फिर नींद भी आ रही है सब लोगों को।''

सब लोग अपने-अपने कमरों में जाकर लेट गए। एक ही विचार था हरेक व्यक्ति में, जिस उपाय से भी हो दूसरों को पराजित करके रानी मानकुमारी को प्राप्त किया जाए। अपने-अपने सामर्थ्य पर हरेक आदमी को विश्वास था, गर्व था। बड़ी जबर्दस्त बाजी लगी हुई थी सामर्थ्य की।

आठ

लड़खड़ाते पैरों से मेजर नाहरसिंह ने अपने कमरे में प्रवेश किया और कमरे में पहुँचते ही उन्होंने एक भयानक घुटन अपने मन में अनुभव की। उन्होंने कमरे की सब खिड़कियाँ खोल दीं। हलकी-हलकी हवा बह रही थी। लेकिन उस कमरे के अन्दरवाली घुटन उन खिड़कियों के खुलने से भी दूर नहीं हुई। यह घुटन उनके अन्दर की थी, इसका शायद उन्हें ज्ञान न था। बाहर गहरा अन्धकार छाया हुआ था, आसमान पर थोड़े-से सितारे टिमटिमा रहे थे। कुछ देर मेजर नाहरसिंह बाहरवाले गहरे अन्धकार में अपनी आँखें गड़ाए रहे, फिर थककर वह अपनी कुर्सी पर बैठ गए। घुटन उनके प्राणों में उसी तरह भरी हुई थी।

एक अजीब तरह की पराजय की भावना और उससे भी अधिक गहरी थकावट से भरी निष्क्रियता और विवशता वह अपने अन्दर अनुभव कर रहे थे। उन्हें ऐसा अनुभव हो रहा था कि उनका सिर फटा जा रहा है, उनकी आँखें निकली आ रही हैं। जीवन में पहले कभी नहीं हुआ था ऐसा उन्हें। सत्तर साल का लम्बा जीवन घटनाओं से भरा हुआ, लेकिन यह अनुभव उनके लिए एकदम नया था। सबकुछ असह्य-सा था उनके लिए। अपनी आँखें मूँदकर उन्होंने अपने माथे को दोनों हाथों से कसकर दबाया अपने सिर की पीड़ा कम करने के लिए। लेकिन इससे पीड़ा और भी बढ़ गई। घबराकर उनके अपने हाथ ढीले पड़ गए और उन्होंने अपनी आँखें खोल दीं। उठकर उन्होंने एक गिलास पानी पिया और उनके अन्दर एक तरह की ठंडक पहुँची। वह लौटकर फिर अपनी कुर्सी पर बैठ गए। उनके अन्दरवाली शिथिलता बढ़ती जा रही थी।

वह सोच रहे थे—लगातार सोच रहे थे, पर वह क्या सोच रहे थे इसका पता स्वयं उनको न था। एक-दूसरे से भिन्न, टूटे हुए और उखड़े हुए विचार उनके अन्दर आते थे और इसके पहले कि वह किसी एक विचार को पकड़कर उसमें अपने को केन्द्रित कर सकें, वे विचार उनके अन्दर एक अस्पष्ट-सी पीड़ा बनकर लोप हो रहे थे। इन अनगिनत विचारों की अनगिनत पीड़ाओं की जलन। जलन—जलन—जलन! उन्हें लग रहा था कि अन्दर-बाहर उनके चारों ओर अनगिनत ज्वालाएँ जल रही हैं। उस जलन से उनकी चेतना झुलसी जा रही है, उनके प्राण झुलसे जा रहे हैं और उस जलन का कोई अन्त नहीं।

'टिक-टिक-टिक' दीवार पर लगी हुई घड़ी चल रही थी और वह टिक-टिक की आवाज उनके कानों से टकरा रही थी। टिक-टिक-टिक समय बीत रहा था और अचानक ही उन्हें अनुभव हुआ कि हरेक 'टिक' उन्हें अन्त के और निकट लाता जा रहा है। अन्त, निश्चित अनिवार्य अन्त, जिसे न जानने के कारण लोग उससे बुरी तरह डरते हैं। और उन्हें घड़ी की इस टिक-टिक पर झुँझलाहट हुई। समय को बितानेवाली यह घड़ी, किसने इसे टाँगा है वहाँ और इसे टाँगा ही क्यों गया है? और फिर एकाएक उन्हें एक क्षीण और अस्पष्ट-सी टिक-टिक की आवाज कहीं और से आती हुई सुनाई दी। रात्रि की इस भयानक नीरवता में यह टिक-टिक की दूसरी आवाज कहाँ से आ रही है? सतर्क होकर उन्होंने इस दूसरी आवाज का पता लगाने का प्रयत्न किया और वह सहम गए। घबराकर उन्होंने अपनी आँखें बन्द करके अपना सर पकड़ लिया।

यह टिक-टिक की दूसरी आवाज उनके अन्दर से आ रही थी, उनके हृदय की धड़कन की आवाज के रूप में। समय बीत रहा है और हरेक टिक की आवाज के साथ अन्त उनके नजदीक आता चला जा रहा है। यह अन्त मृत्यु का अदृश्य और अज्ञात अन्त! समय की माप का यह यन्त्र उनके शरीर के अन्दर ही मौजूद है, उनके जन्म लेते ही उस यन्त्र ने अपना काम शुरू कर दिया था और मृत्यु-पर्यन्त यह यन्त्र लगातार बिना किसी बाधा के, बिना किसी विराम के काम करता जाएगा। घड़ी की इस टिक-टिक

की आवाज में और उनके हृदय की धड़कन में कितना साम्य था और दोनों ही आवाजें एक-दूसरे से टकराकर कितनी भयानक बन गई थीं।

'टन-टन-टन' घड़ी ने तीन बजाए और चौंककर मेजर नाहरसिंह ने अपनी आँखें खोल दीं। अब मेजर नाहरसिंह को अनुभव हुआ कि रात के तीन बज गए हैं। दिन निकलने में कुल दो घंटे बाकी हैं। कितनी तेजी के साथ यह समय बीत रहा है। इस समय को सेकंड, मिनट, घंटे, दिन-रात, महीनों, वर्षों, सदियों, युगों और मन्वन्तरों में विभक्त किया है मानव ने। अपनी सीमा को लेकर आनेवाला यह अहम् और दर्प से युक्त मानव इस अखंड और निःसीम काल को सीमाओं में विभक्त करता चला जा रहा है। और एकाएक मेजर नाहरसिंह के अन्दरवाली ग्लानि जाती रही, उनके मुख पर एक हलकी मुस्कान आई, ''मूर्ख कहीं के! इस समय को भी भला कोई विभक्त कर सका है? निःसीम की कहीं सीमा निर्धारित की जा सकती है? इस काल के ऊपर किसी का अधिकार है? असीम, अक्षय! यह काल हरेक को खा लेता है, इसकी क्षुधा का कोई अन्त नहीं है। इस काल से भला कोई लड़ सकता है या कोई लड़ सका है? इस काल को विभक्त करके उसे नापने का प्रयत्न करनेवाली यह घड़ी स्वयं काल का ग्रास बन जाएगी। राजभवन के कूड़े-खाने में न जाने कितनी टूटी हुई बेकार घड़ियाँ पड़ी थीं, एक दिन यह घड़ी भी उसी ढेर में डाल दी जाएगी। इस घड़ी को बनानेवाला भी कितना मूर्ख था!''

और...और उसी समय उनके हृदय से आनेवाली टिक-टिक की आवाज पर गया। इस हृदय-रूपी यन्त्र को किसने बनाया? क्या वह भी मूर्ख है? समस्त अस्तित्व मानव का इस हृदय की धड़कन पर अवलम्बित है। न जाने कितने हृदय-पिंड अब तक जलकर राख हो चुके हैं, न जाने कितने हृदय-पिंड कब्रों के अन्दर दबे पड़े हैं। और फिर भी 'टिक-टिक' करनेवाले यह हृदय-पिंड, इन्हीं के कारण मानव का अस्तित्व है।

मेजर नाहरसिंह घड़ी और हृदय की इन आवाजों की तुलना में उलझ गए। वह क्षणिक मुस्कान, जो उनके मुख पर आई थी, लोप हो गई। उन्होंने फिर अपने अन्दर रेंगती हुई व्यथा का अनुभव किया। कहीं कोई उत्तर नहीं मिल रहा है उनकी किसी भी बात का। जो कुछ है वह सब अजीब तरह से अस्पष्ट, धुँधला-धुँधला और उलझा-उलझा-सा है। किसी शंका का कोई समाधान नहीं, किसी भ्रम का कोई निदान नहीं। फिर जीवन की सार्थकता क्या है? इस सृजन का लक्ष्य क्या है? इस अस्तित्व का उद्देश्य क्या है?

और मेजर नाहरसिंह अपने से ही कह उठे, ''कोई सार्थकता नहीं, कोई लक्ष्य नहीं, कोई उद्देश्य नहीं है किसी चीज का। पैदा होना और मर जाना, बनना और बिगड़ जाना। और इन दोनों के बीच की अवधि में जो कुछ होता है उस पर भी तो हमारा कोई वश नहीं। अनगिनत देखी-अनदेखी, जानी-अनजानी शक्तियाँ काम कर रही हैं अपने-अपने ढंग से। इनमें कोई भी शक्ति स्वतन्त्र सत्ता नहीं है, ये शक्तियाँ आपस में मिलती हैं, आपस में टकराती हैं; कहीं संघर्ष है, कहीं समन्वय है। और इस प्रकार

सबकुछ होता चला जाता है, होता चला जाएगा। फिर यह सृजन और विनाश की लीला क्यों?'' और मेजर नाहरसिंह के हाथ एक-दूसरे से जुड़कर आकाश की ओर उठ गए, उनकी आँखों में आँसू भर आए।

फिर अनायास ही मेजर नाहरसिंह फूट पड़े, ''हे भगवान, दया करो, बचाओ-बचाओ। यह क्या होनेवाला है और क्यों होनेवाला है? तुम करुणामय हो, तुम नियन्ता हो। तुम्हीं ने तो यह सृजन किया है। यह जो आशंका मेरे मन में भर गई है, जो कुछ मुझे यदा-कदा दिख जाया करता है, अपने इस अभिशाप को खींच लो। कौन-सा अपराध किया है हम लोगों ने? हमारे किस पाप का दंड देनेवाले हो? बोलो, हे सकल सृष्टि के स्वामी, उत्तर दो! यह सब क्यों हो रहा हो?'' और मानों मेजर नाहरसिंह उस अदृश्य से किसी स्पष्ट उत्तर की प्रतीक्षा करने लगे।

काफ़ी देर तक वह हाथ जोड़े हुए आकाश की ओर देखते रहे उसी उत्तर की प्रतीक्षा में और फिर उन्होंने अपनी आँखें नीची कर लीं, ''नहीं उत्तर दोगे? तो फिर यह समझ लूँ कि तुम्हारे पास भी कोई उत्तर नहीं है! तुम भी उतने विवश हो जितने हम हैं! अपनी सृष्टि की कुरूपता तुम नहीं दूर कर सकते! या फिर यह कुरूपता स्वयं में तुम्हारा ही एक भाग है? तुम स्वयं एक नियम और क्रम में बँधे हुए हो, तो फिर तुम स्रष्टा कैसे? तुम समर्थ कहाँ से हुए? तुममें किसी क्रम को बदल सकने की क्षमता नहीं है। फिर तुम्हारी पूजा और तुम्हारी उपासना की सार्थकता ही क्या है हम लोगों के लिए?''

और एकाएक मेजर नाहरसिंह की समस्त उत्तेजना जाती रही। थककर वह कुर्सी की पीठ से टिक गए। निःशक्त और शिथिल-से वह थोड़ी देर तक बैठे रहे, फिर वह अपने ही आप बुदबुदाए, ''मैं जानता हूँ कि तुम मुझे उत्तर नहीं दोगे, तुम कोई उत्तर दे भी नहीं सकोगे। तुम विधाता अवश्य हो और तुमने एक विधान बनाया है जिसके अनुसार यह समस्त सृष्टि संचालित होती है। उस विधान के प्रतिकूल कुछ हो ही नहीं सकता, अपने ही बनाए हुए विधान से तुम विवश हो।''

मेजर नाहरसिंह ने आँखें खोल दीं, थकी दृष्टि से उन्होंने खिड़की के बाहर देखा। अन्धकार की कालिसा जैसे पिघलने लगी थी। और उसी समय घड़ी ने टन-टन-टन चार बजाए। मेजर नाहरसिंह कह उठे, ''तो फिर जो कुछ होना है वह होगा ही—वह हो चुका है। उसे न तुम रोक सकोगे, न मैं रोक सकूँगा। वह तो सब हमारे आगे आएगा ही। लेकिन कब? और अगर वह सब बिना बताए आता तो मेरे लिए वह अच्छा होता। मुझे अपना आभास देने की क्या आवश्यकता थी उसे?'' और यह कहते-कहते मेजर नाहरसिंह चौंक उठे। दूर उन्हें एक हलका-सा धमाका सुनाई पड़ा और उसके बाद उन्हें अजगर के फुफकारने की-सी आवाज सुनाई दी। उन्होंने कान लगाकर सुना, आवाज बढ़ती ही जा रही थी। थोड़ी देर बाद उन्हें ऐसा लगा जैसे सैकड़ों अजगर एक साथ फुफकार रहे हों।

मेजर नाहरसिंह उठ खड़े हुए। उनके माथे पर बल पड़ गए, उनके मुख पर दृढ़ता से भरा एक संकल्प आ गया। अपना बाइनाकुलर निकालकर उन्होंने अपने कन्धे पर

लटकाया और तेजी से वह कमरे के बाहर निकले। जिस ओर से आवाज आ रही थी उधर जाकर देखना होगा कि बात क्या है। राजभवन के फाटकवाला चौकीदार डरा हुआ था। मेजर नाहरसिंह को देखते ही उसने हाथ जोड़े। मेजर नाहरसिंह ने पूछा, ''यह आवाज सुन रह हो? कहाँ से आ रही है, बता सकते हो?''

''सरकार अभी-अभी यह आवाज आनी शुरू हुई है, भगवान् जाने कहाँ से आ रही है, लेकिन बड़ी डरावनी है। रोम-रोम काँप रहा है।''

''फाटक खोलो, देखता हूँ जाकर, कहाँ से यह आवाज आ रही है और किस चीज की यह आवाज है।''

''नहीं सरकार, आप उधर न जाएँ। भगवान् जाने कौन से जंगली जानवर आ गए हैं? चौकीदार ने गिड़गिड़ाते हुए कहा।

''चुप रहो, जंगली जानवरों की आवाज को मैं अच्छी तरह पहचानता हूँ, यह जंगली जानवरों की आवाज नहीं है। मुझे देखना है किस चीज की यह इतनी भयानक आवाज है और कहाँ से यह आ रही है।''

चौकीदार ने फाटक खोलते हुए कहा, ''सरकार, बड़ा डर लग रहा है। ऐसी आवाज तो मैंने जिन्दगी में पहले कभी नहीं सुनी, भगवान् जाने यह किसकी आवाज है।'' और चौकीदार हटकर एक ओर खड़ा हो गया।

मेजर नाहरसिंह ने चौकीदार के सहमे-से मुख को देखा, फिर वह हँस पड़े, ''यह मौत की आवाज है, मौत की। नहीं बचेगा कोई इस मौत से!'' और मेजर नाहरसिंह तेजी से फाटक के बाहर निकल गए।

2

पूर्व दिशा में उषाकाल की अरुणिमा की रेखाएँ प्रकट होने लगीं थीं और मेजर नाहरसिंह पागल की भाँति उस आवाज की दिशा में उत्तर की ओर तेजी से बढ़ते चले जा रहे थे। यशनगर से उत्तर की ओर प्रायः दो मील की दूरी पर एक चौड़ा-सा नाला पड़ता था, पश्चिम से पूर्व की ओर जाता हुआ और उस नाले की दूसरी ओर प्रायः एक हजार फुट ऊँची हिमालय की पर्वत-मालाएँ खड़ी थीं, तरह-तरह के पेड़ों से लदी और ढँकी हुईं। उस नाले के इस ओर मेजर नाहरसिंह रुक गए। बड़े वेग के साथ उफनता हुआ वह नाला बह रहा था। मन्त्र-मुग्ध-से वह कुछ देर तक उस नाले को देखते रहे। उस नाले का पानी द्रुतगति से प्रति क्षण ऊपर उठता चला जा रहा था और अचानक ही उनकी दृष्टि उस नाले को पार करती हुई प्रायः आधा मील की दूरी पर हिमालय पर रुक गई।

कुछ स्पष्ट न दिख रहा था, यद्यपि अरुणिमा का प्रकाश बढ़ता जा रहा था। मेजर नाहरसिंह ने अपना बाइनाकुलर निकालकर उधर आँखों पर लगाया और एक सहमी-सी चीख उनके मुँह से निकल पड़ी। उस नाले के करीब दो सौ फुट ऊपर पर्वत की छाती चीरकर पानी की एक छोटी-सी धारा फूट पड़ी थी। एक गज से अधिक व्यास था उस

जलधारा का। वह कह उठे, "अरे, यह क्या! यह पानी कहाँ से आ रहा है?" और वह तेजी से लौट पड़े।

मेजर नाहरसिंह अब चल नहीं रहे थे, वह दौड़ रहे थे। जिस बँगले में देवलंकर को टिकाया गया था, उसके सामने जाते ही उनके पैर रुक गए। उन्होंने देवलंकर को जगाया, "इंजीनियर साहब, उठो, यह सोने का वक्त नहीं है। जरा देखो यह क्या हो रहा है यहाँ पर? मेरे साथ चलो, प्रलय आ रही है। बचा सकते हो हम लोगों को इस प्रलय से, तुम स्वयं बच सकते हो।"

देवलंकर काफी देर तक जागता रहा था, उसकी आँखों में नींद भरी हुई थी। आँखें मलते हुए देवलंकर ने मेजर नाहरसिंह को देखा, फिर वह कुछ झल्लाहट के स्वर में बोला, "क्या बात है, मेजर साहब? आप इतना अधिक घबराए हुए क्यों हैं?"

"मेरे साथ चलो इंजीनियर साहब, जैसे हो उसी तरह। कपड़े बदलने का समय नहीं है, खुद देखो चलकर। यह आवाज सुन रहे हो! सैकड़ों अजगर जैसे एक साथ फुफकार रहे हों!"

अब देवलंकर का ध्यान उस आवाज की ओर गया। उसने उसे ध्यान से सुना, फिर उसने जूते पहनते हुए कहा, "यह तो बड़ी विचित्र आवाज है मेजर साहब, क्या बात है?"

देवलंकर का हाथ पकड़कर घसीटते हुए मेजर नाहरसिंह ने कहा, "क्या बात है? यही तो मैं भी जानना चाहता हूँ तुमसे! चलो मेरे साथ, खुद देखो चलकर। प्रलय उमड़ रही है।"

देवलंकर जिस समय नाले के किनारे पहुँचा धूप निकल आई थी। मेजर नाहरसिंह ने देखा कि पानी काफी ऊँचा चढ़ आया है। जहाँ से पानी की धारा फूटी थी उधर देवलंकर को दिखाते हुए मेजर नाहरसिंह न कहा, "यह सारा पानी कहाँ से आ रहा है, बता सकते हो? यहाँ पहले कभी कोई धारा नहीं थी। पहाड़ की छाती फाड़कर यह धारा प्रकट हुई है यशनगर को नष्ट करने के लिए।" और मेजर नाहरसिंह ने अपनी बात पूरी भी न की थी कि एक हलके-से धमाके के साथ उस धारा के पश्चिम की ओर करीब दो फर्लांग की दूरी पर एक दूसरी धारा फूट पड़ी—पहली धारा से मोटी। मेजर नाहरसिंह चिल्ला उठे, "अरे इंजीनियर साहब, वह देखा तुमने!"

देवलंकर का चेहरा पीला पड़ गया यह सब देखकर। उसने दबी हुई जबान में पूछा, "मेजर साहब, क्या इस पर्वतमाला के पीछे रोहिणी की घाटी है?"

देवलंकर का प्रश्न सुनकर मेजर नाहरसिंह चिल्ला उठे, "आ गया समझ में इंजीनियर साहब, मैंने तुमसे क्या कहा था—रोहिणी अपना बदला ले रही है, उसने प्रहार कर दिया है हम लोगों पर। इस पर्वतमाला के ठीक पीछे रोहिणी की घाटी आरम्भ होती है। तो यह रोहिणी का जल है इंजीनियर साहब, निश्चय ही यह रोहिणी का जल है। हिमालय की छाती फाड़कर रोहिणी हम लोगों से अपना बदला लेने यहाँ आई है।"

देवलंकर ने सहमी दृष्टि से ध्यानपूर्वक उस पहाड़ को देखा जिससे यह धारा फूटी थी, "मेजर साहब, इस समस्त प्रदेश को बहुत बड़ा खतरा है। यह पहाड़ कच्चा है,

यह पानी के दबाव को नहीं सहन कर सका। जिस गति से यह पानी निकल रहा है उससे तो ऐसा लगता है कि तीन-चार घंटों में ही यह नगर जलमग्न हो जाएगा। चलिए अभी समय है कि हम लोग यहाँ से भाग चलें।" देवलंकर ने पीछे मुड़ते हुए कहा। इसी समय एक और धमाका हुआ और उन दोनों धाराओं के बीच में एक तीसरी धारा फूट पड़ी।

नाले का पानी तेजी के साथ चढ़ रहा था और जहाँ ये दोनों खड़े थे वहाँ से करीब दो फुट नीचे रह गया था। दोनों तेजी के साथ पीछे लौटे। देवलंकर ने आते ही सब लोगों को जगाया। जोखनलाल, मकोला, मंसूर, शर्माजी, ज्ञानेश्वर राव, सभी इकट्ठे हुए। "क्या बात है। आप लोग इतना घबराए हुए क्यों हैं?" जोखनलाल ने इन दोनों से पूछा।

देवलंकर ने उत्तर दिया, "आप लोग जल्दी-से-जल्दी यहाँ से भागिए। देख रहे हैं आप वहाँ उत्तर की ओर पहाड़ से पानी की धाराएँ फूट निकली हैं। रोहिणी नदी ने अपनी घाटी में जो झील बनाई थी उसे यशनगर के उत्तरवाला कच्चा पहाड़ नहीं सँभाल सका। भागिए आप लोग जल्दी-से-जल्दी, पानी बढ़ता चला जा रहा है, देख रहे हैं आप लोग?"

दूर पर पानी की एक चादर-सी लहराती हुई दिखाई दे रही थी। सब लोग भयभीत-से उधर देखने लगे। इसी समय रानी मानकुमारी, रघुराजसिंह के साथ उस स्थल पर आकर खड़ी हो गईं। पानी इनकी ओर बढ़ा चला जा रहा था। रानी मानकुमारी भी चिल्ला उठीं, "अभी तक आप लोग खड़े क्यों हैं? भागिए, भागिए आप लोग! हे भगवान्! यह क्या हो रहा है? कक्काजी, आपकी भविष्यवाणी पूरी हो रही है। यशनगर के खँडहर लोगों को ढूँढ़ने पर भी न मिलेंगे? यही तो कहा था राजा साहब से आपने!"

मेजर साहब चुपचाप निश्चेष्ट-से खड़े थे, मानो उनकी वाणी उनसे छिन गई हो। वह फटी हुई आँखों से अपनी ओर बढ़नेवाली पानी की चादर को देख रह थे। उनके मुख पर एक प्रकार का भय अंकित था।

रघुराजसिंह ने अपने पिता का हाथ झकझोरा, "ददुआ, आप चुप क्यों हैं, बोलते क्यों नहीं? बताइए, क्या किया जाए?"

उत्तर देवलंकर ने दिया, "कुछ भी नहीं किया जा सकता है अब सिवा भागने के। नगरवालों को इस खतरे की सूचना दे दी जाए जिससे वे भागकर अपनी रक्षा करने का उपाय तो कर सकें।"

और रानी मानकुमारी ने रघुराजसिंह से कहा, " जेठजी, आप घोड़ा ले लीजिए। नगरवासियों को सूचना देते हुए आप जल्दी से यहाँ से निकल जाइए। हम लोगों के पास मोटरें हैं, हमारी चिन्ता मत कीजिएगा। गुम्मैत ठाकुरों का यह वंश नष्ट न होने पाए। जाइए, जेठजी, आप खड़े क्यों है? मैं आपको आज्ञा देती हूँ।"

रघुराज तेजी से घुड़साल की ओर भागा। रानी मानकुमारी ने जोखनलाल की ओर देखा, "मन्त्रीजी, आपकी मोटर कार है, मेरी कार है। अब आप सब लोग इसी समय सुमना की ओर चल दीजिए। उधर भूमि ऊँची है। जल्दी कीजिए, अब समय नहीं है।"

"लेकिन आप रानी साहिबा और मेजर नाहरसिंह?" जोखनलाल ने पूछा।

अब मेजर नाहरसिंह की आवाज उन्हें सुनाई पड़ी, "नहीं बचोगे। तुम लोगों की मृत्यु तुम्हें इस अभिशप्त प्रदेश में खींच लाई है। देख रहे हो, पानी बहा आ रहा है। मीलों तक फैली हुई वह जल की चादर अपने में सब कुछ लपेटती हुई इधर बढ़ रही है। देख रहे हो ये हरिण, ये जंगली पशु, ये साँप-अजगर—ये सब भागते हुए चले आ रहे हैं, मृत्यु से बचने के लिए। लेकिन यह जल की चादर इन सबको अपने में लपेट लेगी, बचेगा कोई नहीं।" और मेजर नाहरसिंह ठठाकर हँस पड़े।

मकोला ने जोखनलाल का हाथ पकड़ा, "चलो जोखनलाल, देर करने में खतरा है, अब समय नहीं है।" और दोनों कार की ओर भागे। ज्ञानेश्वर राव और एलबर्ट किशन मंसूर ने भी उनका साथ दिया। मकोला स्टियरिंग व्हील पर बैठ गए। जोखनलाल ने कहा, "शर्माजी और मिस्टर देवलंकर से भी पूछ लिया जाए!" लेकिन मकोला ने जैसे जोखनलाल की बात सुनी ही नहीं, उन्होंने कार स्टार्ट करके एक्सीलेटर दबा दिया, कार एक झटके के साथ आगे बढ़ चली।

पानी अब वहाँ से करीब सौ गज की दूरी पर आ गया था जहाँ वे लोग खड़े थे। रानी मानकुमारी ने अब सन्तोष की एक हलकी-सी साँस ली, "वे लोग तो बच गए। देवलंकरजी और शर्माजी, आप लोग मेरी कार ले लीजिए और आप भी भागिए यहाँ से!"

"लेकिन आप रानी साहिबा और मेजर साहब आप, आप लोग भी हमारे साथ चलिए!" देवलंकर ने कहा।

"आप लोग गाड़ी स्टार्ट कीजिए, हम लोग आते हैं।" रानी मानकुमारी बोलीं, "जल्दी कीजिए, अब समय नहीं है।"

आसपास भयानक कोलाहल उठ रहा था। राजभवन के सब नौकर-चाकर घबराए हुए इधर-उधर भाग रहे थे। वे लोग रानी मानकुमारी को ढूँढ़ रहे थे, मेजर नाहरसिंह को ढूँढ़ रह थे। इन लोगों को ढूँढ़ते हुए वे लोग वहाँ आए जहाँ ये लोग खड़े थे। मेजर नाहरसिंह ने रानी मानकुमारी से कहा, "तुम भी जाओ रानी बहू, अपने प्राण बचाओ, यहाँ क्यों खड़ी हो? पानी आ पहुँचा, देख रही हो। और सुनो, मोटर स्टार्ट हो गई है, वे लोग तुम्हारी प्रतीक्षा कर रहे हैं।"

एक अजीब तरह की दृढ़ता से भरी कटुता रानी मानकुमारी के मुख पर आ गई थी, वहीं से वह चिल्लाई, "आप लोग जाइए यहाँ से। मैं बाद में आऊँगी, आप लोग मेरी चिन्ता न कीजिए।"

पानी अब राजभवन की चाहरदीवारी से टकराने लगा था। मेजर नाहरसिंह का हाथ पकड़कर रानी मानकुमारी राजभवन की ओर चल पड़ीं और उन्होंने देखा कि मौलाना रियाजुलहक़ उनकी मोटर पर बैठने का प्रयत्न कर रहे हैं, लेकिन देवलंकर उन्हें रोक रहे हैं। रानी मानकुमारी ने बढ़कर देवलंकर से कहा, "आप मौलाना को भी अपने साथ ले लीजिए।"

"और आप तथा मेजर नाहरसिंह, आप लोगों को भी तो चलना है।" पंडित शिवानन्द शर्मा ने कहा।

रानी मानकुमारी ने यशनगर की बस्ती की ओर संकेत किया, "मेरी प्रजा को देख रहे हैं आप, इसे छोड़कर कैसे जा सकती हूँ? मेरी आप लोगों से विनय है, आप लोग चले जाइए।"

जिस सड़क पर मोटर खड़ी थी पानी अब उस पर भी चढ़ रहा था। देवलंकर ने एक ठंडी साँस ली। फिर उसने कार स्टार्ट कर दी। पलक मारते ही पचास मील प्रति घंटा की रफ्तार से गाड़ी दौड़ने लगी।

रानी मानकुमारी भारी मन से जाती हुई कार को देख रही थीं कि उसी समय एक भयानक धमाका हुआ। और उस धमाके के साथ मानो समस्त भूमि काँप उठी। घबराकर मेजर नाहरसिंह ने उत्तर दिशा की ओर देखा, धूल का बादल आकाश पर छाया हुआ था, कुछ भी नहीं दिख रहा था धूल के बादल के उस पार। भूमि के काँपने से डरकर रानी मानकुमारी चिल्ला उठीं, "भूकम्प भी आया है कक्काजी, अब क्या होगा?"

दाँत किचकिचाकर मेजर नाहरसिंह ने कहा, "यह भूकम्प नहीं है रानी बहू, जल्दी राजभवन के अन्दर चलो! मालूम होता है वह पहाड़ जिससे ये पानी की धाराएँ फुटी थीं, गिर पड़ा है। अब रोहिणी के पानी के लिए कोई रुकावट नहीं है, उसने पर्वत तक को गिरा दिया है। चलो, चलो!" और रानी मानकुमारी का हाथ पकड़कर वह राजभवन के अन्दर भागे।

भयानक आवाजें उठ रही थीं, चारों ओर पहाड़ के खंड-खंड होकर गिरने की, वृक्षों के टूटने की। शेर, हाथी, रीछ शोर मचाते हुए ये सब भाग रहे थे अपने प्राणों की रक्षा करने के लिए और पानी भयानक वेग से बढ़ रहा था। पानी अब राजभवन की चहारदीवारी को पार करके राजभवन के अन्दर प्रवेश करने लगा था, नौकर-चाकर अपने-अपने मकानों की छत पर चढ़ गए थे। मेजर नाहरसिंह ने कहा, "ऊपर चलो रानी बहू, देख रही हो पानी बढ़ता आ रहा है!" लेकिन उन्हें ऐसा लगा कि रानी मानकुमारी अचेतन-सी हो गई हैं। फटी-फटी आँखों से वह अपने चारों ओर देख रही हैं। जैसे उन्हें समझ में न आ रहा है कि यह सब क्या हो रहा है और क्यों हो रहा है। मेजर नाहरसिंह ने उन्हें हिलाते हुए कहा, "इस तरह संज्ञाहीन होने से तो काम नहीं चलेगा रानी बहू, चलो ऊपर।"

और रानी मानकुमारी की संज्ञा लौट आई। वह बुदबुदाई, "कक्काजी, आज मेरा जन्म-दिवस है न! रोहिणी मेरे जन्म-दिवस पर मृत्यु-नृत्य का नाच नाचने आई है। उसी मृत्यु-नृत्य को देख रही हूँ, कक्काजी! कितना सम्मोहन है इस नृत्य में, गरल का-सा, मेरी समस्त चेतना जैसे लुप्त हुई जा रही है।"

"हिम्मत करो रानी बहू, इस तरह पराजय स्वीकार कर लेने से तो काम नहीं चलेगा। अन्त समय तक हमें युद्ध करते रहना है इस मृत्यु से।"

"आप पुरुष हैं कक्काजी, आप युद्ध कीजिए। यह नारी तो अबला है, यह युगों-युगों से विवश और पराजित है। नारी कब स्वयं अपनी रक्षा कर सकी है। मुझे बचाइए कक्काजी, आपके हाथ जोड़ती हूँ, मुझे बचाइए।" रानी मानकुमारी के स्वर में क्रन्दन

था, दीनता थी। मेजर नाहरसिंह को ऐसा लगा जैसे रानी मानकुमारी बेहोश होकर गिर पड़ेंगी।

मेजर नाहरसिंह ने रानी मानकुमारी को दोनों हाथों पर उठा लिया। कमरे के अन्दर पानी तेजी के साथ प्रवेश कर रहा था और घुटनों तक चढ़ आया था। कमरे के अन्दर लकड़ीवाला तथा अन्य हलका सामान तैरने लगा था। अपने हाथों पर रानी मानकुमारी को उठाए हुए मेजर नाहरसिंह ऊपर चढ़ने लगे। बड़ी विकट लड़ाई लड़नी पड़ेगी उन्हें, यह आभास उन्हें मिल गया था और इस युद्ध में पराजय अनिवार्य है। उन्हें कुछ क्रोध भी आ रहा था कि रानी मानकुमारी देवलंकर के साथ क्यों कार पर नहीं चली गईं। अपनी निर्बलता लेकर मृत्यु से युद्ध करने के लिए क्यों रुक गईं।

3

रोहिणी नदी है, हिमालय पर्वत है, यशनगर इस समस्त विश्व का शासन करनेवाले मनुष्यों की बस्ती है।

रोहिणी अपने समस्त वेग के साथ उमड़ती है, पर्वत उस वेग को न सँभाल सकने के कारण फट पड़ता है और यशनगर में रहनेवाले सक्षम और समर्थ मानवों का समुदाय विमूढ़ और भयभीत-सा तत्त्वों के इस भयानक संघर्ष को देखता है। बड़ी-बड़ी चट्टानें टूट-टूटकर गिरती हैं, दानवाकार वृक्ष ढह जाते हैं और जल इन सबको तोड़ता हुआ, उखाड़ता हुआ, बहाता हुआ बढ़ता जा रहा है, बढ़ता जा रहा है। टूटती हुई चट्टानें जल पर प्रहार करती हैं, वे उस जल को सैकड़ों फुट ऊपर उछाल देती हैं। गिरते हुए वृक्ष प्रहार करते हैं इस जल पर, लेकिन इससे क्या? सब निर्बल हैं, सब अक्षम हैं। सक्षम है केवल रोहिणी का जल और यह जल जीवन है, यह जल मृत्यु है।

जीवन की सृष्टि जल से हुई है, जीवन का अन्त भी जल ही है। प्रलय की कल्पना जो की गई है, वह केवल जल-प्लावन की ही कल्पना है जहाँ समस्त भूमि को जल निगल लेता है, जहाँ बड़े-बड़े प्रासाद धराशाही हो जाते हैं, जहाँ पर्वत टूटकर गिरते हैं, मनुष्य के लिए कोई आधार नहीं रह जाता है वहाँ टिकने के लिए, हर तरह की स्थापना नष्ट हो जाती है। जल-ही-जल दिखता है चारों ओर—वह जल जो मनुष्य को जीवन प्रदान करता है, जो पृथ्वी के कणों को एक में जोड़ता है वह मृत्यु की संज्ञा धारण कर लेता है।

पंचतत्त्व से निर्मित इस मनुष्य ने हरेक तत्त्व से युद्ध किया है, हरेक तत्त्व पर विजय पाई, हरेक तत्त्व को अपने वश में करके उसका शासन किया। उसका दावा जितना बड़ा है उतना ही झूठा भी है। इन तत्त्वों के कुछ रहस्यों को ही जान सका है वह अभी तक। असीम कृपा करके इन तत्त्वों ने इस मनुष्य को ज्ञान प्राप्त करके सुख-सुविधा जुटाने में अपना सहयोग प्रदान किया है। लेकिन जैसे ज्ञान प्राप्त करके मनुष्य का दिमाग ही फिर गया, प्रकृति द्वारा प्रदत्त असीम कृपा और सहयोग को वह कृतघ्न होकर अपने अन्दरवाली शक्ति और क्षमता की विजय समझ बैठा। वह अपने कल्याणकारी मित्रों के सामने स्वयं एक चुनौती के रूप में खड़ा हो गया।

रोहिणी नदी है। न जाने कितने काल से रोहिणी का शीतल निर्मल और अमृत-तुल्य जल इस मनुष्य की प्यास बुझाता रहा है, इसकी खेती को बढ़ाता रहा है, उसे जीवनदान देता रहा है। और वही रोहिणी नदी एकाएक क्रुद्ध हो उठी, वह विनाश का तांडव करने निकल पड़ी, वह मनुष्य को बतलाने आई कि उस पर विजय नहीं पाई जा सकती, वह अविजित है।

इन तत्त्वों में भी जीवन है, इन तत्त्वों में भी चेतना है, इन तत्त्वों में भी भावना है। इन तत्त्वों का अपना एक निजी स्वर है, अपनी निजी एक भाषा है जिन्हें मानव जान नहीं सका है। ये तत्त्व सदय होते हैं, ये तत्त्व क्रुद्ध होते हैं। ये तत्त्व रचना करके हैं, ये तत्त्व विनाश करते हैं। ये तत्त्व कर्ता हैं, मनुष्य इन तत्त्वों के कर्मों का उपभोक्ता है। उपभोक्ता उत्पादक पर निर्भर हुआ करता है। उत्पादक जो कुछ दे उपभोक्ता को वही स्वीकार करना पड़ता है। इस उपभोक्ता के पास देने को कुछ नहीं है, वह केवल लेता है। इस प्रकार के आदान-प्रदान के केवल दो रूप हो सकते हैं—जबर्दस्ती, लूटना या फिर याचना करना।

हमारे आदि पुरुष याचक थे, वे इस प्रकृति की उपासना करते थे। वे इन तत्त्वों से भिक्षा माँगते थे। वेदों की ऋचाओं में, कवियों के काव्यों में, अनेक स्तुतियों में और प्रार्थनाओं में मनुष्य का यह याचकवाला रूप ही दिखता है। और इस पूजा से प्रसन्न होकर, याचना से सदय होकर इन तत्त्वों ने मनुष्य को दिया, भरपूर दिया। मनुष्य सम्पन्न होता गया, मनुष्य शक्तिशाली बनता गया। और धीरे-धीरे अपनी सम्पन्नता एवं शक्ति के ज्ञान में मनुष्य उत्पन्न होता गया। वह भूल ही गया कि वह याचक है और फिर वह लुटेरे की भाँति प्रकृति के साथ खिलवाड़ करता गया। भयानक रूप से कुरूप हो उठा उसका अहम् और उसका ज्ञान।

जिस शरीर में यह समस्त चेतना और ज्ञान स्थापित है वह इन पंचतत्त्वों से ही तो निर्मित है। इन तत्त्वों पर ही तो मानव की स्थापना है, फिर इन तत्त्वों को मानव भला कैसे अपने वश में करेगा? मानव की मूर्खता पर कभी ये तत्त्व हँसते हैं, कभी ये क्रुद्ध हो जाते हैं। और इस बार जल-तत्त्व मानव पर क्रुद्ध हो गया, पर्वतों की छाती फाड़कर वह विनाश करने को निकल पड़ा।

उद्‌दाम वेग से उमड़ता हुआ पानी चला आ रहा था उत्तर दिशा से दक्षिण दिशा की ओर। उसके मार्ग में जो कुछ भी आया उसे तोड़ते हुए, उसे नष्ट करते हुए। यह जल मानव द्वारा निर्मित आवासों से टकरा रहा था, उन्हें तोड़ रहा था, उन्हें डुबा रहा था। एक भयंकरता से भरा कर्कश रव गूँज रहा था चारों ओर। पानी की हरहराहट, पहाड़ों के टूटने के धमाके, वृक्षों के जड़ों से उखड़ने की चर्राहट, हाथियों की चिंघाड़ें, शेरों की दहाड़ें, ऊपर उड़नेवाले पक्षियों का रुदन, भागते हुए, डूबते हुए और मरते हुए मनुष्यों की चीत्कारें। इन स्वरों में एक प्रकार का पैशाचिक संगीत था, जिसे मृत्यु का संगीत कहा जा सकता है। तांडव-नृत्य करते हुए प्रलयंकर शंकर के डमरू का संगीत ठीक इसी प्रकार का संगीत रहा होगा। और इन लहरों की उद्‌दाम, असन्तुलित तथा उच्छृंखल गति ही उस तांडव नृत्य की गति भी रही होगी।

मृत्यु का नृत्य हो रहा था, विनाश का संगीत उसका साथ दे रहा था। सारा आकाश धुँधला हो गया था गिरते हुए पहाड़ों से उड़नेवाली धूल से। वह पीला और मटमैला आकाश कितना भयानक दिख रहा था। मेजर नाहरसिंह ने रानी मानकुमारी से कहा, "देख लो रानी बहू, यह सब, फिर कभी देखने को नहीं मिलेगा यह दृश्य। यह पैशाचिक सौन्दर्य, यह मृत्यु का उल्लास, फिर कभी न देख पाओगी इसे।"

रानी मानकुमारी भय से काँप रही थीं, "कक्काजी, इस भयानकता को मैं नहीं सहन कर पा रही हूँ। यह सब क्या हो रहा है मेरे जन्म-दिन के अवसर पर? मैंने मृत्यु और विनाश को तो न्योता नहीं दिया था। ये मेरे बिना बुलाए चले आए हैं। मैं कितनी अभागिन हूँ!"

मेजर नाहरसिंह हँस पड़े, एक पागलपन से भरी हँसी, "रानी बहू, मृत्यु और विनाश बिना बुलाए ही आया करते हैं, क्योंकि ये हमारे मित्रों के रूप में नहीं, शत्रुओं के रूप में आते हैं। जो कुछ हो रहा है वह होना ही था। यही तो नियति का विधान था, इसे रोकने की क्षमता किसमें है? इस विनाश का आभास मुझे हो गया था, केवल आभास। स्पष्ट तो यह सब नहीं मालूम हो पाया मुझे। और उस अस्पष्ट आभास के इंगित पर मैंने इस विधान को बदलने का प्रयत्न भी किया, लेकिन इनमें मुझे असफलता मिली। जो होना था वह हो रहा है; नहीं रानी बहू, कहना यह उचित होगा कि वह हो चुका है। और जो कुछ हो चुका है, उसे भला होने से कोई कैसे रोक सकता है?"

एकाएक रानी मानकुमारी चीख उठीं, "कक्काजी, पानी यहाँ भी आ पहुँचा है, वह देख रहे हैं आप। उन नीची छतों पर एकत्रित नौकर-चाकर बहे चले जा रहे हैं। कैसी बुरी तरह वे चीख रहे हैं—हे भगवान्!"

और मेजर नाहरसिंह ने देखा कि पानी उनके पैरों को छूता बह रहा है। दूर लोग बहते हुए चले जा रहे हैं। मेजर नाहरसिंह ने रानी मानकुमारी का हाथ पकड़ा, "तिमंजिले पर चलो रानी बहू, अभी तो हम लोगों को लड़ते रहना है इस मृत्यु से, जब तक हो सके तब तक अपनी रक्षा करनी है।" और यह कहते-कहते वह रानी मानकुमारी का हाथ पकड़े हुए सीढ़ी पर चढ़ने लगे। ऊपर पहुँचकर वह बरामदे में खड़े हो गए। रानी मानकुमारी भय से थर-थर काँप रही थीं, "कक्काजी, किसी तरह बचाइए मुझे, किसी तरह बचाइए! मैं मरना नहीं चाहती।"

मेजर नाहरसिंह की आँखों में आँसू छलछला आए, "रानी बहू, इस तरह कातर होने से तो काम नहीं चलेगा। इस अदृश्य पर भला किसका वश है जो बहरा है, गूँगा है, हृदयहीन है, भावनाहीन है। जो कुछ मिलता है उसे ग्रहण करना ही होगा।"

"मैं नहीं ग्रहण करना चाहती इस अकाल मृत्यु को, मैं जीवित रहना चाहती हूँ। क्या कोई उपाय नहीं है जीवित रहने का?"

रानी मानकुमारी को अपने इस प्रश्न का कोई उत्तर नहीं मिला। थोड़ी देर तक उत्तर की प्रतीक्षा करने के बाद रानी मानकुमारी फिर बोलीं, "आपके पास कोई उपाय नहीं है, आप कोई उत्तर नहीं दे सकते, आपके मुख पर विवशता की छाया है। तो फिर

मैं समझ लूँ कि मेरा अन्त आ पहुँचा है। कक्काजी, इस मृत्यु से बच सकना मेरे लिए असम्भव है। बोलिए न!"

मेजर नाहरसिंह के अन्दर क्या हो रहा था, इसका रानी मानकुमारी को पता न था। असमर्थता और विवशता की घुटन से एक प्रकार का क्रोध जाग उठा था उनमें, जिसे वह बड़े प्रयत्न के साथ दबाए हुए थे, क्योंकि उस क्रोध में नपुंसकता के अलावा और कुछ न था। दाँत किचकिचाते हुए मेजर नाहरसिंह ने कहा, "मृत्यु से बचना चाहती हो रानी बहू, जीवित रहना चाहती हो! किसलिए? अभाव और विवशता से मजबूर होकर अपने को बेचने के लिए? इस जीवन में अब रह ही क्या गया है तुम्हारे वास्ते? भगवान नहीं चाहते कि यशनगर की राज्यलक्ष्मी को वेश्या का जीवन बिताना पड़े!"

रानी मानकुमारी चीख पड़ीं, "आप...आप...आप...मेरा अपमान कर रहे हैं, मुझे अब मर ही जाना चाहिए।"

मेजर नाहरसिंह की आँखों में आँसू आ गए, "मैं अपने शब्दों को वापस लेता हूँ, मैं तुम्हारे सामने लज्जित हूँ, रानी बहू! मरने से पहले मनुष्य की बुद्धि भ्रष्ट हो जाती है, वह अपना विवेक खो देता है। लेकिन...लेकिन...रानी बहू, मुझे ऐसा लग रहा है कि जो कुछ हो रहा है वह ठीक हो रहा है। हम मृत्यु को साथ लेकर जन्म लेते हैं। जहाँ आदि है वहाँ अन्त अवश्यम्भावी है। जीवन के प्रति कायरता से भरा मोह! यही हम मानवों का सबसे बड़ा अभिशाप है। इसी मोह में पीड़ा है, रुदन है। देखो रानी बहू, यशनगर की बस्ती की ओर देखो। जीवन के प्रति इस मोह ने कितना कायर बना दिया है इस मनुष्य को, किस तरह पशुओं की भाँति वह छटपटा रहा है!"

यह बरामदा पूर्व की ओर था और राजभवन के पूर्व की ही तरफ यशनगर की प्रमुख बस्ती थी। रानी मानकुमारी ने देखा कि जहाँ पहले कभी यशनगर बसा हुआ था वहाँ पानी लहरा रहा है, मटमैला-सा। बड़े वेग के साथ वृक्ष बहते जा रहे थे वहाँ पर और उन वृक्षों से न जाने कितने मनुष्य, न जाने कितने जीव-जन्तु चिपके थे? इधर-उधर उस विस्तृत सागर में छोटे-छोटे टापुओं के समान उठे हुए कुछ सम्पन्न लोगों के घरों के ऊपरी भाग दिख रहे थे, जिन पर मनुष्यों की भीड़ें जीवन की तृष्णा को लिए हुए मृत्यु से त्राण पाने को एकत्रित थीं। पानी का वेग विकराल था। मकानों के हलके सामान, जो पानी पर उतर आए थे, तेजी के साथ बहे चले जा रहे थे। पानी के अन्दरवाले मकान टूटते थे, भँवर-सी पड़ जाती थी वहाँ पर कुछ क्षणों के लिए और फिर सबकुछ शान्त। स्त्रियों, पुरुषों और बच्चों के शरीर डूबते-उतराते हुए बह रहे थे। कभी-कभी उन मकानों में दबे हुए शव एकाएक नीचे से ऊपर आ जाते थे, बहने लगते थे और फिर एकाएक डूब जाते थे। रानी मानकुमारी की लगा जैसे उनकी संज्ञा लोप होती जाती है, उन्होंने अपनी आँखें बन्द कर लीं, "कक्काजी, अब नहीं सहा जाता है यह सब! हे भगवान्, हम लोगों पर दया करो, अपने इस संहार को रोको!"

मेजर नाहरसिंह प्रलय की इस ध्वंसकारी लीला को मन्त्रमुग्ध-से देख रहे थे। उन्होंने बुदबुदाते हुए कहा, "रानी बहू, यह अनुनय-विनय, यह गिड़गिड़ाना और भिक्षा माँगना–

मनुष्य के हाथ में केवल इतना लगा है। मनुष्य समर्थ कब रहा है? वह तो विधाता और प्रकृति की कृपा पर ही जीवित रहता है। लेकिन प्रार्थनाओं का, इस याचना का कोई असर पड़ता है उस नियन्ता पर, इस पर मुझे शक है। अगर अनुनय-विनय से ही यह नियन्ता पिघल जाए तो इस विश्व से दुख, दैन्य, निराशा और मृत्यु का अस्तित्व ही लोप हो जाए। रानी बहू, यह रोना-गिड़गिड़ाना, यह अनुनय-विनय, यह सब मारव के अन्दरवाली असमर्थता और विवशता की सीमा का व्यक्तिकरण है। इस सबसे तो काम नहीं चलेगा संकट-काल में, इस समय तो हमें मृत्यु के साथ युद्ध करना है।''

रानी मानकुमारी के मुख से कोई शब्द नहीं निकला, उनके रुदन की सिसकियाँ हवा से टकरा रही थीं। मेजर नाहरसिंह ने उस विनाश के दृश्य से अपनी आँखें हटाईं, ''अरे तुम आँखें बन्द किए हुए रो रही हो, रानी बहू! छिह-छिह, क्षत्राणी में इतनी कायरता, जीवन का इतना मोह! मौत का डटकर मुकाबला करना चाहिए। अपनी आँखें खोलो रानी बहू!''

रानी मानकुमारी ने टूटे हुए शब्दों में कहा, ''कक्काजी, यह मृत्यु है कहाँ जिसका मैं मुकाबला करूँ? कोई समय हो भी, जिसका मुकाबला किया जा सके? यहाँ तो सामने विपत्ति है जिससे भागा ही जा सकता है।''

एक व्यंग्यात्मक हँसी मेजर नाहरसिंह के मुख पर आई, ''भागा भी नहीं जा सकता है रानी बहू, सब रास्ते बन्द हैं। जो भाग रहे हैं या जो भाग गए हैं, वे बच सकेंगे, मुझे इस पर भी भरोसा नहीं है। उधर देखो, वह दूर भागता हुआ जन-समूह, अरे-अरे, यह क्या देख रहा हूँ?'' और मेजर नाहरसिंह ने अपना बाइनाकुलर लगाया।

''हाँ, यह रघुराज ही है, घोड़े पर। कितनी तेजी से भाग रहा है अकेला वह! देखो रानी बहू, अपने जेठजी को तुम चाहती थीं कि गुम्मैत ठाकुरों का यह राजवंश नष्ट न हो, तुमने उससे कहा था कि वह भागकर निकल जाए! उसने ग्रामवासियों को सावधान कर दिया, लेकिन वह सब व्यर्थ। वह अकेला है क्योंकि वह तेज घोड़े पर है। जहाँ वह है वह स्थान काफी ऊँचा है—इतनी ही ऊँचाई पर जितनी ऊँचाई पर हम लोग खड़े हैं। लेकिन उसके बाद काफी दूर तक समतल भूमि है। जीवन और मौत का वह खेल देखो रानी बहू!''

रानी मानकुमारी ने मेजर नाहरसिंह का बाइनाकुलर लगाकर देखा, प्रायः तीन मील की दूरी पर रघुराजसिंह अपने घोड़े पर सवार बेतहाशा भागा चला जा रहा था और पानी उससे भी तेज गति से उसका पीछा कर रहा था। रानी मानकुमारी चिल्ला उठीं, ''कक्काजी, इधर न तो कोई ऊँचा टीला है और न पहाड़ है। क्या होगा? जेठजी किस तरह बच सकेंगे?''

मेजर नाहरसिंह आँखें बन्द किए हुए कुछ बुदबुदा रहे थे और तभी रानी मानकुमारी चिल्ला उठीं, ''कक्काजी, पानी यहाँ भी आ गया है।''

''पानी यहाँ भी आ गया है रानी बहू!'' मेजर नाहरसिंह ने आँखें खोल दीं, ''मौत पीछा कर रही है, जिन्दगी भाग रही है। किसकी विजय होती है, देखना यह है। चलो

रानी बहू, छत पर चला जाए। यह पत्थर की इमारत देखें कब तक हमारी रक्षा कर सकती है...यह उतनी कच्ची नहीं है जितना कच्चा वह पहाड़ था जो टूटकर गिर पड़ा।" और रानी मानकुमारी का हाथ पकड़कर मेजर नाहरसिंह ऊपर छत पर चढ़ने लगे।

4

रघुराजसिंह जिस समय राजभवन के घोड़े पर सवार होकर चला था, उसने कल्पना ही नहीं की थी कि स्थिति इतनी गम्भीर है। उस समय तक सारे नगरवासी जाग गए थे और एक प्रसन्नता का वातावरण फैला हुआ था समस्त नगर में। सुबह नौ बजे रानी मानकुमारी का तिलक होनेवाला था। बच्चे, जवान, बूढ़े, सभी तैयारियाँ कर रहे थे। एक उत्सव का वातावरण था सारे नगर में। और रघुराज ने चिल्लाते हुए नगर में प्रवेश किया, "भागो यहाँ से, जहाँ हो सके भागकर अपनी रक्षा करो। पहाड़ टूट गया है, बहुत बड़ी बाढ़ आ रही है।" रघुराजसिंह चिल्ला-चिल्लाकर कह रहा था और तेजी से आगे बढ़ता जा रहा था।

लोगों को विश्वास ही नहीं हो रहा था रघुराजसिंह के इस कथन पर। फिर जैसे उन्हें चेत हुआ बढ़ते हुए पानी की आवाज सुनकर। कुछ लोग खाली हाथ निकल पड़े, कुछ अपना सामान बटोरने लगे, कुछ अपने-अपने मकानों पर चढ़ गए और थोड़ी देर के अन्दर ही पानी की पहली लहर ने नगर में प्रवेश किया। रघुराजसिंह ने पीछे मुड़कर यह सब देखा और उसने घोड़े की चाल और भी तेज कर दी। नगर को पार करके वह आगे बढ़ा, पूर्व दिशा की ओर, एक मील बाद ही कुछ ऊँची भूमि थी। रघुराजसिंह घोड़ा दौड़ा रहा था और पानी उसका पीछा करता हुआ चला आ रहा था, तेजी के साथ। ऊँची जमीन से प्रायः एक फर्लांग पहले तक पहुँचते-पहुँचते पानी उसके चारों ओर फैल गया था। रघुराजसिंह ने घोड़े को तेज किया और अब वह ऊँची भूमि पर आ गया था।

मेजर नाहरसिंह ने जो भविष्यवाणी की थी वह उस समय सबसे अधिक महत्त्व की थी, रघुराजसिंह के लिए। गुम्मैत ठाकुरों का यह राजवंश समाप्त होगा, रघुराजसिंह की मृत्यु से...और उस भविष्यवाणी पर रघुराजसिंह हँसा था। उस राजवंश की समाप्ति का उसे न भय था, न इस राजवंश की समाप्ति की कल्पना से उसे कोई दुख था। यह राजवंश समाप्त हो जाए, वह मन-ही-मन यह चाहता भी था। और शायद इसीलिए उसने अपना विवाह भी न किया था। दुनिया को अब इन राजवंशों की कोई आवश्यकता नहीं है, नष्ट होते हुए कुरूप और विकृत सामन्तवाद के प्रतीक के रूप में ये शोषण और उत्पीड़न का ही प्रतिनिधित्व करते थे। शोषण और उत्पीड़न को समाप्त होना चाहिए और शोषण और उत्पीड़न के समाप्त होने के लिए इन राजवंशों को भी समाप्त होना चाहिए। रघुराजसिंह की धारणाएँ निश्चित और दृढ़ थीं। अपनी धारणाओं पर वह अडिग था।

ऊँची भूमि पर पहुँचकर रघुराजसिंह ने अपना घोड़ा रोका और इसके बाद उसने मुड़कर पीछे देखा। यशनगर का राजभवन मस्तक उठाए खड़ा था और यशनगर के

मकानों से पानी टकरा रहा था। दूर यशनगर में कुहराम मचा हुआ था और वह कुहराम का स्वर उसे वहाँ सुनाई पड़ रहा था। लोग इधर-उधर दौड़ रहे थे। कुछ लोग उस ओर बढ़ रहे थे जहाँ वह खड़ा था। पानी बढ़ता हुआ चला आ रहा था।

तो यशनगर ध्वस्त हो जाएगा, सामन्तवाद का यह अवशेष मिट जाएगा। रघुराजसिंह के मुख पर सन्तोष की एक मुस्कराहट आई।

रघुराज अपने जन्मकाल से ही विद्रोही था। एक प्रखर और उद्धत व्यक्तित्व पाया था उसने, लेकिन परिस्थितियाँ उसके प्रतिकूल थीं। वह यशनगर का गुजारेदार है, वह राजवंश का है, उसके बाल्यकाल में ही उसे यह मालूम हो गया था। अवस्था में वह राजा युवराज शमशेर बहादुरसिंह से बड़ा था, पर राजा का पुत्र होने के नाते उत्तराधिकारी शमशेर बहादुर सिंह थे, रघुराजसिंह केवल गुजारेदार था।

युवराज शमशेर बहादुर सिंह को जीवन की समस्त सुविधाएँ प्राप्त हुईं, वैभव और विलास में उनका पालन-पोषण हुआ। उन्हें अध्ययन करने के लिए विलायत भेजा गया था। रघुराजसिंह का पालन-पोषण एक साधारण व्यक्ति की हैसियत से हुआ, वहीं भारतवर्ष में रहकर उसे शिक्षा प्राप्त करनी पड़ी और वहीं से एक प्रकार की कटुता का समावेश हुआ उसके जीवन में। मेजर नाहरसिंह छोटे भाई क्यों हुए और राजा विजय बहादुर सिंह बड़े भाई क्यों हुए? फिर विजय बहादुर सिंह की मृत्यु के बाद राज्य शमशेर बहादुर सिंह को क्यों मिला? नाहरसिंह को क्यों नहीं मिला? मानो दुनिया ने—षड्यन्त्र कर रखा था रघुराजसिंह के विरुद्ध। अपने बाल्यकाल से ही वह कटुता और हीनता का अनुभव करने लगा था अपने अन्दर, वह अपने चारों ओर वाली परिस्थिति से घृणा करने लगा था। इस कटुता और घृणा ने विद्रोह का रूप धारण कर लिया था उसके अन्दर।

यशनगर राज्य में उसका कोई हिस्सा नहीं है। यशनगर की सम्पत्ति में उनका कोई हिस्सा नहीं है, वह त्याज्य और अपेक्षित है, वह अवलम्बित और आश्रित है। अवलम्बित और आश्रित होना जीवन में सबसे अधिक अपमानजनक होता है। और फिर उसके मन में यह भावना उठी कि उसे जीवन में स्वयं अपना एक स्थान बनाना चाहिए। पर इसमें भी उसे बाधाओं का सामना करना पड़ा। उसकी समझ में न आ रहा था कि वह क्या करे। वह फौज में भरती होना चाहता था, लेकिन मेजर नाहरसिंह इससे सहमत नहीं हुए। स्वयं फौज में रहकर उन्हें जो अनुभव हुए थे वे काफी कटु थे। वह चाहते थे कि रघुराजसिंह फार्मिंग करे। उनके बड़े भाई ने उन्हें दो हजार एकड़ भूमि दे दी थी, गुजारे की रकम के अलावा। अगर मेजर नाहरसिंह चाहते तो उन्हें दो हजार एकड़ भूमि और मिल सकती थी। लेकिन रघुराजसिंह को खेती-बाड़ी में कोई रुचि नहीं थी। ग्रामों के सीमित और सड़े हुए जीवन से उठकर वह विश्व को देखना चाहता था। राजा विजयबहादुरसिंह ने उसकी विश्व-भ्रमण की इच्छा को जानकर उसको खर्चा देना स्वीकार भी कर लिया, पर दूसरों पर आश्रित होकर वह यह नहीं करना चाहता था।

और फिर देश स्वतन्त्र हुआ। रघुराजसिंह के हृदय में एक नवीन आशा का संचार हुआ। उसने समस्त देश का चक्कर लगाया, स्थान-स्थान पर वह लोगों से मिला, नई

बातें उसने सुनीं, नई धारणाएँ उसके अन्दर आईं। तीन महीने तक वह घूमता रहा असीम उमंग और उल्लास में भरा हुआ और इस भ्रमण में उसके अन्दर एक नवीन चेतना जाग्रत हुई। उसके अन्दरवाले विद्रोह को एक निश्चित केन्द्र मिल गया। उसका यह निश्चित मत बन गया कि देश का निर्माण किया जा सकता है एकमात्र जनता की आर्थिक और सामाजिक विषमता को मिटाकर। हरेक व्यक्ति को यह मौका दिया जाना चाहिए कि वह विकसित हो, वह स्वयं अपना स्वामी बने। दूसरों पर निर्भरता, दूसरों की गुलामी, यह सबसे बड़ा सामाजिक अभिशाप है।

राजा विजय बहादुरसिंह की मृत्यु के बाद राज्य शमशेर बहादुरसिंह को मिला था। शमशेर बहादुरसिंह का मेजर नाहरसिंह के प्रति ममता और उदारता से भरा व्यवहार था, लेकिन इस ममता और उदारता का रघुराजसिंह ने हमेशा निरादर किया। इस ममता और उदारता से उसके अन्दरवाला कुंठाओं से भरा हुआ विद्रोह बढ़ता ही गया और जब उसने देखा कि देश स्वतन्त्र हुआ, समस्त जन-समुदाय में नवीन भावना और आशा का संचार हुआ, तब उसके अन्दर भी एक प्रकार की आशा जागी, एक प्रकार का उल्लास जागा।

लेकिन जैसे नियन्ता ने ही उसे अकर्मण्यता और कटुता का जीवन देकर रचा था। उस नवीन चेतना ने रचनात्मक होने के स्थान पर ध्वंसात्मक रूप ग्रहण कर लिया। और ममता, सौहार्द्र व प्रेम का स्थान घृणा तथा शत्रुता ने ले लिया। जैसे इस दुनिया में कोई भी उसका नहीं रह गया। एक ओर उसका अति सीमित अहम् और दूसरी ओर सारा विश्व। अपने अन्दरवाले इस परिवर्तन को वह जानता था और वह अपने अन्दरवाले इस परिवर्तन से न सन्तुष्ट था, न सुखी था। अपने ही अन्दर इस द्वैत ने उसको विमूढ़ कर दिया था। घृणा, शत्रुता, हिंसा की भावना को वह दूर करने का प्रयत्न भी करता था, लेकिन वह अपने इस दूसरे और अति सबल व्यक्तित्व से विवश था।

इन्हीं दिनों जमींदारी-उन्मूलन हुआ। इस जमींदारी-उन्मूलन का उसने कितना समर्थन किया था! अपने भाई, अपने पिता, स्वयं अपने हितों की उसने उपेक्षा की। पर उसके अन्दरवाला यह उल्लास भी क्षणिक ही साबित हुआ। उसने देखा कि इस जमींदारी-उन्मूलन से विषमता मिटी नहीं, एक जमींदारी के स्थान पर सैकड़ों भूमिधर पैदा हो गए, और इन सैकड़ों भूमिधरों ने शक्ति प्राप्त करके फैलना आरम्भ किया। इसका परिणाम यह हुआ कि शोषण और उत्पीड़न कई गुना बढ़ गया। नवीन व्यवस्था और विधान से विषमता मिटी नहीं, केवल उस विषमता का रूप और क्षेत्र बदला। वैसे जब राजा शमशेर बहादुरसिंह रानी मानकुमारी को साथ लेकर विदेश जाने लगे थे तब उसे हलकी-सी प्रसन्नता हुई थी, प्रभुता और सत्ता के प्रतीक को मिटते देखकर उसे सन्तोष हुआ था।

पर जब विधवा होकर रानी मानकुमारी विदेश से वापस लौटीं तब रघुराजसिंह के अन्दर एक और परिवर्तन हुआ। घृणा का केन्द्र अभी तक उसका परिवार था, अब घृणा का केन्द्र उस परिवार को मिटानेवाला बन गया। उस परिवार को मिटाया था एक व्यक्ति ने नहीं, एक दल ने, जिसके हाथ में सत्ता थी। वह दल समस्त देश में

फैला हुआ था, और दल लूट का विरोध करते-करते स्वयं लुटेरा बन गया था। वह दल जनता में फैलने के स्थान पर अपनी लूट और शोषण के कारण संकुचित और सीमित होने लगा था। भयानक प्रतिहिंसा जाग उठी थी रघुराजसिंह के अन्दर अपने भाई की विधवा पत्नी की दयनीय अवस्था देखकर, उसकी विवशता को देखकर। सामर्थ्य दूसरे लोगों के पास आ थी। और अब वह उन नए आनेवालों को मिटाना चाहता था, वह इन नए आनेवालों से घृणा करने लगा था। जैसे घृणा और हिंसा से उसका कोई निस्तार ही नहीं था।

धीरे-धीरे रघुराजसिंह समाजवाद और समाजवादियों के सम्पर्क में आया। और तब उसे ऐसा लगा कि उसने सत्य को पा लिया है। इस विवशता को बढ़ाने में सामन्तवाद से कहीं अधिक बड़ा हाथ है पूँजीवाद का। सामन्तवाद का नियम है सिमटना, पूँजीवाद का नियम है फैलना। और इस पूँजीवाद को मिटाने का एकमात्र साधन है समाजवाद। हिन्दुस्तान की स्वतन्त्रता का जो रूप था वह हिन्दुस्तान में एक सशक्त पूँजीवाद की स्थापना का ही रूप था। भारत की स्वतन्त्रता से विश्व के पूँजीवाद को बहुत अधिक बल प्राप्त हुआ और विश्व-क्रान्ति के हित में होगा भारत में पूँजीवाद की इस स्थापना का विरोध करना। भारतवर्ष की जनता की चेतना तथा मान्यताओं में एक नई क्रान्ति लानी पड़ेगी। इस क्रान्ति को लाने में विदेशों से सहायता ली जा सकती है। यही नहीं, ली भी जानी चाहिए। भारतवर्ष का पड़ोसी चीन इस विश्वबन्धुवाले समाजवाद का सबसे बड़ा नेता है। रघुराजसिंह जनता को इस भावनात्मक विद्रोह और क्रान्ति के लिए तैयार करने में जुट गया। उसका जीवन समाजवाद पर अर्पित हो गया था।

यशनगर ध्वस्त हो रहा था और रघुराजसिंह चुपचाप खड़ा हुआ इस प्रकृति के संहार को देख रहा था। मकान टूट रहे थे, लोग मर रहे थे, उत्तर से जल का अम्बार उमड़कर विनाश का तांडव कर रहा था और रघुराजसिंह मुस्कराया। यह लाल क्रान्ति उत्तर दिशा से ही भारतवर्ष में प्रवेश करेगी, हिमालय पहाड़ की सीमाओं को तोड़कर, इसी प्रकार विनाश कर तांडव होगा। इससे ही मिलती-जुलती प्रलय-लीला होगी उस क्रान्ति में। हिंसा की एक ज्वाला भरी हुई थी रघुराजसिंह के नयनों में। उस दृश्य की भयानकता में कितना सम्मोहन था।

लेकिन उस सम्मोहन को एक जबर्दस्त झटका लगा उस समय, जब रघुराजसिंह ने अनुभव किया कि जल ऊँची भूमि पर चढ़ रहा है जिस पर वह खड़ा है। और तब उसके अन्दरवाले हिंसात्मक सन्तोष का स्थान लोमहर्षक भय ने ले लिया जो न जाने कहाँ से अचानक ही आकर उस पर चढ़ बैठा। गुम्मैत ठाकुरों का यह वंश सदा के लिए समाप्त हो जाएगा—न जाने कहाँ से आकर मेजर नाहरसिंह के ये शब्द उसके कानों में टकरा पड़े। उसने घबराकर अपने घोड़े को मोड़कर एड लगाई, तेजी के साथ घोड़ा चल पड़ा। लेकिन विनाश की गति उस घोड़े की चाल से कहीं अधिक तेज थी—पानी उसके पीछे से ही नहीं, उसके बायीं ओर से भी बढ़ रहा रहा था। रघुराजसिंह भय से सिहर उठा, पानी उसके घोड़े के पैरों से टकरा रहा था। उनके मुख पर पसीने की बूँदें

छलक आईं। पानी अब रघुराजसिंह के घोड़े के घुटनों तक आ गया था, घोड़े के लिए अब दौड़ना असम्भव हो गया था। रघुराजसिंह के होश अब जाते रहे। घोड़े को अब चलने में भी दिक्कत पड़ रही थी, वह बुरी तरह भड़क रहा था भय के कारण।

और रघुराजसिंह को अब अनुभव हुआ कि पानी उसके पैरों के ऊपर चढ़ रहा है, पानी अब उसकी जाँघ तक आ गया और अब...अब घोड़ा चल नहीं रहा था, वह तैर रहा था अपने सवार को पीठ पर लिए हुए। बड़ी मुश्किल से रघुराजसिंह अपने को सँभाले था उस घोड़े की पीठ पर। अब रघुराजसिंह को लगा कि घोड़ा तैर नहीं रहा है, बह रहा है और फिर उसके मुख से निकल पड़ा, "गुम्मैत ठाकुरों का यह वंश समाप्त हो रहा है—सदा के लिए समाप्त हो रहा है।"

5

राजभवन की छत पर पहुँचकर मेजर नाहरसिंह ने फिर अपना बाइनाकुलर लगाकर उस ओर देखा जिधर रघुराजसिंह दिख रहा था। थोड़ी देर तक वह उधर देखते रहे, फिर उनके मुख पर रुदन के रूप में ये शब्द निकल पड़े, "रानी बहू! गुम्मैत ठाकुरों का यह राजवंश समाप्त हो गया—समाप्त हो गया सदा के लिए।"

रानी मानकुमारी को लगा जैसे मेजर नाहरसिंह के पैर लड़खड़ा रहे हैं। बाइनाकुलर लेने के बहाने उन्होंने मेजर नाहरसिंह का हाथ पकड़कर उन्हें सँभाला। फिर बाइनाकुलर लगाकर उन्होंने उस ओर देखा, "कक्काजी, जेठजी तो वहाँ से आगे बढ़ गए मालूम होते हैं, वहाँ तो पानी-ही-पानी दिख रहा है। लेकिन वह दिख नहीं रहे, गए तो कहाँ?"

"उन लहरों ने उसे निगल लिया है रानी बहू—नहीं बच सका वह। हे भगवान्, तुमने उसकी जगह मुझे क्यों नहीं उठा लिया? क्या-क्या बदा है देखने के लिए इस बूढ़े को!"

स्तब्ध-सी रानी मानकुमारी अपने चारों ओर देख रही थीं, हर तरफ अपार जल-राशि। "कक्काजी, क्या यह पानी रुकेगा नहीं? यह तो लगातार बढ़ता जा रहा है, कहीं इसके बढ़ने का अन्त ही नहीं दिखाई दे रहा है। क्या यह पानी हम लोगों को भी निगल जाएगा? आपने कहा था कि यशनगर का राजवंश समाप्त हो जाएगा। इसके ये अर्थ हुए मैं नहीं बच पाऊँगी!"

उदास भाव से मेजर नाहरसिंह ने रानी मानकुमारी को देखा, "तुम यशनगर की राजलक्ष्मी हो रानी बहू, यशनगर के राजवंश की नहीं हो। बहुत सम्भव है तुम बच जाओ, बहुत सम्भव है यह बूढ़ा भी बच जाए, क्योंकि इस बूढ़े से तो यह वंश नहीं चलेगा। वह जो रघुराजसिंह था, उससे ही वंश के चलने की आशा थी। उसे तो ये लहरे लील ही गईं!"

रानी मानकुमारी फूट पड़ीं, "कक्काजी, मैं बड़ी अभागिन हूँ—बड़ी अभागिन हूँ।" और रानी मानकुमारी की हिचकियाँ बँध ही गईं।

चारों तरफवाला चीत्कार और कोलाहल भी अब बन्द हो गया था। केवल भयानक वेग से बहते हुए जल की आवाज सुनाई पड़ रही थी जो उस सन्नाटे में और भी अधिक भयानक लग रही थी। जहाँ तक दृष्टि जाती थी, कहीं भी जीवन का कोई चिह्न दिखलाई

नहीं दे रहा था। मेजर नाहरसिंह यह सब देख रहे थे और रानी मानकुमारी रो रही थीं। मेजर नाहरसिंह ने कहा, "रानी बहू, अपना रुदन बन्द करो। जल के इस हरहराते हुए संगीत को तुम्हारा रुदन नष्ट कर रहा है, इसे सुनो, कितनी विषाक्त मादकता से भरा हुआ है यह संगीत! साहस करो, अन्तिम समय तक युद्ध करना है हम लोगों को।"

रानी मानकुमारी ने बड़े प्रयत्न से अपनी सिसकियों को दबाया, "कक्काजी, किससे युद्ध करना है हम लोगों को।"

"इस दुर्भाग्य से इस विनाश से! मरना तो हरेक को ही है, इस मृत्यु पर आज तक कोई विजय नहीं पा सका है। पर इस मृत्यु को हम लोग रोके तो रह सकते हैं, वह कुछ क्षणों के लिए ही क्यों न हो। इतना याद रखना, कोई भी प्रक्रिया अनन्त नहीं होती, इस विपत्ति का भी कहीं-न-कहीं अन्त होगा और हमें इस विपत्ति के अन्त की प्रतीक्षा करनी होगी। अन्त समय तक हमें जीवन से चिपके रहना है।"

"कक्काजी, मैं अब नहीं जीना चाहती। इस जीवन के प्रति समस्त मोह झूठा है। आखिर मैं क्या जीवन से चिपके रहने का प्रयत्न करूँ? सच बताइए, इस जीवन की सार्थकता क्या है?"

एक ठंडी साँस लेकर मेजर नाहरसिंह ने उत्तर दिया, "जीवन की सार्थकता क्या है? बड़ा कठिन प्रश्न कर दिया है तुमने रानी बहू! इस जीवन की सार्थकता क्या है? मैंने स्वयं न जाने कितनी बार यह प्रश्न किया है अपने से और सत्तर वर्ष के इस लम्बे अनुभव के बाद भी मैं इस प्रश्न का उत्तर नहीं पा सका हूँ। न जाने कितने अन्य व्यक्तियों से मैंने यह प्रश्न किया, तरह-तरह के एक-दूसरे विरोधी उत्तर मुझे मिले अपने इस प्रश्न के, लेकिन अनुभवों की कसौटी पर खरा कोई भी उत्तर नहीं निकला। और अन्त में किसी ने मेरे ही अन्दर से पूछा, आखिर जीवन की सार्थकता को क्यों जानना चाहते हो? तुम्हारे लिए इतना ही जानना यथेष्ट है कि तुम जीवित हो। और तुम जीवित इसलिए हो कि तुम्हें जीवनी शक्ति मिली है जो तुम्हारे अस्तित्व की प्रेरणा है। तुम्हें भावनाएँ मिली हैं, तुम्हें प्रवृतियाँ मिली हैं, तुम्हें गति मिली है। बस इतना जानना काफी है तुम्हारे लिए। और रानी बहू, जिस समय मनुष्य में जीवित रहने की प्रवृत्ति नष्ट हो जाती है, वह आत्महत्या कर लेता है।"

"आत्महत्या करना तो पाप है कक्काजी, हमारे धर्मग्रन्थों में यह लिखा है।"

"हाँ रानी बहू, आत्महत्या करना पाप है, क्योंकि मनुष्य में जब तक सामर्थ्य और बल है, तब तक उसे निराश नहीं होना चाहिए। निराशा पराजय का दूसरा नाम है समर्थ व्यक्ति के लिए। लेकिन अगर मैं आत्महत्या कर लूँ तो यह मेरे लिए पाप न होगा क्योंकि मैं अशक्त और असमर्थ हो चुका हूँ।"

आश्चर्य से रानी मानकुमारी ने मेजर नाहरसिंह को देखा, "आप आत्महत्या कर लें तो पाप नहीं होगा, यह क्या कह रहे हैं आप? तो क्या हमारे धर्मग्रन्थ झूठे हैं?"

एक हलकी-सी करुण मुस्कान आई मेजर नाहरसिंह के मुख पर, "नहीं रानी बहू, हमारे धर्मग्रन्थ सच्चे हैं। उनकी सच्चाई पर शंका करना स्वयं एक पाप होगा। पर हमारे

धर्मग्रन्थों के रचयिताओं ने वृद्धों और अशक्तों के लिए आत्महत्या को दूसरा नाम देकर उसे स्वीकार किया है। ये जो अनेक प्रकार की समाधियाँ बतलाई गई हैं, ये सब आत्महत्याओं के दूसरे नाम ही तो हैं। यह तो हिम-समाधि होती है, जहाँ मनुष्य हिमालय में जाकर बर्फ से दबकर प्राण त्याग देता है, जो जल-समाधि होती है, जहाँ आदमी पानी में डूबकर मर जाता है, ये सब आत्महत्याओं के धर्मों द्वारा स्वीकृत रूप ही तो हैं। लेकिन इन समाधियों की व्यवस्था युवाओं और सशक्तों के लिए नहीं है।''

रानी मानकुमारी काँप उठीं, ''बड़ी भयानक बात कह रहे हैं आप कक्काजी! देख रही हूँ कि हमें अपनी इच्छा के विरुद्ध जबर्दस्ती जलसमाधि लेनी पड़ेगी, इससे बचने की कोई सम्भावना नहीं दिखलाई देती।''

''कहा नहीं जा सकता। मेरे प्राण तो जल-समाधि के लिए छटपटा रहे हैं। जी में आता है कि छत से कूद पड़ूँ और पानी की इस प्रबल धारा में बहता चला जाऊँ। जो कुछ देखना था वह सब देख चुका हूँ, जो कुछ नहीं देखना था वह भी मुझे जबर्दस्ती अपनी इच्छा के विरुद्ध देखना पड़ रहा है। अब तो देखने की इच्छा ही जाती रही है। भगवान् से मनाता हूँ कि वह मेरी आँखें हमेशा के लिए बन्द कर दे, मेरी चेतना मुझसे छीन ले लेकिन...'' और मेजर नाहरसिंह के मूख के शब्द रुक गए।

''लेकिन क्या? कक्काजी, कहिए न!''

''लेकिन अभी भी एक मोह बाँधे हुए है मुझे इस जीवन से और वह मोह तुममें केन्द्रित है। तुम्हें बचा सकूँ रानी बहू, तुम्हें निरापद देख सकूँ, मरते समय यही अन्तिम कामना है। और इसलिए मैं जीवन की यह हारी हुई बाजी भी खेलता जा रहा हूँ।''

''मैं नहीं जीना चाहती हूँ, मैं मरना चाहती हूँ।'' रानी मानकुमारी कराह उठीं।

''नहीं रानी बहू, तुम न मुझे धोखा दे सकती हो और न अपने को धोखा दे सकती हो। मैं कहता हूँ, तुम मरना नहीं चाहतीं। यह जो तुम्हारा स्वर काँप रहा है, यह जो तुम्हारे आँखों से आँसुओं की धारा उमड़ रही है, ये बतलाते हैं कि तुम मरना नहीं चाहतीं और यह स्वाभाविक ही है। दुनिया में अभी तुमने देखा ही क्या है? तुम न जाने कितने सपनों को साथ लेकर जीवन में आगे बढ़ी हो, लेकिन अभी तक कोई भी सपना सत्य नहीं हुआ। लेकिन तुम्हारे सपने समाप्त तो नहीं हुए, अक्षय भंडार लेकर आई हो तुम उन सपनों का। और जीवन की सार्थकता इन सपनों के लगातार बनते रहने में है, इन सपनों का टूटते रहना तो एक स्वाभाविक क्रम है।''

कुछ सोचकर रानी मानकुमारी ने कहा, ''शायद आप ठीक कहते हैं, इधर कुछ दिनों में मैं लगातार सपने देखती आई हूँ, एक-से-एक रंगीन सपने। कल रात तक मैं वे सपने देखती रही हूँ।'' और जैसे रानी मानकुमारी क्षण-भर के लिए रुकीं, ''अच्छा कक्काजी, वे लोग जो दूर दुनिया से मेरे सपनों को जगाने आए थे, क्या इस विपदा से दूर हो गए होंगे?''

''अरे, मैं उनकी बात तो भूल ही गया? उनका दुर्भाग्य खींच लाया था उन्हें यहाँ पर। कहा नहीं जा सकता कि वे बच सकेंगे या नहीं। जिस गति से यह जल बढ़ रहा

है, उससे उनके बचने की सम्भावना तो बहुत कम दिखलाई देती है। बाइनाकुलर तुम्हारे हाथ में है, लगाकर देखो न!"

रानी मानकुमारी ने बाइनाकुलर लगाकर पश्चिम की ओर देखा, अपार जल-राशि दिखलाई दे रही थी उधर। और दूर करीब चार मील की दूरी पर उन्हें एक कार दिखलाई दी, पानी में आधी डूबी हुई। रानी मानकुमारी चिल्ला उठीं, "कक्काजी, वह देखिए, वह तो शायद मेरी कार है। हाँ वही है। वह पानी में डूबती जा रही है और वहाँ कोई नहीं है। देवलंकरजी, शर्माजी और मौलाना—ये लोग नहीं बच सके।"

मेजर नाहरसिंह ने बाइनाकुलर अपने हाथ में ले लिया, रानी मानकुमारी ने जिस ओर संकेत किया था उस ओर उन्होंने ध्यान से देखा, "ठीक कहती हो रानी बहू, वह तुम्हारी ही कार है। लेकिन वह मौत से अधिक तेज नहीं साबित हुई।" और मेजर नाहरसिंह ने अपना सर हिलाते हुए कहा, "मौत से कोई भाग सकता है? अब मुझे इस बात का दुख नहीं है कि तुम क्यों नहीं उन लोगों के साथ उस कार पर चली गईं। अरे...अरे, उस कार से कुछ इधर...वह तो मिनिस्टर साहब की कार की छत दिखलाई दे रही है...हाँ, वह मिनिस्टर साहब की कार की छत है आह! तो वह सेठ मकोला, वह एडीटर ज्ञानेश्वर राव, वह आर्टिस्ट मंसूर, वह मन्त्री जोखनलाल—ये सब लोग भी गए! इस अपार जलराशि ने उनको भी निगल लिया।"

तभी रानी मानकुमारी चिल्ला उठीं, "कक्काजी, देखिए, पानी छत से करीब एक गज नीचे तक आ पहुँचा है और बढ़ता ही जा रहा है। अब क्या होगा?"

मेजर नाहरसिंह ने बाइनाकुलर अपने कन्धे से लटका लिया, "अब क्या होगा? कौन जानता है? इतने समर्थ व्यक्ति, जिन्हें अपनी क्षमता और शक्ति पर इतना अधिक गर्व था, वे सब कहाँ गए? वह जोखनलाल मन्त्री, जो सारे प्रदेश को त्रस्त किए हुए था, जो सुमनपुर का रूप ही बदल रहा था; वह मकोला जो दुनिया को अपने पैसों पर नचा रहा था; वह देवलंकर जिसे आँधी-पानी, पहाड़ पर शासन करने का गर्व था; वह एडीटर जो लोगों को तख्त पर बिठाने और जमीन में मिलाने के मनसूबों को पूरा करता था; वह कवि जो विश्व की चेतना की धारा को मोड़ सकने का दावा करता था; वह आर्टिस्ट जो प्रकृति की काट-छाँट करके उसे सुन्दर बनाता था, जो सभ्यता और संस्कृति का नेता था, वे सब कहाँ हैं रानी बहू, इस अपार जल-राशि में उनका कहीं पता चल नहीं रहा है।"

6

मकोला ने एक्सीलेटर दबाया, गाड़ी चालीस मील फी-घंटे की रफ्तार से चल पड़ी। यशनगर से सुमनपुर, जानेवाली सड़क मकोला ने पकड़ी, प्रायः छह-सात मील के बाद यह सड़क पर ऊँचे टीले पर चढ़ती थी। मकोला ने कहा, "अभी दस-बारह मील में हम लोग खतरे से बाहर हो जाएँगे।"

कार अभी मुश्किल से एक मील पहुँची होगी कि मकोला को ज्ञानेश्वर राव की आवाज सुनाई दी, "पानी की आवाज लगातार बढ़ी जा रही है मकोलाजी, कार की

स्पीड बढ़ाइए। इसके पहले की पानी सड़क पर आ जाए, हम लोगों को इस मैदान को पार करके उस टीले पर पहुँच जाना चाहिए।"

मकोला ने कार की स्पीड और बढ़ाई, गाड़ी अब साठ मील प्रति घंटे की रफ्तार से दौड़ने लगी। उस समय तक दाहिने ओर सड़क के नीचेवाली भूमि में पानी टकराने लगा था और वह लगातार ऊपर चढ़ता चला रहा था। मंसूर अत्यधिक भयभीत-से उस बढ़ते हुए जल-प्रवाह को देख रहे थे। उन्होंने कुछ काँपती हुई आवाज में पूछा, "जोखनलालजी, ऊँची भूमि यहाँ से और कितनी दूर है? पानी की रफ्तार से तो मुझे बेहद डर लग रहा है।"

"ठीक तरह से तो मैं नहीं कह सकता, लेकिन मेरा अनुमान है कि करीब पाँच मील और है।"

मकोला ने मंसूर को सान्त्वना देते हुए कहा, "इतना अधिक घबराने की कोई बात नहीं है, अभी सात-आठ मिनट में पहुँचते हैं हम लोग वहाँ पर।"

ज्ञानेश्वर राव पीछे की ओर देख रहे थे, यशनगर के राजभवन के चारों ओर पानी-ही-पानी दिख रहा था। एक मील पीछे उन्हें रानी मानकुमारी की बुइक कार आती हुई दिखाई दी। "वे लोग भी आ रहे हैं तेजी के साथ!" ज्ञानेश्वर राव बोले, "बड़े मौके से हम लोगों को इस पहाड़ के टूटने का पता चल गया, नहीं तो हम लोग वहीं समाप्त हो गए होते।"

ज्ञानेश्वर राव ने अपनी बात पूरी ही की थी कि एक बहुत बड़े धमाके का स्वर सुनाई पड़ा इन लोगों को। इस धमाके की आवाज से इनकी कार लड़खड़ा-सी गई।

जोखनलाल ने सँभलकर पूछा, "यह कैसी आवाज है राव साहब?"

कार की पिछली सीट पर दाहिनी ओर मंसूर बैठे थे। खिड़की के बाहर देखते हुए उन्होंने कहा, "उफ! धूल का एक बादल छा गया उत्तर की जानिब आसमान पर, कुछ दिखाई नहीं देता। मालूम होता है पहाड़ का कोई हिस्सा टूटकर गिरा है।"

पीछे आनेवाली कार अब इनकी कार के बहुत निकट आ गई थी और उसका हॉर्न बज रहा था जोर के साथ। मकोला ने कहा, "मालूम होता है पिछली कार अस्सी मील प्रति घंटे की स्पीड से आ रही है।" और उन्होंने अपनी कार की रफ्तार और अधिक तेज की, "अरे यह क्या? आगे सड़क पर पानी चढ़ रहा है।"

दाहिनी ओर से पानी उमड़ता हुआ चला आ रहा था। मकोला भी अब घबराए, अभी कम-से-कम दो मील का रास्ता और था पार करने के लिए। और पानी सड़क पर चढ़ आया। उस पानी में प्रखर वेग था, गाड़ी कुछ लड़खड़ाई। जोखनलाल चिल्ला उठे, "मकोलाजी, पानी सड़क पर आ गया है, इसकी स्पीड कम कीजिए, नहीं तो गाड़ी उलट जाएगी।"

मकोला को गाड़ी की स्पीड कम कर देनी पड़ी। देवलंकर जिस कार पर था वह ठीक इनके पीछे आ गई थी। एकाएक मकोला को लगा कि कार झटके दे-देकर चढ़ रही है। उन्होंने मानो अपने से ही कहा, "क्या बात है, गाड़ी बढ़ नहीं रही है?"

"शायद इंजन में पानी पहुँच रहा है।" जोखनलाल ने चिन्तित स्वर में कहा, "अब क्या होगा?"

"हाँ मालूम तो ऐसा ही हो रहा है। लेकिन पीछे ही बुइक कार है, इस गाड़ी को छोड़कर हम लोग उस पर बैठ जाएँ, यह रद्दी गाड़ी तो ऐन मौके पर धोखा दे रही है। राव साहब, उस गाड़ी को रुकवाइए!"

देवलंकर की गाड़ी अब जोखनलाल की गाड़ी की बगल में आ गई थी। देवलंकर को भी अपनी गाड़ी की स्पीड धीमी कर देनी पड़ी थी। मकोला ने आवाज दी, "मिस्टर देवलंकर, जरा गाड़ी रोकिए। हम लोगों की गाड़ी आगे नहीं बढ़ रही है, आपकी गाड़ी पर हम लोग आ जाएँ।"

पर जैसे देवलंकर को मकोला की बात सुनने का समय ही नहीं था, दाँत किचकिचाते हुए मानो वह अपने-ही-आप बोला, "अभी दो मील और है, किसी तरह गाड़ी इस रास्ते को पार कर ले।" और देवलंकर की कार रुकने के स्थान पर आगे बढ़ती गई।

मौलाना रियाजुलहक़ बोले, "देवलंकर साहब, देखिए उस कार के लोग शायद आपको रुकने को कह रहे हैं।"

देवलंकर ने बिना इधर-उधर देखे कहा, "मौलाना, चुप रहो। मौत जो कुछ कह रही है वह अधिक महत्त्व का है।"

देवलंकर की कार आगे निकल गई। जोखनलाल ने कहा, "हरामजादा कहीं का! समझूँगा उसे!"

और पागल की भाँति मकोला हँस पड़े, "अगर जिन्दा बच गए जोखनलाल! देख रहे हो पानी अब पायदान पर आ गया है। इस कार से बाहर निकलने में ही अपना कल्याण है।"

गाड़ी से उतरते हुए जोखनलाल ने कहा, "हम लोगों को पैदल ही आगे बढ़ना होगा। मुमकिन है पानी और ज्यादा न बढ़े।"

सब लोग कार के बाहर निकल आए। लेकिन पानी बढ़ता जा रहा था, बढ़ता जा रहा था।

एकाएक मंसूर के पैर उखड़ गए पानी में तेज बहाव से। वह चिल्लाया, "मुझे बचाइए!" और यह कहकर उसने ज्ञानेश्वर राव का हाथ पकड़ने का प्रयत्न किया। ज्ञानेश्वर राव ने मंसूर की ओर अपना हाथ बढ़ाया, लेकिन मंसूर के पैर उखड़ चुके थे, पानी का बहाव मंसूर को खींच ले गया। ज्ञानेश्वर राव, रतनचन्द्र मकोला और जोखनलाल, तीनों भयभीत-से बहते हुए मंसूर को देख रहे थे और मोटरकार को पकड़े हुए खड़े थे। उन तीनों में मृत्यु का भय भर गया था। पानी अब उनकी कमर तक आ गया था। तीनों मौन सहमे-से खड़े थे और अपने चारों ओर होनेवाले मृत्यु के तांडव को देख रहे थे। वह मौन ज्ञानेश्वर राव को बुरी तरह त्रस्त कर रहा था, उनसे न रहा गया, "जोखनलाल, प्रलय-काल में इसी तरह का जल-प्लावन होता होगा। शास्त्रों में तो यही लिखा है।"

लेकिन जोखनलाल को भय के साथ क्रोध भी आ रहा था—अजीब नपुंसकता से भरा हुआ क्रोध। "शास्त्र पर सोचने का यह मौका नहीं है राव साहब, इस समय तो यह सोचना है कि किस प्रकार अपने प्राणों की रक्षा की जाए। पानी के तेज बहाव से तो पैर उखड़े जाते हैं। मैं तो कार की छत पर खड़े होने का प्रयत्न करता हूँ।" और यह कहकर वह कार के आगे बॉनेट पर चढ़ने को बढ़े। उन्होंने अपना एक पैर बॉनेट पर रखने को उठाया ही था कि उनका दूसरा पैर जमीन से ऊपर उठ गया और वह चिल्लाया, "अरे मकोलाजी, मुझे बचाइए।"

मकोला उस समय चुपचाप खड़े कुछ सोच रहे थे, जोखनलाल उनसे करीब एक गज की दूरी पर थे। मकोला ने अपना हाथ उस ओर बढ़ाया ही था कि उन्हें अपने पैर जमीन से उखड़ते हुए मालूम हुए। घबराकर उन्होंने अपना हाथ खींच लिया। और उन्होंने देखा कि जोखनलाल बहे चले जा रहे हैं और चीख रहे हैं। उस चीत्कार में केवल भय था, विवशता थी, इसके सिवा कुछ न था।

थोड़ी देर तक दोनों मौन खड़े रहे, पानी अब उनकी कमर से ऊपर चढ़ रहा था। ज्ञानेश्वर राव ने कहा, "पहले मंसूर, फिर जोखनलाल। मकोलाजी, अब हम दोनों में किसकी बारी है?" ज्ञानेश्वर राव के स्वर में निराशा थी।

मकोला के अन्दरवाला दानव अब टूटने लगा था, "राव साहब, क्या मृत्यु अनिवार्य है?"

और ज्ञानेश्वर राव ने उत्तर दिया, "मृत्यु तो अनिवार्य हरेक के लिए है, लेकिन इस प्रकार मरना! इसकी मैंने कल्पना भी नहीं की। मुझे तो ऐसा लगता है कि हम लोगों को हमारी मृत्यु ही खींच लाई थी यहाँ पर। किस कुसमय में मैंने इस जोखनलाल का निमन्त्रण स्वीकार किया था।" ज्ञानेश्वर राव भय से काँप रहे थे।

मकोला की आँखें कुछ तरल हो गईं, न जाने कितने काल के बाद उनकी आँखों में आँसू आए थे! "राव साहब! मेरे किन पापों का दंड मिल रहा है मुझे? कहाँ आकर मरना पड़ रहा है—अपनों से कितनी दूर! यह कार भी कितनी धोखेबाज निकली! देवलंकर ने ठीक कहा था। लेकिन उस देवलंकर ने अपनी कार नहीं रोकी, उसमें कौन-कौन लोग थे?"

"वह तो करीब-करीब खाली थी। देवलंकर और शिवानन्द शर्मा आगे थे, शायद मौलाना रियाजुलहक पीछे थे।"

"तो रानी मानकुमारी और मेजर नाहरसिंह नहीं आए—यह बदमाश देवलंकर उनको भी नहीं लाया। आप समझते हैं कि उस कार पर बैठे लोग बच जाएँगे?" और मकोला ने पश्चिम की ओर देखा। दूर प्रायः छह फर्लांग पर देवलंकर की कार रेंगती हुई दिखलाई दे रही थी उस पानी के बीच में। "नहीं बच सकेंगे वे लोग, उनकी कार भी पानी में फँस गई है!" और मकोला पागल की भाँति हँस पड़े, "सब मरेंगे। मेजर नाहरसिंह ने ठीक ही कहा था कोई नहीं बचेगा। वह बुड्ढा सबकुछ जानता था। उसने हम लोगों को सावधान भी किया था। लेकिन हम लोगों ने उसकी बात नहीं सुनी, हम सब बहरे हो गए थे।"

उसी समय ज्ञानेश्वर राव चिल्ला उठे, "मकोलाजी!..." और ज्ञानेश्वर राव के हाथ से मोटर छूट गई।

मकोला ने बहते हुए ज्ञानेश्वर राव को देखा, फिर उन्होंने देखा कि वह अकेले खड़े हैं, एकदम अकेले। अब मकोला में अजीब तरह का घबराहट से भरा भय भर गया। उन्होंने आसमान की तरफ आँखें उठाईं, "हे भगवान्! मेरे पापों को क्षमा करो, रक्षा करो!" इसके आगे वह कुछ नहीं कह सके। उनके शरीर की सकल शक्ति जाती रही थी, उनका हाथ ढीला पड़ गया और उनके हाथ से मोटर छूट गई। मकोला बहने लगे। बहते-बहते वह चिल्ला उठे, "यह हरामजादा देवलंकर–वह मुझे बचा सकता था! बचाओ; बचाओ!"

लेकिन वहाँ मकोला की चीख सुननेवाला कोई नहीं था। दूर देवलंकर की कार भी रुक गई थी। काफी दूर तक रानी मानकुमारी की वह बुइक कार पानी को चीरती हुई बढ़ती गई। जीवन और मृत्यु की दौड़-सी चल रही थी। कार आगे बढ़ रही थी, पानी भी ऊपर चढ़ रहा था। सामने करीब एक मील की दूरी पर ऊपर उठती हुई सूखी जमीन दिख रही थी। देवलंकर ने कहा, "यशनगर से चलने में दो-तीन मिनट की देर हो गई, कुल दो मिनट की देर और यही दो मिनट की देर हम लोगों के लिए घातक बन गई।"

पंडित शिवानन्द शर्मा ने पीछे की सीट पर देखते हुए पूछा, "मौलाना, आपको तैरना तो आता होगा?"

मौलाना रियाजुलहक ने करुण स्वर में उत्तर दिया, "जी, तैरना तो मुझे नहीं आता। शहरी जिन्दगी, कभी तैरना सीखा ही नहीं।"

देवलंकर कह उठा, "अरे हाँ शर्माजी, आपने ठीक बात बताई। कुल एक मील की ही तो बात है। यहाँ से तैरकर वहाँ पहुँचा जा सकता है। आप तो तैर लेते होंगे ही, नहीं तो आपने यह सवाल न किया होता।"

मौलाना ने गिड़गिड़ाकर पूछा, "मुझे क्या आप लोग अकेला छोड़ देंगे यहाँ पर?"

"अभी तो सड़क पर कुछ दूर तक पैदल चला ही जा सकता है मौलाना, सिर्फ घुटनों तक पानी है। लेकिन जिस गति से पानी बढ़ रहा है, उससे ऐसा लगता है कि जल्दी ही हम लोगों को तैरना पड़ेगा।" देवलंकर ने उत्तर दिया, "आप भी कार से उतर पड़िए मौलाना, यहाँ बैठकर कायरतापूर्वक मरने की अपेक्षा हाथ-पैर मारकर मरना ज्यादा अच्छा होगा।"

लेकिन मृत्यु जीवन की अपेक्षा अधिक सबल थी। देवलंकर ने दरवाजा खोलना चाहा, लेकिन दरवाजा नहीं खुला, दाहिनी ओर पानी का दबाव बहुत तेज था। देवलंकर बोला, "शर्माजी, अपनी ओर का दरवाजा खोलिए, वह खुल जाएगा। जल्दी कीजिए, पानी अब तो बहुत तेजी के साथ बढ़ने लगा है।"

शिवानन्द शर्मा ने दरवाजा खोला। शर्माजी और देवलंकर बाहर निकले। मौलाना चीख उठे, "मुझे अकेले छोड़े जा रहे हो, मुझे बचाओ, बचाओ। खुदा के वास्ते मुझे मरने के लिए यूँ मत छोड़ दो।"

"कार के बाहर निकलो मौलाना, कोशिश करो!" शर्माजी ने मौलाना की तरफवाला कार का फाटक खोलकर कहा। मौलाना में किसी प्रकार की गति नहीं हुई, मुख पर असीम भय के भाव थे। देवलंकर ने पूछा, "निकलता क्यों नहीं यह आदमी?"

शर्माजी ने मौलाना को निकालने के लिए उनका हाथ पकड़ा और साथ ही उन्होंने हाथ छोड़ दिया। सर हिलाते हुए वह बोले, "मौलाना को निकालने की अब क्या जरूरत है–उनकी हृदय-गति बन्द हो गई है।"

पानी अब इन दोनों की कमर तक आ गया। देवलंकर ने कहा, "शर्माजी, इतने पानी में पैदल तो नहीं चला जा सकता। हम लोगों को तैरना पड़ेगा।" और यह कहकर देवलंकर ने किनारे की ओर तैरना आरम्भ कर दिया।

पंडित शिवानन्द शर्मा ने भी देवलंकर का अनुसरण किया लेकिन भयानक रूप से तेज बहाव था वह, उस धारा में वे दोनों दक्षिण की ओर बहने लगे। और फिर शिवानन्द शर्मा ने अनुभव किया कि वह थक गए हैं, उनकी शक्ति जाती रही है। चिल्लाकर वह बोले, "देवलंकर साहब, मैं चला।"

देवलंकर ने पीछे मुड़कर देखा, शिवानन्द शर्मा पानी के नीचे चले गए और फिर करीब पच्चीस गज की दूरी पर उसका शरीर ऊपर आया और फिर डूब गया। एक कँपकँपी-सी दौड़ गई उसके शरीर में। उसने फिर किनारे की ओर तैरना आरम्भ कर दिया और तभी तेजी से आनेवाले एक उखड़े हुए वृक्ष का कुन्दा उसके सर से टकराया। देवलंकर की आँखों के आगे अँधेरा छा गया और वह पानी के नीचे चला गया। उसके सर से निकलनेवाला रक्त की लालिमा पानी पर एक क्षण के लिए उतराई, फिर वह भी घुल गई।

7

रानी मानकुमारी ने अपने चारों ओर देखा, "कहीं कोई नहीं है कक्काजी, सब गए। सबमें अहम् का अभिमान था, अपनी शक्ति पर विश्वास था, लेकिन किसी में क्षमता नहीं थी और वे सब अपनी विवशताओं और सीमाओं में जकड़े हुए चले गए। कक्काजी, मुझे ऐसा लगता है कि उन सब लोगों के साथ मुझे भी जाना होगा। देखिए पानी यहाँ भी चढ़ा आ रहा है, अब कहाँ जाएँगे हम लोग?"

पानी अब उस छत की मुँडेर से टकरा रहा था और मुँडेर की नालियों के रास्ते छत पर चढ़ता आ रहा था। मेजर नाहरसिंह मुस्कराए, "अभी इतनी जल्दी नहीं हारेंगे हम लोग रानी बहू! यह छत के ऊपर उठनेवाली मीनार, यह हमारी रक्षा करेगी।" और रानी मानकुमारी का हाथ पकड़कर वह उस मीनार पर चढ़ने लगे। उस मीनार के दो खंड थे। पहला खंड करीब बाहर फुट ऊँचा था और उसके ऊपर दूसरा खंड था घड़ी लगाने के लिए। यह दूसरा खंड आठ फुट ऊँचा था और ऊपर की गुम्बदनुमा छत थी। इस दूसरे खंड की चारों दीवारों में घड़ी के डायल के लिए चार फुट व्यास के चार गोले बना दिए गए थे जो खुले हुए थे।

ऊपर पहुँचकर रानी मानकुमारी ने कहा, "कक्काजी, इस सबसे क्या लाभ है? इसके बाद–इसके बाद तो मरना ही है हम लोगों को।"

मेजर नाहरसिंह ने रानी मानकुमारी की इस बात का कोई उत्तर नहीं दिया। वह उत्तर दिशा की ओर देख रहे थे–उस तरफ जहाँ हिमालय पर्वत टूटा था। धूल का बादल अब छँटने लगा था और सूर्य के प्रकाश में वह स्थल स्पष्ट रूप से दिखने लगा था। मेजर नाहरसिंह एकटक उस हिमालय की छाती चीरकर उमड़नेवाली उस जलधारा को देख रहे थे, जो अब भी विकराल रूप धारण किए हुए थी। लेकिन मेजर नाहरसिंह को कुछ क्षणों बाद यह लगा कि उस जलधारा का वेग कुछ कम होता जा रहा है। रानी मानकुमारी ने कुछ देर तक मेजर नाहरसिंह के उत्तर की प्रतीक्षा करके कहा, "कक्काजी, आप बोलते क्यों नहीं?"

मेजर नाहरसिंह ने सिर हिलाते हुए कहा, "पानी उसी तरह उमड़ता हुआ चला आ रहा है पहाड़ के अन्दर से। देखना है कि वह यहाँ इस स्थान पर पहुँच पाता है या नहीं और अगर पहुँचता है तो कितनी देर में। लेकिन न जाने क्यों, मुझे ऐसा लगता है कि पानी यहाँ तक नहीं पहुँच पाएगा। उसका वेग कम होने लगा है।"

"सच कक्काजी, पानी का वेग अब कम होने लगा है, तो मैं नहीं मरूँगी, मैं बच जाऊँगी! भगवान् सदय हैं।"

"पता नहीं भगवान् क्या है और वह क्या करना चाहता है। देख रही हो, आसपास दस-बारह मील तक कहीं कोई मकान नहीं दिख रहा है, कहीं कोई बस्ती नहीं, कहीं कोई ग्राम नहीं। सब मर गए। कहीं कोई मनुष्य नहीं, कहीं कोई पशु नहीं। विनाश का भयानक तांडव हो चुका है इस प्रदेश में। पानी उतरेगा अवश्य, लेकिन इस पानी के उतरने में कितना समय लगेगा, यह नहीं कहा जा सकता। हो सकता है कि चौबीस घंटे लगें, हो सकता है कि दो दिन लगें और यह भी हो सकता है कि तीन दिन लग जाएँ। और उसके बाद भी निचले स्थलों में पानी भरा ही रहेगा जब तक सूखेगा नहीं।"

रानी मानकुमारी को आतंक से भरी एक नवीन परिस्थिति का आभास हुआ, "कक्काजी, तो क्या हम लोग बचकर भी नहीं बच सकेंगे? इन दो-तीन दिन तक हम लोगों को भूखा रहना पड़ेगा? हाय राम! सबकुछ तो बह गया है। पास में कुछ भी नहीं है, न खाने को, न पहनने को।" फिर कुछ शान्त होकर बोलीं, "लेकिन कक्काजी, आप तो हैं मेरे साथ! फिर मैं चिन्ता क्यों करूँ?"

"हाँ रानी बहू, मैं हूँ तुम्हारे साथ और जब तक मैं हूँ तब तक तुम्हें चिन्ता करने की कोई जरूरत नहीं पड़ेगी।" मेजर नाहरसिंह ने फिर अपने चारों ओर देखा, "ऐसा लगता है कि पानी का बढ़ना रुक गया है, मेरा अनुमान गलत नहीं था, लेकिन रानी बहू तुम्हें फिर नए सिरे से अपनी स्थापना करने का प्रयत्न करना होगा। तुम्हारे पुराने सपने सब-के-सब एक बार ही नष्ट हो गए। तुम उस सांस्कृतिक डेलीगेशन की इंचार्ज होकर अमेरिका नहीं जा सकोगी। वह मंसूर, जिसने तुम्हें ले जाने का वादा किया

था, वह कहाँ है? और तुम अपने उन सुमनपुर के बँगलों का मुआवजा अब एक लम्बे काल तक न पा सकोगी, जिसने देने का वादा किया था वह जोखनलाल मन्त्री कहाँ है? और वह ज्ञानेश्वर राव एडीटर, जो तुम्हें मन्त्री बनानेवाला था, जो तुम्हें एम्बेसेडर बनानेवाला था, वह कहाँ है? और वह शिवानन्द शर्मा, तुम्हें अपनी शिष्या बनाकर, तुम्हें अमर ख्याति दिलानेवाला शर्मा–क्या हुआ उसका? वह रतनचन्द्र मकोला–नेक, न्यायप्रिय, उदार मकोला जो तुम्हारी सम्पदा तुम्हें वापस करने के लिए तुम्हें अपनी बहुत बड़ी कम्पनी का मैनेजिंग डाइरेक्टर बना रहा था, उसका पता नहीं। और रानी बहू, वह देवलंकर भला आदमी था वह, न जाने क्यों वह मुझे बड़ा अच्छा लगता था! वह तुमसे विवाह करके तुम्हें मातृत्व प्रदान करना चाहता था! उन सबको लहरों ने निगल लिया। वे सब समर्थ थे, वे सब चले गए। एक मैं बच गया हूँ जो तुम्हारे लिए अभी तक कुछ भी नहीं कर सका और आगे चलकर भी कुछ न कर सकेगा, स्वयं तुम्हारी कृपा और ममता पर आश्रित है, एक मैं बच गया हूँ। और जब तक मैं हूँ तब तक तुम्हें अपनी चिन्ता नहीं करनी होगी। लेकिन तुम्हें इस बूढ़े कि चिन्ता करनी होगी। फिर मैं कब तक जिन्दा रहूँगा? नहीं रानी बहू, मुझे अपने जीवन से निकालकर नवीन सपनों का सृजन करना होगा नए सिरे से। उखड़कर फिर बसना बड़ा कठिन क्रम है।''

पानी का बढ़ना अब निश्चित रूप से रुक गया था। रानी मानकुमारी ने कहा, ''कक्काजी यह सब आप क्या कह रहे हैं! आपका एक सहारा है मुझे। आपकी निश्चल और निष्कपट ममता में ही मुझे जीवन की कुरूपताओं का सामना करने का बल मिला है।'' और फिर रानी मानकुमारी को लगा कि उनका मन भारी होता जा रहा है, ''कक्काजी कब तक यहाँ इस मीनार में बन्द बैठा रहना होगा हम लोगों को? पानी का बढ़ना तो रुक गया है, लेकिन यह घटेगा कब तक?''

''कब तक यह घटेगा यह मैं नहीं बतला सकता, लेकिन इस पानी के बढ़ने का रुकना ही इसके घटने का प्रारम्भ है। मेरा ऐसा अनुमान है कि यह पानी तेजी के साथ घटेगा भी, क्योंकि यह तेजी के साथ बढ़ा था। लो, नीचे छत पर चलें, पानी वहाँ घुटनों से अधिक नहीं होगा। वहाँ से चारों ओर का दृश्य साफ-साफ दिखेगा।''

''नहीं कक्काजी, वह सब मैं नहीं देखना चाहती। बड़ी थकावट भर गई है मेरे अन्दर, मैं यहीं पर बैठ जाना चाहती हूँ।'' और न जाने रानी मानकुमारी को क्या हो गया, ''कक्काजी, अब मैं जिन्दा नहीं रहना चाहती, अब मैं मरना चाहती हूँ, मरना चाहती हूँ। कहीं कोई नहीं है आसपास, वे सब गए। दूर-दूर ग्रामों से मेरा जन्मदिन मनाने आए थे वे लोग, मेरे प्रति अपना प्रेम और भावना लेकर। और वे विशिष्ट मेहमान–उनमें हरेक आदमी मुझसे प्रेम करता था, हरेक आदमी मुझे पाना चाहता था। मेरे ही कारण उन सबको मरना पड़ा। इतने लोगों की मृत्यु के अभिशाप को लेकर मैं जीवित रह सकूँगी!'' और मेजर नाहरसिंह को ऐसा लगा कि रानी मानकुमारी बेहोश होकर गिर पड़ेंगी। वह बुरी तरह उत्तेजित होकर काँप रही थी।

मेजर नाहरसिंह ने बढ़कर रानी मानकुमारी को पकड़ लिया, ''रानी बहू, अब हिम्मत न हारो। जो कुछ हुआ उसे होना ही था, उसमें तुम्हारा कोई दोष नहीं। नियति का यह विधान था कि वे लोग यहाँ आकर मरें जैसे उनकी मृत्यु ही उन्हें यहाँ खींच लाई थी। फिर तुम्हारे अन्दर यह कुंठा क्यों? देखो रानी बहू, जीवन ने मृत्यु पर विजय पाई, पानी अब उतरने लगा।''

मेजर नाहरसिंह का सहारा पाकर रानी मानकुमारी ने सँभलने का प्रयत्न किया, ''सच कक्काजी, क्या आप वास्तव में समझते हैं कि इन लोगों की मृत्यु की जिम्मेदारी मुझे पर नहीं है? क्या आपका यह खयाल है कि महानाश और प्रलय को भूलकर मैं अपना जीवन नए सिरे से आरम्भ कर सकूँगी?''

''हाँ-हाँ निश्चय ही! विगत मर चुका है, भविष्य को बनाना होगा।'' मेजर नाहरसिंह ने रानी मानकुमारी को सान्त्वना देते हुए कहा।

''इसमें आप मेरा साथ देंगे। कक्काजी, आप वचन दीजिए कि आप मेरे साथ रहेंगे!'' और उसी समय रानी मानकुमारी का स्वर शिथिल पड़ गया, ''लेकिन कब तक, आखिर कब तक?''

और जैसे रानी मानकुमारी के स्वरवाली यह निराशा मेजर नाहरसिंह के प्राण में एकाएक उतर आई। एक ठंडा निःश्वास लेकर वह बोले, ''और कब तक? ठीक कहती हो रानी बहू, मैं कब तक तुम्हारा साथ दूँगा? इसके साथ दूसरा प्रश्न यह भी है कि कब तक तुम मेरा साथ चाहोगी? मैं अस्त होता हुआ प्राणी हूँ जबकि तुम जीवन के मध्याह्नकाल की ओर बढ़ रही हो। हम दोनों का साथ ही क्या?'' मेजर नाहरसिंह का स्वर करुण होता जा रहा था, ''अभी कुछ देर पहले रघुराज सदा के लिए गया और पत्थर बनकर मैंने उसे जाते हुए अपनी इन्हीं आँखों से देखा। एक बार जी में आया कि मैं भी इस जलधारा में कूद पड़ूँ और उसी समय मेरी दृष्टि तुम पर पड़ी। तुमने मुझे कितनी ममता दी है, कितना स्नेह दिया है! इसलिए जल में कूद पड़ने की हिम्मत नहीं पड़ी तुम्हें यहाँ अकेले छोड़कर। मैं जानता था कि तुम अकेली नहीं बच पाओगी और इसलिए मुझे तुम्हारा साथ देना ही होगा। देख रही हो, जल उतरने लगा है, वह छत की मुँडेर के नीचे आ गया है। थोड़ी देर में वह छत के नीचे उतर जाएगा। और शाम तक हम लोगों को खोजने और बचाने के लिए हवाई जहाज पहुँचेंगे निश्चित रूप से, क्योंकि इस विपत्ति में एक मन्त्री भी फँसा है। सरकार को इसका पता लग गया होगा। शायद वे लोग नावों को भी लाएँगे। और आज शाम तक न भी सही तो कल सुबह तक वे हम लोगों को बचा लेंगे।''

धीमे और अस्फुट स्वर में रानी मानकुमारी बोलीं, मानो अपने ही से, ''आज शाम तक या कल सुबह तक हम लोगों को बचा लेंगे, जिन्दगी-भर इस प्रलय और विनाश की स्मृति को एक अभिशाप की भाँति ढोने के लिए! हे भगवान, अब नहीं सहा जाता, मुझे भी अपनी गोद में ले लो।''

मेजर नाहरसिंह को अपनी नीचेवाली जमीन हिलती हुई लगी, "रानी बहू–छत पर नीचे उतरो–अरे यह क्या हो रहा है?"

"यह क्या हो रहा है कक्काजी, सबकुछ काँप रहा है–काँप रहा है, मुझे सँभालिए!"

मेजर नाहरसिंह ने रानी मानकुमारी को अपने हाथों पर उठा लिया। तेजी के साथ वह उस मीनार से उतरकर छत पर आए। वहाँ अब एड़ी के बराबर पानी रह गया था। लेकिन नीचे से घर्राहट की एक डरावनी आवाज उठ रही थी।

रानी मानकुमारी ने पूछा, "यह कैसी आवाज है कक्काजी? बड़ा डर लग रहा है।"

और सारी स्थिति मेजर नाहरसिंह की समझ में आ गई, "यह मौत की आवाज है रानी बहू! यशनगर का राज-भवन टूट रहा है।" और उसी समय एक प्रलयंकारी भूकम्प आ गया। रानी मानकुमारी चीख उठीं, "बचाइए कक्काजी!"

मेजर नाहरसिंह कह उठे, "नहीं बचा सका तुम्हें रानी बहू, मृत्यु जीवन से अधिक प्रबल है!" और उन्हें लगा कि उस छत का आधार उनके पैरों के नीचे से खिसक गया है। वह रानी मानकुमारी को हाथ में लिए हुए डूबते जा रहे हैं।